Justin Call

Le Maître des Chagrins

Les Dieux silencieux – 1

Traduit de l'anglais (États-Unis) par Nenad Savic

Bragelonne

Titre original : *Master of Sorrows*

Originellement publié en Grande-Bretagne par Gollancz,
une maison d'édition de Orion Publishing Group Ltd.
Publié avec l'accord de l'auteur,
c/o BAROR International, INC.,
Armonk, New York, États-Unis

Cartes :
D'après les cartes originales de Jared Sprague

ISBN : 979-10-281-1806-8

Bragelonne
60-62, rue d'Hauteville – 75010 Paris

E-mail : info@bragelonne.fr
Site Internet : www.bragelonne.fr

Pour Darwin.

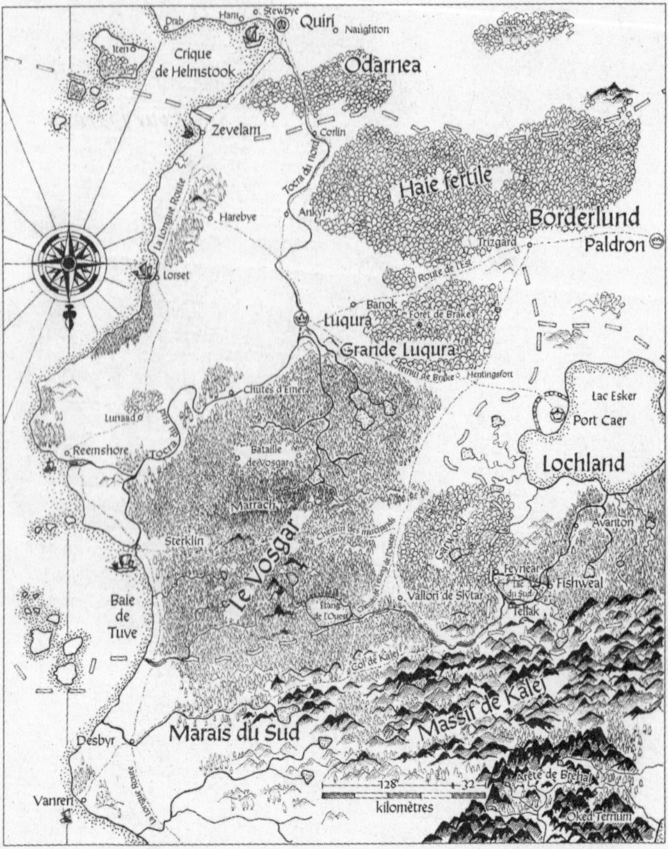
Drab
Ham
Stewbye
Quiri
Naughton
Gladbeck
Iten
Crique
de Helmstook
Odarnea
Zevelam
Corlin
Tocra du nord
La Longue Route
Haie fertile
Harebye
Ankyr
Borderlund
Trizgard
Paldron
Lorset
Route de l'Est
Banok
Forêt de Brake
Luqura
Grande Luqura
Chemin de Brake
Hentingsfort
Chutes d'Emer
Lac Esker
Port Caer
Lunaad
Reemshore
Bataille
de Vosgar
Lochland
Marrach
Avanton
Sterklin
Le Vosgar
Garwood
Fishweal
Vallon de Slytar
Baie
de
Tuve
Étang
de l'Ouest
Tellak
Col de Kalej
Massif de Kalej
Marais du Sud
Desbyr
La Longue Route
Arête de Brehal
128
32
kilomètres
Vanren
Oked Terrium

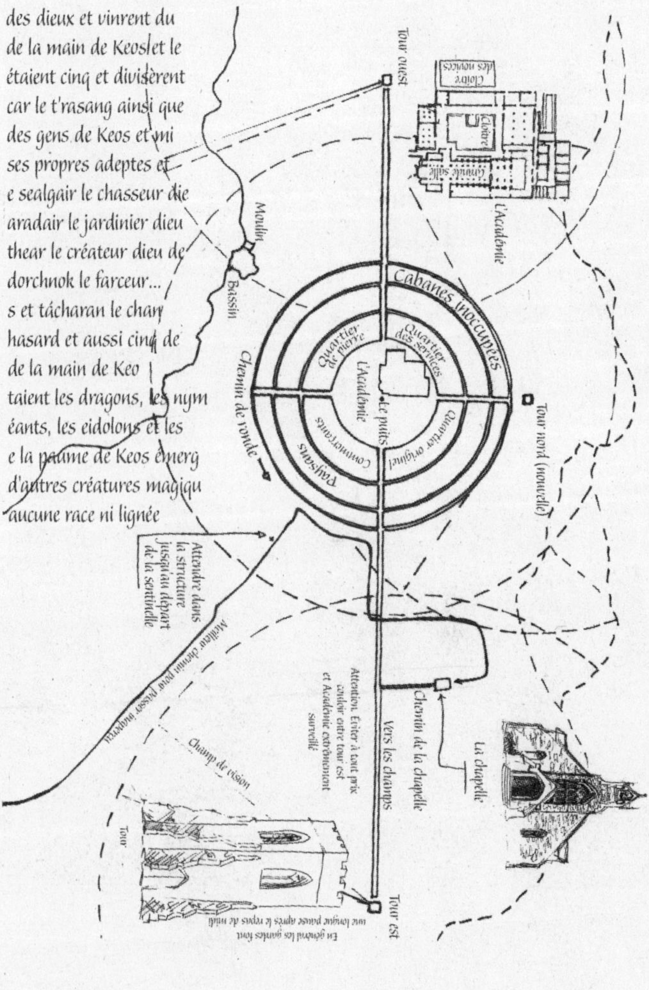
des dieux et vinrent du
de la main de Keos et le
étaient cinq et divisèrent
car le t'rasang ainsi que
des gens de Keos et mi
ses propres adeptes et
e sealgair le chasseur die
aradair le jardinier dieu
thear le créateur dieu de
dorchnok le farceur...
s et tácharan le char
hasard et aussi cinq de
de la main de Keo
taient les dragons, les nym
éants, les eidolons et les
e la paume de Keos émerg
d'autres créatures magiqu
aucune race ni lignée
Tour ouest
Cloître des novices
Cloître
Grande salle
L'Académie
Moulin
Bassin
Cabanes inoccupées
Quartier de pierre
Quartier des services
L'Académie
Le puits
Quartier originel
Commerçants
Paysans
Chemin de ronde
Tour nord (nouvelle)
Attendre dans la structure jusqu'au départ de la sentinelle
Meilleur chemin pour passer inaperçu
Champ de vision
Attention. Eviter à tout prix couloir entre tour est et Académie extrêmement surveillé
Vers les champs
Chemin de la chapelle
La chapelle
Tour
Tour est
En général les gardes font une longue pause après le repas de midi

Il s'est perdu, mais il guidera ceux qui font semblant de l'être. Il ne se connaît pas, mais les aveugles le chercheront et appelleront son nom.
Pour l'honneur de son nom, le Héraut demandera la miséricorde et l'obtiendra.
Car la prophétie dit :

Descendant des Dieux, et pourtant créé par l'Homme.
Les Sept veulent le diriger. Les Sept craignent sa main.
Lié par le Sans-Âge. L'Ancien brise son chemin.
Le Roi infirme le guide. Le monde craint son ire.

Fils de Sept Pères, enfant sans géniteur.
Maître des Chagrins. Incarnation.
Épéiste. Pie. Phénix. Roi.
Seigneur de sang. Serpent à collier. Fin de toute chose.

Malheur à ceux qui le réveillent car totale sera leur destruction.
Malheur à ceux qui le suivent car grand sera leur sacrifice.
Malheur à ceux qui se dressent devant lui car par sa main ils seront brisés.
Et quand les Dieux silencieux se réveilleront, pleurez, enfants, car la fin sera proche.

« Fils de Sept Pères », extrait du *Livre de Terra*

Prologue

Les cris de la femme se tarirent, remplacés par ceux du bébé. Le prêtre Sodar attendait ce moment depuis longtemps. Il lissa sa robe bleue et emboîta le pas à l'Ancien Tosan, entrant sous la tente beige.

Sodar cligna des paupières, attendant que ses yeux s'habituent à la faible luminosité. Aucune bougie n'était allumée à cette heure de la journée, même si une ombre épaisse recouvrait la salle.

Dans un coin de la maternité, l'Ancien Tosan discutait avec son épouse Lana, l'une des deux femmes sages à avoir suivi la grossesse d'Aegen. Elle monopolisait l'attention de son mari, permettant à Sodar de passer un moment seul avec la mère et le nouveau-né. Le prêtre s'avança au milieu de la tente et vit une femme sage âgée tenant dans ses bras un bébé luisant et enveloppé à la va-vite dans une couverture. Il réprima son envie de se précipiter vers l'enfant, tempérant sa joie de voir la lignée de Tuor perdurer, et se rapprocha de la mère avec un calme feint.

L'accouchement avait été difficile. Aegen gisait immobile sur sa natte, son visage blême perlé de sueur. Sodar ne voulait pas réveiller la femme épuisée. Un sentiment de malaise s'installa dans ses entrailles.

Elle ne respire pas.

Aussitôt, le prêtre s'agenouilla, secoua la femme par les épaules, murmurant d'abord, puis criant son nom. Un instant plus tard, il sentit Lana à son côté, sa main rouge de sang sur son poignet.

— Elle est morte, Frère Sodar.

Le prêtre se libéra de l'étreinte de la femme sage. Il se frotta le poignet là où elle l'avait touché, sentant de l'humidité sur sa peau fripée.

— À cause de l'enfant ? s'enquit-il en se tournant tant bien que mal vers le bébé.

Tosan avait pris le nourrisson à la seconde femme sage – une grand-mère osseuse nommée Kelga – et le tenait à bout de bras, comme s'il était dégoûté par sa vue.

— Ancien Tosan ?

L'homme à la maigre stature ne releva pas les yeux.

— L'enfant, dit Tosan. C'est un Fils de Keos.

— Un quoi ?

— L'enfant, répéta Tosan en montrant le bébé au prêtre en robe bleue. L'enfant est un Fils de Keos ! assena-t-il en soulevant la couverture.

Le cœur de Sodar battait d'horreur. Il remarqua les yeux d'un bleu perçant du nourrisson – une marque de la bénédiction du dieu Odar – et rien d'autre. Une mèche de cheveux couronnait la tête d'un bébé à l'apparence tout à fait ordinaire. Sodar plissa le front et s'apprêtait à contredire le jugement de Tosan lorsque l'enfant bougea, agitant les mains.

Non, la main.

— Par les dieux.

— Aegen a porté cet enfant, reprit Tosan en couvrant le bébé. Elle a été le vaisseau de Keos, et les vaisseaux de Keos doivent être détruits.

Lana acquiesça de la tête, approuvant les mots de son époux. Alors seulement le prêtre remarqua les mains ensanglantées de la femme sage, puis la flaque de la même teinte sous la tête de la défunte.

Ils l'ont tuée, comprit-il. *Ils ont tué Aegen, et je n'étais pas là pour les en empêcher.*

— Emmenez cette chose, ordonna Tosan en confiant l'enfant à Lana. Vous savez quoi faire.

La femme sage s'inclina, ses nattes brunes se balançant dans son dos.

— Les bêtes de Keos dévoreront les Fils de Keos.

— Il devra mourir sous vos yeux. Les bêtes ne mangeront pas avant la tombée de la nuit.

— Ancien Tosan…, intervint Kelga en faisant un pas en avant. Lana désire peut-être retourner à l'Académie et à votre fille. Je pourrais emmener l'enfant dans la forêt.

— Lana ? demanda Tosan en caressant son bouc noir.

— Les apprenties femmes sages s'occuperont de Myjun pendant mon absence, dit Lana en essuyant ses mains ensanglantées sur la couverture en laine du bébé et en trempant celle-ci dans la flaque de sang. Nous nous accommoderions cependant d'une escorte.

— La forêt de Brake n'a jamais été un endroit très sûr, acquiesça Tosan. Il vous faudra en effet quelqu'un avec qui partager les tours de garde. (Il jeta un coup d'œil furtif au paquet ensanglanté dans les bras de Lana et s'essuya consciencieusement les mains sur sa cape anthracite.) Le père aussi est un vaisseau de Keos. Dès qu'il aura été ligoté, emmenez l'enfant dans la forêt.

Tuor, pensa Sodar, sachant que le forgeron devait être en train d'attendre son enfant à l'extérieur de la tente. *Je ne peux pas l'abandonner… mais je ne peux pas les sauver tous deux, lui et l'enfant.*

— Je m'excuse de vous avoir fait venir, Sodar, reprit Tosan en soulevant le rabat de la tente. Il n'y aura pas d'enfant à bénir aujourd'hui. (Il s'arrêta dans l'entrée.) Je pense que vous devriez rester, cependant. Voir un prêtre briser un vaisseau de Keos ferait du bien aux villageois.

Sodar baissa les yeux en se mordant la langue pour se taire et se calmer.

— Pardonnez-moi, Ancien Tosan, mais je dois décliner. Je ne suis plus aussi fort qu'avant.

L'ancien grogna, peu surpris par cette réponse, et s'en fut. Kelga entreprit de rassembler les couvertures empilées sur la table d'accouchement d'Aegen. Quelques instants plus tard, Sodar entendit Tosan crier pour se faire entendre par-dessus le brouhaha de la foule rassemblée dehors. La tente trembla comme des mains pressées la démontaient, puis s'écroula, inondant Sodar et les deux femmes de lumière. Quelques fermiers emportèrent les cloisons segmentées et, soudain, Aegen fut exposée à la foule.

— Aegen ?

À moins d'un jet de pierre de là, Tuor contemplait sa femme, horrifié.

— Aegen ! (Tuor se précipita vers son épouse défunte, dont il souleva le corps inerte pour le presser contre son torse.) Aegen, Aegen..., répétait-il, comme si le prénom de sa femme était un talisman le protégeant de la vérité sanglante pressée contre sa poitrine.

Derrière le forgeron, Tosan approchait avec Winsor, l'Aîné des Anciens, et une demi-douzaine de maîtres de l'Académie. Les maîtres avatars étaient vêtus de leur traditionnelle tunique rouge sang, tandis que Winsor portait sa robe à chevrons noir et rouge de directeur.

— Entravez le vaisseau de Keos, ordonna-t-il. Attachez-le et brisez-le. Nous ne pouvons permettre à la souillure de se propager.

Tuor détourna son regard du cadavre de son épouse et chercha l'enfant que celle-ci avait porté pendant neuf mois. Il avisa la couverture en laine de mouton dans les bras de Lana au moment où Sodar se plantait devant lui.

Leurs regards se croisèrent, et pendant ces quelques secondes, le prêtre essaya de lui transmettre tout ce qu'il n'osait pas dire.

Je vais le mettre à l'abri, je le promets. Je vais le mettre à l'abri.

Tuor était une masse de tristesse et de colère, mais il comprit. Un instant plus tôt seulement, l'homme robuste avait paru sur le point de se battre pour son fils ; désormais, il acceptait de le mettre sous la protection de Sodar. Quelque chose passa entre les deux hommes, un au revoir d'une profondeur que seul un père endeuillé pouvait appréhender.

Des maîtres avatars s'avancèrent. Tuor prit le temps de poser avec douceur le corps de sa femme sur le sol, puis il recula en repoussant ses premiers adversaires. Sodar et les deux femmes sages s'éloignèrent de la foule, tandis que les autres maîtres avatars se jetaient dans la mêlée, clouant les jambes et les bras de Tuor au sol avant de l'attacher avec de la corde solide. Entravé et meurtri, le forgeron se débattit, parvenant à rejoindre sa femme, couvrant le cadavre d'Aegen de sa masse pour la protéger de son sort.

Sodar ne pouvait rien pour son ami. Tuor se sacrifiait afin de sauver son fils que le prêtre avait juré de protéger, aussi Sodar garda-t-il les yeux rivés sur le bébé, dans les bras de Lana, et suivit-il de près les deux femmes sages qui s'éloignaient. Ils avaient atteint l'extrémité de la place du village lorsqu'il entendit l'Ancien Winsor, qui tentait de se faire entendre. Un instant plus tard résonna la voix de baryton de Tosan.

— Un Fils de Keos est né parmi nous ! Le devoir nous appelle ! Les bêtes de Keos dévoreront les Fils de Keos, mais il nous revient – et c'est notre privilège – de briser ses vaisseaux !

Quelques spectateurs applaudirent, et Sodar se retint de se retourner pour mémoriser leurs visages. À quoi bon ? Il aurait simplement vu des villageois ramassant des pierres pour la Lapidation. Comme il avait ralenti, Lana et Kelga l'avaient distancé. Sodar les suivit de loin, tandis qu'elles s'enfonçaient dans la partie est du village. Dans son dos, les cris de Tuor étaient avalés par les grondements de la foule.

— Éliminons cette raclure ! lança quelqu'un.

— Créature de Keos ! enchérit un autre.

— Brisez-le ! Brisez-le ! Brisez-le ! scandaient-ils tous.

Sodar se força à avancer et ne chercha pas à identifier les voix. Avec la distance, les cris se lièrent en une cacophonie meurtrière. Un hurlement résonna soudain devant lui. Celui-ci était haut perché, constant, perçant : le son d'un bébé affamé, effrayé et seul.

Il ne durerait pas, toutefois, car Sodar était là pour lui.

Lana était étendue au bord de la clairière. Sa poitrine se soulevait en rythme comme si elle dormait. À sa droite, elle distinguait la silhouette courbée de Kelga sur la trame du ciel étoilé. La vieille femme sage faisait les cent pas, son attention entièrement concentrée sur le bébé qu'elle avait posé près d'un taillis de prunelliers. Une certaine inquiétude, dans l'attitude de la vieille femme, alarmait Lana.

Au début, elle avait cru que la grand-mère voulait seulement l'assister, ce qui aurait été compréhensible ; Lana avait donné naissance à une fille un mois plus tôt, et il était peu courant de reprendre si vite le travail après un accouchement. Mais ce n'était pas comme si Lana participait activement à la moisson – ç'aurait été trop, même pour un corps aussi résilient que le sien –, et observer la mort d'un Fils de Keos n'était pas très fatigant. Tout ce que Lana avait à faire, c'était rester éveillée jusqu'à l'arrivée des bêtes, attirées par les cris de l'enfant et le sang sur sa couverture.

Kelga, en revanche, persistait à vouloir assister à la mort du bébé. Cela surprenait Lana, non pas parce que la femme sage était frêle – Lana avait vu la vieille bique endurer des épreuves que les autres femmes sages n'auraient pas supportées –, mais parce qu'elle était d'un naturel égoïste et solitaire. Son comportement expliquait d'ailleurs que la Maîtresse Femme sage Kiara ne l'ait pas envoyée en mission avec les autres.

Kelga était donc là, et elle avait même vivement insisté pour prendre le premier tour de garde.

Au lieu de dormir, Lana gardait un œil sur elle, toutefois – un œil de plus en plus nerveux à mesure que la forêt s'assombrissait. Des picotements froids lui parcouraient le corps, comme la vieille femme s'installait contre un tronc d'arbre. Les minutes s'écoulèrent. Des nuages flottaient au-dessus de la canopée, et Lana fut prise d'une terreur irrationnelle. Quelque chose clochait. Elle ralentit sa respiration et écouta attentivement la forêt tandis que la silhouette de Kelga se fondait dans l'ombre. Comme elle n'arrivait pas à déterminer l'origine de sa peur, elle décida de la combattre de la seule manière dont elle disposait : en se préparant. Dans une main, elle tenait des spores de champignon, dans l'autre, son couteau, la lame fine qu'elle avait enfoncée dans le crâne d'Aegen.

Elle entendit des pas circonspects sur les brindilles sèches et des feuilles derrière elle, et se crispa, se rendant compte que Kelga avait bougé.

— Pourquoi feignez-vous de dormir ?

Un silence prolongé.

— Je crains la mort, répondit Lana dans un souffle.

— Il est sage de craindre ce qu'on ne comprend pas, croassa Kelga. La mort, cependant, nous aura tous à la fin.

— Vous accompagne-t-elle, en ce moment ?

La vieille femme éclata d'un rire sec et rauque, et la peur de Lana devint encore plus profonde. Elle souleva discrètement sa couverture, se préparant pour l'attaque qui ne manquerait pas de survenir.

— Vous auriez dû me laisser prendre l'enfant, dit Kelga.

Lana s'agita, méditant les paroles de la femme, et elle comprit.

— Vous êtes une Fille de Keos. Une servante de la mort. Les rumeurs sur le schisme... elles sont fondées.

— Je ne suis pas une servante, contra Kelga d'un ton neutre. La mort est mon ombre. Elle me suit partout où je vais, et elle est ici pour l'enfant...

Le garçon ne pleurait plus. Sans doute s'était-il endormi. Lana se tourna vers le bébé, près du taillis.

— ... et pour vous.

Kelga frappa. La dague plongea si vite et violemment que Lana ne parvint pas à l'éviter. La lame mordit profondément dans son épaule, manquant de peu son torse. Lana réussit à se libérer pour jeter ses spores au visage de Kelga.

La vieille femme hurla, ses doigts osseux agrippant ses joues et ses yeux comme elle tombait en arrière. Les spores puissantes l'étouffaient, la réduisaient au silence.

Lana se releva tant bien que mal et chancela au milieu de la clairière. Elle savait que les spores se développeraient rapidement dans la gorge de Kelga, grossissant jusqu'à obstruer complètement ses voies respiratoires, étouffant la sorcière, aussi profita-t-elle du clair de lune pour examiner la blessure que la vieille femme lui avait infligée.

La plaie était profonde. Pire, Lana avait arraché elle-même son muscle en se dégageant. Si elle ne jugulait pas l'hémorragie très vite, elle n'en aurait pas pour longtemps. Elle déchira un morceau de sa couverture et l'enroula autour de son bras en serrant une extrémité de la bande d'étoffe entre ses dents.

— Vos instincts sont louables, croassa Kelga.

Lana se retourna et vit Kelga tituber vers elle dans la clairière. Les lèvres de la femme sage étaient maculées de vomi, et elle respirait librement. Lana avait mal visé, apparemment.

Au lieu d'étouffer la vieille bique, elle avait atteint ses yeux, voilant son regard, désormais du même blanc que ses cheveux. Lana recula pour s'éloigner de la femme en furie, qui la suivait grâce à son ouïe.

— Vous êtes une traîtresse aveugle, Kelga. Dans votre état, vous ne retrouverez jamais le chemin de Chaenbalu.

Kelga gloussa d'une voix brisée et de plus en plus aiguë.

— Je n'ai aucune intention de rentrer à Chaenbalu. J'ai attendu cet enfant toute ma vie et je compte bien l'emmener loin de ce village reculé.

Elle se rapprocha de Lana, le couteau à la main. Elle était prête à passer de nouveau à l'attaque.

Lana recula, se hâtant de rejoindre le bébé près du taillis. Elle ignorait la nature du plan de Kelga, mais celle-ci avait manifestement prévu de ne pas tuer le bébé. Et puis, elle n'avait pas nié être une Fille de Keos. Mieux valait donc supprimer l'enfant sans attendre. Lana pivota sur ses talons et s'avança d'un pas décidé.

Si je le tue, son plan tombera à l'eau, et je pourrai retourner à Chaenbalu. C'était la voie la plus sûre. Lana n'avait aucune envie de se battre contre la vieille femme, même aveugle, d'autant qu'elle était elle aussi diminuée. Et puis, la vieille bique avait peut-être plus d'un tour dans son sac.

Kelga comprit l'intention de Lana et essaya de l'intercepter, mais la jeune femme fut plus rapide. Elle donna un puissant coup de sa lame, qui ne rencontra que du vide et la terre. Le bébé avait disparu.

Lana tourna sur elle-même à la recherche de l'enfant, mais il n'était plus là.

Un instant plus tard, Kelga était sur elle en hurlant, son couteau incurvé à la main. Lana se pencha en arrière pour esquiver un coup de taille, et Kelga en profita pour la pousser dans le buisson. Des dizaines d'aiguilles noires mordirent les cuisses, le dos et les bras de Lana. Longues de plusieurs centimètres, elles la maintenaient fermement. Lana lutta contre les ronces et sentit d'autres pointes fines s'enfoncer dans sa chair. Elle poussa un hurlement de peur, de frustration et de douleur, qui se mua en toux grasse tandis que les ronces lui comprimaient la poitrine.

Kelga approcha en boitillant, sa silhouette se découpant dans le clair de lune, jusqu'à ce que ses mains tendues rencontrent les prunelliers. Le regard laiteux tourné vers le ciel sombre, elle tendit l'oreille, puis gloussa et se pencha en avant pour s'emparer de l'enfant.

— Qu'en avez-vous fait ? aboya-t-elle en tournant la tête en tous sens comme pour localiser le bébé à l'aide d'un sixième sens. *Où est le Vaisseau !*

Le rire de Lana se mua en quinte de toux. Elle cracha sur la femme et sentit le goût du sang dans sa bouche.

— Keos l'a pris, assena-t-elle. Et j'espère qu'il vous prendra aussi.

— Il y a pire façon de mourir qu'en se vidant de son sang dans un buisson de ronces, gronda Kelga en trouvant la poitrine de Lana de la pointe de son couteau incurvé. Où est l'enfant ? demanda-t-elle en taillant dans la chair, arrachant à la jeune femme un autre gargouillis.

Un bâton robuste émergea des ténèbres pour frapper Kelga dans le dos, la faisant tomber à genoux. La vieille ulula et se retourna, dépliant le bras et pointant un index osseux vers son assaillant invisible.

— *Bàsaich !*

Le bâton brilla d'un éclat argenté, avant de recouvrer une couleur terne. Lana cligna des yeux pour voir son sauveur et fut choquée de reconnaître le prêtre du village.

— Sodar ? (L'incrédulité de Lana monta d'un cran lorsqu'elle vit le bébé dans sa couverture de laine entre les bras de l'homme.) Que…

Le bâton à la main, le prêtre avançait sur Kelga, qui reculait sur le sol tapissé de trèfles. Alors qu'il s'apprêtait à la frapper, Kelga jeta son couteau vers le ventre du prêtre. L'homme écarta la lame d'un coup de son bâton en chêne, qu'il abattit dans la foulée sur la tête de Kelga, qui s'écroula. Sodar brandit son épieu très haut, se préparant à lui fendre le crâne, mais la femme ne bougeait plus. Il hésita, puis laissa retomber son arme de bois en se retournant vers Lana. Enveloppé dans sa couverture de laine, le bébé maudit gazouillait.

— Vite ! le pressa Lana. Vous devez m'aider à détruire le Fils de Keos et à prévenir l'Académie. Les Filles de Keos ont infiltré le Cercle de Sagesse.

Le prêtre ne bougea pas. Il fixait la jeune femme d'un regard dur, les sourcils froncés.

— Vous n'êtes pas en position d'exiger quoi que ce soit, Lana banTosan. (Il se tourna furtivement vers la vieille femme inconsciente.) Vous avez dit que Kelga avait perdu la capacité à rentrer à Chaenbalu…

Lana hocha la tête en toussant et en crachant du sang.

— … à moins que quelqu'un la guide.

— Qui ferait une chose pareille ? Elle voulait sauver le Fils de Keos ! protesta Lana, le souffle court, comme si une main oppressante lui agrippait la poitrine.

— C'est la raison pour laquelle je vais la laisser vivre, rétorqua le prêtre. Quant à vous… Vous auriez tué le garçon aussi vite que vous avez assassiné Aegen. (Sodar secoua la tête, sa longue barbe grise chatouillant le visage du nourrisson.) Si Kelga ne peut pas rentrer au village, elle ne représente aucun danger. Avec la bénédiction d'Odar, elle pourrait même sortir de la forêt avant que les bêtes la mangent. Votre cas est bien différent, car si je vous laisse vivre, vous nous condamnerez tous les deux.

Lana cligna des paupières tandis que sa vision se brouillait et que du sang coulait de sa bouche. Son corps lui semblait bien loin, et elle avait du mal à se concentrer.

— Je craignais d'avoir à vous tuer, poursuivit Sodar, mais on dirait que ce ne sera pas nécessaire.

Lana sentit son monde se refroidir et comprit qu'elle mourrait sans revoir son époux et sa fille. Elle s'affaissa et, cette fois, la morsure des épines noires ne la fit pas sursauter.

Première partie

Le trente et unième jour du Troisième Mois, cent ans après la mort de Myahlai le Trompeur, les Dieux et leurs enfants devaient fêter le jour où le mal fut chassé de Luquatra. À l'approche du centenaire, Keos proposa que Lumea, Odar et lui se joignent à leurs fidèles pour la fête. Odar, qui était le plus ancien et le plus sage des Dieux, objecta que se mêler aux réjouissances de leurs enfants ne serait pas une bonne idée. Il suggéra que les Dieux s'échangent plutôt des cadeaux, et ce fut le premier Regaleus.

Deux jours avant les festivités, un Keos plongé dans ses pensées voulut voir son frère aîné. Percevant la détresse de Keos, Odar lui demanda ce qui le tracassait.

— C'est au sujet du cadeau de notre sœur, répondit-il. Que peut-on offrir à une Déesse qui tient le soleil dans sa paume ? Tout le monde veut lui faire plaisir, et elle ne manque de rien. La joie de notre sœur est absolue.

— Une mère ne se réjouit-elle pas de recevoir des cadeaux de ses enfants ? s'enquit Odar. Offrons à Lumea quelque chose qu'elle pourra partager avec ses fidèles.

Keos trouva ces paroles très sages et demanda :

— Avez-vous un cadeau pour notre sœur ?

— Non, car je ne maîtrise pas la technique et l'art pour en fabriquer. Peut-être était-ce votre destin de venir me parler aujourd'hui, puisque vous maîtrisez les techniques et les arts. Je pensais offrir à Lumea et ses fidèles une flûte de terre cuite ; tout comme elle, ils adorent chanter et danser.

Keos fut heureux d'entendre ces paroles, puisqu'il avait effectivement la maîtrise du *t'rasang*; le don de modeler des choses dans la terre, le métal, le bois, le sang et les os. Ainsi, Odar et Keos se mirent-ils d'accord pour offrir un cadeau commun à leur sœur Lumea.

Lorsque Keos s'assit dans sa forge de Thoir Cuma, le Dieu du *t'rasang* fut pris de doutes, car il considérait que la terre n'était pas un matériau assez noble pour créer la magnifique flûte qu'il avait imaginée pour sa sœur. Il décida donc d'utiliser l'or le plus pur tiré des entrailles de la terre. Lorsqu'il eut terminé, il montra sa flûte à Odar, qui constata que son frère avait modifié leurs plans mais ne s'en offusqua pas et bénit la flûte.

La veille du festival, Lumea vint voir Keos pour lui demander quel cadeau ils pourraient faire à leur frère. Se rappelant les paroles de sagesse d'Odar, Keos lui répondit :

— Un père ne se réjouit-il pas des cadeaux de ses enfants ? Offrons donc à Odar quelque chose qu'il pourra partager avec ses fidèles.

— Que pourrions-nous lui offrir, Keos ? Il est l'aîné, il est tellement sage, et ses enfants sont bénis.

— Je me suis mêlé en secret à nos fidèles pour observer leur travail – même celui des enfants d'Odar – et j'ai vu un présent digne de notre frère : un bâton offert aux anciens et aux rois comme symbole de leur sagesse et de leur puissance.

— Oui, acquiesça Lumea. Faisons un bâton à notre frère aîné, car un Dieu n'est-il pas un roi pour son peuple ? Et puis, Odar est bien le plus sage d'entre tous. Peut-être ses enfants brandiront-ils également ce bâton comme un symbole des bienfaits et bénédictions prodigués par Odar.

Ainsi Keos et Lumea décidèrent-ils de fabriquer un bâton pour leur frère Odar.

Lumea désirait que le bâton fût en bois, car elle aimait beaucoup les forêts de Luquatra, le parfum des cerisiers en fleurs, la force du chêne, et son peuple dansait souvent dans les clairières. Toutefois, quand Keos s'installa dans sa forge, il fut de nouveau pris de doutes. Il craignait que leur frère compare son cadeau à la flûte en or de leur sœur et en conçoive de la jalousie. Ainsi choisit-il d'utiliser, non pas du bois, mais le plus riche des argents tiré des profondeurs de la terre. Lorsqu'il eut terminé, il montra le bâton à Lumea, qui avisa les changements décidés par son frère mais ne s'en offusqua pas et bénit le bâton.

Vint alors le jour où les Dieux échangèrent des cadeaux. Il fut décidé que Lumea serait la première à recevoir le sien, aussi Keos et Odar lui présentèrent-ils la flûte en or. Lorsque la Déesse vit l'ouvrage délicat et la puissance que ses frères y avaient placée, elle pleura des larmes de joie. Elle accepta le présent et porta l'instrument à ses lèvres, jouant aussitôt la plus exquise des mélodies que le monde ait entendue. Une mélodie d'une beauté égalée à une seule reprise par la suite. Elle joua avec joie et passion, y mettant tout son cœur et son âme, emplissant la flûte de *lumen* jusqu'à ce qu'elle brille et que ses notes subjuguent son auditoire.

Lorsque la chanson fut terminée, Lumea recula et remercia ses frères pour le magnifique cadeau qu'ils leur avaient offert, à son peuple et elle.

Lumea et Keos offrirent alors le bâton d'argent à Odar, qui comprit sa signification et en conçut de la joie. Il prit l'outil dans ses mains, éprouva sa puissance et, satisfait, déclara :

— Ce bâton contient la force de Keos et l'amour de Lumea, et je compte y mettre toute ma vertu.

Odar leva l'objet vers le ciel et invoqua la force du *quaire*, l'esprit de l'air, de l'eau et de la glace. Lorsqu'il eut terminé, le bâton d'argent scintillait comme aucun autre, brillant encore plus que l'argent pur dont il était constitué.

Alors, Odar dit à son frère et sa sœur :

— Comme vous m'avez donné ce bâton, je l'offre à mes adeptes, qui pourront le brandir avec sagesse. Que ce bâton devienne un symbole de mes bénédictions et faveurs.

Keos et Lumea jugèrent l'idée excellente.

Vint le moment pour Keos de recevoir son cadeau. Odar posa son bâton avec grand soin et prit position à côté de sa sœur Lumea. Celle-ci fit un pas en avant, ouvrit la bouche et commença à chanter. Il se dit qu'aucune oreille n'avait jamais entendu chanson aussi belle, que la langue des hommes était incapable de répéter les mots qu'elle chanta à son frère Keos, qu'il était impossible d'imaginer l'effet sur l'âme de sa chanson.

Quand elle eut fini, Lumea se recula et regarda son frère, attendant son approbation. Le visage de Keos, cependant, demeura fermé. Il n'exprima ni joie, ni rire, ni vie, ni amour. Au contraire, Keos était perplexe et triste, sentiments qui cédèrent rapidement la place à de l'incrédulité, puis à de la colère froide. Keos tourna son visage vers sa sœur et son frère et demanda :

— Est-ce tout ce que vous avez pour moi ?

— Ceci est votre présent, mon frère, répondit Lumea.

— J'ai travaillé durement pour vous offrir à tous les deux un cadeau. J'ai creusé les veines les plus profondes pour extraire les métaux les plus nobles, j'ai passé beaucoup de temps dans ma forge afin de vous présenter des cadeaux qui vous feraient plaisir. Et que m'offrez-vous en retour ? Une simple chanson ?

Odar fit un pas en avant et rétorqua :

— Ce n'est pas une simple chanson, mon frère. Je me suis donné du mal pour choisir les mots – des mots à la puissance sacrée –, et notre sœur a fait en sorte que sa musique réchauffe les cœurs et éclaire les esprits. C'est le cadeau que nous vous faisons, et sa valeur est inestimable.

Furieux, Keos tourna les talons et s'en fut, s'éloignant à jamais de sa sœur et de son frère. Depuis ce jour, il se dit que de grands malheurs surviennent quand on fait des cadeaux.

« Le Premier Regaleus », extrait du *Livre d'Odar*

Keos retourna dans sa forge de Thoir Cuma où il refusa toute consolation et où son amertume le consuma. Il descendit dans le cœur de Luquatra, creusa ses entrailles à la recherche d'un métal plus précieux que l'or. Dans les profondeurs des montagnes, dans le grand gouffre sous la terre, Keos trouva un peu d'*aqlumera*, l'élément à partir duquel le monde fut créé. À la fois de glace et de feu, à la fois métal et liquide, il était à l'origine des trois Dieux, et il leur avait servi à modeler Luquatra.

Keos prit l'*aqlumera* et l'emmena dans sa forge, où il se fabriqua l'outil qu'il désirait le plus : un marteau. Car sa joie était la plus grande quand il fabriquait des objets de *t'rasang*. Et il le baptisa la Main de Keos, car il y mit beaucoup de sa puissance.

Les siècles passèrent, et les peuples de Luquatra furent grandement bénis par les Dieux. Les Dariens, les Iluméens et les Terrans vivaient dans la fierté de leur cœur et la tradition de leur culture. Des disputes éclatèrent cependant concernant des points de doctrine et des positions de pouvoir, qui furent à l'origine de la création de royaumes et du couronnement de rois. De ce fait, le Deuxième Âge est connu comme l'Âge des Rois.

Lorsque Odar et Lumea constatèrent des changements au sein de leur peuple, ils se mêlèrent à leurs fidèles pour les conseiller, et ils leur enseignèrent la paix et l'humilité. Et ceux qui les écoutèrent furent bénis. Et la Flûte de Lumea et le Bâton d'Odar furent transmis à nombre de Dariens et d'Iluméens. Et on les appela les daltas, les dieux-enfants, car ils brandissaient les Artefacts des Dieux et possédaient des pouvoirs divins.

Durant cette période, cependant, les Terrans ne furent pas conseillés par Keos, sa colère n'ayant pas fini de le consumer. Son peuple devint donc guerrier, sauvage et avide. Au lieu de modeler des outils et des instruments, il forgea des armes et des armures, il se confectionna toutes sortes de vêtements et d'apparats. Lorsque Keos émergea enfin de Thoir Cuma pour voir ce que son peuple avait accompli, il ne fut pas furieux, mais heureux. Et il devint un Dieu changeant, disposé à bénir les forts et les beaux, à offrir ses faveurs à ceux qui se battaient bien et avec passion.

Les années s'écoulèrent, les siècles se cumulèrent. Six cents ans passèrent depuis le premier Regaleus – sept cents ans depuis que Myahlai, l'Incarnation de l'Entropie, avait été chassé de Luquatra.

« La Chute de Keos », extrait du *Livre d'Odar*

Chapitre premier

— Annev ! Réveille-toi !

Annev se retourna pour s'éloigner de la voix, mais un coup vicieux dans ses côtes acheva de le réveiller.

— Aïe !

— Lève-toi ! siffla Sodar en le poussant du bout de son bâton. Tu vas être en retard en classe.

— Je suis réveillé ! lança Annev en se redressant dans ses couvertures.

Le garçon frissonna lorsque ses pieds touchèrent le sol glacé. Il s'étira, frissonna encore, inspirant profondément un parfum de terre et de sueur mêlé à une odeur de paille, de poussière et de cannelle. Il plissa le front et bâilla.

Les volets étant clos, la seule source de lumière était la bougie crachotante allumée derrière la porte de sa chambre. Comme ses yeux troubles s'adaptaient à la faible luminosité, il vit le prêtre devant lui, son bâton à la main.

— Vite ! (À la vue du jeune homme en sous-vêtements, Sodar se radoucit.) Tu n'es pas obligé de passer le balai dans la chapelle, aujourd'hui. Tu as à peine le temps de te laver, de toute façon.

Annev sourit en dépit de la fraîcheur de l'atmosphère.

— Mais si, j'ai le temps, répondit-il en ouvrant son coffre, d'où il sortit une tunique beige tachée et des hauts-de-chausses assortis.

Son uniforme de l'Académie avait été taillé dans un tissu écru, presque blanc, qui était désormais plus brun que grège.

— Parfait, dit Sodar en lui faisant signe de se hâter. L'eau, l'âtre, la bouilloire. Quand tu auras fini…

— Je sais, je sais, acquiesça Annev en enfilant ses hauts-de-chausses. Quand j'aurai fini, je vérifierai les pièges et je nettoierai la chapelle. Comme tous les jours.

— Presque tous les jours. (Croisant le regard d'Annev, Sodar ajouta :) Le Regaleus commence ce soir, et tu as ton examen demain. Ce sera ta dernière chance…

Les mots restèrent suspendus dans l'atmosphère, lourds de sens. Annev hocha la tête et prit un air solennel.

— Je n'avais pas oublié.

— Dépêche-toi, alors. Je vais préparer les outres. Je commencerai le décompte dès que tu sortiras de cette pièce.

L'examen, pensa Annev en laçant ses hauts-de-chausses. *Le dernier Test du Jugement*. Les trois jours à venir seraient consacrés au Regaleus, les célébrations marquant le début du printemps, ce qui signifiait que sa classe ne pourrait passer le test que le lendemain. Ce serait leur dernière chance d'obtenir le titre d'avatar.

Annev soupesa ses propres chances et soupira.

L'Académie faisait passer des tests à la fin de chaque mois pour sélectionner ceux de ses élèves qui passeraient du statut d'Acolyte de la Foi à celui d'Avatar du Jugement. Un seul élève était promu chaque mois, et après quatorze tests, moins de la moitié des camarades de classe d'Annev avaient obtenu le statut tant convoité. Ils auraient pu être plus nombreux, mais rien n'interdisait à un avatar nouvellement promu de participer au Test du Jugement suivant ; ainsi, des garçons qui avaient déjà gagné faisaient-ils concurrence aux autres.

C'est injuste, pensa-t-il pour la énième fois. *En plus, ma génération est la plus nombreuse de l'histoire de l'Académie*.

Annev noua sa ceinture et enfila ses bottes en cuir souple. En les laçant, il pensa à ses deux amis – un garçon maigrichon appelé Therin et un autre, grassouillet, nommé

Titus. Aucun des deux n'était encore avatar. Concourir contre ses amis était une chose horrible, même si Therin et Titus étaient trop mauvais en arts martiaux pour prétendre à la victoire. Les points forts du premier étaient la furtivité et la stratégie, tandis que le second… Titus avait presque deux ans de moins que les autres. Il était arrivé à l'Académie à la faveur d'une moisson tardive, progressant jusqu'à la classe d'Annev grâce à sa maîtrise de matières plus douces telles que l'histoire, l'agriculture, l'agronomie et l'arithmétique. Titus n'avait donc d'autre choix que de réussir son test face à des garçons plus âgés et plus forts que lui.

Aucun élève n'avait jamais été renvoyé de l'Académie, mais ceux qui échouaient au Test du Jugement ne pouvaient prétendre au titre de maître avatar. Ils étaient condamnés à revêtir l'habit d'intendant, et dans l'esprit d'Annev, il n'y avait pas pire châtiment. De fait, les intendants ne pouvaient ni devenir Anciens de l'Académie, ni enseigner aux acolytes, ni se marier. Ils étaient les serviteurs des maîtres et des anciens, victimes de leurs caprices. Ils étaient les esclaves du Maître des Opérations.

Pire, une fois promu maître, un avatar partait régulièrement en mission de récupération d'artefacts, alors qu'un intendant n'était même pas autorisé à quitter Chaenbalu. Il était prisonnier du village.

Annev avait beaucoup de peine pour Markov, en particulier, un intendant qui passait le plus clair de son temps à aider Maître Narach à cataloguer des artefacts dans le Caveau de la Damnation. La peste avait déferlé sur Chaenbalu quelques années plus tôt, frappant beaucoup de gens, y compris une grande proportion des élèves les plus vieux de l'Académie, les femmes sages et les maîtres avatars. Dans sa tranche d'âge, Markov était un des rares à avoir survécu. Son état de santé, cependant, ne lui avait pas permis de participer à la plupart des Tests du Jugement. Le temps de se remettre tout à fait, il était trop tard pour lui.

Annev produisit une paire de gants noirs et les examina, remarquant que le gauche était plus abîmé que le droit. Il haussa les épaules, rangea le second gant dans le coffre et enfila le gant usé jusqu'à son coude. Il ne portait pas un seul gant de façon systématique, mais cela lui arrivait suffisamment souvent pour que les maîtres et les anciens acceptent cette petite excentricité.

Vêtu et préparé, Annev se rendit dans la cuisine où Sodar lui lança deux épaisses outres en cuir. Annev les rattrapa instinctivement.

— Un, commença le prêtre. Deux…

Avant d'entendre « trois », Annev traversa la cuisine, passa entre les rangées de bancs de la chapelle et ouvrit les portes. Il tituba dans la quasi-obscurité, réussit à ne pas mettre un genou à terre et s'éloigna en courant dans la fraîcheur matinale.

La routine d'Annev était la même chaque jour : courir jusqu'au puits, au centre du village, revenir avec un maximum d'eau. Pendant ce temps, Sodar attendait sereinement dans la cuisine en comptant les secondes. L'exercice était censé compléter sa formation académique, mais il s'agissait surtout d'une corvée exténuante. Comme Annev avait passé la première année à s'en plaindre, Sodar avait eu l'idée d'en faire un jeu.

— Rapporte assez d'eau pour remplir la jarre, avait dit le prêtre en montrant un grand pot en terre, dans un coin de la cuisine. Tu devras avoir terminé avant que je compte jusqu'à quinze cents.

— On me donnera quoi si je réussis ? avait demandé un Annev âgé de huit ans et un peu insolent.

— On te donnera à boire.

— Mais je peux boire quand je veux !

—Non, plus maintenant, avait contré Sodar, attendant que ses paroles fassent leur effet.

—Vous m'interdisez de boire ? avait protesté Annev, incrédule. Cette eau, c'est moi qui l'ai puisée et portée jusqu'ici !

—Oui, tu commences à comprendre, avait confirmé Sodar dans un sourire.

Ce n'était pas une plaisanterie. Le lendemain de cette annonce, Annev avait délibérément pris son temps sur le chemin du retour. Il transportait l'eau dans des seaux, à l'époque, et pensait qu'il en renverserait moins s'il marchait lentement et qu'il n'aurait donc pas à effectuer un second voyage. Effectivement, il avait rapporté largement assez d'eau pour remplir le pot, sauf que Sodar avait eu le temps de compter jusqu'à deux mille. Lorsque le garçon avait pris une louche pour se désaltérer, le bâton de Sodar s'était abattu sur sa main, l'obligeant à lâcher l'ustensile, le faisant voler à travers la pièce.

—Aïe ! s'était écrié Annev. Par les couilles d'Odar ! Pourquoi ?

—Fais attention à ton langage, l'avait grondé Sodar en ramassant la louche. Tu sais très bien pourquoi. Les règles sont les règles. Tu n'auras pas de cette eau.

Voilà. Pas d'eau pour boire, ni se laver le visage et les mains. Ce matin-là, il était parti tôt – assoiffé et puant –, s'arrêtant au puits pour se désaltérer et se débarbouiller avant la classe.

Annev était rarement en retard.

Comme il courait dans le soleil levant, il passa l'épaisse sangle en cuir autour de son cou et lança les outres vides dans son dos.

Les outres, c'était son idée, et il en était très fier. Après quelques mois à endurer ses ampoules et quelques chutes, Annev avait discuté avec le tanneur du village, lui demandant comment il pourrait concevoir des outres en cuir parfaitement étanches. Moins d'une semaine plus tard, il avait ses deux outres, qui lui permettaient de remplir la jarre avant que Sodar compte jusqu'à quinze cent.

— Très bien, avait dit Sodar à la fin de la deuxième semaine. Voyons maintenant si tu peux remplir la jarre avant que je compte jusqu'à treize cents.

Et ainsi de suite, année après année. Chaque fois qu'Annev trouvait un moyen d'être plus rapide, Sodar lui donnait moins de temps pour remplir le pot de terre. Lorsque le garçon parvint à puiser l'eau plus rapidement, Sodar ne lui laissa plus que douze cents secondes. Quand son endurance s'améliora, il lui laissa encore moins de temps, et lorsque Annev apprit à glisser sur le sol sans renverser ses outres, Sodar décida de compter jusqu'à mille seulement.

Annev comptait aussi, mais pas les secondes. Après avoir suspendu les outres devant sa poitrine, il débloqua la manivelle et laissa la corde se dérouler, attendant que le seau tombe dans l'eau, tout en bas. Puis il remit la manivelle en place et tourna.

— Un. Deux. Trois. Quatre. Cinq. Six. Sept.

Au dix-neuvième tour, le seau émergea des ténèbres. Annev bloqua la manivelle, se pencha au-dessus du puits et submergea une de ses outres dans l'eau. Lorsqu'elle fut pleine, il la resserra fermement avant de débloquer de nouveau la manivelle pour faire choir le seau dans les profondeurs humides. Il en était à son huitième tour de manivelle lorsque quelque chose attira son regard de l'autre côté de la place. Il releva la tête au moment où une robe jaune et un tablier blanc disparaissaient dans la boutique du cordonnier Greusik. Aussitôt, ses tours de manivelle se firent plus lents.

On m'espionne? Ce n'était sans doute pas la femme de Greusik – elle n'était pas du genre à épier, et sa tenue la plus colorée était la robe rouge qu'elle portait à la chapelle –, mais c'était peut-être Myjun.

La fille du directeur était habillée d'une robe jaune, un mois plus tôt, lorsqu'elle avait fait signe à Annev de la rejoindre dans cette ruelle, derrière la boulangerie. Myjun l'avait poussé contre le mur et, comme son cœur battait la chamade, avait sorti un morceau de craie de sa poche et plaqué sa main contre la brique. Détachant son regard de celui du jeune homme, elle avait soigneusement dessiné les contours de ses doigts sur la paroi, rougissant lorsque Annev lui avait pris la craie, posé la main dans le pourtour de la sienne avant d'en dessiner également la forme en mémorisant son parfum, la ligne de sa mâchoire, le contact de sa peau chaude. Une semaine plus tard, la pluie avait lavé la craie, mais Annev ne pouvait s'empêcher de regarder la brique rouge où leurs mains s'étaient touchées.

Annev sursauta lorsque le seau buta contre le cylindre, renversant un peu d'eau. Il bloqua la manivelle, emplit sa seconde outre en se tournant une dernière fois vers la cordonnerie, espérant y revoir un éclair de tissu jaune. Mais non, rien.

Il se dépêcha de rentrer à la chapelle.

Le retour se faisait bien plus lentement que l'aller, mais Annev avait découvert que les risques de trébucher étaient moindres lorsqu'il comptait ses pas. Il y avait exactement mille onze pas jusqu'à la chapelle, en lisière de la forêt, et le jeune homme franchit cette distance en pensant à Myjun et à l'anneau de fiançailles qu'il espérait lui offrir un jour.

Annev entra dans le bâtiment d'un pas vif et embrassa les lieux du regard. La chapelle était assez grande pour accueillir les habitants du village, mais elle restait modeste comparée à la nef poussiéreuse de l'Académie. Les outres serrées contre lui, il remonta l'allée, grimpa sur l'estrade et ouvrit la porte du fond, qui donnait sur le presbytère.

— Neuf cent soixante-trois. Neuf cent soixante-quatre…

— Je suis là ! lança Annev, essoufflé, faisant irruption dans la cuisine.

Sodar désigna la jarre vide en continuant à compter. Avec un grognement, Annev se dirigea vers le pot de terre pour vider les outres.

— Neuf cent soixante et onze, conclut Sodar comme Annev lâchait les récipients vides et s'écroulait au sol. Tu deviens lent. La semaine dernière, je ne comptais même pas jusqu'à huit cents.

Le souffle court, Annev répondit en riant :

— Ouais. J'ai été retenu.

— Retenu par quoi ?

— J'ai cru voir Myjun chez le cordonnier.

— Mmh…, fit Sodar en se caressant la barbe. Je comprends mieux. (Il prit la louche en bois sur le manteau de la cheminée et entreprit de remplir la bouilloire suspendue au-dessus de l'âtre.) Et c'était elle ?

— Je n'en suis pas sûr. Je crois. Elle est entrée chez Greusik au moment où je remplissais mes outres.

— Que penserait ton directeur s'il t'attrapait à courir après sa fille ? demanda Sodar en secouant la tête. Déjà que vos routes se croisent parfois à l'Académie ! Si tu commences à la rencontrer hors des limites du domaine de son père et sans qu'il le sache…

— Je me tape le nombril avec une cuillère en bois de ce que Tosan peut penser, rétorqua Annev en s'affalant sur une chaise.

— Annev ! s'écria Sodar en se retournant, renversant un peu d'eau. Tosan est l'Aîné des Anciens et le directeur de l'Académie. Tu lui dois le respect.

— J'avais oublié. Je me tape le nombril avec une cuillère en bois de ce que l'Aîné des Anciens Tosan… (Il croisa le regard de glace du prêtre et déglutit.) Désolé, Sodar. C'est juste que… je m'inquiète pour le Test du Jugement.

Sodar revint à sa bouilloire et Annev l'entendit murmurer, réprimant un rire :

— … il s'en tape le nombril…

Le jeune homme sourit. Il savait que le prêtre et le directeur ne s'appréciaient pas. L'animosité entre le clergé et l'Académie datait de plusieurs décennies, bien avant l'arrivée de Sodar à Chaenbalu, mais les tensions s'étaient exacerbées depuis qu'Annev était devenu l'apprenti du prêtre, d'autant que Sodar ne faisait rien pour améliorer la situation, bien au contraire.

Une fois la bouilloire pleine, Sodar donna la louche à Annev, qui but quelques longues gorgées. Pendant ce temps, le prêtre s'activa, allant chercher des feuilles de thé et des bâtonnets de cannelle.

— Tu vérifieras les pièges, mais tu ne les réarmeras pas. Et tu désarmeras ceux qui ne se sont pas déclenchés.

Il versa le thé et la cannelle dans la bouilloire.

— Mais pas les pièges à oiseaux, dit Annev en reposant la louche sur le manteau de la cheminée.

— Les pièges à oiseaux aussi. « Tu ne consommeras pas d'animal, de poisson, ni de gibier lors de mon jour saint. »

— Mais ce n'est pas le Septième Jour ! protesta Annev.

— Non, c'est le premier soir du Regaleus, répondit Sodar en ajoutant de la racine de chicorée moulue dans la bouilloire. Je te connais. Les matins d'examen, tu n'es bon à rien, et je vais devoir faire tes corvées à ta place, regretta-t-il en secouant la tête. Je préfère donc que nous prenions un peu d'avance. Désarme *tous* les pièges.

Annev fronça les sourcils en repensant au Test et à ses échecs passés et se sentit mesquin.

— Si le *Livre d'Odar* dit que nous ne devons pas manger de viande les jours saints, pourquoi mange-t-on des oiseaux et des poissons le Septième Jour ?

— Parce que le Septième Jour est saint mais pas férié, comme le Regaleus, par exemple.

— Mais, ne devrions-nous pas… ? insista Annev, le front toujours plissé.

— Annev, as-tu réellement envie de discuter de ces points de doctrine maintenant ? Le Conseil de Neven nan Su'ul a essayé, au Troisième Âge. Des livres entiers ont été écrits sur le sujet, et la plupart sont du crottin de cheval.

Annev resta bouche bée, même si le prêtre fit semblant de ne pas le remarquer. Un sourire lui éclaira furtivement les traits comme il se concentrait sur le thé.

— En vérité, poursuivit Sodar, il m'arrive d'être un peu hypocrite mais – au contraire de certains de mes frères – j'essaie de ne pas être dupe de moi-même. (Il regarda Annev, une lueur dans les yeux.) Mais bon, tu te moques des jours fériés, du *Livre d'Odar* et de tes corvées, n'est-ce pas ?

Annev plongea son regard dans celui de Sodar et serra les dents, trop effrayé pour parler.

— Ça va bien se passer, Annev. Quoi qu'il arrive, je suis fier de toi.

Le jeune homme hocha la tête et s'empourpra.

— Oui, dit-il, la gorge serrée. Donc je dois désarmer tous les pièges. Quoi d'autre ?

— Inutile de couper du bois, répondit Sodar en enfonçant les feuilles de thé dans l'eau. Il y en a assez dans la cabane pour finir la semaine. Et puis, je préfère que tu arrives en avance, aujourd'hui.

— Il me reste encore beaucoup de temps avant la classe.

— Pas si tu dois te laver et te changer. À côté de ton visage, ta tunique paraît blanche.

Annev se força à rire et se frotta les joues. Il était crasseux, en effet, mais il était difficile de déterminer si son visage était plus sale que ses mains.

— Entendu, je me dépêche.

Et il s'en fut avant que Sodar lui demande de faire autre chose.

Chapitre 2

La porte, dans le fond de la cuisine, s'ouvrait autrefois sur l'extérieur, mais à mesure qu'Annev grandissait, Sodar avait érigé une extension en bois dans laquelle le garçon pouvait s'entraîner. On y trouvait toute une panoplie d'armes factices, un mannequin d'entraînement, du bois pour le feu, une cave partiellement enterrée, ainsi que des toilettes.

Annev entra dans la pièce sombre, décrocha son sac à gibier et son couteau de chasse, puis avisa les toilettes, dans un coin. Poussant un soupir, il courut jusqu'à la cabine, sous laquelle il récupéra un pot plein. Tenant celui-ci à bout de bras, il sortit de la cabane et trotta jusqu'à la forêt, située à environ trois cents mètres, où il vida le pot dans le même taillis qu'à l'accoutumée. Puis il posa le pot par terre et s'enfonça dans le bois, pressé de découvrir les animaux qu'il avait attrapés.

Après avoir parcouru une quinzaine de pas dans la forêt de Brake, il s'arrêta pour inspirer profondément les parfums de la clairière et s'imprégner des bruits et du spectacle de la nature. Il étudia les grands conifères aux rameaux perpétuellement verts, tandis que les chênes et les bouleaux se paraient de feuilles mortes qui ne tomberaient que lorsque des bourgeons les délogeraient. Annev emprunta une piste tracée par des animaux sauvages, qui serpentait entre les arbres et conduisait à ses premiers pièges.

Une demi-heure plus tard, le garçon avait récupéré un faisan, deux écureuils bien gras et un lapin plus gras encore.

Sur le chemin du retour, il remarqua une étrange tache obscure autour d'un groupe de pins. Annev scruta les ombres, les voyant bouger dans les rais de lumière qui transperçaient la canopée.

Les mares d'ombre étaient rares dans la forêt de Brake, mais Annev en avait vu quelques-unes. Il n'avait jamais interagi avec l'une d'elles, cependant, et c'était la première fois qu'il en repérait une si près du village.

Son sac à gibier sur l'épaule, il s'approcha d'un prunellier et ramassa une pierre grosse comme la moitié de sa main. Il la soupesa, se tourna vers la mare de ténèbres et lança son projectile.

La pierre disparut dans l'herbe et les ombres épaisses avec un bruit étouffé. Annev scruta l'endroit où le noir avait avalé le caillou. Après quelques secondes, il fit la moue. Il ne savait pas à quoi il s'attendait, mais il espérait sans doute provoquer une réaction spectaculaire. L'étrangeté du phénomène le fascinait.

Le regard rivé sur la mare d'ombre mouvante, il se penchait pour ramasser une autre pierre lorsqu'une douleur vive lui parcourut la main. Il jura et lâcha la branche de prunellier qu'il avait saisie par mégarde, repliant plusieurs fois sa main tandis que deux points rouges apparaissaient sur sa paume. Il faillit essuyer le sang sur sa tunique, mais se retint.

Il explora le sol tapissé d'épines de pin et repéra une autre pierre grise, presque deux fois plus grosse que la première. Il écarta du pied une branche de prunellier pour la ramasser, puis essuya sa main sur le matériau gris, qui refroidit agréablement sa paume endolorie. Il lança la pierre, qui disparut dans le noir.

Pendant quelque temps, rien ne se produisit. Et puis Annev discerna un frisson à peine perceptible, une vibration qu'il aurait facilement pu manquer, une onde rouge foncé qui parcourut la mare d'ombre. Il cligna des yeux, s'efforçant de faire le point sur la pulsation colorée, mais elle avait déjà disparu. La surface de l'ombre était redevenue parfaitement lisse.

Il aurait dû partir, il en était conscient, mais il ne put s'empêcher de s'approcher de la chose. Serrant les dents, le cœur battant très vite, il força ses pieds à entrer dans le noir. Comme il ne se passait rien, il fit quelques pas de plus à l'intérieur de la mare opaque et froide. L'ombre lui monta aux genoux, puis aux hanches – un peu comme la brume quand il se baignait dans l'eau du moulin, en automne –, mais alors les ténèbres devinrent encore plus glacées, et Annev eut la sensation, la certitude subite d'être observé. Il était désorienté, pris du même vertige que lorsqu'il se penchait par-dessus les parapets de l'Académie. Il recula à la hâte.

Quand il fut sorti de l'ombre, Annev se réprimanda. Il était certes seul dans la forêt, mais cet endroit n'était pas plus froid que n'importe lequel de ses recoins sombres. Il n'y avait aucune raison d'avoir peur. Vraiment aucune…

Et pourtant, la mare d'ombre l'avait déstabilisé plus qu'il ne voulait l'avouer. Annev jeta un dernier coup d'œil par-dessus son épaule, frissonna et se dépêcha de rentrer.

— Tu as vidé le pot ? lui demanda Sodar dès qu'il eut remis les pieds dans la cuisine.

— Oui, confirma Annev, heureux d'en avoir fini avec cette corvée particulière.

— Bien. Lave-toi, mange puis nous testerons ta magie.

— On l'a fait la semaine dernière ! protesta le garçon.

— On devrait le faire *tous les jours*, contra Sodar en se servant du thé, mais ma traduction de Speur Dún me prend beaucoup de temps. (Il soupira puis avala une gorgée de thé.) Je tâcherai d'être plus disponible, à l'avenir. Avec le Regaleus qui vient, tu devrais accéder plus facilement à ta magie.

Annev frotta vigoureusement sa main blessée dans l'eau froide, lava le sang qui restait sur sa paume puis se débarbouilla.

— La magie est-elle toujours plus forte pendant le Regaleus ? demanda-t-il, le visage dégoulinant d'eau.

— C'est ce que j'ai observé, confirma le prêtre en lui jetant une serviette.

— Ça explique peut-être les mares d'ombre.

— Les mares d'ombre ?

Annev hocha la tête et lança la serviette désormais humide à Sodar.

— Les endroits, dans la forêt de Brake, où les ombres s'amalgament, s'accumulent comme de l'eau dans une mare.

— Oui, tu m'en as déjà parlé, même si tu ne les as jamais appelées comme ça. Tu en as vu aujourd'hui ?

— Tout près de l'orée de la forêt, acquiesça Annev en frottant son avant-bras gauche couvert du gant qui lui montait jusqu'au coude. C'est la première fois que j'en vois une si près du village.

Il se rappela la manière dont les ténèbres lui avaient glacé la peau et eut un frisson. Il releva les yeux et constata que le prêtre le regardait fixement.

— Ces mares d'ombre, reprit l'homme, tu n'arrivais jamais à t'en approcher, avant, n'est-ce pas ? Tu n'avais jamais interagi avec elles ?

— Non, pas vraiment, reconnut Annev dans un haussement d'épaule. Aujourd'hui, je m'en suis approché juste assez pour jeter une pierre dedans, mais il ne s'est rien produit.

Sodar ne le lâchait pas des yeux. Annev en conclut que le prêtre ne le croyait pas. Cependant, le vieil homme grogna et se tourna vers son thé.

— Je n'ai jamais vu ces mares moi-même, dit-il avant d'avaler une gorgée de son breuvage, mais tu as peut-être raison sur le Regaleus. La forêt de Brake entretient une relation étrange avec le domaine des ombres, et ce lien est encore plus fort à cette période. Peut-être les mares sont-elles inoffensives, mais je te conseille de ne pas t'en approcher pour l'instant. (Sodar attendit que le jeune homme réponde. Comme il se contentait de hocher la tête, il ajouta en agitant son index :) J'ai besoin que tu le dises, Annev. Promets-moi de ne pas t'approcher de ces mares.

— Je le promets, répondit le jeune homme en déglutissant.

— Bien. Si la magie de la forêt était plus forte, ce matin, il y a fort à parier que la tienne le sera aussi. Nous n'avons pas le temps de tester tes glyphes, alors, essayons le sac…

Sodar s'assit et sortit de sa robe un sac vert délavé.

Annev grogna et s'affaissa sur une chaise. Comme le prêtre plissait les yeux, il esquissa un sourire faux et commenta avec un enthousiasme feint :

— Un sac sans fond débordant de déceptions !

Sodar ricana puis posa le sac sur la table. Annev le fit glisser sur le bois usé, défit le nœud de la cordelette qui le fermait et plongea la main droite dedans.

— Ça ne marche jamais avec moi.

— Peut-être les choses seront-elles différentes aujourd'hui, tempéra Sodar.

— Ouais. Peut-être qu'il me coupera la main, par exemple.

Sodar sourit et sirota son thé.

— Je ne pense pas. Un sac sans fond ne servirait à rien si on risquait de perdre un membre en le fouillant. De toute façon, il faut lâcher un objet pour que le sac le prenne.

Annev manipula le tissu vert en réfléchissant.

— Comment se fait-il que je sois capable d'user des artefacts que nous confient les maîtres à l'entraînement, mais pas fichu d'utiliser ce sac ?

— Parce que les artefacts peuvent être réglés pour n'importe qui, pour un genre de personne, voire pour un acolyte particulier. Les maîtres et les anciens partent du principe que personne, à l'Académie, ne sait pratiquer la magie, aussi vous confient-ils des artefacts communs. Ce sac, en revanche, ne peut être utilisé que par ceux qui ont le talent, ce qui signifie que son activation nécessite plus qu'un simple effort de volonté, un mot ou un geste.

— Qu'est-ce que je suis censé en sortir ? demanda Annev d'un ton bougon.

— Ton petit déjeuner, répliqua Sodar en s'adossant à sa chaise. Si tu le trouves, tu pourras manger.

— Ce n'est pas drôle, Sodar.

— Ce n'est pas supposé être drôle.

— Attendez… vous êtes sérieux ? Vous avez mis mon petit déjeuner là-dedans ? Mais… je n'ai jamais réussi à sortir quoi que ce soit de ce sac ! Je vais crever de faim !

— Je ne te prive pas de nourriture. Ton petit déjeuner est dans ce sac. Personne ne t'empêche de le manger.

Annev fronça les sourcils et entreprit de fouiller l'objet. Il se sentait toujours bête quand il essayait de pratiquer la magie, et ce jour-là n'était pas différent des autres.

— Ça m'aiderait si vous me disiez ce que je suis censé trouver.

— Du bacon.

Annev se figea, l'air incertain.

— Vous n'avez pas cuisiné de bacon. Je l'aurais senti.

— C'est vrai, s'amusa Sodar, mais j'ai mis quelques tranches de jambon de campagne là-dedans il y a un ou deux ans. Je pense qu'il sera parfait.

Annev grimaça en imaginant ses doigts rencontrant de la viande avariée. Il retira sa main du sac et le poussa vers son mentor.

— Je ne vous crois pas.

— Cela en fera plus pour moi, rétorqua le prêtre dans un haussement d'épaules.

Puis il mit la main dans le sac et en sortit une épaisse tranche de bacon grillé.

Annev regarda le prêtre croquer dans la chair chaude et croustillante. Son ventre se manifesta bruyamment lorsque le parfum de graisse et de viande fumée parvint à ses narines.

— Donnez-moi ce sac !

Tout en se léchant les doigts, Sodar fit glisser le sac sur la table. Annev l'attrapa et fourra la main dedans, imaginant cette fois une assiette pleine de jambon.

— Mais, dites-moi, reprit le jeune homme, comme fait-il pour rester chaud ? Le temps ne s'écoule-t-il pas à l'intérieur du sac ?

— Je ne sais pas trop, mais l'artificier qui l'a conçu semble l'avoir relié à un espace alternatif, où le temps s'écoule très lentement. C'est ce qui explique en partie que l'artefact soit si bien préservé.

— Ah bon ? s'étonna Annev, dubitatif, en scrutant le sac. Il est bien élimé, je trouve.

— Quel âge donnes-tu à ce vénérable sac ?

Annev haussa les épaules en tentant de se concentrer sur la sensation produite par une assiette de bacon dans sa main.

— Je ne sais pas. Peut-être cent ans.

— Disons plutôt trois ou quatre mille ans.

Le garçon cessa de penser au bacon, stupéfait par la réponse du prêtre. L'immensité de ce nombre chassa de son esprit toute image de viande grillée.

— Il remonte à l'Âge des Rois ?

— Au moins.

— Comment pouvez-vous le savoir ? On n'est sûrs de rien…

Sodar attrapa le sac et Annev le laissa faire, se résignant à avoir le ventre vide.

— Un jour, expliqua le prêtre, j'ai fouillé dedans pour en sortir une pièce. (Illustrant son propos, il plongea sa main fripée dans le sac.) Quelques jours plus tôt, j'y avais mis une poignée de pièces, mais comme je n'avais besoin d'acheter que du pain, je n'avais pas besoin d'une grosse somme. (Il sortit la main du sac et lâcha sur la table une pièce toute déformée.) Imagine ma surprise quand j'ai découvert ça.

Annev la ramassa. La pièce était plus lourde que prévu, rugueuse sur le pourtour, pas tout à fait circulaire, très différente des écus et des étoiles de bronze que les gens dépensaient au marché. Les dessins étaient usés, mais Annev reconnut le Bâton d'Odar divisant une mer agitée sous un nuage d'orage et des éclairs. Au milieu des vagues, il lut les lettres « U, R, R, A, N ». Il retourna la pièce et découvrit une version effrayante du marteau en bec-de-corbeau : à la fois outil de forgeron et arme de guerre, l'objet flottait de façon inquiétante au-dessus d'une enclume fumante.

— Keos…, murmura Annev en laissant tomber la pièce sur la table, où elle roula longuement avant de s'arrêter devant Sodar.

— Keos, confirma le prêtre en ramassant la lourde pièce de cuivre.

— C'est la première fois que je vois un truc pareil, lança Annev dans un souffle. Darien ou terran ?

— Les deux, répondit Sodar en manipulant la pièce. Les nations de Daroea et Terra ont partagé la même devise pendant une brève période de temps, durant l'Âge des Rois. Le Deuxième Âge.

— En quoi cela nous renseigne-t-il sur l'âge du sac ? Si la pièce est plus ancienne que le sac, n'importe qui – y compris vous ou un collectionneur – a pu la mettre dedans.

— Ces pièces ne circulent plus depuis le Deuxième Âge, expliqua Sodar en haussant les épaules, aussi cela me semble-t-il peu probable, mais il y a également ceci…

Il retourna le sac et en montra l'intérieur à Annev, qui l'étudia longuement et finit par repérer les lettres « URRAN » brodées.

— Qu'est-ce que ça veut dire ?

— C'est une personne. Le Terran qui a forgé le moule de la pièce a aussi confectionné ce sac. L'artisan le plus talentueux de son époque, un maître parmi les maîtres, un artiste entièrement dévoué à son art. Un homme né à l'aube du Deuxième Âge. Tôt dans sa carrière, il signait tous les artefacts qu'il produisait. Il voulait que le monde sache ce dont ses mains étaient capables. (Sodar fit tourner la pièce entre ses doigts experts.) En vieillissant, cependant, Urran comprit que sa contribution à l'histoire de son art ne pouvait être que modeste et fugace, aussi décida-t-il d'arrêter de fabriquer des artefacts pour rejoindre le clergé.

— Il est devenu Seigneur de sang ?

— Oui et non. Les Seigneurs de sang sont des Terrans qui possèdent le talent, mais nous autres Dariens avons tendance à les mettre tous dans le même panier. Techniquement, Urran est resté Maître Artificier, mais les historiens racontent qu'il a renoncé à son art pour se concentrer sur un autre objectif : devenir un homme meilleur.

— On peut donc en conclure que le sac et la pièce ont été fabriqués à la même époque, c'est ça ?

— Oui, acquiesça Sodar en faisant briller les lettres « URRAN » à la lumière de la cuisine.

— Qu'est-il arrivé à Urran quand il a rejoint le clergé ?

Sodar fit claquer ses doigts et la pièce disparut.

— C'est une histoire pour un autre jour.

Annev marmonna, incrédule, lorsque Sodar retrouva la pièce derrière son oreille. Il leva les yeux au ciel et le prêtre sourit.

— En matière de magie, même les trucs ont leur place, expliqua Sodar en lâchant la pièce dans le sac et en tendant ce dernier au jeune homme. Essaie pour moi, Annev. Ressors cette pièce du sac.

Annev prit le sac dans sa main gauche, jeta un coup d'œil à l'intérieur, puis soupira en secouant la tête.

— Je ne peux pas, Sodar. Je n'ai pas trouvé le bacon ; je ne trouverai pas non plus la pièce. Si j'ai de la chance, j'en sortirai une boule de peluches.

— Je m'en contenterais.

Annev renifla de dépit, mais finit par fourrer sa main dans le sac. Quelques secondes plus tard, il la ressortit.

— Vous vous rendez compte de ce que ça fait ? Je veux dire, fouiller dans un sac vide ? C'est…

— D'une extrême futilité ?

— J'allais dire « idiot ».

— Concentre-toi plutôt sur la pièce, contra Sodar avec un geste dédaigneux de la main. Rappelle-toi son poids, son apparence, la sensation dans ta main.

— Oui, une très vieille pièce en cuivre, acquiesça Annev en tournant la main dans le sac. J'ai compris. Je la revois parfaitement.

— Tu m'as vu la lâcher dans le sac. J'attends que tu daignes l'en sortir.

Annev fouilla encore un peu, puis se figea. Il haussa subitement les sourcils, et son visage devint un masque d'incrédulité.

— Je crois que je l'ai, dit-il en sortant doucement sa main.

Sodar se pencha en avant sans lâcher de ses yeux plissés le poing fermé d'Annev.

— Tu l'as ? Bien joué, mon garçon ! Bien joué ! Montre-la-moi.

Il tendit sa paume sous la main fermée du jeune homme, et attendit que celui-ci desserre les doigts.

Rien ne tomba.

Sodar fronça les sourcils, puis releva les yeux et vit qu'Annev avait le plus grand mal à se retenir de pouffer. Leurs regards se croisèrent, et le garçon éclata de rire.

— Je vous ai bien eu ! Désolé, Sodar, mais c'était vraiment trop tentant.

Le vieux prêtre grommela et lui arracha le sac des mains.

— Si tu prenais les choses plus sérieusement, tu y arriverais bien mieux.

— Je les prendrai plus sérieusement dès que j'aurai un peu de succès, rétorqua Annev en se levant. Gardez votre petit déjeuner. Je suis pressé. Si j'arrive en retard au cours de Dorstal, il m'empêchera de participer au test de demain.

Sodar approuva et se leva à son tour.

— Fais attention, aujourd'hui, dit-il en posant la main sur l'épaule du jeune homme. J'ai vu comme vous deveniez tous très combatifs les veilles d'examen. Surtout Fyn. Un bon voleur ne gagne pas des combats, il les évite.

— Nous ne sommes pas des voleurs, Sodar, mais des avatars.

— Pour moi, c'est la même chose, grogna le prêtre. Au moins prends-tu quelque chose au sérieux... (Il attrapa sa tasse et le sac vide.) Tu es meilleur avatar que n'importe quel autre garçon de ta classe, même si tu n'en as pas le titre. Tu n'as rien à prouver à personne.

Annev pensa au test. En général, ses amis et lui travaillaient ensemble pour gagner, mais demain...

Titus, Therin ou moi. Nous formons une équipe, mais seul l'un d'entre nous peut gagner.

Puis il pensa à l'anneau de fiançailles qu'il dissimulait dans sa chambre et qu'il espérait offrir à Myjun le dernier soir du Regaleus. Lorsque Annev avait demandé à Sraon de le forger, il était convaincu de figurer parmi les premiers de sa classe d'âge à réussir le Test du Jugement. De fait, seuls les avatars étaient autorisés à courtiser des femmes, et seuls les maîtres avatars et les anciens pouvaient se marier. En résumé, s'il échouait au dernier test et finissait simple intendant, il pourrait faire une croix sur Myjun et son avenir à l'Académie.

Cela n'arriverait pas. Annev n'échouerait pas. Il refusait de devenir intendant tout comme il refusait de perdre Myjun. Il en était plus sûr que jamais. Demain, ce serait chacun pour soi ; voilà ce qu'il dirait à ses amis. Ce serait honnête et juste. Chaque acolyte avait le droit de choisir son propre destin.

Une autre pensée traînait dans le fond de son esprit, cependant : il pourrait utiliser ses amis… Il pourrait dire à Titus et Therin qu'ils formaient une équipe, qu'ils gagneraient tous ensemble, avant de leur tourner le dos le moment voulu. L'idée, si elle lui semblait légitime et intelligente, lui donna la nausée, ce qui signifiait sans doute que c'était la chose à faire.

Annev se tourna vers Sodar. Son visage reflétait ses émotions contradictoires. Il déglutit.

— Oui. Je n'ai rien à prouver.

Chapitre 3

L'Ancien Dorstal marchait de long en large devant ses élèves, sa longue robe noire bruissant à chacun de ses pas. La lumière du matin entrait avec parcimonie par une étroite fenêtre vitrée, éclairant à peine son visage encapuchonné.

À la droite de Dorstal, douze baguettes de métal ou de bois étaient disposées sur une table. À sa gauche, douze garçons étaient assis derrière trois rangées de tables en bois sombre et taché. Cinq garçons portaient des tenues couleur terre, propres et richement teintes ; les autres, dont Annev, formaient un camaïeu de beiges.

— … certains prétendent que la plupart des baguettes magiques sont inoffensives, disait Dorstal, poursuivant sa leçon. Qu'elles servent à soigner ou à effectuer de menues corvées, telles que la lessive ou la cuisine. Néanmoins, même les aptitudes les plus inoffensives peuvent être détournées. Et vite.

Dorstal s'arrêta devant un acolyte en beige. Dans le fond de la classe, un garçon massif en tunique brune bâilla. Deux de ses camarades pouffèrent dans leurs mains. Dorstal fit comme s'il ne les avait pas entendus.

— Voilà pourquoi vous devez faire attention chaque fois que vous récupérez un artefact, quel qu'il soit. Au fil des ans, les avatars et maîtres de Chaenbalu ont collecté la plupart des baguettes du nord-ouest de Daroea, y compris les grandes baguettes et les baguettes sombres, qui sont les plus dangereuses. Cependant, même la baguette la plus humble peut tuer si on manque de circonspection.

Dans le fond de la classe, Annev leva la main. L'Ancien Dorstal se détourna de lui et passa derrière la table sur laquelle étaient alignés les artefacts magiques. Annev attendit, la main levée.

— Bien, je parlais de classification, poursuivit le professeur en prenant un morceau de craie et en se tournant vers le tableau noir. Les « grandes baguettes » possèdent un immense pouvoir. (Il dessina une étoile à chaque extrémité du tableau. La première était grande, la seconde petite.) Le terme « grande » fait référence aux capacités de la baguette et décrit plus particulièrement sa force… (Il dessina un cercle autour de la première étoile.) … sa portée… (Il traça une ligne en pointillé entre les deux étoiles.) … la durée des effets produits. (Dorstal dessina deux autres étoiles au-dessus de la plus grande.) Certaines baguettes sont *grandes* parce que leur magie dure plus longtemps – indéfiniment, parfois. (Il tapota la grande étoile deux fois.) D'autres parce qu'elles sont puissantes, intenses, ou parce qu'elles sont efficaces de loin.

Dorstal raya furieusement la ligne pointillée et se tourna vers la classe. Il avisa la main levée d'Annev, puis regarda les baguettes.

— Une baguette sombre, en revanche, désignera toute baguette conçue pour faire du mal, blesser ou manipuler autrui.

— Ancien Dorstal…, appela Annev.

— Quoi, Acolyte Ainnevog ? aboya le professeur.

— Je comprends que nous récupérions les grandes baguettes et les baguettes sombres, commença le jeune homme en choisissant ses mots, mais si le propriétaire d'une baguette ordinaire est un bûcheron ou une lavandière, pourquoi doit-on la lui retirer ? Ces gens-là ne font de mal à personne, alors pourquoi… ?

— Laisse tomber, Annev, le coupa le jeune garçon massif assis deux places plus loin, sur sa gauche. Seuls les *avatars* effectuent ce genre de mission. Toi, tu seras officiellement intendant dès demain. (Fyn – car il s'agissait de lui – se pencha en avant pour croiser le regard d'Annev.) Je m'en assurerai personnellement, ajouta-t-il dans un murmure, le regard luisant.

Annev aurait voulu l'ignorer, mais le goût déplaisant de vérité, dans ses paroles, était difficile à supporter. Fyn n'en était pas à son coup d'essai ; il avait coupé l'herbe sous le pied d'autres élèves, gagnant quatre compétitions sur quatorze. Encore une, et il égalerait le record de l'Académie.

Devant son tableau, Dorstal avait l'air d'avoir avalé un citron, mais Annev insista, faisant fi des menaces de Fyn et du regard désapprobateur du professeur.

— Ancien Dorstal, vous avez dit que nous devions récupérer les baguettes parce que les gens en faisaient mauvais usage, mais comment peut-on en être sûr ? Partir du principe que les gens sont malveillants est injuste. Enfin, c'est simplement mon avis, ajouta le jeune homme en se contractant sous le regard noir du professeur.

— Vous n'êtes pas obligé de comprendre, Acolyte Annev ! Même si vous devenez avatar demain, vous n'êtes pas obligé de comprendre ! Le devoir d'un avatar consiste à prendre à des gens dangereux des artefacts dangereux. Laissez les questions de moralité aux anciens.

Le ton définitif de Dorstal ne découragea pas Annev.

— Et les baguettes qui soignent ? Elles ne sont pas dangereuses. Pourquoi devrais-je – pourquoi devrions-nous – les voler aux guérisseurs ?

— La magie est proscrite depuis des siècles, expliqua le professeur, glacial. La magie est néfaste. Les gens qui refusent de renoncer à leur magie sont des hors-la-loi. Ils sont mauvais et avides de pouvoir. (Il attendit que le garçon ose protester.) La magie, quelle qu'elle soit, est dangereuse, et peu importe qui la pratique. Notre mission consiste à protéger autrui en l'enfermant dans le Caveau de la Damnation, sous la supervision de l'Ordre des Anciens.

Annev voulut demander pourquoi les maîtres et les anciens avaient le droit d'utiliser les artefacts à des fins d'enseignement, à l'Académie, mais interdisaient qu'on s'en serve pour soigner les malades et les blessés, néanmoins il avait conscience de ne pas pouvoir sortir vainqueur de cette discussion. En insistant, il aurait risqué de mettre Dorstal en colère et de compromettre sa participation au Test du Jugement. Il préféra donc se taire et vit le visage chiffonné du professeur s'apaiser. L'homme hocha la tête et se retourna vers ses baguettes.

— Une fois intégrée l'idée que toutes les baguettes sont dangereuses, reprit le professeur en détachant ses mots, il faut apprendre à reconnaître les baguettes magiques. Il arrive qu'une baguette soit juste une baguette, comme un bâton n'est qu'un bâton. Si elle ne contient pas de magie, on ne peut la qualifier d'artefact. Durant votre formation à l'Académie, poursuivit Dorstal en embrassant la classe du regard, on vous a enseigné à faire la différence entre un artefact et un objet ordinaire, non magique. Aujourd'hui, nous allons passer à l'étape supérieure, avant votre test de demain. (Il regarda plus particulièrement les sept garçons en beige.) Voyons si vous saurez distinguer les baguettes magiques des autres, dit-il en indiquant la table. Et si oui, si vous saurez deviner ce dont elles sont capables. Therin, appela-t-il en désignant d'un doigt crochu un garçon maigrichon en tunique sale.

Therin sortit de derrière son pupitre et rejoignit le professeur à petits pas rapides. Il évita de regarder les baguettes et adressa un sourire en coin à Annev. Dorstal toisa le garçon aux cheveux noirs.

— Choisissez une baguette, Therin.

Le jeune élève prit le temps d'étudier l'étalage d'artefacts et se figea, la main suspendue à une trentaine de centimètres de la table.

— Vous ne pouvez pas tester les baguettes sans les toucher, jeune homme.

Quelques rires retentirent dans le fond de la classe. Therin s'empourpra et saisit entre ses doigts une fine baguette en frêne.

— Tenez-la correctement, le gronda Dorstal. Un avatar ne saurait être effrayé par un artefact qu'il est censé collecter. (Le professeur poursuivit tandis que quelques autres élèves pouffaient de rire.) Vous aurez une meilleure idée de ce que la baguette peut faire si vous entrez plus franchement en contact avec elle.

Therin grimaça, mais obtempéra.

— Bien. Que ressentez-vous ?

En dépit des rires, ses camarades de classe étaient sincèrement intéressés. Même Annev était curieux d'entendre la réponse de Therin. Son ami n'était pas le meilleur en identification de magie, mais il n'était pas non plus le plus mauvais.

— Elle est magique, ça, c'est certain. Et froide. Très froide.

Dorstal retira sa capuche, exposant sa tête chauve.

— Mais encore ?

— Je ne sais pas…, avoua Therin, les épaules tombantes. Que suis-je censé sentir ?

Dorstal lui arracha la baguette des mains et la posa en équilibre sur sa paume. Puis il se figea, cessant même de respirer, tandis que ses élèves attendaient en retenant leur souffle. Enfin, il reposa la baguette à côté des autres.

— C'est une Baguette de Clairvoyance, annonça-t-il en se tournant vers Therin. Et si elle est froide, c'est sans doute parce que nous allons avoir du givre ce soir. Sa nature aurait sauté aux yeux d'une personne possédant des capacités innées à utiliser la magie, mais avec un peu d'entraînement, même les purs peuvent percevoir la véritable nature d'un artefact. (Il s'interrompit, regarda fixement le garçon.) Vous vous en êtes bien sorti, Therin. Celle-ci était très difficile. Qui veut essayer ? demanda-t-il, tandis que Therin s'affaissait sur sa chaise avec un soupir de soulagement.

Quatre mains se levèrent. Dorstal dévisagea les volontaires, avant de désigner un garçon qui n'avait pas levé la main.

— Fyunai.

Fyn rejoignit Dorstal avec nonchalance, ses tresses se balançant paresseusement autour de son visage. Il était grand, athlétique et beau.

Mais il était également mauvais comme la peste, surtout avec Annev.

Dorstal attendit que le jeune homme prenne position devant la table.

— Choisissez une baguette, Avatar Fyunai.

Fyn prit une baguette en or massif, qu'il serra dans sa main en fermant les paupières.

— Elle est magique, affirma-t-il quelques secondes plus tard en rouvrant les yeux. Je la sens pulser. Elle m'irrite également la peau. (Il s'interrompit, puis poursuivit en étudiant le visage de l'ancien.) C'est presque douloureux. Comme si la baguette avait servi à faire du mal.

Il attendit la réaction de Dorstal, qui haussa les épaules.

— Peut-être bien, mais pouvez-vous deviner quel était son usage primaire ?

— Ah…, hésita Fyn. Elle était destinée à la torture ?

Dorstal regarda fixement le jeune homme, puis éclata de rire. Il rit si fort qu'il faillit même s'étouffer, plié en deux. Les élèves le contemplaient avec un mélange d'amusement et d'inquiétude.

Dorstal se calma enfin et se redressa en s'essuyant les yeux. Un dernier ricanement lui échappa, et ce fut terminé.

— Oui. Très bien, Fyunai, dit-il en lui tapotant l'épaule et en lui prenant la baguette des mains. Ce n'est pas une baguette sombre ni une grande baguette, mais vous avez sans doute raison : elle a dû faire vivre des moments désagréables à quelques personnes.

Fyn échangea un regard avec ses amis Jasper et Kellor, mais les garçons haussèrent les épaules.

— Il s'agit d'une baguette de toilettes royales, reprit Dorstal, répondant à la question que personne n'avait osé poser. Elle servait aux nobles trop délicats pour s'essuyer…

Fyn grimaça, s'essuya la main sur sa robe brune et retourna vite s'asseoir, tandis que Dorstal gloussait. Puis le sourire du professeur s'évanouit.

— Acolyte Ainnevog…

Tout le monde se tourna vers Annev. Comme celui-ci se levait, Fyn, Jasper et Kellor marmonnèrent quelque chose dans son dos. Annev les ignora et se concentra sur le défi qui l'attendait.

Mis à part la baguette en or, il y avait quatre baguettes métalliques sur la table, dont deux en argent et une en bronze. La dernière était peut-être en fer, mais Annev n'en était pas sûr. Quant aux baguettes en bois, elles semblaient encore plus mystérieuses. Il y en avait des claires, des foncées. Certaines étaient teintées, d'autres non. La seule qu'il pensait reconnaître était celle que Therin avait prise.

— Choisissez une baguette, Annev.

Le jeune homme suspendit sa main au-dessus de l'étalage, sur le point de prendre la baguette en fer, mais alors il ressentit des picotements dans ses doigts, et quelque chose attira son attention vers le coin de la table : une baguette en palmier grimpant poli, similaire au bois iluméen flexible qu'il utilisait à l'entraînement avec Maître Edra ou avec Sodar. Il s'en saisit.

Les picotements s'intensifièrent et le bras d'Annev se mit à le lancer. La sensation était douloureuse et agréable à la fois. Il avait envie de rire et de pleurer, mais surtout, il avait envie de détruire quelque chose, de siphonner le sang de Dorstal ou de jeter Fyn contre le mur du fond, de lui éclater la cervelle contre la pierre grise. Et il n'y avait pas que cela ; il y avait la colère et le désir égoïste de laisser ses instincts guider ses actes, mais également la présence d'une puissance inexploitée. Et il sentit une partie silencieuse de son être s'étirer vers cette force afin de lui imposer sa volonté.

Annev sursauta et lâcha la baguette sur la table. Dorstal ne réagit pas, se contentant d'attendre.

— C'est… euh…

— Je vous écoute, Annev.

— C'est… une baguette sombre. Elle cause des souffrances.

Dorstal renifla et lui fit signe de retourner s'asseoir d'un geste sec. Annev hésita un instant, son regard choqué rivé sur la baguette, puis obtempéra.

— Je suis surpris, Annev, s'étonna Dorstal en soupirant et en repositionnant l'artefact sur la table. C'était très facile, pourtant. Ceci est une Baguette de Guérison.

On frappa à la porte. Dorstal alla ouvrir. Un homme d'âge mûr à la mâchoire carrée attendait dans le couloir. Ses cheveux coupés court étaient du même roux clair que sa tenue.

— Maître Edra…

— Ancien Dorstal. (L'homme s'inclina légèrement avant de jeter un coup d'œil dans la pièce.) C'est le dernier jour de classe pour la plupart de ces garçons.

— Sans doute, confirma Dorstal en posant sur ses élèves un regard déçu.

Edra poussa un grognement.

— L'entraînement aura lieu en plein air, aujourd'hui, dit-il. Je suis venu chercher vos élèves avant de récupérer ceux de Benifew.

— Levez-vous, lança Dorstal en agitant la main. Suivez Edra.

Comme un seul homme, les élèves se levèrent et quittèrent la salle.

Chapitre 4

Annev traînait des pieds derrière ses camarades et ressassait des idées noires. Il s'inquiétait de plus en plus pour le Test du Jugement, il avait peur de l'échec et de devoir trahir ses amis, et surtout, il ne pouvait s'empêcher de penser à son expérience avec la baguette en palmier grimpant. Comment expliquer cette subite envie de violence ? Pourquoi le fait de toucher cette baguette lui avait-il donné envie d'infliger des choses terribles à Dorstal et à Fyn ?

Une Baguette de Guérison ne devrait pas faire cet effet, se dit-il. *Son rôle est de soigner les maladies et de guérir les blessures… et pourtant, j'ai eu envie de saigner Dorstal jusqu'à la dernière goutte.*

Les saignées étaient certes pratiquées à des fins médicales. Enfin, cela arrivait…

Sauf que je n'avais pas envie de le soigner, insista Annev en lui-même. *Je voulais le tuer. Je voulais faire éclater la tête de Fyn.*

Annev se mordit la lèvre en essayant de rationaliser ce qu'il avait ressenti. Avait-il perçu la capacité à soigner de la baguette ? Il ne le pensait pas. Si cette capacité était là, elle était noyée sous quelque chose d'autre, quelque chose de bien plus sombre. Comme il réfléchissait à ce que cela pouvait signifier, il se rendit vaguement compte que Therin ralentissait pour le rejoindre en queue de peloton.

Se pouvait-il que Dorstal se soit trompé sur la nature de la baguette ? S'il s'agissait d'une baguette sombre, cela voulait dire que les instincts d'Annev étaient supérieurs au savoir et à l'expérience de l'ancien, ce qui était peu probable.

Pouvait-on en conclure que le professeur avait raison, que toute magie était forcément mauvaise ? Annev ne pouvait pas – ne voulait pas – le croire. Sodar lui avait expliqué que la magie était un outil qui pouvait être utilisé à bon ou à mauvais escient, et Sodar était un mage. Croire que la magie était mauvaise revenait à admettre que Sodar l'était aussi, ce qui était tout simplement faux.

Une explication simple s'imposait : ces sombres instincts étaient les siens et n'avaient rien à voir avec la baguette. Plus Annev y pensait, plus il en avait la certitude et se sentait mal.

— Pas de chance avec la baguette, hein ?

Annev releva la tête et croisa le regard de Therin. Aussitôt, il se rappela ce qu'il allait devoir faire le lendemain, et son traître cœur manqua un battement.

— Hein ? fit-il comme s'il n'avait pas entendu.

— Normalement, tu es plutôt bon en identification de magie, dit Therin. Prendre une Baguette de Guérison pour une baguette sombre, c'était… Enfin, tu étais loin du compte, lança-t-il comme Annev s'empourprait. Mais le lourdaud du jour, c'est quand même Fyn. Une baguette de toilettes ! Ha ! Confondre un bâton à torcher avec un artefact magique ! (Il gloussa avant de redevenir subitement sérieux et pensif.) C'est une idée géniale, remarque. Ça ne me dérangerait pas de ne plus partager une éponge avec la moitié de l'Académie.

Annev restait perdu dans ses pensées. Tandis que la classe gagnait l'étage supérieur, il effleurait du bout des doigts les tapisseries poussiéreuses accrochées au mur.

— Comment était la baguette de clairvoyance ? demanda-t-il après un silence maladroit.

— Bizarre, répondit Therin en faisant la moue. Au début, j'ai cru qu'elle était froide parce qu'elle avait passé l'hiver dans le Caveau de la Damnation. C'est la raison pour laquelle je n'ai rien dit. Je ne voulais pas passer pour un imbécile. Et puis j'ai ressenti des picotements dans les bras et le dos. Comme si j'avais ouvert une fenêtre et laissé entrer un vent glacial. Sauf qu'il n'y avait pas de vent. (Il secoua la tête, puis regarda Annev.) Qu'est-ce que tu as ressenti quand…

— Ah ! l'interrompit à dessein Annev. Voilà Titus !

À l'avant, leurs camarades de classe et Maître Edra avaient rejoint un groupe d'étudiants guidé par un Ancien Benifew à la chevelure clairsemée. Therin eut aussitôt un sourire carnassier. Il avait oublié sa question.

— Mmh…, fit-il. Je vais adorer massacrer Titmouse, aujourd'hui.

— Forcément, dit Annev en secouant la tête. Titus est le seul élève que tu es sûr de battre à tous les coups. Il faut dire qu'il est de deux ans ton cadet.

— Et alors ? Ça compte quand même.

Un garçon au visage rond et à la tignasse blonde et sauvage se faufilait entre les élèves vêtus de brun et de beige. Il était plus petit que les autres, et s'il portait la même tunique beige que Therin et Annev, la sienne était un peu plus claire.

— Qu'est-ce qui compte quand même ? demanda-t-il.

— Salut, Titmouse ! lança Therin en l'ébouriffant.

— Tu sais que je déteste être appelé comme ça.

— Justement ! Annev dit que ça ne compte pas, quand je te bats, parce que tu es trop petit. Qu'est-ce que tu en penses ?

Annev bouscula Therin, mais le mal était fait.

— C'est vrai ? s'enquit Titus d'une voix haut perchée.

— Non ! Therin choisit toujours de se battre contre toi parce qu'il sait qu'il n'a aucune chance contre quelqu'un de son âge.

— Oh ! lâcha Titus, de meilleure humeur. C'est tout à fait vrai.

Therin tira la langue.

À trois mètres de là, l'Ancien Benifew vêtu de noir prenait congé de Maître Edra. Le Maître d'Armes aux cheveux flamboyants croisa ses bras massifs et balaya les garçons du regard.

—Aujourd'hui, l'entraînement au maniement des armes aura lieu sur le toit-terrasse. Après quoi, nous poursuivrons avec un entraînement spécial dans la nef, avec Maître Duvarek.

Un murmure enfla. Les entraînements avec le Maître des Ombres étaient rares.

—Silence! aboya Edra.

La plupart des élèves se turent aussitôt, aussi la voix de Fyn résonna-t-elle dans le silence soudain:

—… pas là ou alors il est bourré…

Annev se retourna et vit que Fyn parlait à Jasper, à un Kellor au nez crochu et à une brute de la classe de Titus qui ricanait. Le regard d'Edra se riva sur cette dernière.

—Vous avez quelque chose à nous dire, Brinden?

—Euh…

Brinden secoua la tête. Edra reprit.

—L'entraînement d'aujourd'hui se déroulera donc sur le toit. J'ai sorti une vingtaine d'armes de l'armurerie. Certaines sont en bon état, d'autres tordues, ébréchées ou émoussées. Sur le terrain, vous vous battrez avec ce qui vous tombera sous la main. (Il sourit.) Les premiers arrivés sur la terrasse nord pourront choisir leur arme. Les autres se contenteront de ce qui reste. Les six qui se débrouilleront le mieux aujourd'hui partiront avec un temps d'avance au test de demain. Partez! lança-t-il en souriant de toutes ses dents.

Voyant un groupe d'avatars se précipiter vers la cage d'escalier la plus proche, Annev ressentit une vague d'adrénaline déferler en lui. Therin voulut les suivre, mais il le rattrapa par l'épaule.

—C'est plus rapide par là.

Annev se faufila derrière les garçons qui couraient vers l'escalier et constata qu'un avatar avait eu la même idée que lui. Son camarade le dépassa en faisant voleter ses cheveux mi-longs, révélant une longue cicatrice verticale sur le côté de son visage.

— Kenton !

Le garçon brun était un solitaire. Il s'entraînait avec Duvarek comme Annev s'entraînait avec Sodar, mais six mois plus tôt environ, Annev l'avait convaincu de rejoindre leur petit groupe d'amis. Tous les quatre – Therin, Titus, Annev et Kenton – avaient décidé de se soutenir afin d'obtenir plus facilement leur titre d'avatar. Une fois promu, cependant, Kenton avait tourné le dos au groupe, devenant même l'ami de Fyn. Le fait de le croiser à ce moment-là réveilla la mauvaise conscience d'Annev. Ne prévoyait-il pas de trahir Therin et Titus d'une manière similaire le lendemain ?

Kenton l'ignora et accéléra, se précipitant vers une autre volée de marches. Annev l'avait presque rattrapé lorsque le garçon balafré décrocha une tapisserie, mais Annev roula en dessous et se releva dans la foulée sans ralentir. Kenton regarda par-dessus son épaule et jura en prenant un brusque virage.

Therin et Titus se prirent les pieds dans la lourde tapisserie. Comme Annev tournait, il vit Fyn et ses complices écarter ses amis sans ménagement pour tenter de le rattraper. Annev accéléra encore.

Je ne peux pas les aider, se dit-il, obsédé par l'idée de rattraper Kenton. *Pas le temps de m'arrêter*. Le garçon aux cheveux noirs avait atteint un croisement. Il hésita un instant, puis prit à droite, disparaissant. Suivant son instinct, Annev tourna à gauche.

Les deux couloirs faisaient le tour des dortoirs supérieurs, aussi Annev et Kenton se rencontreraient-ils avant d'atteindre les remparts et le toit-terrasse. Cependant, les chambres des jeunes élèves étaient distribuées par le couloir de droite, tandis que les chambres de gauche étaient presque toutes inoccupées. Avec un peu de chance, Kenton serait contraint de zigzaguer entre les élèves, tandis qu'Annev n'aurait qu'à prier pour ne pas croiser Maître Duvarek, le seul occupant de cette aile. Le professeur était censé dispenser une leçon spéciale dans la nef dans moins d'une heure, aussi s'y trouvait-il probablement déjà.

Il fallut à Annev deux battements de cœur pour se dire tout cela. Au troisième, il s'enthousiasma de son succès prochain. Au quatrième, il percuta violemment le Maître des Ombres, agenouillé au milieu du passage. Le jeune homme tenta d'amortir le choc en sautant par-dessus le professeur, mais celui-ci eut l'idée saugrenue de se redresser à ce moment précis. L'impact projeta Duvarek en arrière, et sa tête heurta le sol recouvert d'un tapis fin. Annev retomba sur l'épaule et glissa sur une flaque de vomi. Pendant quelques secondes, ils restèrent tous les deux par terre, groggy et maculés de vomissure.

Annev gémit en se mettant tant bien que mal à genoux.

— Par Keos…, jura Duvarek.

Alors qu'il s'apprêtait à en dire davantage, le professeur dut se retourner pour vomir de plus belle. En voulant reculer, Annev lui donna un coup de pied involontaire. Lorsqu'il fut à bonne distance du professeur, il se leva et constata que son flanc droit était maculé des côtes à la cuisse. Il aurait pu s'inquiéter pour son habit, mais la tache sombre commençait déjà à s'estomper, se fondant dans la transpiration et la crasse qui couvraient sa tunique.

L'odeur, en revanche…

Au prix d'un effort certain, Duvarek souleva le tapis souillé et posa la tempe sur la pierre froide.

— Par… mes… vieux… os…

Annev cligna des yeux et hésita à s'enfuir avant que le maître le reconnaisse. Et puis Duvarek se tourna vers lui et Annev comprit qu'il était trop tard. Le maître était bouffi, échevelé et arborait des cernes profonds sous ses yeux humides. Il cligna à son tour des paupières.

— Bon sang… Acolyte Annev ?

Le jeune homme déglutit. Il entendait les autres avatars courir dans le couloir emprunté par Kenton. Comme le bruit de leurs pas commençait à décroître, le jeune homme bredouilla la première chose qui lui passa par la tête.

— Je suis désolé, Maître Duvarek ! Je ne voulais pas arriver en retard en cours. Si je ne suis pas à l'heure, je risque d'être disqualifié pour le test de demain.

— Je devrais vous disqualifier immédiatement, commenta Duvarek en se prenant la tête à deux mains.

— Je dois absolument participer à ce test, Maître Duvarek. C'est ma dernière chance.

Le visage du Maître des Ombres se tordit comme si la mention du test avait éveillé en lui quelque chose qu'il aurait préféré noyer dans l'hydromel. Il s'assit, s'essuya la bouche et agita la main, maculant le mur le plus proche. Puis il se retourna vers Annev.

— Partez. (Le maître frotta sa main collante sur sa tunique avant de se la passer dans les cheveux.) Je m'occuperai de vous plus tard.

Annev se précipita vers le toit.

Chapitre 5

Annev maudissait encore sa malchance lorsqu'il atteignit enfin le toit-terrasse. Il avait fallu qu'il croise la route de Duvarek ! Le Maître des Ombres partait souvent en mission de récupération d'artefacts – une tâche qu'Annev rêvait d'accomplir –, et le jeune homme venait de le renverser… dans une flaque de vomi. Quand il avait été reçu à son examen, Kenton avait gagné le droit de réserver des cours particuliers avec lui, chose qui n'arriverait sans doute jamais à Annev.

Il est allé au-delà de la forêt de Brake, jusqu'à Banok et Luqura. Il s'est même aventuré dans le Grand Nord. Moi aussi, je veux y aller. Je veux être comme lui.

Une image de Duvarek gisant au sol apparut devant lui, et il regretta cette dernière pensée. *Je veux être meilleur que lui, mais comment devenir l'homme vers lequel se tourne l'Académie quand il y a des artefacts à récupérer ?*

Annev ne connaissait pas la réponse complète à cette question, mais elle passait forcément par un succès au Test du Jugement. Il devait réussir à tout prix. Cela déverrouillerait les portes qui lui barraient la route. L'avenir dont il rêvait avait été à portée de main jusqu'à sa rencontre fortuite avec Duvarek…

Il arriva le dernier sur le toit et se faufila derrière les élèves, conscient de son odeur. Au vu de leurs armes, Fyn et Kenton étaient arrivés les premiers. La plupart des élèves en habit brun semblaient avoir une arme de qualité – une épée en bois, une hache enveloppée dans du cuir, un gourdin.

Edra se dressait au milieu des élèves, juché sur une plate-forme. Il était en train de constituer des paires et d'indiquer aux garçons où se battre.

Au contraire des avatars, les acolytes en tenue beige étaient presque tous équipés d'armes rudimentaires. Annev vit que Therin et Titus se tenaient à l'écart de la foule. Le premier avait une corde crasseuse dans les mains, le second un petit sac en toile de jute. Lemwich, un autre acolyte de la classe de Titus, se tenait entre les amis d'Annev et le reste des élèves. Annev les rejoignit au trot.

— Il reste quelque chose ?

— Rien de bien, répondit Therin. On vient d'arriver.

— Il y a des gants en mailles, déclara Titus en désignant un coin de la terrasse. Mais ils sont en mauvais état.

— Et rouillés, ajouta Lemwich en faisant tourner entre ses doigts épais un petit couteau. Franchement, j'aurais peur de mettre les mains dedans.

— De toute façon, elles n'y rentreraient pas, fit remarquer Therin en regardant du coin de l'œil l'acolyte au cou de taureau.

— Sans doute.

— C'est tout ? demanda Annev. Juste des gants ? (Comme Titus hochait la tête, il s'enquit :) Qu'est-ce qu'il y a dans ton sac ?

— Des pointes à lancer. En bois et mal équilibrées. Quand je les aurai utilisées, je serai désarmé.

— Tu as intérêt à bien viser, le taquina Therin en lui donnant un coup de poing dans l'épaule. Vous croyez qu'Edra nous laissera récupérer les armes des élèves qui se feront éliminer ?

— Peut-être, acquiesça Annev. Probablement. Comment se fait-on éliminer ?

— Il faut soumettre son adversaire ou lui porter un coup jugé fatal par Edra. Par exemple, si Titus atteint son adversaire avec ses pointes et qu'Edra ne le voit pas, eh bien, tant pis pour lui !

— C'est pour ça que personne n'a voulu de ces pointes, regretta Titus.

— Logique, approuva Annev en avisant les gants en mailles, dans un coin. On va devoir se contenter de ce qu'on a en attendant que d'autres armes se libèrent. (Il courut récupérer les gants et revint auprès de ses amis, une idée fleurissant dans son esprit.) Eh ! Therin, que dirais-tu de couper ta corde en deux pour en faire des bolas ou un genre de fléau ?

— En attachant les gants aux morceaux de corde ? Je préférerais un couteau, répondit Therin dans un haussement d'épaules, mais une corde lestée vaut mieux qu'une corde tout court.

— Génial. Lem, tu me prêtes ton couteau ? demanda-t-il à Lemwich en lui tapant sur l'épaule.

L'acolyte massif regarda longuement le minuscule morceau de fer, puis le lui tendit en le tenant par la lame.

— Tu me le rendras.

Ce n'était pas une question.

— Bien sûr, acquiesça Annev. Merci.

Il lâcha ses gantelets et entreprit de couper la corde. La lame était très émoussée, mais le chanvre tressé finit par céder. Annev vit Edra constituer une nouvelle paire d'élèves et craignit que le professeur l'appelle avant qu'il ait terminé. Déconcentré, il lâcha le couteau, qui tomba par terre. Il jura, ramassa la lame et se remit à tailler la corde, faisant en sorte que chaque passage de couteau compte.

— Ça y est ! (Il confia les deux bouts à Therin et Titus.) Attachez-les solidement aux gantelets.

Alors qu'il allait rendre le couteau à Lemwich, il se figea. Il avait une nouvelle idée.

— Lem, ça te dirait d'avoir la chaîne lestée de Therin ?

— C'est une corde, pas une chaîne, rétorqua Lem en grimaçant. Nan, je veux récupérer le couteau.

— Tu ne te retrouveras jamais assez près de ton adversaire pour t'en servir.

Lem n'était pas convaincu, mais un Therin enthousiaste se planta devant lui et lui tendit l'arme qu'il venait de terminer.

— Essaie-la, Lem ! Avec ta force, tu pourrais arracher le visage de ton adversaire !

Il secoua le gantelet attaché à l'extrémité de la corde.

Lemwich leva le menton et, incertain, tendit la main vers l'arme de fortune.

— Je n'ai jamais utilisé de chaîne lestée. Enfin, de corde lestée.

— Essaie ! insista Therin. Si tu parviens à saucissonner ton adversaire, ce sera facile de le soumettre.

— Mais si je n'arrive pas à le saucissonner ? demanda le colosse avec un sourire naissant.

— Eh bien, tu réessaies ! proposa Therin, espiègle.

Lemwich grommela quelque chose, mais accepta. Il fit tournoyer le gantelet avant de l'abattre sur le sol, soulevant un nuage d'éclats rouges qui fut dissipé par le vent. Lemwich soupesa de nouveau la corde et étudia le gant.

— D'accord, dit-il en hochant la tête à l'adresse d'Annev. Garde le couteau.

Lemwich se joignit aux élèves qui se massaient autour du Maître d'Armes. Therin réprima un gloussement.

— Qu'est-ce qu'il y a ? s'enquit Titus.

— Tu lui expliques ? demanda Therin à Annev.

— Si ça se trouve, ça tiendra, dit celui-ci. Elle n'a pas lâché quand il l'a essayée.

— Mais tu as coupé…

— Annev !

L'acolyte releva la tête et se rendit compte que le rire de Therin avait attiré l'attention de leur professeur. Il tendit le couteau à son ami et prit la seconde corde lestée des mains de Titus. Comme il trottait vers Edra, Annev entendit Therin chuchoter une explication à Titus.

— Annev, lança Edra quand le jeune homme fut suffisamment proche. Vous êtes avec Janson. Coin sud-est. Allez !

Annev obtempéra, chassant Lemwich et son arme de son esprit pour se concentrer sur sa victoire.

Janson, pensa-t-il. *Rapide. Sec. Aime les hachettes.* Il contourna les élèves et avisa son adversaire en robe brune posté dans un coin de la terrasse. L'avatar à la peau sombre regardait par-dessus le parapet crénelé, une hachette posée sur l'épaule.

— Belle vue.

— Ouais, approuva Annev en se rapprochant de lui. On voit même les tours de guet.

— Prêt ? demanda Janson en se retournant.

Il vit la corde et le gant dans la main d'Annev et sourit. Annev était tendu ; son sang était saturé d'adrénaline. Il avait vraiment besoin de gagner. Il avait besoin de cet avantage pour le test.

— Allons-y.

Janson hocha la tête et frappa aussitôt, visant le cou d'Annev de sa hache habillée de cuir. Celui-ci se baissa et fit un pas de côté en déroulant sa corde lestée vers les pieds de son adversaire. Le gant jaillit et s'enroula autour des mollets du garçon. Annev tira, et la corde se tendit. Le pied d'appui de l'avatar resta fermement planté dans le sol tandis que l'autre le rejoignait, finissant de le déséquilibrer.

C'était l'avantage dont Annev avait besoin. Il colla sa hanche contre son adversaire, agrippa sa hache et, sans cesser de tendre la corde, tira de toutes ses forces sur l'arme.

Janson ne voulait pas la lâcher, mais le chanvre lui maintenait fermement les genoux. Alors, Annev lui décolla les pieds du sol et le fit passer par-dessus son épaule, le faisant tomber lourdement sur le toit, vidant ses poumons.

Annev tira sur la hache, pensant la récupérer facilement, mais son adversaire refusait de se soumettre. Il tira encore, jura en lui donnant des coups de pied dans l'épaule et le bras. Janson ne lâcha son arme que lorsque Annev menaça d'abattre sa botte sur son visage. Au lieu de le frapper, cependant, il posa le pied sur son cou et leva la hache au-dessus de sa tête.

— Maître Edra ! hurla-t-il sans quitter son adversaire des yeux.

Comme Janson se tortillait sous sa botte pour se libérer, Annev appuya plus fort, et comme cela ne suffisait pas, il lui donna un coup de hache dans les doigts.

— Maître Edra !

— Lâchez-le ! Janson, vous êtes éliminé. Annev, rejoignez les autres.

Annev leva son pied, le cœur battant à tout rompre. Mais alors qu'il commençait à s'éloigner, Janson lui agrippa la cheville et tira violemment, le faisant tomber sur le ventre. Annev se retourna aussitôt, son sang martelant ses oreilles, mais l'avatar à la peau sombre ne tenta rien contre lui.

— Tu as eu de la chance, lança Janson en libérant ses jambes. Tu m'as pris par surprise, c'est tout.

Annev voulut rétorquer que c'était de la technique, et non de la chance, mais il avait le souffle court et préféra se taire. Il se releva tant bien que mal.

— Merci pour la hache.

Comme il se dirigeait vers Edra et les autres garçons, il vit Lemwich qui se battait contre un acolyte au visage couvert de taches de rousseur appelé Alisander. Bien plus petit que son adversaire, ce dernier était armé d'un morceau de bois mort – ce qui restait d'une branche de pin que le gantelet de Lemwich avait fait voler en éclats.

Le temps pour Annev de rejoindre Edra, le combat était terminé.

— Laissez-le, Lem ! Alisander, vous êtes éliminé. Annev, votre prochain adversaire est Lemwich. Terrasse sud.

L'estomac d'Annev bouillonnait comme il s'avançait vers l'acolyte qu'il avait aidé quelques minutes plus tôt seulement. Il s'arrêta à une dizaine de mètres, et Lem lui sourit.

— Ç'a bien marché, dit celui-ci en récupérant sa corde et son gantelet. Ali a eu une de ces trouilles ! Tu as fait quoi de la tienne ?

— Ma corde lestée ? Je l'ai laissée. J'ai cru bien faire, mais maintenant que je te vois… En termes de portée, j'ai beaucoup perdu.

— Mmh… Il ne reste pas grand-chose de la branche d'Ali, donc je vais garder ma corde. (Lemwich enroula celle-ci, faisant traîner le gantelet sur le sol.) C'est dommage pour toi, mais cette arme va me permettre de te battre.

Lem attaqua sans laisser à Annev le loisir de trouver une repartie cinglante, visant directement son visage. Annev brandit sa hache à deux mains et se baissa. Le gantelet frappa l'arme et, son élan aidant, la corde en chanvre lestée s'enroula autour du manche. Annev serra le bois de toutes ses forces, tandis que Lem tirait sur la corde. Lemwich était bien plus grand et fort, et il manqua de lui arracher l'épaule et de le faire tomber. Annev se pencha en arrière et résista comme il pouvait à la traction de son adversaire. Il força, tenta de casser la corde qu'il avait à moitié coupée quelques minutes plus tôt, mais celle-ci refusait de céder. Lem sourit et attira Annev vers lui. Celui-ci était sur le point de perdre cette bataille lorsque la corde rompit. La tresse de chanvre s'envola, et le gantelet resta accroché au manche de la hache. À cinq mètres de là, Lem battit des bras pour rester debout, se figea, puis regarda la corde molle dans ses mains d'un air stupide.

Annev n'hésita pas. Il se jeta sur Lem, tirant profit de sa stupeur. Par réflexe, le garçon leva la main ; il serrait toujours dans ses doigts courtauds l'extrémité de la corde cassée. Annev glissa sous son poing et se servit de sa hache pour crocheter le pied de son adversaire. Dans le même temps, il enfonça son épaule dans le ventre du garçon, lui faisant perdre l'équilibre. Lemwich sauta en arrière pour ne pas tomber, mais Annev poussa, l'obligeant à reculer.

Lemwich finirait par basculer, forcément. Annev ferait tout pour.

Le jeune homme jeta encore son poids contre le plus gros, le plus grand et le plus fort des acolytes de leur génération. Lemwich cessa de reculer, s'immobilisa en grognant et attrapa la tunique d'Annev.

Non! Si son adversaire parvenait à l'agripper fermement, c'en serait terminé de ses espoirs.

Annev bondit en arrière, tirant sur sa tunique et soulevant dans un même mouvement la cheville de son adversaire. D'une furieuse poussée, il le fit basculer.

Le colosse chuta sur le parapet, et Annev comprit que c'était ce dernier qui avait permis à son adversaire de tenir jusque-là. Lem écarquilla les yeux comme sa charpente massive vacillait au sommet du mur de l'Académie. Il s'agita telle une tortue retournée, ce qui le fit glisser davantage vers le vide.

—Non ! cria Annev en tendant les bras.

Lem tomba, disparut derrière le parapet en entraînant derrière lui le morceau de corde pareil à un serpent. Annev lâcha sa hache et saisit le chanvre tressé, l'enroulant autour du créneau le plus proche. La corde se tendit aussitôt. Il entendit Lem glapir et sentit le chanvre glisser dans ses mains.

Alors, il passa la corde autour de ses hanches et prit appui contre deux créneaux.

— Au secours ! Maître Edra ! Au secours !

Il n'y avait plus que lui et la corde, ses jambes fléchies, les pieds posés sur les créneaux et le poids de Lem. Cela dura une éternité. Le bruit des combats se fit lointain. Annev cria encore. Et encore. Le chanvre glissait entre ses mains, lui brûlait les paumes et s'enfonçait entre ses côtes. Annev essaya de serrer plus fort, mais il faiblissait. Son pied dérapa sur la pierre, décrochant accidentellement une des boucles qu'il avait passées autour du créneau, et Lemwich tomba de deux mètres supplémentaires. Annev cria comme la corde lui coulait entre les doigts et serrait ses hanches. Lem était bien trop lourd pour lui. Les trente derniers centimètres de corde lui filèrent entre les mains et…

— Par les dieux ! tonna Edra en attrapant le chanvre tressé *in extremis*.

Il tira, ramenant un peu de corde sur le toit, permettant à Annev de l'agripper, d'ajouter son poids à la force du maître. Attirés par leurs cris, d'autres arrivèrent, et la foule rassemblée remonta peu à peu l'acolyte sur la terrasse. Les doigts serrés de Lemwich apparurent par-dessus le parapet, bientôt suivis par son visage pâle comme la mort. Après un dernier et colossal effort, l'acolyte fut hissé par-dessus le parapet.

Annev lâcha la corde et s'écroula au sol. Il se tourna vers Lem, qui le remercia d'un lent hochement de tête. Annev l'imita puis leva les yeux vers le maître, qui lui lança un regard noir.

— Un accident ?

— Oui. J'ai essayé de…

— Vous avez essayé de le tuer, je sais. J'ai vu. Mais je ne comprends pas comment il en est arrivé à tomber par-dessus le parapet.

Annev se tourna vers Lemwich, qui croisa son regard en silence. Edra assista à cet échange.

— Je vais considérer que c'était un accident causé par votre négligence. Ou votre incompétence… Dans tous les cas, poursuivit l'homme en regardant Lemwich, cela vous disqualifie tous les deux de la course à l'avantage pour le test de demain.

L'expression des garçons s'effondra. Edra hocha la tête, satisfait de leur réaction.

— Lemwich, rejoignez ceux de vos camarades qui ont perdu leur combat.

Le jeune homme s'inclina et courut rejoindre Janson et les autres. Annev commença à le suivre, mais Edra l'arrêta.

— Vous vous êtes assez battu pour aujourd'hui, Annev. Descendez à la nef aider Maître Duvarek.

— Mais… je suis déjà disqualifié. Pourquoi me renvoyer ?

— Ce qui s'est passé est très sérieux, répliqua le maître en serrant les dents. Les conséquences doivent être claires pour tout le monde, ou bien vos camarades risquent d'aller encore plus loin. (Il s'interrompit en voyant Kenton et un autre garçon commencer à se bousculer alors qu'ils n'étaient pas censés se battre l'un contre l'autre.) Vous voyez ? cracha-t-il. Maudite soit cette cicatrice… Il nous cause toujours des problèmes, celui-là. Est-ce que c'est clair, maintenant ?

— Oui, vous voulez que je rejoigne Maître Duvarek, acquiesça Annev en grimaçant.

Il n'avait aucune envie de revoir l'homme si peu de temps après leur collision, mais il n'avait pas le choix.

— Ne vous en faites pas, lui dit Edra en se méprenant sur la raison de son inquiétude. Dove n'est pas si méchant. À condition de s'habituer à son odeur. (Le maître sourit et lui donna une tape sur l'épaule.) Bref, ne considérez pas cela comme une punition, plutôt comme une nouvelle chance de gagner un avantage en vue du test de demain.

— Un avantage ? s'étonna Annev en relevant la tête.

Edra fit comme s'il n'avait pas entendu, préférant s'intéresser à la bagarre qui semblait sur le point d'éclater.

— Plus de questions ! Filez !

Chapitre 6

Annev poussa les lourdes portes en bois cerclée de métal de la nef. Au lieu de grincer, les battants pivotèrent en silence, et le jeune homme réévalua le souvenir qu'il avait de cet endroit autrefois délaissé. Il entra dans le vaste espace et fut encore plus surpris par ce qu'il vit.

Des dizaines de rideaux noirs et propres pendaient d'une voûte autrefois couverte de toiles d'araignée, obstruant la lumière qui pénétrait par les vitraux et divisant la salle en dizaines de couloirs artificiels. Par endroits, les rideaux étaient cousus entre eux, formant des parois temporaires. Ailleurs, ils étaient étroits, mesurant entre trente et soixante centimètres. Annev fit quelques pas pour découvrir les changements apportés par Duvarek.

Par ses précédentes visites, le jeune homme savait qu'il y avait quarante-cinq bancs en tout, répartis en trois groupes de quinze rangées. Celles-ci, cependant, étaient dissimulées par les rideaux, qui tombaient sur les dossiers ou jusqu'au sol. Comme il arpentait l'arrière de la nef, Annev constata que des planches étaient posées sur les dossiers des bancs centraux, formant un genre de plate-forme sur laquelle il était possible de marcher.

Ce plancher de fortune était imparfait, toutefois. En y regardant de plus près, l'acolyte découvrit des brèches, assez larges pour qu'on y tombe ou s'y glisse. Les rideaux noirs pendaient à l'intérieur d'une bonne moitié de ces trous, constituant un autre labyrinthe, en dessous.

— Bonjour ! tenta Annev en retournant près de l'entrée. Maître Duvarek ?

Un craquement résonna à l'extrémité ouest de la nef. Annev se dirigea vers le bruit et constata que les bancs, dans cette partie de la salle, n'avaient pas été recouverts de planches, celles-ci encore empilées contre un mur.

— Quoi ? répondit Duvarek de derrière un rideau.

— Maître Edra m'a envoyé vous prêter main-forte.

— Bien, approuva Duvarek d'une voix étouffée. Vous allez m'aider à couvrir les bancs.

Le jeune homme, qui n'avait toujours pas vu le Maître des Ombres, se rapprocha des planches et en examina une. Le bois était fissuré, presque pourri, couvert de crasse et légèrement humide.

— Ne restez pas là les bras ballants, lâcha Duvarek en apparaissant à côté de lui. Attrapez-en une et aidez-moi.

Annev hésita, se demandant si l'homme l'avait reconnu. Duvarek semblait totalement absorbé par sa tâche. Il chargea trois planches sur son épaule, écarta un rideau et se faufila entre deux rangées de bancs.

À contrecœur, Annev attrapa à son tour quelques planches. Comme il les déplaçait, il vit un insecte noir détaler de sous l'empilement de bois et disparaître sous un rideau. Le garçon serra les dents, raffermit sa prise sur les planches et suivit Duvarek.

— Maître Murlach a pris tout le bon bois pour le Test du Jugement, expliqua Duvarek en se matérialisant à côté de lui comme il passait derrière le rideau. Je dois me contenter de ça, mais ça me va. On ne visse ni ne cloue rien. Posez-les sur les bancs en essayant de ne pas laisser de brèches. Faites de votre mieux.

— Oui, monsieur, acquiesça Annev en hissant les planches crasseuses sur son épaule pour se faufiler de biais entre les bancs, écartant la toile qui lui barrait la route.

Lorsqu'il eut atteint le devant de la chapelle, il posa les planches sur le dossier de trois bancs, avant de les aligner contre celles que Duvarek avait déjà mises en place. Il releva les yeux au moment où celui-ci revenait avec d'autres planches. L'homme fit un signe approbateur en avisant son travail.

— C'est bien. Continuez comme ça. Il faut que ce soit terminé avant qu'Edra descende avec votre génération.

Annev hocha la tête, soulagé que Duvarek ne l'ait pas reconnu.

— Essayez de ne pas me cogner avec ces planches, ajouta-t-il en retournant vers le fond de la chapelle. Vous m'avez déjà percuté une fois aujourd'hui, je pense que ça suffit.

Annev s'empourpra et obtempéra. Le duo travailla en silence, louvoyant entre les rideaux noirs pour poser les planches pourries sur les bancs. Lorsqu'ils eurent placé les deux tiers des planches, le jeune homme se rendit compte qu'ils n'auraient pas assez de bois pour terminer. Au même moment, Duvarek interrompit son travail et monta sur le plancher de fortune. Le maître allait et venait dans le labyrinthe de toile noire. Lorsqu'il rencontrait une planche à l'équilibre instable, il la soulevait avec le pied et la retirait. Quand il eut ainsi réuni une brassée de planches, il la posa sur la pile de bois restant.

Comme il continuait à travailler, Annev vit le maître monter sur l'estrade située à l'avant de la nef et en revenir avec des morceaux d'étoffe noire. L'homme les cousit rapidement à des rideaux suspendus au-dessus des trous, si bien que, très vite, la partie ouest de la nef ressembla aux parties est et centrale.

La tâche fut terminée une demi-heure plus tard. Annev marcha entre les longs rideaux noirs en compagnie de Duvarek et examina la salle. Il tira sur un des morceaux d'étoffe et le regarda onduler silencieusement dans les airs.

— On va devoir grimper dessus ? demanda-t-il.

— Peut-être, répondit Duvarek en souriant et en essuyant ses mains sur sa tunique tachée.

Annev haussa un sourcil en étudiant les planches. Il en poussa quelques-unes et remarqua que certaines bougeaient dangereusement, risquant même de basculer si l'on posait le pied du mauvais côté.

— Elles ne sont pas très stables, commenta-t-il en se dirigeant vers le centre de la nef.

— Vous avez remarqué ?

Le Maître des Ombres le suivait et, de temps à autre, déplaçait une planche de quelques centimètres.

Annev s'éloigna vers le côté opposé de la salle et leva les yeux vers les murs couverts de runes et les hautes fenêtres. La lumière filtrait à travers les vitres poussiéreuses pour être en grande partie bloquée par les rideaux suspendus quatre mètres plus loin. Vers le centre de la nef, où les rangées centrales de bancs avaient été couvertes, il faisait bien plus sombre. Même dans les zones où l'on y voyait à peu près clair, la visibilité était réduite à quelques mètres tout au plus par les rideaux noirs omniprésents.

Annev se dirigea vers l'avant de la nef en contournant les bancs et constata que l'estrade était elle aussi largement dissimulée par les tentures. Il gravit les marches de l'estrade et s'approcha de l'autel de pierre. Il grimaça en remarquant que le canal entourant l'autel était asséché et se demanda si les anciens avaient abandonné la chapelle.

Comme il tournait autour de la sainte table, Annev vit ce qui différenciait cet autel de celui de Sodar. La douve sacrée qui encerclait celui-ci était large et profonde. Le prêtre devait l'enjamber pour prendre position devant la table, et l'on aurait même pu s'y allonger. Dans la chapelle de Sodar, la douve suivait les contours de l'autel et ne mesurait pas plus de quelques centimètres de profondeur. Alors que l'autel de

Sodar n'était que très modestement orné, celui de l'Académie était finement sculpté, décoré de nombreux symboles et runes, de pictogrammes et même d'une petite fresque. Un peu comme si l'artiste avait voulu démontrer à l'auteur des fresques et bas-reliefs de la nef qu'il était aussi bon que lui.

Annev s'éloigna de l'autel et trébucha sur un monticule de toile noire posé d'un côté de l'estrade. Il le poussa du bout du pied et constata qu'il s'agissait du même matériau dont étaient constitués les rideaux. Il s'agissait de chutes, comprit-il, de morceaux inutilisables tels quels.

À l'autre bout de la nef, la porte s'ouvrit. Annev releva la tête, mais les rideaux l'empêchaient de voir dans cette direction. En revanche, il entendit le bruit mat produit par des dizaines de paires de bottes.

Annev sauta de l'estrade et contourna les bancs, arrivant devant l'entrée au moment où Duvarek et Edra se saluaient en s'agrippant le poignet. La génération d'Annev entourait les deux maîtres. Le jeune homme examina les visages de ses camarades et vit que plusieurs d'entre eux présentaient des meurtrissures et éraflures – Brinden avait même saigné du nez –, mais aucun ne semblait avoir besoin de Maître Aran, ni des femmes sages de l'Académie. Au grand soulagement d'Annev, Lemwich paraissait en forme. Puis il repéra Titus et Therin à l'arrière du groupe.

— Vous avez une sale mine, Dove, lança Edra comme Annev passait derrière lui.

— Trop bu, répondit Duvarek dans un haussement d'épaules. Levé trop tard. Comme d'habitude.

Le Maître des Ombres fendit la foule d'élèves pour fermer la porte de la grande nef.

— Comme d'habitude, répéta Edra en hochant la tête. Avez-vous été d'une quelconque utilité ? demanda-t-il à Annev.

—Oui, il m'a aidé, intervint le Maître des Ombres. Il s'est fait pardonner de m'avoir percuté ce matin.

—Quoi ?

—Rien, dit Duvarek. C'est oublié.

Edra regarda successivement Duvarek et le jeune homme et poussa un soupir.

—Annev, je ferai savoir à Frère Sodar que vous avez manqué la moitié de notre entraînement. Vous n'aurez qu'à vous rattraper ce soir avant le sermon. (Annev s'inclina, mais Edra n'avait pas terminé.) Je lui dirai également que vous avez sauvé la vie de Lemwich. Peut-être vous laissera-t-il un peu tranquille.

Annev releva la tête et esquissa un sourire forcé. C'était la manière qu'Edra avait choisie pour clore l'incident du toit-terrasse. Sauf que Sodar ne le laisserait jamais tranquille, quoi qu'on lui dise.

—Merci, Maître Edra. (Annev rejoignit ses amis et demanda à voix basse :) Comment vous vous en êtes sortis ?

—Moi, très mal, répondit Therin, dont la lèvre inférieure avait doublé de volume. Mais je m'en tire mieux que Titus.

—Ils nous ont mis ensemble, acquiesça ce dernier en hochant la tête. Therin a attendu que je jette toutes mes pointes avant de me mettre son couteau sous la gorge. Après, il a été battu par Kellor, évidemment.

Annev rit malgré lui.

—Qui a gagné l'avantage pour le test de demain, alors ?

—À ton avis ? lança Therin en montrant Fyn. Brinden, Jasper, Kellor, Fyn. Ils ont tous gagné.

—Et Kenton, ajouta Titus. Janson a eu la sixième place en tant que meilleur perdant.

C'est de pire en pire, pensa Annev en comprenant qu'il aurait pu obtenir cette sixième place s'il n'avait pas été disqualifié. Edra passa derrière eux, un petit coffre sous le bras.

Annev fronça les sourcils, curieux. Alors qu'il s'apprêtait à interroger Titus et Therin sur son contenu, le maître prit la parole :

— Cet après-midi, vous combinerez vos aptitudes au combat et votre furtivité. Dove et moi avons décidé de vous réserver quelque chose de spécial, sachant que, pour beaucoup d'entre vous, ce sera le dernier cours. Où sont les apprenties femmes sages ? demanda-t-il à Duvarek.

Ce dernier haussa les épaules au moment où les portes de la nef s'ouvraient pour laisser entrer deux femmes sages. La première était une femme d'âge mûr corpulente, vêtue d'une jupe rouge foncé ; la seconde avait environ vingt-cinq ans, était mince et arborait un air sévère.

— Femme sage Nasha, commença Duvarek. Nous parlions de vous, justement.

La femme massive plissa le nez en avisant la tenue tachée du maître, tandis que sa collègue examinait les rideaux noirs et les bancs couverts de planches en hochant lentement la tête.

— Cela ira très bien, je crois, conclut Nasha avant de frapper deux fois dans ses mains.

Aussitôt, un groupe de jeunes femmes entra dans la nef sous le regard stupéfait d'Annev. Les battements de son cœur s'accélérèrent comme il reconnaissait leurs visages.

C'est sa classe ! C'est sa classe !

Les autres avatars et acolytes ne réagirent pas mieux. Lorsqu'ils étaient rejoints par leurs camarades filles, les garçons de sa génération étaient toujours frappés de stupeur. Les acolytes et les apprenties avaient rarement l'occasion de se côtoyer, aussi l'atmosphère était-elle chargée d'électricité, même dans des circonstances aussi banales.

Annev dévisagea discrètement toutes les jeunes filles qui entraient. Il reconnut Malia aux cheveux noirs tressés, Lydia au regard gris et froid et à la jupe violette, Faith aux cheveux couleur de paille et au nez parsemé de taches de rousseur. Et enfin, Myjun à la robe jaune clair et au tablier blanc.

CHAPITRE 7

La jeune fille se tenait à côté de son amie blonde. Ses cheveux auburn étaient noués, ses mains jointes devant elle. Comme elle embrassait la salle du regard, ses yeux s'attardèrent sur le visage séduisant de Fyn. Annev serra les dents, mais alors son regard croisa celui de Myjun, et sa jalousie fut oubliée. La jeune femme sourit de toutes ses dents et parut sur le point de lui parler, avant de se raviser. Elle lui adressa un signe de la main.

— Elle est belle, hein ?

Therin dévisageait Myjun lui aussi.

— Ses cheveux sont comme le soleil couchant, ajouta-t-il. Et ses taches de rousseur ! On dirait que sa peau est en feu !

Oh, songea Annev en desserrant les poings. *Il parle de Faith.*

— Pour quoi penses-tu qu'elles soient là ? lui demanda Therin en souriant à la jeune femme. Est-ce qu'on va s'entraîner avec elles ? Est-ce qu'on va se battre *contre elles* ? s'enquit-il, incrédule, son visage se ratatinant comme une pomme.

La question atteignit Annev comme un seau d'eau glacée. Il se tourna vers Myjun et constata que les jeunes femmes étaient au garde-à-vous, suivant du regard une vieille femme entrée dans la nef avec les quatre dernières jeunes filles. Elle avait les cheveux bruns striés de gris et portait une robe anthracite. Annev l'avait déjà vue – le plus souvent avec l'Ancien Tosan –, et elle occupait manifestement une position importante.

— Mesdemoiselles, veuillez rejoindre vos camarades, ordonna-t-elle en flottant vers Duvarek, les mains jointes devant la poitrine.

Les huit jeunes femmes s'alignèrent en face des garçons. Annev suivit Myjun du regard et aperçut son collant noir sous ses jupons amples. Il cligna des yeux et se rendit compte que toutes les apprenties femmes sages étaient vêtues à l'identique.

Elles portent leurs habits de moissonnage sous leurs vêtements de tous les jours…

L'atmosphère changea subitement du tout au tout. Myjun se retrouva devant Annev, et leurs regards se croisèrent brièvement. La jeune femme eut un sourire espiègle et furtif. Annev prit une profonde inspiration en essayant de ne pas se déconcentrer.

— Expliquez-leur ce que nous attendons d'eux pendant que je vais chercher les baguettes chez Narach, vous voulez bien ? demanda Duvarek au Maître d'Armes. Il rechigne tellement à les laisser sortir du Caveau que je vais devoir les lui arracher des mains.

— Bien sûr. J'ai les médaillons.

Edra fit rouler ses épaules et échangea sa place contre celle du Maître des Ombres, qui sortit de la nef à la hâte.

— L'objectif de cette leçon est de tester votre furtivité, votre capacité à échapper à toute détection alors que vous transportez des objets de valeur. (Edra observa successivement les acolytes, les avatars et les apprenties femmes sages, croisant le regard d'Annev et de quelques-uns de ses camarades de classe.) Les garçons, vous connaissez notre devoir sacré. Des milliers d'artefacts magiques maudits sont dispersés dans le monde, et nombre d'entre eux finiront en Luqura. Odar nous a confié la mission sacrée de les enfermer dans le Caveau de la Damnation. Cependant, on ne peut récupérer ces artefacts par la force. Le succès requiert de la furtivité, de la ruse et de la tromperie. Maîtresse Femme sage Kiara ?

La vieille dame fit quelques pas en avant. Annev retint sa respiration en sentant le poids de son regard.

— Mesdemoiselles, nos sœurs sont en ce moment même en train de réunir une nouvelle moisson d'acolytes, une génération. Quand ils arriveront à Chaenbalu, nous élèverons ces nouveau-nés et nous en ferons des Avatars du Jugement. Aujourd'hui, nous continuons la formation de cette génération. C'est une mission dangereuse, et son succès jouera un rôle important dans votre formation de femme sage. Un échec, dans ces circonstances contrôlées, prouvera que vous n'êtes pas aptes à supporter les rigueurs du moissonnage. Me suis-je bien fait comprendre ?

Les apprenties femmes sages hochèrent la tête, et Annev comprit avec stupeur que les jeunes femmes allaient jouer leur avenir à l'Académie. C'était un aperçu étrange de l'univers de Myjun.

Il savait que les femmes sages et leur Cercle de Sagesse étaient encore plus secrets que les maîtres et les anciens, que leur mission principale consistait à rapporter des bébés de Luqura pour en faire des avatars, des acolytes ou des apprenties femmes sages de l'Académie. Annev n'avait pas la moindre idée de la manière dont elles s'y prenaient, et il ignorait tout de la hiérarchie et de la formation des jeunes femmes. Sans doute enlever des nouveau-nés était-il plus difficile que de voler des artefacts magiques – un bébé était vivant, et l'arracher à ses parents était un défi émotionnel autant que physique –, et le moissonnage n'était qu'une menue partie de leur mission. Menue, mais tellement importante. Les maîtres et les anciens affirmaient que les mères offraient de bon gré leur bébé pour qu'ils accomplissent la mission secrète d'Odar. À part Titus, cependant, très peu de gens croyaient ces balivernes. Les autres, dont Annev, avaient remarqué les blessures que les femmes sages arboraient de retour de mission, aussi la réalité était-elle probablement moins innocente. Personne n'en parlait ouvertement, toutefois.

La porte, à l'arrière de la nef, s'ouvrit brusquement. Duvarek entra, bientôt suivi de l'Intendant Markov dans sa robe tannée et du vieux Maître Narach. Ils rejoignirent Maître Edra et la Maîtresse Femme sage Kiara. Markov tirait derrière lui un gros coffre peint en noir. Edra, quant à lui, posa par terre le coffret en bois brut et l'ouvrit, produisant une poignée de disques en bois enfilés sur des cordelettes. Il commença à démêler le tout.

— Chacun de vous portera l'un de ces médaillons. (Edra libéra un disque en bois et le leva pour le montrer à tous.) Le test d'aujourd'hui durera une heure, et si vous avez plus d'un médaillon à la fin, vous êtes reçu. Si vous n'en avez qu'un, ou plus du tout, vous échouez.

Les élèves murmurèrent leur accord, et Edra entreprit de distribuer les médaillons.

Le Maître des Ombres fit signe à Markov d'ouvrir le coffre noir, d'où il sortit une fine baguette en bois peinte pour une moitié en noir, pour l'autre en doré. Annev remarqua que Duvarek prenait garde de ne pas toucher la partie noire.

— Ceci est un trébucheur, expliqua-t-il en brandissant la baguette.

— Une Baguette paralysante ! corrigea Narach d'un ton grincheux et irrité. Le Maître des Secrets baptise les artefacts dans le Caveau, et vous lui ferez l'honneur d'utiliser les dénominations correctes.

Duvarek se racla la gorge.

— Le *trébucheur*, reprit-il, paralyse tout ce qu'il touche. (Il leva bien haut la baguette en la tenant entre le pouce et l'index.) Il faut tenir la partie dorée, la moitié inoffensive. Touchez quelqu'un avec la partie noire, en revanche, et la zone en question sera paralysée. L'or, oui ; le noir, non.

Surtout, ne vous paralysez pas accidentellement. Démonstration…, ajouta Duvarek en faisant signe à Markov d'approcher.

L'intendant hésita, apparemment peu motivé.

— Venez ici, intendant ! tonna Duvarek en montrant les dents au jeune homme inquiet.

Markov se tourna vers Narach, et le maître expérimenté l'encouragea à y aller.

— Plus vite ce sera terminé, plus vite nous pourrons retourner dans le Caveau.

Markov reposa le coffre et obtempéra, le dos courbé.

— Relevez votre manche… Montrez votre bras… Bien. (Duvarek tourna autour de Markov.) La paralysie s'estompe au bout de quelques heures. Parfois, une heure suffit chez les sujets jeunes et vigoureux.

Il leva la baguette et tapota la manche droite de Markov. Le garçon grimaça, mais rien ne se produisit. Et puis Duvarek lui frôla la jambe, la poitrine et le flanc, et toujours rien ne se produisit.

— La baguette ne fonctionne que si vous touchez la peau nue. Si vous faites ça…

Il effleura le bras nu de Markov, et le membre tomba aussitôt le long de son corps. Des murmures intéressés parcoururent le groupe d'avatars.

— Intendant Markov, avez-vous souffert ?

Le jeune homme haussa son épaule valide.

— C'est désagréable, mais pas douloureux.

Duvarek se tourna vers Edra, qui prit position derrière Markov.

— Touchez la tête, le cou ou la colonne vertébrale, et c'est tout le corps qui se paralyse, reprit Duvarek.

Se doutant de ce qui l'attendait, l'intendant ferma les yeux, résigné. Duvarek lui tapota la colonne vertébrale avec la baguette, mais rien ne se passa. L'intendant se détendit de façon visible.

— N'oubliez pas, la peau nue, toujours.

Le maître lui effleura le cou, et le garçon s'affaissa, tombant dans les bras tendus d'Edra. Un acolyte poussa un cri de surprise, tandis que les avatars chuchotaient de plus belle. Edra traîna le corps mou de Markov vers un côté de la salle, où il l'installa contre un mur. Duvarek lâcha la baguette dans le coffre.

— Vous allez chacun recevoir une baguette, en plus de votre médaillon. Vous avez une heure pour collecter un maximum de trophées. La furtivité sera préférée au combat physique. Paralysez vos camarades et prenez-leur les médaillons. Ai-je tout dit ? demanda Duvarek à Edra.

— Presque. (Edra fouilla sous sa tunique et en sortit une petite clé attachée à un long ruban de cuir.) Messieurs, celui d'entre vous qui réunira le plus de médaillons obtiendra ceci. (Il agita la clé en fer.) Je ne vous dirai pas à quoi elle sert – vous êtes tous assez malins pour crocheter une serrure –, mais elle vous conférera un avantage certain au Test du Jugement.

Encore un avantage ! Annev étudia la clé avec intérêt. *Elle me permettrait peut-être de pallier l'avance de Fyn…* Il hocha la tête, décidé. Il gagnerait cette clé.

Duvarek souleva le coffre noir.

— Voilà. Venez chercher votre baguette et cachez-vous dans la nef. (Il se tourna vers les apprenties femmes sages.) Mesdemoiselles, la Maîtresse Femme sage Kiara vous distribuera les vôtres. Vous attendrez que je siffle pour commencer.

Chapitre 8

Therin et Titus suivirent Annev dans le labyrinthe de toile noire.

— On devrait se cacher, non ? demanda Therin en examinant les rideaux. On pourrait grimper là-dessus et sauter sur ceux qui passent en dessous.

— Ou alors, on pourrait se cacher sous les bancs, proposa Titus, à l'arrière. Je ne me vois pas rester accroché là-haut pendant une heure.

— Plus tard, dit Annev en zigzaguant vers l'estrade. Nos tuniques sont visibles dans le noir. Si nous voulons rester furtifs, nous devons nous couvrir. Nous devrions également masquer notre peau.

Il gravit les marches de l'estrade et se dirigea vers l'autel.

— Et comment va-t-on faire tout ça ? l'interrogea Therin en le rattrapant.

Annev s'arrêta à côté de la pile de chutes de tissu noir, derrière l'autel.

— On va se servir de ça, répondit-il en lui lançant un morceau de toile. Roule-les autour de tes bras, tes jambes, ton torse. Couvrez-vous au maximum, surtout la tunique, ajouta-t-il en jetant un autre morceau de tissu à Titus.

Therin entreprit d'envelopper ses jambes.

— On pourrait en déchirer de minces rubans et les enrouler autour de nos mains et de notre visage ! Personne ne pourra nous paralyser !

— Oui, j'y avais pensé, acquiesça Annev en se camouflant le torse. Il sera toujours possible de nous faire lâcher nos baguettes en nous touchant les doigts, mais s'ils doivent nous atteindre entre les yeux pour nous paralyser complètement, on aura un avantage certain.

— Ça entravera un peu nos mouvements, en revanche, fit remarquer Titus en ceignant soigneusement son bras. On aura plus de mal à grimper ou à se cacher sous les bancs.

— N'en mettez pas trop autour des articulations, dit Annev en pliant le bras. Comme ça, ça devrait suffire.

Un sifflement perçant retentit à l'autre bout de la nef.

— Ça commence ! lança Therin à voix basse en fourrant sa baguette sous ses bandes de tissu noir. (Il examina l'extrémité dorée qui dépassait de sous les haillons et jura dans sa barbe.) Elle va se voir comme le nez au milieu de la figure quand nous nous balancerons sur ces rideaux. (Il dissimula la baguette dans ses vêtements.) Voilà, c'est mieux comme ça.

— Tu vas vraiment grimper ? lui demanda Titus.

— Bien sûr. On n'est pas obligés de combattre ; on peut très bien surprendre les gens. Ce sera l'une des rares occasions où j'aurai un avantage sur quelqu'un comme Fyn.

Annev enfonça sa Baguette de Paralysie sous la toile noire qui lui enserrait les hanches.

— L'un d'entre nous devrait monter sur les solives pour tenter de repérer quelqu'un et guider les deux autres, proposa-t-il.

— Je veux bien si vous me promettez de partager les médaillons, proposa Therin. Je ne risque pas de paralyser qui que ce soit de là-haut.

— Entendu, acquiesça Annev avant de se tourner vers Titus. Tu me suis ? Si on s'accroche aux rideaux en bordure de l'estrade, personne ne pourra nous prendre à revers.

Le jeune garçon poussa un soupir défait et hocha la tête.

— Ouais, acquiesça-t-il dans un sourire forcé. Je ne tiendrai pas longtemps, suspendu là-haut, mais je ferai de mon mieux.

Il glissa sa Baguette de Paralysie à sa taille – et s'écroula instantanément sur le sol.

— Merde, Titus ! s'exclama Therin en s'écartant de son ami. Mais qu'est-ce que tu fous ?

— Titus ? appela Annev en s'agenouillant près du garçon, devinant ce qui s'était passé.

Titus fronça les sourcils et se hissa sur les coudes. Il essaya de se retourner, mais ses jambes refusèrent de coopérer. Il devint soudain tout pâle.

— Je crois… je crois que je me suis paralysé les jambes.

— Tu te fiches de nous ? s'emporta Therin en s'efforçant de contenir sa colère.

Titus secoua la tête, les yeux humides. Annev retira avec circonspection la baguette de sous les vêtements de leur ami.

— Je ne peux pas les bouger du tout. Je ne serais même pas capable de ramper pour me cacher.

Des grincements d'anneaux en métal glissant sur des tringles en bois attirèrent leur attention, et ils levèrent tous les trois les yeux. Les panneaux de toile ondulaient autour d'eux, et un des rideaux les plus proches enfla doucement. Therin se lécha les lèvres et regarda Annev.

— Tout le monde passe à l'action. Je ne peux pas rester là, à découvert. Je n'aurais aucune chance…

— Va, approuva Annev d'un ton compréhensif. Je reste avec Titus.

Therin regarda Annev comme s'il avait perdu la raison. Au lieu de protester, cependant, il haussa les épaules.

— Bonne chance.

Therin prit son élan, sauta de l'estrade et s'accrocha à un rideau. En quelques secondes, l'acolyte maigrichon grimpa tout en haut et disparut dans le labyrinthe de tissu.

— Tu ne devrais pas rester, dit Titus à Annev en retirant son médaillon. Prends ça et file. Je n'en ai plus besoin.

Annev hésita. Il voulait ce médaillon – il en avait besoin pour gagner la clé –, mais l'idée de profiter de son ami le mettait mal à l'aise. Il maudit ce sentiment, sachant qu'il lui faudrait ravaler sa conscience pour utiliser Titus et Therin et gagner le lendemain.

— Va, Annev, insista Titus, interprétant l'hésitation d'Annev comme un accès de bons sentiments. Nous savons tous les deux que je ne suis pas taillé pour devenir avatar, au contraire de toi. Tu mérites ce médaillon. Si tu ne le prends pas, quelqu'un me le volera.

Annev sourit à son ami, reconnaissant. Peut-être n'aurait-il pas à *trahir* ses amis pour gagner. Peut-être l'aideraient-ils de leur propre chef. Il rangea la seconde Baguette de Paralysie dans ses vêtements et tendit la main vers le médaillon de Titus. Soudain, un rideau proche de l'estrade ondula. Annev se figea. Quelque part dans la nef emmaillotée, un garçon cria. S'ensuivirent des bruits de pas, puis les cris d'un autre garçon.

— Annev ?

Au lieu de prendre le médaillon, Annev le mit dans la main de son ami et sourit.

— Garde-le. J'ai une idée.

Chapitre 9

Fyn tomba des rideaux telle une ombre, se réceptionnant sur ses genoux fléchis, effleurant à peine le sol du bout des doigts, comme son corps puissant absorbait habilement l'impact. Il se figea, les muscles bandés, l'oreille tendue. N'entendant rien, il se leva et se dirigea vers les marches de l'estrade. Il arborait une demi-douzaine de médaillons autour du cou et une baguette dans chaque main. Après avoir examiné l'estrade, il avisa la silhouette allongée de Titus, s'en approcha et tapota la poitrine de l'acolyte avec une baguette.

— On s'est fait avoir, hein ?

Titus ne bougea pas, ni ne répondit. Fyn sourit et se pencha pour lui tâter le torse.

— Tu étais avec tes amis, et ils t'ont abandonné lorsque tu t'es fait paralyser. Ou bien t'ont-ils paralysé pour te prendre ton médaillon. C'est ce que j'aurais fait, affirma-t-il en faisant tinter les médaillons autour de son cou. Excellente stratégie, cela dit. La position dominante, le tissu autour des parties découvertes de ton corps… C'était malin.

Fyn s'agenouilla à côté de Titus, ses tresses tombant au-dessus du visage du garçon plus jeune, avant de lui toucher le front et le cou avec l'une de ses baguettes. Titus tressauta et son corps tout entier devint mou.

— Je préfère prendre mes précautions, expliqua Fyn en souriant. Peut-être devrais-je te toucher encore une fois pour faire bonne mesure. (Il se pencha encore et posa sa baguette sur le nez de Titus, qui se mit aussitôt à cligner des yeux de façon incontrôlée. Fyn observa ces spasmes, puis retira la baguette.) C'est drôle. Et si je recommençais ?

Très lentement, Fyn baissa l'extrémité de la baguette et effleura la pommette de Titus. Le coin de la bouche du garçon se souleva de façon erratique. Fyn appuya plus fort, dessinant des cercles sur la joue de l'acolyte jusqu'à ce que ses yeux se révulsent.

Un cri et un bruit de lutte résonnèrent dans la nef. Fyn regarda par-dessus son épaule, avisant les rideaux suspendus, puis retira la baguette.

— Bon, trêve de plaisanteries.

Il fourra la main sous le tissu noir dont s'était emmailloté Titus, à la recherche du médaillon. Il sourit en trouvant l'objet autour du cou du garçon.

— Si je comprends bien, tu faisais semblant d'être paralysé, dit-il en sortant le médaillon de sous les vêtements de Titus et en tirant un grand coup dessus. C'était risqué, mais...

La tête de Fyn bascula en arrière comme Annev lui enfonçait la Baguette de Paralysie à la base du cou. Son corps s'affaissa, faillit tomber en avant, mais Annev le rattrapa et le poussa sur le côté pour qu'il n'écrase pas Titus. Fyn se tortilla, puis bascula dans le canal vide, autour de l'autel, où s'était dissimulé Annev.

— Est-ce que ça va ? demanda Annev à Titus en lui prenant le pouls.

Le garçon blond cligna des paupières, incapable d'en faire davantage.

— Deux clignements pour dire oui, d'accord ?

Titus cligna deux fois des yeux, et Annev poussa un soupir de soulagement.

— Désolé d'avoir mis tant de temps à le contourner. Je craignais qu'un autre avatar arrive derrière Fyn. J'aurais dû me douter qu'il en profiterait pour torturer une personne vulnérable.

Annev s'assura que Titus était bien installé, puis sauta dans la douve vide et retourna Fyn. Le visage de l'avatar était figé et son regard plein de haine. Annev sentit sa propre colère enfler ; il avait envie de faire mal à Fyn, comme celui-ci avait fait mal à Titus. Il lutta quelques instants contre cette pulsion, s'imaginant en train d'enfoncer la baguette dans la bouche ou l'œil de Fyn pour lui faire goûter sa propre violence.

Annev attrapa une des baguettes que Fyn avait lâchées et en posa l'extrémité noire sur le menton de l'avatar. La mâchoire de Fyn claqua, victime de la magie mystérieuse.

— Tu ne te contentes jamais de gagner, pas vrai ? chuchota Annev à l'oreille de Fyn. Tu ne peux pas t'empêcher d'être mauvais.

Il fit glisser la baguette sur le cou de l'avatar, dont les poumons se vidèrent soudain de leur air. Fyn écarquilla les yeux et commença à s'étouffer derrière ses dents serrées. Annev maintint fermement la baguette et ressentit le même déferlement d'émotions que lorsqu'il avait manipulé la Baguette de Guérison.

— Voilà ce que ça fait d'être torturé, Fyn, poursuivit Annev. D'être impuissant. C'est terrifiant, pas vrai ? D'être à la merci de quelqu'un de plus fort ?

Annev appuya davantage, s'enthousiasmant comme le jeune homme convulsait dans un accès de panique.

Je pourrais le tuer. Je suis en train de le tuer.

Avec une secousse, il retira son bras. La respiration de Fyn redevint normale, même si son regard demeura frénétique.

Annev se sentait honteux, coupable, mais aussi puissant. Comme lorsqu'il avait tenu la Baguette de Guérison, il avait le sentiment de commencer seulement à comprendre de quoi les artefacts étaient capables. Une part de lui était pressée de creuser la question, de tester les limites de la magie de la baguette, mais ce n'était pas le moment. Il lui restait un test à réussir.

Annev ramassa l'autre baguette de Fyn et rangea les quatre artefacts sous le tissu noir qui l'emmaillotait en prenant soin de ne pas les mettre en contact avec sa peau. Les mains libres, il fouilla Fyn et décrocha la demi-douzaine de médaillons que celui-ci portait autour du cou. Puis il lui reprit celui de Titus et suspendit les sept médaillons glanés sur sa poitrine, à côté du sien.

Annev se leva et vit que Fyn le suivait du regard. Il ressentit la même vague d'émotions que précédemment – colère, vengeance, puissance –, mais au lieu de les repousser ou de les laisser le dominer, il s'en saisit, les harnacha, les canalisa en une impulsion furieuse : le désir de protéger les autres.

Annev se pencha en avant jusqu'à se retrouver nez à nez avec l'avatar.

— Ne t'avise plus jamais de faire du mal à mes amis. Sinon, tu es mort.

Fyn cligna des yeux, incapable de contenir sa peur, et Annev sentit quelque chose de significatif changer entre eux. Une petite part de lui s'en réjouissait, tandis qu'une autre, bien plus importante, s'inquiétait de ce qu'un jour il pourrait être contraint de mettre sa menace à exécution. Il espérait sincèrement ne jamais en arriver là.

Annev sortit de la tranchée et se rapprocha de Titus. Sans un mot, il retira deux des médaillons de Fyn et les glissa dans la tunique du garçon. Titus cligna rapidement des yeux.

— Tout va bien, Titus. Il me reste les six médaillons pris à Fyn, et rien ne dit que je les conserverai jusqu'à la fin. En laisser deux avec toi est une solution de secours.

Il sourit, ne sachant trop s'il mentait à son ami ou à lui-même. Dans tous les cas, après s'être servi de Titus pour battre Fyn, il n'était plus certain d'avoir à trahir ses amis pour avancer. Il soutiendrait donc ceux qui l'avaient soutenu.

— Je vais te cacher pour que personne ne te retrouve.

Annev tira le corps de son ami jusqu'à la pile de chutes de tissu, dont il le recouvrit en prenant garde de ne pas l'étouffer. Satisfait, il retourna vers l'autel. Il y était presque lorsque le rideau, devant l'estrade, se mit à osciller. Dans un afflux d'adrénaline, il bondit par-dessus le canal qui abritait le corps paralysé de Fyn et s'accroupit derrière l'autel. Il sortit deux Baguettes de Paralysie de sous sa tunique et risqua un regard vers le rideau.

Silence. Immobilité.

Il attendit une longue minute en respirant à peine. Il était sur le point de sortir de sa cachette lorsque la toile qui dissimulait les rangées centrales de bancs tremblota – non pas en bas, mais tout en haut.

Annev leva les yeux et vit un visage masqué tourné vers l'estrade et l'autel. Leurs regards se croisèrent. Ils se figèrent, et puis l'élève masqué abaissa le morceau de toile qui lui dissimulait le bas du visage et la bouche.

— Annev ? murmura-t-il d'une voix à peine audible.

— Therin ? (Annev se leva et courut jusqu'au bord de l'estrade.) Je ne pensais pas que tu reviendrais, chuchota-t-il.

Therin sourit et se laissa glisser jusqu'à la moitié du rideau auquel il s'accrochait.

— Ce n'était pas mon intention, mais j'ai vu Fyn se diriger vers vous et je me suis dit que je pourrais l'avoir par surprise. Où est-il, d'ailleurs ? demanda-t-il en regardant autour d'eux.

— Il est dans l'Anneau d'Odar, répondit Annev en rangeant ses deux baguettes.

— Tu as ses médaillons ? s'enquit Therin, impressionné.

Annev hocha la tête et se tapota la poitrine. Il s'avança jusqu'au bord de l'estrade et se retrouva à hauteur des yeux de son ami. Soudain, alors qu'il s'apprêtait à lui demander comment il s'était débrouillé, un garçon aux cheveux noirs et aux habits bruns jaillit de derrière le rideau central et se jeta sur lui.

Annev bondit en arrière en usant de sa main gauche gantée pour écarter la baguette de Kenton, mais il chancela, s'exposant à une nouvelle attaque. L'avatar balafré saisit sa chance et sauta sur l'estrade. Therin se laissa alors tomber dans son dos et lui donna un coup de baguette dans le cou. Kenton lâcha sa propre baguette et s'affaissa sur les genoux, puis heurta le sol face la première.

Therin poussa son camarade de classe du bout de sa botte et sourit.

— Surprendre Kenton est *presque* aussi jouissif que battre Fyn. Franchement, il le méritait bien. Ça lui apprendra à nous trahir.

— Absolument d'accord.

Annev rejoignit son ami au moment où celui-ci prenait possession des cinq médaillons de Kenton et se les mettait autour du cou avec une joie non dissimulée.

— Ça m'en fait sept. Et toi, tu en as combien ?

— Six, répondit Annev en regrettant brièvement d'en avoir laissé deux à Titus.

— Vingt minutes ! rugit Edra d'une voix étouffée par les rideaux de toile noire.

Therin sourit en exhibant ses médaillons. Annev lui rendit son sourire en montrant les siens, avant de les ranger sous les morceaux de toile et sa tunique.

— Tout ce qu'on a à faire, c'est ne pas perdre ce qu'on a déjà gagné, dit Annev en battant en retraite derrière l'autel. Qu'est-ce que tu as vu de là-haut ?

Therin le suivit et s'arrêta quelques secondes pour profiter du spectacle du corps inerte de Fyn dans la douve entourant l'autel.

— La moitié de la classe est éliminée. J'en ai vu quelques-uns sous les bancs – avec un seul médaillon, probablement –, mais les autres sont paralysés un peu partout.

— Comme Fyn, fit remarquer Annev en désignant sa victime du menton.

— Ouais, et Titus, ajouta Therin. Où est-il, d'ailleurs ?

— N'élimine pas Titus trop vite. La dernière fois que je l'ai vu, il avait deux médaillons.

Therin éclata de rire et passa le bras autour du cou d'Annev.

— Titmouse a piqué son médaillon à quelqu'un ? Avec deux jambes paralysées ? (Il secoua la tête.) Soit tu mens, soit notre ami est plus dangereux qu'un serpent à collier.

Annev haussa les épaules en essayant de ne pas regarder du coin de l'œil le monticule de tissu sous lequel était étendu son camarade.

— Titus est plein de ressources.

Il embrassa l'estrade du regard et se demanda s'il valait mieux rester ici à attendre leurs concurrents ou bien s'aventurer dans le labyrinthe de toile pour chercher d'autres médaillons. Il serait sans doute plus sûr d'attendre – Fyn avait eu raison de penser que cette position surélevée était avantageuse –, et Annev se demanda si quelqu'un oserait venir les chercher jusqu'ici. L'épreuve était presque terminée, après tout, et ceux qui possédaient des médaillons voudraient ne surtout pas les perdre. Lui en voulait davantage, cependant. Il en avait besoin pour gagner cette clé.

— As-tu vu les apprenties femmes sages ? demanda-t-il, pensant soudain à Myjun.

— Pas une seule, répondit Therin en secouant la tête. Peut-être qu'elles se cachent ? À moins qu'elles aient toutes été paralysées dès le début ? Pas facile de se planquer avec les robes qu'elles portent.

Annev se sentit enivré par la perspective de croiser la route de Myjun dans le noir, mais il écarta aussitôt cette pensée.

— La Maîtresse Femme sage Kiara a laissé entendre qu'elles ne pourraient devenir femmes sages que si elles réussissaient ce test, fit-il remarquer. J'ignore si elles sont furtives ou non, mais elles s'entraînent avec Duvarek et le Cercle de Sagesse depuis qu'elles sont petites. Elles ne peuvent pas être si peu douées.

— Alors… tu veux les débusquer ?

— Je ne sais pas. Et toi ?

Therin haussa les épaules, mais ses yeux brillaient d'un éclat malicieux.

— Ça nous permettrait peut-être de glaner quelques médaillons supplémentaires…

— Où tu penses pouvoir les trouver ?

— Je n'ai vu aucune fille en hauteur. J'en conclus qu'elles sont sous les bancs.

Annev hocha la tête, ne voyant aucun défaut dans la logique de son ami.

— Passe devant.

Le duo sauta de l'estrade au lieu d'emprunter l'escalier et s'arrêta devant le premier banc. Annev fit signe à Therin de se concentrer sur les rideaux pendant qu'il scruterait le sol.

Annev se baissa avec circonspection pour regarder sous les rangées centrales. Il vit principalement des ténèbres, ainsi qu'un rectangle de lumière indiquant un endroit où manquait une planche. Il écouta attentivement, mais n'entendit rien. Il se redressa, se déplaça subrepticement jusqu'aux rangées est et fit la même chose. Cette fois, il entendit de faibles bruissements.

Il fit signe à Therin de le rejoindre.

— Quelqu'un se cache là-dessous, articula-t-il en silence, osant à peine respirer. Près de la rangée du fond.

Therin brandit sa baguette, l'air sinistre, comme Annev lui exposait ses intentions.

— On se sépare, on les contourne, on les surprend.

Therin acquiesça de la tête.

Annev glissa sous les deux premiers bancs. Therin fit de même et devint presque invisible dans le noir. Sans un mot de plus, ils se séparèrent, progressant dans l'ombre à l'affût de bruits brisant le silence.

Chapitre 10

Tandis qu'il atteignait la neuvième rangée, Annev se rapprocha lentement de l'ouverture large d'une cinquantaine de centimètres dans le plancher provisoire. Le jeune homme s'arrêta juste derrière un rideau noir tombant jusqu'au sol, l'oreille dressée. Le silence complet fut brisé uniquement par la voix rauque d'Edra – plus proche que jamais – qui cria :

— Dix minutes !

Derrière la toile, Annev entendit des bruissements légers. Il recula doucement et prit le temps d'enrouler la bande de tissu qui lui pendait autour du cou, se couvrant le nez et la bouche. Il y eut un autre bruissement à peine audible, et Annev sortit une des Baguettes de Paralysie de sous ses vêtements. Au-dessus de lui, le rideau se tendit comme quelqu'un l'agrippait. Annev passa à l'attaque, souleva la toile, donnant un coup de baguette à l'élève en train de grimper.

L'apprentie femme sage ne sursauta même pas lorsque l'artefact toucha son mollet couvert, tandis qu'Annev écarquillait les yeux en avisant la jeune femme. Celle-ci s'était débarrassée de sa jupe colorée et de son chemisier, ne portant qu'une tenue noire moulante et pratique, qui l'habillait des pieds à la tête : son uniforme de moissonnage, un camouflage parfait pour évoluer dans l'ombre.

Comme le garçon reculait de surprise, la jeune femme se balança sur son rideau et lui assena un coup de pied dans l'avant-bras, l'obligeant à lâcher sa première baguette.

Annev roula sur le sol et en profita pour en dégainer une deuxième.

L'apprentie se laissa tomber avec souplesse. Annev détailla son visage masqué, ses yeux bruns à peine visibles dans la faible lumière filtrant par l'ouverture dans le plancher.

Ce n'est pas Myjun, se dit-il, soulagé et déçu à la fois. Et déterminé à la paralyser. À essayer, en tout cas.

La jeune femme pencha la tête de côté, tandis qu'Annev s'accroupissait en position de combat. Elle hésita un très court instant, et puis son regard scintilla sous son masque. Elle feignit une attaque sur sa droite. Annev bascula son poids d'un pied sur l'autre pour esquiver, mais partit du mauvais côté et se précipita littéralement sur la baguette de l'apprentie, la rencontrant de sa pommette heureusement couverte.

L'acolyte se jeta instinctivement en arrière en se maudissant de ne pas l'avoir attrapée pendant qu'elle était à sa portée. Il était plus fort – c'était une certitude –, mais elle semblait plus rapide, et Annev n'était pas habitué à cette situation inversée.

Malheureusement pour lui, la jeune femme n'avait pas besoin de se réadapter. Elle attaqua encore, lui écartant les bras pour viser ses yeux.

Annev se laissa tomber au sol, roula et donna un coup de pied dans le vide, anticipant un nouvel assaut. Ce faisant, il lui accrocha le pied d'appui, la faisant chanceler. Il n'eut qu'un bref moment de répit, mais en profita pour rouler sous le banc le plus proche. Il repéra sa Baguette de Paralysie, et préféra l'abandonner et mettre un peu de distance entre son adversaire en noir et lui.

Annev rampa jusqu'à l'extrémité du banc et regarda par-dessus son épaule, constatant que l'apprentie femme sage le suivait dans la semi-obscurité. Il aperçut un vague mouvement derrière elle, et conclut à la présence d'une seconde silhouette noire. Il pensa d'abord que Therin prenait la fille à revers comme ils l'avaient prévu, et puis il vit le personnage passer dans le puits de lumière et reconnut une autre apprentie femme sage.

Par les os brûlants des Dieux…

Annev rangea sa baguette, roula de sous sa rangée de bancs et courut dans le labyrinthe de toile séparant les rangées centrales et est. Le temps n'était plus à la furtivité, car il était traqué.

L'acolyte fonça entre les rideaux suspendus, en écarta un et se précipita entre les bancs de la section centrale. Il s'accroupit pour se cacher sous le plancher, mais les corps allongés de Lemwich et de deux autres avatars lui bloquaient la route. Lâchant un juron, il grimpa sur le plancher de fortune du centre de la nef.

Sous ses pieds, les planches bougèrent et craquèrent, indiquant sa position exacte aux élèves restants. Dans la seconde qui suivit, un avatar aux cheveux couleur sable nommé Horus tomba du rideau qui le surplombait, sa Baguette de Paralysie glissant sur la nuque et le dos d'Annev. Protégé par ses haillons noirs, celui-ci se retourna et assena à son adversaire un coup en plein visage. Le garçon tituba, tandis qu'Annev enchaînait avec un impact à la poitrine, profitant de l'occasion pour agripper le médaillon d'Horus et le lui retirer.

De nombreux bruits de pas étouffés convergeaient vers eux. Annev pivota sur ses talons et donna un coup de pied dans le torse d'Horus, avant de filer à toute allure sur les planches des bancs centraux. Dans son dos, l'avatar en tenue brune grogna. À peine remis, il se lança à sa poursuite sans se soucier des apprenties femmes sages, derrière lui.

Annev courut dans un couloir de toile en se passant le médaillon d'Horus autour du cou. Ce faisant, il tenta de dresser un plan mental des brèches que Duvarek avait laissées dans le plancher, décidant de bifurquer vers un trou important, au centre de la nef.

Le sang battant à ses oreilles, il écarta le rideau le plus proche, repéra le trou et sauta par-dessus, passant tout juste. Il se précipita vers l'extrémité de la rangée. Entendant les planches craquer dans son dos, il risqua un regard par-dessus son épaule et vit qu'Horus avait atteint la brèche. Il hésitait à s'y engager, ses jambes pendant dans le vide. Subitement, deux mains enveloppées de noir jaillirent, qui l'agrippèrent au mollet et au genou, paralysant ses deux membres comme l'aurait fait une baguette. L'avatar gémit et disparut sous le plancher temporaire.

Par les dieux ! pensa Annev, soudain inquiet de ce qui pouvait se cacher autour de lui. *Elles sont fortes ! Elles n'ont même pas besoin de baguettes !*

Le jeune homme ralentit, et écarta un autre rideau en restant à distance du bord de la plate-forme. Il prit son élan et sauta, parcourant la moitié de la largeur de l'allée, puis attrapa un rideau, duquel il se balança pour couvrir la distance restante, effectuant un saut périlleux arrière avant d'atterrir sur la plate-forme ouest. Il eut le temps de voir une paire de mains sortir de sous celle-ci pour tenter de lui toucher les pieds.

Therin avait raison. Elles sont sous les bancs et travaillent en équipe pour nous avoir tous.

Annev supposait qu'elles avaient déjà eu son ami. Grâce à leur uniforme qui couvrait la quasi-totalité de leur corps, les filles étaient protégées contre les baguettes. À moins que Therin soit resté caché, elles l'avaient piégé près de la paroi est. Et elles finiraient par l'avoir lui aussi ; ce n'était qu'une question de temps.

Elles ne se sont pas séparées, contrairement à nous. Elles sont restées unies pour se protéger mutuellement. C'était une stratégie brillante et qui respectait les règles de l'épreuve.

L'idée d'Edra de récompenser le vainqueur lui sembla hasardeuse ; les avatars et acolytes auraient eu bien plus de chances d'arriver au bout de l'épreuve en travaillant de concert. Sauf qu'ils avaient été formés de façon à considérer le moindre test comme une compétition. Même Annev, qui avait commencé par coordonner ses mouvements avec Titus et Therin, avait fini par tomber dans ce piège.

Une apprentie femme sage grimpa sur la plate-forme ouest pour tenter de rattraper le garçon qui venait de lui échapper. Alors qu'Annev était accroupi dans l'ombre sur une toile de fond parfaitement noire, elle ne fut pas longue à repérer sa silhouette emmaillotée.

— CINQ MINUTES ! cria Edra à l'arrière de la nef.

L'apprentie abaissa son masque, révélant son identité.

— Il en reste deux ! s'écria Faith par-dessus son épaule. J'en ai un devant moi, sur les bancs ouest !

Merde ! Annev fit volte-face, passa derrière un panneau de toile et entreprit d'escalader un autre rideau. Il se demanda brièvement si cela signifiait qu'elles avaient trouvé Fyn et non Titus. Ou alors avaient-elles eu Titus, et Therin était-il toujours en vadrouille. Dans tous les cas, un de ses amis réussirait le test du jour…

Il ne reste plus que moi ! Mieux encore, si Titus n'avait pas été découvert, Annev aurait gagné la clé. Ou bien s'agissait-il de Therin, auquel cas son ami et lui auraient le même nombre de médaillons autour du cou. Annev fut submergé d'une bouffée d'enthousiasme, avant de se souvenir que sa position était connue et que les huit apprenties femmes sages convergeaient vers lui.

Arrivé à mi-hauteur du plafond, il vit trois apprenties émerger de derrière des pans de toile ou de sous les planches du sol. Annev resta en hauteur, le rideau coincé entre les chevilles. Tandis qu'il reprenait son souffle, Faith cria :

— Il est ici ! Au-dessus de moi !

Annev jura. S'arrêter pour se reposer avait été une erreur. Il agrippa le rideau voisin, puis le suivant, se dirigeant à vive allure vers le nord et l'entrée de la nef.

J'ai besoin d'une position encore plus élevée, se rendit-il compte. *Fyn a été malin de se réfugier sur l'estrade. Therin et moi aurions dû y rester aussi. Peut-être pourrai-je me cacher dans la charpente.*

Annev recommençait à monter lorsqu'une cinquième silhouette vêtue de noir tomba du plafond, le faisant choir sur le sol artificiel. Le jeune homme heurta les planches une fraction de seconde avant que la fille atterrisse à côté de lui. Oubliant ses côtes et son épaule meurtries, Annev roula et donna un coup de pied dans la poitrine de son assaillante, se relevant d'un saut carpé comme elle s'écroulait en arrière. Il feinta vers la droite, sauta à gauche, disparut derrière un rideau et courut sur les bancs vers l'estrade.

Je peux utiliser ce plancher, songea-t-il. *J'ai participé à son montage. Je sais quelles planches sont instables. Il me suffit de tenir encore quelques minutes sans me faire coincer.*

Annev se précipita vers le centre du plancher de fortune qu'il avait contribué à construire, glissant derrière un rideau pour laisser passer deux apprenties femmes sages. Il fourra la main sous sa tunique et sortit deux des trois baguettes qui lui restaient. Et il se figea, se rendant compte que tous ses médaillons avaient disparu sauf un.

Mais comment ? Alors, il comprit. *Therin... quand il m'a pris par le cou. Le fumier me les a volés !* Annev faillit crier de frustration.

Merde, je ne peux plus gagner ! Si Therin est toujours debout, il a gagné – et s'il a été attrapé après que nous nous sommes croisés, il a perdu mes médaillons. Le sang d'Annev bouillonnait. Plus question de travailler de concert avec ses camarades le lendemain.

Non, je travaillerai avec eux, se dit-il plus calmement. *Je travaillerai avec eux comme j'ai promis de le faire. Je les utiliserai, et puis je me retournerai contre eux. Titus a déjà avoué qu'il ne ferait pas un bon avatar, et Therin ne mérite plus que je l'aide. Maintenant, c'est chacun pour soi.*

Toutefois, il avait toujours besoin de remporter ce test. Malgré ses efforts, il n'avait qu'un disque autour du cou. S'il n'en obtenait pas au moins un autre, il perdrait l'avantage promis par Edra et n'aurait aucune chance de réussir le lendemain. Il se devait de passer à l'offensive sans attendre, car il restait moins de cinq minutes.

Des pas martelèrent les planches, et une autre apprentie se matérialisa devant lui. Annev la contourna en courant, la prenant de vitesse, puis évita de justesse une de ses camarades. Les deux filles pivotèrent sur leurs talons et se bousculèrent en voulant se lancer à sa poursuite. Annev ne s'arrêta pas et sauta par-dessus une portion compliquée de plancher, dont il savait que l'équilibre était précaire.

La première des deux filles l'avait presque rattrapé et sauta dans sa direction. Elle ne tenait aucune baguette, mais ses doigts en ciseaux visaient sa colonne vertébrale. Annev, qui avait anticipé son attaque, s'écarta et sauta à pieds joints sur une planche. Celle-ci envoya la jeune fille dans les airs, tandis que le garçon tombait sur le banc, en dessous.

L'apprentie décrivit des moulinets avec les bras et agrippa un rideau, le déchirant jusqu'au sol. Les mains d'Annev jaillirent, lançant deux Baguettes de Paralysie vers la jeune femme empêtrée dans la toile noire. Le premier artefact l'atteignit à la poitrine, l'autre toucha sa joue exposée, la paralysant instantanément.

Annev entendit la seconde apprentie femme sage approcher et s'accroupit dans les ténèbres entre les bancs, où il sortit sa troisième baguette et attendit. Une seconde plus tard, elle passa au-dessus de lui et il attaqua, l'attrapant par la cheville et la faisant tomber durement à côté de lui. Le regard de la fille plongea dans le sien au moment où il posait sa baguette sur son front et où son corps tout entier se ramollissait. Annev l'observa et se rendit compte qu'il n'avait pas la moindre idée de l'endroit où elle avait pu cacher son médaillon en bois.

— Désolé, dit-il en écartant son col et en glissant la main sous ses vêtements.

Il ne trouva rien, cependant, et il n'avait pas de temps à perdre. Il tenta sa chance avec la première fille qu'il avait paralysée, sans plus de succès. Les voix des autres apprenties résonnèrent non loin de là. Elles se rapprochaient. Annev posa de nouveau les yeux sur la seconde fille, étendue sur le banc, et déglutit avant de la palper méthodiquement. Sa main gauche gantée et les doigts nus de sa main droite glissèrent sur ses clavicules, sous sa poitrine. Rien. Il passa également les mains sur ses hanches à la recherche d'un renflement quelconque. Les voix féminines étaient toutes proches lorsqu'il fouilla dans son dos et finit par trouver quelque chose dans le creux de ses reins.

Murmurant des excuses, il enfonça une main sous les couches de tissu et saisit les disques de bois, ses doigts effleurant la peau douce de la fille avant de se retirer avec son butin. Il hésita un instant, se demandant s'il devait prendre les quatre médaillons ou lui en laisser deux comme il l'avait fait avec Titus.

Il ne reste presque plus de temps. Si Therin est toujours dans la course, il a gagné – je ne peux pas le battre. Mais je peux encore réussir le test. Et je peux faire en sorte qu'elle le passe aussi.

Annev s'assit sur ses talons comme la fille clignait des paupières. Ou bien était-ce un clin d'œil complice ? Il secoua la tête et lui montra les quatre disques. S'assurant d'être bien compris, il en garda deux et remit les deux autres là où il les avait trouvés. Au moment où il les lâchait, où ses doigts rencontraient de nouveau la peau de la fille, il reconnut enfin Myjun.

Myjun.

Il retira brusquement sa main.

— C'EST TERMINÉ ! s'époumona Edra. Je vous attends à l'entrée de la nef !

Annev plongea son regard dans celui, vert, de Myjun. Elle le lui rendit et, cette fois, lui adressa bel et bien un clin d'œil.

Chapitre 11

Quelques secondes après qu'Edra eut annoncé la fin de l'épreuve, Duvarek tira sur une longue corde accrochée près de l'entrée de la nef, et tous les panneaux de toile suspendus aux poutres de la charpente tombèrent. La salle fut inondée de lumière, ce qui permit de voir clairement qui était paralysé et qui ne l'était pas.

Annev s'assura que Myjun était bien installée avant de sortir à contrecœur du plancher troué. Il regarda autour de lui. Six apprenties femmes sages étaient debout dans un rayon de dix mètres autour de lui, deux autres étaient paralysées à ses pieds. En revanche, il ne voyait aucun avatar, ni acolyte.

— Oh…, fit Edra de l'autre côté de la nef.

La Maîtresse Femme sage Kiara et deux de ses collègues souriaient au Maître d'Armes ; elles n'étaient manifestement pas surprises. Edra paraissait offusqué.

— Changement de programme ! cria-t-il. Nettoyons tout ça. Jeunes filles, veuillez aider Maître Duvarek à rouler les rideaux. Avatars… (Il s'interrompit, se tourna vers Annev, puis haussa les épaules avant de reprendre.) Avatars et acolytes, l'Ancien Narach a une baguette qui guérira votre paralysie. Lorsque vous serez sur pied, vous démonterez les planches et les empilerez contre le mur.

Cela prit un peu de temps, mais lorsque Narach eut soigné les paralysés – en utilisant une baguette noire d'un côté et blanche de l'autre –, le travail fut fait rapidement. Ceux des garçons qui avaient été paralysés par les techniques de pression des filles eurent également besoin du concours de Kiara, qui s'employa à enfoncer pouces et poings dans leurs articulations. La plupart de ses patients recouvrèrent leur sensibilité aussitôt, à part Therin, qui avait apparemment eu droit à un traitement de faveur. Kiara dut appeler à l'aide une femme sage nommée Tonja. Ensemble, elles exercèrent des pressions sur les articulations bloquées du garçon. Celui-ci gémit bruyamment, son corps se contorsionnant comme elles le tordaient et le tiraient. Et puis il y eut un «*pop!*» qu'Annev entendit à l'autre bout de la nef, et Therin devint subitement tout mou. Il ne fut pas en mesure d'aider, évidemment, mais quand les rideaux eurent été rangés et les planches empilées, il était de nouveau capable de se tenir debout.

Il évita Annev.

Celui-ci œuvrait au démontage du plancher lorsqu'il se rendit compte que les élèves le regardaient du coin de l'œil. Il se souvint alors qu'il portait toujours ses haillons noirs, et se hâta de s'en débarrasser, se rappelant subitement l'existence de Titus. Il sortit son ami paralysé de sous le monceau de tissu et appela Narach. Après quelques coups répétés avec la Baguette de Guérison, Titus recouvra l'usage de ses membres.

— C'est étrange, s'étonna Narach. Normalement, un coup de baguette suffit. Et c'était pareil pour Fyn.

— Peut-être ont-ils été immobilisés par les apprenties femmes sages?

Narach regarda Annev en plissant les yeux, puis secoua la tête.

— La baguette n'aurait pas fonctionné du tout dans ce cas. Non, leur état s'améliorait à chaque application de celle-ci. Un peu comme s'ils avaient été paralysés plusieurs fois...

Titus haussa les épaules, prétendant ne pas comprendre la question informulée de Narach.

Lorsque la salle eut été nettoyée, Edra et Duvarek demandèrent aux élèves de se ranger pour montrer leurs médaillons et expliquer comment ils avaient vécu l'épreuve. Les apprenties s'alignèrent aussi, mais Kiara ne leur demanda rien, se contentant de prendre position – en compagnie de deux de ses collègues de rang inférieur – à côté d'Edra et Duvarek pour observer en silence.

Les avatars parlèrent en premier. Normalement, c'était l'occasion pour eux de raconter leurs exploits, mais pas ce jour-là. Tous rapportèrent comment ils avaient été paralysés par les apprenties ou bien par Fyn. Kenton s'en était un peu mieux sorti que ses camarades, jusqu'à ce que Therin lui tombe dessus, instant de son récit où il perdit brutalement tout le respect qu'il avait glané jusque-là.

Pour Fyn, c'était bien pire. On l'avait sorti de l'Anneau d'Odar dans un concert de spéculations contenues. Il s'attarda sur ses succès, mais son ton se fit plus morne quand vint le moment de narrer la manière dont il avait surpris Titus – omettant de préciser que le garçon était déjà paralysé et qu'il en avait profité pour le torturer. Il conclut son récit en expliquant qu'Annev se cachait dans l'Anneau d'Odar et qu'il ne l'avait pas vu approcher. Sa version était suffisamment proche de la réalité pour qu'Annev ne ressente pas le besoin de la corriger, jouissant de la manière dont le regard de ses camarades changea sur lui et, surtout, du sourire furtif que lui adressa Myjun lorsque leurs yeux se croisèrent. Pendant ce bref instant, il revécut les quelques secondes qu'ils avaient passées ensemble dans la pénombre de la nef.

Après les avatars, ce fut au tour des acolytes. Therin surprit tout le monde en prenant la parole le premier. Il avait paralysé Alisander dans la charpente, puis Kenton sur l'estrade. Il regarda ses pieds avant de se tourner, penaud, vers Annev.

— Je ne suis pas fier de ce que j'ai fait après, poursuivit-il. Je n'ai pas paralysé Annev ; j'ai utilisé notre amitié pour lui voler ses médaillons. Nous étions presque à égalité, et je voulais gagner à tout prix. Mon plan est tombé à l'eau, car je me suis fait avoir par les apprenties presque aussitôt, expliqua-t-il en haussant les épaules. J'avais treize médaillons en ma possession, et j'en aurais obtenu d'autres si j'avais collaboré avec Annev. Comme j'avais peur de perdre mon avantage, je me suis caché, mais Faith et Malia m'ont trouvé. (Therin s'interrompit et esquissa un sourire franc, toute pénitence subitement oubliée.) En tout cas, je ne regrette pas de m'être fait tripoter dans le noir ! Ç'a été une belle manière de perdre !

La plupart des avatars et acolytes éclatèrent de rire. Même Duvarek gloussa, redevenant sérieux en voyant Kiara lui lancer un regard noir.

Annev ne lâcha pas les apprenties femmes sages des yeux pendant ce récit, et vit Faith, Malia et Myjun chuchoter et échanger des plaisanteries à voix basse.

— Ça suffit ! mugit Edra. Merci pour votre récit, Therin, même si, à l'Académie, nous nous montrons un peu plus respectueux envers nos pairs. Puisque vous me semblez en forme, vous allez aider l'Intendant Markov à transporter les planches et la toile noire jusqu'à la remise, sous l'arène.

Therin regarda d'un air comiquement peiné l'empilement de planches abîmées et le monticule de tissu, dans un coin de la nef. Il déglutit en se rendant compte de la masse de travail qui l'attendait, puis se résigna.

— Ça en a quand même valu la peine, dit-il en s'inclinant en direction des apprenties femmes sages.

De Faith, plus précisément, comprit Annev. Ne laissant pas à Edra le temps de le réprimander, le frêle garçon attrapa une brassée de tissu et se précipita à la suite de Markov, qui faisait déjà un énième voyage vers la remise.

Les autres témoignages se succédèrent rapidement, la plupart des acolytes n'ayant rien fait d'autre que se cacher sous un banc jusqu'à ce que les filles les débusquent. Et puis il y eut Titus, qui surprit tout le monde en sortant deux médaillons de sous sa tunique.

— Vous avez réussi ? s'étonna Edra, incrédule. Mais comment ? Fyn vous a paralysé, pourtant…

— Il n'a pas dit avoir abandonné ce jeune homme sous les haillons, en revanche, intervint Kiara en regardant Titus. J'ai l'impression que l'avatar Fyn nous cache quelque chose.

Duvarek grogna son assentiment.

— Comment vous êtes-vous retrouvé là-dessous ? demanda-t-il.

Par Keos, jura Annev. *Je n'aurais peut-être pas dû lui laisser ces médaillons.*

— Annev et moi…, commença son ami en le regardant furtivement. On a…

— Crachez le morceau ! lâcha Edra. Vous avez réussi le test. Je veux simplement savoir comment.

— Désolé, Maître Edra. La vérité, c'est que… j'ai été paralysé…

— Titus nous servait d'appât, l'interrompit Annev. Il faisait semblant d'être paralysé, et je devais sauter sur quiconque l'aurait trouvé. Sauf que Fyn n'y a pas cru et l'a immobilisé pour de bon. (Il lança un regard à Titus en espérant que son ami n'avouerait pas s'être paralysé tout seul.) Fyn a deviné que Titus jouait la comédie, mais je l'ai attaqué quand il ne s'y attendait pas.

Edra jaugea la version d'Annev et hocha la tête, considérant l'estrade et l'autel de ses yeux plissés.

— Et puis vous avez poussé Fyn dans l'Anneau d'Odar ? demanda-t-il. C'est un peu sacrilège de placer une personne paralysée à cet endroit. Surtout pour un diacre. (Comme Edra se tournait vers Titus, Annev baissa la tête, n'ayant rien à rétorquer à cela.) Comment vous êtes-vous retrouvé sous ces haillons ?

— Il s'agissait d'être plus furtifs, de couvrir nos uniformes, commença Titus en entreprenant de dérouler une bande de tissu noir.

— Non, pas ça, le coupa Edra. Comment vous êtes-vous retrouvé sous cette pile de haillons ? Fyn vous a paralysé pour vous prendre votre médaillon, mais vous avez fini le test avec deux d'entre eux…

— C'est Annev qui m'a caché là-dessous avec mon médaillon et un autre, pris à Fyn, concéda Titus d'un ton défait.

— Cela fait donc une énigme de moins.

Edra hocha la tête, se désintéressant de Titus. Duvarek, Kiara et lui étudièrent Annev, qui baissa les yeux en tirant machinalement sur le gant qui lui couvrait la main gauche.

— Acolyte Ainnevog, reprit Edra. Vous êtes le dernier. Raconteznous ce qui s'est passé.

Annev obéit, conscient de l'attention sur lui. Fyn et Kenton lui lancèrent des regards assassins lorsqu'il raconta les avoir battus. Il passa sous silence le vol de Therin, puisqu'il ne s'en était rendu compte qu'après coup, et révéla leur intention de vaincre les apprenties femmes sages. Kiara renifla mais ne dit rien, jusqu'à ce qu'il explique avoir battu Myjun et une autre apprentie, moment où elle eut une exclamation outrée.

— Elle avait quatre médaillons, lui fit remarquer la maîtresse femme sage en le fixant de son regard gris brillant. Vous l'avez prise en pitié comme ce garçon grassouillet ?

Annev hésita, comprenant qu'il avait peut-être commis une erreur en laissant des médaillons à Titus et Myjun.

— Non, je ne les ai pas pris en pitié, rétorqua-t-il en secouant la tête. Titus a gagné ses médaillons en monopolisant l'attention de Fyn. Je les lui devais.

— Et Myjun ?

Annev sentit les yeux verts de la jeune femme sur lui, mais ne les croisa pas.

— Titus m'a aidé à battre Fyn. Therin et moi avons battu Kenton, et s'il n'avait pas fini par me les voler, nous en aurions peut-être gagné d'autres ensemble.

— C'est peu probable. Et puis, cela n'a rien à voir avec Myjun. Où voulez-vous en venir ?

— Eh bien, justement, poursuivit Annev d'un ton plus confiant. Si je me suis bien débrouillé, c'est que j'avais des amis, des alliés, que j'ai conservés autant que possible. Votre apprentie femme sage s'est également bien débrouillée parce que ses camarades et elle œuvraient en équipe. Myjun a participé à leur entreprise. Elle a perdu contre moi, mais elle a joué un rôle important dans son groupe. Lui prendre tous ses médaillons aurait abouti à fausser l'image de son travail.

Kiara le surprit en éclatant d'un rire joyeux. Elle surprit également Edra et Duvarek, et puis elle prit la parole, un léger sourire aux lèvres.

— Votre acolyte est aussi bavard que talentueux. Il vient de démontrer la supériorité du travail en équipe, que nous enseignons à nos apprenties. Notre force vient de la promesse que nous faisons de nous entraider. (Kiara fixa son regard sur Edra.) Vos avatars auraient obtenu de meilleurs résultats s'ils avaient conclu des alliances.

— Peut-être, concéda Edra, mais il ne s'agissait pas d'un exercice en équipe. Nous avons besoin d'évaluer les capacités individuelles de nos élèves.

— Vous avez vos résultats. Vos *piètres* résultats. Vos avatars se sont combattus, pour finalement être défaits par mes apprenties. (Kiara s'interrompit et dévisagea Annev.) Enfin, à part ce jeune homme qui a battu deux de mes élèves, et il n'est même pas avatar.

La maîtresse femme sage joignit ses mains devant sa poitrine et n'en dit pas davantage.

Maître Narach se rapprocha d'Edra et Duvarek, chargé du coffre noir.

— Il me manque deux baguettes, dit-il en posant la caisse au sol pour s'essuyer les yeux. Aucun élève ne sortira d'ici tant que je ne les aurai pas récupérées. S'ils en ont égaré ne serait-ce qu'une seule…

— Nous retrouverons ces baguettes, Maître des Secrets, le coupa Duvarek avec un geste dédaigneux. Vous pourrez mettre vos précieux artefacts en sécurité.

— Ne testez pas ma patience, Maître Duvarek, ou il se pourrait que je rechigne à vous les confier la prochaine fois, riposta Narach, courroucé.

— Aujourd'hui aussi, vous avez rechigné, Maître Narach. Nous allons retrouver vos chères baguettes.

Le Maître des Secrets s'éloigna en marmonnant que Markov aurait dû être là pour l'aider à chercher.

La présence de Maître Narach mettait toujours Annev mal à l'aise. Le jeune homme avait de l'empathie pour l'irascible vieillard, qui ne semblait guère à sa place parmi ses collègues plus jeunes. Cependant, l'Ancien Tosan et lui disposaient tous les deux d'artefacts grâce auxquels ils sondaient les élèves à la recherche de magie interdite, et Annev devait constamment se souvenir de ne pas manipuler son gant lorsque le Maître des Secrets était dans les parages.

— Acolyte Ainnevog, appela Kiara avec une moue. Pourquoi n'êtes-vous pas avatar ?

— Parce que…, commença Annev, ne sachant trop comment répondre. Parce que je n'ai pas réussi le Test du Jugement.

— Vous avez manifestement les aptitudes nécessaires. (Elle se tourna vers les deux maîtres à côté d'elle, et attendit que ses paroles fassent effet.) Quoi que vous ayez fait dans le passé, je vous suggère de revoir votre stratégie. Elle ne fonctionne pas. Maîtres…, conclut-elle en leur adressant un hochement de tête et en tournant les talons.

Nasha et Tonja lui emboîtèrent le pas, bientôt suivies par les huit apprenties, qui avaient enfilé leurs habits civils. Devant la sortie, Narach testa toutes les filles avant de les laisser partir.

Annev tira sur le Gant d'Illusion que Sodar lui avait confectionné. Le prêtre lui en avait fabriqué plusieurs au fil des ans, mais son stock de tissu volé dans le Caveau était presque épuisé. Le gant d'Annev était bien élimé, mais il le protégeait de la curiosité de Tosan et Narach. Il prit une profonde inspiration, lâchant consciemment le gant magique.

Tout va bien. Ils ne remarquent jamais mon bras. Ils ne me demandent jamais de retirer mon gant…

— Je pense que votre récit est terminé, Annev, lança Edra d'un ton poli.

Duvarek était déjà parti pour diriger les autres élèves, chargés de ranger les planches et les rideaux jusqu'à la remise.

— Puisque vous avez aidé Duvarek dans son installation, reprit-il, vous êtes autorisé à retourner auprès de Sodar afin de l'assister dans la préparation du sermon de ce soir.

Cela irrita Annev. *On dirait que je suis puni au lieu d'être récompensé.* Il repensa alors à la clé d'Edra.

— Comme il vous plaira, Maître Edra. Quand recevrai-je la clé promise au vainqueur ?

— Demain, répondit le maître d'un ton distrait. Nous n'avons plus besoin de vous pour aujourd'hui.

Annev inclina la tête. Il avait la désagréable sensation que le maître était en colère contre lui. *Peut-être considère-t-il que j'ai triché en m'alliant à Therin et Titus.* Quelle que fût la cause de la mauvaise humeur d'Edra, Annev décida de prendre congé.

— Maître Narach ! s'écria le Maître d'Armes. Des responsabilités religieuses attendent Annev. Veuillez le tester immédiatement, qu'il puisse rejoindre sa chapelle.

Ça recommence, pensa-t-il. *Non pas « la chapelle de Sodar », ni « la chapelle du village ».* Ma *chapelle.* Sans doute Edra n'avait-il pas d'arrière-pensée, mais cela gênait le jeune homme. Comme si le maître le mettait délibérément à l'écart de ceux qui logeaient à l'Académie. Annev fronça les sourcils mais tint sa langue, attendant que Narach finisse d'examiner les apprenties femmes sages.

— Et pour l'amour d'Odar, tonna subitement Edra. Retirez-moi ce gant stupide !

Chapitre 12

L'estomac d'Annev se tordit.

— Pardon…, bredouilla-t-il. (Il déglutit.) Veuillez m'excuser, Maître Edra ?

— Retirez-moi ce gant, répéta-t-il avec lassitude. C'est une habitude ridicule qui vous a sans doute donné un avantage dans l'épreuve d'aujourd'hui. J'aurais dû vous demander de le faire plus tôt.

Une terreur brutale enfla dans le ventre d'Annev. Il hocha la tête, incapable de parler, et commença à enlever le tissu noir qui lui couvrait l'avant-bras tout entier. Il se mit à trembler en voyant le maître approcher avec son coffre de baguettes.

Le Maître des Secrets lança un regard noir à Edra puis, les lèvres pincées, se tourna vers Annev.

— Des responsabilités religieuses, dites-vous ? Restez ici. (Maître Narach posa le coffre sur le sol et fouilla dans ses poches.) Où est-ce que je l'ai mis… ?

— Vous n'êtes pas sérieux ! protesta Edra en levant les yeux au ciel.

Narach cracha par terre.

— Bien sûr que je suis sérieux ! Je suis trop vieux pour ce travail de maître avatar. On aurait dû faire de moi un ancien il y a des décennies.

Le cœur d'Annev battait la chamade. Narach était en train de retourner ses poches quand Duvarek les rejoignit.

— Qu'est-ce qu'il fait ?

Edra perdait manifestement patience.

— Il n'a toujours pas retrouvé les baguettes manquantes, et maintenant, il ne sait plus où il a fourré sa Pierre de Clairvoyance.

— Il l'avait à l'instant ! Je l'ai vu s'en servir sur les apprenties. Vous l'avez peut-être mise dans ce coffre ?

Narach plissa les yeux. Il ouvrit la bouche pour dire quelque chose, puis s'abstint, baissant la tête vers la caisse à ses pieds.

— Je ne crois pas…, dit-il en grattant sa barbe naissante et en s'accroupissant.

Dans le coffre, il y avait les Baguettes de Paralysie noires et or, ainsi que la Baguette de Guérison. Narach saisit cette dernière et commença à fouiller. Très vite, il mit au jour une pierre blanche translucide entourée d'un cordon en cuir.

— Ah ! fit Narach en crochetant le cordon pour soulever la pierre. J'ai dû la faire tomber dans le coffre après avoir testé les apprenties.

Il leva la pierre devant son œil droit et regarda à travers son centre laiteux. Subitement, l'objet scintilla, puis devint clair comme du cristal.

Annev changea légèrement de position afin de dissimuler son bras gauche derrière son flanc. *S'il vous plaît, mon Dieu. Odar, je vous en prie. Notre Père, ne laissez pas Narach voir mon bras. S'il vous plaît, s'il vous plaît, s'il vous plaît !* Son cœur martelait sa poitrine, et son esprit tournait à plein régime. Il devait faire quelque chose – n'importe quoi – pour empêcher Narach de voir son bras.

— Comment ça marche, Maître Narach ? lança-t-il. Tout le monde peut s'en servir, ou seulement les personnes possédant des affinités avec la magie ?

— Bien sûr que n'importe qui peut s'en servir, grommela le maître en abaissant la pierre. Je ne possède aucune aptitude magique.

L'homme gloussa comme si l'idée même était grotesque, ce qui était sans doute le cas. Ceux qui possédaient des aptitudes étaient accusés d'être des Enfants de Keos et lapidés – ou bien attachés à un arbre de la forêt de Brake pour y être dévorés par les bêtes.

Maître Narach lui tendit la pierre plate.

— Regardez à travers la partie fine, au centre, dit-il, visiblement heureux que le jeune homme s'intéresse à son travail. Le milieu devient parfaitement transparent. Oui, comme ça. Observez les baguettes dans ce coffre, par exemple.

Annev ferma un œil et regarda à travers la Pierre de Clairvoyance. À l'intérieur du coffre noir, les Baguettes de Paralysie émettaient une lumière vaporeuse violette qui débordait de la boîte.

— Waouh ! lâcha-t-il, impressionné.

Narach hocha la tête et tendit la main pour récupérer l'artefact. Annev tenta de gagner du temps.

— L'Intendant Markov a-t-il besoin d'aide pour chercher les baguettes manquantes ?

— Eh bien…, commença Narach en abaissant la main, réfléchissant.

— Vous avez gagné la compétition, intervint Duvarek. Profitez donc de votre récompense au lieu de vous porter volontaire pour effectuer un travail d'intendant.

— C'est un travail de robe tannée, acquiesça Edra. Faites-vous tester et filez donc.

Annev serra les dents et rendit la pierre.

— Les bras écartés, je vous prie, demanda Narach en levant l'objet devant son œil.

Comme Annev obtempérait lentement, une idée lui vint.

— Pourriez-vous utiliser la pierre pour chercher les baguettes ? interrogea-t-il le maître.

— Mmh… pourquoi pas ? acquiesça Narach en abaissant l'artefact. Je doute que cela fonctionne à cette distance, mais…

Le Maître des Secrets se détourna d'Annev et scruta la nef à travers la pierre. Quelques secondes plus tard, un demi-sourire éclaira son visage ridé. La pierre toujours suspendue devant son œil, il appela son assistant.

— Markov, espèce d'idiot ! Troisième rangée ! À gauche. Oui… non, *ma* gauche. La troisième à partir du fond. Oui.

Annev tremblait de soulagement comme Markov levait la baguette dans les airs.

— Par les bâtons d'argent, pourquoi n'y ai-je pas pensé plus tôt ? (Narach regarda de nouveau dans la pierre et sourit.) Je vois la dernière aussi. Excellent.

Pendant ce temps, Annev avait commencé à enfiler discrètement son gant.

— Allez-vous-en ! lança Edra.

Annev s'inclina, choqué d'être passé si près de la catastrophe. Puis il se força à marcher d'un pas tranquille vers la porte cerclée de fer. Alors qu'il s'apprêtait à la franchir, le Maître des Opérations l'ouvrit brusquement. L'homme, maculé d'éclaboussures d'encre, avisa le Maître des Ombres et lui fit signe.

— Duvarek ! Allez vous préparer. Vous partez pour Banok ce soir avec Maître Keyish.

Annev s'attarda devant la porte, écoutant les grommellements de Duvarek.

— C'est le premier soir du Regaleus, Carbad. Ça ne peut pas attendre ?

— Non, répliqua Carbad en secouant la tête. Janak a mis la main sur une baguette noire.

Duvarek jura.

— D'accord, mais je vais manger un morceau d'abord. Je n'ai rien avalé de la journée.

Les deux hommes s'en furent, et Annev sortit juste derrière eux avec soulagement. Il marcha lentement dans le couloir, vérifiant pour la énième fois que son gant était bien en place. Dès qu'il eut tourné le premier coin, cependant, il se mit à courir pour échapper aux murs oppressants de l'Académie.

Comme il se précipitait dans les passages faiblement éclairés en se fiant à la fois à sa mémoire et à sa vue, son esprit s'emballa. La journée était passée tellement vite, balayée par une vague d'adrénaline. Il avait sauvé Lem, battu Fyn, été trahi par Therin et côtoyé Myjun. Il avait également gagné une épreuve impossible et un avantage mystérieux pour le Test du Jugement. Il avait besoin de manger et de dormir, mais son esprit et ses pieds refusaient de se calmer en dépit de son épuisement.

Annev traversa à grands pas le spacieux vestibule et fonça vers la grande double porte d'entrée de l'Académie. Il avait manqué le déjeuner avec Sodar, mais les cours du jour s'étaient terminés plus tôt que d'habitude, aussi le prêtre serait-il étonné de le voir rentrer si tôt.

Annev passa sous l'arche de l'Académie, où les portes intérieure et extérieure étaient ouvertes, puis courut et glissa à la fois sur les marches usées conduisant à la place centrale de Chaenbalu.

Tandis qu'il sortait enfin de l'ombre de l'Académie, le spectacle et les parfums familiers du village l'enveloppèrent. Entouré de villageois, Annev se sentait avantagé par son double statut d'acolyte et de diacre. Ce dernier s'accompagnait de quelques à-côtés, mais Annev devait admettre qu'il aimait passer de l'Académie à la chapelle. C'était un menu privilège dont il était le seul élève à profiter.

De l'autre côté de la place, il perçut le bruit étouffé d'un marteau frappant du cuir dans la boutique du cordonnier. Près de l'atelier du charpentier, Rafela et son compagnon

Lorn sortaient une miche de pain chaud du four. L'odeur réveilla la faim du jeune homme.

— Bonjour, Annev !

Le jeune homme ralentit pour voir le forgeron borgne du village traverser la place, une lourde pièce de fonte sur l'épaule. L'homme au teint basané s'arrêta pour changer sa charge d'épaule.

— Bonjour, Sraon !

— En retard pour le déjeuner ? Ou bien les anciens en avaient-ils assez de votre présence ?

Annev s'arrêta. Il appréciait le forgeron et son accent étrange – un « nauthron un peu brouillon », de l'avis de Sodar, même si cela ne voulait rien dire pour le jeune homme. Dans une communauté aussi isolée, toute nouveauté était la bienvenue. D'autant que son cache-œil conférait à Sraon un air encore plus exotique.

Annev n'avait pas été long à tomber sous son charme. Il sourit.

— Les deux, sans doute. Comme j'ai réussi le test, les maîtres m'ont libéré plus tôt que prévu.

— Non ? *Le* test ?

— Non, pas *le* test, regretta Annev en secouant la tête. Celui-là est pour demain. Aujourd'hui, c'était un genre… d'entraînement.

Sraon grogna sous sa charge.

— Bien, bien. J'espère que vous le réussirez. Je n'ai quand même pas forgé cet anneau pour rien !

Annev se mordit la lèvre, ce qui fit rire Sraon, qui s'en fut vers sa forge, près du flanc est de l'Académie.

Je n'aurais pas dû lui parler de Myjun, pensa le jeune homme. Il s'était un peu trop ouvert au forgeron pendant que celui-ci fabriquait l'anneau qu'il comptait offrir à Myjun. Sraon ne révélerait sans doute son secret à personne, mais s'il ratait le test, le forgeron connaîtrait l'étendue de son échec, et cette idée mettait Annev mal à l'aise. À l'avenir, il essaierait de tenir sa langue.

Le jeune homme contourna les murs de l'Académie et arriva devant le puits, au centre du village. De cet endroit, on voyait la forge à ciel ouvert de Sraon et, au-delà, l'extrémité est de Chaenbalu et la chapelle de Sodar. Il courut, dépassa la première rangée de maisons et la forge, ralentissant pour se faufiler dans l'allée qui séparait la forge de la cordonnerie. Dès qu'il en émergea, il se remit à courir.

—Annev!

Le jeune homme dérapa en pivotant, faisant face à son interlocutrice. Son cœur battait à tout rompre, mais pas à cause de sa course. Il sourit.

—Salut, Myjun.

Chapitre 13

Voir Myjun était à la fois une surprise et un ravissement. Un frémissement le parcourut comme elle répondait à son sourire. Toutefois, il se sentait encore coupable de l'avoir touchée sans sa permission.

— Je n'ai pas eu l'occasion de m'excuser…

— T'excuser ?

— Pendant l'épreuve, expliqua-t-il en hochant la tête. Je cherchais les médaillons, c'est tout. Je ne voulais pas… (Il déglutit, ne sachant pas vraiment ce qu'il voulait dire.) Jamais je ne t'aurais fait du mal.

— Ça ne m'a pas du tout offensée, répondit Myjun d'un ton léger et amusé. Tu voulais gagner, et mettre toutes les chances de ton côté pour le test de demain.

Annev acquiesça, soulagé qu'elle ait compris.

— Et le fait que je t'ai laissé des médaillons…, poursuivit-il. J'ai l'impression que ça n'a pas plu à Kiara.

Le sourire de Myjun se mua en grimace malicieuse.

— Non, mais tu as fait ce qu'il fallait et ce que je voulais.

— C'est vrai ?

— Bien sûr. Je voulais que mes sœurs gagnent, mais pas que tu perdes. C'est pour ça que j'ai fait trébucher Coshry et que je t'ai laissé me paralyser.

— Tu as fait trébucher… tu m'as laissé… ?

— Ne me dis pas que tu le découvres ? s'étonna Myjun en rejetant ses cheveux en arrière.

— Eh bien… si.

Elle éclata de rire.

— Tu es mignon. Oui, je t'ai laissé me paralyser. Je comptais sur le fait que tu me laisserais quelques médaillons. Je… l'espérais. Je ne m'étais pas trompée, heureusement.

Annev secoua la tête. Myjun avait eu un temps d'avance pendant toute la durée de l'épreuve. Cela rendait sa victoire un peu amère, même s'il estimait l'avoir méritée.

— Oui, tout s'est passé comme prévu, confirma-t-il. (Il se pencha un peu vers elle, avant de regarder autour de lui pour s'assurer que personne ne les observait.) Comment se fait-il que tu ne sois pas avec les autres femmes sages ? l'interrogea-t-il, un sourire dans la voix.

— Je devais récupérer les chaussures de mon père chez Greusik, expliqua-t-elle, montrant la paire de grandes sandales en cuir qu'elle portait sous le bras gauche.

Elle tenait dans sa main libre un panier en osier recouvert d'un torchon. Un parfum de pain chaud monta aux narines d'Annev, dont l'estomac gargouilla.

— Tu as fait vite, dit-il. J'ai couru pour arriver jusqu'ici.

— J'espérais te croiser.

— Oh, fit Annev, agréablement surpris. Eh bien, me voici.

Un silence maladroit s'installa comme il cherchait quelque chose à ajouter.

— Est-ce que tu… seras présente au sermon de ce soir ?

— Bien sûr ! Ce sera l'occasion de te voir dans ta tenue cléricale. Beaucoup plus élégante que ces uniformes crasseux que les maîtres vous obligent à porter.

Annev acquiesça, ne sachant trop si Myjun commentait son statut d'acolyte ou la propreté douteuse de ses vêtements.

— C'est vrai que ça me donne l'occasion de m'habiller.

— Oh ! mais j'y pense ! (Myjun coinça les sandales sous son autre bras pour fouiller dans une poche.) J'ai quelque chose pour toi.

Des plis de son tablier blanc, elle sortit un long morceau de tissu rouge et or.

Un gant.

— Je l'ai fait pour toi. Joyeux Regaleus.

Un immense sourire éclaira le visage d'Annev comme elle lui tendait le gant, qu'il accepta. Il était taillé dans un tissu rouge vif. Une queue dorée commençait au-dessus du coude, décrivant une spirale autour du bras – celle d'un phénix brodé. La face de l'oiseau ornait le dos de la main, le bec ouvert, la langue se déroulant sur le pouce gauche.

— Il est magnifique. Merci. J'ai quelque chose pour toi aussi. Pour le dernier jour du Regaleus.

Le sourire de Myjun s'élargit.

— Merci… Je suis vraiment contente que ça te plaise. J'hésitais à t'en faire un ou deux, mais j'ai pu observer que tu n'en portais souvent qu'un seul, à la main gauche. (La jeune femme fit la moue de ses lèvres rosées, tandis qu'Annev se frottait timidement le bras gauche, étonné qu'elle ait remarqué son habitude.) Faith dit que tu t'es brûlé le bras à l'Académie et qu'ils t'obligent à le cacher. Un peu comme Kenton avec sa cicatrice.

— Non, rétorqua-t-il avec circonspection. Il n'y a ni brûlure, ni cicatrice.

— Je sais. En tout cas, tu n'as pas de cicatrice à la main.

Elle se mordit la lèvre, et un éclair de malice scintilla dans son regard comme elle effleurait sa paume gantée, puis attrapait doucement le bout de ses doigts et tirait dessus d'un coup sec. Annev sursauta et se retint de cacher sa peau découverte. Myjun sourit et le caressa en retournant sa main dans les siennes.

— Tu vois, ça ne fait pas mal. Peut-être qu'un jour j'aurai l'occasion de voir le reste.

Annev eut un léger mouvement de recul, troublé. Myjun en profita pour lui enfiler le gant phénix qu'elle avait confectionné. Il lui allait parfaitement.

— Il est très beau.

Myjun hocha la tête et lui lâcha la main.

— De toute façon, je savais que ta main n'avait rien depuis le moment passé ensemble derrière la boulangerie. Je l'ai dit à Faith, mais elle refuse de me croire. (Elle secoua la tête, et Annev commença à se sentir mal à l'aise.) Personne ne mérite d'être défiguré, d'avoir des cicatrices… Mais Faith adore les ragots ! C'est comme pour l'œil de Sraon ! Père dit que s'il n'était pas le seul forgeron du village, le Conseil l'aurait déjà chassé. La question ne se poserait pas si son apprenti était doué mais, apparemment, il ne sait même pas tordre le métal. Il est tout juste bon à taper là où on lui dit, et encore. (Elle eut un reniflement méprisant.) Pour l'instant, nous sommes contraints de confier la forge à un homme marqué, et ça fait une bonne décennie que ça dure. C'est difficile à expliquer, mais c'est comme ça.

Annev secoua la tête et commença à tirer discrètement sur le gant phénix.

— Sraon fait du bon travail. Et puis, il a perdu son œil en combattant des monstres de l'île Cunnart. Il m'a raconté cette histoire une centaine de fois. Il n'y a rien de honteux dans sa blessure.

— Au contraire, rétorqua Myjun sur le ton de la conversation, en se mettant à marcher vers l'Académie.

Annev lui emboîta le pas. Alors même que ses paroles lui déplaisaient, son regard était attiré par elle comme un aimant.

— C'est un signe d'Odar. C'est sa manière de révéler les Enfants de Keos qui se cachent parmi nous. (Elle le regarda par-dessus son épaule, rejetant ses longs cheveux bruns aux reflets roux dans son dos.) Ça ne m'étonne pas que tu le défendes ; ça en dit long sur toi. Tu es comme ça, je sais, mais tu devrais faire plus attention. Mon père dit que les Enfants de Keos sont malins, qu'ils dissimulent leur véritable nature et profitent de la gentillesse des gens. Le fait que Sraon te raconte des épisodes de sa vie passée alors qu'il n'en parle à personne m'inquiète. Tu ne trouves pas ça bizarre ?

— Eh bien…, commença Annev en avalant sa salive sous le regard plissé et sincèrement intéressé de la jeune fille. Il ne m'a pas dit grand-chose non plus. Je sais qu'il a appris son métier à Odarnea. Et qu'il s'est battu contre un keokum sur Cunnart.

— Comment peux-tu affirmer qu'il te dit bien la vérité ? Il a été marqué par Odar. Peut-être même est-il allé chercher des ogres sur Cunnart pour qu'ils dévorent des bébés dariens.

— C'est idiot ! rit Annev. C'est un homme bon, Myjun. Je le vois tous les Septièmes Jours.

— Il est forgeron, Ani. (Elle se rapprocha de lui et leurs épaules se touchèrent.) Comme les Terrans ! Ils adorent Keos et ils sont tous forgerons !

Annev se gratta la tête. Il était tenté de la contredire en lui rapportant tout ce que Sodar lui avait appris sur les Terrans.

— Écoute, Sraon est originaire du Nord. Les Terrans vivent dans les vieilles terres, à l'est. De toute façon, Sraon vient à la chapelle tous les Septièmes Jours. Il lui arrive même de s'y présenter dans la semaine pour dire des prières avec Sodar. Il adore Odar et pas Keos, c'est évident.

— Père dit que les Fils de Keos se comportent ainsi pour nous tromper, rétorqua Myjun en haussant une épaule. Et il se trompe rarement.

Annev ralentit, se rendant compte qu'il ne la convaincrait pas. Myjun semblait croire tout ce que son père – l'Ancien Tosan – lui disait, même les idées les plus improbables. Une seconde prise de conscience, plus sinistre, suivit très vite la première : elle ne l'accepterait jamais si elle apprenait son secret. Annev décida qu'il n'avait plus rien à dire.

— Je dois me préparer pour le sermon de ce soir. (Il s'inclina et lui effleura le dos de la main du bout des lèvres.) Merci pour le gant. Je te donnerai ton cadeau le dernier soir du Regaleus.

Myjun sourit en retirant sa main.

— Il ne faut pas que mon père sache que nous nous échangeons des cadeaux. C'est un traditionaliste ; il pense que ça porte malheur. Je peux te dire un secret ? demanda-t-elle en serrant les sandales contre sa poitrine.

— Bien sûr.

— Je crois qu'il est un peu vieux jeu, dit-elle d'un ton de conspiratrice, lui soufflant sur la joue. Il prend certaines choses bien trop au sérieux. Au revoir, Annev, conclut-elle dans un clin d'œil.

— Au revoir…, répondit-il en goûtant son nom sur ses lèvres.

Elle s'éloigna, traversa la place, regardant une dernière fois par-dessus son épaule.

— C'était bien, lança-t-elle d'une voix juste assez forte pour se faire entendre. Toi et moi, dans la nef.

Sans attendre de réponse, elle gravit les marches de l'Académie et disparut.

Annev soupira. Sa peau était chaude et son esprit tourmenté. *Elle est si belle,* pensa-t-il, le regard rivé sur les marches. *Mais ces choses qu'elle dit parfois…*

Il ne savait quoi en penser. Lorsque Myjun parlait, il lui arrivait d'entendre les mots de Tosan. Des mots qui lui déplaisaient réellement. À d'autres moments, cependant, sa voix était comme de l'hydromel, d'une douceur sans égale.

Chapitre 14

— Je me demande ce que l'Ancien Tosan dirait s'il apprenait que sa fille échange des cadeaux avec l'Acolyte Ainnevog ?

La voix moqueuse arracha Annev à sa rêverie, et il se retourna pour voir Fyn se glisser dans l'allée.

— Ou bien lui dirai-je simplement que je vous ai vus vous embrasser.

— Tu n'as qu'à essayer ! bluffa Annev, dont l'humeur déjà mauvaise s'aggrava. Et il demandera à sa fille si tu as dit la vérité. J'aimerais bien voir ça, tiens.

Fyn lui lança un regard assassin. Annev remarqua qu'il avait délaissé sa tunique brune au profit de vêtements civils.

— Tu te crois toujours meilleur que nous, hein ? s'enquit Fyn entre ses dents serrées.

— Le fait est que je suis meilleur que toi dans plusieurs domaines. En hygiène, par exemple.

Fyn éclata d'un rire sans joie.

— Tu te crois tellement malin, hein ? Tu m'as pris par surprise, tu m'as torturé ! Et puis tu as laissé ces médaillons à ton ami à face de rat.

— Tu avais torturé Titus avant, rétorqua Annev, refusant de céder.

— Sans ton aide, sans tricher, il n'aurait jamais réussi ce test, persifla-t-il. Il finira intendant, comme il le mérite. Quant à toi, tu ne me battras jamais dans un combat singulier.

Ah, pensa Annev. *Il est venu pour me remettre à ma place.*

— Tu vas rater le Test du Jugement, demain, reprit Fyn. Forcément, puisque c'est moi qui vais gagner ! Personne ne peut me battre, et surtout pas toi.

Annev serra les dents. Fyn cherchait à le provoquer, et il savait exactement quoi faire pour attiser la colère d'Annev. Pire, cela semblait fonctionner, malgré lui.

— On vérifiera ça demain, Fyn, répondit-il cependant d'un ton neutre. Sodar m'attend pour…

— Tu crois que travailler avec ce vieillard sénile te rend meilleur que nous ? Tu es tellement *important*. Tu as le droit de tout remettre en question…

— Pas du tout. J'accomplis des corvées…

— Et tu crois que ça t'autorise à faire ce que tu veux ? Tu penses que les règles ne s'appliquent pas à toi ?

L'avatar faisait les cent pas en serrant et desserrant les poings.

— Fyn…, commença Annev, sa colère grandissante menaçant de submerger sa capacité de jugement. La journée a été longue, et il me reste beaucoup de travail.

Il tourna les talons et s'en fut vers la chapelle.

Ne me suis pas, pensa-t-il en accélérant. *Tu as fait passer ton message. Je ne suis pas des vôtres, c'est entendu.*

— C'est de ça que je parle ! insista Fyn avant de lui emboîter le pas. De ça, justement ! Tu crois que tu peux faire ce que tu veux ! Que tu peux *prendre* ce que tu veux ! Que tu peux *partir* quand tu veux ! (Il contourna Annev et se planta au milieu de la rue, lui bloquant le passage.) Tu fais les yeux doux à la fille de Tosan. Tu tortures les gens en classe, et ça ne t'empêche pas d'enfiler ta robe d'apparat le Septième Jour, comme si tu valais mieux que nous. Et puis, tu portes ce gant débile pour te faire remarquer, ajouta-t-il en montrant le gant confectionné par Myjun. Comme si tu refusais de toucher la même merde que nous !

Si seulement tu savais, Fyn.

— Je me suis fait une promesse, aujourd'hui, ajouta Fyn en sortant une paire de kalis de son dos. Tu devines laquelle ?

Par les os sanglants. Je ne vais pas y échapper.

— Laisse-moi deviner, répondit Annev en bifurquant dans une allée transversale, scrutant les environs à la recherche d'une porte de sortie. Tu t'es promis de me faire payer ton petit séjour dans cette douve ?

— Non, je suis capable d'oublier ce détail, riposta Fyn en souriant. La torture, en revanche… (Il fit tournoyer ses deux bâtons en bois durci par le feu et avança vers Annev.) Tu as dit que tu me tuerais si je touchais de nouveau tes amis. Que dirais-tu si je te tuais avant ?

Annev comprit son erreur. Quoi qu'il fasse ou dise, Fyn avait décidé de faire couler son sang.

Merde.

Il avait trois options : présenter des excuses à Fyn, qui les accepterait. (Possibilité improbable, voire risible.) Se battre et se laisser mater. (Cela étancherait momentanément la soif de sang de Fyn, qui risquerait cependant de le tuer pour de bon.) Se battre et gagner. (Ce qui n'était pas l'hypothèse la plus probable, Fyn et lui le savaient.)

Il soupira. *Prenons la liste par le début.*

— Fyn. Je regrette de t'avoir étouffé avec la Baguette de Paralysie. J'ai dépassé les bornes, je n'aurais pas dû. Je suis allé trop loin, mais c'était un accident.

— Un accident ? J'ai plutôt l'impression que tu voulais me faire payer d'avoir chatouillé ton copain. Tu es sûr qu'il s'agissait d'un *accident* ?

— Je ne voulais pas aller aussi loin, persista Annev, même si ce n'était pas tout à fait vrai.

Il regarda vers l'extrémité de l'allée, qui débouchait sur l'une des rues plus larges qui ceignait la place centrale.

Il va me tuer, pensa-t-il tandis que le monde s'assombrissait. *Je vais mourir ici.*

— Je pourrais t'épargner cet avenir d'intendant, lança Fyn, faisant écho à ses pensées. Je pourrais abréger tes souffrances, maintenant. (Il raffermit sa prise sur Annev, qui cessait peu à peu de se débattre.) Mais je pourrais aussi te laisser vivre, reprit Fyn en se penchant encore plus près de lui. Alors tu deviendrais intendant, et j'épouserais Myjun.

Myjun.

Le sang d'Annev bouillonna à l'idée que la jeune fille puisse choisir Fyn, l'avatar légitime, et non lui, le simple intendant. Il écarquilla les yeux de rage. Des picotements lui parcoururent le bras gauche. Il sentit une part lointaine de son esprit se débloquer.

Dans un sursaut d'énergie improbable, Annev se libéra de l'emprise de Fyn, lui assenant un coup de tête et lui crachant de la terre au visage. Des étoiles emplirent son champ de vision. Il dégagea son bras droit et donna un coup de poing à Jasper. Il voulut utiliser son bras gauche, mais Brinden le maintenait fermement.

Dans un grondement furieux, Fyn abattit son poing sur la pommette d'Annev, faisant éclater sa peau et retomber lourdement sa tête par terre. Annev cligna des paupières, sonné, comme Jasper plaquait de nouveau son bras droit sur le sol. Alors, Fyn attrapa son cou dans ses mains puissantes et serra.

— Je devrais te tuer ! grogna-t-il, la bouche dégoulinante de sang. Mais si je te tue, je ne pourrai pas te torturer. Tous les jours. Jusqu'à la fin de ta vie.

Il le lâcha et le frappa violemment du dos de la main. Annev hoqueta, soulagé de pouvoir inspirer un peu d'air.

— Je garde ça ! lança Fyn en brandissant le gant phénix. (Il pesa de tout son poids sur le torse et le ventre d'Annev.) Ça ne dérangera pas Myjun, j'en suis sûr. Quand on est trop

Quatrième option : courir vers la chapelle. Il fit un pas discret dans cette direction.

Fyn secoua la tête, ses longues tresses balayant ses joues.

— Bien sûr. Les accidents arrivent. Pas de problème. Je te pardonne. J'accepte de passer l'éponge. Tu t'en tires à bon compte comme chaque fois.

— Ce n'était pas intentionnel, Fyn, vraiment.

— J'ai peur qu'un autre accident soit sur le point de survenir, dit Fyn en brandissant ses kalis. Il se pourrait que tu ne sois pas apte à participer au test de demain.

Soudain, Brinden, Kellor et Jasper apparurent dans le dos d'Annev, bloquant l'allée. Tout comme Fyn, ils s'étaient débarrassés de leur uniforme, portant des vêtements civils.

Peut-être puis-je utiliser ça à mon avantage.

Annev se figea. Il n'y avait pas de porte de sortie, et ses excuses n'avaient rien donné. Comme les garçons l'entouraient de plus en plus près, il prit une profonde inspiration. Devait-il frapper le premier ou bien attendre qu'ils passent à l'action ?

Annev observa Fyn qui l'approchait par la gauche, puis à droite les trois autres avatars. L'allée mesurait environ trois mètres de large. Il y avait un mur devant et un autre derrière Annev. Il était pris au piège.

Ce serait donc un bain de sang.

Chapitre 15

Fyn feignit de lui donner un coup de poing au visage et arracha le gant noir qu'Annev tenait dans sa main. Le jeune homme tenta de le reprendre, mais Fyn recula et déchira le gant, faisant tomber le tissu magique par terre avant de le piétiner.

— Qu'est-ce que vous en pensez, les gars ? Est-il assez sale ? Moi, je le trouve encore trop brun !

Annev voulut récupérer les morceaux du Gant d'Illusion, mais Fyn fut plus rapide, son pied jaillissant.

Annev bondit en arrière, puis marcha sur Jasper et Brinden, échappant de peu à une clé de bras tentée par le premier, dont il saisit le coude pour le faire passer par-dessus son épaule et le jeter sur son camarade.

— Attrapez-le ! gronda Fyn comme les deux garçons s'écroulaient.

Kellor se précipita, mais Annev pivota sur son talon et lui assena un coup au visage. Kellor tituba, le sang jaillissant de son nez. Il secoua la tête, essayant de reprendre ses esprits, tandis que Brinden se relevait tant bien que mal.

Annev bondit sur le mur et effectua un saut périlleux arrière, survolant Brinden qui le chargeait. Son pied l'atteignit au dos. Brinden trébucha et tomba, tête la première, contre le mur de pierre. Annev atterrit avec souplesse, les genoux fléchis, prêt à frapper de nouveau.

Un bourdonnement attira son attention, et il se retourna pour apercevoir un objet tournoyer vers son visage. Annev se

baissa pour se protéger, et le premier kali rebondit su
de son avant-bras, puis sur la route poussiéreuse, tan
le second suivait en vrombissant. Le jeune homme se
le ventre, évitant de peu l'arme tournoyante et comp
trop tard qu'il s'était agi d'une diversion. Fyn lui sauta
enfonçant le genou dans son dos, vidant ses poum
leur air. Annev toussa, cloué au sol, incapable de res

Tandis qu'il se débattait, le reste de la bande se re
en ricanant. Étourdi, Annev avait un goût de sang et
dans la bouche. Il tenta de se libérer, mais reçut aussi
volée de coups de pied.

— Retirez-lui son gant ! ordonna Fyn.

Annev sentit le gant de Myjun glisser sur son ava
et entendit Kellor rire en le lançant à Fyn.

— Maintenant, tu vas pouvoir toucher la merde
nous autres !

Ils le retournèrent, et Fyn lui enfonça une poignée
dans la bouche. Annev en avala un peu, s'étouffa, tan
le poids de l'avatar l'empêchait de bouger.

— Alors, ça te plaît ? lui murmura celui-ci dans l
Tu sais ce que ça fait, maintenant. Tu ne peux plus
ni respirer.

Il plaqua sa main sur le nez et la bouche d'Ann
écarquilla les yeux, paniqué.

— Oui, maintenant tu sais ce que ça fait, susur
le regard luisant. Tu n'es pas comme nous autres,
tu es pire ! Tu es un *acolyte* et, demain, quand tes
toi échouerez au Test du Jugement, vous deviendr
intendants ! Tu vas coucher à l'Académie comme
monde, et au lieu de prêcher tous les Septièmes Jo
feras la lessive et tu frotteras notre linge sale.

Annev toussa, le souffle lui manquant. Sa vue se br
ses poumons le brûlèrent, mais il ne pouvait libérer ses
bres, et la main de Fyn était comme un étau sur sa bo

faible pour conserver un cadeau tel que celui-ci, c'est qu'on ne le mérite pas. Par ailleurs, les intendants portent leur couleur et rien d'autre!

Avant de se relever, Fyn prit lourdement appui sur la poitrine d'Annev, dont les côtes craquèrent douloureusement.

Le jeune homme toussa et se recroquevilla, s'efforçant tant bien que mal d'emplir ses poumons de l'air qui lui manquait. Il ne vit même pas Fyn ramasser ses kalis. Le reste de la bande jubilait. En s'éloignant, ses camarades donnèrent des coups de poing admiratifs dans l'épaule de leur chef, Fyn.

— Joyeux Regaleus! lança Jasper.

Au lieu de rester à terre et de faire profil bas comme le commandaient l'intelligence et son instinct de survie, Annev se releva à grand-peine.

— Ça t'emmerde parce que c'est vrai…, dit-il.

Les garçons s'arrêtèrent et pivotèrent lentement.

— Qu'est-ce que tu viens de dire? s'enquit Fyn d'une voix glaciale.

— Je suis meilleur que toi. C'est la raison de ta colère. (Puis il ajouta d'une voix puissante, comme pour se faire entendre de tout le village.) Je suis un meilleur avatar que toi, Fyn, et tu le sais pertinemment. C'est pour ça que Myjun m'aime. C'est pour ça que tu ne peux pas me battre sans l'aide de tes copains. Tu as peur de moi, et tu as raison.

Bouche bée, Jasper, Brinden et Kellor se tournèrent vers leur chef. Fyn le fixait d'un regard noir, les poings serrés.

En dépit de la douleur, de la folie qu'il venait de commettre, Annev se mit à sourire, tandis que la fureur de Fyn prenait la forme d'un cri primitif. L'avatar chargea, les kalis brandis au-dessus de sa tête.

Annev fonça sur lui, évitant les armes. Les kalis tombèrent au sol tandis que les deux élèves s'agrippaient et roulaient dans la poussière.

En quelques secondes, l'avatar, plus puissant que son adversaire, prit le dessus, et Annev se retrouva de nouveau cloué au sol. Fyn lui assena un coup de poing puis voulut l'étrangler, mais Annev réagit vite, bloquant son attaque de la main droite. L'avatar lui agrippa alors le poignet et le tordit en arrière, produisant un craquement audible. Annev glapit de douleur.

— Désolé, ricana Fyn en lui lâchant le poignet. C'était un *accident*. (Il toisa le jeune homme crotté et ensanglanté et se releva.) Tu ferais bien d'aller te faire soigner. Ce serait dommage que tu ne puisses pas participer au test à cause de cette blessure.

Fyn ramassa ses kalis et donna à Annev un dernier coup de pied dans les côtes avant de s'éloigner. Les lèvres ensanglantées, le blessé suivit d'un œil mi-clos la bande qui s'éloignait. Il resta allongé sans bouger même lorsqu'il fut certain que Fyn et ses copains avaient disparu. Il se concentra sur sa respiration en pressant son poignet blessé contre sa poitrine, attendit d'être capable de rouler sur le côté, puis de s'asseoir et de se relever en titubant.

Son corps le brûlait, son front pulsait, sa joue le piquait. Son poignet était clairement cassé. Malgré cela, lorsque Annev écarta son poing gauche de son ventre endolori, il souriait.

Car il tenait le gant rouge.

Chapitre 16

La chapelle avait très peu changé au fil des ans. Les bancs en pin, le sol pavé, usés par les pas et les genoux des fidèles, étaient nettoyés quotidiennement par le vieux prêtre et son jeune diacre. Il n'y avait pas une tache ni un mouton de poussière pour maculer ce lieu saint.

Au contraire de la nef de l'Académie, ses murs n'étaient pas ornés de fresques ni de bas-reliefs. Même la table en pierre – dont les gravures du Bâton d'Odar, les symboles du *quaire* et la douve trahissaient l'inspiration darienne – était humble comparée à l'autel de l'Académie. Annev avait remarqué que ces quelques ornements gravés étaient en accord avec l'interprétation qu'avait Sodar des histoires dariennes, sa doctrine et sa pratique.

C'était un endroit simple, exactement comme Sodar l'avait souhaité.

Lorsque Annev entra dans la cuisine en pressant son poignet cassé contre son torse, il s'était attendu à y trouver le prêtre. Ou bien était-il dans ses appartements, occupé à se préparer pour la cérémonie du soir. Ouvrant la porte de la chambre de Sodar, il vit que le lit du prêtre était soigneusement fait, son bureau rangé, son coffre à vêtements fermé. Le vieil homme était absent.

— Sodar ?

Où est-il ? se demanda-t-il, son malaise atteignant l'intensité de sa douleur physique.

Sodar lui soignerait le poignet. Le prêtre magicien avait déjà guéri des blessures plus graves. Autrement, Annev serait resté vautré dans cette allée, ensanglanté, meurtri, son avenir en miettes. Le jeune homme s'accommodait de la souffrance physique, devenue comme un bruit de fond. Lorsqu'il pliait ou heurtait son avant-bras, la douleur était terrible. Il savait que Sodar pouvait l'aider… mais son mentor avait disparu.

Il lui faudrait s'occuper de cette blessure lui-même. Une fois de retour dans la cuisine, il prit la louche en bois de sa main valide, emplit une bassine et entreprit de nettoyer stoïquement son visage et ses bras. Il ne connaissait pas l'étendue de ses blessures faciales, mais il ne sentait aucune dent déchaussée et doutait que ses entailles nécessitent d'être suturées.

Son poignet, en revanche… La moindre vibration provoquait des vagues de douleur aiguë, et il se força à fouiller dans son coffre pour trouver une vieille chemise pouvant servir d'écharpe. Il mit un certain temps à faire des nœuds d'une main et de ses dents en regardant régulièrement vers la porte, espérant le retour de Sodar. Comme le prêtre n'arrivait pas, Annev se mit en quête de nourriture et trouva un peu de viande séchée et un quignon de pain. Le ventre plein et le poignet enflé, il décida de sortir chercher Sodar pour de bon. Il constata au passage que la hache avait disparu.

Il n'est pas en train de couper du bois, je l'entendrais. Mais pour quelle autre raison aurait-il pris la hache? Annev se sentait perdu. Il était épuisé et meurtri. La journée avait été si longue. Il n'avait qu'une envie : s'allonger, pleurer et dormir. Après avoir été soigné par son mentor.

Il n'avait pas le choix : il avait besoin de Sodar.

Annev serra les dents, décrocha son couteau de chasse et sortit. Claquant la porte, il se dirigea vers la forêt de Brake. Lorsqu'il eut atteint la ligne des arbres, il s'arrêta pour écouter, mais n'entendit rien de particulier. Il s'enfonça dans la pénombre, attentif. Il n'avait parcouru que quelques mètres lorsqu'il vit la hache de Sodar posée contre un arbre.

Il était là, mais où est-il passé ? Et pourquoi a-t-il laissé sa hache ? Si un problème s'était présenté, le prêtre aurait emporté une meilleure arme. S'ils avaient besoin de bois, il serait en train d'en couper. La hache était posée là comme pour être récupérée au retour d'une course mystérieuse.

Il a pris la hache pour faire croire qu'il est parti couper du bois, mais qui comptait-il tromper ?

Annev oublia sa douleur et s'enfonça dans la forêt, les sens en alerte, à l'affût de la moindre trace de lutte ou du passage de Sodar. Il garda son bras blessé contre lui, s'efforçant de masquer les traces de son propre passage, préférant aux feuilles mortes et à la boue les rochers ou la mousse. Il se sentait un peu stupide de prendre ces précautions – surtout si Sodar allait bien –, mais il ne pouvait s'empêcher de s'inquiéter. Comme il serpentait dans les bois, les paroles maintes fois répétées de son mentor lui revinrent en mémoire : *« Sois toujours prudent dans la forêt de Brake. C'est un endroit sauvage qui paraît sûr. C'est un peu comme l'Académie ; il y a des oreilles et des yeux partout. Le danger est omniprésent et ne prévient pas. »*

Sodar s'était toujours montré vague sur ces fameux dangers, alors qu'il parlait explicitement des ennuis qui le menaceraient si les anciens voyaient son bras. Dans la forêt vivaient des ours et des sangliers, mais comme il arpentait les bois à la recherche de son mentor, Annev commençait à se demander si le vieil homme n'avait pas eu autre chose en tête. Sodar avait beaucoup insisté pour qu'il se tienne loin des mares d'ombre, et Annev avait ressenti un froid intense dans ces ténèbres surnaturelles. Se pouvait-il que Sodar se soit aventuré dans l'une d'elles ? Il regarda autour de lui, examinant les ombres des arbres et des buissons. Il eut un frisson et se remit en marche.

En gravissant une colline parsemée de rochers, il entendit un cri qui lui parut familier. Il changea aussitôt de direction, mais le silence retomba. Annev ralentit et tendit l'oreille.

— *Cinquante* artisans ?

Annev fronça les sourcils. Il s'agissait bien de la voix de Sodar, et son ton était si triste…

— C'est impossible, poursuivit Sodar. Cela ne se peut pas.

— C'est la vérité, je te l'assure.

Annev se dirigea vers les voix en s'efforçant de ne pas se faire remarquer. Il en avait un peu honte, mais il était curieux. Lorsqu'il fut assez proche pour écouter la conversation, il chercha un arbre solide. Il n'était pas certain de pouvoir l'escalader, même s'il s'était souvent entraîné à se mouvoir d'une seule main. De la droite et non de la gauche, il est vrai.

Annev se rapprocha d'un taillis d'érables argentés et choisit celui qui lui semblait le plus facile à escalader. Avec circonspection, il monta sur la branche la plus basse, puis gravit les branches tordues jusqu'à atteindre une position d'où la vue sur Sodar et son interlocuteur était dégagée. Il s'assit en silence sur une fourche.

Un homme vêtu d'un épais manteau brun était installé près d'un feu de camp. La vieille théière du prêtre était posée sur les braises ; Annev reconnut la bosse qu'il lui avait faite en la laissant tomber, il y avait longtemps de cela. Les bottes mouillées de l'homme séchaient sur une pierre plate, près du feu. Des volutes de vapeur s'en élevaient. L'étranger tenait une tasse à deux mains. Annev remarqua quelques flèches posées sur le sol, non loin.

Sodar faisait les cent pas devant le feu en marmonnant dans sa barbe.

— Cela fait deux millénaires que nous perdons des membres, disait l'étranger en posant sa tasse. (Il prit une de ses bottes, fourra les mains dedans, grimaça puis les

Quatrième option : courir vers la chapelle. Il fit un pas discret dans cette direction.

Fyn secoua la tête, ses longues tresses balayant ses joues.

— Bien sûr. Les accidents arrivent. Pas de problème. Je te pardonne. J'accepte de passer l'éponge. Tu t'en tires à bon compte comme chaque fois.

— Ce n'était pas intentionnel, Fyn, vraiment.

— J'ai peur qu'un autre accident soit sur le point de survenir, dit Fyn en brandissant ses kalis. Il se pourrait que tu ne sois pas apte à participer au test de demain.

Soudain, Brinden, Kellor et Jasper apparurent dans le dos d'Annev, bloquant l'allée. Tout comme Fyn, ils s'étaient débarrassés de leur uniforme, portant des vêtements civils.

Peut-être puis-je utiliser ça à mon avantage.

Annev se figea. Il n'y avait pas de porte de sortie, et ses excuses n'avaient rien donné. Comme les garçons l'entouraient de plus en plus près, il prit une profonde inspiration. Devait-il frapper le premier ou bien attendre qu'ils passent à l'action ?

Annev observa Fyn qui l'approchait par la gauche, puis à droite les trois autres avatars. L'allée mesurait environ trois mètres de large. Il y avait un mur devant et un autre derrière Annev. Il était pris au piège.

Ce serait donc un bain de sang.

Chapitre 15

Fyn feignit de lui donner un coup de poing au visage et arracha le gant noir qu'Annev tenait dans sa main. Le jeune homme tenta de le reprendre, mais Fyn recula et déchira le gant, faisant tomber le tissu magique par terre avant de le piétiner.

— Qu'est-ce que vous en pensez, les gars ? Est-il assez sale ? Moi, je le trouve encore trop brun !

Annev voulut récupérer les morceaux du Gant d'Illusion, mais Fyn fut plus rapide, son pied jaillissant.

Annev bondit en arrière, puis marcha sur Jasper et Brinden, échappant de peu à une clé de bras tentée par le premier, dont il saisit le coude pour le faire passer par-dessus son épaule et le jeter sur son camarade.

— Attrapez-le ! gronda Fyn comme les deux garçons s'écroulaient.

Kellor se précipita, mais Annev pivota sur son talon et lui assena un coup au visage. Kellor tituba, le sang jaillissant de son nez. Il secoua la tête, essayant de reprendre ses esprits, tandis que Brinden se relevait tant bien que mal.

Annev bondit sur le mur et effectua un saut périlleux arrière, survolant Brinden qui le chargeait. Son pied l'atteignit au dos. Brinden trébucha et tomba, tête la première, contre le mur de pierre. Annev atterrit avec souplesse, les genoux fléchis, prêt à frapper de nouveau.

Un bourdonnement attira son attention, et il se retourna pour apercevoir un objet tournoyer vers son visage. Annev se baissa pour se protéger, et le premier kali rebondit sur l'arête de son avant-bras, puis sur la route poussiéreuse, tandis que le second suivait en vrombissant. Le jeune homme se jeta sur le ventre, évitant de peu l'arme tournoyante et comprenant trop tard qu'il s'était agi d'une diversion. Fyn lui sauta dessus, enfonçant le genou dans son dos, vidant ses poumons de leur air. Annev toussa, cloué au sol, incapable de respirer.

Tandis qu'il se débattait, le reste de la bande se regroupa en ricanant. Étourdi, Annev avait un goût de sang et de terre dans la bouche. Il tenta de se libérer, mais reçut aussitôt une volée de coups de pied.

— Retirez-lui son gant ! ordonna Fyn.

Annev sentit le gant de Myjun glisser sur son avant-bras et entendit Kellor rire en le lançant à Fyn.

— Maintenant, tu vas pouvoir toucher la merde comme nous autres !

Ils le retournèrent, et Fyn lui enfonça une poignée de terre dans la bouche. Annev en avala un peu, s'étouffa, tandis que le poids de l'avatar l'empêchait de bouger.

— Alors, ça te plaît ? lui murmura celui-ci dans l'oreille. Tu sais ce que ça fait, maintenant. Tu ne peux plus bouger ni respirer.

Il plaqua sa main sur le nez et la bouche d'Annev, qui écarquilla les yeux, paniqué.

— Oui, maintenant tu sais ce que ça fait, susurra Fyn, le regard luisant. Tu n'es pas comme nous autres, Annev, tu es pire ! Tu es un *acolyte* et, demain, quand tes amis et toi échouerez au Test du Jugement, vous deviendrez tous *intendants* ! Tu vas coucher à l'Académie comme tout le monde, et au lieu de prêcher tous les Septièmes Jours, tu feras la lessive et tu frotteras notre linge sale.

Annev toussa, le souffle lui manquant. Sa vue se brouilla, ses poumons le brûlèrent, mais il ne pouvait libérer ses membres, et la main de Fyn était comme un étau sur sa bouche.

Il va me tuer, pensa-t-il tandis que le monde s'assombrissait. *Je vais mourir ici.*

— Je pourrais t'épargner cet avenir d'intendant, lança Fyn, faisant écho à ses pensées. Je pourrais abréger tes souffrances, maintenant. (Il raffermit sa prise sur Annev, qui cessait peu à peu de se débattre.) Mais je pourrais aussi te laisser vivre, reprit Fyn en se penchant encore plus près de lui. Alors tu deviendrais intendant, et j'épouserais Myjun.

Myjun.

Le sang d'Annev bouillonna à l'idée que la jeune fille puisse choisir Fyn, l'avatar légitime, et non lui, le simple intendant. Il écarquilla les yeux de rage. Des picotements lui parcoururent le bras gauche. Il sentit une part lointaine de son esprit se débloquer.

Dans un sursaut d'énergie improbable, Annev se libéra de l'emprise de Fyn, lui assenant un coup de tête et lui crachant de la terre au visage. Des étoiles emplirent son champ de vision. Il dégagea son bras droit et donna un coup de poing à Jasper. Il voulut utiliser son bras gauche, mais Brinden le maintenait fermement.

Dans un grondement furieux, Fyn abattit son poing sur la pommette d'Annev, faisant éclater sa peau et retomber lourdement sa tête par terre. Annev cligna des paupières, sonné, comme Jasper plaquait de nouveau son bras droit sur le sol. Alors, Fyn attrapa son cou dans ses mains puissantes et serra.

— Je devrais te tuer ! grogna-t-il, la bouche dégoulinante de sang. Mais si je te tue, je ne pourrai pas te torturer. Tous les jours. Jusqu'à la fin de ta vie.

Il le lâcha et le frappa violemment du dos de la main. Annev hoqueta, soulagé de pouvoir inspirer un peu d'air.

— Je garde ça ! lança Fyn en brandissant le gant phénix. (Il pesa de tout son poids sur le torse et le ventre d'Annev.) Ça ne dérangera pas Myjun, j'en suis sûr. Quand on est trop faible pour conserver un cadeau tel que celui-ci, c'est qu'on ne le mérite pas. Par ailleurs, les intendants portent leur couleur et rien d'autre !

Avant de se relever, Fyn prit lourdement appui sur la poitrine d'Annev, dont les côtes craquèrent douloureusement.

Le jeune homme toussa et se recroquevilla, s'efforçant tant bien que mal d'emplir ses poumons de l'air qui lui manquait. Il ne vit même pas Fyn ramasser ses kalis. Le reste de la bande jubilait. En s'éloignant, ses camarades donnèrent des coups de poing admiratifs dans l'épaule de leur chef, Fyn.

— Joyeux Regaleus ! lança Jasper.

Au lieu de rester à terre et de faire profil bas comme le commandaient l'intelligence et son instinct de survie, Annev se releva à grand-peine.

— Ça t'emmerde parce que c'est vrai…, dit-il.

Les garçons s'arrêtèrent et pivotèrent lentement.

— Qu'est-ce que tu viens de dire ? s'enquit Fyn d'une voix glaciale.

— Je suis meilleur que toi. C'est la raison de ta colère. (Puis il ajouta d'une voix puissante, comme pour se faire entendre de tout le village.) Je suis un meilleur avatar que toi, Fyn, et tu le sais pertinemment. C'est pour ça que Myjun m'aime. C'est pour ça que tu ne peux pas me battre sans l'aide de tes copains. Tu as peur de moi, et tu as raison.

Bouche bée, Jasper, Brinden et Kellor se tournèrent vers leur chef. Fyn le fixait d'un regard noir, les poings serrés.

En dépit de la douleur, de la folie qu'il venait de commettre, Annev se mit à sourire, tandis que la fureur de Fyn prenait la forme d'un cri primitif. L'avatar chargea, les kalis brandis au-dessus de sa tête.

Annev fonça sur lui, évitant les armes. Les kalis tombèrent au sol tandis que les deux élèves s'agrippaient et roulaient dans la poussière.

En quelques secondes, l'avatar, plus puissant que son adversaire, prit le dessus, et Annev se retrouva de nouveau cloué au sol. Fyn lui assena un coup de poing puis voulut l'étrangler, mais Annev réagit vite, bloquant son attaque de la main droite. L'avatar lui agrippa alors le poignet et le tordit en arrière, produisant un craquement audible. Annev glapit de douleur.

— Désolé, ricana Fyn en lui lâchant le poignet. C'était un *accident*. (Il toisa le jeune homme crotté et ensanglanté et se releva.) Tu ferais bien d'aller te faire soigner. Ce serait dommage que tu ne puisses pas participer au test à cause de cette blessure.

Fyn ramassa ses kalis et donna à Annev un dernier coup de pied dans les côtes avant de s'éloigner. Les lèvres ensanglantées, le blessé suivit d'un œil mi-clos la bande qui s'éloignait. Il resta allongé sans bouger même lorsqu'il fut certain que Fyn et ses copains avaient disparu. Il se concentra sur sa respiration en pressant son poignet blessé contre sa poitrine, attendit d'être capable de rouler sur le côté, puis de s'asseoir et de se relever en titubant.

Son corps le brûlait, son front pulsait, sa joue le piquait. Son poignet était clairement cassé. Malgré cela, lorsque Annev écarta son poing gauche de son ventre endolori, il souriait.

Car il tenait le gant rouge.

Chapitre 16

La chapelle avait très peu changé au fil des ans. Les bancs en pin, le sol pavé, usés par les pas et les genoux des fidèles, étaient nettoyés quotidiennement par le vieux prêtre et son jeune diacre. Il n'y avait pas une tache ni un mouton de poussière pour maculer ce lieu saint.

Au contraire de la nef de l'Académie, ses murs n'étaient pas ornés de fresques ni de bas-reliefs. Même la table en pierre – dont les gravures du Bâton d'Odar, les symboles du *quaire* et la douve trahissaient l'inspiration darienne – était humble comparée à l'autel de l'Académie. Annev avait remarqué que ces quelques ornements gravés étaient en accord avec l'interprétation qu'avait Sodar des histoires dariennes, sa doctrine et sa pratique.

C'était un endroit simple, exactement comme Sodar l'avait souhaité.

Lorsque Annev entra dans la cuisine en pressant son poignet cassé contre son torse, il s'était attendu à y trouver le prêtre. Ou bien était-il dans ses appartements, occupé à se préparer pour la cérémonie du soir. Ouvrant la porte de la chambre de Sodar, il vit que le lit du prêtre était soigneusement fait, son bureau rangé, son coffre à vêtements fermé. Le vieil homme était absent.

— Sodar ?

Où est-il ? se demanda-t-il, son malaise atteignant l'intensité de sa douleur physique.

Sodar lui soignerait le poignet. Le prêtre magicien avait déjà guéri des blessures plus graves. Autrement, Annev serait resté vautré dans cette allée, ensanglanté, meurtri, son avenir en miettes. Le jeune homme s'accommodait de la souffrance physique, devenue comme un bruit de fond. Lorsqu'il pliait ou heurtait son avant-bras, la douleur était terrible. Il savait que Sodar pouvait l'aider… mais son mentor avait disparu.

Il lui faudrait s'occuper de cette blessure lui-même. Une fois de retour dans la cuisine, il prit la louche en bois de sa main valide, emplit une bassine et entreprit de nettoyer stoïquement son visage et ses bras. Il ne connaissait pas l'étendue de ses blessures faciales, mais il ne sentait aucune dent déchaussée et doutait que ses entailles nécessitent d'être suturées.

Son poignet, en revanche… La moindre vibration provoquait des vagues de douleur aiguë, et il se força à fouiller dans son coffre pour trouver une vieille chemise pouvant servir d'écharpe. Il mit un certain temps à faire des nœuds d'une main et de ses dents en regardant régulièrement vers la porte, espérant le retour de Sodar. Comme le prêtre n'arrivait pas, Annev se mit en quête de nourriture et trouva un peu de viande séchée et un quignon de pain. Le ventre plein et le poignet enflé, il décida de sortir chercher Sodar pour de bon. Il constata au passage que la hache avait disparu.

Il n'est pas en train de couper du bois, je l'entendrais. Mais pour quelle autre raison aurait-il pris la hache ? Annev se sentait perdu. Il était épuisé et meurtri. La journée avait été si longue. Il n'avait qu'une envie : s'allonger, pleurer et dormir. Après avoir été soigné par son mentor.

Il n'avait pas le choix : il avait besoin de Sodar.

Annev serra les dents, décrocha son couteau de chasse et sortit. Claquant la porte, il se dirigea vers la forêt de Brake. Lorsqu'il eut atteint la ligne des arbres, il s'arrêta pour écouter, mais n'entendit rien de particulier. Il s'enfonça dans la pénombre, attentif. Il n'avait parcouru que quelques mètres lorsqu'il vit la hache de Sodar posée contre un arbre.

Il était là, mais où est-il passé ? Et pourquoi a-t-il laissé sa hache ? Si un problème s'était présenté, le prêtre aurait emporté une meilleure arme. S'ils avaient besoin de bois, il serait en train d'en couper. La hache était posée là comme pour être récupérée au retour d'une course mystérieuse.

Il a pris la hache pour faire croire qu'il est parti couper du bois, mais qui comptait-il tromper ?

Annev oublia sa douleur et s'enfonça dans la forêt, les sens en alerte, à l'affût de la moindre trace de lutte ou du passage de Sodar. Il garda son bras blessé contre lui, s'efforçant de masquer les traces de son propre passage, préférant aux feuilles mortes et à la boue les rochers ou la mousse. Il se sentait un peu stupide de prendre ces précautions – surtout si Sodar allait bien –, mais il ne pouvait s'empêcher de s'inquiéter. Comme il serpentait dans les bois, les paroles maintes fois répétées de son mentor lui revinrent en mémoire : *« Sois toujours prudent dans la forêt de Brake. C'est un endroit sauvage qui paraît sûr. C'est un peu comme l'Académie ; il y a des oreilles et des yeux partout. Le danger est omniprésent et ne prévient pas. »*

Sodar s'était toujours montré vague sur ces fameux dangers, alors qu'il parlait explicitement des ennuis qui le menaceraient si les anciens voyaient son bras. Dans la forêt vivaient des ours et des sangliers, mais comme il arpentait les bois à la recherche de son mentor, Annev commençait à se demander si le vieil homme n'avait pas eu autre chose en tête. Sodar avait beaucoup insisté pour qu'il se tienne loin des mares d'ombre, et Annev avait ressenti un froid intense dans ces ténèbres surnaturelles. Se pouvait-il que Sodar se soit aventuré dans l'une d'elles ? Il regarda autour de lui, examinant les ombres des arbres et des buissons. Il eut un frisson et se remit en marche.

En gravissant une colline parsemée de rochers, il entendit un cri qui lui parut familier. Il changea aussitôt de direction, mais le silence retomba. Annev ralentit et tendit l'oreille.

— *Cinquante* artisans ?

Annev fronça les sourcils. Il s'agissait bien de la voix de Sodar, et son ton était si triste...

— C'est impossible, poursuivit Sodar. Cela ne se peut pas.

— C'est la vérité, je te l'assure.

Annev se dirigea vers les voix en s'efforçant de ne pas se faire remarquer. Il en avait un peu honte, mais il était curieux. Lorsqu'il fut assez proche pour écouter la conversation, il chercha un arbre solide. Il n'était pas certain de pouvoir l'escalader, même s'il s'était souvent entraîné à se mouvoir d'une seule main. De la droite et non de la gauche, il est vrai.

Annev se rapprocha d'un taillis d'érables argentés et choisit celui qui lui semblait le plus facile à escalader. Avec circonspection, il monta sur la branche la plus basse, puis gravit les branches tordues jusqu'à atteindre une position d'où la vue sur Sodar et son interlocuteur était dégagée. Il s'assit en silence sur une fourche.

Un homme vêtu d'un épais manteau brun était installé près d'un feu de camp. La vieille théière du prêtre était posée sur les braises ; Annev reconnut la bosse qu'il lui avait faite en la laissant tomber, il y avait longtemps de cela. Les bottes mouillées de l'homme séchaient sur une pierre plate, près du feu. Des volutes de vapeur s'en élevaient. L'étranger tenait une tasse à deux mains. Annev remarqua quelques flèches posées sur le sol, non loin.

Sodar faisait les cent pas devant le feu en marmonnant dans sa barbe.

— Cela fait deux millénaires que nous perdons des membres, disait l'étranger en posant sa tasse. (Il prit une de ses bottes, fourra les mains dedans, grimaça puis les rapprocha toutes deux du feu.) Cette perte récente est trop soudaine, cependant. Brutale, non naturelle.

— Seulement cinquante artisans, lança Sodar en accélérant l'allure. Il y en avait presque mille, dont quatre-vingts sans-âge. Nos nombres augmentaient, et tu me dis qu'il n'en reste pas plus de cinquante *en tout* ! (Il s'arrêta et se tourna vers l'homme.) Combien de sans-âge reste-t-il ?

— Nous y compris ? demanda l'inconnu dans un soupir. (Il compta sur ses doigts.) Sept.

— Sept…

Annev avait du mal à entendre la voix de Sodar, qui était à peine un murmure. Le prêtre s'affaissa sur un rocher, le regard perdu dans les flammes.

De quoi parlent-ils ? Qu'est-ce qu'un artisan *? Et un sans-âge ?*

— Sept, confirma l'autre. Plus la quarantaine qui n'arrivera jamais jusqu'au conseil des sans-âge. Toutefois, beaucoup de frères vivent cachés, aussi les nombres ne sont-ils pas exacts. Il y en a peut-être plus, peut-être moins, précisa l'homme en se frottant les mains.

— Morgenstone ? demanda Sodar en relevant les yeux.

— Parti.

— Balhamel ?

L'étranger secoua la tête, et Sodar s'affaissa davantage. Après quelques secondes, il se redressa subitement.

— Tu parles de sept sans-âge… Et le vagabond ?

L'étranger prit le temps de réfléchir avant de répondre.

— Disons huit si on compte le vagabond, mais j'essaie de ne pas le faire. Pour ce que j'en sais, il est mort il y a des décennies.

Sodar hocha la tête.

— Qu'est-ce qui s'est passé, Arnor ? Les frères sont-ils partis en guerre ? Je croyais que Reeve…

— Non, ils ne sont pas partis en guerre. Pas le genre de guerre que nous connaissons, en tout cas, précisa Arnor en grattant sa barbe naissante. La discorde règne dans les guildes. C'est comme ça depuis vingt ans, tu le sais bien, mais ça s'est aggravé récemment. Il y a environ trois ans, ils se sont mis à se menacer mutuellement – la paranoïa habituelle qui vise les Arpenteurs d'esprit et les Appeleurs de tempête, à laquelle sont venues se greffer d'autres disputes –, mais quelques mois après ça, des enclaves entières ont commencé à disparaître. Au début, on ne s'en est pas rendu compte, et quand on s'est penché sur la question, tous les Dionaques de Tobar au sud du massif de Kalej avaient disparu.

— Le Conseil supérieur en était forcément conscient. Les Archidionaques Kadmon et Levi sont tous les deux originaires de Tir Reota.

— Ils ont été parmi les premiers à disparaître. Personne ne l'a remarqué – pas même Reeve – jusqu'à la réunion du Conseil. Les messagers que nous avons envoyés sur place ne sont jamais revenus.

— Incroyable, murmura Sodar. Et c'est arrivé si vite.

— Absolument. Nous soupçonnions une menace extérieure. Peut-être des Inquisiteurs ou quelques artisans terrans qui se seraient aventurés dans le Sud. Cependant, la patrouille que nous avons envoyée sur les grandes routes n'a rien trouvé, alors que les messagers mandatés dans les enclaves ne sont jamais reparus.

Arnor se leva et se resservit à boire.

— Nous avons compris que le problème se trouvait au cœur de la Fraternité il y a un an seulement, poursuivit Arnor en soufflant sur son thé. Ce fut le début de la guerre des Factions. Au départ, elle était surtout politique, les guildes se battant pour conserver leur pouvoir. Mais cela a changé quand des radicaux qui se faisaient appeler « l'Avant-garde de la Vérité » ont tenté de s'emparer du pouvoir. Ils ont éliminé la majeure partie du Conseil supérieur, avant que les autres s'organisent pour les arrêter. Toutefois, presque toutes les personnes impliquées sont mortes, et le recrutement de la Fraternité a été bloqué. Les quatre guildes sont désormais trop effrayées pour travailler ensemble, et nombre de frères préfèrent rester cachés. Reeve a bien essayé de pousser à la reconstruction, mais seuls les Hypaspistes ont accepté de le recevoir.

— Et ta guilde ? Les Briseurs de souffle l'écouteront forcément.

Arnor secoua la tête.

— Nous privilégions un isolement complet, choix qui joue contre nous, dans ce cas précis. Ceux que j'ai réussi à débusquer préfèrent qu'on les laisse tranquilles. Quant au Conseil supérieur, on peut dire qu'il est dépassé, car il n'a plus personne sur qui exercer son magistère.

— Cinquante..., répéta Sodar, qui ne semblait plus l'écouter. Sur des centaines de milliers. La vraie religion d'Odar, presque balayée... (Il s'abîma longuement dans la contemplation du feu de camp avant de renifler.) Nous nous sommes fait à nous-mêmes ce que Keos et les Seigneurs de sang n'avaient pas réussi.

Arnor posa sa tasse vide et entreprit d'enfiler ses bottes humides.

— Je suis navré de t'apporter ces tristes nouvelles, Sodar. Mais nous avons besoin de toi. Reeve m'a envoyé te demander de rentrer dans le Nord. On ne t'a pas oublié, là-haut. Tu pourrais incarner notre ralliement, celui qui s'est tenu à l'écart de la politique et des bains de sang.

— Non. Ma mission, ici, est vitale. Et pas seulement pour la Fraternité. Ce que je fais, je le fais pour le monde tout entier, affirma-t-il, le regard plongé dans les flammes.

Arnor le scruta sans ciller. Il hocha la tête, même s'il n'était clairement pas de cet avis.

— Je vois. Beaucoup de choses sont arrivées, et Reeve voulait être certain que tu comprennes bien notre situation. Il aimerait aussi avoir des nouvelles du garçon, et savoir si sa magie a mûri. Si tu rentrais avec lui à Quiri, il pourrait commencer sa formation dans l'Ordre. (Sodar secouait déjà la tête, mais Arnor poursuivit.) J'ignore de quels avantages tu bénéficies ici, mais je suis sûr que nous pourrions t'offrir au moins aussi bien.

— Pas la sécurité.

— Nous avons besoin de toi, Sodar, insista Arnor. Honnêtement, il reste si peu de sans-âge que je m'étonne que Reeve ne t'oblige pas à rentrer pour rejoindre le Conseil supérieur.

— J'appartiens toujours au Conseil, affirma Sodar, le regard perdu. Ma mission, cependant, me prend bien trop de temps et d'attention. Elle ne me permet pas de participer activement à ces plans.

— Elle ne te permet pas de... ? Tu oublies que l'Ordre a été décimé !

— Non, le coupa Sodar en plongeant son regard dans le sien. À moins que Reeve vienne en personne et qu'il m'y force, je resterai ici pour accomplir mon devoir comme je le fais depuis des années.

Arnor serrait et desserrait les poings. L'air sévère, il hocha la tête.

— Odar sait que nous avons besoin de toi – je suis persuadé que tu pourrais convaincre certaines personnes de revenir, voire doubler nos rangs –, mais si tu penses devoir rester... Je ne comprends pas qu'un simple garçon puisse être plus important qu'une religion, mais je ne discuterai pas avec un Archidionaque.

— Je t'en prie, ne m'affuble pas de ce titre, protesta Sodar, le regard triste. Ici, je suis Frère Sodar et rien d'autre.

— Je me permets d'insister...

—Non.

Arnor pencha la tête de côté.

—Bien. Je vais te laisser, mais sache que j'ai été suivi depuis Quiri, et ce jusqu'au Vosgar.

—Quoi ? s'étonna Sodar en se levant à moitié. Tu aurais dû commencer par là !

—Il s'agissait d'un eidolon. Je l'ai tué.

—L'engeance de l'ombre ? Tu en es sûr ?

L'étranger posa sur Sodar un regard neutre.

—Évidemment que tu es sûr, reprit celui-ci en tirant sur sa barbe emmêlée. Et tu l'as tué ? Bien. Un lien entre sa présence et la disparition des artisans ?

—Je me suis posé la question mais, à ma connaissance, aucun frère n'est capable d'invoquer un eidolon. J'ai déjà été suivi auparavant – le plus souvent par des frères appartenant à des guildes concurrentes –, mais c'est la première fois que j'ai affaire à cette créature. J'ai beau essayer, je n'arrive pas à voir le lien.

Sodar émit un grognement.

—On peut en conclure qu'il a été envoyé par un prêtre du Dieu de l'Ombre ou par quelqu'un qui sait utiliser la magie du vide. Pourquoi te suivait-il ?

—Peut-être quelqu'un a-t-il deviné que je rendais visite à des frères cachés. Je ne suis sûr de rien, mais je ne pense pas qu'il s'agisse d'une coïncidence.

—Non, sans doute pas, approuva Sodar de plus en plus irrité.

—L'hypothèse de la coïncidence ne peut être écartée, cependant, reprit Arnor. Les frères te croient mort. Avant que Reeve m'envoie te chercher, j'ignorais moi aussi que tu étais en vie. J'ai d'ailleurs eu du mal à te trouver, malgré ses instructions.

—Oui, une barrière invisible tient à l'écart les étrangers et les visiteurs. À moins d'oindre tes yeux d'*aqlumera*, tu ne vois pas le village. Ce qui signifie que le village ne te voit pas non plus.

— D'*aqlumera* ? répéta Arnor en écarquillant les yeux. C'est un secret important que le tien.

— En effet, et je t'encourage vivement à le garder. Les flèches étaient une bonne manière d'attirer mon attention. Comment as-tu su où les décocher ?

— Je ne le savais pas ! rit Arnor en ramassant ses munitions. Les instructions de Reeve étaient très précises, cependant. Il m'a même confié une vieille carte dessinée de ta main. Elle ne m'a pas aidé, remarque, vu que je tirais à l'aveugle. Je ne récupérerai jamais toutes mes flèches. (Il souleva un sac derrière un tronc.) Bref, je t'ai parlé de cette engeance de l'ombre parce que je me suis dit que tu voudrais savoir. Mais tu ne cours aucun danger, car je doute que quiconque te cherche spécifiquement, ni risque de te trouver par hasard.

Arnor rangea ses flèches dans son sac et ramassa son arc décordé, qui lui servait de bâton de marche.

— Où as-tu laissé l'eidolon ? s'enquit Sodar en se caressant la barbe, pensif.

— En Vosgar. Je pense qu'il m'a suivi depuis Quiri, mais je ne m'en suis rendu compte qu'à proximité de la forêt de Brake. J'ai fait un détour vers le sud en espérant le perdre, et puis j'ai finalement été contraint de le tuer.

— Je m'en félicite. (Sodar prit une profonde inspiration.) On dirait que le monde est toujours aussi dangereux. Chaenbalu reste un sanctuaire.

— J'en parlerai à Reeve. (Ils se serrèrent la main, et Arnor tarda un peu à lâcher celle de Sodar.) Tu es certain de ne pouvoir rentrer à Quiri avec moi ? Par les dieux, nous avons besoin de toi, et ça nous ferait du bien de voir revenir un sans-âge.

— Peut-être plus tard, quand Annev sera plus vieux, sourit Sodar. Tant que personne ne saura pour son bras et sa magie, il n'y a pas d'endroit plus sûr. Le temps que je passe avec lui est un fardeau que je porte volontiers.

Un fardeau ? Annev agrippa la branche sur laquelle il était assis. *Suis-je réellement un fardeau ?* Il avait souvent eu ce sentiment, mais entendre le prêtre le formuler était douloureux.

Il me voit toujours comme un enfant et non un homme. S'il avait eu confiance en moi, il ne serait pas parti en emportant la hache. Cet étranger, Arnor... il connaît bien mieux Sodar que moi. Cette vérité vertigineuse lui donna la nausée, l'obligeant à agripper la branche pour ne pas tomber.

Qui à Chaenbalu – et dans le monde entier – connaissait Annev mieux que Sodar ? Personne. Cet étranger, en revanche, semblait tout savoir des vies passées du prêtre. Durant son existence, le jeune homme avait été abreuvé de mensonges – sur le passé de Sodar, sur la nature de leur lien, sur les raisons pour lesquelles le prêtre l'avait pris sous son aile –, et le jeune homme avait été suffisamment naïf pour les croire.

Mais c'était terminé.

— Très bien, acquiesça Arnor. Bonne chance. En tout cas, je ne t'envie pas.

— Je ne t'envie pas non plus. Mais je ne peux pas prendre le risque de quitter Chaenbalu. (Les deux hommes s'étreignirent.) Porte-toi bien, mon ami. Salue Reeve de ma part, et n'oublie pas de lui faire parvenir ma traduction de Speur Dún.

— Je n'oublierai pas. Porte-toi bien, Frère Sodar.

Ils se séparèrent. Arnor épaula son sac et s'éloigna à grands pas. Sodar soupira, puis entreprit de nettoyer ses tasses et sa théière avant d'éteindre le feu.

Annev garda son poignet cassé contre sa poitrine et l'observa, le cœur endolori, avant de descendre de l'arbre avec circonspection. Il retourna vers la chapelle en silence, sa souffrance physique reflétant son intense tristesse.

Annev était rentré dans son foyer pour y trouver du réconfort, au lieu de quoi il s'était confronté à une énigme. Puis il s'était mis à la recherche de son mentor et ami, et il avait trouvé deux étrangers : l'un qu'il voyait pour la première fois et l'autre qu'il pensait connaître.

Jamais il ne s'était senti si seul.

Chapitre 17

Annev faisait les cent pas, la douleur de son poignet lui cuisant autant que celle de son cœur.

Que m'a-t-il caché d'autre ? À quel point m'a-t-il menti ?

Il savait que Sodar était secret – il n'avait pas le choix puisqu'il pratiquait la magie au nez et à la barbe des maîtres et des anciens –, mais jusque-là, il était convaincu de connaître les aspects les plus importants de la vie du prêtre.

Au fil des dix-sept années qu'il avait passées en sa compagnie, le garçon avait reconstruit une biographie approximative de l'homme. Il savait que Sodar avait découvert sa magie durant sa jeunesse à Odarnea, à une époque et en un lieu où les gens toléraient davantage la présence des maudits. On l'avait mis à l'écart, mais on ne l'avait pas exécuté, ni exilé. Et puis un jour, un marchand de passage avait accepté de l'accueillir dans sa caravane. Sodar était donc parti, et grâce au marchand, avait trouvé des mentors en matière de religion et de magie. Il avait rejoint le clergé à l'âge de quatorze ans, jusqu'à ce qu'un héros de guerre lui demande de quitter son monastère pour lui servir de conseiller spirituel. Il avait alors vingt et un ans. Sodar avait accepté, et il lui était même arrivé d'utiliser sa magie pour protéger ceux qui chevauchaient sous la bannière de son seigneur. Il avait participé à quelques batailles – le prêtre lui avait montré son écu bosselé.

Comment l'appelait-il, déjà ? Briseur de crânes ? Casseur de dents ? Annev oubliait toujours. Comme il avait été excité de voir l'arme, comme il lui avait tardé de s'entraîner avec…

Sodar avait refusé, cependant. Il voulait que le passé reste le passé et affirmait que cette vie était déjà derrière lui lorsqu'il avait rejoint le monastère de Banok. Mais uniquement après avoir tant appris sur le monde et l'art de la guerre… Après cela, les anciens de Chaenbalu l'avaient recruté pour remplacer leur prêtre. Ces événements dataient de plusieurs décennies – une vie entière, pour la plupart des gens –, aussi le jeune homme lui pardonnait-il lorsqu'il oubliait des détails ou ne développait pas.

Mais à présent, Annev savait que Sodar lui avait menti, et il voulait toute la vérité. Des questions nouvelles s'ajoutaient à celles qu'il se posait depuis bien longtemps. Quelle était donc cette fraternité secrète ? Qui étaient Arnor et Reeve ? Qu'était donc un Archidionaque ? Et un artisan ? Et un sans-âge ? Et quel rapport toutes ces choses avaientelles avec lui ?

Il venait de se coucher lorsqu'il entendit Sodar rentrer. Il distingua le bruit mat du bois tombant dans le bûcher. Sodar s'était donné la peine de couper réellement du bois pour le feu.

Annev ne se sentait pas prêt à affronter le prêtre, mais il avait besoin de faire soigner son poignet. Celui-ci avait enflé en même temps que sa douleur, et s'il ne faisait pas quelque chose rapidement il serait dans l'incapacité de concourir le lendemain. Il se leva, traversa la cuisine et ouvrit la porte de derrière.

Le prêtre avait remis la hache à sa place.

— Nous n'avions pas besoin de bois.

Les mots étaient sortis tout seuls. Sodar pencha la tête de côté et scruta l'entrée plongée dans la pénombre.

— Annev, est-ce que ça va ?

Le jeune homme resta muet, incapable de parler sans trahir ses émotions. Il s'avança dans la lumière qui filtrait par un trou du toit de la cabane et leva son bras. Son poignet enflé formait un angle peu naturel, et sa peau était violette et marbrée.

— Par les dieux ! s'exclama Sodar en se précipitant. Que s'est-il passé ? Qui t'a fait ça ? Et ces meurtrissures sur ton cou ?

Annev grimaça tandis que le prêtre le palpait. Il n'était pas sûr de savoir quoi répondre. Par chance, il n'en eut pas besoin.

— C'était Fyn, n'est-ce pas ? Et ses amis ?

— Ouais, confirma Annev en clignant des yeux.

— J'en étais sûr, s'écria Sodar en l'entraînant. J'ai bien vu qu'ils te harcelaient pendant les exercices. Comme ils sont méprisables !

— Ah… ? s'étonna Annev. Quand ?

— Il y a un mois, répondit le prêtre en le faisant asseoir à table. Quand vous nagiez dans l'étang dont la surface venait de dégeler. Ils n'arrêtaient pas de te couler dès que les maîtres avaient le dos tourné. Oui, je les ai vus.

Il grogna en avisant la blessure et s'éclipsa dans sa chambre, d'où il revint avec un pot en terre et un bâtonnet de charbon. Il emplit le premier en le plongeant dans la jarre, près de la cheminée, puis s'installa à côté du jeune homme.

— Cette violence…, commença-t-il en trempant le charbon dans l'eau pour tracer des symboles sur l'avant-bras d'Annev. On aurait pu s'attendre à ce qu'ils fassent profil bas la veille du grand test. (Comme Annev ne répondait pas, Sodar le regarda dans les yeux.) Mais ça ne s'est pas passé en classe, évidemment ?

Impossible de mentir. Il garda le silence, ce qui était en soi une réponse. Puis il ouvrit la bouche pour poser une question, s'interrompit en entendant quelqu'un frapper à la porte.

— Quoi encore ? marmonna Sodar. Ce n'est pas encore l'heure de l'office. (Il posa le bol et le charbon sur la table et se leva pour ouvrir la porte du presbytère.) Excuse-moi, Annev. Je reviens tout de suite.

Annev se força à hocher la tête et regarda Sodar entrer dans la salle de culte, traverser l'allée centrale et ouvrir la porte. Lorsque le prêtre revint avec un sac coincé sous le bras, l'âpreté des sentiments du jeune homme se trouva tempérée par sa curiosité.

— C'était qui ?

— Yohan, l'accastilleur, répondit Sodar en posant le sac sur la table. Il m'a apporté quelques cierges parfumés pour le sermon de ce soir.

— C'est… gentil de sa part.

— En effet. Normalement, ce type est une ordure, ajouta Sodar en fouillant le sac.

Annev rit en dépit de la douleur, mais se tut brusquement lorsque Sodar glapit en enlevant sa main du sac.

— Quoi ?

— Maudit accastilleur, lâcha Sodar en ramassant le sac précautionneusement. Il a laissé quelque chose de coupant là-dedans. (Il sortit avec prudence un morceau de verre effilé glissé parmi les cierges.) Comment disent-ils, déjà ? « Les grands malheurs surviennent quand on fait des cadeaux. »

Annev s'agita sur sa chaise, se rappelant que sa bagarre contre Fyn était arrivée après avoir accepté le cadeau de Regaleus de Myjun.

— Vous le croyez vraiment ?

Sodar haussa les épaules en aspirant le sang de son pouce.

— Et toi ? Quand Yohan m'a donné ces bougies, il m'a aussi transmis un message de Maître Edra.

Annev tâcha de contenir son malaise, tandis que le prêtre dessinait un autre symbole sur la paume de sa main blessée.

— Edra insiste pour que nous nous entraînions au combat, cet après-midi, ce qui signifie *a priori* qu'il ignore que tu es blessé. Tu pourrais m'expliquer le pourquoi du comment ? demanda-t-il, un sourcil arqué.

Annev grogna en se rappelant la promesse faite à Edra.

— J'ai manqué la moitié de l'entraînement de ce matin.

— Pas à cause de ça, conclut Sodar en désignant du menton le poignet du jeune homme.

— Non. J'ai… aidé Maître Duvarek à installer son matériel.

— On s'entraînera quand ton poignet sera guéri.

Il trempa le charbon et dessina un nouveau symbole sur la peau d'Annev. Ce dernier grimaça, mais le toucher de Sodar était léger et précis.

— Je vais le guérir complètement car tu passes le test demain. Pas question que tu échoues à cause de ces brutes, déclara-t-il comme Annev hochait la tête, reconnaissant. Je ne toucherai pas aux meurtrissures de ton visage, en revanche. Ce serait suspect. (Sodar examina son travail, puis releva les yeux.) Tu reconnais ces symboles ?

— Celui de mon poignet est censé me guérir. Les autres…

— Ce sont des symboles de jonction, expliqua Sodar en montrant les runes dessinées sur la paume et l'avant-bras d'Annev. Deux moitiés d'un même symbole. Dessinées séparément, elles ont le pouvoir de joindre deux parties. Pour un temps, en tout cas. Ça devrait aider les os à se reconstituer plus vite, surtout avec l'aide du sort de guérison.

Annev hocha la tête. Le prêtre reposa le charbon, plaça ses deux mains sur son poignet et ferma les yeux.

— On commence par prononcer les paroles de guérison, expliqua Sodar, les paupières closes. La jonction se fait plus tard. (Il prit une profonde inspiration, souffla. Puis il parla, tandis que ses pouces s'enfonçaient dans le poignet cassé.) *Slànaich is cuplaich. Cuplaich le slànachadh.*

Sous le regard fasciné d'Annev, les symboles noirs et humides se mirent à luire, et les os de son poignet se réalignèrent subtilement. L'eau s'évapora, laissant dans son sillage de la poudre noire. Sodar souffla sur les cendres, qui s'envolèrent. Sur la peau d'Annev, ne restait plus que l'empreinte rouge des pouces du prêtre. L'acolyte la frotta et fut heureux de constater que même ses meurtrissures avaient disparu. Son poignet était rose et propre. Il testa son articulation, bougea doucement le bras droit. Comme il ne ressentait aucune douleur, il l'agita, puis serra le poing et donna un coup dans la table.

— Voilà, il est comme neuf, annonça Sodar.

Annev poussa un grognement incrédule.

— Ça n'a pas fait mal. Normalement, ça pique pendant et ça fait un peu mal après. (Il secoua de nouveau sa main.) Je n'ai rien senti du tout. Est-ce la manière dont se déroule une guérison totale ?

— Mmh… non. La douleur aurait dû être plus forte parce que ton corps s'est réparé trop vite. C'est déjà arrivé, remarque, ajouta le prêtre en se tapotant le menton. L'efficacité d'un sort dépend de plusieurs facteurs, dont certains peuvent avoir un effet sur la douleur résiduelle.

— Lesquels ?

— Eh bien, la magie darienne fonctionne mieux avec l'expérience et une meilleure compréhension du sens des mots et des symboles. Un magicien-guérisseur expérimenté peut faire des miracles, là où un autre serait infichu de soigner un ongle incarné.

— Il y a deux jours, vous avez soigné mes côtes cassées, lui fit remarquer Annev. Pendant le processus, j'ai eu l'impression de me les casser à nouveau. Votre compréhension de la magie a-t-elle augmenté depuis ?

— J'en doute.

— Qu'est-ce qui a changé, alors ?

— Je n'en suis pas sûr. L'état émotionnel du magicien ou du sujet peut influer sur un sort, mais ça arrive plus souvent dans le cas des sorts chantés.

— Un sort chanté ?

— Oui, de la magie iluméenne. Je t'en ai déjà parlé. Ils utilisent la musique et les émotions pour générer leur magie. Les Terrans, eux, pratiquent plutôt l'ensorcellement.

— Oui, je me rappelle, sauf que je ne vous ai pas entendu chanter, et nous ne sommes pas des Iluméens.

Sodar hésita quelques secondes, puis hocha la tête.

— C'est très vrai. Tu as raison.

Là, j'en suis sûr. Il cache quelque chose, mais quoi ?

— Tu vas aller mieux, maintenant, lança le prêtre. Tu as avalé quelque chose ?

— Rapidement.

— Parfait. C'est l'heure de l'entraînement. Nous mangerons plus tard.

Annev gémit, incapable de dissimuler sa frustration – il n'avait aucune envie d'un nouveau combat. Il s'était battu pendant le cours d'Edra, puis pendant celui de Duvarek, avant d'affronter Fyn et ses amis dans la rue. Il ne voulait pas s'entraîner avec Sodar ; ce qu'il désirait, c'était l'interroger !

— On est forcés de s'entraîner ? Je n'ai manqué qu'une petite partie du cours d'Edra, et je me suis largement rattrapé dans la rue avec mes camarades, ajouta-t-il en exhibant les bosses, meurtrissures et éraflures qui lui couvraient le visage, le cou et les bras.

— Ces marques montrent que tu as besoin de t'entraîner davantage.

— C'est injuste ! s'indigna Annev. Fyn était armé et accompagné de ses copains. En un contre un, je le massacre.

Bon, peut-être pas à tous les coups. La moitié du temps, disons.

— Lorsque le danger arrive, rétorqua Sodar dans un haussement d'épaules indifférent, il arrive préparé, la plupart du temps. On a rarement le loisir d'appeler des amis ou d'aller chercher des armes. Et pourtant, il faut être prêt. Et si on échoue, on ne cherche pas d'excuse.

— Merci pour votre compassion.

— Ne sois pas mesquin. Je ne t'aide pas si je te laisse te reposer quand tu es las et meurtri. Je ne t'apprends rien si je te laisse te reposer alors que les autres te font travailler.

— On s'entraîne, alors ? demanda Annev dans un soupir.

— Comme tu veux, commença Sodar alors qu'Annev se levait. Mais si tu t'en vas, je ne pourrai pas te donner ton cadeau.

— Quel cadeau ? s'enquit le garçon en se balançant sur ses talons.

— Celui que j'ai choisi pour ton Regaleus.

Annev mit la main dans sa poche, toucha son gant rouge.

— Ah… Pourtant, vous dites tout le temps que le Regaleus est une fête maudite. Nous ne nous offrons jamais de cadeaux.

— Comme tu as vécu de nombreuses fêtes sans, j'ai eu envie de me rattraper, expliqua Sodar avec un sourire triste. On n'a qu'à dire que c'est ton cadeau d'anniversaire.

— Pourquoi ? C'est mon anniversaire ?

— Je ne…, bafouilla le prêtre. Écoute, peu importe l'occasion. Ce que je veux dire, c'est que tu ne l'auras pas si nous ne nous entraînons pas un peu cet après-midi.

Annev réfléchit, puis hocha la tête.

— Entendu, vieil homme. Si vous avez à ce point envie d'une raclée…

Chapitre 18

Annev ouvrit à la volée la porte de la cabane et sauta ses trois marches. Il s'arrêta devant le râtelier et choisit une hache en bois et un glaive dentelé. Sodar grogna.

— Encore ? Tu prends la même combinaison depuis trois mois.

— C'est ma préférée, se justifia le jeune homme en haussant les épaules.

— Tu aimes le combat à deux mains, le corrigea le prêtre.

— Non, j'aime être capable de crocheter, tailler et désarmer avec ma hache, et j'apprécie la puissance du glaive. Je peux m'approcher, mais aussi profiter d'une certaine allonge.

— Prouve-le-moi, lança Sodar en décrochant une épée du râtelier.

Sans lui laisser le temps de répondre, l'homme bondit et attaqua. Annev fit un pas en arrière et crocheta la lame avec sa hache pour l'écarter. Puis il s'avança et visa le flanc de Sodar de son glaive.

Le prêtre n'était plus là, cependant. Profitant de la traction de son adversaire, il avait roulé au sol et s'était relevé derrière Annev.

Il est tellement rapide. Comment un vieil homme peut-il être aussi rapide ? Cette pensée fit remonter à la surface de sa conscience toutes les questions qu'il se posait et le sentiment d'avoir été trahi. *Je veux qu'il me dévoile son secret, je veux qu'il me dise tout.*

Annev fit volte-face pour se retrouver devant Sodar. Il donna un coup de hache vers le bas, pensant intercepter une nouvelle attaque, mais le prêtre le surprit en pénétrant sa garde pour lui saisir le coude et amplifier le mouvement de son bras. Annev décolla et passa par-dessus l'épaule de l'homme, entraîné par l'élan de sa hache. Il lâcha son arme, tomba lourdement sur le dos et sentit ses poumons se vider.

Sodar lui tapota la poitrine de la pointe de son épée.

— La technique, expliqua Sodar, consiste à parer et attaquer à la fois. Les deux mains se doivent d'être dominantes. Elles doivent travailler ensemble ou indépendamment. (Il retira son épée et tendit le bras à Annev.) C'est une technique difficile à maîtriser. C'est la raison pour laquelle je préfère le bâton. Ou bien l'épée et le bouclier.

À contrecœur, Annev accepta l'aide du prêtre et se releva.

— Avec un bouclier, on ne peut que se défendre, rétorqua Annev. Quand j'ai une hache dans la main gauche…

— Je ne suis pas sûr que ta main gauche soit réellement ta mauvaise main, fit remarquer Sodar en souriant.

— Elle ne peut pas être ma main dominante, protesta Annev en fronçant les sourcils. Je m'entraîne beaucoup plus avec la droite.

— Tu te débrouilles bien des deux – je dirais même que tu es ambidextre –, mais tu favorises naturellement ta main gauche. (Sodar retourna au râtelier, raccrocha son épée et choisit une lance courte.) Un bouclier peut très bien servir à attaquer. Et plus efficacement qu'une hache ne peut défendre. Autrefois, il y a bien longtemps, le bouclier était mon arme favorite.

C'est ma chance, pensa Annev en ramassant sa hache. *Je n'ai qu'à poser la bonne question, quelque chose d'anodin…*

— Votre bouclier ? Celui que vous polissiez l'hiver dernier ?

— En effet.

— Comment s'appelait-il ?

— Casseur de dents, répondit Sodar dans un sourire.

Voilà. Maintenant, continuer à le faire parler…

— C'est un vulgaire écu tout cabossé. Vous ne pouvez pas faire mal à quelqu'un avec ça. Pas comme avec une hache.

— C'est plus un brassard d'avant-bras modifié, expliqua le prêtre en se frottant le bras, le regard perdu dans le lointain. Lorsque mon bâton était cassé ou mon glaive perdu, Casseur de dents m'a sauvé la vie. C'est arrivé dans de nombreuses batailles.

— Pourquoi ? Pourquoi l'avoir appelé comme ça ?

Sodar enfonça sa lance dans le sol et s'appuya dessus.

— Tu te rappelles à quoi il ressemble ? Les encoches, sur le devant, de part et d'autre du poignet servent à emprisonner la lame de l'ennemi. En effectuant le bon geste du bras, il m'était possible de désarmer mon adversaire. Il m'est même arrivé de briser son épée.

— D'où le nom ?

— Oui. Les pointes ont un rôle à la fois défensif et offensif. On peut désarmer son adversaire et l'éventrer. Les pointes situées sur le dessous sont parfaites pour cueillir l'adversaire qui arrive par-derrière. Pour moi, la combinaison idéale était la suivante : bouclier dans la main gauche, glaive dans la main droite.

— Et quand l'avez-vous eu ? Qui vous a appris à combattre avec ?

— C'était il y a bien longtemps. (Il arracha sa lance du sol et recula d'un pas en la faisant tournoyer dans ses mains.) J'ai eu beaucoup de professeurs. Des soldats, des maîtres d'armes, des prêtres.

Il se jeta sur Annev, la pointe de la lance en avant. Le garçon sauta en arrière et esquiva.

— Et le marchand qui vous a permis de quitter votre village ?

— Je ne me rappelle pas son nom, dit Sodar en attaquant avec le manche de la lance, cette fois. Les gens l'appelaient différemment dans chaque village où nous nous arrêtions. Je n'ai sans doute jamais su sa véritable identité.

Je vois exactement ce que vous voulez dire, pensa Annev en esquivant de nouveau et en attaquant à son tour.

— Vous avez appris à vous battre sur la route ?

— J'ai appris dans la rue, corrigea Sodar en donnant un coup de lance sur le plat du glaive d'Annev, cherchant une ouverture. Mais j'ai surtout appris des hommes qui protégeaient la caravane, les passes, le jeu de jambes. Des techniques de base, en réalité, mais qui m'ont permis de développer mes aptitudes.

Il allongea le bras. Annev para, ayant anticipé le coup, puis contreattaqua, manquant de peu de toucher le genou du prêtre.

— Ce n'est pas passé loin.

Annev hocha la tête.

— Et qui vous a appris le maniement de la lance ?

— J'ai appris à me servir d'un bâton quand j'ai rejoint le clergé, expliqua Sodar en tournant autour du jeune homme. Ce sont des armes très proches.

Annev serra les dents. Il n'était pas surpris par cette réponse, les prêtres dariens étant effectivement connus pour leur maîtrise du bâton. Il en attendait un peu plus, cependant.

— Qui était votre professeur préféré ? Votre mentor ?

Au lieu de répondre, le prêtre fit tourner le bâton autour de son corps, s'accroupit et visa les jambes d'Annev. Le jeune homme sauta et croisa ses armes devant lui, retombant avec souplesse.

Comme Sodar se redressait, Annev lui assena deux coups de taille croisés. Le prêtre contra en levant sa lance entre la hache et le glaive, bloquant le coup de hache et abattant le manche de la lance dans le sternum de son adversaire. Le garçon recula, cherchant son souffle, et posa ses armes sur le sol.

— Comment avez-vous fait ça ?

— Fait quoi ? demanda Sodar, qui se tenait bien droit.

— Vous vous êtes déplacé tellement vite. Vous vous servez de la magie lorsque vous vous battez ?

— Bien sûr que non, ce serait tricher.

Le jeune homme haussa un sourcil, peu convaincu. Au lieu d'exprimer ses doutes, cependant, il arracha sa lance à Sodar et la jeta contre le mur.

— Vous allez vous battre avec une arme que vous ne maîtrisez pas.

— Qui entraîne qui ? s'amusa Sodar.

— Vous acceptez ?

— Choisis ton poison, déclara le prêtre en haussant les épaules. Je connais toutes les armes de cette cabane.

— Parfait. Prenez cette pique, alors.

— La pique ? C'est un objet de décoration. Elle n'est même pas fonctionnelle !

— La pique, j'ai dit, insista Annev, inflexible.

— C'est une arme de cavalerie lourde, s'irrita le prêtre. Rien que le manche pèse autant que toi.

— Vous n'acceptez donc de vous battre contre moi que si l'arme vous convient ? Cela ne me semble pas très juste.

Sodar leva les yeux au ciel, marmonna quelque chose au sujet des cadeaux d'anniversaire puis se dirigea vers le fond de la cabane où étaient rangées les armes d'hast et les piques. Il attrapa une perche longue de plus de deux mètres cinquante terminée à une extrémité par un épais prisme en bois. C'était l'arme la plus longue et la plus lourde du râtelier.

— Tu sais, commença Sodar en soupesant l'objet, il fallait deux fantassins pour brandir ces piques contre des cavaliers.

— Je sais. Vous avez aussi dit qu'elles étaient difficiles à manier et presque impossibles à utiliser plus d'une fois. D'où leur remplacement par les frondes.

— Et c'est pour ça que tu l'as choisie.

— Bien sûr.

Sodar hocha la tête et raffermit sa prise sur la pique en s'efforçant d'équilibrer l'arme dans ses mains.

— Bien. Tu as une bonne mémoire. Voyons si tu as aussi de bons réflexes.

Le prêtre attaqua sans laisser à Annev le temps de ramasser ses armes, décrivant un arc vers sa tête. L'élève s'avança sous le lourd morceau de bois qui s'abattit sur le sol. Il effectua une roulade, attrapa sa hache et son glaive et se releva.

— Vous n'êtes pas assez rapide, vieillard !

Grognant, Sodar appuya l'extrémité du manche de la pique contre son pied et décolla difficilement le lourd prisme du sol. Suspendue entre le prêtre et l'acolyte, la pique empêcha Annev d'approcher, puis plongea, visant cette fois la hanche gauche du jeune homme. Celui-ci prit appui sur le long manche et roula par-dessus.

Ayant anticipé son mouvement, Sodar souleva l'arme, lui faisant décrire un arc en direction du garçon qui se redressait.

Au lieu d'esquiver, Annev se jeta en avant. La hache et le glaive levés bien haut, il fit glisser le manche de l'une et la lame de l'autre sur le bois de la pique, puis tira sèchement, faisant décrire à l'arme un arc très large. Comme Sodar était entraîné par cet élan, Annev s'approcha de son professeur, ne lui laissant pas la place de reprendre l'avantage.

Cependant, Sodar s'adapta rapidement à la situation. Au lieu de résister au mouvement imprimé par Annev, il l'accéléra encore, levant la tête de la pique au-dessus de son épaule et dirigeant l'autre extrémité vers l'entrejambe de son adversaire.

Une fois encore, Annev roula autour du manche, mais il reçut un coup douloureux sur l'intérieur de la cuisse et tomba durement. En un clin d'œil, il se releva, les armes à la main, prêt à passer à l'attaque.

Mais Sodar fut trop rapide pour lui.

Durant la demi-seconde qu'il lui avait fallu pour se relever, Sodar avait fait faire un tour complet à son arme autour du pivot de ses mains et de son épaule, avant d'abattre le prisme en bois sur Annev.

Le jeune homme s'avança les bras tendus, ayant anticipé un coup plongeant, au lieu de quoi le prisme arriva par en dessous. Le marteau en bois atteignit le jeune homme au bras gauche, les envoyant, ses armes et lui, à l'autre bout de la cabane.

Sodar lâcha sa pique en soufflant d'épuisement.

— Est-ce que ça va ?

Annev grogna en serrant son bras contre sa poitrine. Il l'examina et jura en voyant un énorme bleu se former. Puis il vit que la moitié de la blessure était striée de lignes argentées, et qu'un éclat métallique se propageait sur sa peau. Choqué, il sentit les larmes affluer. Sodar lui posa la main sur l'épaule.

— Annev ?

Celui-ci examinait son bras, voyant sa peau recouvrer sa couleur argentée originelle. Sodar lui leva le bras avec circonspection pour évaluer les dégâts.

— Ah… Quel dommage.

— Dommage ? Vous m'avez cassé le bras, Sodar ! Les maîtres et les anciens le verront, ils sauront ! Je ne peux plus passer le Test du Jugement, maintenant ! Je ne peux même pas prendre le risque de mettre le pied à l'Académie !

Le bras gauche d'Annev virait du rose chair au gris métallique. Le garçon fléchit les doigts, étirant son avant-bras meurtri, tandis qu'un sang rouge vif tourbillonnait dans la prothèse magique qu'il portait sur son bras gauche.

Des veines cuivrées burent le sang, palpitant et se propageant sous une fine couche de peau couverte d'écailles argentées.

Tous les doutes qu'il nourrissait sur l'honnêteté de son mentor passèrent au second plan. Annev s'affaissa, pétrifié par une vérité singulière et indéniable : la magie du membre artificiel, qu'il avait dissimulée et protégée pendant toutes ces années, avait finalement failli.

Chapitre 19

Annev serra son poing métallique, incapable de détacher son regard de la réalité désormais révélée.

Sodar considéra le membre argenté en fronçant les sourcils, la couleur de ses joues trahissant son inquiétude.

— Avant de désespérer, essaie de la retirer, lança-t-il d'un ton qui se voulait optimiste, mais qui dissimulait mal un sentiment de panique. Retire-la et voyons ce qui se passe en dessous.

Annev essuya ses larmes d'un geste sec. La retirer, tout simplement ? Cela pouvait-il être si facile ? Il ressentit un semblant d'espoir comme il effleurait sa prothèse de sa main droite. Les écailles argentées étaient chaudes et lisses sous ses doigts, mais pas comme de la peau ; la sensation était différente. Annev balaya cette pensée et agrippa la base de la prothèse.

Il retirait rarement son membre artificiel. Il ne l'avait fait qu'à trois ou quatre reprises, le risque d'être vu étant trop important. Plusieurs années s'étaient écoulées depuis la dernière fois, et il ne pouvait s'empêcher de craindre que la magie ait cessé de fonctionner. Il ravala ses peurs. Cette magie, il l'utilisait depuis des années ; elle n'était pas comparable aux baguettes ou au sac sans fond.

Il avait besoin de lâcher prise.

Comme si elle ressentait son besoin, la prothèse émit un sifflement quasi audible. Un battement de cœur plus tard, elle tomba au sol.

— J'aurais dû le prévoir, murmura Sodar en le prenant par l'épaule. L'artefact est vieux, et une grande partie de sa magie est épuisée. Tu l'utilises depuis toujours.

Annev ramassa le membre, le scruta à la recherche de coups ou de fissures, mais ne vit que la meurtrissure violette et cuivrée située à sa base. Comme il l'examinait, cependant, le bras magique commença à guérir : les fibres cuivrées absorbèrent la meurtrissure, qui s'estompa, et puis le cuivre lui-même tourbillonna en un vortex argent et or. Le fourreau argenté qui contenait le mécanisme interne de la prothèse devint opaque, et le bras reprit son apparence normale.

— Je croyais que seuls les sorts perdaient de leur puissance. Les artefacts sont supposés durer éternellement.

— Certains, oui, acquiesça Sodar. La plupart, non. Seuls les meilleurs retiennent leur pouvoir en dépit des ravages du temps. (Il effleura la prothèse et se concentra pendant quelques instants.) Je perçois encore beaucoup de magie dans ce bras. Peut-être a-t-il eu du mal à masquer sa véritable nature et à se réparer en même temps. Maintenant que c'est fait, il va pouvoir recouvrer son camouflage. En parlant de camouflage, ajouta-t-il en regardant la main d'Annev de près, où est passé le Gant d'Illusion ?

— Fyn et ses amis l'ont détruit, expliqua Annev, honteux. J'ai gardé les morceaux, mais…

Il sortit de sa poche les lambeaux crasseux. Sodar les lui prit.

— Je vois…

Le prêtre avait volé la Toile d'Illusion dans le Caveau près de deux décennies plus tôt – expédition fructueuse lors de laquelle il s'était également procuré la prothèse magique d'Annev et le précieux sac sans fond –, mais il ne leur en restait plus. Ne subsistait que le gant usé qu'Annev portait lorsqu'il était enfant, et quelques chutes datant de la même époque.

Annev vit des sentiments similaires aux siens se succéder sur le visage du vieil homme tandis qu'il remettait dans sa poche les morceaux de tissu, mais Sodar ne dit rien de plus sur l'incident, choisissant de laisser le silence parler pour lui pendant qu'il lissait sa barbe.

Annev étudia le moignon lisse de son bras gauche. Il avait très peu souvent regardé son bras, car chaque fois qu'il lui était arrivé de retirer sa prothèse, une peur panique avait enflé en lui.

À cause de cette difformité – de cette *malédiction* –, ses amis, ses pairs et professeurs n'hésiteraient pas une seconde à le lapider. Ayant passé la majeure partie de sa vie à la cacher, il trouvait absurde que son destin en dépende. Il la détestait, ce qui était étrange, car elle lui avait rarement posé un problème. La catastrophe pourtant demeurait possible. Constamment. Il sentit la bile lui monter dans la gorge et fut contraint de détourner les yeux.

Annev se leva. Après avoir pris une profonde inspiration, il plaqua la prothèse réparée contre son moignon, appelant activement la magie à agir. Des picotements familiers lui parcoururent le bras comme l'artefact se réveillait, la peau argentée changeant de teinte pour se confondre avec celle de son épiderme. Quelques instants plus tard, Annev fléchissait les doigts de l'artefact comme s'il s'agissait des siens. Sodar le regarda en souriant largement.

— C'est bien la preuve que tu sais utiliser la magie.

— Nous avons déjà eu cette conversation, rétorqua Annev. Mon bras est différent.

Sodar secouait la tête, mais le jeune homme préféra changer de sujet.

— J'ai bien cru que nous n'aurions d'autre choix que de quitter Chaenbalu. Que c'en était terminé de mon projet de devenir avatar et de… (Il allait ajouter « me marier avec Myjun ».) J'ai bien cru que ma vie était finie, conclut-il à la place.

— Garder un secret n'est pas facile, admit Sodar en se levant à son tour. Même ceux qui durent toute une vie. On ne sait jamais comment les autres réagiraient… (Il posa la main sur l'épaule du jeune homme et le regarda dans les yeux.) … ce qu'il faut leur dire… quand le leur dire.

Annev hocha la tête, étudiant le prêtre, et sa gorge se noua.

— Vous voulez dire que… Vous savez ! Vous savez que je vous ai vus, Arnor et vous, dans la forêt !

— Tu as plutôt bien effacé tes traces, mais j'imagine que ta blessure t'a gêné. Et puis, tu as oublié une chose…, ajouta le prêtre en agitant l'index, tandis qu'Annev secouait la tête, incrédule. Je sais aussi utiliser la magie.

— Pourquoi avoir fait semblant, alors ? Pourquoi avoir joué la comédie et ne pas m'avoir dit que…

— Que je t'avais surpris en train de m'espionner ? (Sodar écarta les bras dans un geste d'impuissance.) Je ne savais pas exactement ce que tu avais entendu, et je préférais éviter ce genre de conversation. Quand il est devenu clair que tu en avais suffisamment entendu pour être troublé, j'ai attendu que tu me poses des questions. C'était peut-être une attitude égoïste de ma part.

Annev préféra tenir sa langue. Le prêtre s'éloigna pour s'asseoir sur les marches.

— Tu penses sans doute que j'ai manqué d'honnêteté ?

— Vous m'avez menti, Sodar.

— J'ai menti pour ta sécurité, expliqua le prêtre, le regard plein de compassion. La vérité est parfois… difficile. Douloureuse. Lourde à porter. Ta vie est déjà bien assez compliquée comme ça. Il y a ces brutes, les corvées, l'Académie. Et je ne parle même pas des leçons de ce vieux prêtre un peu louche.

— Très louche, vous voulez dire.

Sodar baissa la tête. Quand il la releva, son regard était mortellement sérieux.

— Ce que je veux dire, c'est que tu as tes propres secrets – ton bras, la magie…

— Je n'ai pas de magie, objecta le garçon.

— Tu as déjà bien assez de soucis. Assez de dangereux secrets. Tu n'as pas besoin des miens.

— Ce n'est pas juste, protesta Annev en se rapprochant de son mentor. Vous savez tout de moi, et moi, je ne sais presque rien de vous.

— Je ne suis vraiment pas sûr de connaître tous tes secrets.

Annev pensa aux mares d'ombre, au gant que lui avait offert Myjun, à l'anneau qu'il comptait lui proposer lorsqu'il aurait réussi le Test du Jugement…

— Je vois ce que tu veux dire, cependant, poursuivit Sodar. Peut-être ai-je fait preuve d'une prudence excessive. Mais il n'est pas trop tard pour corriger mes erreurs, n'est-ce pas ? Qu'est-ce que tu veux savoir ?

Annev prit le temps de réfléchir avant de demander :

— Votre vitesse, votre force… Ce n'est pas juste de l'entraînement.

— Tu restes convaincu que c'est de la magie ? s'enquit l'homme en souriant. Eh bien, tu n'es pas très loin de la vérité. Il y a bien longtemps de cela, j'ai reçu une bénédiction spéciale, qui a conféré plus de vigueur à mon esprit et à mon corps. Je me fatigue moins vite que le commun des mortels, et mon corps réagit plus vite à mes demandes. Cette bénédiction est toujours avec moi.

— C'est pour ça qu'Arnor vous a qualifié de sans-âge ?

— Tu as entendu, alors ? (Sodar soupira quand Annev hocha la tête.) Disons que c'est lié, mais aussi plus compliqué que ça. Il y a un peu de magie terrane là-dedans, et beaucoup d'ingrédients que je ne comprends pas moi-même. Bref, ce qu'Arnor et moi faisons… c'est quelque chose que je ne peux pas te révéler maintenant.

Les mots de Sodar irritèrent Annev, qui se rappela ce qu'il avait ressenti lorsqu'il avait entendu son mentor dans la forêt.

— Ç'a un rapport avec moi, n'est-ce pas ? Vous avez dit à Arnor que vous deviez vous occuper de moi, que vous ne pouviez pas aider son Ordre à cause de ça. Parce que vous deviez vous occuper de moi.

— Oui, mais je ne peux pas t'expliquer pourquoi. Pas encore. Comme je l'ai dit, c'est un fardeau que je dois porter.

— Ça ne fonctionne pas comme ça, Sodar ! Vous voudriez que je vous fasse confiance – comme à un ami ou à un père –, mais un ami me traiterait en égal, et un père… (Annev s'étouffa, sa gorge se serra, sa voix se réduisant à un murmure.) Un père ne me verrait pas comme un fardeau.

Sans prévenir, Sodar le prit dans ses bras.

— Si je t'ai jamais traité comme un fardeau, c'est que je suis un piètre père de substitution. J'ai fait mon possible pour remplir ce rôle, et pas par devoir, ni obligation. Je l'ai fait parce que je crois en toi, Annev. Chaque chose que j'accomplis, tous les jours, renforce ma conviction.

Annev resta longtemps immobile, résistant en silence à la marque d'affection du vieil homme. Pourtant son amour féroce et protecteur était indéniable, aussi finit-il par y céder.

— Ça signifie que vous allez me parler davantage de votre passé ? demanda Annev, ses émotions à vif. De votre mission… de moi ?

— Je t'ai dit tout ce que tu as besoin de savoir pour l'instant, rétorqua Sodar en le serrant plus fort. T'en dire davantage… (Il eut un soupir saccadé.) Sois un jeune homme, Annev. Profite de ce qui reste de ton enfance, car le futur nous privera de ce que nous prenons pour acquis aujourd'hui.

— Mais vous m'expliquerez tout, insista Annev en écoutant les battements du cœur de son mentor. Un jour.

— Un jour. Bientôt. Il ne s'agit pas uniquement de moi, mais d'une guerre qui a fait rage bien loin de ce village.

Annev hésita, déçu que Sodar refuse de partager ses secrets, et pourtant convaincu qu'il finirait par tout lui dire le moment voulu.

— D'accord.

— Bien. Débarbouillons-nous et allons manger.

Annev acquiesça et s'en fut ramasser sa hache et son glaive. Lorsqu'il tendit la main gauche, toutefois, il ne put s'empêcher de repenser à sa prothèse magique.

— Vous savez, dit-il en se dirigeant vers le râtelier, je ne sais presque rien de la magie, et pas grand-chose des artefacts que nous sommes censés récupérer. En dehors de la manière de les identifier et de les rapporter à l'Académie, les anciens ne révèlent ni comment, ni pourquoi ils ont été faits, ni même comment on s'en sert.

— M'est avis qu'ils ont oublié le peu qu'il y avait à savoir, rétorqua Sodar. Leurs enseignements sont fondés sur des craintes et des superstitions. Il existe une science de la magie, un savoir aussi précis et délicat que l'art et la beauté – lesquels sont des facettes de quelque chose de plus grand et abstrait : la vérité. Tout cela vaut la peine d'être compris. (Sodar glissa la pique en bois dans le râtelier.) Qu'est-ce que tu voudrais savoir ?

— À propos de ma prothèse…, commença Annev en levant la main. Autrefois, je pensais qu'un Seigneur de sang l'avait conçue pour lui, mais elle adapte sa taille et sa couleur à son porteur – qu'il soit adulte ou enfant –, ce qui semble signifier qu'elle a été fabriquée pour grandir avec son propriétaire… Pourquoi ? Les Enfants de Keos n'aident jamais personne.

— Tu as appris ça à l'Académie ? s'amusa Sodar. Les Terrans ont travaillé plus que n'importe quelle autre race durant le Premier et le Second Âge. (Ils retournèrent vers la cuisine.) Franchement, je pense qu'elle a été fabriquée pour un être aimé, mais pas par un Seigneur de sang.

— Ça veut dire que leurs intentions étaient peut-être bonnes, au début, réfléchit Annev. Mais les choses sont bien différentes aujourd'hui, n'est-ce pas ? Les Terrans étaient un peuple bon, en ce temps-là.

— Parce que les gens affublés d'un handicap ont été bons avant de devenir des adorateurs de Keos ? Comme Sraon ? Comme toi ?

Annev s'empourpra, car il venait de reprendre à son compte le discours de Myjun. Il s'arrêta devant les marches conduisant à la cuisine et se frotta le coude gauche.

— Non, vous avez raison. Cela me rend malade d'entendre les maîtres et les anciens parler des infirmes et de la magie comme s'ils étaient des manifestations du mal. J'aimerais tellement leur dire – leur montrer – qu'ils ont tort. (Il secoua la tête, sentant le poids de ses secrets sur ses épaules.) Oui, j'aimerais pouvoir parler aux gens, leur ouvrir les yeux. Au lieu de quoi, je suis obligé de mentir sur… ce que je suis.

— À qui aimerais-tu parler ?

Annev pensa aussitôt à Myjun, mais le souvenir de ses mots terribles était trop douloureux. Son cœur lui disait qu'elle ne faisait que répéter les mots de son père, mais il aurait voulu être certain qu'elle réagirait différemment face à la vérité.

— À quelques avatars, finit-il par répondre après une pause sans doute trop longue. Peut-être me traiteraient-ils un peu moins mal si je leur expliquais. Je pourrais aussi en parler à quelques villageois. Les ragots qu'ils colportent sur les Iluméens, les keokum, sur Keos qui marque les gens avec des difformités… Je ne sais pas. Je veux leur prouver qu'ils ont tort. Je ne suis pas mauvais. Et peut-être ne le sont-ils pas non plus.

Sodar passa son bras autour de ses épaules.

— Tu as de bonnes intentions et bon cœur, Annev, mais tu oublies la manière dont ils traitent Sraon. C'est un homme formidable et généreux, ce qui ne les empêche pas de le maudire, lui et tout ce qu'il touche. Si n'importe lequel d'entre eux apprenait qu'il te manque un bras, il le révélerait aux anciens, et tu serais lapidé. (Le prêtre plongea son regard intense dans celui du jeune homme.) Tu ne dois pas le leur dire. Jamais.

Annev hocha légèrement la tête.

— Bien. (Sodar serra l'épaule d'Annev et ouvrit la porte de la cuisine.) Après le repas, tu pourras déballer tes cadeaux.

— Mes cadeaux ? Il y en a plusieurs ?

— Seulement si tu es assez rapide.

Annev partit en courant.

Chapitre 20

Quelques minutes plus tard, Annev et Sodar étaient assis à la petite table devant un bol de nourriture froide, tête basse, en silence. Le garçon leva les yeux vers son mentor.

— C'est ton tour, Annev, dit Sodar sans bouger.

Le garçon baissa de nouveau la tête, puis prononça une bénédiction, invoquant la volonté d'Odar. Dès qu'il eut terminé, il attrapa sa cuillère et la planta dans son porridge.

— Je déteste les flocons d'avoine froids, grommela-t-il avant d'en avaler une bouchée. Il n'y aurait pas un peu de viande ?

— Non. Les appels d'Arnor m'ont pris par surprise, et je n'ai pas eu le temps de cuisiner.

Sodar remua le contenu de son bol, dessina un symbole à la surface en chuchotant quelque chose. Aussitôt, le potage se mit à fumer, diffusant un parfum de gingembre et de noix de muscade.

— Eh ! Vous auriez pu réchauffer le mien aussi !

— Il y a de la magie en toi, rétorqua Sodar en haussant les épaules. Tu connais le glyphe et les paroles de pouvoir. Si tu veux manger chaud, réchauffe ton bol toi-même.

— Mais je ne peux pas !

— Bien sûr que tu peux ! contra Sodar en pointant Annev de sa cuillère.

Le jeune homme leva les yeux au ciel, préférant ne pas discuter. Dès que Sodar cessa de le regarder, cependant, il dessina le symbole de la chaleur à la surface de son porridge.

Il l'étudia, se demandant s'il était assez bien réalisé et si l'eau contenue dans le bol suffirait à alimenter la magie.

— *Teasaich*, murmura-t-il, prononçant le nom ancien de la rune.

Il enfonça sa cuillère dans son bol, goûta. Froid. *Pas vraiment une surprise.* Il finit de manger en quelques minutes, puis repoussa le récipient.

— Je peux avoir mes cadeaux, maintenant ?

— La vaisselle d'abord.

Le vieux prêtre lécha sa cuillère avant de la mettre dans son bol et de poser le tout sur celui d'Annev. Celui-ci s'exécuta en maugréant, emportant les ustensiles dehors pour les laver dans la cuvette près de la cabane d'entraînement.

À son retour, Sodar était toujours attablé, mais un grand morceau de tissu rouge et or était posé devant lui. Annev sursauta, en y remarquant un phénix finement détaillé. Il repensa aussitôt au gant de Myjun, qu'il avait caché dans la poche de sa tunique avec son matériel pour crocheter les serrures. Il étudia le tissu, s'aperçut qu'il semblait recouvrir un ou plusieurs objets plats.

— Un phénix, dit-il, stupéfait de la coïncidence.

— C'est l'emblème d'un Chevalier d'Halcyon appelé Breathanas. Il paraît que ses ennemis prenaient la fuite à la vue de sa bannière. Ton nom vient en partie de lui.

Annev regarda la bannière de plus près et s'émerveilla à nouveau de sa ressemblance avec le cadeau de Myjun.

— Breathanas était un enfant-dieu, un dalta ?

— Pourquoi poses-tu cette question ?

— L'Ancien Benifew a dit que les visages de certains daltas étaient gravés sur les murs de l'Académie, et il a mentionné Breathanas.

— C'était un dalta, confirma Sodar avec circonspection. Sa lignée, cependant, a pratiquement été décimée dans les premières années du silence des Dieux.

Annev scruta l'étendard.

— Oui, dit-il, comme la leçon lui revenait en mémoire. Quand les armes des Dieux ont été volées…

— Les *diamagi* n'étaient pas réellement des armes, rétorqua Sodar, même si les Artefacts de Légende – la flûte, le bâton et le marteau – étaient utilisés comme tels. C'étaient des outils, et comme tous les outils, ils pouvaient être utilisés pour créer ou pour détruire. Mais peu importe, tu as assez attendu.

Sodar souleva la bannière rouge et or, révélant ce qu'elle dissimulait.

Sur la table étaient posées deux armes exceptionnelles : une hache à la lame habillée de cuir brut et un glaive dans un fourreau en argent finement ouvragé, le pommeau enroulé jusqu'à la garde dans de la cordelette bleu clair. Annev dégaina l'arme.

— Sodar, c'est incroyable ! Où les avez-vous trouvées ?

— Elles étaient à moi. Un vieil ami me les avait offertes et, aujourd'hui, elles te reviennent.

Le garçon fit glisser son pouce sur le fil de la lame. Il était parfaitement lisse, un peu arrondi, dépourvu du moindre accroc.

— Votre puissant glaive n'est pas affûté, Sodar.

— *Primo*, ce glaive s'appelle Miséricorde et, désormais, il est à toi. *Secundo*, je sais bien qu'il n'est pas affûté ; c'est fait exprès.

— C'est une arme d'entraînement, alors ? s'enquit Annev en remettant l'arme dans son fourreau.

— En partie.

Sodar saisit à son tour le glaive et déroula la cordelette bleue de la poignée, révélant un symbole ressemblant à un Y gravé dans le métal. Le caractère était incliné et ses extrémités étaient courbées, pareilles à des serres sinueuses.

— C'est un symbole, dit Annev. Il signifie… « air coupant » ?

— Un symbole mystique darien, acquiesça Sodar en remettant la cordelette en place. C'est un artefact.

— Comme mon bras ? s'étonna le garçon en écarquillant les yeux. Mais… je ne peux pas posséder d'artefact. Tous les objets magiques doivent être stockés dans le Caveau.

Sodar agita une main dédaigneuse.

— C'est pour ça que tu ne devras le montrer à personne.

— C'est un secret, alors ?

Le prêtre hocha la tête.

Le regard bleu ciel d'Annev scintilla brièvement avant de s'assombrir.

— Un cadeau que je ne peux pas utiliser. Un secret de plus…

— À cause de ton bras, tu pourrais te faire tuer, rétorqua Sodar en fronçant les sourcils. En revanche, tu peux utiliser ta hache et ton glaive à l'entraînement. Et peut-être qu'un jour, lorsque tu quitteras ce village, ces armes te seront utiles.

— Miséricorde, c'est ça ? demanda Annev en prenant le glaive des mains de son mentor. Comment fonctionne-t-il ?

— D'abord, tu le dégaines. Il faut toujours le dégainer avant d'activer ses pouvoirs ; autrement, tu risquerais de compromettre l'intégrité du fourreau.

Annev sortit l'arme avec infiniment plus de précautions que la première fois.

— Concentre-toi sur le symbole que je viens de te montrer. Imagine que la lame est effilée comme un rasoir. Plus l'image que tu t'en feras sera nette, plus le fil sera coupant.

— C'est encore une façon détournée de tester ma magie ? s'enquit le jeune homme, un sourcil arqué.

Sodar éclata de rire.

— Essaie, c'est tout !

Annev se concentra sur la lame. Au bout de quelques secondes, il leva les yeux vers Sodar.

— Comment je saurai si ça marche ?

— À ta place, je ne passerais pas le doigt dessus, si c'est à ça que tu penses. En général, je sens une diminution de mon *quaire*. J'ai soif ou je suis essoufflé.

Annev opina, pensant avoir compris, tandis que le prêtre posait un morceau de petit bois sur le bord de la table.

— Teste ta lame là-dessus.

Annev s'approcha de la table en tenant le glaive à deux mains. Il regarda le bout de bois – il mesurait une trentaine de centimètres de long sur deux de large –, puis il abattit l'arme sur l'esquille. Elle s'envola et retomba sur le sol en terre battue.

Annev lança un regard noir à Sodar, qui réprimait un sourire.

— Vous trouvez ça drôle ?

— C'est un artefact, Annev, fit remarquer le prêtre.

— Je sais.

— Tu le traites comme s'il s'agissait d'un glaive ordinaire. Il ne fonctionne pas comme ça. La forme de l'artefact doit aider l'utilisateur à imaginer son usage. Miséricorde aurait pu ressembler à un bâton ou une baguette, mais le fait de lui donner une forme aplatie – comme une véritable épée – facilite la visualisation de son fil. (Sodar ramassa le bout de bois et le reposa sur la table.) Réessaie, mais n'utilise pas la lame pour couper le bois. Pense plutôt à l'air qui entoure l'arme, imagine que c'est lui qui devient coupant.

Annev fronça les sourcils et repositionna la lame au-dessus du morceau de bois. Il regarda une dernière fois Sodar, avant de poser l'artefact sur sa cible.

Air coupant… Il essaya d'imaginer à quoi pouvait ressembler de l'air effilé. *L'air n'est pas coupant… il n'a pas de forme. Il est comme le vent.* Au lieu de verbaliser ses pensées, il fit glisser le glaive sur le bois, et rien ne se produisit.

— C'est complètement idiot, assena-t-il, l'air sinistre.

Sodar secoua la tête, toute joie ayant disparu de son visage.

— Prononce le nom du glyphe en même temps que tu le visualises. Il s'appelle *géaraer*.

— J'aurais dû essayer tout de suite, non ?

— On dit *nommer* un glyphe, mais c'est un terme impropre, rétorqua Sodar en agitant la main. Nous utilisons les symboles pour matérialiser nos intentions, mais la magie darienne est alimentée par deux choses : le *quaire* et les mots. Le *quaire* vient de toi. Quand le sort est effectif, il consomme ton air ou ton eau. Quant aux mots, ils peuvent être articulés ou simplement formés en esprit.

— Habituellement, vous les prononcez.

— Oui, car les mots parlés sont comme de l'eau. Ils coulent de la bouche et prennent la forme du contenant dans lequel tu les verses. Ils sont fiables. Les pensées sont tout le contraire. Elles sont comme l'air, changeantes, volatiles. Comme les mots articulés commencent par être des pensées, ils sont absolument comparables. De la même manière, le *quaire* est à la fois air et eau.

— L'eau du ciel, dit Annev, qui comprenait. Je forme le mot dans mon esprit avant de lui donner forme avec ma bouche.

— Plus ou moins. Mais n'oublie pas : la magie est un art *et* une science. Les règles peuvent définir la forme, mais le reste est intuition.

Annev tint sa langue, imaginant le mot, puis posa le glaive sur le morceau de bois. Il regarda Sodar, qui hocha la tête.

— *Géaraer !* lança-t-il en faisant glisser la lame.

Il s'arrêta au milieu de son geste pour examiner le bois sous le métal. Comme il était parfaitement intact, le jeune homme jura.

Sodar ramassa le petit bois et le retourna dans sa main. Une trace à peine visible le zébrait. Il soupira.

— Ne t'en fais pas, Annev. On finira par y arriver, tu verras.

— Par le sang et les os ! Voilà pourquoi je déteste ce genre de test ! Chaque fois – *chaque fois* – je suis déçu, gronda-t-il en donnant un coup de pied dans la pile de petit bois. Comment se fait-il que je sois capable d'utiliser mon bras, mais pas ça ? demanda-t-il en agitant le glaive. C'est injuste !

— Comment t'y prends-tu pour que la prothèse se soude à ta peau ? l'interrogea Sodar en croisant les bras.

— Je ne sais pas. Ça fait tellement longtemps que je l'utilise que je n'y réfléchis même pas. C'est devenu… naturel. Je sais ce qui est censé se produire, et ça se produit.

— Intéressant, commenta le prêtre.

— Quoi ?

— Miséricorde a été fabriquée par un Darien, aussi sa magie est-elle réveillée par la verbalisation des glyphes. Ton bras, lui, a été conçu par un Terran grâce à l'art de la sorcellerie. Sa mécanique est donc… différente. N'étant pas artificier, je ne peux t'en dire davantage. Tout ce que je sais, c'est qu'elle requiert un geste ou une action physique particulière.

— Oui, oui, reprit Annev. Je me souviens. Les symboles fonctionnent avec des mots ou des pensées. Les Iluméens se servent de la musique, les Terrans de gestes. Mais, Sodar, je ne fais rien de tout ça. Ma prothèse fonctionne, tout simplement. Un peu comme les baguettes paralysantes que nous avons utilisées à la nef, ce matin. Je n'ai pas eu besoin de réfléchir pour m'en servir.

— Il s'agissait d'artefacts communs, ce que ton bras n'est pas.

— Moi je pense au contraire qu'il est très commun, que n'importe quel manchot pourrait l'utiliser.

— Annev, je te rappelle que c'est moi le professeur ici !

Le jeune homme s'inclina légèrement, admettant que son mentor avait raison, mais n'avouant pas pour autant qu'il avait tort.

— Existe-t-il une manière d'utiliser la magie sans verbaliser les glyphes, prononcer un sort ou pratiquer l'art de la sorcellerie ?

— Non, à moins d'être un keokum.

— Je ne suis pas un keokum.

Cela fit rire Sodar, et même Annev sourit un peu.

— Non, tu n'es ni un ogre, ni un dragon. Il y en a eu quelques-uns, cependant… Recommence, ordonna-t-il subitement. Mais ne pense ni à la magie, ni à la lame. Oublie la rune et son rôle. Concentre-toi sur ce que tu attends du glaive.

Annev se mordit la joue. *Génial. Maintenant, il me prend pour un keokum – un fragment intelligent formé par la main de Keos.* Il secoua la tête, trouvant l'idée absurde. *Pourquoi insiste-t-il à ce point ? Mon bras est un artefact commun, et je n'ai aucune affinité avec la magie.* Il ouvrit la bouche, mais se ravisa en apercevant une lueur dans les yeux du vieil homme.

Il soupira. Il essaierait une dernière fois de faire plaisir à Sodar. Il roula des épaules, sentit ses muscles bouger. Il fixa le bois du regard, se rappelant la lueur d'espoir dans les yeux de Sodar, et un feu minuscule brûla en lui. Sa lassitude céda la place à de la détermination.

Peut-être que je peux y arriver. C'est juste un morceau de bois. Je peux couper du bois. Je tiens un glaive, pour l'amour d'Odar, et un glaive est censé couper ! Et puis, je coupe du bois tous les jours pour le feu. C'est exactement pareil.

Annev brandit son arme et visa l'esquille. Puis il suspendit la lame juste au-dessus.

C'est juste un morceau de bois, et je suis la lame. Je suis le maître de ce glaive.

Annev cligna des yeux, abattit sa lame… et coupa le coin de la table.

Chapitre 21

— Par les dieux!

Le regard de Sodar allait de la table mutilée au morceau triangulaire au sol. Annev était tout pâle.

— Je… je ne voulais pas faire ça, dit-il, les yeux rivés sur l'endroit où aurait dû se trouver le coin de la lourde table en chêne.

— Non, rétorqua Sodar, tout aussi sonné. Non, ce n'est pas grave. Au contraire, c'est formidable. Cette table est en chêne massif! La lame n'a jamais été aussi tranchante. Recommence!

— Quoi?

— Refais-le, Annev. Mais cette fois… (Le prêtre s'interrompit et quitta la cuisine, revenant de la cabane quelques instants plus tard en portant une grosse pierre.) Cette fois, coupe-moi ce caillou.

— C'est impossible!

— Rien n'est impossible, réfuta le vieil homme en posant la pierre à ses pieds. Essaie!

Annev étudia le caillou en réfléchissant. Pouvait-il le faire? Si oui, de quoi d'autre était-il capable? Son corps brûlait d'une excitation totalement inédite.

— Je vais essayer.

Sodar rayonnait. Annev brandit de nouveau son arme et abaissa lentement la lame vers la pierre en s'imaginant la coupant en deux. Il se figea à quelques centimètres du minéral pour prendre une profonde inspiration.

— Fais-le à ton rythme. Rappelle-toi ce que tu as éprouvé la première fois. Ravive cette sensation. Il s'agit du *quaire*, de l'esprit de l'air et de l'eau. Laisse-le s'étirer dans la pierre, mais ne te presse pas. Ressens la magie.

Annev expira doucement en laissant tomber le glaive sur le caillou, où il glissa sans le marquer. Le garçon se tourna vers Sodar, les sourcils froncés. Le prêtre agita les mains.

— Oublie tout ce que je viens de dire et procède de la même manière que la première fois.

Annev renifla et s'exécuta. Il imagina que la lame était une partie de son corps – une extension de sa volonté. Juste avant que le métal effleure le minéral, une ligne délicate apparut sur sa surface. Il entendit Sodar retenir son souffle et se figea.

— Continue, Annev, mais cette fois, ne bouge pas l'épée, contente-toi d'étirer la magie. Trouve-la, embrasse-la, puis étire le tranchant de la lame comme tu étirerais ton bras.

Ces nouvelles instructions résonnèrent en Annev. Il se concentra férocement sur la pierre et sentit le pouvoir décrit par Sodar. Hors de sa portée, mais tout près.

Je suis le glaive. Je suis l'air et l'eau, la lumière et le feu. Je suis la terre et le sang. Des picotements se propagèrent dans son corps, son bras gauche se réchauffa. Gardant le glaive parfaitement immobile, il s'imagina coupant la pierre.

Et celle-ci se scinda en deux.

— Par le Bâton d'Odar ! jura Sodar en s'asseyant lourdement. Les daltas sont de retour !

— Hein ?

— Tu as découpé la pierre sans utiliser le métal de la lame, sans même traverser le minéral avec ton arme ! Je n'ai jamais été capable de faire une chose pareille !

Le prêtre se baissa pour ramasser les morceaux, révélant une entaille d'au moins deux centimètres de profondeur dans le sol.

— Comment est-ce possible ? demanda Annev, tout aussi sonné.

— La lame permet à son porteur de compresser l'air qui l'entoure pour en faire un fil coupant. Quand je l'utilise, je suis capable d'étirer sa portée d'un cheveu, ce qui est largement suffisant pour combattre. Et si je ne suis jamais parvenu à tailler dans la roche, la lame était quand même extrêmement coupante. Vu la trace dans le sol, il semblerait que tu aies étiré le sort sur une bonne quinzaine de centimètres, ce qui est remarquable ! (Le prêtre prit avec circonspection le glaive des mains du jeune homme.) Mais aussi très dangereux. La magie ne devrait pas opérer si tu n'es pas concentré sur le fil de la lame et son tranchant, cependant… (Il testa le glaive contre la table, et comme rien ne se produisit, il le rangea dans son fourreau.) … si tu utilisais cette magie par accident pendant une séance d'entraînement, tu passerais sans aucun problème à travers mon bouclier et…

— Jamais je ne…

— J'ai dit par accident, répéta Sodar, la main levée. Cette magie fonctionne différemment pour toi. Moi, je dois penser très fort au glyphe et à son nom. Je croyais que tu tenais de ton père – qui était darien – ou que tu avais hérité de la magie iluméenne de ta mère, mais je me trompais. Ta magie ressemble à celle… d'un dalta ou d'un keokum, ajouta Sodar d'une voix à peine audible. Je n'en avais pas la moindre idée. J'ai peut-être commis une erreur en t'offrant ce glaive.

— Mais non ! Ça fait des années que vous attendez ce moment ! Vous n'allez pas me punir d'avoir enfin réussi !

— Je ne te punis pas, Annev. Je me dis simplement qu'il serait peut-être plus prudent de…

— Non ! Vous ne pouvez pas faire ça. Pas après me l'avoir donné ! Je vous ai déjà promis de ne le montrer à personne. Je ne sortirai jamais de la maison avec. Je ne m'en servirai pas mais, s'il vous plaît, ne me le reprenez pas. (Il baissa la tête pour dissimuler les larmes qui lui montaient aux yeux.) C'est le seul cadeau que vous m'ayez jamais fait.

Sodar poussa un soupir.

— Je t'ai fait de nombreux cadeaux, mon garçon. Notamment mon savoir. Utilise ce savoir pour tempérer le pouvoir de la lame, et je te la laisserai peut-être.

Annev essuya ses yeux à la hâte, avant de plonger son regard dans celui, gris, de son mentor.

— Je promets d'essayer.

— Dans ce cas, prends Miséricorde, Annev. Avant de l'utiliser de nouveau, cependant, il est nécessaire que tu comprennes mieux le genre de magie dont tu disposes.

Annev récupéra le glaive des mains du prêtre, qui retourna près de la table pour y prendre la hachette.

— J'en avais presque oublié le cadeau de Sraon, dit-il en la tendant au jeune homme.

Prenant l'arme dans sa main gauche, Annev examina le cuir brut qui enveloppait la lame. Il défit la boucle. La hache était aussi finement ouvragée que le glaive, et sa partie plate couverte de motifs décoratifs, d'étoiles et de diamants.

— Elle est magnifique.

— En effet. Sraon n'a pas ménagé sa peine. Il a refusé de me dire combien de temps il avait passé sur son cadeau, mais je suis convaincu qu'il l'avait commencé avant l'hiver. C'est un présent remarquable.

— Je peux m'entraîner avec ? s'enquit Annev en donnant un coup dans le vide.

— Oui, acquiesça Sodar, si tu laisses la protection en cuir dessus. Je tiens à mes jambes.

— Je ne vous ai encore jamais battu, fit remarquer Annev dans un sourire.

— Ça n'est pas passé loin, tout à l'heure.

— Je suis presque le meilleur de ma classe, mais quand nous nous entraînons tous les deux, j'ai l'impression que vous vous amusez avec moi.

— C'est vrai que j'aime te provoquer. Dans la plupart des petits villages, tu pourrais déjà être maître d'armes. Compagnon ou homme d'armes dans une ville de taille moyenne. Tu comprends bien les principes. Seule l'expérience te manque encore. Combien étaient-ils ? demanda Sodar en désignant les meurtrissures du garçon.

Annev était pris de court, mais il ne se sentait pas d'humeur à mentir.

— Quatre.

— Je t'écoute…

— Fyn avait des kalis. Malgré ça, j'aurais pu le battre, mais…

— Ils étaient trop nombreux.

— Oui.

Le prêtre et son élève restèrent assis en silence.

— Sodar…, finit par reprendre Annev. Vous avez mentionné mes parents… et leur magie. (Il vit l'homme grimacer et continua en dépit de son ventre noué.) Je croyais que vous ignoriez qui ils étaient…

Les lèvres de Sodar bougeaient comme s'il voulait parler, mais qu'il n'avait plus de voix.

Il les connaissait, comprit Annev. *Par les Dieux. Sa conversation avec Arnor n'est qu'une fraction des choses qu'il me cache. Il m'a menti toute ma vie*. Le sentiment de frustration, de trahison, la douleur – tout lui revint d'un coup. *Que me cache-t-il d'autre ? Quels autres mensonges m'a-t-il servis ?*

— Comment avez-vous connu mes parents ? insista-t-il, le souffle court. Sont-ils en vie ? Vivent-ils en Luqura ?

Sodar se leva.

—Annev, ne…

—M'ont-ils réellement abandonné ou bien ai-je été volé ? C'est ce que disent certains anciens, que nous sommes nés de parents inaptes, que l'Académie nous a pris pour faire de nous des avatars. (Il leva des yeux écarquillés vers le vieil homme.) C'est ce qui est arrivé ? Quelle version est la vraie ?

—Annev, ne pose pas de questions sur tes parents, conseilla Sodar en choisissant ses mots avec soin.

—Et pourquoi pas ? tonna Annev en pleurant pour de bon. Si vous savez qui ils sont, pourquoi ne pas le dire ? Pourquoi me mentir ?

Sodar étudia longuement le visage du garçon, puis s'attarda sur sa prothèse. Furtivement, il avisa le glaive sur la table, et une partie de la tension qui emplissait son corps se dissipa. Il alla s'asseoir sur sa chaise et joignit les mains devant lui comme pour prier. Au bout d'un moment, il releva la tête.

—Il arrive que les mensonges protègent et que les vérités tuent. Si on te donnait le choix, que choisirais-tu ?

—Je ne comprends pas, répondit Annev en essuyant ses larmes.

—Dans ce cas, respire et réfléchis.

La réponse laconique le surprit. Il s'efforça de recouvrer le contrôle de ses émotions.

—Mon bras est un mensonge qui me protège. Si les anciens découvraient la vérité, ils me tueraient. Mais la vérité, c'est que… (*Je suis un infirme ? un handicapé ?*) … c'est qu'il me manque un bras, parvint-il à articuler. Que je ne suis pas… entier. Voilà la vérité. Mon handicap fait de moi un Fils de Keos et pourrait causer ma mort.

—Et tu as la magie.

—Je suis doublement maudit.

—La magie est une bénédiction dont très peu de gens peuvent se prévaloir, contra Sodar en secouant la tête.

Sois reconnaissant. Ton bras aussi est une bénédiction. Dans sa miséricorde, Odar a dressé un obstacle sur ta route pour faire de toi un homme encore plus fort.

— Il n'empêche qu'il peut conduire à ma mort violente. C'est ce que vous vouliez dire ?

— Ta vie tout entière est une série de mensonges destinés à assurer ta sécurité, expliqua Sodar en tapotant le glaive dans son fourreau. Tu mens aux anciens sur ton bras et ton affinité avec la magie. Eux mentent sur ton identité, ton origine, sur ce que tu fais.

— Et vous, à qui mentez-vous ?

Annev regretta aussitôt d'avoir posé la question, mais il ne pouvait la retirer. Et puis, il était sincèrement curieux d'entendre la réponse du prêtre.

— Je mens à tout le monde, assena Sodar, sans complexe.

Annev n'était pas étonné, même si la franchise de son mentor était surprenante.

— Si je vous le demandais maintenant, me diriez-vous la vérité ?

Le prêtre hésita.

— Non.

— Pourquoi ?

— Parce que je refuse que tu souffres, Annev ! Je refuse que... je refuse que ça se reproduise.

— De quoi parlez-vous ? (Chaque question qu'il posait, au lieu de l'éclairer, semblait le plonger dans des ténèbres encore plus insondables.) Dites-moi, insista-t-il en se contrôlant. Je suis votre élève... votre *ami*. Je mérite de savoir. Que me cachez-vous ?

Sodar secoua la tête, le regard suppliant.

— Pas ce soir, Annev. C'est trop. Pas ce soir.

Le jeune homme inspira pour se calmer. Tant de secrets. Tant de mensonges. Comment croire le prêtre, à présent ? Comment imaginer qu'il lui dirait la vérité à l'avenir ?

— On doit se préparer pour le Regaleus, dit-il d'un ton sec. (Il souleva hache et glaive. Comme Sodar approuvait de la tête, il soutint son regard.) Mais cette conversation n'est pas terminée.

Chapitre 22

La cloche tintait tandis que les villageois affluaient dans la petite chapelle. Fermiers, commerçants, marchands et maîtres avatars se souhaitèrent un joyeux Regaleus. Bientôt, tous les bancs furent occupés, à l'exception des deux du premier rang, et il ne resta de la place que debout.

Annev se tenait sur l'estrade, devant l'autel, flanqué des cierges parfumés à la lavande de Yohan. Par-dessus ses vêtements beiges d'acolyte, il portait une robe nouée par une ceinture grise. La robe était un camaïeu de bleus, qui virait progressivement vers le blanc. À la main gauche, il portait son gant orné d'un phénix rouge. Sodar avait tenté de le dissuader de le mettre – en spéculant sur l'origine du gant –, mais face au silence d'Annev, il n'avait pas insisté.

Le garçon regardait le soleil se coucher par la porte ouverte de la chapelle tandis que les derniers villageois entraient. Il leva des deux mains un bâton recouvert de peinture argentée et récita :

— Seigneur des cieux, Dieu d'en haut. Seigneur des eaux, Dieu d'en dessous. Entendez nos prières.

— Entendez nos prières, répéta l'assistance à l'unisson.

Annev donna un coup de bâton au sol avant de le brandir de nouveau.

— Donnez-nous de l'air à respirer. Donnez-nous de l'eau à boire. Donnez-nous la connaissance, afin que nous vous connaissions. Créateur des cieux et des mers. Dieu du *Quaire*.

Dieu de l'eau du ciel. Intendant de nos âmes et Gardien de nos secrets, entendez nos prières.

— Entendez nos prières, répétèrent les villageois.

Deux nouveaux coups de bâton. Annev se dirigea vers la gauche de l'estrade au moment où un groupe d'hommes emmené par l'Ancien Tosan – dans sa plus belle robe noire et rouge aux manches et au col ornés d'hermine – écartait la foule pour rejoindre les premiers rangs.

Myjun suivait son père. Elle était vêtue d'une robe de soie rouge striée de satin noir. D'une mince chaîne d'argent à son cou pendait un bijou, juste au-dessus de son modeste décolleté : un minuscule bâton en argent, représentation du Bâton d'Odar.

Tosan et sa fille prirent place au premier rang, les autres anciens s'installant derrière eux.

— Odar, Notre Père, poursuivit Annev, Seigneur du vent, de l'air et de la mer, nous te remercions de nous donner l'eau qui nous purifie et l'esprit saint qui nous élève. Pardonne-nous, si nous avons offensé Dieu et les hommes. (Il se tourna vers Tosan, qui regardait résolument droit devant lui, puis risqua un coup d'œil vers Myjun.) Et protège-nous de la tentation.

Un sourire timide éclaira la jeune fille, auquel il répondit. Et puis, il vit le père de Myjun croiser les bras et hausser les sourcils.

— Entendez nos prières, ajouta rapidement Annev.

— Entendez nos prières, répétèrent Tosan et Myjun avec le reste de l'assistance.

L'acolyte recula en donnant trois coups de bâton dans le sol. Tandis qu'il atteignait l'arrière de l'estrade, il croisa une dernière fois le regard de la jeune femme et trébucha, se retrouvant en équilibre au bord de la plate-forme. Alors qu'il se sentait basculer en arrière, une main le rattrapa. Annev regarda par-dessus son épaule et vit Sodar.

— Désolé, dit-il en s'éloignant rapidement du vide, avant de confier le bâton argenté au prêtre.

Très souvent, Sodar portait une robe brodée de symboles représentant les profondeurs insondables de l'océan. Ce soir-là, toutefois, il avait choisi une tenue bleu foncé, presque noire, parsemée d'étoiles jaune pâle symbolisant l'immensité du savoir d'Odar. Pour compléter sa tenue, il portait un chapeau pointu assorti décoré de petits éclairs blancs, symboles de la puissance céleste d'Odar.

— Reste concentré, murmura Sodar sans bouger les lèvres.

Annev s'empourpra et, en quelques pas chassés, rejoignit sa chaise, à l'arrière de l'estrade. Assis face aux villageois, il fit son possible pour ne pas regarder Myjun qui, avec son père, était pourtant installée juste en face de lui.

Sodar leva le bâton très haut au-dessus de sa tête, puis donna trois grands coups dans le sol. Il attendit. Les quelques villageois qui avaient parlé pendant la bénédiction prononcée par Annev se turent enfin. Sodar tendit le bâton devant lui et embrassa la foule du regard.

— Mes frères et mes sœurs, commença-t-il après un silence. Anciens et maîtres de l'Académie. Merci de participer à nos côtés à la cérémonie du Septième Jour, le premier des trois soirs de notre Regaleus.

» D'après la tradition, cette célébration marque le cinq mille dix-septième anniversaire du jour où Myahlai fut chassé de Luquatra, ainsi que le quatre mille neuf cent dix-septième Regaleus, que nous célébrons en offrant des présents. Il se dit, bien sûr, que de grands malheurs surviennent quand on fait des cadeaux, même si nous vénérons le premier d'entre eux, le bâton reçu par Odar et maudit par la suite par Keos.

Comme il parlait, Sodar se dirigea vers le centre de l'estrade et posa le bâton argenté sur l'autel.

— Nous nous souvenons de la création par Odar de l'Oracle, une créature de *quaire* pur ; nous nous souvenons de la création par Lumea des Farfadets, êtres de pur *lumen* ; nous nous souvenons de la création par Keos de Fyoldar, abomination constituée de *t'rasang* pur qui s'est nourrie pendant quatre cents ans des adorateurs d'Odar et Lumea. Le *Livre d'Odar* appelle cette sombre période la Chute de Keos, qui ne prit fin que lorsque la Main de Keos fut brisée.

» Nous nous remémorons tout cela à l'occasion du Regaleus, mais les âges se succédant, l'histoire a tendance à céder la place à la légende, la légende au mythe, jusqu'à ce qu'il devienne impossible de distinguer la vérité de la fiction.

Annev tendit l'oreille. *Il prend des libertés avec le sermon habituel… Pourquoi ?*

Sodar lui fit signe. Annev prit sous sa chaise un livre constitué de feuilles de bronze reliées, qu'il apporta au prêtre. En retournant s'asseoir, il se tourna furtivement vers Myjun. Leurs yeux se croisèrent et il s'efforça de ne pas rougir.

Elle attendait que je la regarde. Ou bien me regarde-t-elle depuis le début. À cette idée, le cœur d'Annev s'emballa.

— Voilà pourquoi nous devons constamment revenir aux écritures, poursuivit Sodar en élevant le paquet de feuilles de bronze pour le montrer aux villageois. Le *Livre d'Odar* contient nombre de ces vérités, dont le récit de la création de Luquatra, l'Âge des Dieux, l'Âge des Rois, l'Âge du Sang et l'Âge de la Paix. Ces vérités ont été transmises au fil des millénaires… mais elles ne nous sont pas parvenues totalement pures, expliqua-t-il en posant le livre près du bâton, sur l'autel.

Il prend définitivement des libertés avec le script ! pensa Annev. Le sermon de Sodar était si inattendu qu'il détourna son attention de Myjun. *À quoi joue-t-il ?*

— Pendant des millénaires, le clergé a déploré la destruction de Gorm Corsa, celle de la bibliothèque de Neven nan Su'ul et la perte de nos textes les plus sacrés, de nos histoires et prophéties. Et pourtant, contre toute attente, certaines de ces archives ont été sauvées.

Sodar se retourna et fit signe à son diacre. Annev regarda sans comprendre, surpris par les gestes du prêtre, mais finit par se réveiller.

Par la barbe d'Odar… il veut le manuscrit de Speur Dún !

Le jeune homme bondit sur ses pieds, se demandant s'il avait bien compris. Il fit un demi-pas vers la porte du presbytère, et Sodar hocha la tête. Annev ravala un juron et s'éloigna au trot.

Dès qu'il fut dans le presbytère, il traversa la cuisine en courant et entra dans la chambre de Sodar, où la traduction maculée de taches d'encre était posée sur le lit. Il l'attrapa sans s'arrêter et retourna à la chapelle. Il se rassit au moment où son mentor soulevait les documents en désordre au-dessus de sa tête.

Ça va devenir intéressant, songea Annev en grimaçant intérieurement.

— Il y a quelques siècles de cela, un groupe de frères s'aventura à Gorm Corsa à la recherche des archives perdues. La plupart d'entre eux ne survécurent pas au voyage, mais ceux qui revinrent rapportèrent un texte bien plus ancien que la destruction de Neven nan Su'ul. Il était gravé sur des feuilles de bronze semblables à celles-ci. (Sodar brandit le *Livre d'Odar* de la main droite, puis le reposa, en même temps que les feuilles de papier, sur l'autel.) Ces plaques de bronze ont été apportées au monastère de Speur Dún et méticuleusement recopiées, même si la langue utilisée était mystérieuse. Les mots étaient dariens, mais les symboles étaient des genres de pictogrammes terrans. En conséquence, ces plaques étaient illisibles pour les Terrans et les Dariens. Ce défaut, cependant, fut le salut de ce texte : il a survécu jusqu'à aujourd'hui parce que personne n'était capable de le lire.

» Le monastère de Speur Dún fut détruit avant la traduction complète du manuscrit, et la majeure partie de ses archives partit en fumée. Quelques copies survécurent, heureusement, ajouta-t-il en soulevant la pile de feuilles.

Irrité, Tosan se racla la gorge.

— Tout cela pour vous dire d'où viennent ces documents. Je vais vous lire le récit des événements qui suivirent le premier Regaleus – une histoire que nous connaissons tous très bien –, mais au lieu d'entendre la version du *Livre d'Odar*, vous allez découvrir le point de vue de l'ennemi… les Terrans.

Un chœur de murmures outrés emplit la chapelle, et Tosan fronça davantage les sourcils. Derrière lui, les anciens chuchotaient, posant surtout des questions à l'Ancien Jerik, le spécialiste en histoire ancienne de l'Académie. Le vieil homme était très pâle.

— Frère Sodar, intervint Tosan, des étincelles dans le regard. À quoi bon écouter les mensonges des Terrans dans notre chapelle ? Je peux déjà deviner qu'ils y louent Keos et calomnient Notre Père. Cela pue l'hérésie à plein nez.

— Ne jugez pas ce que vous n'avez pas entendu, Ancien Tosan, lança le prêtre en levant la main. La majeure partie de ce récit correspond à notre propre version, mais il contient des détails absents dans nos archives, des détails qui pourraient être utiles à l'Académie.

— Utiles ? répéta Tosan. Où est l'utilité de blasphémer devant notre congrégation ? Comment ces archives – cette *traduction* – pourraient-elles être utiles à l'Académie ?

Annev ne voyait pas le visage de Sodar, mais à la manière dont son dos s'était raidi, il savait que les yeux du prêtre scintillaient. Tosan venait de donner à Sodar l'ouverture dont il avait besoin.

— Les Terrans, expliqua-t-il, ont sauvegardé énormément de détails entourant la création de l'Oracle – un des artefacts les plus puissants jamais forgés par les Dieux ou les hommes. Ma traduction explique ce qu'il en est, pourquoi Odar l'a créé et – plus important encore – où il était conservé.

Annev voyait que le prêtre était parvenu à capter l'attention du directeur.

— Si l'Académie le permet, poursuivit-il en s'adressant à la congrégation, j'aimerais lire cette traduction ce soir. Elle contient quelques biais culturels, comme l'a deviné l'Ancien Tosan, mais je pense que le point de vue de l'ennemi révèle quelques vérités oubliées dans le *Livre d'Odar*.

— Ce que vous nous proposez est très peu orthodoxe, Sodar, se plaignit Tosan, dont le ton trahissait cependant la curiosité. (Il reprit après une pause.) Poursuivez, mais après le sermon, vous apporterez vos archives à l'Académie afin que nous discutions de votre découverte et de vos méthodes de recherche.

— Ce serait un plaisir, Ancien Tosan, approuva Sodar en s'inclinant légèrement. (Il posa ses feuilles et plaça les plaques de bronze dessus.) Avant de vous lire le manuscrit, cependant, j'aimerais commencer par quelques versets tirés du *Livre d'Odar*. (Il s'éclaircit la voix.) *Les années s'écoulèrent, les siècles se cumulèrent. Six cents ans passèrent depuis le premier Regaleus – sept cents ans depuis que Myahlai, l'Incarnation de l'Entropie, avait été chassé de Luquatra.*

Sodar posa son manuscrit sur les plaques de métal, parcourut sa congrégation du regard et commença.

Deuxième partie

Au six centième anniversaire du Regaleus, Odar, dans sa vanité, offrit un nouveau cadeau à ses enfants : utilisant les éléments dont il avait la charge, l'Aîné des Dieux brandit son bâton et créa un être élémentaire constitué de *quaire* pur. Et Odar l'appela l'Oracle et l'installa au nord-ouest d'Odarnea, où les Dariens lui rendirent souvent visite, car on disait que l'Oracle possédait l'esprit d'Odar et répondait aux questions informulées des adeptes. Et l'Oracle fut renforcé par les pouvoirs de Keos et Lumea, car Odar avait créé l'Oracle avec son bâton, et le Bâton d'Odar contenait toujours les bénédictions de Keos et Lumea.

Lumea vit le cadeau de son frère Odar et jugea que l'Oracle était un beau cadeau, aussi prit-elle la décision de suivre son exemple en gratifiant les Iluméens du sien. Brandissant sa flûte, la Déesse créa des êtres de pur *lumen* et les envoya à son peuple. Elle les appela les Farfadets, car ils étaient de simples créatures de lumière et de feu, qui apportaient de la joie. Et la Déesse les installa dans les vallées d'Ilumea, afin qu'ils y offrent la lumière et la joie à chacun. Et les âmes des Farfadets furent renforcées par les pouvoirs de Keos et Odar, car Lumea les avait créés avec sa flûte, et la Flûte de Lumea contenait toujours les bénédictions de ses frères.

Lorsqu'il avisa ces créations, Keos se mit en colère, car il avait forgé le bâton et la flûte pour Odar et Lumea qui, en retour, l'avaient humilié en lui offrant une chanson. Et ils s'étaient moqués de lui en offrant de plus beaux cadeaux à leurs enfants, cadeaux qu'ils avaient créés grâce aux outils qu'il avait lui-même forgés.

Keos retourna donc dans sa forge et travailla durement. Grâce à la force de son marteau, il donna naissance à un élémentaire plus puissant que ceux de son frère et de sa sœur, une créature à son image, pleine de force et de vigueur.

Keos aima aussitôt le golem et le baptisa Fyoldar.

Toutefois, le Marteau de Keos n'avait pas reçu les bénédictions d'Odar et Lumea, car Lumea et Odar avaient insulté leur frère en lui offrant une chanson. Les Dariens et Iluméens trouvaient monstrueuses les créations forgées par le Marteau de Keos ; dépourvues de *lumen*, elles manquaient d'âme, et privées de *quaire*, elles n'avaient pas d'intelligence. Néanmoins, Keos se réjouissait, car il savait qu'un serviteur privé de réflexion obéirait à son maître et qu'un serviteur dépourvu d'âme œuvrerait sans relâche. Keos savait que la force de Fyoldar serait colossale et que son frère et sa sœur verraient une abomination en sa création. Voilà pourquoi il garda son golem au pied des montagnes, dans le grand gouffre, au centre de la terre. Pendant un temps, Fyoldar resta là, où Odar et Lumea ne pouvaient le voir.

Étant une créature de pur *t'rasang*, Fyoldar avait faim et soif comme aucun autre animal ou être humain. Il ne buvait pas d'eau, et ni les légumes ni les fruits ne satisfaisaient sa faim ; seul le sang étanchait sa soif particulière, et seule la chair le rassasiait. Pire, lorsqu'il consommait des animaux, Fyoldar devenait sauvage, mais lorsqu'il buvait le sang des hommes, son esprit s'ouvrait, et ses pensées s'imprégnaient de ruse, comme celles des hommes. Du fait de son amour pour Fyoldar et de la haine qu'il vouait à Lumea et Odar, Keos volait les adeptes de son frère et de sa sœur pour nourrir son Golem de Chair.

Mais ce n'était pas tout. Avec la création de Fyoldar, Keos avait éveillé une faim en lui, un désir de créer d'autres créatures constituées de *t'rasang*. Car en dépit de son amour pour Fyoldar, Keos était conscient des défauts de sa créature, qui manquait d'intelligence, de beauté et de grâce. Ainsi Keos se retira-t-il dans les fosses, sous sa forge de Thoir Cuma et travailla-t-il en secret, créant de nombreux golems et êtres mystérieux, visant la perfection.

Et il modela des golems de pierre, et il baptisa les plus grands d'entre eux les Klaklanrai. Il fabriqua des golems de métal, et il baptisa les plus grands d'entre eux les Yarnach. Il créa des golems ailés et nomma leur chef Gargol. Après de nombreuses années de labeur, il créa Dortafola, le premier grand Vampire. En Dortafola, Keos trouva la beauté et la grâce qu'il cherchait.

Odar et Lumea n'étaient pas dupes de ses agissements, Luquatra ayant tremblé à chacune de ces créations. Ils avaient entendu ses créatures hurler dans la nuit, ils les avaient vues chasser les Dariens et Iluméens qui persécutaient les Enfants de Keos.

De ce fait, Odar, le Dieu du *Quaire*, qui n'avait pas parlé à Keos depuis la veille du premier Regaleus, rendit visite à son frère cadet. Odar exhorta Keos à se repentir, menaça, dans le cas où il ne se repentirait pas de ses actions, d'envoyer les prêtres d'Odar chasser les Enfants de Keos afin de purifier Luquatra.

Keos était sage, et il voyait l'hypocrisie de son frère, auquel il lança : « Vos enfants ne chassent-ils pas déjà les miens ? Je sais que vous soutenez leur cause. J'ai vu les crimes de vos prêtres, la soif de sang de vos enfants. Ils convoitent nos terres, ils essaient de s'étendre au-delà des îles de la mer. Je n'ai pas besoin de vos conseils, car votre esprit est troublé par votre amour pour vos enfants, et il est hors de question que je sacrifie les miens pour satisfaire les vôtres. »

Alors Odar s'en fut, frustré, et il demanda conseil à sa sœur Lumea.

Lumea se rendit à Thoir Cuma afin de supplier Keos – pour le compte de ses enfants, mais aussi pour celui d'Odar et de ses adeptes – de renoncer à créer des êtres sans lumière ni vie. Et Keos écouta les arguments de sa sœur, mais ne les entendit pas.

Lumea prit la main de Keos – la main qui avait frappé Myahlai dans la bataille finale – et elle y pleura. À cette occasion, Lumea découvrit la blessure secrète de son frère : une cicatrice noircie et un doigt atrophié. Lumea repensa aux mâchoires de Myahlai – comment les dents du démon s'étaient refermées sur Keos au moment de sa victoire – et elle comprit que le venin de Myahlai était en son frère.

Alors Lumea dit à Keos : « Je crains que vous soyez victime du poison de Myahlai, mon frère. Lorsque vous avez combattu l'Anti-Dieu, ne vous a-t-il pas infecté avec son poison ? Votre main n'a-t-elle pas été souillée ? »

Keos écouta ses mots et se sentit mal à l'aise, car Myahlai – l'incarnation de l'Entropie, le Père du Mal, de la Mort et de l'Ignominie – lui avait effectivement mordu la main durant la bataille finale. Keos avait caché sa blessure à sa sœur et son frère, craignant les effets éventuels du poison. Il se ravisa donc, écouta sa sœur et accepta d'accueillir Odar une nouvelle fois.

Lumea parla à Odar et lui expliqua que le poison du Destructeur avait souillé Keos. Et elle persuada Odar de l'accompagner chez Keos.

Pour la première fois depuis le premier Regaleus, les Dieux étaient réunis. Après avoir discuté de la blessure que Keos avait subie en combattant Myahlai, Odar proposa que Keos détruise ses golems. Qu'il détruise tout ce qu'il avait créé avec le *t'rasang*. Keos finit par accepter, même s'il aimait profondément ses créations. Ayant obtenu l'accord de Keos, Odar demanda au Dieu du *T'rasang* de renoncer à son marteau, car il craignait les êtres créés de la main de son frère. Et puis, il avait envie du Marteau de Keos, que ce dernier aimait plus que tout.

Cette demande fit énormément souffrir Keos, car Odar faisait des défauts de ses vertus. Keos aurait volontiers détruit ses créations, il aurait brisé ces choses qu'il avait forgées et aimées ; en revanche, il ne pouvait se résoudre à donner son marteau. Celui-ci avait été forgé durant le premier Regaleus, et Keos refusait de se passer de son pouvoir. Il ne le ferait ni pour sa sœur, ni pour son frère, ni pour qui que ce fût.

Pour la seconde fois, Keos refusa donc d'entendre les conseils de son frère et se mit en colère. Lumea supplia son frère, le prit par le cou, pleura, lui demandant d'oublier sa haine, mais Keos ne l'écouta pas.

Odar vit que Keos était incurable, que ni son cœur, ni son esprit n'étaient prêts à répondre favorablement à ses supplications. Il en conclut que son frère était véritablement souillé par le poison de Myahlai. Le regard rivé sur la main de Keos, il s'imagina que le poison était en train de consumer son frère et il décida de la lui retirer.

Odar brandit son bâton et frappa la main mordue par Myahlai. Et la paume de Keos explosa en milliers de morceaux, ses doigts furent cassés en deux et tombèrent à terre.

Fragment découvert dans les ruines de Speur Dún :
« L'Essor de Fyoldar » du *Livre de Terra*,
traduit par Sodar Weir

Chapitre 23

Dès que la lecture fut terminée, les villageois se levèrent et commencèrent à quitter la chapelle, retournant à leurs fermes et leurs maisons. Pendant ce temps, les anciens rassemblés se tournèrent vers Tosan. Annev aussi était intéressé par ce que l'Aîné des Anciens avait à dire.

Tosan avait les bras croisés et se caressait la barbe grise d'un air serein. Comme les derniers villageois sortaient de la chapelle, il chuchota quelque chose à Myjun, qui hocha la tête et s'éclipsa à son tour dans la nuit. Lorsqu'elle fut partie, Tosan riva un regard dur sur Sodar.

— Merci pour votre sermon, Frère Sodar. C'était une histoire très intéressante. Ces archives perdues, sans parler de votre formidable traduction… Oui, c'est remarquable.

— Vous êtes trop aimable, Ancien Tosan, dit Sodar en s'inclinant.

— Dans ce cas, acceptez de me gratifier de votre présence, reprit Tosan en se levant. Je vous attends dans mon bureau. Et n'oubliez pas d'apporter votre manuscrit.

— Comme… vous voudrez, Ancien Tosan. (Sodar s'inclina de nouveau, mais beaucoup plus bas, cette fois.) Vous permettez que je me change et rassemble mes affaires… ?

Tosan acquiesça de la tête et se tourna vers les anciens et les maîtres présents. Puis il désigna les Anciens Jerik et Dorstal.

— Restez ici pour vous assurer que Frère Sodar et l'Acolyte Ainnevog ne sont pas retenus.

Un peu plus tard, le petit groupe frappa à la porte du bureau de Tosan et fut accueilli par le Maître des Opérations.

— L'Ancien Tosan vous recevra dans la salle des lectures interdites. Ancien Dorstal, vous pouvez nous laisser.

La salle des lectures interdites ? pensa Annev en regardant Dorstal s'éloigner dans le couloir. *Je me demande de quoi il s'agit.* Il suivit Carbad, Jerik et Sodar dans la direction opposée.

Annev n'avait pas eu le temps de parler à Sodar pendant que celui-ci préparait ses documents et fermait la chapelle, car les Anciens Dorstal et Jerik attendaient de les escorter jusqu'à l'Académie. À présent que Dorstal n'était plus là, ils pouvaient poursuivre leur route. Annev traîna volontairement et tira discrètement sur la robe de Sodar, qui ralentit légèrement pour laisser Jerik prendre de l'avance et pencha la tête de côté.

— Pourquoi a-t-il demandé à nous voir ? demanda le jeune homme.

— Le manuscrit, chuchota Sodar. Ça ne lui a pas plu.

— Et pourquoi moi ?

Le prêtre haussa les épaules.

— Vous ne semblez pas inquiet, remarqua Annev après une pause.

Sodar se tourna juste assez pour que l'acolyte voie un petit sourire.

— Je suis *terrifié*, jeune homme, mais je suis aussi préparé. J'attendais ce moment depuis longtemps. Je l'espérais.

Il l'espérait ? Annev aurait voulu l'interroger davantage, mais l'Ancien Jerik ralentit, les contraignant à mettre un terme à leur conversation.

Après quelques tours et détours, le groupe traversa un couloir sombre et descendit un escalier en colimaçon étroit encastré dans le mur du donjon. Annev avait arpenté les couloirs de l'Académie de long en large, mais il n'avait jamais vu ce passage. Il étudia l'endroit en se demandant pourquoi il ne l'avait pas remarqué plus tôt. L'escalier était certes étroit et caché dans l'ombre. Ils descendirent en file indienne, suivant Carbad qui tenait une lanterne, et s'arrêtèrent devant une porte en fer. Le Maître des Opérations confia la lampe à Jerik, produisit un trousseau de clés et ouvrit la porte.

— Entrez.

L'Ancien Jerik passa le premier, du pas assuré d'un homme qui savait où il mettait les pieds, tandis que Sodar faisait une pause sur le seuil de la salle de lecture. Annev observa son visage dans la lumière vacillante de la lampe à huile de Jerik. Cela ne dura que quelques battements de cœur, mais cette hésitation en disait long sur le malaise de son mentor. Un instant plus tard, il entra. Annev lui emboîta le pas, tandis que Carbad reprenait la lampe et refermait la porte de l'extérieur.

Annev examina la chambre faiblement éclairée. Une lampe à huile brûlait sur une petite table, dans le fond de la salle, mais le reste de celle-ci était remplie de rayonnages chargés de livres. *Une bibliothèque*, comprit Annev. Petite, mais propre et bien tenue. Et puis, il y avait autre chose. Annev huma une odeur de parchemin très ancien et de cuir usé, qu'il trouva étonnamment sucrée et musquée.

— Enivrant, n'est-ce pas ?

Tosan émergea de derrière une étagère, une petite lampe et quelques minces volumes à la main. Il porta à son visage les parchemins reliés de cuir et inspira.

— Comment se fait-il que les vieux livres sentent si bon et qu'ils nous rappellent les amandes et le chocolat ? Avez-vous déjà goûté du chocolat, Ancien Jerik ?

— Non.

— Sodar ?

— Mmh…, hésita le prêtre. Il y a des décennies de cela.

— Oui, acquiesça Tosan en hochant la tête. Je devrais demander à Duvarek ou à quelque autre maître d'en rapporter la prochaine fois que je les enverrai en mission à Quiri.

Jerik acquiesça tandis que Sodar s'inclinait poliment, et Tosan les conduisit à la table du fond.

— N'ayant pas les archives dont j'avais besoin dans mon bureau, je me suis dit qu'il serait mieux de discuter ici, reprit-il en posant la lampe et les parchemins sur la table. L'odeur agréable est un plus, évidemment.

Il esquissa un sourire sincère auquel Annev ne put s'empêcher de répondre, même s'il ressentait toujours une certaine inquiétude. À sa gauche, l'Ancien Jerik restait de marbre. À sa droite, Sodar se lissait la barbe.

Il n'y avait pas de chaises dans cette bibliothèque, ce qui lui sembla bizarre, même pour une salle des lectures *interdites*.

Tosan prit sur la table un carré de mince tissu qu'il posa sur sa main.

— Puis-je voir le document ? L'original, je veux dire…

— Bien sûr.

Sodar sortit le paquet de feuilles de sous son bras et les tendit au directeur. Tosan étudia les pages, les tournant avec la grâce d'un conservateur aguerri.

— Vous avez ces archives en votre possession depuis trente-cinq, quarante ans ? Et vous n'en avez jamais parlé ? Pourquoi les avoir présentées ce soir, pendant un sermon du Regaleus ? Pourquoi ne pas nous avoir fait ces révélations en privé, dès leur découverte ?

L'inquiétude de Sodar parut se dissiper, et Annev comprit pourquoi : rien ne l'enthousiasmait davantage que de parler du manuscrit de Speur Dún, et les circonstances lui importaient peu.

— Toutes mes excuses, Ancien Tosan, mais je n'ai découvert la clé de cette langue qu'il y a une dizaine d'années, et encore n'étais-je capable de comprendre que quelques mots et fragments de phrases qui ne voulaient rien dire. Une ligne pouvait rester obscure pendant très longtemps avant d'être explicitée bien plus tard. Je n'avais aucun moyen de jauger la valeur de ce que je traduisais. Je ne me suis rendu compte qu'il s'agissait de la version terrane de la Chute de Keos qu'il y a quelques années. Même si, dans leurs archives, les événements sont décrits en deux parties : l'Essor de Fyoldar, puis la Destruction de la Main de Keos.

— Mais pourquoi maintenant ?

— Ce texte est en quelque sorte une extension du récit du premier Regaleus, aussi me semblait-il logique de le partager ce soir.

— J'en conclus que votre traduction était terminée depuis pas mal de temps déjà. N'est-ce pas ? (Tosan secoua la tête.) Vous auriez dû la présenter à l'Académie avant de la lire en public.

— Toutes mes excuses, répéta Sodar en s'inclinant. Cette section me semblait suffisamment inoffensive pour être lue aux fidèles, mais il semblerait que je me sois trompé.

— En effet. Vous auriez dû me parler de votre traduction il y a des années. Au cas où vous l'auriez oublié, j'étais spécialisé dans les Arts et Langues antiques avant d'être nommé à la direction de cet établissement.

— Ah…, s'étonna Sodar. Effectivement, j'avais oublié.

Annev toussa – il avait souvent entendu Sodar tourner en dérision les prétendus talents de traducteur du directeur –, ce qui lui valut un regard noir de la part de Tosan.

— Maintenant que vous évoquez la chose, poursuivit Sodar, peut-être pourrions-nous collaborer. Une section persiste à me résister.

Encore un mensonge, pensa Annev, qui parvint cependant à contenir sa réaction. *Sodar a terminé sa traduction du manuscrit l'hiver dernier. Depuis, il a passé son temps libre à la recopier.*

— Une section, seulement ? demanda Tosan sans accepter ni refuser la proposition de Sodar. (Il eut un sourire tout en dents.) Je comprends qu'un prêtre oisif puisse perdre son temps en traduisant des écrits hérétiques, mais je ne vois pas ce que l'Académie ferait de ces ressources.

— Pas même des détails entourant les cadeaux du six centième Regaleus ?

— Vous parlez de l'Oracle ? se moqua Tosan. Il en était à peine question…

— Je suis convaincu que le texte contient d'autres détails. Il est notamment mention d'une citerne.

— Pour capter l'eau de pluie ? Je ne suis pas impressionné, dit Tosan en reniflant.

— Une citerne pour l'eau du ciel, insista Sodar en se rapprochant du directeur. Pour le *quaire*. Un récipient pour contenir l'Oracle.

Le prêtre et le directeur se dévisagèrent. Tosan ne semblait plus si sûr de lui. L'ancien caressa son bouc.

— Vous croyez que cette citerne est… opérationnelle ?

L'air pénétré, Sodar peigna à son tour sa longue barbe blanche.

— Nombre d'artefacts datant du Premier et du Second Âge ont survécu jusqu'à ce jour – ce manuscrit, par exemple –, alors un artefact fabriqué par Odar lui-même…

Tosan hocha la tête, le regard luisant.

— Je voulais vous poser la question, justement. Ce manuscrit… (Il brandit les parchemins que Sodar lui avait confiés.) Les pages devraient être abîmées, sinon par le temps, en tout cas par un usage répété… Et puis, ce que vous venez de dire… Il s'agit d'un artefact, n'est-ce pas ?

Annev retint son souffle. Sodar avait commis une erreur, que Tosan avait immédiatement remarquée. Les mensonges du prêtre commençaient à se déliter.

— C'est possible, concéda le prêtre en fronçant les sourcils.

— C'en est un, affirma Tosan d'un ton définitif. C'est la raison pour laquelle les pictogrammes sont toujours lisibles aujourd'hui. Ils ont été traités par de la magie pour résister à l'usure et au temps. (Comme Sodar ne réagissait pas, Sodar gronda.) Vous avez gardé chez vous un artefact sans en informer l'Académie. La place de cette chose est dans le Caveau.

— Étant donné la nature de la magie, peut-être que…

— Nous ne faisons aucune exception. Le manuscrit restera ici, assena-t-il en posant bruyamment le document sur la table.

— Comme vous voudrez, s'inclina Sodar.

— Vraiment ? Vous n'allez pas vous battre pour terminer votre traduction ? Non, bien sûr ! gloussa Tosan. Vous en avez fait des transcriptions, évidemment. Certes, vous préféreriez l'original, même si techniquement, vous n'en avez plus besoin.

— Ma transcription ne vous serait d'aucune utilité.

Tosan étudia le visage du prêtre, puis riva son regard sur le document.

— Vous croyez réellement que l'Oracle est là-bas, à Odarnea, qu'il attend d'être mis au jour par la bonne personne ?

— Si j'en crois ce que j'ai lu dans ce texte, oui. Il est probable que l'Oracle soit enterré quelque part dans le désert.

— Enterré ? Il n'aurait été ni perdu, ni volé ? Expliquez-vous, le pressa Tosan, comme le prêtre hochait la tête.

Sodar regarda Annev et Jerik, puis prit une profonde inspiration.

— Les Chevaliers d'Halcyon…

— … étaient des hérétiques.

— Comme tout le monde le sait, approuva Sodar. Mais ils ont gardé l'Oracle pendant la majeure partie des Troisième et Quatrième Âges.

Tosan se tourna vers l'Ancien Jerik, qui hocha la tête à contrecœur.

— Ce que tout le monde ne sait pas, en revanche, poursuivit Sodar, c'est que l'Ordre n'avait pas l'Oracle lorsque le Donjon céleste a été détruit au Cinquième Âge. Depuis, prêtres dévots et chasseurs de trésors ont cherché l'Oracle partout, mais ne l'ont jamais trouvé. Cette traduction contient une description détaillée de la localisation originelle de l'Oracle – une citerne située dans le désert d'Odarnea, loin des communautés humaines. Je suis convaincu que le manuscrit contient d'autres informations, mais le texte est très alambiqué.

Tosan réfléchit en plissant les yeux.

— Qu'arriverait-il si nous organisions une expédition et trouvions l'Oracle ?

— Nous le mettrions dans le Caveau avec le manuscrit. Un artefact de cette puissance... la capacité de répondre aux questions informulées des hommes ? (Sodar secoua la tête.) J'ai peur de ce qui risquerait d'advenir s'il se retrouvait entre de mauvaises mains.

— Vous pensez trop petit, Frère Sodar. Si Odar a jugé bon d'offrir l'Oracle à l'homme, c'est que l'homme en était digne. Si l'*Académie* en disposait, notre efficacité serait démultipliée. Nous pourrions utiliser l'Oracle pour localiser d'autres artefacts. Nous pourrions lui demander comment les obtenir.

Sodar haussa ses sourcils touffus. Annev supposait que le prêtre suivait un script soigneusement préparé.

— Je n'y avais pas pensé, mais oui. La traduction suggère que l'Oracle pourrait avoir cette capacité.

Tosan hocha la tête, puis fit un signe à l'Ancien Jerik.

— Demandez à Maître Narach de nous apporter tout ce que le Caveau contient au sujet de l'Oracle. Et voyez si vous pouvez nous trouver une carte d'Odarnea. Après, vous chercherez toute référence à l'Oracle dans les documents de cette salle.

Jerik prit congé. Tosan se tourna vers Sodar.

— Combien de temps vous faut-il pour terminer votre traduction ?

— Quelques semaines, assura le prêtre en faisant mine de réfléchir. Peut-être un mois. Le souci vient des pictogrammes yomads, qui laissent beaucoup de place à l'interprétation, surtout lorsqu'ils expriment des pensées dariennes. Si j'échoue à déterminer la localisation *exacte* de l'Oracle, l'expédition sera vaine. (Il haussa les épaules.) Je pourrais désigner une zone, mais les pictogrammes devront être interprétés à l'aune de la géographie de la région. Étant le prêtre du village, je ne puis m'absenter. (Il se tapota le menton.) Vous pourriez diriger cette expédition vous-même – bien que vous ayez mieux à faire ici –, mais l'interprétation des pictogrammes manquerait alors de constance.

Un long moment, Tosan garda le silence. Annev étudia le visage du directeur et y suivit le cheminement de sa pensée.

— Vous irez, lança enfin Tosan. Quelques-uns de nos maîtres vous accompagneront.

Sodar fronça les sourcils. Il jouait la comédie, comprit Annev.

— Mais, ma congrégation…

— … sera toujours là à votre retour.

— J'aurais besoin d'un assistant…, dit Sodar en réfléchissant. Je ne suis pas aussi alerte que vos maîtres. Il me faudra un éclaireur, quelqu'un qui pourra me décrire le terrain, un guide ou une personne familière de cette région. Quelqu'un, à Chaenbalu, a-t-il exploré cette partie du continent ?

— Le nord-ouest d'Odarnea ? Nous n'avons jamais envoyé d'avatars au-delà de Quiri, qui se trouve plutôt au nord-est. Mais l'ouest… non. Le forgeron n'est-il pas originaire de cette région ?

Sodar prit un air pensif.

— Sraon vient d'Innistiul, qui se trouve encore plus loin au nord, mais… oui. Il connaît peut-être le terrain.

— Vous irez tous les deux, dans ce cas, conclut Tosan. Ces archives resteront ici, à l'Académie. Maître Carbad vous escortera.

Sodar acquiesça et se tourna vers Annev.

— Mon diacre part-il aussi ?

— Non. Votre *diacre* est un acolyte de l'Académie. Ainnevog restera ici.

S'il avait des objections, Sodar ne les formula pas.

— Très bien. Je vais rentrer à la chapelle pour continuer ma traduction.

— Allez-y, et hâtez-vous. Annev, lui, reste ici.

Sodar jeta un coup d'œil au garçon.

— Sois prudent, chuchota-t-il d'une voix lourde de sens.

Annev hocha la tête, tandis que le vieux prêtre et Maître Carbad s'éclipsaient.

Tosan rassembla le manuscrit de Speur Dún et ses livres, puis il tendit la lampe à huile au garçon.

— Raccompagnez-moi à mes appartements, Acolyte Ainnevog. Nous discuterons en chemin.

Chapitre 24

Ils gravirent l'escalier étroit, Annev ouvrant le chemin. Dans le couloir principal, Tosan se mit à marcher pesamment près du garçon.

— Je vois que vous portez le gant de ma fille, finit-il par dire.

Le cœur d'Annev manqua un battement. *Il sait. Évidemment.*

Porter ce gant durant le sermon du Regaleus avait été un acte osé – que Sodar avait tenté de le dissuader d'accomplir –, mais Annev voulait faire plaisir à Myjun. Par ailleurs, il s'était convaincu que Tosan ne le reconnaîtrait pas. Il avait pris une décision fière et stupide à la fois.

— Oui. Myjun me l'a offert.

— Un cadeau de Regaleus ?

— Non, pas vraiment…, rétorqua Annev, sur la défensive.

Tosan soupira.

— Je regrette que Myjun ne vous ait pas dissuadé de vous intéresser à elle. Et que vous encouragiez l'intérêt qu'elle vous porte. Elle n'est pas pour vous, Ainnevog, vous comprenez ? J'aimerais vous parler d'autre chose, cependant. Du test de demain, en l'occurrence.

— Le Test du Jugement ?

Tosan ralentit, la mine songeuse.

— La Maîtresse Femme sage Kiara me dit que votre rang ne sanctionne pas justement vos aptitudes. Elle prétend que, de toute votre génération, vous êtes le seul à mériter réellement le titre d'avatar.

La poitrine d'Annev se gonfla de fierté.

— La Maîtresse Femme sage Kiara est trop aimable.

— Non, réfuta Tosan en s'arrêtant. Elle est froide, arrogante, imbue d'elle-même et elle a un sale caractère. (Il lissa sa tenue et se remit en marche.) Elle est aussi particulièrement intelligente et perspicace. Et c'est une excellente enseignante. Aussi, lorsqu'elle critique une classe entière d'avatars et loue les qualités d'un seul de mes élèves, je l'écoute.

Annev hocha la tête, ne sachant comment réagir. Tosan ajouta :

— Comment se fait-il que vous ne soyez pas déjà avatar ?

La question le prit par surprise. *Pourquoi ne suis-je pas déjà avatar ?* Ce n'était pas faute d'avoir essayé. Fyn n'y était pas pour rien, même s'il ne pouvait être jugé responsable de tous les échecs du jeune homme. Pouvait-il légitimement dire que Fyn était son unique obstacle ? Ou son obstacle principal ?

— Je ne sais pas, finit-il par répondre.

Ils tournèrent dans un couloir transversal et marchèrent en silence.

— Cela me coûte de le dire, reprit Tosan après une pause, mais la Maîtresse Femme sage Kiara a raison : vous avez le talent nécessaire pour prétendre au titre d'Avatar du Jugement. J'ai observé vos entraînements, et je reçois des rapports des maîtres et anciens. Vous êtes un élève doué et capable. Je m'attendais à ce que vous figuriez parmi les premiers nouveaux promus, au lieu de quoi vous n'avez eu de cesse de nous décevoir. C'est incompréhensible. Bref, Kiara a raison, et il me coûte de l'admettre.

— Je suis désolé, Ancien Tosan, murmura Annev, qui se surprit à penser ce qu'il disait. Je m'appliquerai davantage la prochaine fois.

— Non, ce n'est pas un problème d'application, dans votre cas. (Tosan secoua le manuscrit de Speur Dún qu'il portait avec ses livres.) C'est lui qui vous retient.

— Sodar ?

Tosan acquiesça, aggravant la confusion du jeune homme. Le prêtre était à l'origine de nombre de ses frustrations, mais il ne le croyait certainement pas responsable de son incapacité à devenir avatar.

— Non, protesta-t-il. Sodar veut que je réussisse. Il m'entraîne tous les jours, tout le temps.

— Oh ! j'en suis convaincu, persifla Tosan, mais il vous entraîne surtout à prendre sa place en tant que prêtre et non pas à devenir avatar, et encore moins à prétendre au titre de maître ou d'ancien. (Il tourna les pages du manuscrit, examinant quelques pictogrammes.) Niez-vous qu'il partage avec vous certaines de ses idées ? Des idées qui vous empêchent de progresser et vous incitent à questionner votre formation ?

Annev prit le temps de réfléchir, essayant d'être honnête avec le directeur et avec lui-même. L'idéologie de Sodar allait clairement à l'encontre des idées des maîtres et des anciens, mais il ne lui était encore jamais venu à l'esprit que son mentor ne souhaitait pas forcément qu'il devienne avatar. Il est vrai que le prêtre avait des plans pour lui – des plans secrets évoqués avec Arnor, et qu'il avait refusé de lui révéler –, et il était peu probable que l'idée de le voir partir pour des missions dangereuses de récupération d'artefacts l'enthousiasme. La conversation que Sodar avait eue avec Arnor semblait même prouver le contraire : un jour prochain, il retournerait auprès de ses frères à Quiri, et ce jour-là, il comptait bien emmener Annev.

— Sodar partage beaucoup de choses avec moi, mais pas tout, déclara Annev en choisissant ses mots avec soin. Il soutient mon désir de devenir avatar, mais…

— … mais il vous voit comme son diacre, et il souhaiterait que vous deveniez le prochain prêtre du village.

Annev hocha la tête, préférant ne rien dire de plus. Tosan poussa un soupir.

— Nous avions un homme tel que lui, autrefois. Maître Flint. Il voulait quitter l'Académie pour rejoindre le clergé. À la fin, il est devenu Maître des Chagrins, mais il a eu les plus grandes difficultés à accomplir sa mission.

— Maître des Chagrins ?

— Oui. C'est un vieux titre désignant le maître de la religion, fonction alors obsolète quand Sodar est devenu le prêtre du village.

— Vous disiez qu'il avait eu des difficultés à accomplir sa mission…

— D'après ce que j'ai lu dans les archives, répondit Tosan, il ressemblait à Sodar. C'était un homme bon, sans doute, mais aux loyautés asymétriques.

— C'est-à-dire ?

— Tout comme Maître Flint avant lui, Frère Sodar se prend pour le guide spirituel des gens de Chaenbalu. Il est convaincu de pouvoir les mettre sur la voie d'une vie meilleure en écoutant leurs péchés. Mais dites-moi, les habitants de Chaenbalu doivent-ils craindre leurs démons intérieurs plus que le mal tapi à l'extérieur du village ?

Annev pensa à la Baguette de Guérison vue dans la classe de Dorstal. Il se rappela son désir de saigner le professeur, de maculer le mur avec la cervelle de Fyn.

— Je crois que les gens devraient craindre leur propre destruction… quelle que soit la forme qu'elle prendra.

— C'est une réponse intelligente, concéda Tosan en souriant. J'admets qu'il y a des avantages à sonder les cœurs des villageois. Cette approche duelle, cependant, ne vous aidera pas à devenir avatar.

— Vous pensez que mon travail à la chapelle m'a distrait de mon objectif ?

— Je pense que *Sodar* vous distrait de votre objectif.

— Il n'a de cesse de m'encourager.

— Certes, mais les comportements qu'il encourage ne vous aident pas à réussir.

Lorsqu'il fut évident qu'Annev ne voyait pas où le directeur voulait en venir, Tosan s'arrêta et se tourna vers lui.

— Vous avez aidé un de vos camarades à réussir le test de cet après-midi. Le garçon était paralysé, aussi lui avez-vous donné deux de vos médaillons avant de le mettre à l'abri. (Tosan pencha la tête de côté pour scruter son visage.) C'est la vérité, n'est-ce pas ?

Le nombre de choses qu'il savait était alarmant.

— Oui, Ancien Tosan.

— Votre ami méritait-il de réussir ? Ses aptitudes sont-elles à ce point supérieures à celles de vos autres camarades ?

— Non, concéda Annev en baissant la tête.

— Et ma fille ?

Il releva la tête, horrifié à l'idée que Tosan ait pu le voir fouiller Myjun dans la pénombre de la nef. Il chercha ses yeux.

— Myjun méritait de réussir ce test. Elle est extrêmement compétente.

Tosan l'étudia un moment.

— Myjun était votre adversaire. Si elle est hautement compétente, elle n'a pas besoin de votre aide.

Annev ne jugea pas approprié de lui dire qu'il avait prêté main-forte à sa fille parce qu'il l'aimait. Mais ce n'était pas tout à fait vrai. En vérité, lorsqu'il lui avait laissé ces médaillons, il ignorait qu'il s'agissait de Myjun. Il n'avait aucune motivation cachée ; il était simplement gentil.

— Eh bien, je ne voulais pas être à l'origine de l'échec d'une autre élève, dit-il en comprenant que c'était là sa vérité.

(Devant l'expression sceptique de Tosan, il ajouta :) J'avais déjà réussi le test, aussi n'était-il pas juste que…

— Juste ?

— Mmh…

— Ce n'était pas juste, dites-vous. C'est cela ? Dans ce cas, vous êtes doublement idiot.

Il se remit en marche, obligeant le jeune homme à trotter pour le rattraper.

— Attendez ! Pourquoi *idiot* ?

Tosan haussa une épaule.

— Vous avez aidé Myjun parce que vous l'aimez, et vous avez aidé l'autre garçon parce qu'il est votre ami. Si vous me dites que vous avez été mû par quelque morale tordue, je ne vous croirai pas. Et si vous êtes sincère, c'est que Sodar vous a gâté le cerveau plus que je ne le pensais.

Il se retourna et s'arrêta sans prévenir, obligeant Annev à se plaquer au mur pour ne pas lui rentrer dedans.

— Où est la vérité ? l'interrogea Tosan en le regardant durement. Êtes-vous un menteur ou un imbécile ?

Question rhétorique ou non, Annev n'avait pas la réponse. Il ne voyait pas le rapport entre bonté et stupidité, et il ne comptait pas demander pardon pour son comportement. Il allait le lui dire lorsque Tosan poursuivit :

— Vous l'avez insultée, vous savez ?

Annev se figea, sa certitude d'avoir fait ce qu'il fallait volant subitement en éclats. Il se rappela les mots de Myjun devant l'Académie : elle lui avait dit qu'elle était heureuse d'avoir pu conserver ses médaillons grâce à lui – sauf qu'elle avait tout prévu depuis le début –, mais se pouvait-il qu'elle lui ait menti pour ménager ses sentiments ou les siens propres ? Et si Tosan avait raison ? S'il l'avait offensée en lui venant en aide ? Un frisson lui parcourut le dos.

— Je lui ai donné l'apparence de la faiblesse. Comme pour Titus.

Tosan hocha la tête, le visage pareil à un masque.

— Maintenant, dites-moi que Sodar ne vous retient pas. Que ses principes ne vous ont pas empêché de gagner le titre d'avatar.

Annev étudia la trame du tapis gris-bleu, sous ses pieds. Il repensa à tous les Tests du Jugement auxquels il avait participé, notamment à ceux qu'il avait manqués de peu. Il se rappela le jour où les élèves s'étaient jetés dans la mêlée pour la première fois. Annev avait tenté d'aider Therin à combattre Fyn, sauf qu'il avait surpris son camarade par son attitude et que son intervention avait bien failli être totalement contre-productive. Il avait aidé Titus à monter sur une plate-forme couverte de givre, mais Kellor leur avait foncé dedans, les faisant tomber tous deux. Et puis, il y avait eu la fois où le test s'était déroulé dans des tunnels inondés d'eau. Annev s'en était sorti bien mieux que les autres, mais il avait rebroussé chemin à deux reprises pour indiquer à ses amis où se trouvaient les poches d'air. Il avait perdu de précieuses minutes, et la seconde fois, Kenton en avait profité pour lui passer devant et rafler le titre.

— J'ai toujours fait beaucoup pour aider les autres, avoua doucement Annev. Titus et Therin, par exemple.

— Et Kenton, glissa Tosan, hochant la tête comme Annev relevait la sienne avec étonnement. Ce n'est pas la première fois que je suis témoin de petits pactes de ce genre. Dites-moi, venir en aide aux autres vous a-t-il été d'une quelconque utilité ? Kenton s'est servi de vous pour devenir avatar. Therin vous a trahi, aujourd'hui, dans la nef, et Titus n'a même pas envie de gagner ! (Il s'interrompit, constatant que ses mots avaient porté.) Cette gentillesse, cependant, n'est qu'une facette de votre problème.

— Sodar…, chuchota Annev, comprenant où Tosan voulait en venir.

— Surtout, ne sous-estimez pas son influence. Comme lui, vous n'avez de cesse de remettre en cause les traditions de l'Académie, de résister à vos professeurs et aux principes que nous tentons de vous inculquer. Ce matin, par exemple, vous avez douté de la nature mauvaise de la magie…

Annev acquiesça, perturbé par la connaissance approfondie que le directeur semblait avoir de son quotidien.

— Vous prétendez vouloir rejoindre les rangs des avatars – et vous possédez les qualités requises –, mais vous paraissez douter de leur légitimité. (Il posa la main sur son épaule.) Autrefois, je me demandais pourquoi vous vous sabordiez aussi régulièrement ; désormais je sais.

— Sodar…, répéta Annev, la gorge serrée.

— Le sermon de ce soir n'a fait que renforcer ma conviction et m'a décidé à vous parler. Les enseignements du prêtre sont subversifs. Convenables, peut-être, pour un diacre ou un simple fermier, mais destructeurs pour l'Académie et sa mission. Vous affirmez que le prêtre vous encourage dans votre volonté de devenir avatar, mais il me semble évident que son influence est un poison et que vous ne vous en rendez pas compte.

Annev détourna la tête. La logique était alambiquée, mais elle se tenait. Force lui était d'avouer que Sodar avait tendance à remettre en question les enseignements de l'Académie – d'une manière bien moins subtile que Tosan le suggérait, d'ailleurs –, mais pouvait-on pour autant lui imputer les échecs successifs d'Annev ?

Son estomac bouillonnait. Il ne voulait pas trahir Titus ou Therin, alors que la Maîtresse Femme sage Kiara et l'Ancien Tosan le lui conseillaient. Mais s'il ne voulait aucun mal à ses camarades, il devait admettre qu'ils l'avaient souvent empêché de devenir avatar. Et si Sodar n'avait peut-être pas souhaité qu'il échoue de façon répétée, sa philosophie était en partie responsable de sa situation. Le ressentiment du jeune homme enfla. Par ailleurs, Sodar lui cachait tant de choses… Il se sentait à la fois désorienté et furieux. Il ne comprenait plus du tout les motivations du prêtre, et les mots de Tosan renforçaient ses doutes.

— Réfléchissez, dit l'Aîné des Anciens d'un ton qui suggérait que la conversation était terminée.

Annev prit conscience qu'ils s'étaient arrêtés à quelques mètres seulement des appartements du directeur. Puis ils se remirent en marche.

— Réfléchissez à vos priorités, Acolyte Ainnevog. Si vous souhaitez devenir avatar, vous devez placer cet objectif au-dessus de tous les autres. Il n'y a qu'un gagnant, au Test du Jugement. Cela implique de laisser vos amis se débrouiller seuls, et ce même si les circonstances vous donnent l'occasion d'intervenir.

Ils s'arrêtèrent devant la porte, et l'ancien lui prit la lampe des mains.

— Une dernière chose, dit-il tandis que des ombres étranges dansaient sur son visage. Ne prenez pas mon silence pour une autorisation tacite de courtiser ma fille. Myjun est une jeune femme de caractère. Je ne chercherai pas à lui imposer ma volonté, mais sachez que je n'approuve pas la fascination que vous exercez sur elle. Elle a certes l'esprit de contradiction, et puis, peut-être est-elle attirée par la nouveauté et le rôle que vous tenez à la chapelle. Rien de tout cela, cependant, ne vous permettra de vous rapprocher d'elle. Dans tous les cas, vous n'aurez d'autre choix que d'adopter les valeurs de l'Académie si vous désirez poursuivre votre cour ridicule. Autrement, vous finirez intendant, et Myjun restera hors de votre portée. (Il fit une pause, son silence lui permettant d'appuyer son propos.) Vous comprenez ?

Annev leva les yeux, secoué par la vérité fondamentale contenue dans ce discours. L'enjeu du test était réellement colossal.

— Je comprends, Ancien Tosan.

L’homme hocha la tête et referma la porte derrière lui, laissant Annev dans les ténèbres.

Chapitre 25

Il se réveilla en sursaut en essayant d'attraper quelque chose. Ses cheveux étaient humides de sueur et sa respiration rapide, mais il était vivant et en un seul morceau.

Qu'est-ce que c'était ? Où suis-je ?

Il cligna des paupières, ses yeux s'adaptant à l'obscurité, tandis que son esprit s'efforçait de le ramener dans le monde réel. Il était étendu sur son lit, dans sa chambre à peine éclairée par la lumière des étoiles filtrant à travers quelques fissures dans les murs. Il fouilla sous son matelas de paille à la recherche du gant de Myjun. Il le trouva et suivit du bout des doigts les contours du phénix brodé. Il devina, à l'intérieur, la forme de l'anneau qu'il y avait dissimulé. Il atteignit le bijou et le fit jouer entre ses doigts.

Pourquoi suis-je si nerveux ? Pourquoi mes mains tremblent-elles ?

Il se rappelait vaguement son cauchemar. La vision avait été si terrible, emplie d'ombres et de ténèbres, de sang et de pierres…

Les détails s'estompaient déjà, cependant, et il ne se souvenait plus tout à fait de ce qui lui avait fait peur. Une table de pierre et un masque d'or, des lèvres rouges et des yeux verts.

Myjun ? Est-ce que je rêvais d'elle ? Il serra le gant dans son poing et réfléchit très fort, mais la vision n'était plus là ; elle avait cédé la place aux souvenirs de la veille, tout aussi pénibles.

Bien que spécieux, les arguments de l'Ancien Tosan ne semblaient pas dépourvus de fondement. Ils l'avaient d'ailleurs obsédé durant le trajet du retour à la chapelle. Sans compter que le directeur l'avait privé de sa lampe, l'obligeant à retrouver son chemin à travers les couloirs plongés dans les ténèbres de l'Académie.

À son grand soulagement, Annev avait trouvé Sodar couché. Incapable de dormir, le jeune homme avait allumé une bougie et s'était rendu dans la chapelle. Sans réfléchir, il s'était mis à balayer, préparant les lieux pour le lendemain. Une fois cette corvée terminée, en proie à des émotions toujours aussi contradictoires, il s'était décidé à se coucher, espérant que le sommeil l'aiderait à oublier ses préoccupations. Le cauchemar l'avait démenti, aussi Annev se leva-t-il et récupéra-t-il les outres pour aller chercher de l'eau au village dans le clair de lune.

Une fois au puits, il débraya la manivelle et écouta le seau tomber dans l'eau. Puis il tourna lentement la poignée et, ce faisant, s'efforça de sonder le cœur de sa tempête émotionnelle. Il en voulait à Sodar de lui mentir et de refuser de lui parler de ses parents ; il était en colère contre Tosan, qui imputait à son mentor tous ses échecs au Test du Jugement ; il se reprochait d'être en partie d'accord avec le directeur ; il se sentait coupable de vouloir se servir de ses amis pour réussir l'épreuve à venir.

Annev retourna à la chapelle les outres pleines et le cœur lourd. Il emplit la jarre en terre cuite et caressa l'idée d'aller chercher du bois dans la forêt. Il se décida presque, mais s'arrêta sur le chemin de la cabane, victime d'une crise d'angoisse.

Le rêve, pensa-t-il, comme des bribes de son cauchemar lui revenaient en mémoire. Une table ensanglantée, une voix désincarnée, des mains noires qui l'attiraient vers les pierres. Il tenta de s'accrocher à ces images, de les remettre dans l'ordre pour les rendre intelligibles. Épuisé, il échoua et retourna se coucher, épuisé, frigorifié, le cerveau débordant de cauchemars, de visions de Myjun, des mises en garde de Tosan. Et puis, il y avait le test du lendemain, évidemment.

Non, d'aujourd'hui, se rendit-il compte.

Il se réveilla quelques heures plus tard, alla calmement ouvrir son coffre et entreprit de s'habiller. Le soleil se levait à peine, aussi n'avait-il aucune raison de se presser. Lorsqu'il eut enfilé ses sous-vêtements, il se figea quelques secondes avant de se rendre dans la cuisine.

Sodar n'étant apparemment toujours pas réveillé, Annev rassembla en silence un bol, un morceau de savon et un carré de tissu humide. Il retourna dans sa chambre pour se laver à l'eau froide, avant de finir de s'habiller, sans oublier le gant de Myjun. Celui-ci n'empêcherait pas une Pierre de Clairvoyance de dévoiler sa prothèse, mais il lui était impossible de ne rien porter sur sa main et son avant-bras gauche. À la vue de la broderie délicate, il se rappela ce qui le motivait à se battre.

De retour dans la cuisine, il constata qu'un feu brûlait dans l'âtre. Un bol de soupe et une tasse de thé trônaient sur la table. Sodar lui fit signe de s'asseoir.

— J'ai vu que tu t'étais levé tôt pour accomplir tes corvées, aussi me suis-je dit que tu aimerais prendre ton petit déjeuner de bonne heure.

— Magie ? demanda Annev en désignant la tasse et le bol de soupe fumants.

— Je ne peux pas créer à partir de rien, mais peut-être ai-je été un peu aidé pour allumer le feu et réchauffer la soupe.

— Du moment que ce n'est pas du bacon moisi tiré de votre maudit sac…

Sodar sourit.

— Je peux en récupérer, si tu veux. Je suis sûr qu'il est toujours chaud. Et pas du tout moisi.

— Vous avez dit que je n'en mangerai que le jour où je parviendrai à le sortir moi-même du sac, rappela Annev en secouant la tête.

— M'est avis que tu pourrais, si tu le voulais. Tu maîtrises déjà la magie de Miséricorde ; le sac ne devrait plus te poser de problème.

Annev n'avait rien à redire à cela – pas après sa démonstration de la veille –, aussi se contenta-t-il de s'asseoir. Comme Sodar se retournait pour prendre un autre bol, le jeune homme baissa la tête et fit une prière silencieuse, invoquant la volonté d'Odar et demandant que la nourriture et sa performance au Test du Jugement soient bénies. Il mangea rapidement, ne sachant quoi dire, si bien qu'il avait déjà terminé lorsque Sodar le rejoignit avec son bol et sa tasse.

Annev se leva pour débarrasser sa vaisselle. Lorsque le vieil homme redressa la tête, il remarqua ses épaules raides. Le garçon déglutit, sa culpabilité formant une boule dans sa gorge.

— Merci pour le petit déjeuner.

— Pas de quoi, répondit Sodar, laconique, alors qu'il donnait l'impression de n'avoir pas fini de parler.

Un autre jour, en d'autres circonstances, Annev aurait étreint son mentor qui lui aurait souhaité bonne chance, et ils auraient échangé quelques plaisanteries pour détendre l'atmosphère.

Mais les temps avaient changé. Ils le sentaient tous deux, et le jeune homme n'était pas sûr que cela s'arrangerait. Un gouffre s'était ouvert entre eux, creusé par les non-dits. Et puis, c'était la dernière chance d'Annev d'obtenir le titre qu'il briguait.

— Bonne chance.

Annev hocha la tête. Il lava sa vaisselle sous le regard de Sodar. Lorsqu'il eut terminé, le prêtre l'observait toujours.

—Oh ! une dernière chose.

Il lui lança un gant noir. Le garçon l'attrapa et constata qu'il ressemblait beaucoup à son ancien gant, à la différence près que celui-ci était un patchwork de morceaux élimés.

—Je l'ai confectionné à partir de ce qui restait de ton premier gant, expliqua Sodar. J'avais gardé les morceaux parce qu'ils avaient une valeur sentimentale. Finalement, ils m'ont resservi.

Annev contempla le tissu sombre, les yeux humides. Il voulut le remercier, mais sa gorge était serrée. Alors Sodar le prit dans ses bras. L'acolyte n'aurait su dire qui d'entre eux avait réduit la distance qui les séparait, mais il répondit à l'étreinte de l'homme en murmurant sa gratitude.

La voix de Sodar était chargée d'émotion.

—Pas question que tu rates celui-ci. Tu n'auras pas d'autre chance, et tu ne pourras pas vivre à l'Académie avec ce gant.

Il souriait doucement, et Annev se rendit compte qu'il s'était trompé.

Tosan s'était montré si persuasif–et force lui était d'admettre que l'idéologie du prêtre lui avait coûté la réussite à de nombreuses reprises–, mais il y avait autre chose, que le directeur avait préféré taire : Sodar croyait en lui, et il ne souhaitait pas son échec. Il était même la seule personne à croire qu'Annev pouvait réussir sans se compromettre moralement. Annev n'était pas sûr de le croire lui-même, mais la foi du prêtre ravivait la flamme de son espoir.

—Sodar…, commença-t-il, sachant qu'il lui fallait poser la question.

—Oui ?

—Souhaitez-vous que je devienne avatar ?

Voilà. Il l'avait dit, et il n'y avait pas de retour en arrière possible. Il scruta le visage de son mentor, à l'affût de la moindre réaction et s'efforçant de deviner ses pensées, en vain.

— Je veux que tu sois heureux, répondit-il, et le bonheur ne se résume pas à un uniforme et un titre. Les mots tels qu'*avatar* ou *prêtre* sont trop étriqués pour toi. Ton cœur est trop grand. Je ne crois pas que tu seras heureux dans ces fonctions, parce que tu es plus important que la somme de leurs parties.

— Donc… vous ne voulez pas que je réussisse ?

L'expression de Sodar se teinta de tristesse, car Annev ne comprenait pas.

— Tu as déjà réussi le test. Tu l'as réussi mille fois, et je pense que tu le réussiras encore aujourd'hui. Obtenir un titre de la part de l'Académie ? (Il haussa les épaules.) C'est immatériel. Je sais que tu peux y arriver et que tu serais extrêmement satisfait d'obtenir ce que tu attends depuis si longtemps, mais ce titre ne t'apportera pas la joie. La joie vient d'ici, ajouta-t-il en effleurant le torse d'Annev. Tu comprends ?

Annev n'en était pas sûr, mais il avait eu la réponse qu'il attendait. La foi de Sodar en lui avait ravivé un type de flamme différent. Après sa nuit tourmentée, il ressentait un espoir nouveau, il voulait croire que rien ne l'obligeait à choisir entre la chapelle de Sodar et l'Académie de Tosan. Il pourrait très bien combiner les deux. Il ne le comprenait pas tout à fait, ce qui ne l'empêcha pas d'alimenter ce feu, qui flambait dans sa poitrine.

Annev réussirait le Test du Jugement, à sa manière. Ce n'était sans doute pas ce que Sodar aurait voulu, mais Annev savait qu'il se devait d'essayer. Il ne permettrait pas aux idéologies respectives des deux hommes de lui dicter ses actes. Quoi qu'il arrive, il suivrait son cœur et assumerait les conséquences.

Sodar le serra une dernière fois dans ses bras, puis le poussa vers la porte en s'essuyant les yeux.

— Va. L'avenir nous prive de la joie du présent, alors savoure ta journée. Et mets-leur la pâtée.

Chapitre 26

Annev acheva de gravir les marches conduisant au premier étage de l'Académie au moment où Maître Edra émergeait dans le couloir. Celui-ci avisa Annev d'un œil torve et s'arrêta devant le dortoir de ses camarades de classe.

— Vous vous êtes entraîné au maniement des armes, comme je vous l'ai demandé ?

— Oui, Maître Edra. Sodar et moi nous sommes entraînés hier soir, juste avant la messe du Regaleus.

— Bien, approuva l'homme en grimaçant légèrement. Dans ce cas, vous avez mérité ceci…

Il retira la clé qu'il portait autour du cou et passa le cordon en cuir autour de la tête d'Annev, qui cligna des paupières. Il avait presque oublié sa victoire dans la nef et sa mystérieuse récompense. Il manipula la clé en s'interrogeant sur son utilité.

— Ne me demandez pas à quoi elle vous servira, lança Edra en devançant sa question. On m'a juste intimé de la remettre au vainqueur de l'épreuve d'hier.

Annev examina la clé en fer, la retournant dans sa main. Les dents étaient petites et simples, très espacées. C'était la clé d'une vulgaire serrure, rien de grandiose ni de complexe. Comment un objet tel que celui-ci pouvait-il constituer un avantage quelconque ? D'autant que tout le monde connaissait sa capacité à crocheter les serrures les plus compliquées. Il rangea la clé sous sa tunique, déconcerté par cette énigme.

— Vous êtes un garçon intelligent. Vous comprendrez.

— Merci, Maître Edra.

— Vous l'avez gagnée, rétorqua l'homme en haussant les épaules. Inutile de me remercier.

La porte du dortoir s'ouvrit sur la silhouette trapue d'un des élèves, Chedwik.

— Je vous avais bien dit que j'avais entendu des voix ! lança-t-il à l'intention de ses camarades. Edra est venu nous chercher.

Le Maître d'Armes referma la bouche et hocha une fois la tête, mettant un terme à la conversation. Puis il fit un pas en arrière pour faire place aux élèves.

Titus fut l'un des premiers à sortir. Il repéra aussitôt Annev.

— Tu es en avance ! remarqua-t-il.

— Plus que d'habitude, c'est vrai. Où est Therin ? demanda Annev en regardant autour de lui.

— Il s'habille, répondit Titus en désignant le labyrinthe de lits, dans son dos. Tu veux l'attendre à l'intérieur ? Non ? Il est désolé, tu sais. À propos d'hier. Il s'est senti mal de t'avoir volé les médaillons.

— Il s'est senti mal ?

— Tu le connais, dit Titus en haussant les épaules. Il réfléchit toujours après coup, quand il est trop tard. Ensuite, il n'est pas fier. C'était pas prémédité.

Annev n'en était pas si sûr, mais il aurait besoin de Titus et Therin pour réussir son épreuve. Sans ses amis, ses chances seraient grandement compromises. Alors même s'il en voulait encore à Therin, il ne pouvait pas prendre le risque de le perdre maintenant.

— Pressez-vous ! tonna Edra. C'est votre dernier Test du Jugement. Les retardataires seront disqualifiés !

Une bonne dizaine d'élèves émergèrent du dortoir. Certains finissaient de lacer leurs pantalons, d'autres d'enfiler leurs chaussures ou leur chemise. Annev aperçut Fyn et ses sbires dans la foule et retint son souffle, oubliant momentanément Titus et leur conversation.

Fyn rit à une plaisanterie de Jasper et se figea en voyant Annev dans le couloir. Son ricanement mourut dans sa gorge lorsque son regard glissa sur la main droite non gantée du jeune homme.

Annev leva son poignet intact et agita la main.

Fyn bredouilla quelque chose d'inintelligible comme la foule l'obligeait à avancer. La brute se retourna une dernière fois, cherchant Annev d'un regard haineux.

— Therin est impulsif, concéda Annev à l'intention de Titus. Mais il est mon ami. Même quand il est égoïste.

— Ça me fait plaisir de te l'entendre dire.

Annev fit volte-face et se retrouva face à Therin.

— T'es là depuis combien de temps ?

— Assez longtemps, sourit Therin. J'étais en train de boutonner mon pantalon.

— Et tu comptais laisser Titus demander pardon pour toi ?

— Eh bien... je ne voulais pas vous interrompre. Et puis, il est bien meilleur que moi en excuses.

— Parce qu'il est humble, sans doute.

— Tu es injuste avec moi, fit mine de se plaindre Therin en portant la main à son cœur. Titus a des raisons d'être humble, ce n'est pas pareil !

— Vous avez remarqué que j'étais toujours là ? intervint l'intéressé en agitant la main.

Annev hocha la tête sans lâcher Therin des yeux.

— Titus a ses forces et ses faiblesses – un peu comme toi et moi –, mais je peux compter sur lui. Je peux lui faire confiance. Est-ce que je peux en dire autant de toi ? Ou de Kenton, ou de n'importe qui d'autre ?

— Je ne suis pas comme Kenton, se défendit Therin, qui ne souriait plus.

— C'est pourtant l'impression que j'ai eue hier.

— En route! lança Edra. C'est votre dernière chance de prouver votre valeur!

Il s'éloigna dans le couloir. Les garçons lui emboîtèrent le pas, Annev, Therin et Titus attendant un peu, rejoignant instinctivement l'arrière de la file. Ils venaient tout juste de se mettre en marche lorsque Therin murmura.

— T'as raison, je me suis vraiment mal comporté.

— Ouais.

Therin et Annev se retournèrent sur Titus qui venait de parler. Le garçon plus petit s'empourpra mais soutint leur regard.

— Ben oui, c'est vrai. Voler les médaillons d'Annev alors qu'on s'était promis de s'entraider... c'était mal. Le genre d'acte qu'on attendrait de la part de Fyn ou Kenton. (Il s'interrompit pour prendre une inspiration.) Mais tu n'es pas comme eux, Therin. Je sais qu'on peut compter sur toi dans les moments difficiles.

— C'est vrai? s'enquit Therin, son instinct d'autodénigrement le disputant au doute et à la peur. Aujourd'hui, on va vivre notre dernier Test du Jugement. Il n'y aura qu'un vainqueur, et c'est notre dernière chance de réussir. Vous êtes mes meilleurs amis, mais je n'ai pas envie de devenir intendant. (Il baissa la tête.) Je me suis mal comporté hier, parce que je voulais me faciliter la tâche aujourd'hui.

Annev le scruta et comprit qu'ils avaient été en proie au même dilemme. L'Académie essayait de les tourner les uns contre les autres, et Annev avait presque failli tomber dans le panneau. Quelques heures plus tôt seulement, il avait pris une décision qui allait dans ce sens.

À présent, il avait un nouveau plan – le sien propre –, et comme il comparait le coût des conséquences possibles, sa détermination se renforça. Il posa la main sur l'épaule de son ami.

— Je ne veux pas me battre contre toi, Therin. Je veux qu'on travaille ensemble, comme on en a l'habitude.

— Pourquoi ? Seul l'un d'entre nous réussira ce test.

— Si on se conforme à leurs règles, certainement, mais on n'est pas obligés de le faire.

— C'est-à-dire ?

— Je propose de travailler en équipe, comme les apprenties femmes sages. On se battra ensemble et on gagnera ensemble. Si on se débrouille bien tous les trois, si on reste unis jusqu'à la fin, peut-être que les anciens seront forcés de faire de nous trois des avatars.

Therin lâcha un sifflement bas.

— Donc, merde à Tosan et à ses règles ?

— Voilà.

— Alors… tu peux compter sur moi ! Sans doute qu'on perdra tous les trois, mais je n'espérais pas vraiment gagner. Pas avec Fyn et sa clique. Et puis, s'il existe une petite chance de gagner ensemble et d'obtenir le titre d'avatar tout en emmerdant Tosan, pourquoi pas ? Qu'en penses-tu, Titus ?

Ce dernier était resté silencieux depuis le début de la conversation.

— Je ne comptais pas concourir pour moi, aujourd'hui, répondit-il. Je voulais simplement que l'un d'entre vous gagne, mais si vous m'offrez une petite chance d'aller au bout, je suis partant.

— Parfait, approuva Annev. Dans ce cas, j'ai un plan.

Les trois jeunes hommes se rapprochèrent et chuchotèrent discrètement, tandis que la classe avançait.

Une minute plus tard, Edra s'arrêtait à l'extrémité du long tunnel conduisant à l'imposante porte de l'arène. Un homme grand, au visage maigre, à la moustache fine et aux cheveux bruns soigneusement coiffés était adossé au mur. Tout comme Edra, il portait une tunique rouge, des bottes noires et souples et un pantalon épais. Il sourit, se redressa et serra la main d'Edra avec vigueur.

— Maître Edra, toujours aussi ponctuel et pointilleux.

— J'ignore ce que vous entendez par là, riposta Edra, et ça ne m'intéresse même pas.

Il se tourna vers la foule de garçons occupés à bavarder. Les voix des élèves se répercutaient entre les murs du long couloir.

— SILENCE ! beugla Edra.

Le brouhaha se tut aussitôt. Lorsque les maîtres reprirent la parole, Annev, à l'arrière du groupe, perçut chaque mot.

Le Maître des Mensonges se boucha l'oreille d'un majeur effilé et secoua la tête.

— J'espère que cela ne m'était pas adressé, Maître Edra. Ponctuel est un compliment, de mon point de vue. Quant à pointilleux…

— Pas aujourd'hui, Ather. Gardez vos mots compliqués pour une autre fois.

Ather engloba l'assistance d'un regard lumineux.

— Voyons, Maître Edra, ces jeunes gens ont besoin de modèles. De bons modèles, je veux dire, précisa-t-il. Vous n'êtes pas si mal, dans votre genre. Un peu bougon, peut-être, mais fiable. Costaud. Bref, un modèle pour de futurs maîtres avatars, conclut-il.

— Il suffit, le coupa Edra en grimaçant. J'ai l'impression d'avoir le crâne plein de coton.

Ather s'éloigna dans le couloir avec une énergie manifestement difficile à contenir.

— Mmh… m'est avis que vous avez abusé de l'hydromel, hier soir. (Il atteignit l'extrémité de la file des acolytes et leur adressa un clin d'œil.) Faites attention pendant les festivités, jeunes gens, ou vous risquez de ne pas tenir jusqu'au troisième soir du Regaleus.

Edra lui jeta un regard noir avant de le rejoindre.

— C'est ce maudit Duvarek, dit-il à voix basse. Il m'a fait boire de bonne heure, hier soir, vu qu'il partait en mission de récupération.

— Comment va notre cher Maître des Ombres ? s'enquit Ather.

— Franchement, je m'étonne que Dove ait réussi à partir debout, répliqua Edra. Si je buvais la moitié de ce qu'il ingurgite, mon foie serait dans un sale état.

— Et pourtant, les anciens ont préféré l'envoyer lui et pas moi, se plaignit Ather en croisant les bras. Si je n'étais pas si bien informé, je dirais qu'ils ont leurs préférés.

— Vous voulez savoir pourquoi ? demanda Edra, ce qui intéressa grandement Annev, non loin. C'est parce que vous emportez la moitié de votre garde-robe chaque fois, et que vous faites le travail en une semaine quand il peut l'être en un jour. Vous êtes inefficace. Vous l'étiez déjà dans votre jeune âge. Prêt à relever tous les défis, à condition de pouvoir vous changer deux fois par jour.

— Ce n'est pas très gentil, ça, protesta Ather en se figeant subitement. Un Maître des Mensonges a besoin de temps pour se préparer. L'argent est fait pour être dépensé, et la confiance se gagne. On ne peut pas arriver comme une brute et se servir en espérant un résultat. Sauf votre respect, bien sûr.

Edra grogna.

— La préparation est toujours souhaitable, poursuivit Ather. Certaines choses nécessitent en effet quinze jours.

— Vous vouliez savoir, maintenant vous savez, rétorqua Edra dans un haussement d'épaules. Duvarek est rapide et bon. Il ne perd pas de temps lorsqu'il est sur le terrain. Pas de fioritures, pas de témoins.

— N'est-ce pas également votre manière de procéder ? Et pourtant, on vous envoie sur le terrain encore moins souvent que moi.

— Certes, mais je m'en moque, s'amusa Edra. Il est vrai que j'ai tendance à laisser le chaos dans mon sillage. Quand elle veut transmettre un message, l'Académie me choisit. Quand elle a besoin d'informations ou de manipuler, elle fait appel à vous. Quand il s'agit de récupérer un maudit artefact, c'est Dove qui s'y colle.

Un gong résonna dans les entrailles de l'Académie, mettant un terme à l'échange et suscitant la nervosité des acolytes. Alors que le bruit se dissipait lentement, les lourdes portes en pierre de l'arène s'ouvrirent en glissant sur leurs rails de fer graissés. Ather précéda le groupe dans la grande salle.

Comme Annev approchait de l'entrée, des cliquetis de métal, de roulements et d'engrenages emplirent l'atmosphère. Une fois à l'intérieur, il constata que la source de cette cacophonie était dissimulée par une haute clôture de bois érigée à quelques mètres seulement de l'entrée.

Les derniers acolytes pénétrèrent dans la salle.

— Bonne chance, les gars ! lança le Maître d'Armes tandis qu'Annev et ses amis passaient devant lui. Avec un peu de chance, je reverrai l'un d'entre vous à la fin.

Annev sentit les yeux d'Edra sur lui. Il regarda ses amis et constata qu'ils l'avaient remarqué. Percevant leurs doutes, il prit la parole :

— Vous nous reverrez tous les trois, Maître Edra.

Le Maître d'Armes secoua la tête et referma la porte derrière eux.

Ather marcha jusqu'à la barrière en bois puis tourna à droite, précédant les acolytes vers un escalier situé au milieu de la clôture. Tandis que les membres du trio rattrapaient leurs camarades, Annev leva les yeux vers le mur de dix mètres de haut dissimulant la zone de test, puis, au-dessus, vers les cinq sphères en verre qui éclairaient l'arène. Contrairement à des torches, leur lumière ne vacillait pas. Ces sphères faisaient partie de la dizaine de trésors magiques dont l'usage avait été jugé acceptable par les anciens.

Annev trébucha soudain et bouscula Therin qui, à son tour, tomba sur Titus.

— Désolé ! s'excusa Annev en aidant son ami blond à se relever.

Il constata qu'il avait trébuché sur l'anneau d'une trappe encastrée dans le sol. Irrité, il donna un coup de pied sur la serrure et se hâta de rejoindre ses camarades dans la cage d'escalier.

Les élèves montèrent en silence, décrivant une spirale. Bientôt, le sommet de la barrière en bois leur apparut. Alors qu'ils étaient presque capables de voir derrière la clôture, l'escalier s'incurva, débouchant sur une étroite plate-forme d'observation. Ather les dirigea vers le fond et, leur faisant signe de tourner le dos à l'arène, leur désigna l'Ancien Tosan.

Même si Ather obstruait en partie la vue, Annev sortit furtivement du rang et aperçut ce que dissimulait le mur : dans la lumière vive des sphères, il distingua une douzaine de pendules en mouvement, un labyrinthe de poutres en bois entrecroisées et, au centre, quelque chose qui ressemblait à une meule en pierre. Surplombant cette dernière, se dressait une haute tour, du milieu de laquelle jaillissait une étroite passerelle suspendue dans le vide.

Soudain, Ather se matérialisa devant lui.

— Rentrez. Dans. Le. Rang.

Annev fit un pas en arrière et se dépêcha de rejoindre ses amis.

— Vous avez vu ? chuchota Therin.

— Chut ! souffla Annev en hochant imperceptiblement la tête.

Devant eux, Tosan était juché sur une caisse en bois. L'Aîné des Anciens observa l'assistance, son regard effleurant Annev et ses deux camarades. Le silence se fit, tandis que les élèves tournaient le dos aux dangers mystérieux qui les attendaient en contrebas.

— Vous êtes tous des orphelins sauvés par nos chères femmes sages, commença le directeur. Personne ne voulait de vous. À part nous, personne ne vous aurait recueillis. Les anciens vous ont élevés. Nourris. Ils vous ont préparés physiquement et spirituellement. (Tosan fit signe à Ather, qui le rejoignit.) Les maîtres avatars vous ont pavé la voie, reprit-il en posant la main sur son épaule. Ils vous ont enseigné les arts physiques de l'avatar. Un jour, les meilleurs d'entre vous prendront leurs places.

Ather contempla les élèves tandis que Tosan levait la main.

— Ceci est votre dernière chance de prouver que vous méritez de devenir avatar. Cet ultime Test du Jugement nous dira qui d'entre vous mérite ce titre et se distingue des autres… (L'ancien porta son regard sur le trio d'amis.) Vous nous avez rejoints en tant qu'Acolytes de la Foi. Après cette dernière épreuve, nombre d'entre vous deviendront intendants de l'Académie, mais peut-être y en a-t-il un ici qui mérite le titre d'Avatar du Jugement.

Ather prit place devant le podium de fortune et adopta une pose théâtrale en désignant l'arène d'un geste large, dans leur dos.

— L'arène contient de multiples chemins, commença-t-il d'une voix puissante, mais seul l'un d'entre eux mène à la victoire. Pour le trouver, vous devrez redescendre et passer par là où vous êtes déjà passés. Alors seulement vous trouverez la porte qui vous permettra d'avancer, de rejoindre Maître Edra et le test final. Tout le reste ne sera que distraction. Trouvez la porte, et vous trouverez le chemin. (Ather fit une pause pour accentuer son propos.) Brinden, Fyunai, Jasper, Kenton, Kellor et Janson. Faites un pas en avant, je vous prie.

Les six avatars sortirent du rang. Kellor frotta le crâne rasé de Jasper en souriant, tandis que Brinden gloussait, amusé. Kenton demeura impassible, mais trouva tout de même le temps de se tourner vers Annev en souriant ; il savait ce qui les attendait, et il voulait qu'Annev le voie.

— Ces six avatars ont déjà réussi le Test du Jugement, reprit Ather. Ayant fait de nouveau la preuve de leurs aptitudes au combat, ils ont gagné un avantage de soixante secondes, durant lesquelles ils pourront observer l'épreuve du jour avant de s'y engager. Cet avantage commencera lorsque le gong retentira. Au deuxième gong, les autres candidats pourront se tourner vers l'arène. Quiconque sera surpris à tricher sera immédiatement expulsé. (Le Maître des Mensonges sembla s'adresser particulièrement à Annev, qui craignit alors d'être puni rétroactivement.) Vous aurez soixante secondes pour observer l'arène et commencer l'épreuve. Le gong sonnera toutes les dix secondes. Tout candidat présent sur la plate-forme au bout de soixante secondes sera expulsé. (Ather esquissa un sourire de prédateur.) Bonne chance !

Chapitre 27

Les derniers mots du maître résonnèrent dans la salle caverneuse tandis que le gong retentissait sous la plate-forme. Aussitôt, les six avatars se retournèrent et bousculèrent leurs camarades pour se rapprocher du bord et observer la zone de test éclairée.

Étant resté délibérément dans le fond, Annev se retrouva nez à nez avec Fyn. Sans réfléchir, il s'écarta pour le laisser passer. Tournant le dos aux six avatars, Annev attendit avec une nervosité croissante de pouvoir commencer l'épreuve. Ather passa devant l'alignement d'acolytes, les incitant presque à se retourner, mais aucun d'entre eux ne le fit. Au bout d'une trentaine de secondes, Annev entendit Fyn et les autres avatars s'éloigner. Et puis le silence se fit sur la plate-forme. Seuls résonnaient les cliquetis et les vrombissements des engrenages, aussi Annev supposait-il que les avatars étaient descendus pour commencer leur épreuve. Sa nervosité monta encore d'un cran, tandis qu'il attendait le signal sonore.

Le gong retentit soudain et ce fut le chaos. Annev se tourna vers l'arène.

Des échafaudages formant des tours se dressaient un peu partout, certaines aussi hautes que la plate-forme d'observation. La plupart, cependant, étaient de taille moyenne, et quelques-unes ramassées. Un nid de poutres penchées, de chevrons entrecroisés et de planches dotées de charnières emplissait l'espace entre les tours, reliant les sommets, les milieux et les pieds, formant un labyrinthe tridimensionnel. En bordure de l'arène, les tours extérieures étaient fixées aux parois.

Tandis qu'Annev étudiait l'écheveau de bois, de câbles et de métal, il remarqua que la moindre de ses parties était reliée à une série d'engrenages et de roulements. Même les échafaudages étaient en mouvement, avec des planches bougeant dans des directions différentes et à des vitesses variées. Des plates-formes s'élevaient à trois ou quatre mètres avant de retomber subitement, faisant de l'arène tout entière un casse-tête d'obstacles erratiques et changeants. Trouver un chemin dans ce dédale serait extrêmement difficile.

Gong!

Cinquante secondes. Le sol, sous les échafaudages, était recouvert d'une épaisse substance noire. Annev se concentra sur la structure, cherchant le seul chemin conduisant à l'autre bout de l'arène.

Dans le fond de la vaste salle, il avisa une tour simple constituée de planches finement ajustées et luisantes de graisse, au sommet *a priori* hors de portée. En plus d'être parfaitement plat, celui-ci était allongé et étroit, vierge de cette matière noire qui maculait le sol et doté d'un obstacle en bois familier.

— La piste aux ciseaux! s'exclama Annev.

Elle consistait en un passage surmonté de poutres se balançant de gauche à droite. À l'extrémité des poutres étaient fixées de lourdes pierres ou de larges haches. Il s'agissait d'un obstacle couramment utilisé lors des Tests du Jugement – une fois sur deux, estimait Annev, que la vue de l'engin rendit nauséeux.

Gong!

Quarante secondes.

— Je ne vois rien! se plaignit une petite voix, dans le fond.

Annev vit Titus essayer tant bien que mal de se frayer un chemin dans la foule amassée sur la plate-forme. Quelques garçons étaient déjà redescendus, mais la plupart semblaient pétrifiés, hypnotisés par la complexité de l'épreuve.

Annev ne pouvait pas leur en vouloir – le Maître de l'Ingénierie s'était surpassé –, même s'il comptait sur la capacité d'observation de Titus pour naviguer dans l'écheveau de bois et de métal.

Cela lui fut douloureux, mais il abandonna son poste d'observation, au bord de la plate-forme. Ses voisins en profitèrent aussitôt, occupant l'espace laissé vacant. Annev, cependant, ne fit pas attention à eux. Il se faufila jusqu'à Titus et le souleva pour le hisser sur ses épaules.

Gong!

Trente secondes.

— Qu'est-ce que tu vois? demanda Annev.

— Il y a beaucoup plus de terrain découvert que d'habitude…

— Oui. Ils ont démonté le labyrinthe pour construire ce mur. Ils ont laissé la piste aux ciseaux, en revanche.

— Tant mieux. Therin nous la fera traverser. Les portes se trouvent juste derrière, ajouta Titus en se penchant en avant. Dans le mur du fond. Tout pointe dans cette direction. On dirait que le groupe de Fyn se dirige là-bas.

Gong!

Vingt secondes.

— Ça te semble un peu trop évident?

— Mmh… oui, peut-être. Même si arriver jusque-là ne sera pas facile. Ather a bien dit que l'issue se trouvait de l'autre côté de l'arène.

— Je pensais suivre la paroi ouest.

— Oui, moi aussi! lança Therin en apparaissant à côté d'eux. Elle nous mènera tout droit à…

— Le mur n'est pas praticable ! le coupa subitement Titus. Une poutre le traverse.

— Par où, alors ?

— Je crois que je vois...

— On a besoin de certitudes, intervint Annev. Il ne nous reste plus de temps !

Le gong résonna de nouveau – *dix secondes* –, et plusieurs acolytes sautèrent de la plate-forme. Quelques-uns eurent la même idée que Therin et entreprirent de contourner le mur par l'ouest.

Titus glissa des épaules d'Annev comme Therin demandait :

— Alors, où va-t-on, Titmouse ?

— Il y a une poutre juste en dessous...

Bong ! Gong ! Bong ! Gong ! Bong !

— Vite ! cria Annev par-dessus le vacarme.

Les élèves s'éparpillèrent. Certains semblaient savoir où ils allaient, d'autres complètement perdus. Titus poussa Annev et Therin dans le coin est de la plate-forme et désigna un petit carré de planches, cinq mètres en dessous.

— Il s'élève ! Encore quelques secondes, et on pourra sauter dessus !

Glong-glong-glong-glong-glong ! BONG !

C'est fini.

Ather s'avança d'un pas nonchalant. Un bâton dans les mains, il se dirigeait vers les acolytes qui n'avaient pas encore quitté la plate-forme. Il regarda un des garçons dans les yeux – un avatar au visage couvert de taches de rousseur appelé Alisander – et se lissa la moustache. Alisander eut un sourire hésitant. Il souriait toujours lorsque le maître le poussa dans le vide.

Un « *smack !* » bruyant résonna dans l'arène. Lorsqu'il regarda en bas, Annev constata que le garçon aux cheveux roux était simplement sonné. Alisander planta ses poings dans la boue noire et secoua la tête en essayant de se relever. Il n'y parvint pas, toutefois, car ses bras s'enfoncèrent dans le sol. Le jeune homme s'agita en tous sens pour se libérer.

— Waouh ! murmura Titus en surveillant d'un œil la plate-forme en train de s'élever.

Annev vit Ather pousser dans le vide deux autres acolytes avec son bâton.

— Il faut sauter maintenant ! lança-t-il en se tournant vers ses amis.

La petite plate-forme se trouvait désormais à deux mètres d'eux. Therin se laissa tomber sur le carré de planches, qui s'ébranla avant de se remettre à descendre.

— Vite ! cria-t-il.

Ather était tout près. D'un coup de bâton, il envoya un autre acolyte dans l'arène.

— Allez ! Vite ! intima Annev à Titus en le poussant légèrement.

Titus fléchit les genoux et sauta. Il atterrit avec un bruit mat et roula pour absorber le choc.

— Vous prenez trop votre temps, chuchota soudain Ather à l'oreille d'Annev. Permettez-moi de vous aider.

Annev se jeta dans le vide. Pendant un instant, il se crut à l'abri, jusqu'à ce que l'extrémité du bâton du maître l'atteigne au niveau des côtes, le retournant dans les airs. Il tomba lourdement sur le flanc, heurta violemment les planches, désolidarisant la plate-forme du système de roues et de crémaillères qui la faisait monter et descendre. Le dispositif tout entier se décrocha et tomba. Annev agrippa le bord des planches, pendant que ses amis se mettaient à genoux pour l'imiter. Soudain, le carré de bois frappa le sol recouvert d'une matière mystérieuse.

Choqué, Annev prit une profonde inspiration, puis sentit la matière noire aspirer ses doigts. Il retira précipitamment ses mains du bord de la plate-forme et se leva, le cœur battant à tout rompre.

— Dépêchons-nous avant de couler !

— Par là ! lança Titus en désignant une plate-forme au-dessus de la tête de Therin.

Les trois garçons formèrent une échelle humaine : Titus monta sur les épaules d'Annev, Therin escalada ses deux camarades, avant de se hisser sur la surface et de soulever Titus. Annev s'avança jusqu'au bord de sa plate-forme, fléchit les jambes et bondit. Son torse heurta la structure qui soutenait les planches et il tenta désespérément de se raccrocher à quelque chose. Heureusement, Titus et Therin l'attrapèrent par les mains et arrêtèrent sa chute, le hissant tant bien que mal, l'éraflant durant la manœuvre.

— Tu saignes, lui dit Titus en désignant son menton.

— Pas grave, répondit Annev en se relevant. Par où, maintenant ?

Titus évalua la situation. Ils étaient les derniers à être entrés dans l'arène. Un autre groupe d'acolytes semblait avoir pris le même chemin qu'eux et se dirigeait déjà vers le mur est. La piste aux ciseaux se trouvait au nord, tandis que l'Ancien Tosan et Maître Ather observaient la compétition depuis le sud.

Annev scruta les garçons partis à l'est, qui progressaient en rampant, sautant et se suspendant là où ils le pouvaient. Loin à l'ouest, deux avatars avaient trouvé une voie conduisant au sommet du mur érigé à l'occasion du test. Annev se maudit en voyant les silhouettes brunes courir et se rapprocher rapidement de la piste aux ciseaux. Sa colère se dissipa cependant à la vue d'un genre de fourche géante tournante fixée au sommet du mur. Il s'agissait de l'obstacle dont leur avait parlé Titus. La fourche balaya facilement le premier garçon. Le deuxième essaya de sauter par-dessus, mais l'une des dents du dispositif le frappa à la poitrine, le faisant basculer du sommet du mur.

— Par là ! s'écria Titus.

Annev et Therin le suivirent, fonçant sur une planche qui venait d'arriver à leur hauteur, traversant à la hâte une série de rampes interconnectées suspendues au-dessus du bourbier.

— Je sais comment atteindre la piste aux ciseaux, annonça Titus par-dessus son épaule, mais il faut se dépêcher avant que le terrain évolue encore.

Les trois acolytes coururent le long d'une poutre, d'où ils sautèrent sur une rampe suspendue qui descendait vers le cœur de l'écheveau de madriers et de planches.

— Où est-ce qu'on va ? s'enquit Annev par-dessus le vacarme mécanique.

— La grande tour, au milieu ! cria Titus en désignant une haute construction arachnéenne nichée au centre de la toile de bois, au-dessus de laquelle était suspendue l'une des sphères éclairant l'arène. Il y a une rampe, au sommet, qui conduit directement à la piste aux ciseaux.

— Je ne la vois pas, s'inquiéta Therin, les yeux plissés.

— Elle a bougé.

Therin et Annev ralentirent et échangèrent un regard.

— Quoi ? s'étonna Titus, comme ils atteignaient l'extrémité de la rampe. Il nous suffira d'être là-haut quand elle reviendra.

Therin semblait dubitatif. Annev, lui, tenta de se remémorer l'arène telle qu'il l'avait observée depuis la plate-forme et hocha la tête.

— On te suit.

Les trois amis sautèrent sur plusieurs plates-formes basses et progressèrent vers la tour. À mi-chemin de cette dernière, les planches cédèrent la place à des barres suspendues à des chaînes. Ils se lancèrent à l'assaut de ce nouvel obstacle sans attendre, passant rapidement d'une barre à l'autre, montant progressivement. Titus atteignit la tour le premier, et Annev regarda Therin se suspendre à la dernière barre. Le garçon mince se balança d'avant en arrière, prit de l'élan avant de se jeter vers la plate-forme intégrée dans la structure complexe de la tour. Décrivant un arc gracieux, il retomba sur les planches en roulant et se releva. Il se retourna aussitôt, les joues rouges d'excitation.

— À toi, maintenant ! cria-t-il à Annev, le souffle court.

Annev se balança, lâcha sa barre, se rattrapa à celle que Therin venait de quitter et mit à profit son élan pour effectuer son saut final. À ce moment précis, une silhouette sombre apparut au sommet de la tour, projetant une ombre allongée sur la structure.

— Ouais, grouille-toi ! lança une voix. On en a marre de vous attendre !

Cinq autres silhouettes rejoignirent la première au bord de la plate-forme. Annev reconnut Jasper, Kellor, Janson, Brinden et Kenton. Au milieu du groupe se dressait Fyn, un sourire suffisant aux lèvres.

Chapitre 28

Annev atterrit sans grâce tandis que les rires se dissipaient.

— Eh ! Annev, lança Fyn. Kenton dit que si on te balance du haut de la tour, cette matière noire t'empêchera de te casser les jambes ! Je suis pour essayer. On verra si tes genoux guériront aussi vite que ton poignet !

Titus se tourna vers Annev, un mélange de crainte et de respect sur le visage.

— Tu t'es battu contre Fyn en dehors des cours ?

Annev haussa les épaules.

— Et… tu n'es pas mort, ajouta Titus, bouche bée.

Fyn se pencha, menaçant, par-dessus le bord de sa plate-forme et aperçut Titus, dans les entrailles de la tour.

— Et toi ? Ça te dirait d'apprendre à voler ?

Titus eut un mouvement de recul et se cacha dans les profondeurs de la structure.

— Eh ! Fyn, lança Therin en cherchant du regard un moyen de monter au sommet. Si Kenton est si sûr qu'on ne risque rien, pourquoi tu ne le pousses pas dans le vide, lui aussi ?

— Peut-être que je le ferai quand j'en aurai assez de vous attendre ! répliqua Fyn en éclatant de rire. (Ses camarades l'imitèrent aussitôt, à l'exception de Kenton.) Je veux essayer avec Annev d'abord ! Cet enfoiré m'a volé mon gant rouge ! Un beau gant avec des oiseaux dessus !

Jasper et Kellor ricanèrent de plus belle, et Annev reconnut les gloussements porcins caractéristiques de Brinden. Titus fronça les sourcils.

— De quoi il parle ?

— De rien, répondit Annev en se félicitant d'avoir choisi de porter le gant raccommodé par Sodar.

— Bon, qu'est-ce qu'on fait ? s'enquit Therin.

— Je me suis dit qu'il y aurait forcément un moyen d'escalader la tour, expliqua Titus en regardant autour de lui. Mais vu les gens qui nous attendent là-haut… Qu'en penses-tu, Annev ?

Annev étudia la structure intérieure de la tour. Abandonner n'était évidemment pas envisageable.

— Pour gagner, il faut être malin. Qu'est-ce qu'on sait ? Qu'ils sont six et nous trois, et qu'on n'a pas d'autre choix que de monter pour tenter d'atteindre la piste aux ciseaux. Ou bien y a-t-il un autre chemin ?

Titus examina les environs, mais finit par secouer la tête.

Annev réfléchissait. La lumière magique filtrait entre les planches de la tour, révélant les ombres des avatars, au-dessus. Le jeune homme considéra le plafond. Soudain, un sourire franc lui éclaira le visage.

— Et si le sol s'effondrait sous leurs pieds ? proposa-t-il.

L'idée plut immédiatement à Therin.

— Comment ?

— Les maîtres réutilisent une grande partie de ce bois d'un test sur l'autre, rappela Annev en étudiant les parois. La structure est conçue pour être facilement démontée. On pourrait utiliser cette caractéristique.

— Ouais, acquiesça Therin avec enthousiasme. Je vais jeter un coup d'œil.

Il se retourna, enfonça ses doigts entre les planches et commença à grimper.

Pendant qu'Annev le regardait faire, une autre idée se forma dans son esprit.

— Titus, tu pourrais me montrer où la rampe a disparu ? Si on parvient à deviner l'endroit d'où elle va arriver, on pourra peut-être monter dessus sans avoir besoin de rejoindre Fyn et ses copains.

Titus conduisit Annev vers une ouverture à l'est de la tour. Les barres qu'ils avaient utilisées se balançaient encore et, derrière elles, une plate-forme montait et descendait avec régularité.

— Où était-elle ? s'enquit Annev. Tu la vois ?

— Je crois qu'elle est fixée à cette piste, en dessous, répondit Titus. (Il désigna un chemin métallique installé juste au-dessus de la matière noire qui tapissait le sol.) Je n'ai pas eu le temps de l'examiner, mais je sais qu'elle est longue.

— Et alors ?

— Je veux dire *vraiment* longue. Elle était du côté opposé de la tour, mais elle dépassait quand même au-dessus du sommet. Et puis elle a disparu en retombant et en se pliant en deux.

Annev tenta de se rappeler à quoi ressemblait l'arène juste avant qu'Ather le pousse dans le vide. Il se souvenait effectivement d'un objet dépassant de la tour, mais pas de son sommet. Non, elle dépassait du milieu de la structure, et elle était aussi raide qu'une lame de couteau.

Il sourit.

— Je ne pense pas que nous ayons besoin de monter. Il faudra probablement escalader la face nord, mais on devrait pouvoir grimper dessus avant qu'elle atteigne le sommet.

— On ne sera pas obligés de se battre contre Fyn et les autres avatars ! conclut Titus, visiblement soulagé.

— Ils risquent de nous voir escalader le flanc de la tour, mais si le minutage est bon…

Annev se tut en avisant une nouvelle silhouette sur le balcon d'observation. Si Ather portait une tunique cramoisie et Tosan une robe rouge et noire, la jeune femme était vêtue d'une robe vert foncé. Et ses cheveux cascadaient sur ses épaules.

— Myjun, dit-il dans un souffle, oubliant immédiatement tout ce qui l'entourait.

Elle se tenait entre Ather et Tosan, et cherchait manifestement quelque chose ou quelqu'un des yeux. Lorsqu'elle repéra Annev, elle agita la main avec enthousiasme, puis se reprit, lançant un regard à son père, mais Tosan ne lui prêtait pas attention.

Annev se pencha vers l'extérieur pour répondre à son geste.

Elle assiste au test ! L'estomac d'Annev se noua. *Évidemment qu'elle y assiste. Elle attend que je daigne enfin gagner le titre d'avatar…*

— Par le sang et les os…

— Quoi ? demanda Titus en sortant la tête à l'extérieur. Qu'est-ce qui se passe ?

— Rien, c'est juste que…

La voix d'Annev se tarit comme il voyait Myjun lui faire de nouveau signe. Tosan la vit, cette fois, et elle tenta de masquer son geste en bâillant.

Que veut-elle me faire comprendre ?

— Annev ! cria Therin en faisant claquer ses doigts devant le visage de son ami.

Annev cligna des yeux. Lançant un dernier regard à Myjun, il se força à se concentrer et à oublier la question qui le taraudait.

— Désolé. J'ai été distrait.

— Je vois ça. Bon, j'ai trouvé quelque chose.

— Nous aussi, intervint Titus. Annev pense qu'on pourra monter sur la rampe sans avoir à se battre contre Fyn et les autres !

Therin souriait déjà, mais à cette nouvelle, son sourire s'élargit.

— Fyn va avoir une sacrée surprise, alors ! dit-il en montrant le sommet de la tour, plus de six mètres au-dessus de leur tête. Vous voyez cet interstice, au milieu ? Il sépare les deux moitiés de la plate-forme. Celle de gauche est maintenue en place par des chevilles. Elle est conçue pour se replier vers l'intérieur, comme le supposait Annev.

Celui-ci acquiesça. Il n'était pas surpris.

— C'est sans doute l'Ancien Denithal qui a créé la mélasse noire qui tapisse le sol, mais nous devons tout le reste à Maître Murlach. Il a toujours aimé les pièges. C'est lui qui a conçu la piste aux ciseaux. Et la gorge serrée. Et le plancher pivotant. Ils auraient dû l'appeler le Maître des Pièges, conclut-il en secouant la tête.

— Qu'est-ce qu'on fait, alors ? demanda Titus en levant les yeux vers le sommet de la tour.

— Eh bien, on retire les chevilles pendant que Fyn et ses copains sont là-haut ! répondit Therin en riant.

— Mais… on n'est pas vraiment obligés de…

— Si on les laisse, ils n'auront de cesse de nous harceler. Ne jamais manquer une occasion de se débarrasser d'un ennemi, Titus. Jamais.

Annev acquiesça de la tête, jugeant sages les paroles de Therin. S'ils pouvaient estropier Fyn ou Kenton – au sens propre ou au figuré –, ils le feraient, et Annev n'en concevrait aucune culpabilité.

— Therin à raison. Titus, surveille la plate-forme mouvante. Therin, on arrache les chevilles sur son signal. Après ça, on devra sortir d'ici à toute vitesse pour escalader la face nord.

Titus hocha la tête, gardant ses doutes pour lui, puis regarda Therin et Annev escalader l'intérieur de la structure. Ils montèrent en silence et ralentirent à l'approche du sommet. Par les fissures, au-dessus de sa tête, Annev voyait qu'un garçon ne cessait d'observer de tous côtés. Un cinquième avatar se tenait au centre de la plate-forme ; un sixième était tout près de lui, côté nord, qui faisait les cent pas sur des planches qui craquaient.

— Où sont-ils ? geignit Jasper, juste au-dessus.

— J'en sais rien, répondit l'avatar qui faisait les cent pas.

Annev sourit. Il s'agissait de Fyn.

— Il n'y a pas d'autre chemin, ajouta-t-il. Ils seront bien obligés de monter.

— On ne peut pas les attendre toute la journée.

— Pourquoi pas, si on n'a pas le choix. Regarde bien. Tu vois un autre moyen d'atteindre la piste aux ciseaux ?

— Non, répondit l'autre après une longue pause.

— Donc personne ne pourra arriver au bout sans passer par nous d'abord. Annev et ses crétins d'amis peuvent hésiter s'ils le veulent, mais le prochain groupe à atteindre la tour les fichera dehors. On n'a qu'à s'installer pour regarder, pigé ?

— Mmh… oui. Et nous, comment on va faire pour atteindre la piste ? insista Jasper.

Fyn se rapprocha de lui, se plaçant entre l'avatar et la partie sud de la plate-forme. Annev se tourna vers Therin, qui lui montra trois doigts. Trois avatars sur six se tenaient sur la plate-forme escamotable, ce qui n'était pas si mal. Cela équilibrerait les forces, et puis, avec un peu de chance, le garçon qui se tenait à cheval entre les deux parties tomberait également. Ils se débarrasseraient de Fyn et de la moitié de son équipe d'un seul coup.

— Si tu n'as pas confiance, tu n'as qu'à y aller à pied, dit Fyn d'une voix étouffée, juste au-dessus d'Annev.

Subitement, il poussa Jasper dans le vide. Le cœur battant à tout rompre, Annev entendit l'avatar tomber lourdement dans la mélasse, en contrebas. Il fit son possible pour rester silencieux, tandis que Fyn marmonnait un « quel emmerdeur... » et se remettait à faire les cent pas. Il y eut du mouvement. Le garçon qui se tenait au centre de la plate-forme s'en fut prendre la place de Jasper.

Annev secoua la tête, écœuré. Jeter un adversaire du haut de la tour était une chose, mais un ami... Même s'il se rappelait avoir pensé différemment après sa conversation avec Tosan.

Il leva le bras et, décidé, agrippa la cheville située près de sa tête. Puis il se tourna vers Therin, qui fit de même.

— Titus ! appela-t-il d'une voix à peine audible. (Il regarda en bas et constata que son ami était penché à l'extérieur.) Titus ! insista Annev d'un ton plus urgent.

Le garçon chétif se retourna et leva les yeux.

— Elle arrive ! annonça-t-il un peu trop fort.

Annev jura en entendant leurs adversaires s'agiter en hauteur. Adressant un hochement de tête à Therin, Annev tira fort sur la cheville qui maintenait en place la partie sud de la plate-forme. Therin l'imita, et les pièces de métal longues d'une soixantaine de centimètres sortirent de la poutre au-dessus de leur tête. La moitié de la plate-forme s'ouvrit vers le bas, et deux avatars firent une chute de six mètres durant laquelle Annev eut le temps d'apercevoir du coin de l'œil Fyn, qui sautait vers la moitié nord, échappant de peu au sort de ses deux camarades.

Rapide comme un chat, Annev descendit le long de la paroi, puis contourna les deux jeunes hommes inertes : Kellor était inconscient, les jambes disloquées ou brisées, tandis que Janson gisait et gémissait sur lui, apparemment peu enclin à se lever.

— Je vais te tuer, Ainnevog ! hurla Fyn au-dessus de lui, en cherchant un moyen de descendre.

— Pourquoi m'appelle-t-il par mon prénom entier uniquement lorsqu'il me menace ? demanda Annev comme Therin et lui agrippaient l'extérieur de la tour pour l'escalader.

— Pourquoi ne s'en prend-il qu'à toi ? J'ai quand même fait la moitié du boulot !

— Tu n'as qu'à le lui dire, rétorqua Annev en désignant du menton le sommet de la tour.

Ils venaient de rejoindre Titus lorsqu'une pluie d'insultes s'abattit sur eux. Annev releva la tête et avisa un Fyn grimaçant et furieux, qui cherchait toujours un moyen de descendre. Un instant plus tard, Brinden et Kenton apparurent à ses côtés.

— Montez, et je vous défonce le crâne !

— Ça donnerait presque envie d'y aller ! ricana Therin en s'accrochant fermement aux planches.

— Il croit qu'on est obligés de le rejoindre, intervint Titus, mais notre monture arrive.

Annev vit la rampe passer à une cinquantaine de centimètres de la tour et s'élever vers eux. Ce faisant, elle s'étira, l'extrémité opposée à la tour pointant bientôt vers la piste aux ciseaux, à plus de dix mètres de là.

— Dépêchez-vous ! lança Titus en se préparant à sauter. Elle se replie complètement quelques secondes après avoir atteint le sommet de la tour.

— Et Fyn sera dans notre dos, remarqua Annev, appréciant peu l'idée.

— Il suffit de courir plus vite que lui ! s'écria Therin en bondissant.

Annev ajusta sa prise sur les planches et se prépara à sauter. L'extrémité de la rampe avait atteint leur hauteur et n'était plus qu'à une trentaine de centimètres.

— Brinden ! vociféra Fyn. Descends et arrête-les !

— Titus, vas-y ! intima Annev sans lâcher des yeux le sommet de la tour.

Le benjamin du groupe sauta sur la plate-forme mouvante, prit le temps de recouvrer son équilibre puis entreprit de rattraper Therin, tandis que la rampe continuait de s'élever en se rapprochant de la tour. À son grand dam, Annev se rendit compte que la plate-forme – qui lui arrivait désormais à hauteur de taille – ne tarderait pas à toucher bel et bien la tour.

Par Keos ! Il avait attendu trop longtemps. *La rampe va me couper en deux !*

Il sauta, hissant tant bien que mal ses jambes sur la rampe. Une fraction de seconde après qu'il eut mis ses pieds à l'abri, la plate-forme heurta la paroi de la tour. Annev se releva aussitôt et courut. Il y eut des secousses, comme Fyn, Kenton et Brinden sautaient sur la rampe pour les prendre en chasse.

On peut y arriver ! pensa Annev. *Si on garde notre avance, on peut les battre !* Les poutres et les plates-formes qui se croisaient sous lui formaient une masse indistincte, tandis que la rampe commençait à basculer vers le bas. Annev accéléra, aidé par la pente de la plate-forme. Toutefois, comme celle-ci s'accentuait, son excitation céda la place à la peur. La rampe était en train de s'escamoter comme Titus l'avait prédit.

Annev s'interdit de regarder ses pieds et riva ses yeux sur l'extrémité de la passerelle. Therin était déjà parvenu à la piste aux ciseaux. Une seconde plus tard, Titus atteignait l'extrémité de la rampe et sautait, rejoignant son camarade.

Annev baissa la tête, courut de toutes ses forces et se jeta dans le vide. Il parcourut quelques mètres dans les airs, traversant le gouffre qui séparait la rampe de la piste, atterrissant sur les genoux entre ses deux camarades. Puis il se retourna.

Fyn ouvrait la voie, avançant d'un pas décidé sur la passerelle, manifestement inconscient du danger. Il arborait un sourire carnassier, s'attendant à ce que ses proies s'enfuient, certain de pouvoir les coincer à l'extrémité de la rampe flottante.

Son assurance était une erreur. Annev entendit une série de cliquetis métalliques résonner dans l'arène, tandis que la rampe s'éloignait de la tour centrale et commençait à se replier. L'expression de Fyn changea du tout au tout lorsque l'extrémité de la rampe plongea alors qu'il lui restait deux ou trois mètres à parcourir. Il bondit comme la plate-forme se dérobait sous lui, mettant tellement d'énergie dans son impulsion qu'il parvint à franchir la distance qui le séparait de la piste aux ciseaux, où il se réceptionna en effectuant une roulade juste devant Annev, Therin et Titus.

Brinden fut trop lent à réagir et ne put que regarder, impuissant, la piste aux ciseaux lui passer sous le nez. Il jura et s'agenouilla à l'extrémité de la passerelle, apparemment résigné à l'accompagner jusqu'au fond maculé de poisse de l'arène.

Kenton, en revanche, refusa de s'avouer vaincu. Tandis que Brinden tombait à genoux, il prit son élan, courut et utilisa les épaules larges de son camarade comme tremplin. Sentant un poids inattendu sur lui, Brinden eut le réflexe de se redresser, conférant à Kenton le surcroît de hauteur dont il avait besoin. Il heurta la tour dans un bruit mat. Avec un grognement de défi, il réussit à hisser son torse et ses jambes sur la piste aux ciseaux.

Sur la passerelle en train de se replier, Brinden poussa un ululement de colère avant de disparaître sous elle.

Chapitre 29

— Waouh ! lâcha Therin comme Kenton se relevait. C'était vraiment… waouh !

Kenton fit comme s'il n'avait pas entendu – comme s'il n'avait pas vu Fyn, étendu sur le sol – et se retourna. Annev suivit son regard et constata que la passerelle avait fini de se replier et repris son circuit. Brinden, en revanche, n'était plus là.

Annev se rendit compte que l'avatar ne cherchait pas des yeux son camarade tombé, mais regardait la plate-forme d'observation, d'où Tosan, Ather et Myjun assistaient à la compétition. Voyant qu'il avait attiré leur attention, Kenton les salua d'un geste incertain.

Ather hocha poliment la tête. Tosan et Myjun l'ignorèrent.

— Eh ! chuchota Therin en reculant, profitant de ce que Kenton et Fyn ne les regardaient pas. Filons !

Le trio s'avança jusqu'à l'entrée de la piste. Le front barré d'une ride, Therin observait déjà les fléaux de métal et de pierre qui se balançaient.

— On n'a jamais essayé tous les trois ensemble, remarqua Titus, formulant les doutes d'Annev.

— On n'a pas le choix, répondit celui-ci. Fyn et Kenton n'hésiteront pas une seconde à pousser dans le vide les indécis.

— Ça ira. Je crois qu'on pourra passer tous les trois de front, affirma Therin en observant les poteaux pareils à des pendules.

— Tu es sûr ?

Therin regarda par-dessus son épaule Fyn et Kenton, qui semblaient se disputer.

— D'habitude, on a plus de place pour bouger, concéda-t-il, mais je me sens capable de comprendre le cycle de ces balancements. À condition que vous vous occupiez d'eux.

— Je les ai à l'œil, dit Titus. On a quelques secondes devant nous, car ni Fyn, ni Kenton n'ont assez confiance dans l'autre pour l'avoir dans son dos.

Titus surveilla leurs adversaires tandis que Therin étudiait les oscillations des poteaux en comptant à voix basse. Annev se tenait près de lui et semblait hypnotisé par leurs mouvements de balancier. Le premier pendule était suspendu devant le mur nord et marquait l'entrée de l'épreuve, les autres se situant dans un tunnel qui traversait le mur. Le passage était tout juste assez large pour accueillir le dispositif, n'offrant aucune possibilité de marcher sur les côtés, au-dessus ou en dessous. Il n'y avait qu'une manière de traverser le tunnel : affronter la collection de pendules infernaux.

Les poteaux étaient de tailles et de formes variées ; certains étaient épais comme la cuisse d'Annev, tandis que d'autres plus gros que la taille de Titus. Certains étaient dotés de grosses pierres rondes sur toutes les faces, d'autres sculptés à l'extrémité pour ressembler à un marteau de forgeron ou à une tête de bélier. Les poteaux les plus fins, cependant, étaient tous équipés de lames de hache de dimensions et de profils divers recouvertes d'épais fourreaux en cuir, précaution nécessaire qui n'empêchait pas les hématomes.

Aucun élève de l'Académie ne mourrait sous les coups des pendules ; des trous avaient été creusés en dessous, qu'on avait emplis de poisse, où les jeunes gens qui tombaient pouvaient s'abriter. Néanmoins, la brutalité de l'installation démontrait à quel point l'Académie prenait au sérieux la formation de ses recrues. La piste aux ciseaux avait blessé plusieurs garçons de cette génération. Elle en avait même estropié un.

Samrel, pensa Annev en essayant de ne pas se rappeler l'air de son camarade lorsque la pierre lui avait fracassé la tempe, ni la manière dont Maître Aog l'avait calmement achevé d'un coup de hache juste après l'accident.

« Un poids mort, avait-il dit d'un ton dépassionné. Il ne se serait jamais remis. Mieux vaut en terminer maintenant… »

— J'ai compris ! s'écria Therin, arrachant Annev à ses souvenirs. À trois, on court jusqu'au poteau à la tête de cochon. Il faudra éviter quelques obstacles en chemin, alors n'allez pas trop vite, et surtout, ne dépassez pas la tête de cochon.

— Trop vite ? s'étonna Annev au moment où Titus demandait :

— Attends. Qu'est-ce qu'on est censés éviter ?

— Tu verras, sourit Therin.

— Je ne suis pas sûr…, commença Titus en lançant un regard incertain à Annev.

— Un !

— On court *après* trois ou…

— Deux !

— … *à* trois ?

— Trois !

Ils s'élancèrent sous l'arche de la piste aux ciseaux, dans le tunnel parcouru de fléaux. Therin trottait au milieu et donnait la cadence. Ils passèrent devant une massette en pierre, évitèrent une hache doublée de cuir en faisant quelques pas de côté, accélérèrent pour se faufiler entre deux lames tournoyantes, avant d'éviter de justesse un bloc de granit en forme d'enclume.

— On y est presque ! s'écria Therin en se baissant pour éviter une large poutre.

Le phacochère de pierre passa devant eux et ils firent aussitôt un pas en avant. Titus regarda du coin de l'œil l'animal décrire un arc et parvenir au sommet de sa trajectoire.

— Et maintenant ? s'enquit Annev, le cœur battant très fort dans la poitrine.

— Vous allez courir comme si vous aviez Keos au train !

— Sans pause ?

— Si vous vous arrêtez, vous vous faites écraser, répondit Therin en secouant la tête.

— Et si on court trop vite ?

— Therin…, commença Titus en suivant des yeux le porc qui redescendait.

— Vous ne pourrez pas courir trop vite ! promit Therin sans aucune trace d'humour dans la voix.

— Therin ? répéta Titus comme la tête de phacochère semblait se rapprocher d'eux.

— Tenez-vous prêts.

— Therin ! cria Titus comme l'animal leur fonçait dessus.

— MAINTENANT !

Les trois garçons se mirent à courir, échappant à la tête de cochon. Puis à une hache. Puis à un rocher. Une pierre taillée en poing les frôla. Annev accéléra en sentant une tête de dragon lui caresser le dos.

— Par le sang et les os, Therin ! cria-t-il sans s'arrêter. Tu essaies de nous tuer ?

— Plus viiiiiiiiiiite ! hurla Therin à pleins poumons. Baissez-vous ! Baissez-vous !

Une poutre horizontale leur tomba dessus. Therin et Annev glissèrent sur les genoux pour passer dessous, suivis une seconde plus tard par Titus, qui effectua une roulade. À peine eurent-ils le temps de se relever que Therin criait de nouveau :

— Esquivez !

Annev et Titus partirent à gauche tandis que Therin sautait à droite. Ils coururent aussi près des murs qu'ils le purent sans risquer de tomber dans la mélasse noire, alors qu'un pendule leur fonçait dessus, dans l'axe de la piste.

Il était énorme, sculpté en forme d'ancre, et Annev se rendit compte qu'ils n'étaient pas encore à l'abri.

— Baissez-vous ! cria-t-il.

Ils se couchèrent dans les tranchées qui bordaient la piste en prenant garde à ne pas tomber dans les larges gouttières reliées au bourbier, en dessous, tandis que l'ancre fendait les airs en passant à quelques centimètres seulement du sol. L'obstacle atteignit le sommet de son arc, touchant presque les poteaux que les garçons venaient d'éviter, puis revint vers eux.

— Courez !

Les trois acolytes roulèrent hors des tranchées et coururent d'une manière totalement désorganisée jusqu'à l'extrémité de la piste. Ils en émergèrent en titubant, se marchant sur les pieds, obsédés par l'idée d'échapper à l'ancre.

— C'est… c'était…, commença Titus en s'efforçant de reprendre son souffle.

— Génial ? proposa Therin.

— Nouveau ? suggéra Annev.

— Terrifiant !

Annev se retourna et, profitant de ce que l'ancre avait atteint le sommet de son arc, aperçut un Fyn horrifié et furieux à l'extrémité opposée de la piste aux ciseaux. À côté de lui, un Kenton maussade se grattait la cicatrice de son visage.

Chapitre 30

Tandis que Therin et Titus reprenaient leur souffle, Annev s'intéressa à la salle dans laquelle ils se trouvaient : petite, faiblement éclairée par la lumière filtrant de l'arène et grossièrement taillée dans la roche, sous les fondations de l'Académie. Ses parois étaient couvertes de moisissure et l'atmosphère humide. Il était désorienté. Cette salle avait changé.

— Ils ont abattu les cloisons, observa Titus, trouvant plus vite que lui la réponse à ses interrogations. Avant, il y avait plusieurs pièces, ici. Maintenant, la roche est mise à nu.

— On nous a réservé beaucoup de surprises, cette fois…

Il s'enfonça dans les profondeurs de la salle, s'attendant à trouver un tunnel ou une porte. Il ne fut pas déçu en découvrant trois portes en chêne cerclées de fer.

Therin se dirigea vers celle du milieu et tourna la poignée.

— Fermée.

— Un test de crochetage de serrure, commenta Annev en hochant la tête d'un air entendu.

Therin jura dans sa barbe.

— J'espère que non. Kenton et Fyn peuvent arriver d'une seconde à l'autre. (Il courut jusqu'à la troisième porte, puis vers la première, jurant de nouveau.) Fermées toutes les trois.

— J'ai un truc qui pourrait nous aider, déclara Annev en retirant la clé en fer qu'il portait autour du cou et en la jetant à Therin.

— La clé d'Edra ! s'enthousiasma le jeune homme en entreprenant de la tester sans attendre.

— Fais attention, c'est peut-être un piège.

Therin ne mit pas longtemps à constater que la clé n'entrait dans aucune des serrures.

— Ce n'est pas elle ! geignit-il. À quoi bon l'avoir gagnée ?

— Edra a parlé d'une énigme, se rappela Annev en haussant les épaules. Ça ne m'étonne pas qu'elle ne fonctionne pas. Ce serait trop facile.

Il récupéra sa clé et ils sortirent leur matériel de crochetage.

— Chacun sa porte, et attention aux pièges.

Therin s'agenouilla devant sa serrure, tandis que Titus courait jusqu'à la première porte et Annev celle du milieu. Il ne fallut que quelques secondes à celui-ci pour crocheter sa serrure, et ses amis furent presque aussi rapides que lui. Annev commença à pousser sa porte, sentit une résistance et se figea. Il glissa sa main à l'intérieur, passa les doigts sur l'encadrement et découvrit une cordelette tendue et reliée à un dispositif situé au-dessus. Il sortit une paire de ciseaux de sa poche, coupa la cordelette et s'écarta.

Comme la porte s'ouvrait, Annev vit que la cordelette coupée était reliée à une bassine emplie d'un liquide violet et bouillonnant.

— Denithal et Murlach travaillent main dans la main, conclut-il tandis que ses amis le rejoignaient. Il y a une bassine de je-ne-sais-quoi juste au-dessus de la porte.

— Pas de piège derrière la mienne, annonça Titus.

— Pareil de mon côté.

Therin s'apprêtait à en dire davantage lorsque des cris retentirent sur la piste aux ciseaux. Le temps pressait.

— Seule ta porte est piégée, conclut Therin. Quel genre de serrure aviez-vous ? La mienne était à tambour.

— La mienne, à goupille, répondit Titus en regardant par-dessus son épaule.

— Moi, j'avais un verrou à double levier, dit Annev. Vous aviez tous les deux une serrure simple sans piège, contre une compliquée et un piège pour moi. On prend la porte du milieu !

— Allons-y ! approuva Therin en serrant le poing.

— Trop tard, intervint Titus.

Annev se retourna au moment où Kenton faisait irruption en roulant dans la salle. Il se mit à genoux et, la main sur la hanche, reprit son souffle.

— Tu t'es fait mal, Kenton ? s'enquit Annev.

— Qu'est-ce que ça peut te faire ?

— Tu sais, il est possible d'être compétiteur sans cesser de se soucier du sort d'autrui, comme il est possible d'être avatar et de conserver ses amis…

Les mots d'Annev sonnaient comme une accusation, mais réaffirmaient également sa décision de ne pas trahir ses deux camarades. Kenton se redressa de toute sa hauteur en secouant la tête.

— Je n'ai aucune envie d'être votre ami. Je vais gagner et vous allez passer le restant de vos misérables vies à travailler comme intendants.

— Kenton…, commença Titus en se mordant la lèvre.

— Écarte-toi de mon chemin !

Titus obtempéra docilement, mais Annev et Therin campèrent sur leurs positions.

— Tu ignores quelle porte choisir, tenta Annev pour gagner du temps.

C'est ce que Tosan voulait dire quand il a prétendu que Sodar avait une trop grande influence sur moi ? On aurait dû lui sauter dessus dès qu'il a émergé de la piste aux ciseaux…

Kenton était en train de les détailler lorsque Titus reprit la parole :

— C'est la troisième porte.

Annev se retourna, surpris par le mensonge de Titus, mais il embraya immédiatement, feignant la colère. Therin en rajouta une couche en frappant Titus derrière la tête.

— Par Keos, Titus ! Faut toujours que tu gâches tout !

Titus regarda Kenton, puis ses amis. Des larmes roulaient sur ses joues.

— Je ne… Je suis désolé.

Il baissa la tête et se mit à sangloter. Sa performance fut suffisamment convaincante pour que l'estomac d'Annev se noue.

Kenton se rapprocha de la troisième porte avec la furtivité d'une ombre et regarda à l'intérieur, avant de ressortir la tête de l'ouverture pour tendre l'oreille vers la piste aux ciseaux. Ils entendaient tous Fyn progresser péniblement avec force jurons.

— Merci, Titus, lança Kenton.

L'avatar à la cicatrice franchit le pas de la porte, qu'il referma dans son dos avant de mettre en place une barre pour bloquer le passage.

— Bien joué, Titus ! murmura Annev, surpris que leur ruse ait fonctionné.

— Les larmes ont fait la différence, enchérit Therin.

— Vite ! les pressa Titus en essuyant ses joues. Fyn ne va pas tarder.

Ils empruntèrent la deuxième porte. Annev attrapa l'épar en bois, tandis que Therin refermait doucement le battant en faisant attention de ne pas renverser la bassine pleine de liquide bouillonnant située un petit mètre au-dessus.

Ils se retrouvèrent dans les ténèbres, et Annev dut mettre la barre en place à tâtons. Quelques secondes plus tard, le cri frustré de Fyn retentit derrière eux. Annev sourit avant de prendre la tête de leur cortège.

Soudain, une claque résonna dans son dos.

— Aïe ! glapit Therin. Pourquoi tu as fait ça ?

— À ton avis ? demanda Titus. La prochaine fois, tu me frapperas moins fort.

— Oh... j'espère que ça ne va pas devenir une habitude.

Annev les fit taire.

Ils avancèrent avec circonspection dans le tunnel sombre, qui les fit tourner d'abord à gauche, puis à droite. Marchant en tête, Annev avait les bras tendus devant lui, tandis que Therin et Titus le flanquaient et effleuraient les parois du bout des doigts pour ne pas manquer une intersection. Le couloir plongé dans le noir serpenta ainsi quelque temps, avant de piquer vers le bas en dessinant une courbe brusque vers la droite.

— On a fait demi-tour, nota Therin.

— J'en ai bien l'impression, acquiesça Annev après quelques secondes de silence.

— Tu crois qu'on s'est trompés de tunnel ?

Annev repensa à ce qu'Ather avait dit – seule la bonne porte permettait d'avancer –, et se mit à douter. Et puis il passa mentalement en revue les décisions qu'ils avaient prises jusque-là, et ne regretta rien.

— Non, affirma-t-il avec une assurance feinte. Les anciens ne laissent jamais rien au hasard, et la porte du milieu est la seule à avoir été piégée.

— N'était-ce pas un peu trop évident ?

— Peut-être, admit Annev en se mordant la lèvre, mais ça reste le meilleur choix.

Ils atteignirent une intersection. Le couloir principal se déroulait dans la même direction, tandis que deux tunnels s'en écartaient. Après de brèves délibérations, ils décidèrent de rester ensemble et de continuer dans le couloir principal, ignorant toutes les routes transversales qu'ils croiseraient.

Ils venaient de dépasser un autre croisement, suivi par un tournant, lorsque Annev vit de la lumière filtrer autour d'une porte. Il s'assura d'abord de l'absence de piège, puis retira la clé qu'il portait autour du cou, espérant enfin lui trouver une utilité. Lorsqu'il testa la poignée, cependant, il constata que la porte n'était pas verrouillée. Avec une circonspection consommée, il l'ouvrit, et les trois garçons se retrouvèrent dans la salle de test finale.

Sauf qu'il ne s'agissait pas de la salle de test finale, mais de la *première* salle. La porte se trouvait dans un coin sombre, tout près de l'escalier en colimaçon que les acolytes avaient emprunté après leur entrée dans l'arène. Devant eux, il y avait la grande barricade en bois, et à leur gauche, l'escalier. Tosan, Ather et Myjun regardaient toujours la compétition depuis le balcon d'observation.

— Euh…, commença Therin en embrassant le décor du regard. Nous sommes là où je crois que nous sommes ?

— On est revenus à notre point de départ, acquiesça Annev d'une voix atone.

— Mais on a fait tout ce qu'il fallait ! geignit Therin. Peut-être qu'on aurait dû prendre un autre tunnel ! Si ça se trouve, Kenton ou Fyn ont déjà gagné !

— Personne n'a gagné, contra Titus. Ils font toujours une annonce quand quelqu'un a gagné.

— Je ne comprends pas, soupira Annev. On est passés à côté de quelque chose.

Il se gratta l'avant-bras, sous le patchwork du gant confectionné par Sodar, cherchant inconsciemment l'endroit invisible où la prothèse rencontrait sa peau. Il se referma en lui-même pour réfléchir. Qu'avait dit Ather ? Il serra la clé, autour de son cou, en s'efforçant de se remémorer ses mots exacts.

— « L'arène contient de multiples chemins, mais seul l'un d'entre eux mène à la victoire, murmura-t-il. Pour le trouver, vous devrez redescendre et passer par là où vous êtes déjà passés. Alors seulement vous trouverez la porte qui vous permettra d'avancer, de rejoindre Maître Edra et le test final. »

— Ce sont les paroles d'Ather, comprit Titus en hochant la tête. « Trouvez la porte, et vous trouverez le chemin. »

— On a pris la mauvaise porte, alors, dit Therin en se grattant la tête. Il faut retourner sur nos pas et trouver la porte qui permet d'avancer.

— Peut-être, concéda Annev sans cesser de frotter la clé. À moins que…

— Quoi ? demanda Titus.

— « … vous devrez redescendre et passer par là où vous êtes déjà passés. » Tous les Tests du Jugement ont eu lieu dans l'arène, on a donc déjà arpenté tous ces chemins. Pourquoi le préciser. À moins…

— Je ne comprends rien, se plaignit Therin en fronçant les sourcils.

— « Tout le reste ne sera que distraction… » (Annev se concentra. Alors, la lumière lui vint.) La porte est ici, de ce côté-là de la barricade !

— Tu parles de celle qu'on vient d'ouvrir ? demanda Therin.

— Non. La distraction, c'est l'arène. Ather voulait qu'on descende… qu'on emprunte ce chemin… (Il sourit et retira la clé qu'il portait autour du cou.) Les enfoirés ! s'écria-t-il en brandissant la clé en fer.

— Hein ? s'étonna Titus.

— C'est la clé de la trappe ! sourit Annev en courant vers les poutres épaisses soutenant le balcon d'observation.

Dès que le trio eut atteint la trappe, Annev se mit à genoux, glissa la petite clé dans le cadenas et la fit tourner. Le cadenas s'ouvrit en grinçant. L'acolyte le décrocha, puis attrapa l'anneau de métal. Il tira de toutes ses forces, mais la trappe résista et craqua en signe de protestation. Il tira encore plus fort, et elle se souleva d'un seul coup.

Quelque part de l'autre côté de l'arène, le gong résonna une fois. Deux fois. Trois fois.

— Qu'est-ce que c'était ? s'enquit Titus.

Therin contemplait d'un œil soupçonneux le tunnel, sous la trappe.

— Ce ne serait pas l'endroit où ils ont enfermé un sanglier, l'hiver dernier ? demanda-t-il.

— Et où ils ont vidé l'eau après la compétition de natation, précisa Annev en commençant à descendre.

— Je crois même qu'il y a eu des serpents, là-dessous, à un moment donné.

— En effet. « Vous devrez redescendre et passer par là où vous êtes déjà passés… », répéta Annev en se laissant tomber dans les ténèbres. Le passage mesure environ… un mètre vingt de haut sur soixante centimètres de large. Attention à votre tête.

— Je n'aime pas les espaces confinés, geignit Therin.

— J'arrive, Annev, lança Titus en descendant à son tour.

Annev se baissa et disparut dans le tunnel, et Titus lui emboîta immédiatement le pas. Therin se pencha en avant et scruta les ténèbres. Quelques secondes plus tard, il poussa un grognement.

— J'arrive ! cria-t-il en refermant la trappe dans son dos.

Annev prit la tête du trio, avançant à tâtons à la recherche d'une issue. Cette fois, cependant, le tunnel était trop étroit pour y marcher côte à côte, aussi progressèrent-ils en file indienne, Therin fermant la marche. Très rapidement, le boyau s'inclina vers le bas et se refroidit. Les pieds d'Annev s'enfoncèrent dans quelques centimètres d'eau, et un froid humide infiltra ses bottes.

— Je déteste avoir les pieds mouillés ! se plaignit Therin dans son dos.

— Tu survivras, répliqua Annev.

Plus ils avançaient et plus le niveau de l'eau montait. Subitement, le plafond s'abaissa, les obligeant à ramper dans une dizaine de centimètres d'eau. Peu après, le sol s'inclina encore et l'eau leur monta jusqu'aux genoux. Enfin, la main d'Annev toucha un mur de pierre brute qu'il étudia du bout des doigts, découvrant que le tunnel s'incurvait vers la gauche.

— On tourne à gauche, annonça-t-il. Restez près de moi.

— Chut ! chuchota Therin. Il y a quelque chose derrière nous.

Titus et Annev tournèrent la tête d'un même mouvement pour écouter. Quelque chose pataugeait dans l'eau à une trentaine de mètres de là.

— Kenton ? suggéra Titus.

— Ou Fyn.

— À moins que quelque chose vive là-dessous…, intervint Therin.

Les clapotis se firent plus forts.

— Aucune intention de rester ici pour vérifier, déclara Annev en se remettant en marche.

Le passage remonta doucement vers la surface, le niveau de l'eau baissant. Il y eut une série de virages serrés, puis le tunnel monta régulièrement et le sol s'assécha tout à fait. Les doigts d'Annev rencontrèrent un mur de pierre. Il chercha sur sa gauche et sa droite, mais ne trouva que de la roche.

— Pourquoi on s'arrête ? s'enquit Therin.

— C'est le bout du tunnel.

— Par mon sang et mes os ! Je croyais que cette clé signifiait qu'on avait trouvé le bon passage !

— Attendez…

Il posa les mains à plat sur le plafond de pierre grossièrement taillé, tâta autour de lui, reculant jusqu'à l'endroit où se tenaient Titus et Therin, et découvrit une surface de bois lisse.

— Il se trouve, marmonna Annev, qu'on a une trappe juste au-dessus de la tête. Aidez-moi à la soulever.

Les trois acolytes joignirent leurs forces, pressant leurs mains et leurs épaules sur les planches.

— À trois, on soulève, instruisit Annev. Un, deux… trois !

La trappe s'ouvrit d'un seul coup, emplissant le tunnel de la lumière vacillante des torches. Les trois jeunes gens clignèrent des paupières dans ce bain subit de lumière. Lorsque ses yeux se furent habitués, Annev se redressa et se hissa à l'extérieur.

Il était entouré de monde.

Séparés par des paires de torches accrochées aux murs, huit des dix-neuf maîtres avatars de l'Académie se tenaient autour de la pièce, un bâton cérémoniel à la main, le regard rivé sur la trappe et le futur vainqueur de l'épreuve.

Comme Therin et Titus rampaient hors du tunnel, Annev avisa une estrade sur laquelle étaient assis plusieurs anciens de l'Académie en robe violette et, au milieu, sur un fauteuil capitonné surélevé, l'Ancien Tosan.

Chapitre 31

— C'est une première, commença l'Ancien Tosan. Trois acolytes terminant le test au même moment. (Il hocha la tête, feignant l'admiration.) Bravo.

Annev s'inclina et remarqua la Maîtresse Femme sage Kiara dans un coin de la pièce. La Femme sage Tonja se tenait à côté d'elle, l'air aussi sévère que d'habitude, accompagnée de deux apprenties : Faith était derrière Kiara, Myjun près de Tonja. Le regard de la fille de l'ancien croisa celui d'Annev, et elle sourit.

— Bien sûr, nous avions prévu cette éventualité, reprit Tosan en se tournant vers Edra.

Le Maître d'Armes posa son bâton contre le mur et ramassa trois baguettes.

— En rang ! cria-t-il.

Les jeunes gens s'exécutèrent, s'alignant devant les anciens. Edra examina ostensiblement le trio, puis hocha la tête et mit une baguette en bronze dans la main de Titus. Therin obtint une baguette en argent, et Annev une baguette en or. L'homme recula, puis contourna les garçons.

— Vous avez montré votre valeur dans l'arène, lança Edra. Vous avez prouvé que votre corps était aussi agile que votre esprit… (Il marqua une pause théâtrale.) Reste à passer le test final. Vous devrez…

Il y eut des bruissements, comme Kenton émergeait du tunnel, dans son dos.

— Avatar Kenton… Le test final est sur le point de commencer. Souhaitez-vous y participer et briguer la victoire pour l'honneur ?

— Oui, confirma Kenton en se relevant, la mine sinistre.

Edra lui fit signe de prendre position à côté des autres et lui donna une baguette en fer.

— Le test final va commencer, répéta Edra. Vous allez démontrer votre valeur au combat. Chacun d'entre vous a une baguette en métal. Celui qui en aura trois en sa possession deviendra avatar.

Edra s'éloigna de la trappe et reprit sa place près du mur.

Non ! pensa Annev. *On est arrivés si loin ! Tous les trois ! Il y a forcément une autre…*

Depuis son fauteuil, sur l'estrade, l'Ancien Tosan plongea son regard dans celui d'Annev, ce qui renforça encore la détermination du jeune homme.

Il y a toujours un autre moyen. S'il le faut, je le créerai.

— Commencez ! ordonna le directeur en levant la main.

Avec une férocité soudaine, Kenton tourbillonna sur la gauche et assena un coup de pied à Therin. Celui-ci tituba en arrière, les bras tendus et le souffle coupé. Kenton voulut lui arracher sa baguette des mains, mais sa victime disparut subitement, tombant par la trappe ouverte. Kenton jura et se tourna vers Annev et Titus, qui s'étaient réfugiés dans des coins opposés de la pièce.

Il va s'en prendre à Titus, pensa Annev en voyant le regard noir de Kenton se river sur son camarade. *Il faut que je le surprenne… que je fasse quelque chose d'inattendu.*

— Titus ! appela-t-il, attirant l'attention de son ami. Attrape !

Annev lança sa baguette en or au garçon blond. Kenton regarda, interloqué, l'objet en métal décrire une parabole dans les airs, puis il se reprit et voulut l'intercepter. Voyant l'avatar courir dans sa direction, Titus, qui s'apprêtait à réceptionner la baguette, eut un mouvement de recul, et l'objet en or tomba bruyamment par terre.

Pendant ce temps, Annev s'était mis en mouvement, profitant de ce que l'attention de Kenton était focalisée sur sa baguette pour se jeter sur lui. Le choc fut violent. Les pieds de Kenton décollèrent du sol et les deux jeunes gens retombèrent deux mètres plus loin, les membres emmêlés. Entraînés par leur élan, ils glissèrent, obligeant un maître avatar à s'écarter de leur chemin pour les laisser heurter le mur.

La baguette en fer de Kenton roula bruyamment par terre et s'arrêta près de celle d'Annev. L'avatar voulut les ramasser toutes les deux, mais Annev l'agrippa et l'immobilisa, tentant de l'étrangler. En vain, cependant, Kenton ayant réussi à glisser ses mains sous l'avant-bras de son adversaire. Ils étaient donc dans une impasse : Kenton ne devait rien tenter, sauf à prendre le risque de se faire étrangler, tandis qu'Annev ne pouvait que maintenir Kenton sans réellement le soumettre. Aucun des deux n'était en mesure de s'emparer des baguettes.

Annev releva la tête et vit Titus à moins d'un mètre de celles-ci. De l'autre côté de la salle, Therin venait d'émerger du tunnel et courait déjà vers les objets.

— Oublie ces baguettes et viens plutôt m'aider ! cria Annev.

Therin hésita, le regard rivé sur les deux baguettes abandonnées. Il y eut soudain un bruit métallique, comme Titus jetait la sienne et se précipitait à l'aide d'Annev. Avec un soupir, Therin posa doucement sa baguette au sol et imita Titus.

— TITUS ! rugit Kenton lorsque le garçon lui eut emprisonné les jambes. Tu peux pas faire ça ! Tu m'es redevable !

Titus grimaça à ces mots, lâcha ses jambes et prit position à côté d'Annev pour lui attraper le bras gauche, tandis que Therin saisissait le droit, tirant, permettant enfin à leur ami d'étrangler leur adversaire.

— Lâchons-le dans le trou, proposa Annev lorsque Kenton eut perdu connaissance.

Titus et Therin soulevèrent donc Kenton par les bras, tandis qu'Annev s'emparait de ses jambes. Ensemble, ils le portèrent tant bien que mal jusqu'à la trappe et le lâchèrent dans le trou sans cérémonie.

Quelqu'un cria dans le tunnel sombre, réussissant de peu à éviter la chute de Kenton.

— C'est Fyn ! lança Annev en refermant la trappe et en sautant dessus au moment où l'avatar tentait de l'ouvrir. Titus, monte sur la trappe avec moi ! Therin, trouve quelque chose pour la bloquer !

Hochant la tête, Therin courut ramasser la baguette en fer de Kenton et la glissa dans les plaques de métal destinées à recevoir un cadenas, bloquant la trappe. En dessous, Fyn donnait des coups furieux sur le bois en exigeant qu'on le laisse entrer.

Des applaudissements mesurés résonnèrent d'un côté de la salle. Annev redressa la tête et vit Tosan se lever de son fauteuil.

— Bien joué, dit-il, le regard brillant. Il n'en reste pas moins que l'un d'entre vous doit nous présenter trois baguettes, ajouta-t-il. Celui qui les remettra à Edra deviendra Avatar du Jugement. Les autres deviendront intendants de l'Académie.

Pendant un long moment, personne ne bougea. Titus et Therin regardaient Annev, qui finit par se relever. Tosan sourit, une lueur satisfaite dans les yeux. Annev ramassa deux baguettes, qu'il rendit à ses amis – les baguettes en bronze et en argent –, puis il récupéra sa baguette en or. Le tout sans un mot. Les trois garçons s'alignèrent devant Tosan. Annev s'agenouilla et courba la nuque en tendant sa baguette au directeur. Therin et Titus firent de même.

Tosan ne bougea pas, le silence uniquement brisé par les coups de poing de Fyn.

La tête penchée de côté, la maîtresse femme sage étudiait Annev comme s'il lui était poussé des ailes. Un sourire discret lui éclaira le visage. Annev inspira, inquiet quoique résolu.

— Ancien Tosan, commença-t-il en regardant le directeur dans les yeux. Nous nous sommes tous entraînés durement pour devenir Avatars du Jugement. Nous nous sommes battus tous les trois pour arriver jusqu'ici. Nous avons réussi tous les trois. Comme les apprenties femmes sages l'ont démontré hier, s'il est important d'être capable seul, il est primordial d'être invincible en équipe.

Il se tourna vers la Maîtresse Femme sage Kiara, espérant voir un sourire ou un quelconque signe d'approbation. Au lieu de quoi, il découvrit un regard pensif. Instantanément, Annev se sentit moins sûr de lui-même. Avait-il trouvé un compromis entre l'idéologie de Tosan et les principes de Sodar ? Ou bien s'était-il dupé lui-même ?

— Nous avons prouvé que nous possédions les aptitudes nécessaires, reprit-il en s'efforçant de recouvrer sa confiance originelle. Nous méritons tous les trois de devenir Avatars du Jugement.

Il jaugea la réaction du directeur. L'ancien avait écouté en silence, mais à présent, son regard bouillonnait de colère ; il brûlait d'une fureur mal contenue.

— Merci, Acolyte Ainnevog, dit-il avant de se tourner vers les deux autres jeunes hommes. Partagez-vous l'avis de votre camarade ?

Titus et Therin échangèrent un regard. Le premier hocha la tête une fraction de seconde avant son ami.

— Merci, Acolyte Titus, reprit Tosan. Chaque Test du Jugement est gagné par un acolyte, et par votre attitude de défi, l'Acolyte Ainnevog et vous êtes disqualifiés de la compétition. Je me vois donc contraint de promouvoir l'Acolyte Therin.

Le directeur claqua des doigts, et Brayan accourut en portant une tunique brune et une ceinture.

— Vous êtes venu à nous en Acolyte de la Foi, déclara Tosan comme Therin acceptait le paquet d'un air incertain. Aujourd'hui, vous devenez Avatar du Jugement.

Le garçon avisa le vêtement, puis leva les yeux vers ses deux amis, l'air horrifié.

— Je… je ne…

Le frêle garçon était abasourdi par la tournure prise par les événements.

Au contraire, Annev avait vu l'expression de Titus passer de la confusion à l'incrédulité, puis à un genre de résignation passive, peut-être même à du soulagement. Ce n'était pas une surprise. Titus avait toujours été davantage intéressé par les tâches des intendants que par les missions des avatars. La part d'horreur visible sur son visage était réservée à Annev.

Celui-ci ne pouvait pas accepter les paroles du directeur. *Il promeut Therin pour me donner une leçon, car il est convaincu de ma préférence pour les principes de Sodar plutôt que pour les règles de l'Académie.* Annev baissa des yeux brûlants. *Il aurait pu nous promouvoir tous les trois – il aurait pu –, au lieu de quoi il me châtie à cause de mes principes, ou plutôt à cause de ceux de Sodar.* La rage d'Annev céda vite la place à la lame glaciale du désespoir. Jamais il ne vivrait avec Myjun. Il ne pourrait même plus la regarder.

Il refuse que je fréquente sa fille. Il m'en veut personnellement depuis le début.

Annev avait voulu défier le directeur – faire la preuve de sa valeur et la lui jeter au visage –, mais en échouant au Test du Jugement, il avait tout perdu. Il n'était même plus un acolyte, mais un intendant. Fyn avait gagné. Kenton avait gagné. Pour le restant de sa vie, ils lui donneraient des ordres. Toutes leurs traîtrises et leurs coups de couteau dans le dos avaient porté leurs fruits, et Annev en était puni. Myjun épouserait un autre, et chaque fois qu'il la croiserait dans les couloirs de l'Académie, sa honte serait renouvelée.

Il était perdu.

Tosan serrait la main d'Edra et de Murlach pour le travail accompli. Il congratulait l'Ancien Denithal, le vieil et ingénieux alchimiste. Comme il discutait avec les trois hommes, Titus, Therin et Annev se relevèrent. Ce dernier sentait le regard des autres sur lui, mais il était incapable de le croiser. Pas pour l'instant. Jamais, peut-être.

— Avatar Therin, dit Tosan, vous partirez avec les maîtres avatars. Le Maître de l'Habit s'assurera que cette tunique est à votre taille, tandis que le Maître de la Furtivité vous équipera en bottes. Si vous avez besoin d'autre chose, adressez-vous à l'intendant.

Un Therin abasourdi fut poussé hors de la salle dans un chaos brun et rouge. Il eut le temps d'articuler une excuse silencieuse à l'adresse d'Annev.

Celui-ci ne pouvait pas blâmer Therin d'avoir accepté sa nomination, de n'avoir pas exigé que ses camarades soient promus avec lui… Et pourtant il le blâmait ! Il lui en voulait terriblement, peut-être même de façon déraisonnable. Son incrédulité, l'état de choc dans lequel il était plongé étaient à la hauteur de la colère qu'il avait ressentie lorsque Therin lui avait volé ses médaillons. Non, c'était pire, bien pire. Sa fureur et son ressentiment enflaient.

— Je regrette que vous ne puissiez progresser au sein de l'Académie, Titus, déclara l'Ancien Benifew en enlaçant les épaules voûtées du jeune homme. Je pense néanmoins que vous apprécierez vos nouvelles fonctions. (Il se tourna vers Annev, puis décida de ne s'adresser qu'à Titus.) Suivez-moi. Lorsque les autres acolytes se seront préparés, vous prendrez vos nouvelles fonctions. Nous disposons de quelques heures.

Venez avec moi dans la cuisine ; nous allons vous trouver quelque chose à manger. J'en profiterai pour vous conter l'histoire de Bron Gloir, qui a occis cinq mille hommes à lui seul dans les steppes de Speur Dún.

Titus rendit sa baguette en bronze à Edra et se laissa guider hors de la salle par Benifew. Passant devant Annev, il croisa son regard et lui adressa un sourire timide.

— Au moins, on sera intendants ensemble, pas vrai ?

Annev n'eut pas le cœur de répondre. Il baissa la tête, ne sachant quoi faire de lui-même, et lorsqu'il finit par relever les yeux, il vit la Maîtresse Femme sage Kiara plongée dans une conversation animée avec l'Ancien Tosan. Tonja, Faith et Myjun avaient disparu toutes les trois, ce qui était sans doute mieux. Il n'aurait pas pu regarder Myjun dans les yeux, de toute façon. Une part de lui aurait presque préféré ne jamais la revoir.

— Très bien ! gronda le directeur.

Kiara se dirigea vers la sortie avec les maîtres, qui prenaient congé en file indienne. Dès qu'elle eut disparu, Tosan se mit à parler à voix basse aux anciens restés en sa compagnie.

Annev ne savait pas bien où aller. Il était accablé, meurtri et furieux. Il finit par gagner la porte d'un pas traînant. Plus rien ne comptait. Autant retourner à la chapelle pour y travailler, pour y connaître le célibat des prêtres. Ou bien serait-il contraint de loger dans le dortoir des intendants ? Cela n'aurait pas d'importance. Il aurait voulu oublier cette journée, oublier ses espoirs et ses rêves. Être oublié de tous, aussi.

— Acolyte Ainnevog.

Annev s'arrêta sur le seuil, les épaules basses, tandis que les Anciens Maiken, Denithal et Peodar quittaient la salle. Les Anciens Jerik et Dorstal les suivaient de près, arborant un regard aussi noir que le désespoir d'Annev.

Lorsqu'il n'y eut plus personne, l'Ancien Tosan s'adressa enfin au jeune homme.

—Acolyte Ainnevog, je vous attends dans mon bureau dans trente minutes.

Génial. Que pourra-t-il me prendre d'autre ?

—Oui, Ancien Tosan.

Le directeur étudia le jeune homme, ferma les paupières et se massa les tempes.

—Avant de venir, demandez à Maître Sage de vous donner quelque chose à manger et à l'Intendant en chef Brayan de vous dégotter des bottes sèches.

Il soupira comme sous un poids invisible.

—Ne soyez pas en avance, précisa-t-il. Mais je ne tolérerai aucun retard.

Chapitre 32

Annev arpenta les couloirs en pierre de l'Académie en silence. Arrivé dans la cuisine, il fut soulagé de constater que Titus et l'Ancien Benifew n'étaient plus là. L'imposant Intendant de la Santé lui donna un morceau de pain et de la soupe ; après quoi, Annev se hâta de retrouver Maître Brayan pour lui demander des bottes sèches.

Pendant qu'il mangeait puis se chaussait, son esprit tournait à plein régime. Il allait devenir intendant de l'Académie, et il doutait que le sermon de Tosan l'aide de quelque manière que ce soit à supporter les railleries de Fyn ou la perte de Myjun. Que pouvait-il avoir à lui dire ? Souhaitait-il lui parler de ses nouvelles missions ? Annev avait besoin de temps pour ruminer et tenter de comprendre ce qu'il avait mal fait. Ses blessures étaient trop fraîches pour qu'il puisse penser à autre chose. Il débordait de colère et de frustration.

Pourquoi Tosan s'accrochait-il si fermement aux règles de l'Académie ? Pourquoi n'avait-il pas accepté de les promouvoir tous les trois ? Annev n'était pas certain de pouvoir tenir sa langue une fois dans le bureau du directeur.

Sauf que Tosan l'avait mis en garde. Il lui avait expressément demandé de ne pas se freiner, ni de faire preuve d'une gentillesse malvenue à l'égard de ses pairs. Pourquoi Annev ne l'avait-il pas écouté ? Une partie de la colère qui le rongeait était dirigée contre lui-même, car il avait été assez naïf pour croire qu'il pourrait forcer le directeur à aller dans son sens.

Pourquoi je n'ai pas pris les baguettes quand j'en avais l'occasion ? Annev se surprit à en vouloir à Sodar de l'avoir influencé, puis à lui-même de se défausser si facilement.

Je savais ce que j'avais à faire, et j'aurais dû le faire. Si j'avais ramassé la troisième baguette, on m'aurait donné un habit brun, et je n'en serais pas là. Therin aurait échoué au test, et Annev était convaincu de mériter plus que son ami ce titre d'avatar. Sans compter qu'il avait plus à perdre. Alors, pourquoi avait-il pris le risque de compromettre son avenir dans l'espoir vain d'obtenir la promotion de ses deux amis en plus de la sienne ? Annev n'en était pas certain, mais il supposait que son mariage avec Myjun aurait largement compensé la perte de ses amis.

Après une trentaine de minutes, Annev s'arrêta devant la porte en chêne du bureau du directeur au moment où un personnage vêtu de rouge sombre en sortait, le bousculant.

— Veuillez m'excuser, Maître Carbad.

Le Maître des Opérations dévisagea le jeune homme. Il avait les tempes grisonnantes et portait un grand livre et un pot d'encre. Après quelques secondes, son expression s'éclaira.

— Ah ! Ainnevog. Maître Tosan vous attend.

Annev s'inclina et entra dans le bureau. Alors qu'il refermait la porte derrière lui, ses bottes passèrent de la pierre nue du couloir à un épais tapis noir et rouge. Des tapisseries ornementales étaient suspendues aux murs, une bibliothèque débordait de manuscrits et de rouleaux de parchemin. Une table de travail en chêne occupait le centre de la pièce et accueillait une pile de rouleaux. Tosan était confortablement installé dans son fauteuil bordé de fourrure. L'attention d'Annev, cependant, était focalisée sur les immenses vitraux du mur est.

L'artiste avait créé un magnifique paysage de forêt à partir de simples triangles de verre coloré. À droite, un homme brandissait un bâton vers le ciel, des éclairs jaillissant de ses yeux. À gauche, une représentation rouge et or de Keos complétait cette illustration de la bataille de Vosgar. Le Dieu du Sang et des Os se dressait au milieu d'un essaim de keokum – foule de géants en armure, de dragons au cuir noir et de fées aux yeux de feu –, un marteau de flammes dans son énorme main dorée. Son adversaire tenait un bâton d'argent produisant un rayon d'énergie blanc-bleu. Son visage brillait de la lumière d'Odar.

Tosan se racla la gorge et Annev détacha son regard de l'impressionnant vitrail pour s'asseoir sur une chaise inconfortable. L'ancien caressait son bouc poivre et sel comme s'il s'apprêtait à prendre une décision de première importance.

— Savez-vous ce qu'est un serpent à collier, Ainnevog ?

— Un quoi ?

— Un serpent à collier, répéta Tosan en joignant ses doigts devant lui. On le connaît sous d'autres dénominations – codavora, ouroboros –, mais la plupart des gens disent simplement « serpent à collier ».

Annev secoua la tête.

— J'ai juste entendu l'expression « il a plus de trucs qu'un serpent à collier »... Ce genre de chose.

Le directeur hocha la tête, car c'était la réponse qu'il attendait. Il se leva, choisit un volume massif sur une étagère et commença à en tourner les pages. Il s'arrêta sur une illustration montrant un serpent roulé autour d'une branche et tourna le livre vers Annev.

— On ne les observe qu'en Vosgar, précisa-t-il en se rasseyant. Toutefois, la forêt de Brake faisait partie du Vosgar, autrefois, aussi trouve-t-on quelques serpents à collier au sud de Chaenbalu. Lorsque j'étais acolyte, le Maître des Poisons nous a donné pour mission d'en capturer, mais ils sont comme des caméléons, à cause des toxines sécrétées par leur peau. D'après Maître Karrigan, ces toxines leur permettent également de modeler les arbres.

— Modeler les arbres ?

— Ils nichent dans les ochromas, acquiesça Tosan en tapotant l'illustration. Ce sont des arbres très peu denses, dont ils serrent les branches, provoquant l'apparition de nœuds. Quand ils chassent à l'affût, ils se mordent la queue et disparaissent bel et bien. Ils étouffent leurs proies, mais leurs toxines accélèrent le processus. C'est un peu comme…

Tosan se tut, n'allant pas au bout de sa pensée. Sans un mot d'explication, il prit un carnet sur son bureau et griffonna quelque chose avec une plume à pointe dorée.

Annev garda le silence, un peu confus, et au bout de quelques minutes, se demanda si Tosan ne l'avait pas oublié.

— Vous vous demandez pourquoi je vous parle du serpent à collier, finit par reprendre le directeur en posant son stylo et en soulevant un pot de poudre de pierre ponce.

— Euh…, hésita Annev. Vous voulez me parler de ma place dans…

— C'est une analogie, l'interrompit Tosan en saupoudrant l'encre humide. (Il referma son encrier et pointa son stylo vers le jeune homme.) Vous êtes un serpent à collier, Ainnevog.

— Pardon ?

Tosan leva son carnet et le tapota pour faire tomber sur son bureau la poudre de pierre ponce, qu'il récupéra ensuite pour la remettre dans le pot.

— Vous êtes un serpent à collier, insista-t-il en poussant vers Annev un rouleau de parchemin. Vous vous mêlez aux arbres, vous faites semblant d'en faire partie, mais vous les déformez, vous les affaiblissez. Vous les remodelez selon vos besoins.

Annev déroula le parchemin, tandis que le directeur en posait un deuxième, puis un troisième sur le bureau.

— Vous savez de quoi il s'agit ?

Annev étudia le document.

— Ce sont les notes que vous avez prises lors de nos réunions annuelles.

Tosan hocha la tête et désigna le sommet du parchemin.

— Lisez la quatrième ligne, je vous prie.

Annev étudia de nouveau le document. Lorsqu'il eut atteint la quatrième ligne, son estomac se noua. Il lut néanmoins à voix haute :

— « Contredit les anciens. Est réfractaire à l'autorité. »

— D'année en année, ajouta Tosan en montrant les autres rouleaux. Chaque fois, c'est la même histoire. Vous êtes une source inépuisable de problèmes, Ainnevog. De problèmes à long terme. Depuis toujours, vous refusez de vous contenter de l'existant, vous estimez que les règles ne devraient pas s'appliquer à vous. Sodar a instillé cet esprit de rébellion en vous.

— Je ne crois pas que…

— Précisément, l'interrompit Tosan. Vous ne croyez pas… (Il leva la main et compta sur ses doigts.) Vous ne logez pas à l'Académie avec vos pairs ; vous ne bénéficiez pas de la même formation ; vous refusez les enseignements des anciens ; vous ne remettez jamais en question ceux de Sodar. Et je suis sûr que vous n'êtes pas d'accord avec le verdict du Test du Jugement de ce matin, conclut-il en dépliant un cinquième doigt.

Annev referma la bouche. Qu'aurait-il pu dire pour sa défense ? La dernière affirmation était vraie – et il refusait effectivement les enseignements des anciens –, mais pour le reste, il n'y pouvait rien. Méritait-il d'être châtié parce qu'il vivait chez Sodar ?

— Je doute des enseignements de tous mes professeurs, contra Annev. Y compris de ceux de Sodar. Quant au fait que j'habite au presbytère… eh bien, je n'ai pas le choix.

Un léger sourire incurva les lèvres de l'ancien.

—Vous parlez comme si vous n'aviez pas de libre arbitre, comme si vous étiez esclave des circonstances et que ceci… (Il montra les rouleaux sur son bureau.) … était la faute de l'Académie. Nous savons tous que ce n'est pas vrai. Lorsque vous n'êtes pas d'accord avec quelque chose, vous essayez de le changer. C'est ce que vous avez fait ce matin, n'est-ce pas ? Votre petit exploit avec Titus et Therin…

Annev avait presque peur de parler.

—C'est dans votre nature, Ainnevog. Comme le serpent à collier, vous modifiez votre environnement selon vos besoins. Si on vous avait laissé le choix de dormir à l'Académie, vous auriez refusé, évidemment, parce que vous refusez toujours tout. Vous faites comme si vous étiez à votre place, mais vos actes prouvent que vous n'appartenez pas à cet arbre. Vous êtes un élément perturbateur qui cherche à détruire ce que j'ai mis tant d'années à bâtir.

Tosan se tut, comme s'il s'attendait à ce qu'Annev se défende. Le jeune homme ne disant rien, le directeur reprit le livre montrant l'illustration du serpent à collier. Il l'étudia de nouveau, puis le referma avant de se lever pour le ranger à sa place.

—Il est une chose que je trouve fascinante chez ces créatures, reprit-il. C'est très rare, mais il arrive qu'un serpent se blesse en voulant être trop malin – soit en s'enroulant autour d'une branche trop épaisse, soit en mordant une trop grande partie de sa queue. Dans le premier cas, le serpent s'en sort bien, car il s'épuise et apprend qu'il ne peut pas tout changer. Dans le second cas, quand il ne parvient pas à recracher sa peau, le serpent s'étouffe et meurt. (Le directeur étudia longuement Ainnevog.) Vous êtes talentueux, à n'en pas douter. Arrive un moment, dans la vie de chacun, où il faut apprendre à se soumettre, admettre que certaines choses ne peuvent pas changer et que cela nous oblige à nous adapter. J'ignore si vous avez atteint ce moment. Je ne sais pas si vous êtes capable d'apprendre de vos erreurs ou si vous êtes condamné à mourir d'étouffement.

Tosan s'arrêta devant le grand vitrail. Le soleil avait presque atteint son zénith, des rais de lumière colorée traversant la pièce. De sa place, Annev voyait des triangles rouges et or se dessiner sur le visage du directeur.

— La Maîtresse Femme sage Kiara vous a défendu, déclara Tosan après une longue pause. Quand nous avons discuté, hier, j'ai pu vérifier votre nature rebelle, mais également votre intelligence. La décision se devait donc d'être pragmatique. Notre besoin d'avatars était-il assez grand pour que nous prenions le risque de vous voir subvertir l'Académie avec l'idéologie de Sodar ?

Une étincelle d'espoir fou embrasa la poitrine d'Annev.

— La réponse est non, bien sûr. Mais serait-il envisageable de faire de vous quelqu'un d'utile en vous arrachant à l'influence néfaste de Sodar, en matant votre esprit rebelle ? J'avoue que je n'en sais rien. (Tosan se dirigea vers son fauteuil.) Pendant des années, vous avez été formé au métier d'Avatar du Jugement, mais vous avez également été le diacre de notre prêtre. Avec le recul, il m'apparaît que j'aurais dû mettre un terme à cette folie lorsque je suis devenu l'Aîné des Anciens. Comment pourrais-je, à présent, réparer vos loyautés fracturées ?

Annev retint son souffle, percevant l'imminence de la décision du directeur.

— Après notre conversation d'hier, j'ai espéré que vous changeriez de perspective, mais votre performance au Test du Jugement a montré que je m'étais fourvoyé. Attendu qu'en dépit de mes encouragements vous avez échoué à démontrer que vous étiez un avatar en actes et en esprit, je n'ai d'autre choix que de faire de vous un intendant de l'Académie. Vous n'assisterez plus aux cours des maîtres avatars. Vous serez confié à la responsabilité d'un maître intendant qui vous enseignera son métier, et vous quitterez la chapelle pour vous installer à l'Académie. Vous n'aurez également plus le droit de vous aventurer dans la forêt de Brake, ajouta Tosan. Comme cela ne vous empêcherait pas de voir Sodar, je préfère vous interdire de quitter l'enceinte de l'Académie. Vous n'assisterez plus à l'office du Septième Jour, ni n'irez au marché. Vous ne quitterez pas ce bâtiment, compris ?

Annev cligna des yeux, incapable de parler. Malgré l'intervention de Kiara, il n'y aurait pas de troisième voie. Tosan lui avait réservé un sort encore plus lugubre que prévu. Annev n'avait plus aucune carte en main. Pour la première fois, il regretta sincèrement de n'avoir pas suivi les règles et écouté les conseils de Tosan.

— Je… je comprends.

— Bien, dit le directeur en se rasseyant.

La gorge d'Annev se noua. Sa vie était sens dessus dessous. Tout ceci lui arrivait bel et bien. Il ne pourrait plus échapper à Fyn le harceleur, il n'aurait jamais la possibilité d'offrir sa bague à Myjun.

Il ne reverrait plus Sodar.

Cela semblait impossible. Le matin même, il avait partagé son petit déjeuner avec le prêtre, et à présent on lui apprenait qu'il n'était plus autorisé à le voir, ni à lui parler. Sodar était plus que son mentor. Pour Annev, il était ce qui se rapprochait le plus d'un père. Sodar connaissait ses secrets, ses forces, il l'avait protégé et aidé là où l'Académie l'aurait maudit et assassiné.

Le garçon avait l'impression qu'on le déchirait de haut en bas. Pris de vertige, il désespérait de se raccrocher à quelque chose, à une chance de sauver ne serait-ce qu'un lambeau de son ancienne vie.

— Il existe une alternative, cependant, reprit Tosan. Une chance de rédemption.

Annev releva la tête, inconscient des larmes qui ruisselaient sur ses joues.

— Je suis preneur, murmura-t-il.

— Le test de ce mois-ci a eu lieu pendant le Regaleus, expliqua le directeur en se penchant sur son fauteuil. Ce qui signifie qu'il reste un jour supplémentaire avant la fin de la semaine et le début de la formation de la génération suivante. Une journée durant laquelle vous pourriez faire la preuve de votre valeur et gagner votre titre d'Avatar du Jugement.

— Que dois-je faire ? demanda Annev en se redressant.

— Quoi qu'il arrive, vous quitterez la chapelle de Sodar et vous installerez à l'Académie, précisa Tosan en scrutant son visage. L'influence néfaste de cet homme est indéniable, et nous ne pourrons pas revoir votre formation sans vous soustraire à son emprise.

Annev hésita à peine. Sa vie avec Sodar était terminée de toute façon.

— Je comprends, Ancien Tosan.

— Excellent. Où en étions-nous ? Ah ! oui, Maître Carbad me dit qu'un marchand traîne autour du village. L'homme affirme s'être perdu en cherchant un raccourci à travers la forêt de Brake. Il semblerait qu'il soit en ce moment même en train d'essayer de se faire admettre à Chaenbalu.

— Un marchand ? Mais… personne ne vient jamais à Chaenbalu.

— Cela fait des années que personne n'a trouvé le chemin de notre village, acquiesça Tosan, la mine indéchiffrable. Et il faut que cela continue. Nous cultivons un secret nécessaire pour empêcher les monstres de mettre la main sur les artefacts magiques que nous conservons.

Annev fronça les sourcils, attendant que Tosan développe sa pensée. Comme le directeur n'en dit pas plus, le jeune homme tenta de deviner ses intentions.

— Je pourrais trouver ce marchand, Ancien Tosan, mais après… ?

— Vous négocierez du bois de palmier grimpant et du sang-de-dragon – il s'agit d'une résine. L'Académie a besoin des deux, mais votre véritable mission consistera à découvrir comment le marchand a trouvé notre village.

Annev hocha la tête, et l'ancien sortit une petite bourse du tiroir de son bureau.

— Vous rencontrerez l'homme au-delà de la frontière est du village, reprit Tosan en la lui tendant. Lorsque vous aurez obtenu la marchandise, conduisez-le loin du village et tuez-le.

— Le tuer ? Parce qu'il s'est perdu ? demanda le garçon, la bouche sèche.

— Tuez-le parce qu'il menace la sécurité de l'Académie, du Caveau de la Damnation et des artefacts que nous protégeons. Depuis toujours, ceux qui quittent notre village sont condamnés à mort. Le marchand sait où nous nous trouvons, et la même règle doit s'appliquer.

— Alors, cette bourse n'est qu'un… accessoire ?

— Nous sommes des avatars, Ainnevog, pas des voleurs, rétorqua Tosan, le front plissé. Vous paierez ses marchandises au marchand. (Tosan se leva.) Il vous sera possible de le dépouiller lorsqu'il sera mort, mais le choix vous appartiendra. Personnellement, je trouve que ce serait une faute de goût – un pilleur de tombes reste un voleur, mais vous êtes néanmoins autorisé à rapporter un butin. Afin de me prouver que vous avez bien accompli votre mission, vous me rapporterez également les oreilles du marchand.

— Ses… oreilles ?

Tosan acquiesça et désigna la porte.

— Demain, avant le coucher du soleil. Si vous étiez avatar, vous seriez autorisé à demander les outils dont vous aurez besoin à l'intendant en chef, mais… vous ne l'êtes pas, aussi n'aurez-vous pas ce privilège. Je pense que vous vous en sortirez très bien, cependant. Vous êtes plein de ressources.

Hébété, Annev se dirigea vers la porte. Alors qu'il s'apprêtait à l'ouvrir, Tosan le rappela.

— Les prêtres peuvent se permettre d'être bons, mais les avatars n'ont pas ce luxe. Nous vous offrons une dernière chance de choisir ce que vous voulez être. J'ai personnellement décidé de vous confier cette mission pour vous tester, alors ne me décevez pas.

Chapitre 33

Annev contourna la cour et coupa derrière l'Académie, prenant la direction de la chapelle de Sodar et la limite est du village.

La tâche que lui avait confiée Tosan laissait peu de place à l'interprétation. Un homme – un étranger – errait dans la forêt de Brake, et Annev devrait l'interroger avant de l'assassiner. Dans des circonstances ordinaires, il n'aurait jamais accepté cette mission.

Mais la situation n'avait plus rien d'ordinaire. Annev avait goûté un désespoir si intense qu'il était prêt à tout pour ne plus sentir cette amertume dans sa bouche, y compris trahir ses amis, abandonner son mentor et tuer un étranger. Il ferait tout cela afin de devenir avatar.

Quand il eut traversé la cour poussiéreuse pour s'engouffrer dans les rues circulaires de Chaenbalu, il se retourna vers les murs de l'Académie. Le vitrail représentant la bataille de Vosgar ressortait sur la pierre sombre du bâtiment, et Annev crut discerner la silhouette de Tosan derrière les carreaux rouges percés de soleil.

Il y eut un éclair derrière le verre coloré.

Peut-être n'est-ce pas mon imagination.

Annev courut vers la porte est. Il fila dans les rues flanquées de maisons ramassées, dont la composition évoluait progressivement, passant de la pierre au bois, puis au torchis. En bordure du village, au milieu des petites demeures de fermiers et de bergers, se dressait la chapelle. Il fut tenté de s'y rendre brièvement pour parler à Sodar, mais la crainte d'être épié par Tosan l'en dissuada, et il préféra aller tout droit vers la forêt de Brake et le beffroi de l'entrée est de la ville.

Il dépassa la silhouette distante de la chapelle, concentré sur la tâche qui l'attendait. Pendant un instant, il regretta de n'avoir ni son couteau de chasse, ni Miséricorde, mais tout bien réfléchi, il n'avait aucune envie de souiller ses lames. Et puis, comme l'avait fait remarquer Tosan, il était plein de ressources et n'avait nul besoin d'un couteau pour tuer. Le moment venu, il trouverait un moyen.

Il se rapprocha du beffroi et de la clôture en bois taillée en pointes. Quand il fut à proximité de l'édifice aux pierres carrées, un homme de haute taille en sarrau rouge le héla. Annev reconnut Folum, le Maître des Frontières.

— Ainnevog ! Tosan envoie-t-il des enfants faire le travail des hommes, ou bien avez-vous oublié votre tenue brune ?

Annev n'était pas d'humeur à se laisser taquiner.

— Où est-il ? demanda-t-il, essoufflé par sa course.

— Le colporteur ? Il attend en bordure de la forêt, juste après les pierres levées.

Annev fila.

— S'il les a dépassées, vous devrez le ramener ici ! s'écria Folum.

Annev leva la main pour signifier qu'il avait compris mais ne ralentit pas. Il sortit par la porte ouverte et se mit à courir sur la route est en direction de la forêt de Brake.

Arrivé devant les arbres, il s'arrêta et inspira l'odeur des pins. Un froid humide emplit ses poumons, et il eut le vertige. Il se demanda quel genre d'homme il allait exécuter – était-il bon ou mauvais, père ou célibataire ? –, s'il se défendrait.

Devant lui se dressaient les pierres levées et, au-delà, l'entrée de la forêt de Brake. Comme il passait entre les pierres qui lui arrivaient à la taille, Annev effleura les symboles érodés qu'on y avait gravés dans un passé lointain.

Pour ce qu'il en savait, les runes n'étaient pas magiques – ce que lui avait confirmé Sodar lorsqu'il l'avait interrogé à leur sujet –, mais le jeune homme ne pouvait s'empêcher d'avoir la chair de poule lorsqu'il passait entre les pierres. Cette fois-ci ne fit pas exception à la règle, et le froid qu'il ressentait s'intensifia. Des épines de pin sèches et les restes noirs des feuilles tombées l'hiver passé tapissaient le sol, cependant il n'y avait aucune trace du marchand.

Le soleil était toujours visible au-dessus de la canopée, mais le chemin qui serpentait à l'intérieur de la forêt était plongé dans la pénombre. Le jeune homme scruta les profondeurs végétales et repensa aux mares d'ombre. Annev s'aventurait rarement si loin au sud et à l'est – peut-être une fois par an –, et cette partie de la forêt lui était très peu familière. Néanmoins, il restait convaincu de pouvoir trouver l'homme avant que celui-ci le voie.

Les choses ne se passèrent pas comme prévu, toutefois. Après dix minutes passées à arpenter la forêt avec la légèreté d'un chat, il commença à se dire que le colporteur était parti. Il eut un frisson en pensant à ce que Tosan dirait s'il revenait bredouille, aussi décida-t-il de fouiller toute la nuit si cela s'avérait nécessaire.

— Eh oh ! finit-il par crier. Il y a quelqu'un ?

— Je suis là, je suis là ! répondit une voix désincarnée venant des tréfonds de la forêt. Je vous ai vu arriver par la route. Comme je n'ai rien de particulier à faire, je suis assis ici depuis un moment. Ça fait un bout de temps que je vous regarde fureter dans toutes les directions sans rien trouver, comme si vos yeux étaient peints.

Piqué au vif, Annev se tourna vers la voix, mais son propriétaire demeurait invisible. Il s'enfonça plus profondément entre les arbres et attendit que ses yeux s'habituent à la pénombre.

— Où êtes-vous ? demanda-t-il en regardant partout.

Un gloussement grave résonna vers les membres mouvants d'un érable argenté, obscurci en partie par la silhouette décharnée d'un épicéa noir. En s'approchant, Annev fut étonné de découvrir une charrette derrière la base large de l'arbre, bizarrerie passée inaperçue lorsqu'il avait fouillé ce coin de la forêt un peu plus tôt.

Annev leva la tête, suivant du regard les branches épaisses qui s'affinaient et se ramifiaient en s'élevant vers le ciel. Alors, il le vit : dans le creux d'une des plus grosses branches, à un mètre et demi du sol, était allongé un homme corpulent. Le teint basané, les joues rougeaudes, il était enveloppé dans une cape couleur de mousse et fumait une longue pipe. Sa barbe brune était coincée dans les plis de son cou.

— J'avais un peu froid, lança-t-il en souriant autour de l'épi de maïs qui lui servait de pipe. J'ai erré dans cette forêt toute la nuit, et quand j'ai trouvé la trace d'une présence humaine, vous autres fumiers avez refusé de me donner l'asile.

Il renifla, mâcha quelque chose, déplaça sa pipe dans un coin de sa bouche et cracha. La giclée de salive brune décrivit un arc et tomba sur le sol à moins d'un mètre des bottes d'Annev.

Le jeune homme grimaça en reculant, mais ne détacha pas son regard du sien.

— On m'a demandé de vous expliquer comment sortir de la forêt de Brake, dit-il d'un ton froid.

— M'expliquer ? À qui ai-je affaire ? Seriez-vous guide ? demanda l'étranger en exagérant ses voyelles.

Son accent rappela à Annev celui de Sraon, le forgeron, mais en plus prononcé.

Annev était tout à fait disposé à lui répondre. Il devait tuer cet homme, aussi n'avait-il aucune raison de lui mentir. Et puis, la vérité était toujours plus facile à improviser.

— Je m'appelle Ainnevog, mais les gens m'appellent Annev.

— Ainnevog, hein ? répéta le marchand. Ça veut dire « phénix », non ? (Comme Annev acquiesçait de la tête, surpris, l'homme poursuivit.) Et Annev signifie « rare ». Ce n'est pas un nom ordinaire.

Le marchand sortit une main de sous sa cape, se frotta les joues avant de retirer la pipe d'entre ses lèvres.

— Je m'appelle Cragcarac.

— Crac-crac ?

Le colporteur secoua la tête, ses cheveux grisonnants balayant ses épaules.

— Crag-ca-rac, répéta-t-il en articulant de façon exagérée. (Il s'étira puis sauta à terre, s'enfonçant dans l'humus.) C'est un vieux nom, expliqua-t-il en secouant sa cape. Ça veut dire… Bref, ça veut dire quelque chose de moins impressionnant que votre nom. Appelez-moi Crag, ça ira, conclut-il avec un sourire.

Annev examina ses lèvres gercées, ses dents jaunies. Son sourire semblait sincère, et le jeune homme se surprit à le lui rendre.

— D'accord pour Crag. Qu'est-ce qui vous amène dans la forêt de Brake, Crag ?

— Les affaires, répondit l'homme en désignant la charrette, derrière l'arbre. Je viens d'Odarnea du Nord avec du vin de palme, des noix de kola, du warana, de la résine d'arbre dragon. Des produits rares, surtout si loin au sud.

— Pourquoi Brake et pas plutôt Luqura ?

— Luq'ra ! s'exclama Crag en secouant la tête et en tirant sa charrette hors de l'ombre de l'érable argenté. On est taxé dès qu'on met les pieds à Luq'ra. Pour vendre, il faut pratiquer les tarifs imposés par le syndicat des marchands, et en plus il faut payer le syndicat des marchands ! Il vaut encore mieux vendre à Banok, voire à Port Caer, même si c'est plus loin.

— C'est là-bas que vous alliez ?

— Oui, m'sieur. En fait, j'ai quitté Banok il y a quatre jours pour me rendre à Hentingsfort, d'où j'aurais rallié Port Caer. Je pensais prendre un raccourci en m'aventurant dans la forêt de Brake. Si j'étais passé par la route comme tout colporteur qui se respecte, j'y serais presque à l'heure qu'il est. (Crag se racla la gorge et cracha un nouveau filet de salive.) Cette maudite forêt m'a fait perdre une bonne journée de voyage.

— Deux journées. J'ignore quelle direction vous avez prise, mais vous avez bifurqué à l'ouest et vous vous trouvez en bordure de la forêt.

Cette nouvelle stupéfia l'étranger, qui en resta bouche bée. Annev avait déjà vu cet air sur des gens, surtout à l'entraînement, lorsqu'un avatar recevait un coup de pied dans le ventre.

— Je serais retourné vers l'ouest ? Comment est-ce possible ? Banok est la ville la plus proche de ce côté de la forêt. J'étais convaincu d'avoir suivi la route du Sud. (Comme Annev secouait la tête, l'homme demanda :) Mais alors, où suis-je, par les Dieux ?

— Vous êtes à Chaenbalu, répondit Annev, scellant définitivement le sort de l'étranger.

Impossible de le laisser vivre, désormais.

— Chan-blue ? répéta Crag. Jamais entendu parler. Pourtant, je connais le moindre village entre Odarnea et Lochland.

Annev haussa les épaules. *Je suppose que ça répond à la première question de Tosan. Ce type s'est retrouvé ici complètement par hasard.*

Crag caressa sa barbe éparse.

— Chanblue…, répéta-t-il en se tournant vers le chemin conduisant aux terres cultivées, au-delà de la forêt, avant de regarder Annev dans les yeux. C'est un endroit secret, alors.

C'est pour ça que le type en pyjama rouge a refusé de me laisser entrer.

— Plus ou moins, concéda Annev.

— Maudit soit-il. Maudite soit cette forêt tout entière. D'abord j'ai perdu Cenif, et maintenant, c'est moi qui suis complètement paumé.

— Arrêtez donc de vous plaindre. Je suis là pour vous guider. Et pour vous acheter quelques marchandises.

— Que j'arrête de me plaindre ? (Crag sortit une flasque en argent de sous son gilet en daim, en vida une partie dans sa bouche, se rinça les dents et avala. Le tout sans jamais détacher son regard de celui du jeune homme.) J'ignore ce qu'on vous enseigne dans ce village secret, mais ce n'est sûrement pas le respect des anciens.

Il rangea sa flasque.

— Vous avez dit transporter du vin de palme et de la résine d'arbre dragon, reprit Annev en produisant sa bourse.

— Absolument. Combien vous en faut-il ?

Annev hésita, se rendant compte que Tosan ne le lui avait pas précisé.

— Dix bâtonnets et quatre bouteilles de résine, répondit-il au hasard. (Il vida la moitié de la bourse dans sa main et prit les plus grosses pièces.) Je vous en donne trois Lunes d'argent.

Crag se rapprocha du maigre contenu de la bourse du jeune homme pour l'inspecter.

— Pour ça, je vous donne deux bâtonnets et une bouteille, annonça-t-il.

— J'ai dit trois Lunes, pas trois Bâtons d'argent.

— Et moi j'ai dit deux bâtonnets et une bouteille. Vous êtes sourd, ma parole ! Vu que vous me venez en aide, je vous fais un prix de gros : toute ma marchandise pour douze Lunes.

Annev vida sa bourse dans sa main. Il avait cinq Lunes, une douzaine d'Étoiles en cuivre et moitié moins de

Bâtons d'argent. Pas le moindre Rayon, ni Soleil. En tout, cela représentait un peu plus de la moitié de ce que le marchand lui demandait.

Soit le colporteur voulait l'arnaquer, soit le jeune homme avait largement sous-estimé la valeur des biens qu'il devait acheter.

— Je vous donne une Lune par bouteille…

— Deux.

— … et douze pièces de cuivre pour le bois de palmier grimpant.

Crag éclata de rire.

— Je vais vous faire une faveur, lança-t-il. Donnez-moi votre bourse, et je vous concède la moitié de votre commande. Deux bouteilles et cinq bâtonnets. Vous ne trouverez pas meilleure affaire.

— D'accord, dit Annev, comme Crag tendait déjà une main avide. Mais vous me donnerez le reste en échange de mes lumières, car vous ne sortirez jamais de cette forêt sans mon concours…

— Votre concours était déjà compris dans l'échange ! protesta Crag en retirant précipitamment sa main. Si loin dans le Sud, vos pièces suffisent à peine à m'acheter les bâtonnets. Et la résine est encore plus chère, même en Odarnea du Nord.

— Vous n'êtes pas en Odarnea du Nord, contra Annev. Vous êtes perdu dans la forêt de Brake et, sans mon aide, vous ne vendrez rien à personne, quel que soit votre prix.

— Quelle bande d'escrocs ! protesta l'homme en secouant la tête. Les villageois m'avaient prévenu que je ne pourrais pas quitter cet endroit sans escorte, mais ils n'avaient pas dit que je devrais la payer !

— Vous êtes libre de partir sans escorte, rétorqua Annev d'un ton neutre, mais sans mon aide, vous tournerez en rond pendant des semaines. Je connais tous ces chemins, et vous connaissez mon prix.

— Vous m'insultez, jeune homme, grogna Crag. Je n'ai qu'à me diriger en ligne droite vers le sud-est jusqu'à croiser la route de Brake. Après, ce sera un jeu d'enfant.

— Si c'était si facile, vous l'auriez déjà fait. Prenez la direction du sud-est, et vous vous perdrez encore. Vous mettrez des jours à trouver la route de Brake. Et encore, ce n'est pas garanti. Vous avez sans doute remarqué que les arbres et la lumière nous jouaient des tours… (Crag releva la tête, et Annev sut qu'il avait touché un point sensible.) Vous pensez voir le soleil se lever à l'est et ajustez votre itinéraire en conséquence, au lieu de quoi vous rebroussez chemin sans vous en rendre compte. Mais j'imagine que vous avez déjà vécu cette expérience…

Crag plissa les yeux et le considéra longuement, semblant le voir pour la première fois et reconnaître en lui un collègue colporteur, un opportuniste.

— Vous êtes plus malin que vous n'en avez l'air. Un vrai phénix ! Très bien, jeune homme, quel est votre prix ? Quel effort financier vais-je devoir consentir pour sortir de cette forêt ?

Annev déplia les doigts, montrant les pièces dans sa paume.

— Dix bâtonnets de palmier grimpant et quatre bouteilles de résine d'arbre dragon… pour huit Lunes.

— Il manque un Bâton, remarqua Crag en comptant les pièces du bout de l'index. J'aurais préféré dix, mais je me contenterai de ça, ajouta-t-il en haussant les épaules.

Il ramassa les pièces et les fit disparaître dans sa cape sans le moindre tintement. Puis il tira sur la toile qui couvrait sa charrette.

— Et vous avez tiré cette charrette tout seul depuis Odarnea ? s'étonna Annev pendant que l'homme fouillait dans ses marchandises.

— J'avais une mule, expliqua Crag en produisant du palmier grimpant et de la sève rouge vif. Je l'ai perdue hier soir. J'installais mon campement. J'ai déharnaché Cenif, je lui ai donné à manger et à boire, et je m'apprêtais à l'attacher quelque part quand quelque chose lui a fait peur. Elle est partie en galopant dans le noir. (Le marchand enveloppa les flacons avec des morceaux de chiffon et rangea précautionneusement les achats d'Annev dans un sac de chanvre.) Pour vous dire la vérité, j'ai eu la trouille aussi. Je n'ai rien vu, ni entendu, mais Cenif et moi l'avons senti. Et ça n'avait rien de naturel.

Un silence total tomba sur la forêt, comme pour accentuer les paroles du colporteur. Annev scruta les ombres profondes au bout du chemin et imagina les tentacules de quelque créature énorme et invisible se déroulant dans leur direction, chuchotant sous les semelles de leurs bottes. Il repensa aux mares d'ombre et s'agita, mal à l'aise.

Il prit le sac des mains de Crag et le mit sur son épaule.

— Je reviens tout de suite ! Je vais poser ça à l'orée de la forêt ! lança le jeune homme, le cœur battant très vite.

Crag hocha la tête, même s'il semblait peu enthousiaste à l'idée de se retrouver seul à ce moment précis.

Annev trotta jusqu'à l'entrée de la forêt et déposa son sac derrière les pierres levées. Alors qu'il avait chassé son appréhension, il se rappela la nature de sa mission véritable, et son malaise revint.

Comment s'y prendrait-il ? Quand le ferait-il ? Tosan lui avait donné une journée et demie pour faire le travail, mais rien ne l'empêchait d'agir dans l'heure qui venait. Crag lui avait déjà expliqué comment il s'était retrouvé là, il n'avait manifestement jamais entendu parler du village, et Annev lui avait acheté les marchandises dont il avait besoin. Ne restait donc qu'une chose à faire.

On s'éloignera un peu, je lui poserai quelques questions, et quand il se méfiera le moins je passerai à l'acte.

Mais comment? Il avait pensé lui briser le cou, mais l'homme était si corpulent qu'Annev n'était pas certain de réussir. Il pourrait l'étrangler, mais le problème serait le même. S'il avait eu un couteau ou une corde, alors peut-être... Ce n'était pas le cas. Il devrait se contenter d'une pierre. S'il le frappait suffisamment fort, l'homme s'écroulerait. Après, il lui suffirait de trouver un couteau ou quelque outil tranchant dans ses affaires pour achever le travail.

—Merci pour la marchandise, lui dit Annev en le rejoignant. Je suis désolé pour votre mule et que vous vous soyez perdu, mais votre épreuve sera bientôt terminée. Je vais vous aider à tirer la charrette, et vous aurez une autre bête une fois à Hentingsfort.

Le mensonge fut amer dans sa bouche.

—Je n'ai pas vraiment le choix! lança Crag en riant. Vous avez obtenu ce que vous vouliez, et il semblerait que je sois à votre merci.

Les mots choisis par le colporteur laissèrent Annev pantois. Savait-il, ou s'agissait-il d'une simple coïncidence? Le jeune homme déglutit, victime d'une incertitude grandissante.

—Je... je n'ai pas l'impression de vous avoir floué...

—Ha! Et qu'est-ce que vous en savez? Comment pourriez-vous, en vivant dans ce lieu secret, connaître la valeur de l'argent et de mes marchandises?

—Je ne suis certes pas habitué à négocier, concéda Annev. Sodar m'a enseigné certaines choses, cependant, aussi ne suis-je pas totalement ignorant. Je sais quelle monnaie a cours dans ces contrées, même si j'ignore... Crag?

Le marchand était devenu tout pâle.

— Comment avez-vous dit ?
— Pardon ?
— Vous avez dit *Sodar* ?

Chapitre 34

— Oui, acquiesça Annev d'un ton qui se voulait léger. C'est mon mentor.

Il pouvait presque entendre Sodar le réprimander d'avoir partagé des secrets avec un étranger, sauf que le prêtre ne le réprimanderait plus jamais et que cet homme serait bientôt mort.

— Sodar, répéta doucement Crag. Et vous êtes Ainnevog. Le phénix.

Un sourire étrange éclaira le visage du marchand, dont l'intérêt subit ne plaisait pas du tout à Annev.

— Allons-y, mon garçon, reprit l'homme sans se départir de son sourire.

Annev le regarda prendre position derrière la barre d'attelage de la charrette et commencer à pousser. En dépit de l'espace restreint, il se joignit à lui.

— Où va-t-on ? demanda le colporteur.

Annev lui fit signe d'aller tout droit. Il n'était pas passé par là depuis l'été précédent, mais ses repères étaient toujours là.

— On prendra le premier chemin à droite.

— Parlez-moi un peu de votre village, Annev.

— Il n'a rien de particulier. Nous restons entre nous, c'est tout.

— Ça ne m'étonne pas, vu la manière dont vous traitez les étrangers. Je doute que vous ayez beaucoup de visiteurs réguliers.

(Comme Annev ne faisait pas de commentaire, il ajouta :) Il a forcément quelque chose de spécial.

— Pourquoi vous dites ça ?

— Déjà, on ne m'a pas laissé entrer, répondit Crag dans un haussement d'épaules. J'ai donné une liste de mes marchandises à un de ces types en rouge, mais les trucs les plus demandés – la soie, les épices, les pots, les poêles – ne l'intéressaient pas. Il voulait seulement du palmier grimpant et du sang-de-dragon.

— Et alors ?

— Plus personne ne parle de « palmier grimpant », de nos jours. La plupart des gens connaissent ce produit sous le nom de *rattan*. Quant au sang-de-dragon, très peu de gens, dans le Sud, connaissent son existence et savent qu'il s'agit en réalité de sève d'arbre.

— Pourquoi en transportez-vous, dans ce cas ?

— Parce que c'est rare. Les gens qui m'en demandent connaissent sa valeur – à part vous peut-être –, aussi me rapporte-t-il généralement quelques Rayons.

— Et c'est un prix correct ? demanda Annev en scrutant les environs à la recherche d'une arme de fortune.

— Pour quatre bouteilles. (Crag éclata de rire.) Correct pour moi, en tout cas.

Annev sourit car ses soupçons étaient confirmés. L'homme avait essayé de l'escroquer. Le savoir lui redonna un surcroît de courage. Restait à attendre le moment idéal.

— Votre mentor, ce Sodar… Il vous a appris à compter les pièces, alors ? Et à marchander, ajouta-t-il comme Annev hochait la tête. Quelle profession exerce-t-il ? Commerçant ? Éleveur de chevaux ?

— Non, rien de tout ça ! rit Annev.

— Ah ! Aurais-je dit quelque chose d'incongru ? Mmh… J'en conclus que l'homme est prêtre, ce qui ferait de vous son diacre, n'est-ce pas ?

Annev ralentit sans le vouloir.

— Je… Qu'est-ce qui vous fait dire ça ?

— La plupart des gens ordinaires portent des couleurs vives, expliqua Crag en désignant du menton la tunique du jeune homme. Seuls les pauvres et les pieux portent du beige. (Il avisa le gant rapiécé d'Annev, puis parut s'en désintéresser.) Comme je doute que votre maître soit un mendiant, il reste le clergé, même si vous pourriez également travailler pour les types en rouge. Les novices sont souvent contraints de porter les habits les plus simples. Suis-je proche de la vérité ? demanda-t-il en se tournant vers Annev.

Le jeune homme grogna, surpris par sa perspicacité, et se demanda s'il était sage de continuer à répondre à ses questions. Crag était bien trop malin, et Annev craignait qu'il finisse par deviner ses intentions. Ils marchèrent donc dans un silence maladroit et une forêt de Brake de plus en plus dense.

— Je suis diacre, finit par avouer Annev. Plus ou moins. Enfin, c'est compliqué.

— Ah… N'entrons pas dans le détail, car cela a l'air douloureux, dit Crag d'un air compatissant. Mais, dites-moi, de quoi sont faites les journées d'un plus-ou-moins-diacre ?

Annev lui jeta un regard oblique. *Il est sourd ou il n'a rien compris…* Crag eut un sourire en coin.

Il le taquinait.

Malgré lui, Annev sourit aussi. Il était clair que le marchand ne renoncerait pas, mais il serait impossible au jeune homme de compléter sa mission tant qu'il ne trouverait pas l'instrument qui lui manquait. Aussi s'enfoncèrent-ils dans les profondeurs de la forêt de Brake. D'une manière ou d'une autre, il lui faudrait converser avec le colporteur.

— Voici notre piste, annonça-t-il en désignant un étroit sentier s'écartant du chemin principal.

Ils poussèrent la charrette sur une butte tapissée de mousse humide, puis la laissèrent glisser doucement jusqu'au pied d'une colline, le grand coffre en bois craquant et rebondissant dans leur dos. Les buissons les flanquaient de plus en plus près comme le sentier disparaissait presque, se résumant à une piste empruntée uniquement par des animaux sauvages.

— C'est encore loin ? demanda Crag.

— Difficile à dire. La forêt nous joue réellement des tours. J'ai emprunté cette piste des dizaines de fois, et chaque fois, elle est différente.

— Qu'entendez-vous par là ?

— À certaines heures de la journée, il est possible d'atteindre la route de Brake en une heure, voire deux. À d'autres moments… eh bien, ça peut prendre plusieurs heures.

Crag poussa un profond soupir en tirant le chariot pardessus un buisson.

— Vous voulez dire que le chemin… change ?

— Non, pas exactement. Il s'allonge comme si… comme si on marchait plus lentement. Le chemin reste le même, mais… il faut plus de temps pour le parcourir.

Crag réfléchit à l'explication d'Annev comme ils négociaient un virage serré.

— Il vous arrive de vous perdre ? demanda-t-il.

— Souvent. Même au nord d'ici où je chasse souvent. Mais on finit par prendre ses repères, reconnaître certains détails. On comprend comment la forêt respire et serpente, on sait où se trouvent les clairières, où se croisent les chemins principaux. Avec le temps, ça devient de plus en plus facile. Enfin, de moins en moins dur.

— Et on sait pourquoi elle fait ça ?

— Dans le temps, la forêt de Brake appartenait au Vosgar, et il reste pas mal de magie là-bas, expliqua Annev en haussant une épaule. Peut-être une partie de cette magie subsiste-t-elle, et rend les ombres plus… vivantes.

— Vous semblez en connaître un rayon sur le sujet.

— J'en sais suffisamment pour éviter les coins sombres où les arbres sont très denses.

— Les coins sombres ?

— Les coins où les feuilles et les branches se rejoignent et tressent une couverture que les rayons du soleil ne parviennent pas à transpercer. Il y fait nuit noire, et pourtant, les plantes continuent d'y pousser. Quand on les regarde de l'extérieur, ils ressemblent presque à des mares d'ombre.

— J'imagine que vous vous en êtes déjà approché..., dit Crag d'un air entendu.

— Une ou deux fois, admit Annev avec un sourire en coin. Je suis censé prévenir quand j'en vois une et, surtout, m'en tenir éloigné. On dit qu'elles sont dangereuses.

— Si je comprends bien, vos aînés vous demandent de ne pas faire certaines choses, et vous les faites quand même.

Annev s'empourpra, non de honte, mais de la colère amère que lui inspiraient Tosan et l'Académie.

— Certaines de leurs règles n'ont aucun sens ! protesta-t-il, profitant de l'occasion qui lui était offerte de se plaindre. On n'a pas le droit de partir, alors que les maîtres et les anciens vont et viennent à leur guise ! Ils nous disent comment nous habiller, quoi manger, où aller, et nous punissent si nous ne faisons pas exactement ce qu'ils veulent. Ils font comme s'ils valaient mieux que les autres, comme si le monde était plein de voleurs et d'assassins, mais ils sont pareils que vous et moi. Et puis...

— Et puis quoi ?

Et puis, je dois vous tuer pour devenir l'un d'eux. Le caractère définitif de sa pensée lui donna envie de vomir. Il poussait un lourd chariot dans les herbes hautes et la terre humide de la forêt de Brake avec un inconnu qu'il était censé tuer, alors que le soir approchait. Il n'aurait même pas dû lui parler si longtemps. Il aurait dû être sur le chemin du retour, ses oreilles dans la poche, et pourtant...

— Non, rien, répondit-il en détournant le regard.

Crag hocha la tête comme si l'histoire d'Annev lui était familière.

— Nous devons tous suivre certaines règles, jeune homme. L'herbe n'est pas plus verte ailleurs. Bien au contraire, si vous me demandez mon avis. Des choses bien sombres arrivent de l'Est, et les nobles de Borderlund sont trop occupés à se chamailler pour réagir. Et je ne parle même pas de Luq'ra et Quiri ! Des voleurs, tous autant qu'ils sont ! Ça me rappelle la chanson qu'on entend dans les tavernes : « À Quiri, les voleurs portent la soutane, en Luq'ra ils portent des chausses ». Vous connaissez ? demanda-t-il au jeune homme, qui secoua la tête. Non, bien sûr. Bref, vous vivez dans un bel endroit, et il y a des règles partout. Vous ne mourez pas de faim, vous n'êtes pas harcelé par les bandits de grand chemin. Respecter quelques règles, finalement, ce n'est peut-être pas si dur.

Il ne dirait pas ça s'il savait que nos règles l'ont condamné à mort.

Annev étudia l'homme, se rappelant la raison de sa présence dans la forêt. Il n'était pas question de faire plaisir aux anciens, ni de satisfaire Tosan ; si Annev était là, c'était parce qu'il voulait devenir avatar – pour épouser Myjun, explorer le monde et être autorisé à quitter l'Académie de temps à autre. La vie de Crag contre sa liberté.

— Pourquoi cet air morose, jeune homme ? Parler de votre village vous mine ? Vous ressemblez à une gargouille !

— Non, ce n'est rien. Rien que je puisse changer, en tout cas.

Annev regarda devant lui et avisa une clairière entourée de pruches. Un ruisseau la traversait, dont les eaux tumultueuses charriaient des morceaux de glace acérés. Le moment était venu de finir le travail.

— Faisons une pause ici, proposa Annev. On fera des réserves d'eau, et vous me parlerez un peu des endroits que vous avez visités. J'ai toujours rêvé de savoir ce qu'il y avait au-delà de mon village.

Et si je vous tue, peut-être en aurai-je la possibilité un jour.

— Par les Dieux, je suis d'accord ! acquiesça Crag dans un soupir. J'ai besoin d'une pause.

Constatant qu'Annev ne l'écoutait plus, il suivit son regard et avisa d'abord des pierres maculées de sang, puis, au centre de la clairière, la carcasse mutilée d'un animal.

— Cenif !

Chapitre 35

— Des loups ? demanda Annev en faisant le tour de la scène pour la seconde fois.

— Non. Des hommes.

Crag leva le bâton coiffé d'acier qu'il avait sorti de sa charrette et montra le bord de la clairière. Dans la terre meuble, sous les arbres habillés de givre, il y avait des empreintes de pas et, à côté, un arc sans sa corde. L'objet était étrangement familier à Annev.

La majeure partie de la carcasse de la bête gisait sur une grande pierre plate, au centre de la clairière, tandis que des morceaux d'os et de chair étaient éparpillés autour de la table de fortune. Annev se rapprocha de l'animal et vit ce qui restait de sa face. Ses yeux n'étaient plus dans ses orbites, ses oreilles et ses lèvres avaient été arrachées, son museau était une masse informe d'os écrasés.

— Des hommes sont peut-être passés par là, concéda Annev en secouant la tête, mais seuls des animaux ont pu la massacrer de cette façon.

— Non. Elle a été éventrée avec un couteau.

Annev regarda la carcasse de plus près et constata la présence d'entailles profondes dans ses flancs. Des entailles longues et propres. En dessous, on voyait les côtes de la mule et un trou béant.

— Mais un homme n'aurait pas rongé…

— Ces entailles ont été pratiquées avec un couteau, le coupa Crag en poussant l'animal avec sa botte pour en exposer complètement l'abdomen ouvert. Le cœur n'est plus là. Tout comme la majeure partie de ses organes. Un animal aurait également mangé les muscles de Cenif.

Le marchand fit le tour de la clairière, s'arrêtant régulièrement pour examiner une empreinte dans la boue, une pierre renversée ou une pousse de pruche pliée. Puis il revint près de la carcasse et inspecta les pierres empilées sous la grande dalle.

— Qu'en dites-vous, jeune homme ?

Annev recula un peu pour considérer une fois de plus toute la scène.

— L'empilement de pierres, la dalle… on dirait un autel. Mais il est très différent des autels que je connais.

— Différent comment ? demanda Crag en tirant sur sa barbe.

Annev fit le tour de la carcasse pour la troisième fois, notant des détails qui lui avaient échappé jusque-là.

— Les autels dariens sont ceints d'une douve, et un autel iluméen présenterait des signes de feu. Ça pourrait éventuellement être un autel terran – il y a du sang partout –, sauf qu'il n'y a pas de Terrans dans la forêt de Brake. Pour en croiser, il faudrait aller en Daroea orientale, au-delà de Borderlund et du fleuve Kuar.

Le jeune homme étudia la boue entourant la clairière. Les empreintes que Crag et lui avaient laissées étaient faciles à reconnaître et à suivre jusqu'à la piste, mais il y en avait d'autres, qui tournaient autour de la dalle. Annev les examina de près.

— On dirait des traces de sabots. Elles ont pu être laissées par votre mule ?

— Mmh… c'est possible, acquiesça Crag en hochant la tête, pensif. Regardez, ils lui ont même pris ses fers, ajouta-t-il en désignant les pieds de la bête.

— Des bandits ?

— De très mauvais bandits, alors. Et pas malins, par-dessus le marché. Voler ses fers à une mule est bien moins profitable que de délester un marchand de son or, marmonna le colporteur en tapotant sa pipe contre ses dents.

— Euh… nous devrions peut-être partir, proposa Annev en tournant avec circonspection autour de la dalle de pierre. Celui qui a fait ça est peut-être toujours dans les parages.

Crag riva son regard sur le chemin.

— Vous dites que vous êtes un genre de diacre… un demi-diacre, en quelque sorte. Mais que fait l'autre moitié ? demanda-t-il en posant un regard sinistre sur le jeune homme.

— Pourquoi… ? commença Annev avant de se raviser. Pourquoi sommes-nous toujours ici ? Nous devrions partir, Crag.

— Et si je préférais attendre celui qui a tué ma mule ?

Annev étudia le colporteur en essayant de déterminer s'il était sérieux ou non. L'homme scrutait la forêt, et pour la première fois depuis qu'ils s'étaient rencontrés, l'acolyte lui trouva quelque chose d'étrangement dangereux. Quelque chose dans son attitude, dans sa manière de tenir son bâton, de pencher la tête sur le côté… Tout cela racontait une histoire bien différente de celle d'un marchand en surpoids perdu dans la forêt. Crag pivota sur ses talons et lui fit face. L'atmosphère crépitait de violence.

Soit il sait, soit il a deviné, pensa Annev. *Je vais devoir agir avant lui*. Ses yeux se posèrent involontairement sur l'une des pierres ensanglantées. Il n'y aurait pas meilleur endroit pour tuer le voyageur qu'ici, au milieu de ce carnage préexistant. Il se baissa et ramassa une pierre, arrondie d'un côté et taillée en biseau de l'autre. Il la soupesa, satisfait de l'arme qu'il avait trouvée.

— Dites-moi, commença Crag d'une voix pareille à de la glace craquant sous le poids de l'hiver. Que faites-vous dans votre village ? Quelle est votre autre occupation ?

Annev voulut passer à l'attaque, mais se figea, découvrant la rage accumulée sous les manières tranquilles de l'homme. Le colporteur avait très envie de se battre contre le responsable du massacre de sa mule. Et il ne faisait désormais aucun doute dans l'esprit du jeune homme qu'il parviendrait à ses fins. En plus d'être mû par une colère difficilement contenue, le marchand se déplaçait d'une façon qui trahissait subtilement sa puissance et sa technique. Crag avait été un combattant, un tueur entraîné, et la mort de sa mule avait réveillé cet instinct.

Annev passa derrière l'autel et posa la pierre brisée sur la carcasse de Cenif.

— Les maîtres de l'Académie nous appellent les Avatars du Jugement, dit-il.

— Des avatars ? répéta Crag en le suivant du regard. C'est un bien drôle de nom. Et prétentieux. Ça en dit long sur vos anciens. (Le marchand se gratta les joues de ses doigts tachés d'encre.) Qu'est-ce que vous faites, exactement ? Vous chevauchez des poneys ailés et portez la bonne parole d'Odar ?

— On s'entraîne beaucoup, rétorqua Annev en ramassant une autre pierre, qu'il ajouta au futur cairn.

— Au combat ?

Une fois de plus, Annev fut pris de court par la perspicacité du marchand.

— Oui.

— Vous apprenez à vous battre et… à tuer ?

— En effet.

— Bien.

Annev haussa un sourcil, surpris par la réponse énigmatique de Crag. *Veut-il réellement que je l'attaque ? L'attend-il ?*

Sans effet de surprise, la chose serait plus compliquée. Il posa la pierre sur la carcasse et en ramassa aussitôt une autre.

— Nous ne nous entraînons pas seulement au combat. Les maîtres et les anciens nous apprennent également à voler des choses, des objets magiques.

— Magiques ? (Crag posa son bâton contre un arbre et sortit une liasse de feuilles séchées.) C'est quand même curieux, remarqua-t-il en bourrant sa pipe. Si vous ne quittez jamais votre village, comment pouvez-vous savoir si une personne transporte un objet magique ? Attendez, ne dites rien. Laissez-moi réfléchir… (Une pierre à feu et de l'amadou apparurent dans ses mains. Il alluma ce dernier au-dessus de la pipe et tira doucement dessus, puis rangea son matériel dans sa poche.) Il faut avoir des contacts en ville. À Banok. Luq'ra. Quiri. Il n'y a pas d'autre moyen. Mais comment communiquer avec eux ?

Annev haussa les épaules.

— Vous avez une roquerie ? le pressa Crag. Un endroit où élever des oiseaux ?

Annev prit le temps de réfléchir.

— Mmh… oui. L'intendant en chef a des colombes et quelques pigeons. Des faucons pour la chasse, aussi.

— On peut utiliser les oiseaux pour envoyer et recevoir des messages, mais quand même… (Crag secoua la tête.) Ce serait stupide. Je veux dire, les artefacts sont rares, mais à quoi bon se fatiguer si ce n'est même pas pour les vendre ? En plus, vous ne possédez clairement rien qui ait de la valeur, autrement on vous aurait déjà débusqués et tout repris.

Crag tira sur sa pipe jusqu'à ce que son contenu rougeoie. Annev posa une autre pierre sur le tas.

— Quand un artefact est stocké dans le Caveau de la Damnation, on ne peut…

— Ah ! l'interrompit Crag en expirant longuement de la fumée. Les pièces du puzzle commencent à se rassembler.

— Quelles pièces ?

Crag s'aida de son bâton pour se redresser.

— Les anciens. Le Caveau de la Damnation. Les Avatars du Jugement. Tout ça me disait quelque chose. Comme une vieille histoire dont je n'arrivais pas à me souvenir. (Crag sourit, un éclat dangereux dans le regard.) Maintenant, je me rappelle.

Il s'éloigna de l'autel, traversa la boue encore partiellement gelée, s'enfonçant dans la forêt.

— Eh ! Crag ! Où est-ce que vous allez ? lança Annev en lâchant sa pierre. Que vous rappelez-vous ?

— Je vais retrouver celui qui a tué ma mule, répondit Crag par-dessus son épaule. Et si mon histoire vous intéresse, accompagnez-moi.

Il s'éloignait rapidement, à présent, s'enfonçant dans les profondeurs de la forêt.

— Mais… le chemin pour sortir de la forêt de Brake… c'est de l'autre côté !

Crag se figea et pivota sur ses talons.

— Il y a deux pistes, ici, jeune homme. Une que vous connaissez et l'autre non. Laquelle pensez-vous qu'il faille prendre pour apprendre des choses dignes d'intérêt ?

Le marchand se retourna et s'en fut vers les ténèbres à grands pas. Annev s'arrêta.

— Attendez ! Votre chariot ! Vous allez le laisser comme ça ? Et si les gens qui ont tué Cenif revenaient ?

Crag ne répondit pas. Marmonnant un juron, Annev courut pour le rattraper.

Chapitre 36

Ni Sodar, ni l'Académie ne lui avaient appris à pister quelqu'un dans la forêt, mais cela ne fut pas difficile. Annev reconnut de nombreuses traces – des empreintes dans la boue, des brindilles cassées, des pierres retournées –, et si cela n'avait pas suffi, la piste sanglante était difficile à manquer. Tous les quelques mètres, on voyait des gouttelettes séchées sur les buissons, dans l'herbe et sur les pierres.

— Crag ! appela Annev en essayant de faire ralentir le marchand. Crag, ceux qui ont tué votre mule l'ont traînée jusqu'à la clairière ; ils ne sont probablement pas repassés par là.

— Vous partez du principe que les tueurs pensent comme des hommes ayant commis un crime, rétorqua le colporteur autour de sa pipe, mais j'ai vu cette clairière tout comme vous. Ceux qui ont tué Cenif sont peut-être des hommes, mais ce qu'ils ont fait… ce qu'ils ont fait est digne d'animaux sauvages, et les animaux sauvages…

— … ont un antre, termina Annev.

Crag acquiesça.

— Il y a une histoire au bout de cette piste, reprit-il, et je compte bien la découvrir.

Annev n'avait rien à répondre à cela. Comme ils marchaient d'un pas rapide, il se rappela sa mission. Il n'avait pas changé d'avis, mais le moment n'était pas venu. Il y avait quelque chose de dangereux dans cette forêt, et il voulait savoir quoi. Et puis – qui sait ? –, ce qui avait tué Cenif tuerait peut-être Crag. Si lui-même survivait, il pourrait toujours rapporter les oreilles du voyageur à Tosan. Il se sentait un peu coupable d'entretenir cet espoir – il avait conclu un marché –, mais une part plus importante de son âme se réjouissait de ce qui adviendrait peut-être. Sans doute était-il toujours le serpent à collier que Tosan l'avait accusé d'être, et il se demanda ce que cela impliquerait pour son avenir.

— Que ferez-vous lorsque vous retrouverez les gens qui ont tué votre mule ?

Crag coinça sa pipe au coin de sa bouche et cracha vers les arbres.

— Je leur rendrai la monnaie de leur pièce.

— Mais… ils pourraient être dangereux.

— Je peux être dangereux aussi, mon garçon.

Une heure plus tôt, cette affirmation aurait fait rire Annev, mais depuis, il avait entraperçu ce qui se cachait sous les dehors nonchalants et les plaisanteries du marchand. Il n'était plus question de le sous-estimer.

La piste serpenta jusqu'à un ruisseau à moitié gelé large d'à peine plus d'un mètre, qu'Annev traversa avec circonspection, sentant la glace craquer sous ses pieds. Une fois de l'autre côté, il attendit Crag.

S'appuyant sur son bâton, celui-ci traversa le cours d'eau en glissant sans que la glace proteste sous son poids. Annev fronça les sourcils en révisant une nouvelle fois son jugement sur lui.

Ils progressèrent dans les broussailles sous la lumière déclinante. Annev évalua le temps qui s'était écoulé depuis qu'il avait quitté l'Académie et celui qui lui restait pour accomplir sa mission, soit une journée entière. C'était plus que suffisant, sauf qu'il aurait dû tuer Crag bien plus tôt.

— Vous avez de la famille, Crag ?

— J'ai eu une femme et un fils, mais ils sont morts tous les deux. J'avais un petit-fils, aussi, mais le destin me l'a pris. J'ai fini par l'accepter à ma manière.

— Et quelle est cette manière ?

— En voyageant et en apprenant. Je suis seul la plupart du temps, mais je me fais des amis dans les villages que je traverse. Ça m'aide à supporter ma solitude. Et puis, Cenif m'aidait pas mal aussi…

Sa voix se tarit, ce qui était facile à comprendre.

— Vous n'avez pas toujours été colporteur, alors ?

— Non. J'ai été fermier. Savant et soldat, également. J'ai essayé presque tous les métiers, et je compte bien en goûter quelques autres avant que le Destin m'appelle.

Annev éprouva une pointe de culpabilité.

— Vous avez été soldat, insista-t-il, profitant de l'occasion d'en apprendre davantage. Vous avez déjà tué quelqu'un ?

— Et vous ? s'enquit Crag en ralentissant. Non ? Dans ce cas, je vous conseille de rester derrière moi quand nous arriverons au bout de cette piste. L'entraînement, c'est bien, mais ce n'est pas la vraie vie.

Peu de temps après, ils se retrouvèrent au sommet d'une arête. De l'autre côté, la végétation était plus dense, et la piste erratique de la mule plus facile à suivre.

— Elle devait avoir mal, dit doucement Annev en désignant la végétation écrasée. À mon avis, elle avançait au hasard. Elle a foncé tout droit, mordant des brindilles et retournant la terre.

— Pauvre bête, commenta Crag en observant le paysage. Elle ne méritait pas ça. Elle était têtue, c'est vrai, mais aussi très courageuse, précisa-t-il en serrant plus fort son bâton. Nous ne sommes plus très loin, à mon avis. Vous voyez cet arbre ? demanda-t-il en désignant un pin couché. Il y a un fossé juste derrière, et la piste nous conduit directement dans cette direction. Je parie que les monstres l'ont trouvée là-bas.

— Je croyais que les tueurs étaient des hommes…

— Les hommes sont parfois des monstres, grogna Crag. Un homme qui fait souffrir un animal effrayé est dix fois un monstre. (Il cracha.) Dans tous les cas, les coupables paieront. Ils ont fait couler le sang de Cenif, aussi ferai-je couler le leur. Je tiens toujours mes promesses.

Crag passa devant et s'aida de son bâton pour descendre sans glisser. Annev lui emboîta le pas en regrettant de n'avoir rien dans les mains.

Ils découvrirent alors une scène qui leur rappela aussitôt la clairière : il y avait du sang sur la piste, ainsi que sur l'écorce d'un arbre sur deux.

Crag se rapprocha de l'un d'eux pour l'examiner.

— Ce n'est pas du sang de mule. Au contraire de celui-ci, précisa-t-il en désignant le sol de son bâton.

— En quoi diffèrent-ils ? Cenif a très bien pu heurter ces arbres.

— Oui, c'est l'impression qu'on a quand on regarde de loin, mais venez voir… Ce sang-ci n'a pas été simplement étalé sur l'écorce, mais jeté avec force. Avec une certaine violence, même.

Annev observa l'écorce de plus près. Crag avait raison. Quelque chose avait été tué ici – plusieurs choses, même –, et de façon particulièrement brutale. Il eut la chair de poule.

— Regardez par ici, lança Crag en montrant un autre arbre, à quelques mètres de là, sur sa gauche. Il y a du métal dans l'écorce. Du cuivre, je dirais.

Annev obtempéra et se concentra.

— Du cuivre et… du fer ?

— Et de l'or ! s'exclama Crag.

Il tira sur un mince ruban de métal fiché dans la racine de l'arbre, parvenant finalement à l'extraire. Il le retourna plusieurs fois dans sa main, puis le donna à Annev.

— Je ne comprends pas, avoua le jeune homme en examinant l'objet.

Il y en avait pour un Soleil d'or et peut-être même quelques Rayons supplémentaires. Et il était tranchant au point de pouvoir lui servir de couteau le moment venu.

— Moi non plus, avoua Crag en effleurant un morceau de chair accroché à l'écorce de l'arbre. C'est une énigme étrange et bien sinistre. (Il fit quelques pas vers le fossé, s'arrêta et se racla la gorge.) Suivez-moi, jeune homme, lança-t-il d'un ton incertain. J'ai la ferme intention de trouver des réponses à mes questions au terme de cette piste.

Annev mit la pointe en or dans sa poche. Devant eux, un pin était couché en travers du chemin. En s'en approchant, Annev constata que l'arbre était là depuis un bon moment. La majeure partie de son écorce était tombée, et le sol recouvert d'un tapis d'épines mortes.

Ils passèrent par-dessus le tronc et arrivèrent en vue du fossé que Crag avait repéré depuis l'arête. Il n'était pas bien grand, environ deux mètres de diamètre, et était recouvert d'une demi-douzaine de branches entrecroisées, dont certaines cassées. Regardant dans le fond du trou, Annev avisa deux gros rochers maculés de sang séché.

— Un piège, conclut-il.

— Oui, acquiesça Crag en désignant les branches de son bâton. Rudimentaire et mal construit. Il n'y a ni pieux, ni collet dans le fond. Et le fossé n'est pas très profond. En grimpant sur un de ces rochers, il est possible de sauter hors du trou. (Il s'agenouilla et se pencha pour examiner les parois du fossé.) On dirait presque qu'il a été creusé à la main.

Annev s'accroupit à côté de l'homme et montra une racine tranchée.

— Non, regardez. Cette racine a été coupée net. Il faut un outil bien affûté pour obtenir ce résultat.

— En tout cas, vu l'allure des parois, je doute qu'on ait utilisé une pelle. Peut-être une hache ? Il se peut qu'ils se soient servis d'une hache pour creuser aussi.

— Un homme sans pelle… et qui creuse à la hache ?

— Bizarre, n'est-ce pas ? dit Crag en se relevant et en époussetant son pantalon.

Annev prit le temps d'étudier le décor.

— Je crois que votre mule est tombée là-dedans. Quant aux rochers… À mon avis, on les y a jetés après. Sans doute pour pouvoir sortir l'animal du trou plus facilement.

Il écarta deux branches de pin pour avoir une meilleure vue de la fosse, puis en poussa d'autres, avant de sauter sur le rocher le plus proche sous les yeux étonnés du marchand.

— Qu'est-ce que vous faites ?

Annev ne répondit pas. Il se pencha en avant, posa presque le nez sur le sang séché, puis sauta à terre et tourna autour du rocher, examinant la terre et le sable, en dessous.

— Il y a des lignes blanches incrustées dans la pierre. Comme si on avait frotté dessus un objet coupant. De façon répétée.

— Par Keos, si c'est une énigme, je n'en connais pas la solution, affirma Crag en tirant sur sa barbe.

Annev acquiesça d'un hochement de tête et sortit du trou.

— Ceux qui ont mis en place ce piège voulaient capturer quelque chose et non le tuer. Et puis ils sont descendus pour sortir la mule de là.

— Pourquoi tout ce sang, alors ? Et les traces sur la roche ? Si les monstres ne voulaient pas tuer mon animal, pourquoi l'ont-ils saigné de la sorte ?

— Parce que…, répondit une voix ténue du sommet de l'arête. Il arrive que les monstres ne fassent pas ce qu'on attend d'eux.

Chapitre 37

La femme était tellement courbée par les ans que si elle s'était tenue à côté d'eux, elle aurait dû lever la tête pour les regarder. Elle était entièrement vêtue de noir, arborait une horrible bosse dans le dos et les contemplait de ses yeux ronds et blancs.

Crag brandit son bâton devant lui et fit un pas en avant.

— Je parle des monstres qui ont torturé votre mule, lança la vieille d'une voix faible et cassante en commençant à descendre vers eux, les mains proches de la poitrine.

Ses doigts étaient entièrement déformés, constitués uniquement d'os, aurait-on dit, et sa peau parcourue de veines bleu foncé.

Annev ouvrit la bouche pour parler – quelque chose en elle lui était bizarrement familier, comme s'il l'avait vue en rêve –, mais Crag leva la main pour l'en dissuader.

La femme arriva au pied de la pente et disparut derrière le pin couché pendant quelques secondes. Crag était en alerte.

— Qui est-ce ? murmura Annev.

— Chut ! fit Crag sans lâcher le pin mort des yeux.

Lorsque la vieille femme émergea de derrière l'arbre couché, Annev constata que son regard était laiteux, ses yeux comme pleins d'une fumée blanche. Rien dans son comportement, cependant, ne suggérait qu'elle était aveugle. Elle s'arrêta à un mètre et demi de Crag.

Non, pas de Crag, se rendit compte Annev. Le regard blanc de la femme était rivé sur lui, sur ses yeux bleus. Un frisson d'appréhension parcourut l'échine du jeune homme.

— Le Vaisseau choisit son chemin.

— Le Vaisseau ? répéta Annev dans un souffle.

La sorcière pencha la tête sur le côté et esquissa un sourire entendu, ses dents pointues saillant entre ses lèvres crevassées.

— Un morceau du grand tout. Envoyé récupérer une baguette afin de la ramener dans votre cercle. Envoyé prendre une vie. Le marchand vous donnera un talisman, mais il vous sera volé, Fils de Sept Pères.

— Quoi ? bredouilla Annev, qui rencontrait des difficultés à articuler, tandis que les mots de la sorcière le frappaient au cœur. Fils de Sept… Est-ce que vous me connaissez ?

La vieille siffla. Et reprit la parole d'une voix hantée, creuse et résonnante, particulièrement dans la pénombre silencieuse de la forêt.

— À la fois descendant des Dieux et fils de l'Homme. Ils sont sept à vouloir le guider. Sept à craindre Sa main. Lié par le sans-âge, l'ancien brise Son chemin. Le roi infirme Le guide. Le monde craint Sa colère.

La sorcière bossue tendit ses bras déformés et s'inclina très bas.

Bouche bée, Annev vit Crag se réfugier derrière lui en serrant fort son bâton d'une main et les pendentifs en os qu'il portait autour du cou de l'autre.

— Va-t'en, sorcière ! On ne veut pas entendre tes sombres paroles !

La femme leva la tête et siffla à l'intention du colporteur. L'homme secoua ses fragments d'os, et elle fit deux pas en arrière.

— Est-il pour vous, Voyageur ? demanda-t-elle. Choisissez-vous le destin des Pères ? Ce n'est pas votre chemin, je le crains, mais la mort vous appelle déjà.

— La mort appelle tout le monde, tout le temps.

La sorcière gloussa et lécha ses dents brisées.

— Votre temps est venu et passé, Voyageur. Il est venu à de nombreuses reprises, mais vous n'êtes jamais là pour l'accueillir, aussi la Mort prend-elle vos amis.

Le visage de Crag se durcit. Il jeta un coup d'œil vers Annev, puis se concentra de nouveau sur la femme.

— Vous portez la cape de la mort, sorcière ? demanda-t-il.

— Je suis l'ombre de la mort ! chantonna-t-elle. Je passe avant elle puis me mets dans ses pas.

Crag brandit son bâton, les muscles bandés, prêt à frapper. Son regard brûlait d'une fureur intense qui lui donnait l'air d'un fou.

— C'est vous qui m'avez pris ma bête ?

— Une bête de somme, récita la femme. Abandonnée. Trouvez-la, et le Vaisseau vous trouvera.

— Gardez vos énigmes pour vous ! tonna Crag. Avez-vous tué Cenif, oui ou non ?

La sorcière pencha la tête d'une manière peu naturelle et replia ses bras tordus devant sa poitrine, faisant danser ses doigts osseux devant elle et cliqueter ses ongles noirs pareils à des serres.

— Il y en avait beaucoup d'autres…

L'instant d'après, le bâton de Crag s'abattit avec force, mais la femme n'était déjà plus là. Sous les yeux d'un Annev incrédule, la sorcière avait reculé à une vitesse à peine imaginable, faisant flotter ses haillons noirs devant elle.

Un craquement grave résonna dans leur dos, et Annev se retourna pour voir la sorcière au sommet de la butte. Ses yeux laiteux étaient grands ouverts, et elle riait avec malice. Soudain, elle disparut, puis réapparut de l'autre côté de la fosse. Disparut de nouveau, se matérialisant ailleurs. Elle répéta le processus plusieurs fois, de plus en plus vite, si bien qu'elle semblait se démultiplier, se trouver à plusieurs endroits en même temps. Derrière les arbres, sur l'arête, dans la fosse, à côté de lui… Et pendant ce temps, son rire s'intensifia, devenant à la fois plus puissant et plus haut perché, jusqu'à devenir assourdissant.

— Bouche-toi les oreilles, petit ! lui intima Crag en lui donnant un coup de coude dans les côtes.

Annev se plaqua les mains sur les oreilles, comme le marchand lâchait ses pendentifs en os pour sortir un petit miroir crasseux des plis de sa cape. Il le jeta par terre et abattit l'extrémité de son bâton dessus. Le verre se brisa, et la voix de la femme se cassa, se muant en un cri ténu dans le dos d'Annev. Celui-ci se retourna en agrippant la pointe en or, dans sa poche et se retrouva presque nez à nez avec la sorcière accroupie, se tordant.

— Éloignez-vous ! s'écria Crag.

La vieille ne l'attaqua pas ; au contraire, elle s'écroula au sol, où elle se roula en une boule de haillons, de membres osseux et de cheveux blancs emmêlés. Et puis elle s'assit et se mit à se balancer d'avant en arrière en chantonnant :

— La mort viendra tous nous chercher, la mort viendra…

— Elle est folle, murmura Annev à Crag sans oser la lâcher des yeux.

— Elle est plus que folle. Elle possède de la magie. De la vraie magie.

Le jeune homme secoua la tête, tentant de réconcilier ce qu'il venait de voir avec les enseignements de Sodar. Cette magie-là était nouvelle, pour lui, sombre et peu familière.

— De la magie, répéta-t-il pour lui-même. C'est grâce à elle qu'elle avait l'air d'être partout à la fois ?

— Je le crois, confirma Crag en lui posant une main sur l'épaule. Nous pensions la voir, mais il s'agissait seulement de son ombre. En vérité, elle était derrière nous depuis le début. (Il la poussa avec son bâton, et la vieille roula sur le dos sans cesser de chantonner.) On dirait que j'ai brisé son esprit en même temps que mon miroir. Enfin, ce qui lui restait d'esprit. Mais – attention – elle reste dangereuse. Nous devrions en finir tout de suite et la jeter dans cette fosse.

— Vous allez la tuer quand même ?

— Oui. J'ai juré de le faire, et je le ferai.

— C'est une vieille femme. N'est-ce pas cruel de la tuer ainsi ? De sang-froid ?

— Elle a tué ma mule, rétorqua Crag, le visage dur.

— La mort viendra tous nous chercher…, continuait de chantonner la sorcière, qui ne les entendait pas.

Annev contempla la vieille en train de pleurer et s'imagina lui tranchant la gorge et la poussant dans la fosse. Il rejeta cette idée, tenta de la remplacer par celle d'un Crag la frappant avec son bâton. Après quoi, le jeune homme l'égorgerait avec le morceau de métal rangé dans sa poche… Il eut la nausée. Apparemment, il ne quitterait pas cette forêt avant d'avoir tué quelqu'un.

— Non, lança-t-il soudain, repoussant les deux images. Elle a dit qu'elle était une sorcière parmi d'autres, et que les monstres ne faisaient pas toujours ce qu'on leur demandait. Il se peut qu'elle n'ait pas tué votre mule, qu'elle ait simplement participé à sa capture.

— En tout cas, elle n'est pas innocente, gronda le marchand. Elle a pris les yeux de ma pauvre Cenif. Elle l'a torturée. Et elle lui a arraché le cœur sur un autel. (Il cracha sur la sorcière.) Elle est mauvaise, Annev. Non pas parce qu'elle pratique la magie, ni parce que c'est une sorcière. Elle est mauvaise parce que ses actes sont mauvais. Ce qu'elle a fait… Elle mérite de mourir !

— Épargné la mule…, dit la vieille d'une toute petite voix. Tué les monstres et épargné la mule.

Crag et Annev la contemplèrent. Elle était toujours roulée en boule sur le sol, mais elle ne se balançait plus. Elle renifla.

— Leur ai dit de ne pas la tuer. Ne l'ont pas tuée. Leur ai dit de ne pas lui faire de mal. Lui ont fait du mal. Les ai tués. Épargné la mule. Pitié, j'ai épargné la mule.

— Elle est quand même dangereuse, s'obstina Crag.

— Vous croyez qu'elle ment ?

— Mmh… je ne crois pas. Les gens comme elles obtiennent leurs pouvoirs contre des compensations étranges. Ils voient ce qui va advenir, ce qui est et ce qui a été, et ils sont contraints de dire la vérité. Celle que vous entendez, cependant, est altérée. Ce sont des créatures malveillantes, qui tordent la réalité selon leur intérêt. (Le marchand serra dans sa main les petits os suspendus autour de son cou.) Regardez, ajouta-t-il en s'accroupissant à côté de la sorcière et en tirant sur ses pendentifs pour les lui mettre sous le nez. Trêve de mensonges, sorcière, et trêve d'énigmes. Dites la vérité pure et simple, ou je vous écrase le crâne et répands votre cervelle sur le sol de cette forêt. Puis je vous brûlerai et vous enterrerai, je détruirai vos autels et verserai du sel sur votre tombe. Compris ?

La sorcière siffla et acquiesça de la tête.

— J'entends vos paroles, Voyageur. Je ne parlerai plus par énigmes, ni ne proférerai de mensonges. Ayez pitié.

— D'abord la vérité. Nous verrons plus tard pour la pitié.

La sorcière approuva de nouveau en restant loin du collier du colporteur.

— Oui, la vérité. Je leur ai dit de ne pas faire de mal à la mule.

— Qui l'a tuée, alors ? grogna Crag.

— J'ai envoyé les monstres chercher la mule, répondit la sorcière en lançant un coup d'œil furtif à Annev. Alors, ils ont creusé cette fosse pour la bête de somme. Attrapé la mule pour faire venir le garçon.

Crag les enveloppa tous deux d'un regard devenu méfiant.

— Le garçon ?

— Il nous tuera tous, dit-elle en se remettant à se balancer d'avant en arrière. Tous. Vous aussi. Hommes. Dieux. Keokum. Tous morts. Tous partis. (Elle agita la tête, secouant ses mèches blanches.) Le Faiseur d'ombres le chasse. Le Dieu de l'Ombre le veut. Le Dieu déchu a besoin de lui. J'attends depuis si longtemps…

— J'ai dit trêve d'énigmes ! cria le marchand en lui mettant ses pendentifs sous le nez.

— Plus d'énigmes, plus d'énigmes ! gémit-elle. Je parle clairement. Toute ma vie, je l'ai attendu. Je l'ai trouvé, puis je l'ai perdu. Dix-sept années de désespoir. Puis il a versé son sang dans les ombres – du sang dans les ronces. Il nous tente, il nous provoque… mais Kelga attendait. Les Dieux surveillaient. Ils ont envoyé l'Ombre ressuscitée à sa recherche, et l'Ombre a demandé mon aide. Dorchnok le cherche aussi, mais il n'arrive pas à percer le voile. Cruithear le convoite, mais il a renoncé à ses *feurog* et a fait de Harth sa marionnette. Et Tàcharan – mon Seigneur, mon Dieu du Destin –, il ne me laissera pas rentrer sans lui. (Elle siffla de frustration.) Ce garçon est le drame de ce monde. Le Fils de Sept Pères, le Fils manchot de Keos ! Nous mourrons tous de sa main. Dans sa mort, nous vivrons. C'est la vérité ! Pitié, pitié, ayez pitié !

Annev serra plusieurs fois sa main gantée et, sans s'en rendre compte, la porta à sa poitrine. Crag le regarda par-dessus son épaule.

— Ne l'écoutez pas. Elle ne sait rien dire d'autre. Elle ne peut pas s'empêcher de mentir.

Le regard du marchand, cependant, semblait exprimer autre chose. Annev y vit de la peur. Une peur qui n'était pas inspirée par la sorcière.

— Je ne suis pas mauvais, se défendit-il, le cœur battant furieusement dans sa poitrine. (Il s'empourpra et fit un pas en arrière.) Je n'ai jamais tué personne.

— Si vous vivez, nous mourrons tous, intervint la sorcière en reculant vers la fosse maculée de sang.

En trois pas rapides, Crag prit position entre la cavité et la femme, qui poussa un profond soupir et posa la tête sur le sol.

— Votre mule était mourante lorsque nous l'avons tuée. (Elle enfonça ses ongles noirs dans la terre comme si elle voulait faire rentrer celle-ci sous sa peau.) Les *feurog* avaient déjà creusé la fosse lorsque je l'ai attirée. Elle est tombée dedans. Mais elle ne s'est pas fait mal, non ! (La sorcière lui adressa un sourire lugubre.) Je les ai appelés, j'ai demandé aux *feurog* de m'apporter la mule, de ne pas lui faire de mal, mais ils n'ont pas écouté.

Crag leva la main droite et fit le signe d'Odar, faisant claquer son pouce et son index à gauche, devant lui et à droite.

— Je vous ordonne de me répondre, sorcière : qui sont ces *feurog* ?

— Des sans-dieux, rejetés, qui errent seuls… comme vous, précisa-t-elle en désignant Crag. Ils servaient mes sœurs, autrefois. Ils sont nombreux à servir toujours, mais ceux-ci étaient *à moi*. Ils sont comme des enfants. Tordus par la magie, abandonnés par leur père. Cruithear ne les aimait pas, moi si…

— Qui a tué ma mule, vos *enfants* ou vous ?

— Ils ont senti le fer, sur ses pattes. Ils ont senti son sang. Je leur ai dit de ne pas le faire, mais ils n'ont pas pu résister. Alors, je les ai tués. Parce qu'ils ont ruiné mon plan, gâché la prophétie. Mais la mule était mourante. Morte, mais en vie. Je l'ai conduite jusqu'à l'autel. J'ai pris son cœur. Et ses yeux. Je lui ai tout pris pour vous faire venir. Pitié, pitié. Je lui ai montré…

Crag abattit l'extrémité de son bâton sur son crâne, et elle s'affala lourdement. Et puis sa respiration ralentit, elle ferma les paupières et se fit immobile.

Chapitre 38

— Elle est morte ? s'enquit Annev en regardant la forme inerte.

Avant que Crag puisse répondre, un grognement grave jaillit de la bouche de la sorcière.

— *Seachranai*, marmonna-t-elle en ouvrant les yeux. *Fanai*. (Elle s'assit brusquement et riva ses pupilles désormais rouge sang sur celles de Crag.) *Anam caillte*. (Elle commença à se redresser, ses pieds effleurant à peine le sol comme elle glissait vers Crag.) *Deorai !* vociféra-t-elle. *Sainmhiniu d'fuil !*

Elle se jeta sur lui, mais il la frappa au visage, lui brisant la mâchoire, faisant voler dans les airs son sang et quelques dents. Le marchand prit son élan, or la sorcière fut plus rapide et parvint à lui agripper le cou.

— *Tugann Tàcharan neart domsa*, gronda-t-elle en serrant. *Ní theipeann ormarís*.

Les veines gonflées des yeux écarquillés de Crag étaient rouge vif, ses joues blafardes. Ses forces semblaient l'abandonner. Ses bras retombèrent le long de son corps, et il lâcha son bâton et son talisman en os. Ses genoux cédèrent, et il serait tombé si la sorcière ne l'avait maintenu debout à bout de bras.

Au contraire du colporteur, la sorcière paraissait revigorée ; elle s'était redressée et semblait plus grande, la bosse de son dos ayant disparu. Elle le dominait de toute sa taille, désormais. Le voile blanc de ses yeux avait cédé la place à un tourbillon furieux rouge et noir. Elle sourit, découvrant ses crocs brisés, et souleva le marchand dans les airs.

— *Daoine truaillithe ! Daoine briste ! Fir-iarainn-rugadh. Comhroinn mo bhéile…*

La sorcière ouvrit grand la bouche et, d'une langue d'une longueur inhumaine, lécha l'œil du marchand. Elle retroussa les lèvres, écarta les mâchoires d'une façon impossible, attirant le visage gris de Crag vers sa bouche.

Annev détourna les yeux et aperçut le talisman blanc sur le sol. Instinctivement, il roula par terre et s'empara du collier, se relevant pour voir la sorcière lui faire face, la gueule encore ouverte.

La relique dans les mains, il contourna les jambes pendantes de Crag et bondit derrière la vieille femme, lui passant le collier autour du cou et tirant de toutes ses forces. La sorcière siffla, sa tête se tordant d'une manière peu naturelle, puis ses dents se refermèrent sur le poignet du jeune homme.

L'agonie.

Annev cria en essayant de libérer son bras, mais il était trop tard. Les dents de la sorcière déchirèrent le gant noir et pénétrèrent dans la chair. Un ichor gris jaillit de ses veines, maculant les lèvres de la vieille. Le regard de celle-ci s'embrasa. Ses orbites étaient noires comme le charbon, ses pupilles rouges comme la fureur.

Le bras d'Annev le brûlait, et l'ichor sortait en bouillonnant de ses veines, virant au noir. Il appela Crag, il appela Sodar. Il était pris de vertige.

Il refusa de renoncer, toutefois. Poussant un cri de rage, il enfonça son bras dans la bouche de la sorcière, l'étouffant, tirant encore plus fort sur le collier. Ne pouvant plus respirer, la vieille femme lâcha le marchand, qui tomba à terre.

— Crag ! appela de nouveau Annev, les joues ruisselantes de larmes. Crag, à l'aide !

Le colporteur leva les yeux vers lui.

— Talisman ? parvint-il à articuler.

— Son cou !

Crag se redressa tant bien que mal et ramassa son bâton. Son visage était déjà moins livide. Tenant le bâton d'une main entre la sorcière et lui, il refit le signe d'Odar.

— *O luaith go luaith !* lança-t-il en brandissant le bâton devant lui.

Un rayon de lumière brûlante jaillit du collier du marchand, et la gorge de la sorcière explosa dans une gerbe de feu et de sang. Annev tomba en arrière, tandis que son garrot se désintégrait et que la vieille lui lâchait le bras.

La sorcière agrippa le trou béant de sa gorge et essaya de hurler, mais ne produisit que des toussotements humides, sa bile s'écoulant par sa plaie irrégulière. Crag se prépara à la frapper, cependant la sorcière tituba en arrière, les mains toujours sur la gorge, et bascula dans la fosse pour s'écraser sur les rochers.

Sonné, quoique souffrant moins, Annev se releva péniblement et, avec Crag, regarda dans le trou, découvrant un spectacle à glacer le sang. Le corps de la femme était plié en deux, brisé entre deux rochers. Son crâne était fracassé, sa matière grise éparpillée.

— Elle est morte ? s'enquit Annev.

Crag leva le doigt pour le faire taire, posa son bâton devant lui et détacha un sachet de sa ceinture. Il versa un peu de sel dans sa paume et en prit une pincée.

— *O chre go cre*, murmura-t-il avant de saupoudrer le sel sur la défunte. C'est fini, conclut-il en ramassant son bâton. On peut y aller, maintenant.

Il tourna les talons et commença à marcher vers l'arête.

— Attendez, dit Annev en serrant son bras blessé dans sa main.

Avec sa main valide – sa vraie main –, il tira sur son gant rapiécé, exposant la chair nue de sa prothèse. Contrairement à la fois précédente, celle-ci semblait avoir survécu et conservé sa couleur. Elle n'était pas intacte, cependant, les crocs de la sorcière y ayant laissé de profondes cavités noires. Il frotta les plaies, couvrant sa main de sang noir et collant.

Non pas rouge, mais noir… D'abord gris, puis noir et bouillonnant.

Le garçon plia sa main pour tester sa force. En dépit de la gravité de ses blessures, elle paraissait fonctionner normalement, jusqu'à ce que, en tournant le poignet, il entende un «*pop!*» et que du sang noir gicle entre ses doigts, lui maculant la joue. La douleur se réveilla comme si son bras était en feu, et le sang noir se remit à jaillir régulièrement. Annev cria et, par réflexe, serra ses blessures, tentant désespérément de stopper l'hémorragie.

—*Par les Dieux!* Ça brûle!

—Laissez couler, espèce d'idiot!

Les mots semblaient venir de loin, et pourtant, Annev sentit la main de Crag sur la sienne, qui l'obligeait à lâcher son bras. L'hémorragie s'accélérait, et Annev était en train de perdre connaissance. Il tombait en arrière, son regard se voilait. Enfin, les ténèbres s'emparèrent de lui.

Chapitre 39

Il était étendu sur des couvertures. Un feu crépitait à côté de lui, et le ciel était plein d'étoiles.

Au prix d'un effort considérable, il réussit à s'asseoir. Le feu de camp brûlait joyeusement. Il y avait une pile de bois sec juste à côté. Derrière les flammes, il avisa le chariot du colporteur, la barre d'attelage posée sur le sol. Annev plissa les yeux pour scruter les ténèbres. Crag ne semblait pas dans les parages.

—Ah ! vous êtes réveillé, lança une voix sur sa gauche. Enfin.

Annev se tourna vers les branches épaisses et brunes d'un platane. Crag était assis là, mâchouillant sa pipe. Il la retira de sa bouche et souffla un rond de fumée grise.

—Comment vous sentez-vous ?

Annev regarda son bras gauche. À la place de son gant noir, il avisa un entrecroisement de bandages blancs. Il appuya dessus pour tester la chair, en dessous. Sa peau le brûlait comme un mauvais coup de soleil, mais la douleur était supportable. Il fléchit les doigts et tourna son poignet pour tester sa force.

—Je ne sens presque rien. Qu'est-ce que vous m'avez fait ?

—En vérité, pas grand-chose. Vous êtes tombé dans les pommes et votre bras s'est mis à cracher de la bile noire. Il y en avait un paquet. On aurait dit que votre corps était pressé de s'en débarrasser.

—Comment je suis arrivé ici ?

— À votre avis ? demanda Crag en soufflant un autre rond de fumée. Je vous ai portés, vous et votre bras dégoulinant. Impossible de juguler l'écoulement tant que le poison de la sorcière était en vous. (Il désigna le bras bandé du jeune homme.) J'ai fait ce que j'ai pu, mais j'ai dû démolir ce maudit autel pour m'assurer de vous voir guérir. Oui, je l'ai démoli, puis j'ai enterré Cenif… enfin, ce qui restait d'elle. À mon retour, votre blessure était en voie de guérison.

Annev regarda de nouveau son bras et fléchit les doigts, craignant de croiser le regard de Crag. Il souleva légèrement ses bandages en se demandant si le marchand avait deviné la nature de sa prothèse.

— Laissez ces bandages, intervint Crag depuis son perchoir. Votre bras n'est pas encore guéri.

Annev obtempéra.

— Attendez encore une journée, voire une semaine, ajouta le colporteur. Vous n'aurez sans doute même pas de cicatrices.

— Vous savez énormément de choses pour un marchand ambulant, remarqua le jeune homme en repensant aux heures passées.

— Comment pouvez-vous le dire ? feignit de s'offusquer Crag. Vous avez rencontré beaucoup de marchands ambulants dans votre village secret ?

— Euh… non, pas vraiment.

— J'en étais sûr. Si ça se trouve, les marchands ambulants sont plus savants que vous le croyez. Voire pire !

Il sourit, exposant une denture irrégulière.

— Oh ! j'en doute, sourit Annev.

— J'ai l'impression que vous êtes bien plus sage que vos années le suggèrent, Avatar Annev, observa Crag d'un ton théâtral en s'inclinant.

— Je ne suis pas vraiment avatar, rétorqua le jeune homme d'un ton plus sérieux. Je devrais l'être, mais…

— Mais quoi ?

Mais je ne serai pas avatar tant que je ne vous aurai pas tué, chose que je ne peux pas faire dans l'immédiat.

— C'est compliqué…

— Essayez quand même, nous avons tout le temps.

— Eh bien, pour le moment, commença Annev lentement, je ne suis que diacre. J'aimerais devenir plus que ça, mais j'ai échoué au test. Enfin, je n'ai pas vraiment échoué, mais le directeur nous en veut, à mes amis et moi, aussi m'a-t-il rétrogradé au lieu de me promouvoir. J'ai encore la possibilité de me rattraper, mais seulement si j'accomplis une tâche particulière.

— Quelle est cette tâche ?

— Pardon ?

— Que devez-vous faire pour obtenir ce titre ? insista Crag en sautant de son perchoir. (Voyant qu'Annev hésitait, il se tapota le nez.) Laissez-moi deviner… C'est là que ça se complique ?

Annev acquiesça.

— J'ignore si je peux le faire, mais une chose est certaine : si j'échoue, ma vie est fichue. Je ne pourrai pas devenir avatar, ni même rester diacre. Je serai intendant dans le meilleur des cas. Il n'y a peut-être même pas de nom pour ce qu'ils comptent faire de moi. Serviteur ?

Il poussa un profond soupir.

Crag secoua le contenu de sa pipe au-dessus du feu, puis se retourna vers son chariot et en souleva la couverture. Sous les yeux d'un Annev curieux, il plongea les deux mains dedans et fouilla bruyamment, produisant un petit couteau et un morceau de bois sculpté. Il retourna à côté du feu, s'assit lourdement par terre et se mit à tailler. Après une minute, il leva les yeux vers Annev.

— Quoi ? demanda-t-il en soufflant sur son morceau de bois pour éparpiller les copeaux. Ce n'était pas la fin de votre histoire ?

— Si, confirma Annev en plissant le front.

— Vous avez juste omis la partie où vous vous auto-apitoyez, ajouta Crag en enfonçant la pointe de son couteau dans le bois pour tailler avec lenteur et précision.

— Hein ?

Crag travailla encore un peu et souffla de nouveau sur les copeaux.

— Le titre qu'ils vous confèrent importe peu si vous êtes aussi bon que les autres. Avatar. Intendant. Diacre. Serviteur ? Ce ne sont que des mots. Ils ne changent pas ce que vous êtes au fond.

— Ce n'est pas vrai, malheureusement. Les privilèges sont très différents selon notre statut. Les devoirs, les responsabilités, le respect… ils n'ont rien à voir.

— Si jeune…, marmonna Crag. Avoir Sodar pour mentor aurait dû vous ouvrir les yeux, mais le fait d'avoir vécu dans ce village toute votre vie vous les a scellés.

— Vous connaissez Sodar, alors ! Comment ?

— Cette histoire-là serait trop longue à raconter, même si j'en avais envie ! gloussa Crag. Et puis, ce n'est pas le problème. L'important, c'est que personne d'autre que vous ne doit décider de votre destin. Vos anciens veulent faire de vous un intendant ou un serviteur ? La belle affaire ! Vous avez la possibilité de leur obéir ou de partir, de prendre votre liberté.

— Ce n'est pas aussi simple…

— Si vous le dites, concéda Crag en se remettant à tailler son morceau de bois.

Annev sourit malgré lui et préféra changer de sujet. Il avait pris une décision : il n'était pas comme Tosan et n'avait aucune intention de le devenir. Comme le suspectait le directeur, il ressemblait davantage à Sodar. Il avait la miséricorde dans le sang, et s'il possédait une affinité avec la magie, il ne s'en servait pas à des fins néfastes à la manière des sorciers et n'en avait pas l'intention.

Il lui faudrait assumer les conséquences multiples de ce choix plus tard, cependant. Annev deviendrait intendant, et Crag repartirait libre. Pire, il repartirait avec une connaissance approfondie du village, de sa raison d'être et de sa localisation. Annev trahirait donc l'Académie et Chaenbalu. Cela ne poserait sans doute pas de problème – Crag ne semblait pas malintentionné, ni le genre d'homme à ébruiter délibérément un secret –, mais le risque existerait. Savoir que le marchand et Sodar se connaissaient lui facilitait la tâche. S'il n'avait pas été capable de tuer un marchand perdu dans la forêt, il ne ferait certainement pas de mal à une connaissance de Sodar.

Il poussa un soupir. Il retournerait au village pour faire part de son échec. Les paroles de Crag rendraient les conséquences plus acceptables. Peut-être la vie n'était-elle pas aussi compliquée qu'il l'avait pensé, peut-être pouvait-il réellement choisir son destin. Annev en doutait, mais il n'avait pas perdu tout espoir.

Il regarda autour de lui et scruta la forêt dans la lumière du feu de camp.

— Où sommes-nous ? Ce n'est pas l'endroit où nous avons trouvé Cenif.

— Non, confirma Crag en continuant à sculpter. Je comptais sur votre aide, justement. Je suis retourné au chariot, je vous ai mis dedans dans l'intention de sortir de la forêt, mais ça ne s'est pas passé comme prévu. Vous n'avez pas menti : les chemins de cette forêt jouent des mauvais tours aux voyageurs.

— Ce n'est pas tant le noir que les ombres, expliqua Annev en frottant son bandage. Finalement, on se débrouille mieux en pleine lumière ou dans l'obscurité totale que dans la pénombre.

— Vous voulez dire qu'on pourrait partir maintenant ? demanda Crag en interrompant son travail. (Comme Annev hochait la tête, il se leva d'un coup.) Alors, allons-y ! Nous perdons du temps ; j'ai des marchandises à vendre à Hentingsfort !

Il lança sa sculpture à Annev, qui la rattrapa, perplexe, puis il se pencha au-dessus de son chariot.

— Qu'est-ce que c'est ? demanda le jeune homme en regardant le morceau de bois à moitié sculpté.

— Un bloc de bois, répondit Crag en jetant son couteau dans le chariot et en en extirpant une petite pelle.

— Je vois, reprit Annev en retournant l'objet dans ses mains, mais qu'est-ce que vous voulez en faire ?

Le bloc cylindrique mesurait une dizaine de centimètres de diamètre sur vingt de long. Annev suivit du bout des doigts les volutes délicates sculptées sur sa surface. Au centre des motifs arachnéens, il y avait un oiseau en plein vol, les ailes écartées, la queue pointée vers le bas, le bec et la crête tournés vers le ciel.

— Suis-je si mauvais ? s'enquit Crag en jetant une pelletée de terre sur le feu. Je croyais que c'était ressemblant.

Annev étudia de plus près les motifs. Les volutes entouraient le corps de l'animal et se mêlaient à sa queue. Retournant l'objet dans sa main, le jeune homme constata que les ornements s'effilaient progressivement, devenant des plumes enveloppées de flammes.

— Un phénix ? essaya-t-il en le retournant de nouveau.

— Ça se peut, répondit Crag en jetant une autre pelletée de terre sur les flammes mourantes.

Le petit campement se retrouva dans les ténèbres ; le chariot et le colporteur n'étaient plus éclairés que par les étoiles et la demi-lune visibles à travers la canopée. Crag rangea la pelle dans son chariot.

— Mais je n'en suis pas tout à fait sûr, ajouta-t-il après une pause. Il n'est pas tout à fait fini, voyez-vous.

Annev ramassa ses couvertures et les tendit à Crag avec le bloc de bois.

— Dans ce cas, vous devriez le terminer.

— En effet, mais ce soir, nous avons besoin de sa lumière.

Annev examina l'objet, puis releva la tête vers le marchand.

— C'est une énigme, lança celui-ci en reniflant. Je vous laisse réfléchir.

Il étala les couvertures sur le chariot, rentra les coins à l'intérieur, protégeant ses articles, notamment les plus légers disposés sur le dessus. Pendant ce temps, Annev étudia les motifs sculptés, toujours aussi perplexe.

— Vous avez résolu l'énigme, alors ?

— Je suis censé résoudre quoi ? Est-ce que ça s'ouvre ?

— Non. Il fait mieux que ça.

Le marchand lui prit le bloc des mains, appuya sur un mécanisme caché, tira. Une lumière pâle jaillit des plumes sculptées.

— Par les bâtons d'argent ! C'est de la magie ! De la vraie magie !

— Non, c'est un secret professionnel ! gloussa Crag. (Il appuya sur le côté de son nez avec l'index et grimaça.) Quand on appuie à un endroit précis d'une certaine manière, il se produit des choses. Nous avons besoin de voir où nous mettons les pieds, et je déteste les torches. La fumée noire, l'odeur… (Il tendit le bloc lumineux au jeune homme.) Vous êtes mon guide. Aidez-moi à sortir d'ici. Mais n'allez pas imaginer que je vous dois quelque chose parce que vous m'avez sauvé la vie.

Il gloussa de nouveau et souleva la barre d'attelage pour passer en dessous. Annev voulut l'imiter, mais Crag leva la main pour l'en empêcher.

— Non, non, votre bras n'est pas encore guéri. Laissez-lui un peu de temps. Je suis capable de pousser mon propre chariot, surtout quand il n'y a pas un grand garçon comme vous dessus. Passez devant.

Crag se mit en branle. Annev marchait à sa hauteur en tenant le bloc de bois en l'air pour éclairer la piste.

— Vous devriez le suspendre à l'avant du chariot, conseilla Crag en désignant du menton le bloc gravé. J'ai de la cordelette de chanvre dans ce coin du chariot. Enroulez-la autour de l'oiseau et suspendez-le à ce crochet, là. Et prenez un bâton, tant que vous y êtes. Si vous portez la poisse, nous risquons de croiser la route d'une autre de ces sorcières. Mieux vaut être prêts.

— Où sont les bâtons ?

— Vers le fond à droite.

Annev fouilla parmi les marchandises. Lorsqu'il sentit le bâton sous ses doigts, il regarda à l'intérieur et se figea.

— Il y a une épée, là-dessous, s'étonna-t-il. Vous ne préférez pas la prendre ?

— Non, le bâton me va très bien. Vous pouvez prendre l'épée si vous le souhaitez. Elle est principalement constituée de rouille, mais elle est tranchante.

Annev sortit du chariot le bâton et l'arme, dont il testa l'équilibre dans sa main droite. La lame était lourde. Elle mesurait environ soixante-dix centimètres de long sur dix de large, était dépourvue de fourreau, de garde ou d'ornements quelconques. La coquille étroite avait été brisée et enveloppée – avec ce qui restait de la garde – d'un mélange multicolore de haillons : jute brun par-dessus de la dentelle blanche, tissus verts et bleus noués à des cordons jaunes et des rubans rouges. La lame était constellée de rouille et son fil était dentelé, mais lorsque Annev la testa avec le pouce, il la sentit mordre dans sa peau. On aurait dit un rasoir.

— Où l'avez-vous trouvée ? s'enquit-il en mettant l'arme à sa ceinture et en courant pour rattraper le chariot.

— Je l'ai obtenue d'un pirate de Reota lors d'un échange, à Sterklin. Il souffrait du scorbut ou un truc comme ça et avait absolument besoin de quelques citrons.

Le chariot s'arrêta, et Crag regarda autour de lui pendant qu'Annev suspendait la lanterne phénix dans son filet, à l'avant.

— Bien, c'est maintenant que ça se complique. Devant, le chemin disparaît, il n'y a plus que des buissons et des sous-bois. Mais nous sommes bien arrivés par là, ajouta-t-il en regardant par-dessus son épaule. Du nord-ouest, je crois.

Annev étudia le terrain.

— Y avait-il une fourche, environ un kilomètre en arrière ? s'enquit-il.

— Oui, confirma Crag. J'ai pris à droite.

— Nous sommes sur la bonne route, alors. Traversons ces buissons, et nous retrouverons la piste.

Crag approuva et se remit à pousser son chariot. Annev coinça le bâton sous son bras et se posta à côté du marchand. Sa main droite tomba par accident sur l'épée, à sa ceinture. L'arme que lui avait offerte Sodar – Miséricorde – était un magnifique objet argenté. Elle était si bien polie qu'on se voyait dans l'acier. Malheureusement, il n'aurait sans doute plus jamais l'occasion de la dégainer. Même si par miracle il réussissait son test, Tosan lui avait interdit de revoir Sodar, et comme il ne pourrait pas ramener l'épée à l'Académie… il ne reverrait probablement plus jamais l'arme. Pire, s'ils faisaient de lui un intendant, il ne serait plus jamais autorisé à en toucher une.

Mais ceci était une véritable épée de pirate. Il n'avait jamais porté de l'acier comme celui-ci au grand jour. Annev serra sa poignée colorée en imaginant l'histoire de l'objet.

— À quoi ressemble l'océan ? demanda-t-il.

Crag s'arc-bouta, écrasant un buisson qui lui barrait la route.

— C'est grand. Humide. Salé. Plein de poissons.

Annev observait les ombres des arbres grandir puis rapetisser dans la lumière de la lanterne phénix. Il poussa un soupir et lâcha la poignée de l'épée.

— Je ne le verrai jamais. (Soudain, quelque chose bougea en marge de son champ de vision.) Vous avez vu ça ? demanda-t-il en tentant de suivre du regard l'ombre qui disparaissait dans la forêt et en portant instinctivement la main à l'épée.

Crag arrêta le chariot.

— Est-ce que j'ai vu quoi ? s'enquit le marchand en scrutant les environs.

— On aurait dit une ombre…

— Un animal ?

Annev sortit la lanterne de son filet et la brandit devant lui en plissant les yeux. En vain.

— On a besoin de plus de puissance, décréta Crag en lui prenant l'objet des mains.

Il tourna les deux extrémités dans des directions opposées, concentrant la lumière diffuse de la lanterne en un cône unique et intense jaillissant de l'œil du phénix.

— C'est incroyable, souffla Annev, impressionné. Vous êtes sûr qu'elle n'est pas magique ?

— Si je répondais non, des moines en pyjama rouge viendraient-ils me la voler pendant mon sommeil ?

Le jeune homme sourit, car il y avait du vrai dans la plaisanterie du marchand.

— Pensez plutôt à un artisanat de très haute volée, ajouta Crag en éclairant les arbres, les buissons et le sanglier qui se cachait derrière. Quand on sait comment ça marche, ça n'a plus rien de magique.

— Et alors, comment ça marche ?

— Par magie !

Annev renifla et regarda une nouvelle fois l'objet sculpté dans les mains de l'homme. Il essaya de se rappeler ce qu'il avait ressenti lorsqu'il avait tenu l'artefact. Le bois n'était pas particulièrement chaud. En réalité, il n'avait ressenti aucune des prémonitions que les anciens leur avaient appris à reconnaître. Cela signifiait-il que la lanterne n'était pas magique ?

— N'importe qui pourrait l'utiliser ? s'enquit-il. Même moi ?

Crag hocha la tête, échangeant la lanterne contre le bâton que le jeune homme avait coincé sous son bras.

— Une fois qu'elle est allumée, il n'y a plus rien à faire.

Annev balaya le faisceau sur la forêt, s'émerveillant de la quantité de détails ainsi révélés. Il tenait l'objet à deux mains, sentait sa surface rugueuse, à moitié terminée.

— C'est vous qui l'avez faite ?

— Vous m'avez vu la sculpter, non ?

— Je parle de la lumière. C'est vous qui l'avez créée ?

— Franchement, j'ai une tête de magicien ? C'est Lumea qui a créé la lumière ; moi, je me suis contenté de trouver un moyen de la vendre.

Annev examina le bloc de bois, effleurant les contours délicats des reliefs.

— Comment fait-on pour l'éteindre ? Et la faire luire comme tout à l'heure ?

Le colporteur lui reprit la lanterne et la retourna.

— Vous voyez la face où le phénix est gravé ? Que voyez-vous sur sa poitrine ?

— Mmh... des plumes.

— Regardez de plus près.

— Une flamme, finit par répondre le jeune homme. Une petite flamme.

— Bien, acquiesça Crag en hochant la tête. Et là, au milieu du feu ? interrogea-t-il le garçon en retournant le bloc de bois.

Annev étudia longuement les flammes gravées. Contrairement au phénix, elles avaient été sculptées il y avait longtemps. Le bois était teinté, poli par l'usage. En regardant d'encore plus près les lignes et les courbes, il remarqua les différences de profondeur des coups de ciseau. Lorsque Crag retourna encore la lanterne, la lumière intérieure sembla vaciller sous les flammes statiques, les faisant bouger et danser.

Annev était sur le point de renoncer lorsqu'il la vit : une mince ligne partageant la plus grande flamme et se ramifiant des dizaines de fois.

— Une plume ? demanda-t-il en la suivant du doigt.

— Une plume, répéta Crag en retournant encore le bloc. La flamme dans le phénix…, expliqua-t-il en posant un doigt dessus. Et la plume dans le feu, ajouta-t-il en posant un autre doigt sur celle-ci. Aucune ne peut vraiment mourir tant que l'autre vit.

Il appuya sur la plume et la flamme et les tordit vers l'extérieur, allongeant légèrement le cylindre. La lumière convergea vers l'œil du phénix, avant de jaillir en un faisceau blanc et puissant.

Annev secoua la tête, impressionné par un artefact capable de changer de forme et de générer de la lumière. Il le reprit des mains du marchand pour l'examiner.

— J'imagine que pour l'éteindre, il suffit de…

Du bout des doigts, il chercha la plume et la flamme. Lorsqu'il les eut trouvées, il appuya légèrement dessus et, entendant un léger *clic*, voulut replier l'objet.

Rien ne se produisit.

— Mmh…

Il réessaya mais, cette fois, tourna les mains dans le sens opposé. Aussitôt, le bloc se raccourcit en s'épaississant. Il y eut un nouveau *clic*, et la lumière redevint diffuse, émanant des flammes. Annev appuya de nouveau sur les boutons cachés, et l'objet se raccourcit encore. Il y eut encore un *clic* discret, et la lumière s'éteignit, les laissant dans le clair de lune. Le jeune homme cligna des yeux, surpris, et chercha à l'aveuglette la flamme et la plume. Dès qu'il les eut trouvées, il les pressa et déplia la lanterne, générant une lumière pâle qui émana des fissures entourant les flammes, comme la première fois. Il recommença, étirant l'objet, et un faisceau puissant jaillit de l'œil du phénix.

— C'est incroyable. C'est la première fois que je vois une chose pareille.

— Et sans doute la dernière, précisa Crag en sortant sa flasque de sa poche pour avaler une gorgée de son mystérieux breuvage. À l'exception de l'homme que vous avez devant vous, personne au monde ne saurait fabriquer ce casse-tête lanterne.

Il revissa le bouchon de sa flasque et la rangea dans la poche de sa veste.

Un frisson subit traversa le dos d'Annev.

— Qu'est-ce que c'était ? Vous l'avez senti ?

— Vous sursautez pour rien, jeune homme. Il n'y a rien, ici.

Alors qu'Annev se tournait vers Crag, le faisceau de la lanterne fit scintiller un objet métallique dans un buisson. Le garçon insista, éclairant la végétation épaisse, en vain. Puis il entendit le bruit rugueux du métal qu'on frotte contre du métal.

— Crag…, commença-t-il en sortant de sa ceinture son épée rouillée.

Tandis qu'il libérait la lame, le faisceau de la lanterne se déplaça sur la droite et éclaira une silhouette trébuchante et difforme.

— Crag ! cria-t-il, incapable de lâcher la créature des yeux.

Les ombres émergèrent des ténèbres. La lumière de la lanterne phénix révéla la présence de deux silhouettes humaines à demi nues et grotesques. Annev découvrit le visage balafré d'un homme aux longs cheveux bruns et à la barbe emmêlés. Lorsque celui-ci leva le bras pour se protéger de la lumière, Annev vit que de minces lames de fer étaient greffées dans son avant-bras, dépassant d'environ trois centimètres de sa peau croûteuse.

Il tourna le faisceau vers l'autre personnage et découvrit une femme courbée, à la poitrine et à la colonne vertébrale déformées par des bandes d'or et de cuivre qui semblaient faire partie de sa chair. Lorsque la lumière baigna son visage, elle grimaça et grogna, exposant des dents limées en pointes. Elle leva la main pour se protéger les yeux, montrant à Annev un bras marbré qui paraissait avoir été taillé dans la pierre.

— Par les Dieux ! s'exclama Crag en se matérialisant à côté du jeune homme. La sorcière est toujours à nos trousses.

— Je la croyais morte !

— Elle est morte, confirma Crag en brandissant son bâton. Ce sont sans doute ses *feurog*...

Chapitre 40

— Ses *feurog* ? répéta Annev, éclairant alternativement les deux créatures qui avançaient dans les fourrés. Je croyais qu'elle les avait tués ?

— Arrêtez ça ! ordonna Crag.

Il lui prit la lanterne, la replia de sorte qu'elle émette une lumière diffuse et la posa sur le chariot, illuminant les ténèbres environnantes. Annev observa les créatures dans la lueur pâle. Elles ressemblaient à des humains privés de leur humanité. Leur visage était torturé, furieux, pareil à un masque de douleur. Le mâle hurla – son criard et déplaisant – et s'enfonça les ongles dans sa poitrine velue, se faisant saigner.

Une réponse aux accents métalliques résonna dans le dos d'Annev, qui se retourna pour voir un troisième *feurog* émerger de la végétation. Son crâne était presque entièrement constitué de fer noir, ses yeux réduits à d'étroites fentes dans le métal, sa bouche pleine d'un entrecroisement de pointes. La créature fit grincer sa mâchoire et hurla en crachant de la salive et de la rouille.

— J'espère que vous n'aurez aucun scrupule à tuer ces fumiers ! lança Crag en collant son dos contre celui du jeune homme.

— Sont-ils seulement humains ? demanda Annev en agrippant fermement son épée.

Le *feurog* au visage de métal se rapprochait tel un animal sauvage attiré par l'odeur du sang. Il s'arrêta à environ quatre mètres et gratta son crâne en fer de ses ongles effilés comme des aiguilles, avant de rugir.

— Vous n'avez qu'à leur poser la question! s'écria Crag par-dessus le vacarme.

Les deux autres créatures faisaient les cent pas devant le marchand, le métal fiché dans leurs membres produisant une cacophonie assourdissante. L'homme à la barbe se jeta en avant, tentant de prendre le bâton de Crag de la main gauche, tout en visant son visage de son avant-bras droit percé de lames.

L'homme au crâne métallique chargea. Annev brandit son épée et adopta la position que Sodar et Edra lui avaient enseignée: un pied devant l'autre, le corps de profil, l'arme tendue devant lui. La bête fonça sur lui, ses bras décrivant un mouvement de pistons, ses mains s'ouvrant et se refermant. Le jeune homme frappa et la créature saisit sa lame. L'épée rouillée et dentelée s'enfonça dans sa chair, mais la bête ne lâcha pas prise, bien au contraire. Elle tira de toutes ses forces en rugissant. Annev lui assena un coup de pied en pleine poitrine, la faisant tomber en arrière et lui arrachant un morceau de main. Regardant par-dessus son épaule, Annev constata que Crag était harcelé par les deux autres *feurog* qui l'attaquaient à tour de rôle, tentant de lui agripper les cheveux, la gorge, le ventre ou les bras. Le colporteur se défendait avec une agilité étonnante – surtout comparé à la maladresse des deux créatures –, mais il fatiguait.

— Si vous pouviez vous dépêcher d'en finir avec le vôtre, j'apprécierais que vous me prêtiez main-forte. (Crag frappa deux fois la femme au visage – une fois de chaque côté –, mais celle-ci continuait d'avancer.) Il est presque impossible de tuer ces choses avec une arme non coupante! se plaignit-il.

Le *feurog* d'Annev fléchit ses mains ensanglantées sans lâcher l'épée des yeux et revint à l'attaque. Le jeune homme planta fermement ses pieds dans le sol et accueillit la bête d'un vif coup de lame. Il avait anticipé l'attaque et répliqué d'une botte qu'il savait fatale. Sans aucune hésitation, cette fois.

La pointe s'enfonça profondément dans l'œil gauche de la créature lancée à pleine vitesse. La chose hurla et tomba en avant, si bien que la pointe de l'épée d'Annev rencontra le fond de sa boîte crânienne en fer. Le *feurog* se retrouva à genoux, et Annev arracha quinze centimètres d'acier de son orbite.

Faisant volte-face, le jeune homme vit Crag assener un violent coup de bâton sur le côté de la tête du barbu. L'arme entra en contact avec la pommette et la tempe de la chose, lui écrasant le visage. Le *feurog* s'écroula.

Annev rejoignit Crag tandis que la *feurog* survivante s'agitait, basculant d'un pied sur l'autre, son expression hésitant entre la colère et la peur comme elle contemplait le champ de bataille. Elle siffla en levant son bras en pierre. Annev remarqua une entaille dans l'avant-bras de Crag. Son sang coulait abondamment. L'homme ne tiendrait plus très longtemps. Annev s'approcha lentement de la femme par le côté, l'épée tendue devant lui. La *feurog* lui fit face et recula.

— Tenez-vous prêt ! lança Annev à Crag au moment où la femme se jetait sur lui.

Le jeune homme eut un mouvement de recul tandis qu'elle écartait les bras pour l'agripper. Il vit une ouverture, l'endroit où aurait dû se trouver son cœur, et se prépara à frapper. Dans le même temps, il aperçut un éclat doré sur le torse bardé de métal de la femme. Elle lui tomba lourdement dessus, et Annev entendit quelque chose se casser comme son assaillante et lui roulaient dans la terre. Il parvint néanmoins à bondir sur ses pieds en frappant à l'aveugle devant lui, avant de se rendre compte qu'il tenait une simple poignée, l'épée étant restée fichée dans l'épaule de la créature.

Par les couilles d'Odar !

La chose réussit à arracher le métal enfoncé dans sa chair et jeta l'épée dans la direction d'Annev, qui eut le temps de se baisser pour l'éviter. L'instant d'après, cependant, la *feurog* le frappait au visage du revers de la main, le faisant tomber, et lui sauta dessus à califourchon, lui clouant les bras le long du corps. Grondant, elle leva son lourd bras de pierre au-dessus de sa tête pour l'abattre sur le crâne d'Annev.

Elle n'atteignit jamais sa cible, toutefois, car le bâton de Crag décrivit un arc dans les airs et frappa la créature à la gorge. Elle s'écroula sur le côté, permettant à Annev de se relever.

Crag se tenait au-dessus de la femme étendue, l'extrémité de son bâton posée sur son front. La bête se tortillait dans l'humus en agrippant sa gorge, tentant de respirer.

— Elle suffoque, dit Annev.

— Absolument, confirma Crag en soulevant son bâton. Mieux vaut la finir proprement.

Il brandit son bâton coiffé de métal au-dessus de sa tête.

— Non ! protesta Annev. On ne pourrait pas plutôt… l'aider ?

— Elle a essayé de nous tuer. Peut-être même ses amis et elle ont-ils torturé ma mule. (Il donna un coup de pied dans la main gauche de la *feurog*, qui retomba, lourde comme une pierre. Puis il posa sa botte dessus.) Vous voyez ? reprit-il. Sa peau est comme du granit. Elle aurait réduit votre crâne en bouillie.

Annev fronça les sourcils. La *feurog* luttait pour tenter de libérer son bras, mais elle faiblissait. Ses lèvres devinrent bleues, et le jeune homme vit la panique dans son regard.

Un regard terriblement humain.

— Donnez-moi votre pipe ! ordonna Annev en s'agenouillant.

— Qu'est-ce que vous allez… ?

— Votre pipe, vite ! Avant qu'il soit trop tard.

Le marchand sortit la pipe de sa poche en secouant la tête.

— Vous pensez pouvoir l'aider, mon garçon, mais vous vous fourvoyez. Elle est pour ainsi dire morte. Mieux vaut l'achever sans attendre.

Annev l'ignora et prit la pipe. Il força la *feurog* à lâcher sa gorge et plaqua sa main libre au sol.

— Maintenez-lui le poignet par terre !

Crag marmonna quelque chose dans sa barbe mais obtempéra, posant le pied sur l'autre poignet de la femme. Sous lui, la créature aux yeux exorbités se débattait, essayait désespérément de se libérer en grinçant des dents.

Annev récupéra la lame brisée de l'épée puis coinça la pipe entre les seins cerclés de métal de la femme. Tenant fermement la lame à deux mains, il scia le tuyau et le détacha de son fourneau. La *feurog* sursauta quand la lame atteignit son torse, mais lorsque le garçon souleva l'épée, il n'y avait qu'une petite égratignure sur le métal. Annev enjamba la femme difforme sans savoir exactement ce qu'il devait faire. Sodar le lui avait expliqué une fois, et lui avait dit de ne pratiquer cette technique qu'en cas d'extrême nécessité. Il s'agissait en effet d'une question de vie ou de mort. En cas d'échec, il tuerait la créature.

Pinçant l'extrémité cassée de la lame entre ses doigts, Annev transperça rapidement la trachée de la femme. Il sursauta en sentant un souffle d'air jaillir de l'orifice, dans lequel il se hâta d'introduire le tuyau de la pipe avant que le sang de la *feurog* ne s'écoule à l'intérieur.

La femme cessa de s'agiter, tandis que ses poumons s'emplissaient d'air. Ses lèvres reprirent de la couleur, et son regard effrayé se fit moins sauvage.

Annev se leva, la lame de l'épée rouillée à la main. Crag siffla, admiratif.

— Où avez-vous appris cette magie ? lui demanda-t-il.

— Sodar, répondit Annev sans lâcher la *feurog* des yeux. Un prêtre se doit d'être capable de secourir les gens, m'a-t-il toujours dit.

— C'est une compétence intéressante. Soigner est un art, mais j'aurais préféré que vous ne ruiniez pas ma pipe préférée, ajouta-t-il en fronçant les sourcils. Que va-t-on faire d'elle, maintenant ? Elle reste dangereuse.

Le jeune homme regarda tour à tour la femme et son épée brisée, semblant se rendre compte que son arme ne pourrait plus le protéger. Il alla ramasser la poignée et entreprit de défaire les morceaux de tissus colorés dans lesquels elle était emmaillotée.

— Vous croyez qu'elle voudra nous faire du mal ? demanda-t-il en enroulant les haillons autour de la base de la lame.

— Ces créatures sont sauvages, répondit Crag en haussant une épaule. Impossible de prévoir son comportement. Je ne sais d'ailleurs même pas pourquoi elles nous ont attaqués, sachant que la sorcière est morte et qu'elle ne les contrôle plus. Pire, je ne comprends pas pourquoi vous l'avez sauvée.

Annev cessa d'envelopper sa lame pour examiner la femme. Elle avait fermé la bouche pour mieux respirer par la pipe. Ses lèvres fines étaient closes, on ne voyait plus ses dents taillées en pointes. Elle ressemblait moins à un animal et plus à une femme effrayée – car il était évident qu'ils la terrifiaient. La *feurog* les contemplait frénétiquement, mais il y avait quelque chose dans ses yeux… Un éclair d'humanité ? Une lueur d'intelligence ? De la supplication ?

— Laissons-la partir, dit Annev.

— Elle vous tuera dès qu'elle en aura l'occasion, rétorqua Crag.

— Peut-être, mais je préfère que nous la laissions filer. Elle n'est plus aussi dangereuse qu'avant, et je me demande bien ce qu'elle pourrait faire.

Crag poussa un soupir.

— Comme vous voudrez, acquiesça-t-il en lui libérant les poignets et en reculant de quelques pas.

Annev recula aussi et rejoignit le marchand en se remettant à enrouler les haillons autour de la lame brisée.

Les bras désentravés, la *feurog* approcha avec circonspection les mains de sa gorge. Sa main droite était recouverte d'une peau humaine, non pas de granit comme la gauche, ni de métal comme son dos et sa poitrine. Usant de ses doigts humains, elle effleura le tuyau de la pipe, l'attrapa pour le retirer.

— Non ! s'écria Annev.

La créature se figea, puis baissa les bras le long de son corps. Crag, quant à lui, observait en silence.

La femme roula sur le ventre, prit appui sur ses mains et ses genoux pour se lever. Le regard rivé sur Crag et Annev, elle recula jusqu'à l'endroit où étaient étendus les deux mâles. Elle attrapa le bras du barbu auquel Crag avait écrasé le visage et le traîna dans les ténèbres.

Chapitre 41

— On a vu des choses bien étranges, ce soir, lança Crag en serrant le bâton contre sa poitrine. Je serais presque tenté de croire que nous nous sommes aventurés dans le Vosgar.

Annev secoua la tête, posant le regard par inadvertance sur la créature au visage de métal qu'il avait tuée un peu plus tôt.

— Non, nous n'avons pas traversé la route de Brake. Mais nous ne sommes pas loin, admit-il en contemplant la forêt obscure. Les arbres sont différents, par ici. Ça se sent. Le vert est plus foncé, sauvage. Cela dit, je n'avais jamais vécu une soirée comme celle-ci. Jamais vu de sorcière, ni de créature faite de métal.

Il s'approcha du cadavre, examina son visage et écarquilla les yeux.

Ses oreilles. Elles ne sont pas couvertes de fer.

Le jeune homme déglutit, peinant à croire qu'il pouvait avoir autant de chance. Il pourrait choisir sa voie, il pourrait s'allier à Sodar et être un homme de caractère, tout en accomplissant la mission inepte que lui avait confiée Tosan. Les oreilles de la créature lui permettraient d'acheter son salut. Son avenir à l'Académie, toutes ces choses auxquelles il avait rêvé deviendraient réalité.

Les mains tremblantes, il s'agenouilla à côté du visage du *feurog* mort et saisit fermement son arme.

— Qu'est-ce que vous faites, jeune homme ?

— Vous vous rappelez les complications auxquelles j'ai fait référence ? demanda Annev en se figeant.

— Oui, acquiesça Crag en s'approchant avec la lanterne.

— Eh bien, c'en est une, lança Annev en sectionnant l'oreille du mort.

— Par les Dieux, mon garçon ! Il y a une minute, vous refusiez de tuer ces monstres, et maintenant vous découpez des trophées !

Le jeune homme tourna la tête du défunt et entreprit de trancher l'autre oreille. Une partie du lobe était soudée au fer qui recouvrait le crâne du *feurog*, mais Annev parvint à en récupérer une grande partie. De quoi satisfaire Tosan. Il se leva et arracha quelques feuilles de fougère pour emballer les morceaux de chair.

— Je retire ce que j'ai dit ! Votre village n'est pas un endroit aussi paisible que je l'imaginais. Des gens qui vous demandent de rapporter des oreilles pour vous tester… (Il secoua la tête.) Ce n'est pas le genre d'endroit où j'aurais envie de vivre.

Annev enveloppa son paquet dans une autre feuille et rangea le tout dans sa tunique.

— Peut-être, concéda-t-il à contrecœur, son acte lui donnant le vertige.

Cependant, il réussirait peut-être à devenir avatar sans assassiner le marchand ambulant perdu.

— C'est quand même bizarre, comme mission, reprit Crag en regardant du coin de l'œil l'épée dans la main du jeune homme. Pas facile de trouver quelqu'un à qui couper les oreilles autour d'un village secret, non ?

Crag secoua la tête en se grattant l'oreille.

— Je vous ai dit que c'était compliqué, répéta Annev en évitant de croiser son regard, avant de se retourner pour reprendre ses esprits. La limite de la forêt devrait se situer à un kilomètre et demi au sud.

— On ferait mieux de se remettre en route, grogna Crag.

Il tendit la lanterne à Annev et, ensemble, ils retournèrent vers le chariot. Crag ressortit sa flasque, en dévissa le bouchon, but une gorgée et en versa un peu sur l'entaille de son avant-bras.

— Comment va votre bras ?

— Il guérira.

— Si vous avez du tissu propre, je peux vous faire un bandage.

— Pas la peine. Cette magie-là, je peux la pratiquer tout seul. (Il découvrit l'arrière du chariot, fouilla et produisit un rouleau de tissu, dont il se servit pour bander son bras.) Comment va *votre* bras ?

Annev remit l'épée dans sa ceinture et serra les doigts de sa main bandée.

— Bien, je crois. J'ai moins mal.

— Vous devriez quand même refaire votre pansement.

Annev hocha la tête, et le marchand l'aida à défaire les bandages de sa prothèse. Crag hocha la tête en avisant les cicatrices gris-rose qui semblaient guérir rapidement, puis refit rapidement le pansement.

— Crag, commença Annev lorsque l'homme eut terminé. Vous ne devrez jamais remettre les pieds dans cette forêt. Nous ne nous reverrons pas.

— Je m'en doutais. Ce ne serait pas un vrai village secret si on pouvait y débarquer à sa guise. Remarquez, vu le prix auquel on m'achète mes marchandises, dans le coin, je n'aurais pas vraiment intérêt à revenir.

— Vous garderez le secret, alors ? demanda Annev en souriant. Vous ne parlerez à personne de notre village et de ce que nous y faisons ?

— Je le jure, promit Crag en posant son poing sur son cœur. À moins… que vous veniez avec moi. J'ai besoin d'une nouvelle bête de somme, après tout.

Annev le dévisagea en se demandant s'il plaisantait ou non. Dans la lumière vacillante de la lanterne, c'était difficile à dire.

— Vous me proposez vraiment une place ?

— Eh bien..., répondit le marchand en rangeant son rouleau de tissu à l'arrière de son chariot. Vous m'avez sauvé la vie, ce soir. Il me semble juste de vous aider à sauver la vôtre.

— Vous m'avez rendu la pareille deux fois : lorsque vous m'avez poussé sur votre chariot après avoir soigné mon bras, et quand vous avez écrasé la gorge de ce monstre.

Crag sourit en soulevant la barre d'attelage pour passer en dessous.

— C'est vrai, mais vous m'aviez tiré des griffes de la sorcière. Cependant, je ne pensais pas à ça. En vérité, nous avons tous les deux été mis à contribution durant ce périple. Je pensais plutôt à votre fameux test. Au fait que vous comptiez ramener ces oreilles à vos anciens pour pouvoir leur dire que vous m'avez tué.

— Quand avez-vous compris ? s'enquit Annev en s'empourprant.

— Il y a quelque temps. En tout cas, vous auriez eu une mauvaise surprise, si vous aviez essayé. Je prends assez mal les tentatives de meurtre sur ma personne, même quand il s'agit d'amis de Sodar.

— Ce n'est pas la première fois que vous venez, comprit soudain le jeune homme.

— Je suis déjà venu à Chaenbalu, c'est vrai.

Annev remarqua que le marchand ne s'était pas trompé sur la prononciation, cette fois. Un tic nerveux lui souleva le coin de la lèvre.

— Donc, vous connaissez Sodar et vous êtes déjà venu au village, résuma Annev en retournant la lanterne sculptée entre ses mains. Pourquoi tout ceci, alors ? Pourquoi avoir fait semblant d'être perdu ?

— J'étais vraiment perdu ! Je suis venu dans la forêt de Brake pour trouver Sodar, mais je me suis fourvoyé. Une de vos femmes sages m'a vu traînant dans les parages et a envoyé un maître avatar me surveiller. Je me suis tenu à l'écart, histoire de ne pas causer d'ennuis à Sodar, et puis les Dieux vous ont placé sur ma route.

Annev avait la gorge sèche.

— Donc… vous n'êtes pas vraiment marchand ? Vous êtes un artisan, vous appartenez à sa confrérie secrète ?

Il ne voulait pas l'accuser, car il commençait à l'apprécier, mais l'idée de son appartenance éventuelle au maillage de mensonges mis en place par Sodar lui laissait un goût amer.

— Sodar ne m'a pas vu depuis des années, répliqua Crag, et c'est sûrement mieux comme ça. Je le considère comme un ami, même si nous n'avons pas forcément la même vision des choses. Je lui laisse le soin de vous expliquer, car c'est une longue histoire. À moins que vous m'accompagniez sur la route d'Hentingsfort.

Annev se sentit déchiré. Il regarda la lanterne dans sa main, la couverture sur les marchandises de Crag, puis ce dernier. Tant d'énigmes. Il avait envie d'entendre l'histoire de Crag – de comprendre ce qui le liait à Sodar –, mais il ne pouvait abandonner sa vie à Chaenbalu pour ces réponses.

— Je ne peux pas vous accompagner.

— Pourquoi ?

— Je suis chez moi à Chaenbalu, et des gens y attendent mon retour. Ma vie est là-bas.

Il pensa à Myjun, à la cour qu'il lui ferait lorsqu'il serait avatar. Il pensa à Therin et Titus, au sourire suffisant qui disparaîtrait du visage de Fyn lorsqu'il serait autorisé à porter la tenue des avatars.

Et puis, il pensa à Sodar. Il lui faudrait abandonner sa fonction de diacre et son mentor ; néanmoins, il voulait retourner à Chaenbalu pour le revoir ne serait-ce qu'une seule fois. Il s'en voulait de s'être précipité pour accomplir la mission que lui avait confiée Tosan sans prendre le temps de s'arrêter chez le prêtre pour lui raconter le Test du Jugement. Et puis, il voulait lui poser des questions. Puisque le marchand ne souhaitait pas entrer dans les détails de son histoire avec Sodar, Annev pourrait en parler au prêtre lui-même. Et il en profiterait pour évoquer la sorcière et ce qu'elle avait dit…

Fils de Sept Pères, rumina le jeune homme. *Fils de Keos. Vaisseau*. Sodar risquerait de prétendre ne pas comprendre ; il est vrai qu'il lui avait déjà menti au sujet de ses parents et de son propre passé. Annev aurait parié que Crag était mêlé à tout cela et qu'il en savait long sur la vie secrète de son mentor, une vie impliquant des artisans, des Seigneurs de sang et des sans-âge.

Le marchand étudia le visage d'Annev et finit par hocher la tête.

— Très bien. Si votre place est là-bas, je ne vais pas vous forcer. (Il poussa son chariot vers la route, suivi de près par le jeune homme.) C'est sans doute mieux comme ça. Je ne suis qu'un vieux et gros marchand ambulant un peu bizarre qui a l'habitude de voyager seul.

— Remplacez « bizarre » par « mystérieux » et je serai d'accord avec vous, le corrigea Annev en souriant.

— Vous dites que je suis gros, c'est ça ! fit mine de s'offusquer Crag.

Annev secoua la tête, et son sourire s'élargit.

— Souhaitez-vous que je transmette votre message à Sodar ? (Il prit son courage à deux mains.) Cela a-t-il un rapport avec la mort des artisans ?

— Que savez-vous à ce sujet ? l'interrogea Crag en lui lançant un regard oblique.

— Arnor est passé hier, affirma Annev, déformant légèrement la réalité.

— Arnor ? s'étonna le marchand en trébuchant. C'est un nom que je n'avais pas entendu depuis bien longtemps. (Il sombra dans un long silence, son sourire s'effaçant.) Je suis surpris que vous sachiez tout ça. En général, Sodar aime garder les gens dans le flou aussi longtemps que possible.

Les paroles de Crag alarmèrent Annev, qui fit néanmoins son possible pour ne rien laisser paraître, espérant que l'homme en dirait davantage.

— C'est une vieille habitude, chez lui, reprit Crag, et je doute qu'il la perde un jour.

— Quel message voulez-vous que je lui transmette ? insista le jeune homme après un battement de cœur.

— Ah ! vous aimeriez bien le savoir, pas vrai ? le taquina le marchand. Malheureusement pour vous, j'ai attrapé les mauvaises habitudes de Sodar. (Voyant le garçon froncer les sourcils, il éclata d'un rire sincère.) Ne vous fâchez pas, j'ai laissé une lettre près de la pierre levée à côté de laquelle nous nous sommes rencontrés. Portez-la à Sodar lorsque vous rentrerez chez vous, mais surtout, ne brisez pas le sceau.

Annev hocha la tête.

— Bien. Avec un peu de chance, aucune autre sorcière, aucun autre monstre de métal ne viendra nous attaquer ce soir, aussi pouvons-nous discuter tranquillement. Citez-moi le nom de n'importe quel endroit reculé, et je parie que je pourrai vous en parler.

— D'accord. Vous connaissez Green Froch et les Seigneurs des chevaux ?

— Les Markluans ! J'en ai croisé quelques-uns, dans le temps. De féroces négociateurs. Pour des sauvages, je veux dire. Leur monnaie est bizarre, aussi. Ils n'utilisent pas les Bâtons et les Soleils de l'Empire, mais des bracelets en laiton, des rubans en argent, des bagues en cuivre et des anneaux en or. Tout ce qu'on peut porter, en somme !

Après une demi-heure à marcher en conversant, Annev et le marchand émergèrent de la forêt pour se retrouver sur la route de Brake. Le ciel était constellé d'étoiles, et on voyait au loin dans les deux directions. Il n'y avait aucun autre voyageur en vue. Crag attrapa la lanterne phénix.

— Je vous ai promis du rattan et du sang-de-dragon en échange de vos lumières pour sortir de cette forêt, dit Crag. Nous avons certes subi deux attaques durant le trajet. Je suis malheureusement responsable de la première ; quant à la seconde, c'est la faute à pas de chance. En tout cas, vous avez été un guide irréprochable, conclut-il en tendant la main. Ceci dit, j'aimerais bien récupérer mon épée.

Annev sourit et rendit sa lame brisée au colporteur.

— Merci. Puisse Odar vous protéger dans vos voyages.

— Et puisse Lumea éclairer votre chemin, où qu'il vous mène. À ce propos, permettez-moi de vous offrir ceci, ajouta-t-il en lui tendant la lanterne phénix.

— Elle est bien trop précieuse, rétorqua Annev en secouant la tête. En plus, vous en aurez besoin.

Crag insista, lui mettant l'artefact dans les mains.

— Les étoiles me suffisent, jeune homme. Je n'ai pas besoin de casse-tête, et puis, je peux toujours en fabriquer un autre. Prenez cette lanterne. Un phénix pour un phénix.

Annev finit par accepter le trésor.

— Gardez l'oiseau hors de portée de vos anciens, cependant. Je vous fais ce cadeau parce que ça me fait plaisir, et je ne voudrais surtout pas apprendre que quelqu'un vous l'a pris. Quelqu'un en pyjama rouge, surtout !

Il cracha par terre aux pieds d'Annev. Cette fois, le jeune homme ne réagit pas.

— Merci, dit le garçon, qui savait cependant qu'il serait contraint de laisser la lanterne à la chapelle avec Miséricorde. Je chérirai votre présent, ainsi que votre amitié, et je vous souhaite bonne chance à Hentingsfort, Port Caer… enfin, où que vous alliez.

— Je compte me rendre dans tous ces endroits ! acquiesça Crag en repassant sous la barre d'attelage. Je profiterai de ma prochaine étape pour acheter une mule. Pousser cette saloperie est plus fatigant que prévu, et puis, la compagnie de Cenif me manque. (Il soupira et donna à Annev une tape dans le dos.) Merci, Ainnevog. N'oubliez jamais : si la route que vous avez empruntée ne vous convient pas, il en existe d'autres. Il faut simplement un peu de courage pour les trouver.

Annev hocha la tête, tandis que Crag se mettait à pousser son chariot sur la route surplombée d'étoiles. Le jeune homme regarda le marchand s'éloigner dans les ténèbres.

Au lieu de retourner dans la forêt de Brake seul, Annev décida de longer la route en direction de l'ouest. À sa droite s'étiraient les bois endormis ; à sa gauche, les gigantesques pins du Vosgar. Il se désintéressa des deux, restant concentré sur la route et les ténèbres. Il finirait par retrouver un chemin familier.

Pour le moment, il était seul et libre – libre de toute obligation, loin des anciens, des titres et des tuteurs. Ils voudraient tous lui mettre la main dessus à son retour, mais pour le moment, la route était son guide et les étoiles ses compagnes. Il allongea sa foulée et sourit malgré tout. Et courut pour arriver avant l'aube.

Troisième partie

Et Keos tomba à terre et regarda autour de lui, avisant son frère qui l'avait frappé, et sa sœur qui se tenait tout près. Il tendit son membre cassé vers cette dernière et appela à l'aide. Lumea, cependant, eut honte, et s'en fut.

Son attitude fit bien plus mal à Keos que sa blessure physique, car s'il avait cessé d'aimer son frère, il aimait toujours sa sœur, et sa trahison lui était particulièrement douloureuse.

Ainsi, Keos haussa-t-il le ton et maudit-il Odar et Lumea. Et il maudit leurs enfants, les Dariens et les Iluméens, et promit de leur faire la guerre. Et il maudit les cadeaux qu'il avait conçus ; le Bâton d'Odar et la Flûte de Lumea. Et sa malédiction fut d'une telle puissance qu'Odar et Lumea seraient morts brûlés s'ils les avaient utilisés de nouveau. La malédiction toucha également les adeptes d'Odar et de Lumea, car si un Darien ou un Iluméen essayait de briguer le Bâton ou la Flûte, il aurait été frappé et serait mort.

Et pourtant, la malédiction de Keos était imparfaite, car un petit nombre de Dariens et d'Iluméens pouvaient encore utiliser les instruments de pouvoir. Les Iluméens qui s'étaient attiré les faveurs de Lumea étaient capables de jouer de la Flûte, et les quelques Dariens qui s'étaient attiré celles d'Odar pouvaient brandir le Bâton. Et on les appela les daltas, les enfants-dieux, et ils furent infiniment respectés, dotés de pouvoirs magiques.

Ainsi Keos se cacha-t-il dans les profondeurs de la terre, où il demeura longtemps inconsolable, ne supportant que la compagnie de ses golems, travaillant à la fabrication d'une nouvelle main. Cette main était constituée d'or, et elle était si bien conçue et réalisée qu'elle ressemblait à une vraie main, quoique dorée et ornée de magnifiques gravures.

Et Keos mit une grande partie de ce qui lui restait de puissance et de force dans cette nouvelle main. De sa malice, aussi, car il avait juré de se venger d'Odar et de Lumea. Tout comme Odar avait travaillé à la destruction des Enfants de Keos, Keos se promit de détruire les adeptes de ses frère et sœur.

Tandis que Keos œuvrait dans les profondeurs de la terre, de nouveaux Dieux émergèrent. Et on les appela les Jeunes Dieux, et ils naquirent de la Destruction de la Main de Keos. Ils s'appelaient Sealgair le Chasseur, Dieu des Animaux ; Garadair le Jardinier, Dieu des Plantes ; Cruithear le Créateur, Dieu des Minéraux ; Dorchnok le Farceur, Dieu des Ombres ; Tàcharan le Changeant, Dieu du Hasard.

Et cinq nouvelles races naquirent de la main de Keos : les Dragons, les Nymphes, les Géants, les Eidolons et les Fées. De la main de Keos émergèrent également des milliers de créatures magiques diverses n'appartenant à aucune race ni lignée. Et on les appela les Keokum, car ils avaient été engendrés par Keos, mais n'étaient pas ses enfants. Et tout ceci survint à cause de la Destruction de la Main de Keos.

Le Deuxième Âge commença par la mort de Myahlai et se termina avec la Destruction de la Main de Keos, et on l'appela l'Âge des Rois, et il dura mille ans.

Traduction d'un fragment retrouvé
dans les ruines de Speur Dún :
« La Destruction de la Main de Keos »,
extrait du Livre de Terra, traduit par Sodar Weir

Le Troisième Âge du monde fut marqué par la naissance des Jeunes Dieux. Lorsque ceux-ci s'éveillèrent à leur divinité, leur père était absent. En effet, Keos avait disparu de la face de Luquatra. Il avait abandonné ses enfants afin de panser ses blessures et reprendre des forces en prévision du jour où il émergerait de nouveau dans toute sa gloire et sa puissance.

Étant nés de la Destruction de la Main de Keos, les Jeunes Dieux – qui étaient au nombre de cinq – avaient hérité d'une partie de sa force. Ils se réveillèrent dans un monde plongé dans le chaos et le sang, car les adorateurs de Keos, en l'absence de leur maître, se faisaient la guerre. Les Jeunes Dieux prirent en pitié le peuple de Keos et vinrent au secours des Terrans. Ce faisant, ils gagnèrent des adeptes et commencèrent à usurper le pouvoir de Keos sur le *t'rasang*.

Ainsi les cinq Jeunes Dieux divisèrent le peuple de Keos et flattèrent ses adorateurs. La majorité des Terrans, cependant, restèrent fidèles à Keos et continuèrent à l'adorer en son absence, persuadés que Keos, à son retour, communierait avec les plus fidèles des fidèles, dont il ferait des Seigneurs de sang. Ce qui advint effectivement.

Les infidèles ne furent pas récompensés. Dans sa fureur, Keos rendit visite aux Jeunes Dieux et leur ordonna de se soumettre à sa volonté et de lui rendre ses adorateurs. Les Jeunes Dieux, cependant, dédaignèrent Keos car, tout comme leur père, ils étaient fiers et jaloux de leur propre divinité. Ils prétendirent que Keos était un Dieu infirme, dont le pouvoir avait décru. Pour illustrer leur propos, ils prirent en exemple la forge de Thoir Cuma, autrefois symbole de la puissance de Keos, qu'on avait rasée pour faire place à un temple de Tàcharan. Ainsi, Keos échoua-t-il à réaffirmer sa suprématie.

Keos n'enragea pas comme il l'aurait fait autrefois, car il était devenu réfléchi et malin durant sa retraite. Il retourna dans les fosses de Daogort, là même où il s'était isolé, et créa un vaste amphithéâtre où il convia ses Keokum, afin que ceux-ci choisissent une fois pour toutes entre lui prêter allégeance et affirmer leur indépendance. Et il invita également les Dragons, les Nymphes, les Géants, les Eidolons et les Fées, soit toutes les créatures nées de la Destruction de la Main de Keos.

Pendant cinq ans, il les réunit. Durant cinq ans il leur fournit des mets et des boissons raffinés, il les flatta, leur offrit de l'or et de l'argent afin de les convaincre de demeurer dans le Grand Conseil de Keokumot. Il persuada même l'un des Jeunes Dieux de lui rendre visite et de rester avec lui.

Au terme de ces cinq années, l'amphithéâtre était plein. Nombre de ceux qui demeurèrent dans le Conseil espéraient influencer le Dieu du Sang de la Terre, mais refusèrent de lui prêter allégeance. Et de nombreux autres restèrent, car ils pensaient que Keos était un Dieu déchu. Ils cherchaient à tirer profit de sa faiblesse, le louant le jour pour se moquer de lui la nuit.

Au terme de ces cinq années, le Grand Conseil fut créé et les portes de Keokumot scellées afin que chacun puisse prendre sa décision en conscience.

Le Conseil, cependant, ne servit à rien. Keos avait déjà discerné qui, parmi les gens rassemblés, lui était fidèle et qui ne le serait jamais. Et il avait fait venir une armée de golems – cinq cent mille golems créés durant son isolement –, qui barra l'accès aux portes de Keokumot. Et les fidèles emplirent l'amphithéâtre des ossements des traîtres. Et aucun de ceux qui restaient ne contesta la domination de Keos.

Du schisme de Keokumot émergèrent cinq nouvelles races : les Guivres, les Sirènes, les Ogres, les Démons et les

Diables. Ces cinq-là firent la guerre à leurs races sœurs, qui avaient rejeté Keos. Et le Troisième Âge de Luquatra fut appelé l'Âge du Sang.

Traduction d'un fragment retrouvé
dans les ruines de Speur Dún :
« Le Conseil de Keokumot »,
extrait du *Livre de Terra*, traduit par Sodar Weir

Chapitre 42

Annev courut jusqu'à la crête qui surplombait le village et fit glisser la lanterne de son épaule. Penché en avant, les mains sur les genoux, le regard rivé à l'herbe verte, il s'efforçait de reprendre son souffle. Il inspira les senteurs de ce début de printemps : la rosée du matin mêlée à la richesse de la terre humide et à la brise légère.

Il se redressa lentement. À l'est, le soleil s'était déjà levé au-dessus des arbres de la forêt de Brake, mais ses rayons pâles n'avaient pas encore atteint les grappes de petits bâtiments et les carrés de terre cultivée tapissant la vallée forestière isolée.

La lumière du soleil caressait les spires de l'Académie, qui dominait le village. Plus haute structure de Chaenbalu et unique bâtiment à compter plus d'un étage, l'Académie, avec ses flèches et sa pierre grise, jurait au milieu de maisons bien plus modestes. Elle était même plus haute que la chapelle de Sodar, à l'extrémité est du village. Contemplant sa future demeure, Annev nourrissait des sentiments mitigés. Il se sentait mentalement et physiquement épuisé. Il n'avait pas fini d'encaisser les événements étranges de la journée et de la nuit précédentes, et sa longue course avait achevé de le vider. Et pourtant, il était heureux d'avoir accompli à sa manière la mission confiée par Tosan, si excité à l'idée de devenir enfin Avatar du Jugement. C'était là un sentiment doux-amer, toutefois, car cela signifiait la fin de sa collaboration avec Sodar.

Le regard d'Annev se détacha de l'Académie pour se poser sur le bâtiment couleur de terre qui avait toujours été sa maison. Il y retournerait une dernière fois pour rassembler ses affaires avant de s'installer à l'Académie. Il aurait même le temps d'aller chercher les marchandises qu'il avait laissées à l'entrée de la forêt, avant de rentrer pour manger un morceau et dormir un peu. Le directeur attendrait – il lui avait donné jusqu'au coucher du soleil pour accomplir sa mission, et le jour pointait à peine. En revanche, pas question pour Annev de manger ni de dormir tant qu'il n'aurait pas parlé à Sodar. Le prêtre voudrait savoir tout ce qui s'était passé depuis la dernière fois qu'ils s'étaient vus, et Annev avait quelques questions à lui poser. Cette fois, il exigerait des réponses.

Tandis qu'il se rapprochait de l'extrémité sud-est du village, Annev traversa un bosquet d'ochromas et osa regarder à travers les branches, à la recherche d'éventuels serpents à collier. Il ne vit que quelques chauves-souris et s'arrêta au ruisseau pour boire. L'eau légèrement saumâtre lui fit du bien. Il en avala plusieurs gorgées, puis traversa le barrage du moulin pour rallier la route conduisant au village. Annev arpenta les rues étroites qui entouraient la place, demeurant loin de l'Académie et s'assurant de ne jamais passer sous le vitrail du bureau de Tosan.

Comme il marchait d'un pas vif dans les allées, Annev constata avec effarement qu'il avait oublié de retirer le bandage de son bras gauche, précaution qu'il avait pourtant décidé de prendre avant d'entrer dans le village. Il se cacha derrière le mur de la tannerie, posa la lanterne et entreprit de défaire le pansement à la base de son coude avec une pointe de culpabilité. Le marchand lui avait bien dit de ne pas y toucher avant la guérison complète de sa blessure, mais Annev ne pouvait se permettre d'arborer un pansement synonyme de blessure et d'échec potentiel. S'il avait réussi la mission de Tosan, une cicatrice de cette taille risquait de gâcher sa réussite. Annev avait vu Kenton tomber en disgrâce, et il n'avait aucune intention que cela lui arrive.

Tandis que le bandage se déroulait et tombait, il examina son poignet et son avant-bras. Sa peau était rose et tendre, avec des taches rougeâtres à peine visibles autour de la zone où la sorcière l'avait mordu. Il ne présentait aucune éraflure ni cicatrice, en revanche. La prothèse s'était réparée seule.

Soulagé, Annev fourra le bandage sous sa tunique et sortit d'une autre poche le gant de Myjun. Il attendait sagement dans sa poche de poitrine depuis qu'il avait quitté la chapelle le matin précédent. Le Gant d'Illusion, en revanche, avait été réduit en lambeaux par la sorcière, alors qu'il avait résisté au Test du Jugement. Crag en avait récupéré les morceaux pour lui, mais Annev ne pouvait plus se couvrir le bras que d'un gant non magique. Annev l'enfila en pensant à la bague qu'il pourrait enfin offrir à Myjun. Si son gant rouge ne le protégerait pas d'un examen magique, sa vue le réconfortait.

Annev regarda derrière le mur de la tannerie, scrutant la rue d'un bout à l'autre. Lorsqu'il fut certain que personne ne l'observait, il courut en direction de la tour de guet est en prenant un chemin alambiqué et en espérant ne pas croiser un ancien ou un maître accomplissant une tâche matinale. Une fois hors du village lui-même, il zigzagua entre les fermes, fonçant vers la pierre près de laquelle il avait laissé le sang-de-dragon et le palmier grimpant. Il ne respirerait pas normalement tant qu'il n'aurait pas récupéré les marchandises et la lettre de Crag à Sodar, et tant qu'il ne serait pas de retour à la chapelle.

Annev poussa la porte de la cabane d'entraînement et posa la lanterne et les marchandises. Ce faisant, il prit le temps d'examiner l'artefact du marchand, le tordant pour rendre sa lumière diffuse, avant de la concentrer en un faisceau puissant. Annev était stupéfait. Par la magie de l'objet, bien sûr, mais surtout de l'avoir reçu en cadeau.

En dépit des mises en garde de Crag et de sa promesse de prendre soin de la torche, Annev avait brièvement caressé l'idée de la rapporter à Tosan. Être découvert en sa possession était exclu, et puis il était tenté de rentrer de mission avec un artefact – certes modeste – pour le Caveau de la Damnation. Cela impressionnerait peut-être le directeur.

Il s'agissait d'un cadeau, cependant, et s'en débarrasser reviendrait à trahir l'amitié de Crag. Sodar la garderait en sécurité avec Miséricorde. Il décida donc de laisser la lanterne à la chapelle, où il pourrait toujours venir la récupérer en cas de besoin. Ainsi que l'épée.

Annev posa la lanterne à côté du sac de marchandises, puis sortit une lettre chiffonnée de sa poche. Elle n'était adressée à personne, mais il était certain que Crag l'avait écrite à Sodar. Annev entendit alors le prêtre entrer dans le presbytère. Il fourra la lettre dans sa poche vide et huma un parfum de thé épicé. Il soupira, à la fois réconforté par cette odeur familière et attristé par la perspective de devoir échanger cette chaleur contre la froideur de l'Académie.

Il poussa la porte de la cuisine et découvrit Sodar, assis, en train de polir Miséricorde. L'étendard coloré du phénix était étalé sur la table, et la hache de Sraon posée dessus.

Le vieux prêtre releva la tête. De façon inattendue, ils furent tous les deux submergés par l'émotion. Ne laissant pas au jeune homme le temps de parler, Sodar se leva et le serra férocement dans ses bras.

— Tu es rentré !

— Oui, je suis rentré.

Annev aurait voulu en dire davantage, mais il ne put que marmonner dans l'épaule du prêtre.

— On m'a dit que tu avais échoué au Test, poursuivit Sodar en le tenant à bout de bras, mais que Tosan t'avait confié une mission. Tu as passé la nuit dehors ?

Annev hocha la tête, soulagé que Sodar ait été prévenu de son échec.

— Il m'a proposé un autre test. L'Académie ne vous a rien dit ?

— Non, mais tu es rentré. Que s'est-il passé et… où est ton gant ? demanda-t-il en poussant le garçon vers une chaise et en commençant à préparer du porridge.

Annev sortit de sa poche les lambeaux noirs et les laissa tomber sur la table.

— C'est une longue histoire. Tosan m'a dit que je pouvais toujours devenir Avatar, à condition d'accomplir une certaine mission dans la forêt de Brake.

— Vraiment ? s'étonna Sodar. De quoi s'agissait-il ? As-tu réussi ?

Annev se racla la gorge et fourra la main dans sa tunique.

— J'étais censé acheter des marchandises à un colporteur égaré, l'escorter loin du village et le tuer.

— Le tuer ? (Sodar releva la tête au moment où Annev posait deux oreilles ensanglantées sur les lambeaux du gant noir.) Oh ! Annev… Je suis désolé. Prendre une vie n'est pas chose aisée, surtout celle d'un innocent. Attends… Tu as dit qu'un étranger avait trouvé le village par hasard ? Un marchand ?

— Oui, un type plutôt gras avec une barbe broussailleuse. Il avait un drôle d'accent. Comme celui de Sraon, mais plus épais.

Le prêtre parut se sentir mal. Il s'assit en face du jeune homme, ayant oublié le petit déjeuner sur le feu.

— T'a-t-il dit comment il s'appelait ?

— Je pense que vous le savez déjà, répliqua Annev en le regardant droit dans les yeux.

Sodar sombra dans un long silence. Lorsqu'il reprit enfin la parole, sa voix était à peine plus qu'un murmure.

— Crag.

Annev hocha la tête, tandis que Sodar regardait les oreilles, sur la table.

— Ce sont les siennes ? Tu l'as tué ?

— Je l'aurais sans doute fait, mais nous avons été pris à partie par une sorcière.

— Une sorcière vous a attaqués ?

— Elle était vieille, expliqua le jeune homme d'un ton détaché, et vêtue de haillons noirs. Au début, j'ai cru qu'elle était aveugle, mais elle voyait des choses… elle *savait* des choses.

— Qu'est-ce qui te faisait dire qu'elle était aveugle ?

— Ses yeux étaient voilés, blancs ?

— Cette femme…, commença Sodar, soudain pâle. T'a-t-elle dit comment elle s'appelait ou ce qu'elle voulait ?

— Non. Enfin, peut-être. Elle était folle. Elle disait que j'étais le fils manchot de Keos. Elle a essayé de nous tuer. Elle aurait probablement tué Crag si je n'étais pas intervenu.

— Donc tu l'as tuée et tu lui as pris ses oreilles ?

— J'ai dit que c'était une longue histoire. Nous l'avons achevée, effectivement, mais j'ai pris ces oreilles à un *feurog*.

— Un *feurog* ?

— La sorcière les appelait comme ça, confirma Annev. Ils nous ont attaqués après sa mort. Ils ressemblaient à des gens, mais en plus… sauvages. Des morceaux de métal ou de roche étaient incrustés dans leur corps. (Il marqua une pause.) Tout ceci vous dit quelque chose ?

Sodar, qui avait repris des couleurs, secoua la tête.

— Je connais ce marchand, Crag, et j'ai peut-être connu la sorcière, il y a longtemps. Les *feurog*, en revanche… je n'ai jamais entendu parler d'eux. Combien étaient-ils ?

— Trois. Nous en avons tué deux ; la troisième s'est enfuie. Comme elle n'était pas en état de nous suivre, nous l'avons laissée. J'ai récupéré les oreilles pour les présenter à Tosan, raccompagné Crag jusqu'à la route de Brake, puis je suis rentré en courant.

Sodar poussa un soupir de soulagement.

— Crag est vivant, alors. Et ces oreilles… elles te permettront d'obtenir ton titre. C'est formidable… Que… que t'a raconté Crag, au juste ?

— Il ne m'en a pas assez dit. Apparemment, il ne lui revenait pas de me révéler vos secrets.

— Mmh… c'était sage de sa part. Cela ne lui ressemble pas, ajouta-t-il en se mordillant la lèvre. A-t-il dit pourquoi il était venu au village ?

— Non, mais il a laissé ça pour vous.

Annev sortit la lettre qu'il avait retrouvée près de la pierre levée. Sodar la prit et en examina le sceau.

— Tu n'as pas essayé de la lire ? (Comme Annev secouait la tête, le prêtre rangea la lettre dans sa poche.) Merci, petit. Tu dois être fatigué.

— Je suis épuisé, mais j'ai aussi très faim.

— N'en dis pas plus.

Sodar lui servit un bol de flocons d'avoine et de l'eau. Annev but d'un trait. Le prêtre le resservit et entreprit de ranger la cuisine pendant que le garçon mangeait. Il plaça Miséricorde dans son fourreau et la posa à côté de la hache de Sraon, puis il enveloppa les oreilles du *feurog* dans un morceau de tissu, brûlant les feuilles collantes dans lesquelles Annev avait rapporté les sinistres trophées. Ensuite, il examina les lambeaux du gant et, dépité, les jeta également dans le feu, confirmant les craintes du jeune homme. Il lui faudrait faire très attention à l'Académie, désormais. Surtout en présence de Narach et de sa Pierre de Clairvoyance.

Lorsqu'il eut terminé son repas, Annev repoussa son bol et regarda Sodar.

— Si je dors maintenant, pourrons-nous discuter plus tard ?

— Bien sûr.

— Je veux dire *vraiment* discuter. Crag a dit que vous aviez la fâcheuse habitude de cacher des choses, de garder des secrets pendant bien trop longtemps. Je veux tout savoir. Tout ce que vous connaissez sur mes parents, sur Crag et Arnor, sur la sorcière de la forêt. J'ai besoin de tout savoir maintenant.

— Pourquoi ne me dis-tu pas les choses clairement, Annev ? l'interrogea Sodar en le scrutant.

— Eh bien…, hésita le jeune homme. Pour devenir avatar, je vais devoir quitter la chapelle et m'installer à l'Académie. Immédiatement.

— Je vois.

— C'était après le Test du Jugement, commença-t-il, ressentant le besoin de s'expliquer. Tosan pense que je suis trop influencé par vous. Il était sur le point de faire de moi un intendant, de m'interdire à jamais de quitter l'enceinte de l'Académie… Et puis il m'a donné une dernière chance de faire la preuve de ma valeur. Je suis rentré avec les oreilles et les marchandises demandées, aussi me donnera-t-il mon titre. Néanmoins, je serai contraint de quitter la chapelle, et sans doute m'interdira-t-il de vous revoir.

Le prêtre hocha lentement la tête.

— Quelque part, je savais que ce jour arriverait. J'espérais… Peu importe ce que j'espérais, à dire vrai. Je m'estime heureux d'avoir pu passer tout ce temps avec toi.

Il sourit, mais le garçon eut l'impression qu'il pleurait à l'intérieur.

— Dors, Annev. Après, je te raconterai tout.

Chapitre 43

— Tu ne devras jamais répéter ce que je vais te dire, commença Sodar lorsque Annev se fut réveillé de sa sieste. L'Académie ne révèle ceci qu'aux maîtres avatars, dont elle exige une discrétion absolue. (Il s'interrompit pour s'éclaircir la voix.) Ce que les anciens t'ont dit à propos de tes parents – ce qu'ils disent à tous les garçons de l'Académie – est un mensonge. Vos parents ne vous abandonnent pas pour que vous soyez formés. Les femmes sages, lorsqu'elles moissonnent, volent les enfants dans leur lit.

— Je l'avais compris tout seul, le coupa Annev, guère impressionné. De quel endroit suis-je originaire ? De quel village ?

— Elles ont volé les *autres* garçons, mais tu n'es pas né à Luqura, ni à Banok. Tu es né ici, à Chaenbalu.

— Ici ? s'étonna Annev en clignant des paupières. Je suis né *ici* ? Mais comment… ?

— Oui, confirma Sodar. Avec une seule main. Tes parents ont été tués, et les femmes sages t'ont emmené dans les bois pour te livrer aux animaux sauvages.

Annev hocha la tête. Il connaissait ce rituel.

— Comment ai-je survécu ?

— Je t'ai sauvé. J'ai suivi les femmes sages dans la forêt, et je les ai trouvées en train de se disputer. Pour le moins. Elles se battaient à mort. Une des femmes voulait te tuer sur place, tandis que l'autre voulait t'emmener ailleurs.

La première était la mère de Myjun – elle est morte dans la forêt de Brake –, et je crois que tu as rencontré la seconde hier.

— La sorcière ! conclut le jeune homme dans un souffle.

— C'est ce que je pense. Elle s'appelait Kelga et disait t'avoir attendu secrètement. Elle possédait un peu de magie. Pas darienne, mais plutôt terrane, sombre.

Cela semblait plausible à Annev.

— Que lui est-il arrivé ?

— La mère de Myjun l'a aveuglée, l'empêchant de retrouver le chemin du village. Je m'attendais à ce qu'elle meure dans la forêt – ou bien qu'Odar l'aide à en sortir pour commencer une autre vie –, mais il est possible qu'elle ait passé ces dix-sept dernières années dans la forêt de Brake, que quelque chose l'ait poussée à y rester.

— Moi. Elle me cherchait depuis longtemps et, si j'ai bien compris, elle n'est pas la seule.

— Crag dit sensiblement la même chose dans sa lettre, confirma Sodar. Il voulait me prévenir – nous prévenir – que tu étais traqué.

— Traqué ? (Annev secoua la tête, incrédule.) Mais je ne suis personne. Je n'ai jamais quitté ce village. Pour quelle raison me rechercherait-on ? Comment connaîtrait-on seulement mon existence ?

— C'est exactement le genre de secret que je n'avais aucune intention de te révéler, répliqua Sodar. Le genre de secret qui devient un fardeau dès qu'on l'apprend. (Il s'interrompit quelques secondes.) As-tu toujours envie de savoir ? C'est ta dernière chance de rester ignorant, de rester un jeune homme innocent pendant quelque temps encore.

— J'ai cessé d'être un jeune homme innocent quand j'ai tué cette Kelga.

— Oui, oui, sans doute. (Un silence profond se prolongea, et Sodar poussa un soupir.) Je suis vraiment désolé, Annev. J'aurais dû l'exécuter, à l'époque. Si j'avais su qu'elle constituerait une menace… J'étais entièrement concentré sur l'idée de te sauver, de dissimuler ton handicap.

— Comment vous y êtes-vous pris ? l'interrompit le jeune homme. Aucune des deux femmes sages n'est réapparue. Si vous étiez rentré au village avec un bébé infirme, on vous aurait lapidé.

Sodar inclina la tête.

— Je t'ai caché un temps dans ma chapelle. Puis je me suis introduit dans le Caveau de la Damnation pour y voler ton bras magique.

Annev retira son gant écarlate et examina son bras gauche. Il n'y avait plus aucune trace de blessure. La capacité qu'avait la prothèse à se réparer seule était réellement extraordinaire. Il essaya de visualiser Sodar se faufilant dans les boyaux de l'Académie, évitant ses pièges pour s'introduire dans le Caveau – endroit qu'Annev n'avait jamais visité. Il fléchit les doigts, imaginant le prêtre passant en revue des rayonnages poussiéreux à la recherche d'une prothèse – d'un objet, quel qu'il soit, susceptible de sauver la vie d'un bébé –, et éprouva un respect renouvelé envers son mentor.

Sodar poursuivit doucement.

— Une fois le bras en place, tu ressemblais à n'importe quel autre bébé. J'ai attendu quelques semaines avant de te mêler aux enfants de la moisson de Luqura.

— Mais alors, comment me suis-je retrouvé dans votre chapelle ? Comment les avez-vous convaincus de me laisser devenir votre diacre ?

— Je pourrais te dire que j'ai utilisé la magie, sourit Sodar, mais la vérité, c'est que j'étais bien informé, que j'ai su me montrer persuasif et que j'ai eu beaucoup de chance.

— Que voulez-vous dire ?

— Les femmes sages tiennent un registre des enfants qu'elles ont volés. Dans un petit livre, elles écrivent l'âge de l'enfant, le nom de la personne qui l'a volé et l'identité de ses parents. Chacun se voit affublé d'un numéro, qui permet de savoir d'où il vient. Tu ne figurais pas dans ces registres, tu n'avais pas de numéro, ce qui a causé quelques problèmes administratifs – les femmes sages ne sont pas censées faire des erreurs –, et j'ai choisi cette faille pour intervenir. Je suis allé voir le directeur et lui ai demandé si un des enfants de cette moisson ne pouvait pas devenir mon diacre.

Un demi-sourire éclaira le visage d'Annev.

— Ils m'ont confié à vous pour effacer une erreur dans leurs registres ?

— En partie, certainement. Il faut également dire que la moisson dont tu fais partie était assez nombreuse et qu'ils avaient bien assez d'enfants à former. Kiara et Tosan auraient peut-être protesté, mais la disparition de deux femmes sages les préoccupait bien davantage. J'ai dû convaincre Winsor, cependant, ce qui n'a pas été facile. Nous sommes parvenus à un compromis, décidant que tu partagerais ton temps entre l'Académie et la chapelle.

— Je comprends cette partie de mon histoire, mais pourquoi avoir couru le risque de me sauver la vie ? Depuis ce fameux jour, vous devez faire très attention. Pourquoi ? Et pourquoi des étrangers sont-ils à ma recherche ?

— Tu te rappelles quand je t'ai montré cette bannière pour la première fois ? demanda Sodar en tapotant le morceau de tissu rouge orné d'un phénix doré.

— Oui. Vous avez dit qu'elle avait appartenu à un Chevalier d'Halcyon appelé Breathanas, et que mon nom venait de ce phénix.

— Techniquement, c'est presque vrai, sauf que ce phénix est une représentation de ton nom de famille. Le nom de la lignée de Breathanas.

Annev en resta bouche bée.

— Je suis un descendant de Breathanas ? L'homme dont les yeux lancent des éclairs, dans le bureau de Tosan ?

— Le Chevalier d'Halcyon qui a combattu à la bataille de Vosgar. Le dalta qui a récupéré le Bâton d'Odar lorsque Keos a frappé le chef des Chevaliers d'Halcyon.

— Breathanas, répéta Annev dans un souffle. Le chevalier qui a tué Keos.

— Celui-là même.

Annev saisit avec circonspection la bannière rouge et réexamina les broderies dorées. Il se rendit compte qu'il ne respirait plus et expira longuement.

— Elle était à lui ?

— Il s'agit bien de la bannière qui flottait dans les airs lorsque Breathanas a tué le Dieu du Sang de la Terre. Elle a été protégée des ravages du temps par sa magie.

— Ça veut dire… qu'elle a plus de deux mille ans ?

— Presque deux mille deux cents ans, corrigea le vieux prêtre tandis que le jeune homme aux yeux écarquillés repliait soigneusement la bannière pour la poser sur la table. Annev, quel âge me donnes-tu ?

— Je ne sais pas, répondit le garçon en haussant les épaules. Cent ans ?

— J'ai l'air si vieux que ça ? rit Sodar.

— Non, mais j'ai toujours cru que vous utilisiez la magie pour vous rajeunir. On dirait que vous ne changez pas, et puis, j'ai entendu Arnor vous qualifier de sans-âge. Et ce n'était pas juste un titre, d'après ce que j'ai compris. En plus, vous ne vous battez pas comme un vieil homme ! Et n'allez pas me dire que c'est le résultat d'un travail acharné et de vos prières. Vous dites toujours ça, et ça a le don de m'énerver, vous ne pouvez pas savoir…

Sodar sortit le glaive de son fourreau et fit glisser son pouce le long de son fil usé.

— Ce n'est pas juste un titre, en effet. J'ai connu Breathanas quand il n'était qu'écuyer. Et Garlock – le chef des Chevaliers d'Halcyon – aussi. J'ai combattu à leurs côtés durant le Siège de Kuar.

Annev referma brusquement la bouche.

— C'est impossible.

— Tu me traites de menteur ?

— Non, mais… ça voudrait dire que vous avez plus de deux mille ans, et personne ne vit aussi longtemps. N'est-ce pas ? ajouta-t-il après une pause.

— Très peu de gens ont vécu aussi longtemps, le corrigea Sodar. Bron Gloir mis à part, seuls les sans-âge…

— Bron Gloir ? le coupa Annev. Il existe ? Vous l'avez rencontré ?

— Oui et oui, répondit Sodar en souriant. Nous ne nous sommes pas parlé depuis plus d'un siècle, mais il est toujours en vie. Sans doute nous enterrera-t-il tous.

— Bron Gloir est un sans-âge… comme vous ?

— Non. Bron est le dernier des Chevaliers d'Halcyon. Il a survécu… enfin, tu connais son histoire. L'Homme aux mille visages ? (Comme Annev hochait la tête, Sodar reprit :) Cette partie de sa légende est vraie. Lorsque Bron meurt, son âme prend possession de la personne vivante la plus proche. Celle-ci se retrouve alors dans l'au-delà, tandis que Bron vit à sa place.

Annev secoua la tête. D'abord, Sodar lui avait dit qu'il était un descendant de Breathanas, et maintenant, il prétendait avoir plus de deux mille ans. Et puis Bron Gloir… Son discours tout entier était ahurissant. Le prêtre devait être en train de se moquer de lui.

— Sodar, si c'est une plaisanterie…

Le regard féroce, le prêtre plaqua Miséricorde sur la table.

— Cela n'a rien d'une plaisanterie, Annev de Breth. Tu ne voulais plus de secrets, n'est-ce pas ? Si tu veux connaître mon histoire – *ton* histoire –, écoute ! La bataille de Vosgar a eu lieu moins d'un mois après que Keos eut abandonné le

Mur noir, brisé le Siège de Kuar et traversé le fleuve avec son hôte. (Sodar remit Miséricorde dans son fourreau, qu'il posa sur la table près de la hache.) Je suppose que nous pouvons commencer par là.

Chapitre 44

Il s'adossa à sa chaise et joignit ses doigts devant lui.

— Bien sombre fut le jour où Cohanuk, le chef des Fils de Keos, et Klaklanrai, le golem de pierre, ordonnèrent à leurs armées de modifier le cours du fleuve Kuar.

» Les armées du Daroea de l'Ouest campaient au bord du fleuve et empêchaient Keos de progresser depuis un siècle. Une fois le cours du fleuve modifié, leurs flancs se retrouvèrent à découvert, et elles furent submergées par un flot de monstres venant du nord et du sud.

» Le vampire Dortafola et Yarnach le golem de fer attaquèrent par le sud, tandis que Keos et Fyoldar, son golem de chair, chargèrent en venant du fleuve. Une terreur intense s'empara des hommes d'Église tandis qu'ils combattaient humains et monstres à la fois. Les Chevaliers d'Halcyon, cependant, tinrent bon.

Sodar poussa un soupir.

— Mais ils étaient bien trop nombreux pour nous. Nous étions exposés de tous côtés. Nous sonnâmes la retraite, et les Légions de Keos nous harcelèrent jusque dans le Borderlund. Certains désertèrent, fuyant vers les Marais du Sud ou Odarnea, pensant s'y cacher pour échapper au carnage. Les autres préférèrent l'ouest et les feuillages denses du Vosgar. À l'époque, ce n'était pas un endroit si malfaisant, même s'il était extrêmement dangereux pour ceux qui ne le connaissaient pas. C'est là que les Chevaliers d'Halcyon et le gros des Dariens et Iluméens rassemblèrent leurs forces et se préparèrent pour leur dernier combat.

» Nous étions convaincus d'être perdus, et Keos le pensait aussi. Au lieu d'envoyer toute son armée à l'ouest, il laissa la majeure partie de ses Seigneurs de sang et golems à Daogort, où se trouvaient également les *nechraict* – les non-morts qu'il avait forcés à sortir de leurs tombes pour se battre. La moitié de ceux qui avaient traversé le fleuve restèrent en arrière pour piller le Borderlund et le Lochland. Ainsi, seule une fraction de son armée convergea vers le Vosgar, soit environ deux cents légions et mille golems. Quant à nous, nous étions dix fois moins nombreux.

» Nous serions tous morts – et nombre d'entre nous perdirent en effet la vie – si, le troisième jour, les Clans perdus n'étaient venus à notre secours. Les Druides surgirent des arbres, les Orvanes émergèrent des grottes secrètes, sous la forêt, et ils arrivèrent avec les Jeunes Dieux : Garadair et Cruithear, Dorchnok et Sealgair, et même Tàcharan. Le cours de la bataille s'en trouva modifié, et les Légions de Keos furent submergées.

» Durant notre contre-attaque, le Grand-Prêtre d'Odar, Garlock, tua le chef des Fils de Keos. Son armée étant totalement désorganisée, Keos lui-même entra dans la bataille, son marteau magique écrasant ses ennemis sur son passage. À lui seul, il repoussa les Clans perdus, tua Garlock, regagna le terrain pris à ses soldats. Malgré l'aide des Jeunes Dieux, nous étions en train de perdre.

» Mais alors, quelque chose d'inattendu se produisit. Lorsque Garlock tomba, l'écuyer d'un Chevalier d'Halcyon, sans réfléchir, ramassa le Bâton d'Odar. Il avait été abandonné durant notre retraite car personne n'avait osé le toucher.

— Attendez, attendez ! l'interrompit Annev en s'agitant sur sa chaise. Vous êtes en train de me dire que les Chevaliers d'Halcyon ont abandonné le Bâton d'Odar, un artefact de légende, qu'ils l'ont laissé comme ça ? C'est difficile à croire.

— Les Chevaliers d'Halcyon n'ont pas abandonné le bâton, réfuta Sodar, l'index levé. Il avait été confié aux prêtres d'Odar, les Dionaques de Tobar, mais une fois leur chef mort, personne ne voulut s'en saisir.

— Mais… n'êtes-vous pas un de ces prêtres ? Arnor et vous ? (Comme Sodar hochait la tête, Annev reprit :) Si vous étiez là et que vous avez vu le bâton tomber…

— Pourquoi ne l'ai-je pas ramassé ? (Sodar éclata d'un rire sec qui céda rapidement la place à une mine solennelle et pensive.) Je ne l'ai pas ramassé parce que je ne voulais pas mourir. La malédiction de Keos pesait toujours sur l'artefact. À moins d'être un élu, j'aurais été oblitéré sur-le-champ.

— Et pourtant, un écuyer s'en est emparé, remarqua Annev en se mordillant la lèvre.

— Breathanas. Il ne craignait pas la malédiction, simplement de perdre la guerre en abandonnant le bâton. Alors qu'il n'était qu'écuyer – pas même chevalier et encore moins prêtre –, Breathanas ramassa le bâton pour ne pas l'abandonner à Keos. Il ne saisit l'ampleur de son acte que bien plus tard. Il était devenu un dalta, un des rares à être immunisés contre la malédiction de Keos.

— Attendez… Les Chevaliers d'Halcyon adoraient à la fois Odar et Lumea. Donc si Breathanas était un Chevalier d'Halcyon…

— Breathanas était un hérétique de sang-mêlé, ce qui signifie que le bâton aurait dû le détruire dès le premier contact.

— C'est censé se passer comme ça, non ?

— En général. Comme toi, nous croyions qu'Odar ne favoriserait jamais une personne dont le sang et la foi n'étaient pas purs, mais nous nous trompions. Breathanas était béni par Odar et Lumea, et lorsqu'il invoqua le pouvoir du bâton… Jamais nous n'avions vu chose pareille. Des éclairs, de la glace… Des geysers jaillirent du sol et les étoiles tombèrent du ciel.

Il secoua la tête, le regard distant.

— Donc il a pris le bâton et tué Keos ? résuma Annev pour l'encourager à continuer.

— Devant l'attaque de Breathanas, Keos se retira. Odar lui avait brisé la main avec ce bâton, et il n'avait aucune envie de s'en approcher. Au lieu d'affronter Breathanas avec son marteau, Keos usa de sa magie. Il aurait d'ailleurs dû gagner. Keos était un Dieu ancien, tandis que Breathanas n'était qu'un nouveau dalta, mais si tu les avais vus se battre… On aurait dit que la terre et le ciel étaient entrés en éruption. La grêle s'abattit sur la forêt, des éclairs glacés zébrèrent le ciel. L'atmosphère était saturée de fumée et, l'instant d'après, une pluie violente la purifiait. Une nuée de scarabées s'abattait sur nous de toutes parts et, l'instant d'après, une épaisse couche de givre nous glaçait jusqu'aux os dans les ténèbres. C'est alors que Tinder, la Grande-Prêtresse iluméenne, saisit la flûte en or de Lumea et se mit à jouer.

» Et tout changea. Un halo de lumière enveloppa la forêt. Des flammes fleurirent autour de nous, réchauffant notre peau. Des gouttes de feu liquide tombaient du ciel, mais rien ne brûlait, sauf Keos. Lorsqu'il entendit la flûte, il devint fou de colère et massacra tous ceux qui se trouvaient à portée de son marteau, ami ou ennemi, et plus la prêtresse jouait, plus sa colère enflait. Quelque chose, dans l'instrument ou dans la musique, le mettait hors de lui. Alors, il se jeta dans la mêlée, se frayant un chemin à travers nos forces, se dirigeant tout droit vers Tinder…

» Jusqu'à ce que Breathanas intervienne. Le bâton et le marteau résonnaient, et le sol se fissurait sous nos pieds. La Grande-Prêtresse joua jusqu'à ce que sa peau se mette à rougeoyer. Ses cheveux s'embrasèrent, comme les autres

Iluméens se joignirent à sa chanson, et alors, la forêt elle-même s'enflamma tout entière. (Sodar secoua la tête.) Nous crûmes à la fin du monde, mais il s'agissait seulement du terme d'un Âge. Leur chanson invoqua Rojen, le Grand Phénix, le Dernier Espoir de Lumea, qui jaillit du ciel en hurlant pour trouver Keos. Breathanas et le phénix frappèrent simultanément, et le corps du Dieu ancien fut réduit en cendres.

Une fois de plus, le regard de Sodar se fit distant.

— C'est une chose terrible que de voir un dieu mourir.

Il baissa les paupières. Lorsqu'il les rouvrit, son regard était clair et lucide, quoique empreint d'une intense tristesse.

Annev avait écouté avec attention. Il croisa les bras sur sa poitrine.

— Vous avez vraiment assisté à tout ça ?

— J'ai promis de dire la vérité. J'y ai assisté, oui. Ce jour-là, j'ai juré de combattre dans les rangs de Breathanas et de protéger sa lignée.

— Vous avez vraiment deux mille ans, alors ?

Sodar marmonna et se leva.

— J'avais déjà cinq cents ans au moment de la bataille de Vosgar !

— Ça veut dire que vous…, commença Annev en fronçant les sourcils.

— Le sixième jour du sixième mois, j'aurai deux mille sept cent trente-six ans, affirma fièrement Sodar en lissant ses vêtements. Ferme la bouche, tu ressembles à une carpe.

Annev obtempéra et essaya de ne pas regarder trop fixement le vieux prêtre, le *très* vieux prêtre. Sodar n'avait aucune raison de mentir, et le jeune homme était tout à fait disposé à le croire, même si c'était difficile. Son récit expliquait nombre de mystères : pourquoi le prêtre ne vieillissait pas, pourquoi il n'était jamais essoufflé, comment il était capable de raconter toutes ces histoires comme s'il les avait vécues.

Parce qu'il les avait vécues.

Annev examina la bannière rouge repliée sur la table.

— Vous avez dit que Breathanas portait cette bannière à la bataille de Vosgar… mais s'il n'était pas encore chevalier, comment pouvait-il en avoir une ? Il aurait dû porter celle de son chevalier.

— Breathanas était l'écuyer de son oncle, Derekyn Ainneamhag, durant le Siège de Kuar. Celui-ci a reçu une flèche dans la gorge dès le début des combats, aussi a-t-il été remplacé par le père de Breathanas.

— Je suis donc un descendant de la Maison Ainneamhag ?

— C'est la raison pour laquelle je t'ai donné leur nom.

— Ainnevog de la Maison Ainneamhag ? lâcha Annev en grimaçant. C'est un nom horrible.

Soda éclata de rire.

— Ainneamhag est un très vieux nom, pour une très vieille Maison, dont l'origine remonte à l'Âge des Rois. Mais tu ne dois pas t'inquiéter de ça. Après la Chute de Keos, Breathanas fut fait chevalier, et la Maison Ainneamhag devint la Maison Breathanas. Mille ans plus tard, le nom est devenu Breathen, et encore mille ans plus tard, Breth. Le symbole du phénix, lui, est resté à travers les âges.

— Je m'appelle donc… Ainnevog Breth ?

— Oui, acquiesça Sodar en souriant.

— Et mon père était…

— Tuor Breth. Et ta mère s'appelait Aegen.

— Aegen…, répéta Annev. Elle avait un nom de famille ?

— Les Iluméens n'usent pas de noms de famille comme nous. Ils prennent le nom du clan avec lequel ils voyagent, et quand ils partent – ce qu'avait fait Aegen –, ils l'abandonnent.

— Vous avez donc connu mon père, mon grand-père, mon arrière-grand-père…, murmura le jeune homme en saisissant le glaive, sur la table.

— Et tous ceux qui te séparent de Breathanas. J'ai choisi de servir ta famille, et je n'ai jamais cessé de protéger ta lignée.

Incapable de croiser le regard du prêtre, Annev jouait avec la lame.

— Comment mes parents sont-ils morts, dans ce cas ?

Sodar sombra dans le silence. Lorsqu'il finit par relever les yeux, le jeune homme vit des larmes sur ses joues.

— Je n'ai pas pu les sauver, murmura-t-il, la gorge serrée. Je suis désolé, Annev. (Il s'essuya les yeux.) Si je pouvais tout recommencer… Il était trop tard pour sauver Aegen, et si j'avais sauvé Tuor, je t'aurais perdu. Ou bien aurions-nous tous été exécutés. (Il posa les mains sur la table.) Il était primordial de te sauver, et Tuor le comprenait, je crois. (Il prit une profonde inspiration.) C'est ce que je me répète, en tout cas.

Annev laissa le silence s'installer et se prolonger, repensant à tout ce que le prêtre lui avait confié. Il enroula le gant et observa la blessure que lui avait infligée la sorcière. Du bout de l'index, il suivit les lignes blanches à peine visibles entourant son avant-bras. La blessure avait presque disparu, ce qui n'avait nécessité que peu de temps. Le poison avait cessé de faire effet, la peau s'était régénérée.

On ne pouvait pas en dire autant des blessures de Sodar. Le souvenir d'Aegen et Tuor continuait de le tourmenter, et Annev comprit que le prêtre n'en serait libéré que le jour où il se serait débarrassé de son sentiment de culpabilité. Tuor et Aegen n'étaient plus là pour l'aider, au contraire du jeune homme. Il releva la tête et croisa enfin le regard du vieux prêtre.

— Vous m'avez sauvé, Sodar. Je n'étais qu'un bébé infirme, mais vous m'avez sauvé. Je vous dois tout. Si mes parents étaient toujours de ce monde, ils vous remercieraient, j'en suis sûr.

Il prit la main du prêtre, qui lui rendit son étreinte.

— Je ne suis pas certain de comprendre, reprit Annev après un temps. Pourquoi protégez-vous la lignée de

Breathanas ? Pourquoi est-elle si importante, et pourquoi des étrangers sont-ils à ma recherche ?

— C'est complexe… Les Prophéties perdues disent que la Maison Breathanas détruira Keos le Déchu. Il faut donc que la lignée perdure.

— Breathanas a tué Keos. La prophétie s'est réalisée.

— Cette prophétie date de l'Âge des Rois, le Deuxième Âge. Il n'y avait pas de Maison Breathanas, à l'époque. Il s'agissait toujours de la Maison Ainneamhag.

— Il s'agissait néanmoins de la même famille.

— Certes, concéda Sodar en frottant ses mains sur la table. Toutefois, la prophétie peut être interprétée de diverses manières. Personnellement, je pense que Keos a seulement été déchu lorsque Breathanas a détruit son corps physique. Son esprit a survécu, car seul un Dieu a le pouvoir de tuer un autre Dieu. La prophétie est donc toujours d'actualité, et Keos vit d'une manière ou d'une autre.

— Lorsque Breathanas s'est saisi du Bâton d'Odar, il est devenu un dalta, un enfant-dieu, aussi peut-on considérer que la prophétie s'est réalisée, non ?

— Tu parles exactement comme Arnor, gloussa Sodar. Ou Reeve. Bientôt, tu vas me dire que j'ai perdu plus de deux mille ans de ma vie à protéger ta famille.

Annev sourit et sentit le rouge lui monter aux joues. Cette idée lui était effectivement venue à l'esprit, même s'il ne l'aurait jamais verbalisée.

— Keos reviendra, affirma Sodar. Certains prétendent qu'il est déjà revenu, que lorsque le Grand-Prêtre Neruacanta a remplacé Cohanuk, il était possédé par l'esprit vagabond de Keos. C'est la raison pour laquelle, en Nova Terra, on l'appelle Keos le Second, le Dieu-roi.

— Mais vous n'y croyez pas, tenta Annev.

— C'est en effet peu probable, mais même si je me trompais, même si Neruacanta était notre unique ennemi, il reste le plus puissant magicien vivant et un homme profondément malfaisant. D'une manière ou d'une autre, Keos reviendra, et la lignée de Breathanas doit se tenir prête à se dresser contre lui.

— Que je me dresse contre un Dieu ? demanda Annev en se grattant la nuque. Je suis à peine capable de tenir tête à l'Ancien Tosan.

Le prêtre éclata de rire.

— Tu me rappelles ton arrière-arrière-arrière-grand-père. Talentueux. Sceptique. Incrédule. (Sodar se rapprocha du manteau de cheminée sur lequel trônait le coin de la table découpé par Annev.) Il ne voulait pas entendre parler de cette histoire, pas être un descendant de Breathanas, ni assumer aucune des responsabilités que cela impliquait. Ton grand-père et ton père, en revanche, me croyaient. (Le prêtre posa le triangle de bois devant Annev.) Pourquoi ceux qui n'ont pas de magie me croient-ils, tandis que ceux qui en sont pourvus restent sceptiques ?

— Peut-être qu'on n'aime pas se faire dicter notre conduite ? suggéra le jeune homme en reniflant.

— Sans doute. Cela fait tellement longtemps que je protège ta famille pour les Dionaques de Tobar que j'en oublie que les gens ont un libre arbitre. (Il rit de nouveau.) J'aurais dû m'en douter, pourtant. Ton père était presque aussi têtu que toi, même si ni lui, ni son père n'avaient le talent. Ton arrière-arrière-grand-père Macarraig de la Maison Breth était le dernier à l'avoir, mais il était moins doué que son père.

— Que leur est-il arrivé ?

— Macarraig est devenu un artisan au talent modeste, formé dans l'enclave des Dionaques de Tobar. Quant à son père… Disons que cela ne s'est pas passé comme prévu. J'ai commis des erreurs. Je l'ai poussé à des activités qui ne l'intéressaient pas. Je lui ai caché trop de choses, et lorsqu'il les a découvertes, il était trop tard pour réparer les dégâts.

Je n'ai pas envie de répéter la même bêtise avec toi. Je ne veux pas te forcer à faire des choses qui te déplaisent, mais il se peut que nous n'ayons plus le choix.

— Que voulez-vous dire ?

— Cette histoire de sorcière des bois et de *feurog*, reprit Sodar en désignant les oreilles enveloppées. Je suis inquiet, Annev. Il y a quelque chose de dangereux, là dehors, et cette chose est à ta recherche. (Il prit un air peiné.) Je sais que tu as toujours voulu être avatar et que tu viens de gagner ta place dans l'Académie. Tu mérites de vivre la vie pour laquelle tu t'es battu, mais je crois…

Annev devina la fin de la phrase avant qu'elle soit prononcée.

— Je crois qu'il serait plus sage que tu quittes le village.

Chapitre 45

Annev força ses doigts à lâcher sa chaise.

— Que je quitte le village ?

Sodar acquiesça.

— Je m'y prépare depuis des années. À dire vrai, j'avais prévu que nous nous échappions durant notre expédition pour trouver l'Oracle – d'autant que je sais déjà où il se trouve. (Il sourit à Annev, puis soupira devant l'incompréhension du garçon.) Je suis désolé. Je ne t'ai rien dit car je craignais que le fait de savoir t'empêche de poursuivre tes rêves. Les jeunes gens ont besoin de rêves. Quand on devient vieux comme moi, on les échange pour de l'espoir, avant de mettre ses espoirs dans les rêves d'autrui.

Annev était choqué.

— Donc… vous n'avez jamais vraiment voulu que je devienne avatar ? (Sans lui laisser le temps de répondre, il poursuivit en haussant le ton :) Que je réussisse ou non importait peu. Dans tous les cas, vous aviez prévu de m'emmener loin d'ici.

— Annev, je t'en prie.

— Avouez-le ! insista-t-il en reprenant le contrôle de sa voix. Dites-moi la vérité.

— C'est la vérité, confirma Sodar, implacable. Tout ce que tu feras dans cette vie comptera. Ta formation à l'Académie comptera, non parce que tu vas devenir avatar, mais parce qu'elle t'aura enrichi de techniques et de savoirs précieux. Ton entraînement avec moi comptera. Si je te demandais de couper du bois, ce n'était pas pour avoir quelque chose à brûler, mais pour que tu apprennes, que tu deviennes fort et forges ton caractère. Crois-tu que je t'ai enseigné ces histoires pour que tu puisses les répéter aux fidèles ? Je voulais que tu comprennes d'où tu viens, pourquoi le monde est ce qu'il est aujourd'hui et pourquoi il est vital que nous partions.

— Pour aller où ? Quel endroit serait meilleur pour moi que cette vallée ? Qu'est-ce qui nous attend dehors ?

— Tout un monde que tu ne connais pas.

La réponse du prêtre interpella Annev. Il avait envie de découvrir le monde – c'était l'une des raisons pour lesquelles il souhaitait devenir avatar –, mais il n'avait jamais imaginé quitter définitivement Chaenbalu. Il avait toujours pensé qu'une maison et un âtre l'attendraient, que Myjun et ses amis seraient là pour lui. Ce que Sodar proposait était différent. Annev aurait tout aussi bien pu devenir le compagnon de route de Crag.

— Vous savez très bien que je veux voyager, mais pas au prix de ma vie ici. Quand je remettrai le sac de marchandises à Tosan, l'Académie fera de moi un avatar. J'obtiendrai ma robe brune et je pourrai courtiser Myjun. (Il fit une pause et se demanda si Sodar comprenait à quel point tout ceci était important pour lui.) Pourquoi partir ? Vous avez dit vous-même que le village était protégé.

— La magie qui protège Chaenbalu demeure puissante. Jusqu'ici, rien n'a brisé le cercle.

Annev hocha la tête. Peut-être convaincrait-il le prêtre de rester ?

— Exactement ! La sorcière – Kelga – a dit que ceux qui me cherchaient n'arriveraient pas à percer le cercle de protection. Nous serions vulnérables si nous quittions Chaenbalu.

— C'est vrai, concéda Sodar, à la surprise du jeune homme. Mais… tu m'as bien dit que tu voulais devenir avatar ? Chaque fois que tu quitteras le village, que tu partiras en mission de récupération – maudites soient-elles –, tu t'exposeras à d'innombrables dangers. Des dangers que tu ne comprends pas.

— Eh bien, aidez-moi à comprendre ! Toutes ces années de préparation, et vous ne m'avez jamais dit pourquoi ! Si vous savez ce qui m'attend dehors, dites-le-moi !

— Jusque-là, j'ai tout fait pour te protéger et t'épargner, je l'avoue. Un enfant ne devrait pas se torturer les méninges avec des affaires d'adultes.

— Je ne suis plus un enfant, affirma Annev en plaquant le paquet contenant les oreilles devant Sodar. Les maîtres et vous m'avez bien formé. Quand j'aurai à quitter le village, je saurai prendre soin de moi. (Il leva la main pour empêcher Sodar d'objecter.) Je ne traînerai pas en chemin ; je rentrerai directement au village. S'il existe des dangers tels que vous les décrivez, nous devrions rester là où ils sont moindres.

— J'aimerais que ce soit aussi simple. Tu étais en sécurité parce que tu étais caché. Les protections ont tenu jusqu'à aujourd'hui parce qu'elles n'ont jamais été testées. Cela a changé, cependant. L'ennemi est patient, et les défenses du village finiront par tomber.

— Elles tiendront. Arnor a dit que votre Ordre était traqué, que les prêtres étaient tués. Vous prendriez des risques en quittant le village. Ici, on ne nous trouvera pas.

— Pour l'instant. Mais plus nous attendrons avant de partir, plus minces seront nos chances d'en réchapper.

— Dans ce cas, tenta Annev en changeant de tactique, partons, mais pas tout de suite ! Attendons quelques années, que j'obtienne mon titre et poursuive ma formation ! L'Académie n'envoie les avatars en mission que lorsqu'ils sont sur le point d'être promus maîtres. Il s'écoulera des années avant qu'ils me proposent de sortir du village. En attendant, on continuera de se préparer – vous ferez patienter Tosan avec votre manuscrit de Speur Dún –, et quand on sera prêts, on organisera notre expédition et on disparaîtra.

— Peut-être, lâcha Sodar dans un grognement.

— Et peut-être… Peut-être que si le calendrier est bon, Myjun pourra venir avec nous.

Le prêtre eut un sourire peiné.

— Myjun est une jeune femme remarquable, mais… c'est la fille de Tosan. L'Académie serait ravie de me voir disparaître et renoncerait à te chercher assez rapidement. En revanche, Tosan mettrait tout – absolument tout – en œuvre pour retrouver Myjun. Jamais il ne renoncerait, jamais il ne nous laisserait en paix. Au lieu de démarrer une nouvelle vie à Odarnea ou aux Marais du Sud, nous serions contraints de fuir constamment, et si jamais il nous prenait par surprise… (Il s'interrompit et secoua la tête.) Je suis désolé, Annev. Même si Myjun était d'accord, ce serait bien trop dangereux, et les menaces seront déjà bien trop nombreuses sur notre route.

Annev se raidit. Pas question de ne pas devenir avatar, pas question de vivre sans Myjun. Refusant ne serait-ce que de l'envisager, il repensa à ce que Sodar avait dit.

— L'Oracle est à Odarnea, mais qu'y a-t-il aux Marais du Sud ?

— L'Oracle n'est pas à Odarnea. Il est avec Bron Gloir, et les Dieux seuls savent où il est – ou qui il est, gloussa-t-il. Non, l'enclave des Dionaques de Tobar se trouve à Odarnea, mais je n'ai pas encore décidé où nous irions. Cependant, tu as bien entendu : quelque chose en veut à l'Ordre, et peut-être devrions-nous nous tenir en retrait en attendant que je découvre quoi. C'est pourquoi j'ai proposé les Marais du Sud, même si je doute que l'endroit soit suffisamment éloigné. Même si nous filions tout droit vers les îles englouties d'Ilumea, nous ne serions pas en sécurité.

— Pourquoi fuir, dans ce cas ? l'interrogea Annev, qui n'avait pas renoncé à défendre sa vision. Les serviteurs de

Keos me pourchassent-ils pour que je ne puisse pas tuer leur Dieu mort ? demanda-t-il en levant les yeux au ciel.

— Keos se manifestera lorsqu'il sera prêt, répliqua Sodar, ignorant le ton moqueur du jeune homme. Ses serviteurs représentent un autre problème. Certains sont patients et malins. D'autres impulsifs et imprévisibles. Mais ils viendront tous te chercher, que Keos soit vivant ou non. La sorcière dont tu as croisé la route dans la forêt de Brake n'était qu'une infime partie d'un grand tout.

La mention de la sorcière donna la chair de poule à Annev et raviva un autre souvenir.

— Qu'est-ce que les Jeunes Dieux ont à voir avec tout ça ? Il me semble que la sorcière a dit qu'ils me cherchaient, eux aussi.

— Je crains de ne pas avoir de réponse à te fournir tout de suite, regretta Sodar, l'air grave. Les Jeunes Dieux se cachent depuis la bataille de Vosgar, et ils ont appris à survivre en ne prenant pas parti. J'aurais tendance à penser que tu ne les intéresses pas plus que cela, mais si ce que la sorcière a dit est vrai, peut-être suis-je dans l'erreur. Te rappelles-tu ses mots exacts ?

— Elle a mentionné Dorchnok, Tàcharan et Cruithear. Elle a dit qu'ils n'arrivaient pas à m'atteindre. Je crois qu'elle parlait de la protection de Chaenbalu.

— Les problèmes s'ajoutent aux problèmes, marmonna Sodar. Bien, bien… Nous resterons tant que je n'aurai pas éclairci ce mystère, mais ne prends pas trop tes aises. Et ne quitte plus le village ! Tu n'iras plus ramasser du bois, ni en courses pour Tosan. Tu n'iras plus au-delà des pierres levées. Compris ?

Annev hocha la tête. Son soulagement, toutefois, était quelque peu entaché par la perspective que Sodar risquait de l'emmener loin du village à n'importe quel moment. Il comprenait soudainement pourquoi le prêtre avait gardé le secret si longtemps : vivre avec la crainte de voir ses rêves s'évaporer au plus mauvais instant était effrayant.

Était-ce une fatalité, cependant ? Crag lui avait expliqué que les choses n'étaient jamais aussi compliquées qu'elles en avaient l'air, que rien ne l'obligeait à suivre un chemin tracé par un autre.

Je ne suis pas forcé de fuir avec Sodar. Il part du principe que je le suivrai forcément. Le jour où il décidera, j'aurai toujours ma place ici. Avec Tosan. Annev s'assit et réfléchit aux implications de cette idée.

S'il restait à l'Académie sans Sodar, il deviendrait avatar et courtiserait Myjun. Plus tard, il serait promu maître avatar et vivrait des aventures hors du village. Il tiendrait néanmoins compte des mises en garde de Sodar – il n'était pas un imbécile, après tout –, et il se hâterait de rentrer à Chaenbalu après chaque mission. C'était ce que faisait Duvarek, l'un des avatars les plus décorés de l'Académie. Et puis il épouserait Myjun. C'était tout ce dont il avait toujours rêvé. Il avait même tué deux fois et coupé une paire d'oreilles pour cela. Il décevrait Sodar, bien sûr... Et sans son gant, le risque était réel que l'Académie finisse par découvrir la vérité au sujet de son bras. Si cela arrivait, l'institution et les villageois le lapideraient, à moins que ses aptitudes d'avatar lui permettent d'en réchapper. Et de rejoindre Sodar où qu'il soit. Tout bien réfléchi, le risque était équivalent à la récompense.

Ou bien Annev pouvait-il accepter tout ce que le prêtre avait dit sur son héritage. Ils resteraient à Chaenbalu et, le moment venu, ils partiraient. Ils seraient aux abois pendant quelque temps, mais ils finiraient par sortir du champ d'action de l'Académie, ce qui leur permettrait de commencer une autre vie – à condition que des *feurog*, Jeunes Dieux et autres serviteurs de Keos ne se dressent pas en travers de leur route. Ce chemin-là lui paraissait plus dangereux. Il renoncerait à ses rêves et espérances pour se soumettre à la volonté de vieillards et à leurs antiques prophéties. Or, rien ne garantissait que Sodar et lui seraient un jour réellement en sécurité. Il découvrirait certes le monde, mènerait une vie d'aventure et de magie hors du carcan de l'Académie, mais il ne serait pas avatar et ne verrait plus Myjun. Entre ces deux choix, Annev savait lequel il préférait, mais il lui restait à trouver une manière de l'annoncer sans que le prêtre se sente trahi.

— Tu as besoin de temps pour assimiler tout cela, dit celui-ci en se levant. Apporte ses marchandises à Tosan et hâte-toi de rentrer te préparer pour le dernier soir du Regaleus. Les célébrations seront plus bruyantes et longues que…

— Je ne peux pas rentrer ! aboya Annev. Vous avez déjà oublié ? Tosan m'a relevé de mes fonctions de diacre.

— C'est vrai… Raison de plus de précipiter notre départ, mais oublie cela pour le moment. (Il tenta de masquer sa peine manifeste.) Je préparerai la chapelle seul, et je me débrouillerai pour communiquer avec toi lorsque viendra le moment. Pour l'instant, tu peux aller récupérer ton titre. Tu l'as bien mérité. J'emballerai tes affaires et les ferai livrer à l'Académie.

Annev s'enthousiasma. Sodar avait raison. Il avait mérité son titre, et il n'avait pas l'intention de laisser la peur de l'avenir gâcher cette belle journée.

— Merci, Sodar.

Il serra le vieil homme dans ses bras, et sa détermination s'effrita.

Il y a forcément une manière de contenter tout le monde, pensa-t-il en étreignant son mentor. *Je suis capable de résoudre cette énigme. Je peux trouver une façon de réaliser mes rêves sans piétiner les siens.*

Annev le regarda manipuler nerveusement le glaive et la hache. *Je resterai*, décida-t-il. *Sodar veille sur ma famille depuis des siècles. Attendre quelques années de plus ne lui fera pas de mal, et il ne m'abandonnera pas. Quand Myjun et moi serons mariés, quand Tosan sera mort, je la convaincrai de partir avec nous. Ou alors je convaincrai Sodar que nous ne courons plus aucun danger.*

Une partie de lui savait que ses espoirs étaient vains, son appréhension justifiée et ne devant pas être écartée d'un revers de main, et pourtant il refusait de se l'avouer, préférant s'accrocher à une illusion.

Force lui était d'admettre – certes à contrecœur – que Tosan l'avait bien jugé : il refusait d'accepter les choix que lui offrait la destinée. Ce travers lui causerait sans doute des ennuis sérieux lorsqu'il vivrait à l'Académie, mais rien ne le ferait changer.

Annev prit le paquet contenant les oreilles et alla récupérer son sac dans la cabane, s'arrêtant un instant pour ranger sa lanterne phénix dans son coffre. Alors qu'il retirait sa tunique pour enfiler des vêtements propres, un éclat métallique attira son regard : la pointe en or qu'il avait trouvée dans la forêt de Brake, un éclat provenant d'un *feurog*. Un bien étrange trophée, trop grotesque pour être conservé, trop précieux pour être jeté. Sans doute Sraon pourrait-il le fondre pour en faire deux Rayons, mais Annev n'en oublierait pas leur origine pour autant. Non, il lui faudrait trouver une autre solution.

Lorsqu'il eut fini de s'habiller, Annev fouilla son matelas de paille à la recherche de la bague qu'il comptait offrir à Myjun et la mit dans sa poche. Avec un peu de chance, il la lui présenterait dans la soirée. Comme il s'apprêtait à sortir, il s'arrêta pour admirer l'étendard de Breathanas, que Sodar n'avait pas encore rangé. Il compara son phénix doré à celui qui était brodé sur son gant, et s'émerveilla une nouvelle fois de leurs similitudes. Même les couleurs étaient identiques : rouge vif et or.

Il leva son avant-bras devant son visage pour en humer le tissu. À son grand ravissement, il était toujours vaguement imprégné du parfum sucré de Myjun. *Fleurs sauvages*, pensa-t-il, rêveur. *Et savon*. Mais il y avait autre chose. Il renifla de nouveau, goûtant les arômes, s'efforçant d'identifier deux dernières touches parfumées. Il avait presque renoncé lorsque la réponse lui vint.

Fraise… et sang.

Chapitre 46

Annev arpentait les rues du village en portant dans son dos le sac empli de palmier grimpant et de sang-de-dragon. Parmi les villageois qu'il croisa, certains le saluèrent de la main ou d'un hochement de tête.

— Bonjour, Ainnevog !

— Salut, Greusik ! Edrea ! répondit Annev au maigre cordonnier et à son épouse, parés de leur plus belle tenue de Regaleus. Joyeux Regaleus à vous.

— À vous aussi ! Nous avons hâte d'écouter le sermon de ce soir !

Le jeune homme acquiesça, même s'il pressentait que Tosan ne l'autoriserait pas à assister à la cérémonie. D'autant que demander la permission de s'y rendre risquerait de faire partir en fumée les bons points accumulés par la réussite de sa mission. Cela ne le dérangeait pas outre mesure – au contraire –, car il n'avait jamais vu comment l'Académie ou le reste de Chaenbalu célébraient le Regaleus pendant qu'il aidait Sodar à la chapelle.

L'odeur épicée des chandelles de Yohan flottait dans l'atmosphère, et Annev se retourna pour voir des enfants s'amuser avec les jouets en bois que Nikum le charpentier avait disposés devant son atelier. Le village tout entier était d'humeur festive, faisant écho à l'état d'esprit d'Annev. Il parcourut les rues circulaires, saluant commerçants et artisans, tandis que résonnaient les coups de marteau de Sraon, qui travaillait dans son atelier en plein air. Annev fut tenté de discuter un peu avec le forgeron borgne, mais il était déterminé à conclure la mission de Tosan, qui devrait alors faire de lui un Avatar du Jugement. À moins que l'ancien trouve une nouvelle manière de lui refuser le titre qu'il méritait.

Annev tapota le sinistre paquet rangé dans la poche de poitrine de sa tunique et se sentit étrangement rassuré par la présence des oreilles du *feurog*. Il traversa en courant la place du village jusqu'à l'entrée de l'Académie.

—Nous nous étions mis d'accord, commença Tosan en se rasseyant sur son fauteuil moelleux. Vous étiez censé venir me voir dès votre retour.

La chaise dure sur laquelle s'était assis Annev lors de son dernier passage dans ce bureau n'était plus là, remplacée par un trépied courtaud. Le jeune homme préféra rester debout et poser son sac poussiéreux dessus. Il baissa la tête.

—Je suis désolé, Ancien Tosan. Je suis rentré très tôt, ce matin. Je n'avais pas dormi, et je ne voulais pas vous déranger. Par ailleurs, j'ai également jugé préférable de mettre les choses au clair avec Sodar avant de venir vous voir.

—Comme c'est… gentil de votre part, répliqua Tosan en plissant des yeux méfiants. Vous avez tout expliqué au prêtre ? Il sait que vous quittez le clergé ? (Comme Annev hochait la tête, le directeur sourit.) Parfait. Et la tâche que je vous avais confiée ?

Annev posa le sac sur le bureau de Tosan, qui examina son contenu, comptant les morceaux de palmier et les flacons de résine appelée sang-de-dragon. Il acquiesça, satisfait.

—Et le marchand ?

Annev sortit les oreilles enveloppées de tissu de sa tunique et les plaça devant Tosan.

—Le marchand ne nous tracassera plus.

Tosan écarquilla légèrement les yeux, même si son expression restait sceptique. Il déballa le petit paquet. Des flocons de sang séché tombèrent sur le bureau comme il saisissait une oreille de *feurog* pour la regarder de près.

— Le colporteur était-il toujours en vie lorsque vous les lui avez coupées ?

Annev hésita. Tosan lui avait dit qu'il était capable de sentir les mensonges, et le fait était que Crag était bien en vie lorsque le jeune homme avait coupé les oreilles du *feurog*. Son estomac se noua.

— Oui, il était en vie.

— Vraiment ? (Tandis qu'Annev inclinait la tête, Tosan sourit avec un mélange de satisfaction perverse et de suspicion.) L'avez-vous laissé filer après lui avoir coupé les oreilles ? Je serais très mécontent d'apprendre qu'un marchand sans oreilles se promène dans les environs du village. N'essayez pas de me mentir.

— Aucun marchand sans oreilles ne se promène dans la forêt de Brake, affirma Annev. J'ai tué de mes mains le propriétaire de ces oreilles, précisa-t-il en désignant du menton le trophée morbide.

— Et comment vous y êtes-vous pris ?

— Je lui ai enfoncé sa propre épée dans l'œil et le cerveau. Je l'ai regardé mourir. Je l'ai… senti mourir.

Le directeur resta assis en silence. Enfin, il hocha la tête.

— Qu'en est-il de notre dernière interrogation ? Avez-vous appris comment le marchand avait trouvé notre village ?

Annev savait qu'il n'avait pas le droit à l'erreur, aussi s'efforça-t-il de se rappeler les mots exacts de Crag.

— Il a dit qu'il se dirigeait vers Hentingsfort, sur la route de Port Caer. Il a voulu prendre un raccourci dans la forêt de Brake et s'est perdu. Lorsque je lui ai parlé de Chaenbalu, il ne connaissait pas.

— Vraiment ? Cela contredit les informations des femmes sages. D'après elles, il cherchait activement Chaenbalu quand elles l'ont trouvé en bordure du village.

— Il… était à la recherche de sa mule, bafouilla Annev.

— Je vous demande pardon ?

— Il avait perdu sa mule. Je l'ai aidé à la chercher. C'est en partie la raison pour laquelle j'ai été retardé.

— Il cherchait sa mule et… vous l'avez aidé ? L'avez-vous trouvée ? Je suppose que non, autrement, vous seriez revenu avec.

— Nous l'avons trouvée, mais elle avait été dévorée par des créatures de la forêt.

— Comme c'est dommage. C'est donc *en partie* la raison pour laquelle vous avez été retardé. Et quelle est l'autre raison ?

— Nous avons été attaqués par ces mêmes créatures. Le marchand a été blessé et… eh bien, j'ai perdu connaissance pendant quelque temps. Je m'excuse pour le retard.

— Vous avez perdu connaissance ? Vous n'arborez pourtant aucune blessure.

— J'ai la tête dure, répondit Annev en se frottant le crâne.

— Apparemment…, concéda Tosan en caressant son bouc. De quel genre de bêtes s'agissait-il ?

Merde.

— Des bêtes bien étranges, répondit Annev en priant pour que son histoire ne se délite pas. Des monstres à la peau et aux membres faits de métal et de roche.

Il se demanda ce qu'il pouvait révéler à Tosan sans que celui-ci devine que les oreilles n'appartenaient pas au marchand. Et s'il lui faudrait mentionner la sorcière.

— Des monstres dans la forêt de Brake ? Des créatures de métal et de roche ?

— Oui, Ancien Tosan.

— Si elles sont vraies, ce sont de bien mauvaises nouvelles. Bien plus mauvaises que la présence d'un colporteur dans les parages. (Le directeur tira sur ses moustaches en réfléchissant.) J'aurais tendance à penser que vous avez inventé cette histoire pour justifier votre incompétence et expliquer votre retard. (Voyant qu'Annev ouvrait la bouche pour protester, Tosan leva la main.) J'ai dit qu'il s'agissait d'une tendance seulement. Je vois bien que vous croyez réellement avoir vu ces choses. Il me revient de déterminer si vous avez été trompé ou non. (Il fit une pause.) Combien de monstres avez-vous vus ?

— Trois.

Tosan fronça les sourcils. Il regarda furtivement l'anneau qu'il portait à la main gauche, puis se tourna vers le jeune homme.

— Vous mentez, conclut-il en faisant tourner la bague autour de son doigt. Pourquoi ? Que cachez-vous ?

Annev secoua la tête, déstabilisé par cette accusation. Et puis il comprit son erreur.

— Il n'y avait que trois *feurog*, dit-il, mais il y avait un quatrième monstre, une sorcière.

— Une sorcière, répéta Tosan, intrigué. Et vous avez appelé ces monstres des *feurog* ? Pourquoi ?

— C'est le mot utilisé par la sorcière.

Le directeur eut l'air satisfait de la réponse d'Annev.

— Et cette sorcière, reprit-il en se penchant en avant, avait-elle un nom ?

Le jeune homme marqua une pause.

— Je crois… Je ne suis pas sûr, mais je crois qu'elle s'appelait Kelga.

— *Kelga ?* (Le directeur se leva brusquement, le regard brûlant.) Vous dites que vous avez croisé une femme prénommée Kelga dans la forêt de Brake ?

Il ne paraissait éprouver ni colère, ni espoir comme l'avait d'abord cru le jeune homme. Non, c'était du désespoir.

— Il me semble. Elle n'a prononcé son nom qu'une fois, et elle ne paraissait pas avoir toute sa tête.

— Je vous crois, dit Tosan d'une voix rauque.

Il se rassit avec lenteur, le teint gris. Son ton se fit alors suppliant :

— A-t-elle mentionné ma femme ?

— Votre femme ?

— Lana, précisa l'homme d'une voix éraillée. Elle s'appelait Lana. Elle est morte à peine un mois après la naissance de Myjun. J'ai cru que quelque chose l'avait poussée dans un buisson de ronces, mais… (Il secoua la tête.) Il y avait des signes de lutte. Kelga aurait dû être avec elle, elle aurait dû la protéger, mais nous n'avons jamais retrouvé la vieille femme. J'ai passé la forêt au peigne fin, pourtant. (Il riva un regard sombre et pensif sur la porte de son bureau.) Depuis près de deux décennies, je me demande ce qui est arrivé. Où est passée Kelga ? Pourquoi a-t-elle attaqué mon épouse ? Qu'est-il arrivé au Fils de Keos manchot qu'elles étaient censées sacrifier ?

Annev fit de son mieux pour ne pas réagir aux interrogations de l'ancien. Un moment plus tard, celui-ci sembla se rappeler sa présence et se reprit.

— Pourquoi avez-vous qualifié Kelga de sorcière ? Pratiquait-elle la magie ?

— Elle a usé de magie noire pour nous tromper et contrôler les *feurog*. Elle est morte en nous attaquant.

— Vous avez tué Kelga ? demanda Tosan en scrutant son visage. Et le marchand vous a aidé ?

Le jeune homme confirma de nouveau, et le directeur poussa un profond soupir, comme si l'on venait de le libérer d'un poids énorme.

— Vous avez donc tué la sorcière et les trois *feurog* avant de vous retourner contre le marchand. Vous lui avez coupé les oreilles avant de l'achever avec sa propre épée.

Annev hésita, sachant que toute affirmation serait un mensonge.

—Non.

—Non? s'étonna le directeur en haussant un sourcil.

—Nous n'avons pas tué les trois *feurog*, clarifia Annev. Deux sont bien morts, mais la troisième s'est enfuie dans la forêt.

—Ah…, fit Tosan en manipulant les oreilles, sur le bureau, avant de relever la tête. Avez-vous pris quelque chose à la sorcière? N'importe quoi qui puisse confirmer son identité ou prouver que vous l'avez tuée?

Annev essaya de se rappeler. Il était sur le point de répondre par la négative lorsqu'il se souvint de l'écharde en or, dans sa poche. Avec un soupir de regret, il la sortit de sa tunique et la posa à côté des oreilles coupées.

—J'ai trouvé ça près de la clairière où la sorcière nous a attaqués. S'il vous faut d'autres preuves, vous trouverez ses os dans la forêt.

Tosan prit le morceau de métal et le soupesa. Il ferma les paupières en le manipulant, puis les rouvrit subitement, choqué.

—Il s'agit d'un *artefact*.

—Quoi?

Tosan retourna l'écharde en or dans ses mains, l'admirant, testant son tranchant.

—L'or contient une aura magique. Sa fonction n'est pas claire, mais… maligne, certainement. On dirait presque qu'il est vivant. Je m'étonne que vous n'ayez rien perçu.

Annev tenta de se rappeler ce qu'il avait éprouvé lorsqu'il avait tenu l'écharde entre ses mains. Avait-il senti la présence d'une magie étrangère, avant de l'écarter tout comme il refusait la présence de ses propres talents innés? Peut-être. Avait-il capté sa nature maligne? Non. C'était étrange, surtout compte tenu du fait qu'il avait senti le mal contenu dans la Baguette de Guérison, deux jours plus tôt.

— Je n'ai pas pris le temps de l'examiner, Ancien Tosan. Il y avait d'autres métaux, dans la forêt. Des métaux divers. Je n'ai pris que l'or.

— Très bien. Acolyte, vous savez que le prérequis pour devenir Avatar du Jugement est de réussir le Test du Jugement, mais savez-vous ce qu'il faut pour devenir maître avatar ?

— Il faut en être jugé digne par les anciens, je crois.

— C'est en partie vrai, mais il y a également deux tests à réussir. D'abord, l'avatar doit faire la preuve de sa compétence en ramenant un artefact à l'Académie.

— Et le second test ? demanda Annev avec circonspection.

— Le Test d'Engagement. L'avatar doit éliminer une cible – en général une cible représentant une menace pour Chaenbalu ou l'Académie.

— Vous voulez dire qu'il faut tuer quelqu'un ?

— Maintenant que vous l'avez fait plusieurs fois, cela ne devrait pas être trop difficile, remarqua Tosan.

— Oui, acquiesça Annev, peu convaincu.

Après tout, il n'avait pas tué le marchand, qui avait assené le coup mortel à la sorcière. En vérité, il avait uniquement tué le *feurog* au crâne enveloppé de métal, et il ne savait toujours pas si la créature était humaine ou non. Il déglutit difficilement, l'idée de devoir recommencer le mettant mal à l'aise.

— Je vais être franc avec vous, Ainnevog. J'étais persuadé que vous tenteriez de vous soustraire à votre mission, mais je me suis trompé. Vous avez tué le colporteur, et vous m'avez rendu un grand service en éliminant Kelga.

— Ça signifie que j'ai réussi le test ? s'enquit Annev, une lueur d'espoir dans les yeux. Je peux enfin devenir avatar ?

— Je suis désolé, mais je me suis mal fait comprendre, rétorqua Tosan en plissant le front. Vous n'êtes pas promu Avatar du Jugement.

La gorge d'Annev se serra. Cela recommençait. Chaque fois que ses rêves étaient à sa portée, quelqu'un changeait les règles et lui prenait ce qu'il désirait le plus.

— Je ne peux faire de vous un avatar, poursuivit Tosan, car vous avez déjà réussi le Test de Compétence et le Test d'Engagement. (Il désigna les oreilles coupées et l'écharde en or.) La place de cet artefact est dans le Caveau.

Le directeur tira sur une corde rouge – un des six cordes qui pendaient le long du mur –, et Annev entendit une cloche tinter quelque part dans le couloir. Et puis il tira sur les cordes marron et noire, et s'il n'entendit rien, Annev savait que des cloches tintaient dans les entrailles de l'institution.

— Annev, vous remplissez les conditions pour occuper une fonction plus importante.

Le jeune homme écarquilla les yeux. Son cœur battait de plus en plus vite.

— Une fonction plus importante ? répéta-t-il bêtement, certain d'avoir mal compris.

L'Aîné des Anciens ouvrit un tiroir de son bureau et en sortit un échantillon de plaquettes rectangulaires en métal. Il forma six piles d'Écus en cuivre, puis ajouta deux piles de Bâtons d'argent, ainsi qu'un Rayon en or. Il désigna les pièces.

— Quatre douzaines d'Écus, douze Bâtons et un Rayon. Lorsqu'un avatar est promu au rang de maître avatar, il reçoit l'équivalent d'un Soleil pour lui permettre d'acheter les fournitures dont il aura besoin afin d'accomplir ses missions à Banok et Luqura. Dont l'arme de son choix, à moins qu'il préfère demander au forgeron de lui en fabriquer une.

Annev regarda les pièces, bouche bée, puis releva les yeux vers Tosan, incapable d'appréhender la réalité de ce qui lui arrivait. Le directeur se redressa et posa la main sur l'épaule du jeune homme.

— Ceci est votre traitement, Ainnevog. Prenez-le, avec toutes mes félicitations. Je vous promeus au rang de maître avatar.

Chapitre 47

Le reste de l'après-midi fut un tourbillon d'activités. Carbad se présenta pour noter la promotion d'Annev dans son registre. Le jeune homme serait donc Maître des Chagrins, fonction vacante depuis la construction de la chapelle, depuis l'arrivée de Sodar à Chaenbalu.

— Il l'a mérité, expliqua Tosan à un Carbad interloqué. Odar sait qu'il m'a causé suffisamment de peine, mais il a également reçu une formation théologique, que l'Ancien Jerik et moi pourrons poursuivre. La nef a été nettoyée pour la première fois depuis plus d'une décennie, aussi devrions-nous la mettre à profit. Quand il aura gagné la confiance des villageois, je suis sûr qu'il pourra accomplir les tâches dont se chargeait autrefois Maître Flint.

Et puis Carbad conduisit Annev chez Maître Brayan, l'imposant intendant en chef de l'Académie, un colosse de plus de deux mètres à la pilosité impressionnante. Malgré son allure, l'homme était de nature joviale, et ce jour-là ne faisait pas exception à la règle.

— Maître des Chagrins ? répéta-t-il d'une voix tonitruante en souriant jusqu'aux oreilles. C'est formidable ! Titus sera heureux de l'apprendre. Il n'arrête pas de demander de vos nouvelles.

Titus était devenu l'apprenti de Brayan, tout comme Markov assistait Narach dans le Caveau de la Damnation.

— Titus travaillera également avec Carbad, dit Brayan comme il cherchait la tenue de maître avatar d'Annev. Il se débrouille bien avec les chiffres, ce qui peut se révéler utile, et a aussi une réelle affinité avec les animaux. J'arrive à peine à m'occuper des écuries, alors le chenil et le pigeonnier… Il a la main très sûre. Il s'occupe des oiseaux au moment où nous parlons.

Annev eut tout juste le temps de remercier l'homme pour ses nouvelles bottes et sa tunique rouge avant que Carbad l'entraîne dans son sillage.

— Maître Keyish prendra vos mesures pour votre nouvelle garde-robe dès son retour de Banok, ce soir. Nous l'intercepterons avant que Duvarek et lui soient trop imbibés.

Ensuite, ils rendirent visite à Maître Der, mais le Maître de la Furtivité n'était pas dans ses quartiers.

— Les maîtres ont une fâcheuse tendance à fêter prématurément le dernier jour du Regaleus. J'imagine que vous voudrez fêter ça aussi – et pourquoi pas, d'ailleurs ? Vous êtes passé d'acolyte à maître avatar d'un seul bond. Ça vaut bien deux soirées de beuverie. (Il précéda Annev jusqu'à une porte non peinte.) Voici vos appartements provisoires. Dès que nous le pourrons, nous vous installerons dans le presbytère, mais pour le moment il doit être tapissé de crottes de rat.

— Je vous remercie, dit Annev, sincère.

Il entra dans une cellule contenant un lit et un coffre. La petite fenêtre, dans le fond, offrait une vue correcte sur le sud du village, son moulin, le bassin adjacent et la forêt de Brake. Ce n'était pas tellement plus spacieux que sa chambre dans la chapelle de Sodar, mais il avait l'impression de découvrir un palais.

— C'est un vrai lit, remarqua-t-il en caressant l'oreiller de plumes.

— Bien sûr, confirma Carbad en jetant à Annev ses nouveaux vêtements et sa bourse. Laissez votre tunique d'acolyte dans votre chambre ; je me chargerai de la faire brûler.

— Où dois-je aller une fois habillé ? L'Ancien Tosan m'a parlé de voir Maître Edra au sujet d'une arme…

— Si vous arrivez à lui mettre la main dessus, n'hésitez pas. À mon avis, il doit être en train de se soûler avec ses collègues. Sans doute dans les cuisines ou sur la place du village. Joignez-vous à eux si vous le souhaitez. Votre promotion ne sera annoncée que demain, mais vous avez le droit de faire la fête. Profitez-en.

Annev décida rapidement de s'abstenir. Les maîtres avaient leurs propres rituels et amitiés, après tout, et si Annev admirait certains, il n'était proche d'aucun d'entre eux. Alors qu'il se faisait une joie de revoir Titus et Therin une fois son titre d'avatar obtenu, il se sentit gêné de devoir leur annoncer une promotion si inattendue. Il n'aurait pas été contre croiser Fyn, en revanche.

— Attendez ! lança-t-il alors que Carbad s'éloignait. Quelle est la fonction du Maître des Chagrins, au juste ? Suis-je obligé de m'adresser à Maître Edra, pour mon arme, ou puis-je garder la mienne ?

— Votre arme ? s'étonna l'homme, la tête penchée sur le côté, les yeux plissés. De quel genre d'arme s'agit-il ?

— J'ai rendu quelques services pour Sraon, qui m'a offert une hache en guise de paiement. Je souhaiterais la garder.

Il espérait également rentrer à l'Académie avec Miséricorde, mais il était hors de question qu'il mentionne la lame et son origine.

— Si elle est à vous, vous pouvez faire ce que bon vous semble, grogna Carbad. Vous êtes maître avatar, désormais. Vous avez gagné ce privilège. Quant à votre mission de Maître des Chagrins : en tant que prêtre du village, vous prononcerez des sermons dans notre nef. Quand quelqu'un viendra vous demander conseil ou se confesser, vous l'écouterez, lui répondrez selon les valeurs de l'Académie et transmettrez toute information importante au directeur. Et puis, je suis sûr que l'Ancien Tosan vous trouvera d'autres missions en plus de la récupération d'artefacts.

Annev hocha la tête.

— Vous aussi, vous partez en missions de récupération ?

— Je suis bien trop utile ici, rétorqua Carbad en fronçant les sourcils. J'ai à peine le droit de quitter le village, alors chercher des artefacts magiques…

— Ah…, fit Annev, comprenant qu'il s'agissait d'un sujet sensible. (Gêné, il faisait maladroitement passer sa bourse d'une main à l'autre.) En tout cas, merci beaucoup de votre aide.

Carbad lui adressa un signe de tête digne et disparut dans le couloir, le laissant faire le tri dans ses vêtements et ses pensées.

Un quart d'heure plus tard, Annev émergea du bâtiment paré de sa nouvelle tenue. Comme il descendait les marches de l'institution, il goûtait avec plaisir le poids des lourdes pièces qui tintaient dans sa poche. Il avait laissé la majorité de son argent dans sa chambre, ne prenant avec lui qu'une poignée de monnaie en cuivre, quelques pièces d'argent et le Rayon en or. Il avait des projets pour ce dernier, des plans pour Myjun et lui, mais il écarta cette idée pour le moment. Le soir approchant rapidement, il s'autorisa à profiter de son succès récent.

Il n'était plus acolyte ni diacre. Il n'était même pas avatar. À la faveur d'un moment de chance incroyable, il était devenu maître avatar – Maître des Chagrins.

C'était un titre étrange, tout bien considéré, mais il lui plaisait. Il apprécierait d'aider les gens dans la difficulté et les pénitents. Ayant longtemps été le diacre de la chapelle de Sodar, il était déjà formé pour ce rôle. Le titre suggérait également qu'il avait subi et surmonté des épreuves, ce qui était sans doute vrai. Et il espérait ardemment que son nouveau titre l'immuniserait contre de futures déconvenues.

Sur la place centrale, il se mêla à un groupe de villageois en habits de Regaleus. Vêtu de sa robe écarlate de maître, il se sentait à l'aise parmi ces femmes en jupes gaies et ces hommes à casquettes colorées. Ses nouvelles bottes noires étaient tellement confortables, et le tissu de sa tunique si doux. S'arrêtant pour remarquer que son gant rouge complétait superbement le reste de sa tenue, il huma une délicieuse odeur de pain venant de la boulangerie de Lorn et Rafela. Son estomac gargouilla, et il suivit l'odeur jusqu'au chariot installé devant la boutique.

— Bonjour, Rafela.

— Ainnevog ! Comment allez-vous en cette belle journée ? Envie de quelque chose de sucré ?

Lorn, le mari de Rafela, émergea de la boutique en portant un plateau chargé de roulés, de tartes sucrées et de petits pains.

— Pas question que tu donnes encore de notre pain, Raf ! tonna Lorn. Ces gamins ne paient jamais rien, et il nous faut régler le meunier. Garde donc tes petits pains pour ce soir.

Annev mit alors deux Écus de cuivre sur la tablette et se tourna vers le boulanger bougon.

— Je prendrai un roulé, s'il vous plaît. Et un petit pain sucré. Gardez la monnaie.

Lorn posa son plateau et examina les pièces de cuivre. Lorsqu'il vit qu'il s'agissait de vraies pièces et non de simples morceaux de métal, il hocha la tête.

— Raf, sers au garçon ce qu'il demande. C'est un client respectable, aujourd'hui. (Il s'interrompit, détailla la nouvelle tenue du jeune homme, et sa mâchoire sembla se décrocher.) Et il est habillé comme les maîtres de l'Académie…

Rafela ne se posait pas ce genre de question. Elle émit un éclat de rire rauque et entreprit de servir Annev.

— Retourne à tes fourneaux, Lorn. (Elle lui donna son gâteau et son petit pain, puis ajouta deux briochettes.) Ce soir, elles ne seront plus bonnes, de toute façon, conclut-elle avec un clin d'œil.

Annev la remercia et trotta vers la forge de Sraon. Comme il s'en approchait, il brandit une des pâtisseries de Lorn.

— Annev ! lança l'homme d'une grosse voix. (Il lâcha le morceau de métal qu'il était en train de travailler et émergea d'un nuage de vapeur blanche, frappant dans ses gants noirs de suie.) Vous m'apportez des gâteaux ?

Il sourit, retira ses gants et accepta le cadeau. Il avisa alors la nouvelle tenue d'Annev. Manquant de s'étouffer, il cracha des miettes en tous sens.

— Par les Dieux ! Dites-moi, c'est bien une robe de maître ?

— Je l'ai reçue il y a moins d'une heure, confirma Annev, incapable de contenir son excitation. Je suis maître, à présent.

— Par la barbe d'Odar, c'est formidable ! Sodar doit être fou de joie.

Le sourire d'Annev vacilla. Il espérait que le prêtre serait heureux pour lui, mais il craignait que l'annonce de sa promotion soit le prétexte à une nouvelle dispute. Annev ne s'inquiétait pas outre mesure, cependant. En dépit de l'affirmation de Carbad selon laquelle son avenir serait également fait de missions de récupération, il pressentait que son rôle de Maître des Chagrins le clouerait à Chaenbalu de la même manière que son poste de Maître des Opérations limitait Carbad dans ses mouvements.

En vérité, Annev ne pensait plus qu'à une chose : Myjun. À présent qu'il était maître avatar, il pourrait légalement l'épouser. Lorsque Sodar en prendrait conscience, il ferait tout pour l'empêcher de la fréquenter. À moins qu'Annev le prenne de vitesse, qu'il demande Myjun en mariage dès ce soir. Jamais le prêtre ne l'obligerait à abandonner sa fiancée – et encore moins son épouse. Cette certitude lui donna le courage de mettre son plan en œuvre.

— Je ne l'ai pas encore annoncé à Sodar, mais je vais le faire bientôt. Je voulais vous parler d'abord. Vous vous rappelez la bague de fiançailles que je vous ai demandé de forger l'an dernier ?

— À peine plus qu'un clou tordu, si je me rappelle bien, acquiesça Sraon.

— J'aimerais que vous me fassiez quelque chose d'un peu plus… que vous fabriquiez… (Il sortit de sa poche le Rayonet le tendit au forgeron.) … une bague en or. Avec ceci.

Sraon siffla en prenant le morceau d'or et en le retournant. Enfin, il poussa un grognement.

— Je pourrais en faire une bague, assurément, mais je ne suis pas joaillier. Si vous voulez quelque chose de finement ouvragé, vous risquez d'être déçu.

— Votre cadeau de Regaleus était magnifique. Une véritable œuvre d'art.

Le forgeron haussa les épaules, bien qu'une lueur de fierté traverse son regard.

— Oui, je sais fabriquer des armes, tordre le fer, couper l'acier. Des tâches assez simples et grossières. J'ai bien plus de mal avec les petits objets. Si vous voulez des détails, il vous faut un orfèvre ou un joaillier.

— Ce que je veux, c'est un anneau tout simple. Je sais que vous pouvez le faire.

— Mmh… oui, sans doute. Pour quand vous le faut-il ?

— Le plus tôt possible.

— C'est pour la même fille que la première bague ? demanda Sraon en souriant.

— Oui, confirma Annev en touchant l'anneau dans la poche de sa tunique. Oui, c'est bien pour la même fille.

— Félicitations, Maître Annev ! C'est une bien belle manière de célébrer le Regaleus et votre promotion ! lança l'homme en lui donnant une tape dans le dos et en mordant dans sa pâtisserie.

— Merci, Sraon ! Qu'est-ce que je vous dois pour ce travail ?

— Oh ! vous pouvez garder votre argent, répondit le forgeron, la bouche pleine de pâte. Disons que ce sera mon cadeau de mariage. Mais je veux bien un autre de ces gâteaux ! ajouta-t-il en clignant de son œil unique.

Annev éclata de rire.

— Pas de problème ! Merci, Sraon. Vous êtes un bon ami !

— Un bon et gros ami, si vous continuez à m'apporter ce genre de friandises ! Quoique ça ne me dérangerait pas outre mesure…

Annev s'en fut vers la chapelle de Sodar d'un pas sautillant. Il était nerveux comme il l'avait rarement été. Les épreuves des jours passés avaient été monstrueuses, un véritable cauchemar qu'il préférait oublier rapidement, mais sa joie dépassait en intensité les maux dont il avait souffert. Il aurait été prêt à tout pour revivre cette euphorie jusqu'à la fin de ses jours. Il lui restait à annoncer la nouvelle à Sodar, néanmoins il se sentait prêt à affronter cette discussion. Il était également excité à l'idée de récupérer ses cadeaux de Regaleus et de les rapporter à l'Académie – chose qu'il n'aurait pas crue possible –, et il avait hâte de surprendre Myjun. Il effleura la bague de fiançailles dans sa poche et osa espérer qu'elle accepterait l'anneau en or que lui forgerait Sraon. C'était presque trop beau pour être vrai.

Dans son euphorie, Annev ne vit pas la silhouette vêtue de rouge qui lui faisait signe de loin, et il fallut que Carbad se plante en travers de sa route pour qu'il comprenne que le Maître des Opérations lui demandait de s'arrêter.

— Maître Ainnevog ! lança Carbad, le souffle court. L'Ancien Tosan vous veut immédiatement dans son bureau. J'ai bien peur que vous manquiez les festivités de ce soir, ajouta-t-il en fronçant les sourcils.

Chapitre 48

Annev eut le temps d'imaginer mille scénarios catastrophes sur le chemin du bureau de Tosan.

Il va tout me reprendre. Il a trouvé le cadavre du monstre sans oreilles et va me soumettre à un nouvel interrogatoire. Ou bien celui de Kelga, et il voudra savoir où sont le marchand et son chariot.

Lorsque Carbad ouvrit la porte, cependant, Annev découvrit une scène tout à fait inattendue : l'Ancien Tosan, au lieu de le fixer d'un regard furieux derrière son bureau, faisait nerveusement les cent pas. À la vue d'Annev, il parut soulagé.

— Excellent, dit l'ancien en le détaillant de la tête aux pieds. Oui, vous ferez très bien l'affaire. Votre plus gros défaut sera peut-être notre plus grand atout. (Il poussa la porte entrouverte, laissant Annev seul dans son bureau, et s'adressa à Carbad.) Maître des Opérations, allez chercher notre futur Maître d'Armes. J'irai chercher l'autre moi-même.

Carbad s'en fut aussitôt.

— Je reviens tout de suite, dit Tosan. Attendez-moi ici et, surtout, ne touchez à *rien*.

Il disparut en claquant la porte.

Annev était abasourdi. *Je ne suis pas dans le pétrin. Il s'est passé quelque chose de grave… Tosan a dit que j'étais un atout. Non, que mes défauts étaient un atout, ce qui est bien différent.*

Il attendit une minute complète avant de se sentir suffisamment détendu pour arpenter la pièce. Il foula le tapis rouge et noir désormais familier et, des doigts de la main droite, suivit les contours du phénix sur son gant rouge. Une minute supplémentaire s'écoula avant qu'il ait le courage de regarder par la fenêtre les fermiers et commerçants vaquant à leurs occupations. Il reconnut les trois garçons du boucher qui jouaient devant la boutique de Nikum, puis la veuve Alanna qui se dirigeait vers la forge de Sraon, une théière cassée sous le bras. À sa vue, le forgeron posa ses outils et vint à sa rencontre, négligeant le feu qu'il était en train d'attiser.

Il se passe quelque chose entre ces deux-là, pensa Annev en se rappelant les fois où il avait vu Alanna et Sraon discuter devant la forge. À moins que la veuve casse ses théières et ses casseroles au rythme où elle brûle des bûches. Il sourit, heureux pour les deux villageois, puis se détourna de la fenêtre.

Une minute plus tard, Annev se tenait devant la bibliothèque de Tosan et déchiffrait les titres sur le dos des livres. Il vit qu'une étagère était réservée aux ouvrages d'histoire et de géographie et repéra le gros volume que le directeur lui avait montré lorsqu'ils avaient discuté des serpents à collier. Une autre étagère accueillait des titres tels que *L'Art d'écrire* de Scroot et Black, *Les Signes et symboles d'Odar* et *La Vieille Langue : ce qui fut et ce qui advint*.

Annev grimaça en se souvenant que Tosan était un expert en langues et en écritures. Toutefois, le directeur avait confié à Gravel, le Maître du Faux, la mission d'enseigner aux élèves la lecture et l'écriture afin de se consacrer à la copie de manuscrits et à leur reliure. C'était une tâche bien ennuyeuse, pensait Annev, mais peut-être Tosan préférait-il la compagnie des livres à celle des gens.

Il était en train de se détourner de la bibliothèque lorsqu'un mince volume, sur l'étagère du haut, attira son attention. Un épais tome était posé dessus, en masquant partiellement la vue, pourtant Annev se rappela avoir aperçu Tosan écrire dedans.

Quand nous parlions des serpents à collier. Il me faisait la leçon, m'insultait, et puis il s'est interrompu au milieu d'une phrase pour griffonner quelque chose. Comme si je n'étais plus dans la pièce… Annev regarda longuement le journal à moitié dissimulé. Sa curiosité enflait de seconde en seconde. Qu'est-ce qui avait pu obséder le directeur à ce point, ce fameux jour ? Tosan était parti depuis quelques minutes déjà, cependant Annev pensait avoir encore un peu de temps devant lui.

S'il a écrit quelque chose à mon sujet, j'ai le droit de savoir quoi, tenta-t-il de se convaincre pour justifier sa curiosité. Il se hissa sur la pointe des pieds, souleva le lourd volume et tira le carnet en dessous. La couverture en était vierge, mais à mesure qu'il en tournait les pages, il devenait clair pour Annev qu'il s'agissait bien du journal de l'Ancien Tosan. Son rythme cardiaque s'accéléra tandis qu'il le feuilletait, vérifiant dates et entrées.

> *L'histoire de Bron Gloir est prometteuse. J'ai envoyé Duvarek dans le Nord avec l'espoir qu'il en rapporte des objets de valeur, mais je ne me fais pas d'illusions. Il s'est écoulé trop de temps depuis le rite de Bron…*

Annev tourna une dizaine de pages.

> *Qui choisir ? Quelqu'un de rarement vu et de très peu attendu. Un villageois, peut-être, mais il serait plus facile de…*

Encore une dizaine de pages.

Il me prend pour un idiot. Tant mieux, finalement. Quand il comprendra que je sais la vérité, il sera trop tard pour lui. En attendant, je ferai semblant de…

Annev tourna encore quelques pages, mais alla trop loin, ne découvrant que du papier blanc. Il revint en arrière et trouva la dernière entrée du journal, un texte écrit un peu plus tôt.

Kelga est morte. Ainnevog me l'a appris à son retour de la forêt de Brake. Il semblerait qu'elle soit restée cachée là tout ce temps, même si je ne sais ni pourquoi, ni comment. J'ai envoyé Brayan et un autre maître enquêter – trouver le corps –, mais Ainnevog a parlé de monstres… Des créations de Kelga, apparemment, car elle les appelait « ses feurog ». Il s'agit d'un terme obscur d'origine possiblement terrane. Peut-être apparenté aux mots « fer » et « feu ». Rien n'est moins sûr, cependant.

Annev revint encore en arrière et trouva la page datée du jour du Test du Jugement. Il n'y avait qu'une entrée, courte, griffonnée à la hâte d'une écriture arachnéenne, et il n'y était pas question de lui.

Du venin de serpent à collier ! Ses propriétés sont mutatives. Mystérieuses. Peut-être keokum ? Peut-être sera-t-il le catalyseur qui permettra de percer l'énigme du sort d'immortalité de Bron Gloir.
Des tests seront nécessaires.

Annev relut le texte une seconde fois en se demandant s'il avait bien compris. Une conclusion s'imposait : Tosan pratiquait la magie. Cela semblait impossible, car le directeur la haïssait…

Entendant des pas dans le couloir, Annev se hâta de remettre le journal à sa place. Soudain, le lourd volume usé qu'il avait dû déplacer plus tôt glissa et tomba bruyamment sur le sol. Le jeune homme constata avec horreur que la reliure s'était défaite et qu'une dizaine de plaquettes s'étaient éparpillées sur le tapis. Il s'agenouilla pour les ramasser. Par chance, les feuilles métalliques tombées se suivaient, et il lui fut facile de les remettre en ordre avant de les glisser dans le volume. Il avisa alors le titre du livre.

L'Art secret: Comment identifier et contrôler votre talent magique.

Le sang d'Annev se glaça lorsqu'il reconnut l'écriture de Tosan en haut de la page de titre: « Talent lié au sang iluméen: modeleur d'âme? » D'autres notes étaient griffonnées au bas de la page: « *Ignis temperare – Loisg. Mentiri deprehendatur – Bhraitheann an bréag. Terra transfiguratio – Athrú carraig…* »

Les pas s'arrêtèrent devant la porte. Annev referma le volume à la hâte et le remit à sa place sur le journal de Tosan. Presque au même moment, le battant s'ouvrit et Annev fit volte-face. Il réprima alors un sourire et arbora un masque de parfaite courtoisie.

— Salut, Fyn. Tu cherches l'Ancien Tosan?

L'avatar aux cheveux tressés fronça les sourcils en entrant dans la pièce.

— Où est-ce que tu as eu ça? s'enquit-il en désignant la tenue d'Annev. Tu devrais être vêtu de beige comme ton ami Titus.

Annev retroussa les lèvres, mais se contint. Maître Carbad était adossé au mur du couloir, où il reprenait son souffle. Fyn se retourna.

— Vous n'avez pas besoin de rester, Maître Carbad. Je suis sûr que d'autres tâches vous attendent. Et puis, Ainnevog et moi pouvons nous tenir compagnie mutuellement.

Le Maître des Opérations se massa les tempes grises.

— Je ne suis pas certain de… (Il s'interrompit, remarquant quelque chose dans le couloir.) Mais peu importe, l'Ancien Tosan sera bientôt là. Bon après-midi, messieurs, conclut-il avec un hochement de tête.

Annev profita de ce que Fyn suivait Carbad du regard pour vérifier que le journal et le lourd volume qui le surplombait étaient bien à leur place. Lorsque Fyn se retourna, il constata qu'Annev l'avait rejoint devant le bureau du directeur.

— Où étais-tu passé hier ? gronda Fyn en se rapprochant de lui.

Annev savoura sa confusion.

— Tu n'as qu'à poser la question à l'Ancien Tosan.

Un instant plus tard, le directeur entrait, suivi de près par Kenton. L'avatar aux cheveux sombres lança aux deux autres garçons un coup d'œil soupçonneux, tandis que Tosan fermait la porte et s'asseyait. Le directeur les dévisagea d'un air sérieux.

— Au cas où vous ne seriez pas au courant, Annev a été promu au rang de maître avatar. À partir de maintenant, il sera notre Maître des Chagrins.

Kenton et Fyn en restèrent bouche bée.

— Au rang de quoi ? demanda Fyn.

— Maître. Avatar, répéta Tosan d'une voix forte. Êtes-vous sourd ou bien stupide ?

Le silence se fit, même s'il était clair que les questions se bousculaient dans la tête de Fyn et Kenton. Tosan le sentit, et ajouta :

— Ainnevog a été meilleur que votre génération tout entière lors de la dernière leçon de Duvarek et Edra, et il vous a défaits tous les deux lors du Test du Jugement. (Il joignit ses doigts devant lui, formant un triangle.) Hier, dans la forêt de Brake, il a également réussi le Test de Compétence et le Test d'Engagement, gagnant le statut de maître avatar.

Fyn ne semblait pas plus avancé, alors que Kenton commençait à comprendre.

— Vous voulez dire qu'il a rapporté un artefact magique et… tué quelqu'un ?

Tosan acquiesça.

— Je vois que Duvarek ne vous a pas uniquement appris à vous dissimuler dans l'ombre.

Kenton étira ses lèvres en un semblant de sourire, alors que Fyn avait encore la bouche ouverte.

— À présent que vos tests sont terminés, les avatars poursuivront leur formation avec les maîtres et anciens dont le domaine d'expertise correspond à leurs talents respectifs. Le moment voulu, les jeunes gens de votre génération auront la possibilité de devenir maîtres avatars. Un ou deux d'entre vous gagneront peut-être le titre de maître avant la fin de l'année, même si la plupart devront attendre cinq à dix ans. (Il fit une pause pour les regarder dans les yeux.) À l'exception de vous trois. Maître Annev a déjà démontré qu'il méritait le statut de maître avatar, et je vous offre la possibilité de l'imiter.

— J'accepte cette opportunité, Ancien Tosan, répondit aussitôt Kenton d'un air solennel.

Fyn lança un regard noir à son camarade et hocha la tête.

— Si Annev a pu y arriver, j'y arriverai aussi.

— Nous verrons, dit Tosan en haussant un sourcil. En règle générale, les tests sont organisés lors d'une mission de récupération et supervisés par un maître avatar. Toutefois, ils peuvent également être pratiqués lors d'un événement différent… Aujourd'hui, je vous envoie tous les trois en mission de récupération à Banok.

— Banok ? répéta Kenton en écartant ses mèches brunes de devant ses yeux. Maître Duvarek vient de partir pour Banok, il me semble.

Tosan grimaça à la mention du nom du Maître des Ombres.

— En effet. Maître Duvarek et Maître Keyish ont été envoyés à Banok il y a deux nuits pour confisquer une baguette noire à un marchand nommé Janak Harth. Celui-ci utilise ses richesses et ressources pour se procurer des artefacts magiques provenant des quatre coins de Luquatra. Nous ne l'en empêchons pas, mais chaque fois qu'il met la main sur un objet réellement dangereux, l'Académie le lui confisque. (Tosan pianota nerveusement sur son bureau.) La nuit dernière, Maître Duvarek et Maître Keyish ont échoué. Janak les attendait avec une Baguette de Compulsion. Duvarek a été capturé, tandis que Keyish nous est revenu les mains vides. (Le directeur fronça les sourcils.) Votre Test de Compétence à tous les deux consistera à récupérer la baguette noire et à la rapporter à l'Académie. Acceptez-vous cette mission ?

Les deux jeunes hommes acquiescèrent d'un même mouvement.

— Pour votre Test d'Engagement, vous aurez des cibles différentes. Janak Harth est devenu une menace et doit être éliminé. (Tosan se tourna vers Fyn.) Avatar Fyunai, acceptez-vous cette mission ?

— Je l'accepte, répondit Fyn en hochant la tête avec enthousiasme.

— Excellent. Je pense que Janak a convaincu Duvarek d'abandonner sa mission, mais également de trahir l'Académie. En somme, nous l'avons perdu. Avatar Kenton, si Maître Duvarek n'est pas mort à votre arrivée, vous l'éliminerez. (Tosan s'interrompit, attendant que ses paroles fassent leur effet.) Acceptez-vous votre Test d'Engagement ?

— Vous me demandez de tuer Maître Duvarek… mon mentor ? bafouilla Kenton, le regard rivé sur le sol.

— Exactement, confirma Tosan. Acceptez-vous ?

— J'accepte, répondit Kenton, les yeux dissimulés par le rideau de ses cheveux noirs.

Les deux jeunes gens arboraient un air particulièrement sinistre.

— Excellent. Vous avez de la chance qu'on vous offre cette opportunité. Les choses se compliquent toujours au moment du Regaleus. La plupart des maîtres boivent avant le début des festivités, ce qui les rend vulnérables aux assauts d'une Baguette de Compulsion, expliqua-t-il avec une moue frustrée. J'ai besoin d'esprits frais et alertes, et vous êtes les meilleurs disponibles. Les meilleurs de votre génération, ajouta-t-il en pointant un doigt vers eux. Et vous avez la réputation d'être obstinés et rebelles.

Annev grimaça et Kenton baissa la tête. Fyn, quant à lui, semblait prendre ces accusations pour un compliment.

— Ces défauts vous ont empêchés de quitter les murs de l'Académie plus tôt, poursuivit Tosan, mais cette nuit, ils vous aideront à résister à la Baguette de Compulsion de Janak.

Maintenant, je comprends, pensa Annev. *Tosan ne nous a pas choisis parce que nous sommes les meilleurs, mais parce que nous sommes les plus gros emmerdeurs de l'Académie !*

— Avatar Fyunai, j'avais l'intention de faire de vous l'apprenti de Maître Edra, cet été. Si vous réussissez votre mission, vous deviendrez le nouveau Maître d'Armes et vous aurez la responsabilité d'entraîner la nouvelle génération au combat et au maniement des armes. Vous sentez-vous prêt à endosser ce rôle ?

— Oui, Ancien Tosan, répondit Fyn, les yeux écarquillés. Mais qu'adviendra-t-il de Maître Edra ?

— Edra sera promu au rang d'ancien et chargé de l'Art de la guerre. Je comptais l'annoncer demain en même temps que la promotion d'Ainnevog. Edra continuera à enseigner, cependant. Vous l'assisterez dans sa mission de formation.

— Merci, Ancien Tosan.

— Avatar Kenton, vous avez une prédisposition pour l'identification des artefacts magiques…

Fyn et Annev se tournèrent vers Kenton, surpris. Ce dernier baissa la tête, gêné.

— Je me débrouille, murmura-t-il. Je suis meilleur en furtivité et en camouflage, mais il est vrai que je suis des cours supplémentaires avec Maître Der et Maître Duvarek…

— J'ai toujours été conscient de la relation particulière que vous entreteniez avec Maître Duvarek, l'interrompit Tosan. C'est même une des raisons pour lesquelles vous avez été choisi pour cette mission. Ce n'est pas la raison principale, toutefois… Vous savez que Narach, notre Maître des Secrets, est très âgé. L'Ancien Dorstal était son apprenti avant de rejoindre le Conseil des Anciens, et l'Intendant Markov est inéligible pour le poste. Étant donné les besoins de l'Académie et votre talent particulier, je vous confie à Maître Narach et au Caveau de la Damnation. Si vous réussissez votre mission, vous deviendrez notre nouveau Maître des Malédictions.

— Vous voulez que je travaille avec Narach dans le Caveau ? s'étonna Kenton en grimaçant. J'ignore tout de la classification des artefacts magiques !

Tosan leva l'index, balayant les objections du jeune homme.

— L'Intendant Markov se chargera de la classification, et Dorstal m'a assuré que vous étiez le meilleur en matière d'identification magique. Vous aurez tout le temps d'apprendre votre travail dans les archives de l'Académie, et quand Narach ne sera plus de ce monde, l'Intendant Markov deviendra votre assistant personnel. À condition, bien évidemment, que vous réussissiez votre mission.

Kenton plissa le front, mais s'inclina.

— Bien sûr, Ancien Tosan. Je servirai là où on aura besoin de moi.

— Je n'en doute pas. Maître Ainnevog, vous possédez un talent pour résoudre les énigmes les plus complexes, vous n'hésitez jamais à faire ce que la situation exige, vous avez démontré une certaine aptitude au commandement, vous êtes capable de vous sacrifier pour le bien commun. Et vous êtes sacrément malin, ajouta Tosan en caressant son bouc. Par bonheur pour vous, c'est justement ce dont nous avons besoin aujourd'hui. Vous prendrez donc le commandement de cette expédition.

Indignés, Fyn et Kenton se raidirent.

— Le commandement ? bafouilla Annev. Que je commande à Fyn et Kenton… ?

— Avatar Fyunai, Avatar Kenton, vous obéirez aux ordres de Maître Annev. Maître Annev, vous superviserez le travail de vos subordonnés et vous ne les empêcherez pas de réussir leurs Tests de Compétence et d'Engagement, en dépit de la manière dont ils vous traitaient lorsque vous étiez acolyte. Le succès ou l'échec de la mission reposera sur vos épaules. (Il s'interrompit.) Les talents de Fyunai et Kenton surpassent ceux de Titus et Therin. Vous utiliserez vos ressources comme je vous l'ai demandé lors du Test du Jugement.

— Je comprends, Ancien Tosan, articula Annev.

Il ne comprenait pas, en réalité. Tosan l'avait encouragé à trahir ses amis pour réussir le test. Venait-il de lui donner la permission de sacrifier ses compagnons, en cas de nécessité, pour rapporter cette baguette à l'Académie ? Annev n'en était pas sûr, mais cela ne l'aurait pas étonné de Tosan.

— Bien, reprit le directeur en se levant. Avatar Fyunai, allez voir Brayan, Der et Edra. Ils vous pourvoiront pour la mission et vous donneront des équipements supplémentaires pour vos compagnons. Avatar Kenton… Keyish, Folum et

Dorstal vont vous informer. Vous les trouverez probablement dans les cuisines.

Kenton et Fyn quittèrent le bureau en croisant le regard d'Annev. Celui de Kenton était sombre, comme à son habitude. Fyn, en revanche, semblait déstabilisé, ce qui était facile à comprendre. Ne venait-on pas de lui offrir la possibilité de devenir maître avatar en une seule nuit ? Il lui faudrait obéir à Annev, cependant, alors qu'il avait coutume de n'obéir à personne.

Par les Dieux, comme ça va être pénible.

Tosan posa sur Annev un regard critique.

— J'ai confiance en vous, Ainnevog. Ne me décevez pas. Ceci est la première étape vers une carrière enrichissante, ici, à l'Académie. Peut-être même me prouverez-vous que vous êtes digne de Myjun.

Annev s'empourpra. Tosan lui donnait-il la permission de courtiser sa fille ? Son cœur s'emballa, mais il s'efforça de n'en rien laisser paraître.

— Je n'échouerai pas, Ancien Tosan, affirma-t-il en soutenant son regard.

Cette fois, il était sincère. Cette fois, on ne lui demandait pas d'assassiner un colporteur égaré. Ce Janak avait capturé Duvarek, l'avait retourné contre eux. Il représentait une menace pour Chaenbalu et l'Académie. Pour son propre avenir. Et puis, il avait utilisé une Baguette de Compulsion contre un homme, ce qui prouvait qu'il était irrécupérable. Il méritait d'être exécuté.

L'assassinat de Duvarek, en revanche, était plus difficile à justifier. Tosan avait dit que celui-ci avait trahi l'Académie après avoir été touché par la baguette, mais Annev suspectait le directeur de vouloir simplement punir Duvarek pour son échec. En tout cas, Annev était heureux de ne pas avoir à le tuer. Il n'avait qu'à diriger l'expédition, guider les garçons sur la bonne voie et les ramener à la maison.

— Vous connaissez le forgeron Sraon ? lui demanda Tosan en le prenant par l'épaule.

Annev se figea, se demandant si le directeur était au courant de sa récente conversation avec l'artisan.

— Oui. J'ai accompli quelques corvées pour lui en échange d'objets dont avait besoin Sodar.

Il constata avec soulagement que cela ne mit pas Tosan en colère.

— Bien. Parlez-lui. Avant de s'installer à Chaenbalu, Sraon vivait à Banok. Qu'il vous dise tout ce qu'il sait sur cette ville et sur le château de Janak en particulier. Il est probable que le forgeron ait déjà eu affaire à la famille Harth, voire à Janak lui-même. (Il s'interrompit quelques secondes.) Il vous faudra des armes, et vous allez devoir récupérer vos affaires à la chapelle. Vous en profiterez pour expliquer votre nouveau rôle à votre ancien mentor.

— Vous voulez que je parle à Sodar ? s'étonna Annev.

Il avait déjà prévu de retourner à la chapelle récupérer sa hache et son glaive, mais recevoir la bénédiction du directeur était inattendu.

— Oui, confirma Tosan en le poussant vers la porte. Je sais que vous avez déjà dit à Sodar que vous quittiez le clergé, mais la situation a changé. En tant que Maître des Chagrins, vous le soulagerez de ses fonctions, car vous aurez la charge de toutes les cérémonies religieuses. La célébration du Regaleus de ce soir sera la dernière à avoir lieu dans la chapelle. À l'avenir, les cérémonies se tiendront ici, dans la nef.

— Je vois, répondit Annev, pris d'une terrible inquiétude.

— Excellent. J'espère que Sodar sera heureux d'apprendre la nouvelle. Il a toujours voulu que vous lui succédiez. Vu son âge, il sera sans doute content de prendre sa retraite. Sinon, vous trouverez les mots pour le faire changer d'avis, à n'en pas douter.

Annev aurait approuvé, si Sodar avait été un prêtre ordinaire. Il aurait même accueilli avec bonheur les paroles de Tosan. Sodar, cependant, était tout sauf ordinaire, et rien de ce que le jeune homme lui dirait ne changerait sa manière de voir l'Académie ou l'avenir qu'il imaginait pour Annev. Il lui faudrait essayer, cependant. Annev aurait besoin de son soutien s'il voulait poursuivre ses rêves.

— Je le convaincrai, Ancien Tosan.

Chapitre 49

Annev traversa les couloirs de l'Académie en luttant contre une tempête d'émotions. Il se sentait toujours euphorique d'avoir été promu maître avatar, mais ce sentiment était tempéré par la nature de sa nouvelle tâche. En plus de devoir parler à Sodar, il lui faudrait partir en mission avec ses deux plus grands rivaux, dans une ville qu'il ne connaissait pas du tout. Une ville où ils tueraient deux hommes : un étranger et l'un de leurs professeurs.

Le temps d'atteindre la forge, son humeur était passée de sombre à massacrante. Elle changea du tout au tout, cependant, lorsque Sraon l'interpella.

— Maître Annev ! Vous arrivez au bon moment ! Je viens de terminer votre anneau !

— Déjà ! s'écria le jeune homme, incrédule. Je ne pensais pas que vous commenceriez si tôt !

— Oh, j'ai peu de clients pendant le Regaleus, expliqua le forgeron en ajustant son cache-œil. Mes clients s'attendent à ce que je prenne du retard pendant les fêtes, aussi ne sont-ils pas spécialement pressés. Votre projet m'intéressait, alors je m'y suis attelé tout de suite.

Il sortit de la poche de son tablier un anneau qu'il mit dans la main d'Annev. Le jeune homme l'examina et constata qu'il était orné d'une vaguelette et d'un minuscule oiseau.

— C'est un phénix, dit Sraon en se grattant le menton. Enfin, c'est censé en être un. Je vous avais prévenu : les détails, ce n'est pas mon fort, et ça se voit.

— Il est parfait, Sraon, s'écria Annev, les larmes aux yeux. Plus que parfait. Je suis sûr qu'elle va adorer. Merci.

Le forgeron hocha la tête, mais son regard semblait attiré au-dessus de l'épaule d'Annev.

— S'il ne lui plaît pas, vous pouvez toujours le rapporter, d'autant que j'ai dû estimer la taille. Mais je crois que j'ai visé juste…, ajouta Sraon en désignant un point dans le dos du jeune homme.

Annev se retourna et découvrit Myjun.

— Oh ! Myjun ! lança-t-il en dissimulant maladroitement le bijou.

— Annev !

Elle portait une robe frangée de noir, d'un rouge qui se mariait parfaitement avec le gant et la robe de maître d'Annev. Elle sourit et s'empourpra.

— Je peux te parler ? demanda-t-elle.

Sraon frappa dans ses mains gantées et sortit de sous l'auvent de sa forge à ciel ouvert.

— Il faut que je me débarbouille avant l'office de ce soir, dit-il. Vous pouvez discuter ici si vous le souhaitez.

Le forgeron s'éloigna en clignant de son œil unique à l'adresse d'Annev.

— Merci, Sraon, répondit le jeune homme, la bouche subitement sèche. Et encore merci pour le…

Sraon hocha la tête, puis se tourna vers Myjun en s'inclinant furtivement. Celle-ci inspira, tandis qu'Annev serrait l'anneau dans sa main. La jeune femme regardait ses pieds.

— Je t'ai vu dans ta tenue rouge, tout à l'heure, quand tu es venu voir mon père avec Carbad. (Elle prit une nouvelle inspiration.) J'ai tout entendu, Annev.

— C'est vrai ? s'enquit-il en se demandant ce qu'elle savait, au juste.

Elle releva la tête. Ses yeux scintillaient.

— J'ai écouté à la porte, et j'ai tout entendu. Tout. Je sais que tu pars pour Banok pour superviser la mission de Fyn et Kenton. J'ai même entendu ce que père a dit après leur départ.

— Ah…, fit Annev en rougissant. Myjun, je… je n'ai pas eu l'occasion de t'offrir ton cadeau de Regaleus, dit-il en serrant l'anneau dans sa paume.

Il posa la main sur sa poitrine, songeant un instant à échanger l'anneau en or contre celui qu'il dissimulait dans sa poche. Au dernier moment, cependant, il tendit les doigts et l'ouvrit.

— Joyeux Regaleus.

— Oh, Annev…, s'exclama Myjun en portant la main à sa bouche. C'est… (Elle s'interrompit, regardant successivement le bijou et le jeune homme.) Maître Annev, quelle est la signification de ce présent ?

Sa signification ? Est-ce un engagement, une demande officielle ?

— Cette bague est destinée à sceller un engagement, dit-il doucement.

— À quoi nous engagerions-nous ? l'interrogea Myjun en s'approchant.

Annev hésita, jeta un regard circulaire sur l'atelier et les rues environnantes. Il n'y avait pas grand monde dans les parages. Ils étaient seuls.

Sans réfléchir, il la prit par la main et l'entraîna à l'ombre de l'atelier. Là, près de la forge en train de refroidir, il s'agenouilla et passa l'anneau au doigt de la jeune femme. Myjun dansait presque sur la pointe des pieds, les yeux brillants. L'espace d'un instant, Annev crut que le bijou était trop petit, qu'il lui ferait mal. Au lieu de quoi, l'anneau glissa facilement sur son doigt, comme si elle l'avait toujours porté. Annev inspira, le cœur battant à tout rompre.

— Myjun de Chaenbalu, fille de Tosan, Aîné des Anciens, voulez-vous m'épouser ?

— Oui ! (Elle faillit s'étouffer, riant et pleurant à la fois, le regard embrumé de larmes.) Oui, Maître Ainnevog, je veux vous épouser !

Elle l'aida à se relever et, le regard plongé dans le sien, l'embrassa. Leurs lèvres se joignirent, se scellèrent, d'abord pressées, puis douces, familières. Annev la serra contre lui, et ils s'étreignirent longuement, employant d'instinct un langage sans parole que ni l'un ni l'autre ne maîtrisaient.

Quand ils se séparèrent enfin, ils ressentaient tous les deux un mélange de joie euphorique et de gêne.

— Tu sens la fraise, lui dit-il avant de le regretter aussitôt.

— Et toi, la brioche ! (Elle rit, et il l'imita. Elle examina l'anneau de plus près.) Nous devrions garder ça secret pour l'instant, reprit-elle en faisant tourner le bijou autour de son doigt. Faire semblant de garder nos distances en attendant que mon père te donne officiellement la permission de me courtiser.

Annev sourit, soulagé par la simplicité de sa proposition.

— Oui, c'est une excellente idée. Tu es tellement… parfaite !

Il la prit par le menton, son regard bleu ciel plongeant dans celui, vert pâle, de la jeune femme, et ils s'embrassèrent de nouveau. Cette fois, lorsque leurs lèvres se séparèrent, il n'y eut plus de gêne, juste l'envie de recommencer au plus vite.

— C'était beaucoup mieux cette fois, soupira-t-elle.

— Je n'ai aucune expérience en la matière, s'excusa Annev, sa gêne faisant un retour en force.

— Ça se voit, s'amusa-t-elle, mais tu apprends vite !

— Attends… tu as déjà… ?

Myjun éclata de rire.

— Maître Ainnevog, douteriez-vous de ma vertu ?

Annev secoua vigoureusement la tête.

— Non, je voulais juste…

Myjun rit de nouveau et posa son index sur ses lèvres.

— Je te taquinais, Annev. Je n'ai jamais embrassé un autre garçon. Pas comme ça.

— Il faut que je te laisse, s'excusa-t-il à contrecœur. J'ai certaines affaires à régler avant de partir pour Banok.

Myjun acquiesça. Sa silhouette se découpait sur le soleil couchant.

— Reviens-moi en un seul morceau. Je n'arriverai pas à dormir tant que je ne te saurai pas en sécurité. (Elle se pencha vers lui, et Annev attendit qu'elle l'embrasse de nouveau, au lieu de quoi elle déposa un baiser chaste sur sa joue.) Je vous attendrai, Maître Ainnevog.

Elle recula et sortit de l'atelier de Sraon, se mêlant aux villageois qui arpentaient la place.

Annev la suivit des yeux jusqu'à ce qu'elle disparaisse dans l'enceinte de l'Académie, après quoi il chercha Sraon du regard, mais le forgeron était bel et bien parti.

Le garçon haussa les épaules. Il avait souvent parlé de Banok avec Sraon pendant qu'il l'aidait en actionnant le soufflet. Probablement n'aurait-il rien appris de plus. Le forgeron avait même mentionné Janak plusieurs fois, sans rien lui dire de notable au sujet du marchand, cependant. Annev soupira.

Maître des Chagrins, pensa-t-il en trottant vers la chapelle. *Maître Ainnevog. Annev de Breth… et Myjun de Breth ?* Il rit presque en s'imaginant partageant sa vie, d'abord au village, puis sur la route, à vivre des aventures avec Sodar. Ces deux avenirs étaient bien sûr incompatibles, mais tout futur aux côtés de Myjun serait fantastique.

Chapitre 50

Annev entra en titubant dans la chapelle. Il était encore tout étourdi de sa conversation, mais également fatigué par la journée précédente. Il constata que Sodar avait apporté ce qui lui restait de décorations, les plus belles étant toujours réservées à la dernière soirée du Regaleus, et il sourit. Des tissus colorés pendaient au dossier des bancs, dont certains étaient ornés du Bâton d'Odar ou de la Flûte de Lumea. Des étoiles et des lunes en bois peint étaient suspendues aux poutres.

En dépit de l'atmosphère festive, la chapelle était presque vide. Seuls les plus pieux assistaient à l'office du troisième soir du Regaleus, et ils n'arriveraient qu'à la nuit tombée. Le gros de la population de Chaenbalu se retrouverait sur la place centrale pour y danser et s'amuser, spectacle auquel Annev – tout juste promu maître avatar – se faisait une joie d'assister. Malheureusement, ses fonctions nouvelles l'obligeaient à partir loin du village en cette fameuse soirée.

Sentant ses genoux trembler, il s'appuya au banc le plus proche. Il n'avait dormi que quatre heures, et son corps ne s'était pas remis des aventures vécues ces deux jours passés. Il avait échoué au Test du Jugement, tué une sorcière et ses monstres, appris qu'il descendait de Breathanas, été promu maître avatar et avait demandé en mariage – et embrassé – Myjun. Il lui restait à annoncer à Sodar qu'il n'était plus le prêtre du village, avant de partir en mission de récupération avec deux garçons qui le haïssaient plus que tout. Il respira un grand coup et marcha tout droit vers la porte du presbytère. Sa main resta suspendue au-dessus de la poignée pendant quelques secondes, mais il finit par la forcer à lui obéir.

Assis à la table de la cuisine, Sodar travaillait sur le manuscrit de Speur Dún. Sa tenue de cérémonie ornée d'étoiles était pliée sur la chaise opposée. Le prêtre leva la tête et l'avisa avec une joie qui grandit encore lorsqu'il remarqua sa robe rouge.

— Annev ! Je ne pensais pas qu'ils te laisseraient venir ce soir ! Et cette robe ?!

En dépit de tout, le jeune homme trouva la force de sourire.

— Il m'a promu, Sodar. Je suis maître avatar, maintenant.

— C'est vrai ? Mais c'est fantastique ! Je suis tellement fier de toi !

Ils se prirent dans les bras, puis le prêtre s'écarta pour l'admirer encore. Il testa la qualité du tissu de la tenue du jeune homme et lui donna une tape dans le dos.

— Le dernier avatar de ta génération qui devient son premier maître ! C'est incroyable ! Toutes mes félicitations, Annev. C'est une bien belle manière de célébrer le Regaleus.

Annev se contenta de hocher la tête, pensant déjà à ce qu'il allait devoir annoncer.

— Malheureusement, je ne peux pas rester. L'Ancien Tosan a besoin de mon assistance. Je dois conduire Fyn et Kenton à Banok pour une mission de récupération.

— Tu *quoi* ? s'étonna Sodar en fronçant les sourcils. C'est bizarre. Fyn et Kenton ont-ils été promus maîtres ?

— Non.

— Mais alors, qui part avec… ? Qu'est-ce que je raconte ?! Annev, reprit-il en serrant fort l'épaule du jeune homme. Tu ne peux pas partir ! Nous venons justement d'en parler. Tu es traqué ! Je pensais que nous nous étions compris !

Annev comprit que la seule manière de mettre un terme à cette conversation était d'en prendre les rênes.

— Certes, mais c'était avant que je devienne maître avatar. J'étais convaincu de ne pas avoir le choix, je croyais qu'il s'écoulerait des années avant qu'on me donne une chance de devenir maître.

— Cela ne change rien. As-tu dit à tes compagnons que tu serais pourchassé dès que tu mettrais les pieds dans cette forêt ?

— J'ai parlé des *feurog* à Tosan.

— Ah… Cela m'étonne. Lui as-tu parlé de ta main magique, lui as-tu révélé qu'un Dieu mauvais était à ta recherche ?

— Bien sûr que non ! se défendit Annev. Je ne serais plus de ce monde si je l'avais fait.

— Tu mourras si tu quittes le village, rétorqua Sodar. Tout ceci est pure folie.

Annev sentit sa colère monter.

— Je n'avais pas le choix, Sodar.

— Vraiment ? Tu aurais peut-être pu décliner, différer… Quand es-tu censé partir ?

— Ce soir. Dans une heure.

— Par les Dieux ! lâcha le prêtre en s'affaissant. Tu pourrais reporter la mission. Partir demain. Ou au moins à minuit. Cela nous laisserait le temps de nous préparer un peu.

— Je ne peux pas, Sodar. J'ai la responsabilité de cette mission.

— La responsabilité ? Mon garçon, l'Académie compte cinquante maîtres et avatars ; elle peut très bien envoyer quelqu'un d'autre, n'importe qui ! Ce n'est pas si important !

— Qu'est-ce qui est important, alors ? Une ancienne prophétie que personne ne croit ?

— Annev, supplia Sodar, c'est toi qui es important. Écoute-moi !

Mais le jeune homme secouait déjà la tête.

— Tout se passera bien. Je m'en suis bien tiré, dans la forêt de Brake, avec la sorcière et les monstres. Il n'y a pas de raison que ça se passe moins bien à Banok.

— Tu avais Crag avec toi, dans la forêt.

— Et j'aurai Fyn et Kenton à Banok. Faites-moi confiance. (Il appréhendait la suite de la conversation.) Il y a autre chose, Sodar. Mon titre… Tosan m'a nommé Maître des Chagrins.

— Comme le vieux Maître Flint, qui a bâti cette chapelle.

Annev confirma de la tête.

— Je subviendrai aux besoins spirituels de la communauté, et je ferai mon rapport aux anciens. Tosan veut que toutes les cérémonies religieuses aient désormais lieu dans la nef.

— Dans la nef ?

— Sodar… L'Académie veut vous mettre à la retraite.

— C'est Tosan qui a dit cela ? demanda Sodar en se figeant. Quelles ont été ses paroles exactes ?

— Il a dit que vous seriez libéré de vos responsabilités et que j'hériterais des fonctions cléricales.

La réaction de Sodar ne tarda pas. Il regarda autour d'eux, se leva avec circonspection pour écarter le rideau de la cuisine et observer dehors. Il le remit en place, jeta un coup d'œil dans la cabane attenante et verrouilla soigneusement la porte. Il fit de même avec la porte menant à la chapelle, avant de retourner s'asseoir.

— Sodar, vous me faites peur.

— Annev, le moment est venu. Il nous faut quitter le village sans attendre. Ce soir si possible.

— Quoi ? Je viens de vous le dire : je pars en mission, ce soir. Je dois reprendre une baguette noire à Janak Harth. Ils veulent que nous les exécutions, lui et le maître qu'il a fait prisonnier.

Le prêtre marmonnait dans sa barbe comme s'il ne l'écoutait pas.

— Oui, Janak a toujours été attiré par les objets magiques. Même avant sa blessure. Bien, dit-il dans un haussement d'épaules. Va à Banok. Je préparerai tes affaires et prononcerai mon dernier sermon avant de te rejoindre.

— Je ne comprends pas. Je dois superviser le travail de Fyn et Kenton. Il faut que je le fasse.

— Le faut-il ou en as-tu simplement envie ? s'enquit Sodar en fronçant les sourcils.

— Les deux ! Qu'y a-t-il de mal à ça ? Je veux être avatar et vivre à l'Académie. Je l'ai déjà dit. Je veux rester ici et épouser Myjun, avoir une vie normale.

— C'est à cause d'elle, alors ?

Peut-être.

— Non ! répliqua-t-il plus sèchement qu'il l'aurait voulu. Mais je n'aime pas qu'on me dicte ce que je dois faire, et je refuse de partir uniquement parce que Tosan veut que vous preniez votre retraite. Pourquoi ne la prendriez-vous pas, d'ailleurs ? Vous pourriez travailler sur vos manuscrits pendant que je me chargerais de l'office. Vous avez dit vous-même qu'on était plus en sécurité dans le village qu'à l'extérieur.

Sodar secoua la tête avec un sourire triste.

— Quelle naïveté. Annev, que crois-tu que Tosan voulait dire quand il a parlé de me *libérer de mes responsabilités* ?

— Rien d'autre que ce qu'il a dit.

— Je te croyais plus malin.

— Vous pensez qu'il compte vous éliminer ? chuchota soudain Annev.

— Tosan a déjà du sang sur les mains. Il n'en est pas à son coup d'essai.

— Que voulez-vous dire ?

— Tosan n'est pas devenu l'Aîné des Anciens par hasard. Cela fait des années qu'il élimine la concurrence. Lorsque l'Ancien Winsor est mort il y a un an, il aurait dû être remplacé par l'Ancien Grimm, sauf que celui-ci avait trépassé l'année précédente.

—Vous pensez que c'est Tosan qui l'a empoisonné ?

—Chut ! Pas si fort, le gronda Sodar en se tournant vers les deux portes. Je n'ai jamais parlé de poison. Un simple coussin peut faire l'affaire, et deux fois plus vite. Je n'ai pas de preuve, juste du nez. Bref, Tosan n'est pas devenu directeur de l'Académie par hasard. Mais il ne s'agit plus de cela. Si Tosan veut que tu me remplaces en tant que chef spirituel de Chaenbalu, il trouvera une façon permanente de m'empêcher de vous influencer, les villageois et toi.

Annev secoua la tête. Il refusait de le croire, bien qu'en quarante-huit heures à peine, le directeur avait en effet commandité l'assassinat d'un colporteur, d'un riche marchand et même d'un maître avatar. Il avait également sous-entendu qu'il pouvait disposer de Fyn et Ken comme il le jugerait bon. L'hypothèse de Sodar, bien que fort déplaisante, paraissait plausible.

—Non. Vous dites ça uniquement pour me convaincre de partir. Vous ne vouliez pas vraiment que je devienne avatar – vous me l'avez avoué –, mais que je quitte tout ce qui compte pour moi à cause d'une vulgaire prophétie. Que je sacrifie ma vie parce que vous avez sacrifié la vôtre.

Sodar secouait la tête, mais un flot de paroles ininterrompu se déversait de la bouche du jeune homme.

—Pour une fois qu'il m'arrive quelque chose de bien – j'ai trouvé ma place en ce monde, Sodar –, vous voulez en faire quelque chose de mal. Vous voulez que je sois Breathanas, mais je suis moi ! Vous voulez vous prouver que vous n'avez pas gâché votre vie ou celle de mes parents !

Des larmes ruisselaient sur les joues de Sodar. Annev se sentait près de pleurer aussi, mais il prit un air de défi.

—Je vais partir en mission, puis je rentrerai et resterai à Chaenbalu.

Le regard de Sodar se perdit dans le lointain, et le silence se fit. Lorsque le prêtre reprit la parole, ce fut d'une voix si douce qu'Annev l'entendit à peine.

— Dans ce cas, nous sommes morts tous les deux, et j'ai bel et bien gâché ma vie, dit-il les yeux rivés sur ses mains jointes, des mains dont il semblait ne plus savoir quoi faire.

Ses vieilles mains ridées, pensa Annev en vacillant légèrement. *Ces mains m'ont sauvé. Elles m'ont nourri et vêtu.*

Sodar se retira dans sa chambre, laissant derrière lui son manuscrit, sa tenue cérémonielle et Annev. Le jeune homme scruta la pièce vide d'un air perdu. Il fit un pas vers la porte ouverte, puis s'arrêta.

Je n'ai pas le choix. À moins d'accepter d'être le prisonnier de ces prophéties. De me laisser convaincre que je suis spécial, de me laisser contrôler. Je ne serai jamais moi-même si je fais toujours ce qu'il me dit.

Mais alors ne ferait-il pas ce que lui demandait Tosan ?

Annev écarta ses sombres pensées. Il avait toujours voulu être avatar – *maître* avatar –, et son rêve s'était réalisé. Il gagna sa chambre, déverrouilla son coffre et en souleva le couvercle. Loin de Sodar, ses larmes coulaient librement. Il emmènerait tout – les vêtements et le reste –, car il ne reviendrait jamais dans cette chapelle.

Annev se figea en avisant sa tunique beige froissée qu'il soupesa. Il soupira, parvenant même à sourire, et la remit dans le coffre.

Je n'ai pas besoin de tout ça. Ils me donneront d'autres vêtements après le Regaleus. Je n'ai besoin que de la lanterne de Crag et de mes armes. Il sortit les affaires, referma le coffre et retourna dans la cuisine.

Sodar et le jeune homme y entrèrent au même moment, et si les yeux du prêtre étaient secs, il évita tout de même de croiser son regard. L'homme écarta le manuscrit, faisant de la place pour différents objets, dont la hache de Sraon, qu'il posa sur la table.

— Tu vas en avoir besoin, dit-il sans relever la tête. Elle est à toi.

— Merci.

Semblant se rappeler quelque chose, Sodar sortit un flacon de verre opaque de sous son bras.

— Bois-en la moitié, l'instruisit-il en plaçant le flacon à côté de l'arme. Au début, ton esprit va s'embrouiller, et tu auras envie de dormir. Ne lutte pas contre cette sensation, autrement, cela risque d'être pire.

— Pourquoi ?

Sodar fit une pause, contemplant la petite bouteille.

— Cela t'aidera à rester éveillé pour ta mission. Si tu laisses l'élixir faire son œuvre, tu te sentiras revigoré. Tes sens seront en éveil, et tu seras plus alerte. (Il releva la tête, plongeant son regard dans celui du jeune homme.) Ne bois pas tout d'un coup. Ton corps a besoin de temps pour récupérer, et si tu dépasses la limite, les effets secondaires peuvent s'avérer fâcheux.

— Merci, dit de nouveau Annev en hochant la tête.

Sodar concentra son attention sur le paquet rouge, dans ses bras. Il en sortit l'épée à la poignée couverte de cordelette bleu ciel et au fourreau en argent.

— Miséricorde est à toi aussi, dit-il en posant l'arme sur la table. Elle finirait par être découverte, dans les murs de l'Académie, mais peut-être pourras-tu la cacher dans la nef.

Annev admira l'épée, pressé de la toucher, mais il se surprit à secouer la tête.

— Elle sera plus en sécurité ici. Vous devriez la garder pour le moment.

— Je vais devoir partir, Annev, rétorqua le prêtre d'un ton dur. Ce village n'est plus sûr. J'ignore combien de temps Tosan compte me laisser, mais je n'ai aucune intention de rester pour le découvrir. (Il posa les yeux sur le glaive, fit courir ses doigts sur son fourreau finement ouvragé.) Si je le peux, je partirai dès ce soir, avant ton retour de mission.

— Mais… la prophétie ? commença Annev, la gorge serrée. Comment pourrez-vous veiller sur moi si vous partez ?

— Je le ferai de loin. Ou pas. Dans tous les cas, cela ne devrait pas te tracasser puisque tu ne crois pas ces inepties et que tu m'as bien fait comprendre que tu étais capable de te débrouiller seul. (Sodar posa la bannière repliée sur la table, à côté des autres objets.) Je ne pourrai pas t'aider si tu décides de rester à Chaenbalu, mais je ne te forcerai pas à partir. (Il observa tour à tour la bannière et le gant d'Annev.) Elle a vraiment fait du bon travail.

— Qui ? demanda Annev, dérouté par ce brusque changement de sujet.

— Myjun, répondit Sodar en désignant de la tête le gant au phénix. Elle a parfaitement reproduit la bannière de Breathanas. Le phénix est beaucoup plus petit, mais on dirait qu'ils ont tous les deux été faits par la même personne.

— Vous étiez au courant ? s'étonna Annev en fronçant les sourcils.

— Myjun m'a demandé conseil avant de le confectionner. Elle avait opté pour des carreaux rouges et noirs, quelque chose de simple et sobre, de semblable aux tenues de son père, mais lorsque je lui ai montré la bannière elle a décidé de s'en inspirer. (Il eut un sourire triste.) C'est une bonne fille. Tu aurais pu plus mal tomber, d'autant qu'elle est bien intentionnée. J'espère que tout ceci finira bien. (Le prêtre désigna le flacon en verre marron.) Tu devrais en boire maintenant. Les effets initiaux peuvent être déstabilisants, et tu as besoin d'être en forme pour ton voyage. (Il se dirigea vers sa chambre, s'arrêtant dans l'encadrement.) Au revoir, Ainnevog.

Il ferma la porte derrière lui.

Chapitre 51

Annev regarda longuement le battant en bois. Sa vue se brouilla.

Je peux encore partir avec lui. Il n'est pas trop tard. On pourrait disparaître avant que Tosan…

Mais le directeur ne tarderait pas à l'apprendre. Il comptait le revoir dans moins d'une heure, et si Annev ne se hâtait pas de se rendre à l'écurie, il ferait immédiatement chercher son nouveau maître avatar, Regaleus ou non. Sodar ne partirait pas sans avoir prononcé son dernier sermon. À cette heure-là, Annev serait déjà sur la route de Banok.

Il en voulait à Sodar de l'obliger à choisir entre la vie qu'il désirait et celle que la destinée avait prétendument choisie pour lui. Et il s'en voulait à lui. Il ravala un sanglot et se précipita vers le crochet auquel étaient suspendues les outres. Il les attrapa, les noua autour de sa taille, fourrant la bannière repliée dans une des poches étanches. Il était sur le point d'y ranger également le flacon brun lorsqu'il se rappela le conseil de Sodar.

Annev en retira le bouchon et huma le contenu. Une odeur forte, avec des touches de guarana et d'anis. Retenant son souffle, il leva la bouteille et commença à boire. Réprimant des haut-le-cœur, il avala près d'un tiers du liquide avant de se rappeler les paroles du prêtre. Il s'essuya la bouche et sentit une brûlure piquante se propager dans sa gorge et sa poitrine. Soudain, il se sentit mal, et la pièce tourna autour de lui. Annev cligna des yeux, et le monde se remit d'aplomb.

Le jeune homme reboucha le flacon avant de le ranger dans la seconde outre. Comme il mettait la lanterne phénix dans la même poche, il sentit sa fatigue se dissiper, son épuisement s'évaporer complètement. Il était en forme, alerte, fort et stable.

Annev avisa la hache et le glaive, sur la table, en se demandant s'il serait sage de les emmener en mission. Les armes seraient plus en sécurité chez Sodar ou bien cachées dans la nef, mais il s'agissait d'une mission dangereuse. S'il fallait verser du sang, autant être équipé comme il se devait.

Il les mit toutes deux à sa ceinture de fortune, qu'il serra davantage en arpentant la pièce et en goûtant le poids des armes contre ses hanches. Quand il n'eut plus aucune raison de s'attarder, il se tourna une dernière fois vers la porte résolument fermée de la chambre de Sodar et sortit à grands pas du presbytère.

C'était le crépuscule, et la fête avait commencé pour de bon lorsque le jeune homme gagna l'écurie. Il avait espéré déposer ses affaires dans sa chambre avant de seller les chevaux, mais Fyn, Maître Brayan et Titus l'attendaient déjà. Annev se força à sourire en voyant son vieil ami – qui portait désormais le brun des intendants –, mais ne put l'étreindre, car Fyn se dressa en travers de sa route et lui mit dans les bras un paquet de tissu noir et froid.

— Enfile ça.

Annev n'eut pas besoin de demander pourquoi – Fyn était déjà équipé –, ce qui ne l'empêcha pas de s'énerver.

Ça y est, ça commence.

Annev adressa un signe d'excuse à Titus, qui le lui rendit. En dépit de son échec au Test du Jugement, Titus semblait plus heureux que jamais. Kenton se montra à son tour, et Fyn lui remit un paquet noir similaire, tandis qu'Annev retirait à contrecœur sa tenue de maître avatar. Lorsque Kenton et lui eurent fini de s'équiper, Titus et Brayan arrivèrent avec leurs chevaux. Les bêtes étaient sellées et prêtes à partir.

— Nous n'en avons que cinq, pour le moment, expliqua Maître Brayan, mais ces trois-là sont les meilleures. Faites attention à la jument roncine noire ; elle mord. (Après avoir confié son cheval à chacun des garçons, l'intendant s'excusa de l'absence d'autres maîtres.) L'Ancien Tosan est à la messe avec presque tous les anciens, et la plupart des maîtres festoient déjà. Mais vous vous en sortirez très bien, j'en suis sûr.

Sans rien dire, Titus donna une accolade à Annev ; après quoi, Brayan et lui s'en furent discrètement.

Ils n'auraient donc droit ni à une fanfare, ni à des trompettes.

Annev fourra son ceinturon improvisé dans une sacoche, où il rangea également sa bourse. Il regarda Kenton et Fyn se préparer, vit notamment ce dernier remettre à son ami une mince épée incurvée, que l'autre glissa aussitôt sous la couverture de sa monture. Fyn proposa à Annev un vieux glaive à la pointe cassée, puis fronça les sourcils en avisant les armes du jeune homme sanglées à sa selle.

— Mmh… je vois que tu as déjà ce qu'il faut.

— En effet, confirma Annev. En revanche, je veux bien le ceinturon, ajouta-t-il en montrant la cordelette nouée au fourreau de Miséricorde.

Fyn grogna et défit la mince lanière de cuir, la tendant à Annev.

— Où est-ce que tu as eu ça ? Il ne me semble pas les avoir vus à l'armurerie.

Il voulut prendre Miséricorde, mais Annev lui donna une tape sur les doigts.

— Elles sont à moi, gronda-t-il. Les maîtres avatars peuvent choisir ou commander les armes de leur choix.

Fyn renifla de dédain et retira sa main.

— Tu n'as pas besoin d'armes, de toute façon, rétorqua-t-il. Seuls Kenton et moi sommes censés éliminer Duvarek et Janak. (Cette perspective ne semblait aucunement l'inquiéter, bien au contraire. Il se pencha vers Annev pour lui parler à l'oreille.) Ne reste pas en travers de mon chemin et, surtout, ne touche pas à ma cible.

Annev dévisagea Fyn pour déterminer s'il était sérieux ou non. Apparemment, il l'était.

— J'ai tué assez de gens comme ça cette semaine, et je n'ai aucune intention de toucher à ta cible.

— Ha ! je ne te crois pas. Je t'ai empêché de devenir avatar bien des fois. Il serait normal que tu tentes de me rendre la pareille. En dépit de ce que Tosan a dit.

— C'est une des nombreuses choses qui nous distinguent, contra Annev en mettant le pied à l'étrier et en montant sur le dos de la jument noire. À propos, je ne vois pas tes armes. Tu comptes tuer Janak à mains nues ?

Fyn rejoignit son hongre, dévoilant un garrot enroulé.

— Elles seront loin d'être nues, répondit-il en exhibant le câble flexible et ses poignées en bois.

Annev regarda fixement l'arme, se rappelant ce qu'il avait ressenti en étranglant la sorcière de la forêt avec le collier orné d'ossements de Crag. L'esprit embrumé par une peur animale et la nécessité obsédante de sauver le marchand, il n'avait pas eu le temps de réfléchir à la brutalité de son geste. La vue du garrot entre les mains de Fyn, cependant, ramena ce souvenir au premier plan.

— Tu n'as vraiment que ça ? s'étonna Kenton du haut de sa monture.

Inconsciemment, il porta la main au tachi accroché à côté de sa selle.

— Bien sûr que non, mais je ne suis pas assez bête pour exhiber mes armes, riposta Fyn en lançant un regard méprisant à Annev, qui venait de fixer les siennes à son nouveau ceinturon.

Le maître avatar feignit l'indifférence, haussant les épaules.

— Il fait presque nuit, et il n'y aura personne sur les routes pendant le Regaleus. Tout va bien se passer.

Fyn jura tout bas, attirant l'attention des deux autres.

— J'ai juste oublié les torches, expliqua-t-il en montant en selle. On n'en aura pas besoin, de toute façon. Les étoiles seront bientôt visibles, et il y aura bien assez de lumière pour trouver notre chemin.

Annev regarda du coin de l'œil Kenton, qui semblait aussi dubitatif que lui.

— Trouver notre chemin est une chose, lança-t-il, avoir une de nos bêtes qui se brise la patte en marchant dans un trou en est une autre. (Il vit Fyn se raidir et appréhenda de lui donner un premier ordre.) Va chercher les torches, Fyn.

— Je viens de dire qu'on n'en aurait pas besoin, contra le garçon avec un air incrédule.

— Et moi je dis qu'il nous les faut. Va les chercher, s'il te plaît.

— Va les chercher toi-même, Maître Ainnevog, cracha Fyn.

Annev se tourna vers Kenton, cherchant le soutien du jeune homme, qui garda le silence, attendant de voir de quel côté pencherait la balance.

Nous y sommes. Ils contestent déjà mon autorité. Il agrippa fermement ses rênes et fit avancer sa jument jusqu'au hongre de Fyn.

— Fyn, va chercher ces torches. Maintenant.

— Tu feras quoi, si je refuse ? demanda-t-il en lui lançant un regard noir. Tu vas chialer dans les jupons de l'Ancien Tosan ? Non ! Ça nous ferait perdre trop de temps, et puis ce serait un aveu de faiblesse de ta part. À mon avis, tu vas aller les chercher toi-même pendant que j'attendrai tranquillement ici. Qu'est-ce que tu en penses ?

Fyn n'avait pas tout à fait tort, mais il était hors de question qu'il permette aux avatars de contester son autorité. Ce serait un terrible précédent. Impossible également d'envoyer Kenton chercher ces torches, car si l'avatar balafré suivait l'exemple de Fyn, ce serait encore pire. Non, il ne réussirait pas à les forcer ; sa seule chance était de les convaincre de le suivre, mais comment ?

— Vous pensez que Tosan a eu tort de me donner cette promotion, n'est-ce pas ? commença Annev, exprimant une évidence pour se donner le temps de trouver une solution. Que vous auriez dû obtenir la responsabilité de cette mission ?

Fyn fronça les sourcils, puis il éclata d'un rire venu du ventre, différent de son ricanement moqueur habituel.

— Je crois, articula-t-il, que tu es un avatar bâtard, mi-diacre, mi-escroc. Tu as eu de la chance, c'est tout. En vérité, tu ne mérites même pas de lécher mes bottes, alors commander cette mission…

— Si je comprends bien, le coupa Annev, tu n'as confiance ni en moi, ni dans le jugement de Tosan. En revanche, tu as une grande confiance en toi.

— Ouais, et alors ?

— Comme tu l'as dit toi-même, j'ai de la chance. Tu crois que c'est ce qui m'a permis de te battre au Test du Jugement et d'obtenir le statut de maître ? Ma chance ?

— Parfaitement.

— Admettons que tu aies raison, reprit Annev, qui venait d'avoir une idée. Que je sois le porte-bonheur de Lumea. Que tout ce que je touche devienne or, que tout fonctionne pour moi comme par magie. Admettons que ce soit vrai et que je sois sur le point de vous conduire à Banok pour vous aider à gagner votre titre de maître avatar. Si j'ai autant de chance que tu le penses, tu ferais mieux d'y mettre de la bonne volonté.

Ces acrobaties intellectuelles inspirèrent un grognement à Kenton, tandis que Fyn hésitait.

— Tu essaies de te jouer de moi.

— Quand bien même ? Tu es convaincu que j'ai de la chance, alors profites-en !

— La chance finit toujours par manquer, rétorqua Fyn en se rapprochant d'Annev. Je préfère ne pas lier mon destin au tien. Je me débrouillerai très bien tout seul.

— Tu crois ?

— Ouais.

— Quelle sera ta stratégie lorsque tu arriveras à Banok ?

— Ça ne marche pas comme ça, rétorqua Fyn en plissant le front. On m'a demandé de préparer les fournitures. Kenton, lui, s'est renseigné sur la manière d'entrer dans le palais de Janak.

— Tu ne peux donc pas y arriver tout seul. Tosan nous a assigné un rôle à chacun, et nos chances de réussir seront plus grandes si nous suivons son plan.

Fyn le regarda fixement, les yeux noirs. Enfin, il secoua la tête.

— Il faut toujours que tu fasses ton malin, hein ?

Annev s'inclina, prenant cela comme un compliment.

— C'est possible, mais je suis surtout convaincu – comme toi – que notre mission se déroulera bien mieux si chacun de nous fait sa part du boulot. Tu es en charge des fournitures ; il te revient donc de nous procurer des torches, n'est-ce pas ?

Fyn étudia l'expression d'Annev, puis descendit de cheval pour nouer ses rênes à un poteau.

— Si l'un d'entre vous touche à mes affaires…

Il ne termina pas sa menace et s'éloigna à grands pas dans l'enceinte de l'Académie.

Kenton écarta de son visage ses mèches noires et lança un regard oblique à Annev.

— Il se vengera et tu le sais. Fyn n'aime pas qu'on lui dise quoi faire, et il déteste qu'on se moque de lui.

— Et toi ?

— Moi non plus, je n'aime pas ça.

— Je ne parle pas de ça, dit Annev en souriant malgré lui. Tu as suivi Fyn durant les derniers Tests du Jugement, mais tu étais avec Titus, Therin et moi avant ça. Que comptes-tu faire, maintenant ?

Kenton porta la main droite au pommeau de son tachi, tandis que l'autre s'enfonçait dans le crin de son palefroi. Le silence se prolongea.

— Tu sembles savoir des choses que nous autres ignorons, finit par dire Kenton. Et je me demande bien comment c'est possible. Peut-être que Fyn a raison, que tu as de la chance. Ou alors tu vois les choses différemment, ce qui te donne un avantage. (Il suivit du bout des doigts la cordelette tressée qui entourait la poignée de son sabre.) Ça n'a pas vraiment d'importance. Si tu as pu arriver au bout du Test du Jugement avec Therin et *Titus*, alors tu nous ramèneras vivants de Banok. Pour la manière dont ça se passera là-bas, je ne te promets rien.

Annev grogna, regrettant de ne recevoir une preuve de loyauté plus franche. Il n'aurait pas été sage d'insister, cependant.

— Dis-moi, reprit-il en changeant de sujet, qu'as-tu appris de Keyish, Folum et Dorstal ?

Un demi-sourire éclaira le visage de Kenton.

— Dorstal était imbibé d'hydromel, et Folum n'était pas en meilleur état. Keyish seul a été utile. Il m'a dit quel chemin prendre en sortant de la forêt et m'a vaguement décrit le château de Janak.

— C'est une bonne nouvelle.

— Pas vraiment. Apparemment, les Harth ont équipé leur donjon de murs amovibles. Janak peut changer l'agencement des lieux cinquante fois en une heure.

— Ah… Une fois à l'intérieur, nous serons livrés à nous-mêmes.

Il se demanda si Sraon aurait pu les aider et se tourna vers l'atelier du forgeron, derrière une foule de villageois en goguette. Dans la lumière déclinante, il ne voyait pas grand-chose à part que le feu était éteint. Sans doute l'artisan assistait-il à la messe de Regaleus de Sodar.

— Et l'extérieur ? demanda-t-il en se retournant.

— Hein ?

— L'extérieur peut bouger aussi ?

— Non, je ne crois pas.

— Il nous suffit donc de trouver le bon point d'entrée. Les murs intérieurs sont peut-être mouvants, mais déplacer une pièce entière est plus compliqué.

— C'est vrai, acquiesça Kenton.

Annev rapprocha sa monture de celle de l'avatar.

— Quand on sera sur place, on étudiera le terrain, puis on discutera de ce qu'on a vu avant de décider par où entrer. Après ça, accepteras-tu de suivre mes ordres ?

Kenton scruta son visage et hocha lentement la tête.

— Pour le moment, oui.

Annev sourit, heureux d'avoir gagné le soutien d'un de ses compagnons de route, et vit Fyn revenir avec trois torches trempées de poix.

— Les voilà, tes maudites torches, lança l'avatar en tendant la première à Kenton et la deuxième à Annev. On peut y aller, maintenant ?

— Bien sûr, répondit Annev. Merci, Fyn. (Ne laissant pas à ce dernier le temps de lui assener une repartie cinglante, il se tourna vers Kenton.) Quel chemin prenons-nous ?

L'avatar aux cheveux noirs désigna le soleil couchant et les arbres qui entouraient le village.

— On se dirige vers la colline. Il faut compter sept ou huit kilomètres de forêt, plus neuf autres pour arriver à Banok. Maintenant que j'y pense, ajouta-t-il en examinant sa torche, nous devrions prendre aussi des lanternes. Les torches seront parfaites dans la forêt de Brake, mais nous serons trop visibles une fois à découvert.

— Les torches se verront à des kilomètres à la ronde, acquiesça Annev.

Kenton approuva de la tête.

— On pourra toujours les éteindre, mais on risque de voyager sur un terrain difficile. Des lampes nous seraient également utiles dans le château. Keyish dit qu'il est presque aussi vaste que l'Académie.

— Si vous voulez une lanterne, intervint Fyn en se remettant en selle, vous n'avez qu'à aller la chercher vous-mêmes.

Annev se souvint qu'il avait une solution dans sa sacoche.

— Ne vous inquiétez pas pour ça, dit-il en faisant faire demi-tour à sa jument. J'ai ce qu'il faut. Allons-y.

Lorsqu'ils entrèrent dans la forêt, le soleil avait disparu derrière la ligne d'horizon. Annev craignit que les ombres ne rallongent leur trajet, comme elles le faisaient souvent à l'aube ou au crépuscule. Cette partie de la forêt, toutefois, était bien moins dense que sa moitié est, et la magie y était moins puissante. Ils avaient parcouru cinq cents mètres vers le nord-ouest quand Annev leur fit signe de s'arrêter au pied d'une petite colline surplombant le village. Il demanda à Kenton d'apporter sa torche, dont la lumière était suffisante pour éclairer leur chemin. Comme ils dépassaient la colline, Annev remarqua les pierres levées qui marquaient le périmètre du village et se rendit compte que, de sa vie, il n'avait jamais été aussi loin à l'ouest. Une pensée similaire sembla frapper ses compagnons de route, car ils échangèrent tous les trois un regard dans un rare moment de partage.

Ils chevauchaient de front, Fyn et Annev flanquant Kenton et sa torche. Pendant la première demi-heure, Annev fut tendu comme un arc, à l'affût du moindre signe de *feurog* ou de monstres divers. Et puis il se détendit et s'autorisa à goûter sa nouvelle aventure.

Les ombres magiques de la forêt de Brake leur jouant néanmoins quelques tours, il leur fallut une bonne heure pour émerger des arbres. Une fois à découvert, Kenton étouffa sa torche tandis qu'ils gravissaient une colline dominant une vaste plaine. Annev atteignit le sommet le premier, bientôt suivi par ses compagnons.

Ensemble, pour la première fois de leur vie, ils avisèrent le monde au-delà de Chaenbalu.

Chapitre 52

Les vastes plaines de Daroea s'étiraient dans toutes les directions, à peine éclairées par ce qui restait de lumière du jour. Malgré la nuit tombante, Annev distinguait encore les bosquets et arbres isolés qui parsemaient le paysage, enflant progressivement en taille et en densité au nord et au sud. Il apercevait également les murs de Banok, droit devant eux, et pourtant son regard glissait vers l'ouest, loin de leur destination, vers la silhouette d'un village bien plus grand situé à près de vingt kilomètres de là.

Non pas un village, se rendit-il compte. *Une ville. La capitale, Luqura…*

Annev admira les lumières lointaines un long moment, avant de se retourner à contrecœur. Plus loin au sud, le paysage était davantage vallonné et boisé, les bosquets se rejoignant progressivement pour constituer un dense mur végétal. Une large route partait de Luqura, longeait la forêt avant de plonger dans les arbres, formant la frontière qui séparait le Vosgar de la forêt de Brake.

Au nord, de larges plaines s'étiraient au-delà de Brake et de Banok, se heurtant à une autre forêt, au nord-est. Dans le crépuscule, elle paraissait verdoyante, dotée de points colorés qui auraient pu être des fleurs ou des fruits. Annev cligna des paupières, se demandant si ses yeux lui jouaient des tours.

— C'est la Haie fertile, l'informa Kenton en désignant la forêt du menton. Maître Keyish dit qu'elle est hantée.

Les arbres y sont perpétuellement en fleurs, et leurs branches sont également chargées de fruits.

Fyn rit.

— Ça donne envie !

— Les fantômes maintiennent les arbres dans cet état pour attirer les voyageurs.

Fyn leva les yeux au ciel, tandis qu'Annev pivotait sur sa selle pour embrasser la forêt du regard.

— Elle semble aussi grande que la forêt de Brake.

— Elle est trois fois plus grande, rectifia Kenton. Elle est vaste comme la moitié du Vosgar. On ne le voit pas d'ici, mais elle s'étire jusqu'à Paldron.

— Et elle est hantée partout ? demanda Fyn de son ton moqueur.

— Folum m'a également parlé de druides, répondit Kenton en haussant les épaules, mais ça n'a pas d'importance puisqu'on va à Banok.

— Exact, acquiesça Annev en se tournant vers le grand village, à quelques kilomètres de là. Et nous aurons besoin de lumière, de quelque chose qu'ils ne verront pas.

Seule une mince bande d'un rouge rosé brillait encore à l'horizon, et les étoiles commençaient à percer la nuit. Annev espérait prendre la bonne décision lorsqu'il ouvrit sa sacoche pour en sortir sa lanterne phénix. Posant les pouces sur la plume et la flamme, il se prépara à tourner, mais se figea. Les deux avatars le fixaient d'un regard curieux. Au lieu de les surprendre en allumant la lanterne, Annev lança le bloc de bois à Kenton.

— Qu'est-ce que c'est ? Pourquoi me donnes-tu ça ?

— Il s'agit d'un casse-tête lanterne, expliqua Annev en se rappelant l'expression utilisée par Crag. Vois si tu arrives à l'allumer.

Kenton examina le bois gravé, en explora les contours.

— On dirait un...

Le sourcil haussé, il regarda Annev, qui hocha la tête.

Kenton ferma les yeux et explora de nouveau les reliefs de la lanterne. Ses doigts ralentirent lorsqu'ils effleurèrent la plume, au milieu des flammes. Il devina la présence d'un bouton invisible, mais ne parvint pas à l'activer.

— Attends, intervint Annev en tendant la main. Je vais te montrer…

Kenton vrilla l'artefact, générant un puissant rai de lumière.

— Par les Dieux ! s'écria Fyn en sursautant et en tirant sur ses rênes, effrayant son cheval.

Annev était impressionné par les instincts de Kenton. Malgré l'erreur qu'il avait commise quelques jours plus tôt avec la Baguette de Guérison, Annev était meilleur que la moyenne en matière d'identification d'artefacts magiques. Mais s'il était talentueux, Kenton, lui, était un véritable prodige.

— Bien joué.

L'avatar balafré ne parut pas entendre les louanges d'Annev. Il était littéralement hypnotisé par le bloc de bois, dans ses mains, et par sa luminescence.

— C'est de la magie, n'est-ce pas ? demanda-t-il d'un ton révérencieux.

— C'est de la magie quand on ne sait pas comment ça fonctionne, répondit Annev, en imitant le ton de Crag. Mais, oui, il s'agit bien d'un artefact.

— Ça vient du Caveau de la Damnation ? s'enquit Kenton, impressionné.

— Pas tout à fait, rétorqua Annev, prenant un autre risque. Je l'ai ramenée de ma mission dans la forêt de Brake, hier. Le colporteur me l'a donnée en guise de paiement.

— C'était avant ou après que tu lui tranches la gorge ? intervint Fyn en ricanant.

— Avant, confirma Annev en plongeant un regard sérieux dans celui de l'avatar.

Le rire de Fyn vira au grognement – un grognement malgré tout approbateur.

— Je ne suis pas sûr qu'elle nous rende tellement service, marmonna-t-il ensuite. Je croyais que nous devions rester discrets ? Avec cette lanterne, c'est raté !

— Kenton, tu peux la régler ? demanda Annev.

Le garçon ouvrit la bouche, puis la referma. Au lieu de parler, il agrippa le sommet et la base de la lampe. Sans qu'Annev ait besoin de lui dire quoi que ce soit, il appuya sur les boutons secrets et tourna, diminuant l'intensité de la lumière, la focalisant en un faisceau mince et fantomatique.

— Euh…, fit Fyn, impressionné, mais tentant de le dissimuler. Je crois que ça ira. Donc tu m'as envoyé chercher les torches alors que tu avais ce truc depuis le début…

Ce n'était pas une question.

— Oui, confirma Annev en trottant jusqu'à Kenton pour reprendre la lampe. Si les anciens avaient vu la lanterne, ils l'auraient rangée dans le Caveau, expliqua-t-il avant de lancer l'objet à Fyn, qui le rattrapa des deux mains.

— Pourquoi me la donner ? demanda-t-il, méfiant.

— Parce qu'on a besoin de lumière et que tu vas ouvrir la marche.

— Ah…, se contenta de répondre Fyn, sans doute pour ne pas avoir à accepter ou à refuser l'ordre d'Annev. Comment change-t-on la lumière ? s'enquit-il en tournant l'objet dans ses mains.

Kenton le lui expliqua, et tout le monde fut satisfait lorsque Fyn réussit à éteindre puis à rallumer la lanterne.

— Si tu la règles de façon qu'elle produise un faisceau étroit, il te suffira de couvrir légèrement l'œil et de pointer la lumière vers le sol pour que nous voyions où nous mettons les pieds sans nous faire repérer. Ce n'est pas une méthode infaillible, mais elle nous permettra de parcourir une bonne partie du chemin sans attirer l'attention.

Kenton et Fyn échangèrent un regard, puis hochèrent la tête.

— Très bien, Maître Ainnevog, acquiesça Fyn d'un ton caricatural. J'ouvre la marche.

— Parfait. Maître Fyn nous guidera, tandis que Maître Kenton couvrira nos arrières, d'accord ?

Les deux garçons se regardèrent de nouveau, confus.

— Ce n'est pas drôle, tu sais très bien que nous ne sommes pas maîtres.

— Peut-être pas pour l'Académie, mais nous ne sommes plus à Chaenbalu. Ici, vous pouvez être ce que vous désirez.

— Putain ! cracha Fyn. On aura beau dire qu'un cheval est un canard, ça ne le fera pas voler !

— C'est vrai, concéda Annev, admettant la pertinence de l'analogie. Changer le nom d'une chose ne change pas sa nature, et il en va de même pour nous. Nous nous sommes entraînés pour devenir maîtres avatars, et nous sommes tous les trois aussi talentueux que nos professeurs, alors pourquoi nous priverions-nous de réclamer leur titre ?

Fyn et Kenton prirent le temps de réfléchir, cette fois.

— Pour ce qui me concerne, vous êtes Maître d'Armes et Maître des Malédictions, ajouta Annev en désignant successivement Fyn et Kenton. Notre mission ne fera que cimenter cette vérité ; donc, à moins que vous ne vous en sentiez pas dignes, je vous appellerai « Maître » à partir d'aujourd'hui.

Ken fixa Annev du regard en grattant inconsciemment sa cicatrice. Fyn garda le silence un moment avant de parvenir à une conclusion.

— Bon, finit-il par dire en tordant la lanterne pour produire un mince faisceau lumineux, je crois toujours que tu es un sac à merde, mais je dois m'habituer à ton odeur, parce que j'approuve totalement ce que tu viens de dire !

— Moi aussi, ajouta Kenton avec un léger sourire.

Chapitre 53

À environ un kilomètre et demi des murs de la ville, Fyn éteignit la lanterne et ils continuèrent dans le noir. Les bruits des célébrations du Regaleus leur parvenaient sous forme de rires rauques et de chants dissonants. Les gardes ne semblaient pas à leur poste.

Fyn les entraîna à découvert, là où un homme patrouillant sur la muraille n'aurait pas manqué de les voir. Annev s'arrêta pour étudier la paroi de pierre haute de plus de six mètres, conscient d'être observé par ses compagnons.

— Maître Kenton, où habite ce fameux Janak ?

— Ses commerces se trouvent dans la partie nord-ouest de la ville, expliqua le garçon en désignant la direction du doigt. Dans le Quartier d'Or. Sa demeure, toutefois, est sise dans le Quartier Rose, près de la porte est.

— Qu'est-ce que tu en penses ? demanda Fyn.

Annev examina ses camarades avatars. Sous leurs capes, ils portaient des tenues noires, moulantes et souples.

— Nous sommes équipés pour la furtivité, dit-il lentement, réfléchissant à haute voix, alors profitons-en. Nous allons laisser les chevaux près de la porte est, escalader le mur et trouver la demeure de Janak. Pour le reste, nous verrons plus tard.

— Ton plan ne me semble pas très réfléchi, remarqua Fyn en entreprenant de nouer ses tresses sur le dessus de sa tête.

— C'est vrai, admit Annev, mais nous ignorons ce qui nous attend là-bas, aussi devrons-nous faire preuve de la même prudence que lors du Test du Jugement. Tout en nous adaptant constamment. Notre mission est simple : entrer, récupérer la baguette, filer.

— Et pour Duvarek et Janak ? intervint Kenton.

— Nous les trouverons, mais je préfère m'emparer de l'artefact avant de chercher Duvarek. Qui sait, peut-être pourrons-nous utiliser la baguette pour le libérer de son sort.

— Utiliser la baguette ? s'étonna Fyn. Tosan nous ferait écorcher vifs. Nous ne sommes pas ici pour ça, et puis, aucun d'entre nous ne sait utiliser la magie.

Annev se tourna vers Kenton.

— Je m'y connais un peu, avoua l'avatar à contrecœur. Je me débrouille très bien pour identifier les artefacts. Une fois, j'ai même utilisé…

— Tu as utilisé la magie ? s'exclama Fyn, à la fois impressionné et dégoûté.

— Je ne suis pas une saloperie de keokum, Fyn. Il s'agissait d'un artefact commun, comme cette lanterne ou les trébucheurs. N'importe qui aurait pu l'utiliser.

Fyn grogna, l'air penaud, préférant ne pas ressasser l'épisode de la nef.

— Qu'est-ce que tu allais dire ? l'encouragea-t-il.

— On faisait de l'identification avec Dorstal. Il nous a présenté un genre de tasse, dont il a dit que c'était un artefact commun capable de se remplir tout seul, et nous a proposé de l'essayer si nous l'osions.

— Tu as osé ?

— Oui, c'était facile. Je l'ai prise, j'ai pensé à quel point j'avais soif et j'ai répété le symbole.

— Mouais. Pas mal. Avec quoi tu l'as remplie ?

— De l'hydromel, répondit Kenton dans un sourire. Dorstal l'a bu.

Le trio rit, et Annev fut soulagé par la révélation de Kenton.

— Parfait, dit-il. Si la baguette peut être utilisée par des gens ordinaires, peut-être pourrons-nous sauver Duvarek au lieu de l'exécuter.

— Attends une seconde, intervint Fyn en levant la main. Ce n'est pas ce qu'on nous a demandé. Si Kenton ramène Duvarek vivant, il ne gagnera pas son titre de maître.

— C'est vrai, admit Annev. Mais la décision lui appartiendra. (Il se tourna vers l'avatar balafré.) Qu'en penses-tu ? S'il y a une chance de le sauver, souhaites-tu essayer ?

— Ce n'est pas si simple, rétorqua Kenton en fronçant les sourcils. J'aimerais beaucoup sauver Duvarek – gagner mon titre de maître cette nuit n'est pas aussi important que sa vie –, mais la Baguette de Compulsion est une baguette noire et non pas un artefact commun. Afin de l'utiliser sur Duvarek, il faut posséder de la vraie magie – le genre de magie qui ne s'acquiert qu'au prix d'un pacte avec Keos.

Fyn hocha la tête d'un air approbateur, tandis qu'Annev sursautait – parce qu'il se sentait offensé, mais aussi parce qu'il lui serait impossible d'utiliser la Baguette de Compulsion pour sauver Duvarek sans être accusé d'être un Fils de Keos et risquer sa propre vie. Annev avait de l'admiration pour son ancien professeur, mais il n'avait aucune intention de se sacrifier pour lui.

— Dans ce cas, on s'en tient au plan, conclut-il. On exécute Dove, puis on tue Janak parce qu'il a utilisé une baguette noire et menacé l'Académie.

Fyn hocha vigoureusement la tête, tandis que Kenton acquiesçait avec un peu plus de réserve.

— Si on arrivait à enlever Duvarek sans prendre trop de risques ni mettre en péril la mission, tenta-t-il, on pourrait l'assommer et le ramener à Chaenbalu. Une fois la baguette remisée dans le Caveau, ses effets s'estomperaient peut-être.

— Je suis pour essayer ! approuva Annev en faisant faire demi-tour à sa monture. Nous avons notre plan. Maintenant, trouvons un endroit où attacher les chevaux.

Tandis qu'ils tournaient autour du périmètre de la ville, Fyn vint chevaucher à côté de lui.

— Tu comptes réellement essayer de sauver Duvarek ?

— Bien sûr, confirma Annev, surpris. S'il est un peu dur, il ne mérite pas de mourir. L'Académie investit trop dans ses maîtres avatars pour se débarrasser d'eux aussi facilement. Bref, je préférerais le ramener à Chaenbalu.

— Et si l'un d'entre nous se faisait ensorceler par la baguette ?

— Je ferais pareil. Un coup de massue sur le crâne et on se tirerait d'ici sans demander notre reste. Pourquoi tu me poses cette question ? s'étonna-t-il en lançant à Fyn un regard oblique.

— Je ne te crois pas. Peut-être que tu te donnerais du mal pour sauver tes copains, mais Kenton et moi ? Ce serait bien plus facile de nous abandonner ici, même de nous tuer. Tu ne gagnerais rien à nous ramener au village.

Annev considéra longuement Fyn. Jadis, il avait eu l'intention d'en faire son ami, même s'il avait renoncé rapidement. Peut-être aurait-il dû insister.

— Et pourtant, je le ferais.

— Tu parles…, marmonna Fyn en s'éloignant.

— Qu'est-ce que vous vous êtes dit ? s'enquit Kenton en rattrapant Annev.

— Il n'a pas confiance en moi.

— Ça t'étonne ? (Kenton haussa un sourcil.) Fyn a toujours eu du mal à faire confiance, et on ne peut pas dire que tu sois très fiable.

— Moi ? protesta Annev. C'est toi qui as trahi tes amis pendant le concours de natation et qui as rejoint Fyn pour nous empêcher de gagner le titre d'avatar !

— Ai-je jamais dit que nous étions amis ? demanda Kenton, la mine impassible. Je ne me le rappelle pas, en tout cas. (Il parlait avec si peu d'émotion qu'Annev pensa qu'il s'agissait d'une plaisanterie.) Je suppose que nous avons tous de bonnes raisons de nous haïr, ajouta Kenton sans lui laisser le temps de réagir. Toutefois, ça ne nous empêche pas de travailler ensemble, et c'est tout ce qui compte.

Annev hocha la tête. Kenton avait peut-être envie de changer de sujet, mais le maître avatar ne l'entendait pas de cette oreille.

— Puis-je savoir pourquoi tu me détestes ?

Kenton le dévisagea, insondable.

— Tu te rappelles l'année où j'ai été blessé ?

Annev inclina la tête, comprenant que l'offense que lui reprochait Kenton n'était pas récente.

— C'était il y a trois ans. Avant l'arrivée de Titus, avant le début de notre formation d'avatar.

Un an après son rapprochement avec Therin. L'époque où il avait remarqué que Myjun s'intéressait à lui.

— En effet, confirma Kenton. Cette année-là, j'ai commencé à prendre des cours avec Maître Duvarek.

— Oui, je me rappelle avoir été jaloux lorsque je l'ai appris.

— Jaloux ?

— J'idéalisais Duvarek. Il quitte l'Académie plus que n'importe qui, il a vu des choses et visité des endroits dont je ne peux que rêver, et son bilan, en termes de récupération d'artefacts, est sans tache.

— *Était.*

— C'est vrai, regretta Annev. Mais si nous le ramenons à la maison avec l'artefact, ce sera comme s'il n'avait jamais échoué.

— Peut-être. J'ignorais que tu appréciais Duvarek. Les gens se moquent de lui parce qu'il boit et qu'il est souvent seul, mais ce n'est pas un hasard si l'Académie lui confie toutes ces missions. Il est meilleur combattant qu'Edra, mais il n'est pas frimeur, et il n'a pas la patience d'enseigner à ceux qui n'écoutent que de façon intermittente. C'est la raison pour laquelle ils le chargent régulièrement de la formation des apprenties femmes sages.

Annev n'avait aucune raison de ne pas croire Kenton.

— Il avait meilleure réputation avant que…

— Avant que j'hérite de cette cicatrice ? (Kenton renifla comme Annev hochait la tête.) Duvarek n'était pas un professeur négligent. Nous ne nous entraînions même pas lorsque j'ai été blessé.

— Mais tu as été blessé pendant son cours, non ?

— C'est ce que j'ai dit, en effet.

— Qu'est-ce qui s'est réellement passé ?

— Ça ne te regarde pas, gronda Kenton en lui lançant un regard assassin. Et ce n'est pas le sujet. Bref, à l'époque, Duvarek avait accepté de prendre en main un acolyte et une apprentie femme sage. L'Ancien Winsor m'avait choisi, et la Maîtresse Femme sage Kiara avait choisi Myjun.

— Myjun ? Je ne… (Annev avait l'impression que sa langue avait enflé.) Je ne savais pas.

— Évidemment, assena Kenton d'un ton glacial. Je suppose qu'elle ne t'a jamais parlé de moi… Je m'en doutais. Nous nous sommes entraînés ensemble pendant six mois, et puis, elle a cessé de venir.

— Comment ça ?

— Après ma blessure, elle n'est pas revenue.

Après sa blessure… Annev fit quelques calculs et en conclut que sa relation avec Myjun avait commencé à évoluer à cette époque. Son estomac se noua, et il se surprit à ne pas pouvoir croiser le regard de Kenton.

— Est-ce que vous… ? Est-ce qu'elle… ?

— Oui, répondit Kenton dans un murmure. Et je l'aime toujours.

Ils chevauchèrent en silence, les yeux rivés sur la lanterne éteinte de Fyn.

— Tu crois qu'elle a cessé de venir à cause de ta blessure ?

— À cause de ma cicatrice, contra Kenton d'une voix morne. Ça la dégoûtait. Après ça, je crois qu'elle ne m'a plus jamais regardé.

Le nœud, dans le ventre d'Annev, se resserra encore. À cause de ses craintes, de ses peurs inavouables. Si Myjun avait oublié Kenton à cause de sa cicatrice, comment réagirait-elle lorsqu'elle apprendrait pour son bras ? *Elle ne devra jamais l'apprendre.* Il n'y avait pas d'autre solution. *Elle ne doit pas savoir.*

— Vous n'aviez que quatorze ans, reprit Annev. Et tu as dit que Myjun n'était venue aux cours que pendant six mois. Vous ne pouviez pas être si proches.

Il n'en dit pas davantage. Ses interrogations étaient évidentes, mais il attendit en vain que Kenton y réponde. Il se tourna vers son compagnon, dont le regard le transperça.

— Tu savais que les femmes sages utilisaient des plantes pour ne pas tomber enceintes ? demanda l'avatar balafré.

Annev sursauta, tirant instinctivement sur ses rênes. Sa jument ralentit, et Kenton le dépassa.

— Comme je te l'ai dit tout à l'heure, nous avons tous des raisons de nous haïr.

Sans lui laisser le temps de répondre, l'avatar aux cheveux noirs éperonna sa monture pour rattraper Fyn.

Chapitre 54

Ils arrêtèrent leurs chevaux près d'un vieux chêne noueux poussant dans l'ombre des murs de la ville, entouré d'une barrière épaisse de fougères. À moins de cinq cents mètres, Annev distinguait la porte est, qui était fermée. Il fit signe à ses compagnons, et tous les trois mirent pied à terre, attachèrent leurs montures et vérifièrent leur équipement.

Tandis que Kenton rangeait sa cape et nouait son sabre tachi dans son dos, Annev vérifia que son glaive et sa hache étaient bien fixés à son ceinturon. Il constata que Fyn – le Maître d'Armes – était venu bien préparé : des brassards contenant des couteaux de lancer lui ceignaient les avant-bras, son garrot et deux pochettes étaient suspendus à sa ceinture, deux masses d'armes d'une soixantaine de centimètres étaient croisées dans son dos. Annev secoua la tête en voyant que le jeune homme s'équipait également de coudières à pointe et de gants noirs.

— Je croyais que nous devions rester furtifs ?

— Je m'entraîne tous les jours, riposta Fyn en accrochant la lanterne phénix à sa ceinture. Je peux être aussi furtif avec ou sans cet attirail.

Annev était sceptique, mais il préféra garder ses doutes pour lui. Il y avait bien assez de tension dans l'air.

— D'accord, mais je récupérerai ma lanterne à la fin.

— Bien sûr, acquiesça Fyn en tapotant le bloc de bois. Sauf si la situation dégénère sous ton commandement, auquel cas je la remettrai à Tosan pour passer mon Test de Compétence.

— Génial…

Il avait envie d'étrangler ses deux compagnons. *Ils me détestent, et en toute honnêteté, je ne les aime pas beaucoup non plus*. Seul un miracle leur avait permis d'arriver jusque-là tous les trois, et Annev se demandait si l'équipe garderait sa cohésion suffisamment longtemps pour accomplir sa mission. Ils rejoignirent Kenton, occupé à examiner les pierres de la muraille.

— Qu'est-ce qu'il y a ? s'inquiéta Annev.

— Regardez ces pierres, dit-il en grimaçant. Elles sont mal ajustées. Quelle est l'utilité de remparts dont les blocs sont aussi mal agencés ?

— On dirait presque un escalier, acquiesça Fyn. Ce sera plus facile que le mur d'escalade de l'Académie.

Annev hocha la tête, même s'il se sentait un peu nerveux. De ce côté de la ville, le bruit des célébrations était plus distant. Il essuya ses mains moites sur son pantalon et agrippa les pierres disjointes du bout des doigts. Du coin de l'œil, il vit ses camarades faire de même. Sans un mot, ils glissèrent leurs bottes en cuir souple dans les interstices de la maçonnerie et commencèrent à grimper.

Annev atteignit le sommet en moins d'une minute, ombre noire sautant par-dessus le parapet pour se fondre dans les ténèbres près de Kenton. Comme il l'avait promis, Fyn escalada la paroi sans faire tinter ses nombreuses armes et s'accroupit à côté d'Annev quelques secondes plus tard. Ils attendirent un peu avant de se lever lentement pour découvrir le grand village, devant eux.

Vu du dessus, Banok était une masse de toits pointus tellement proches les uns des autres que les ruelles, en dessous, étaient presque des tunnels. Contrairement à Chaenbalu, avec ses rues concentriques coupées par deux routes plus larges, Banok possédait des dizaines de voies et allées, dont certaines étaient larges et d'autres si étroites qu'elles en étaient invisibles. Le tout formait un labyrinthe de croisements, d'angles aigus et de culs-de-sac.

La plupart des bâtisses étaient de plain-pied, même s'il y avait quelques immeubles d'un étage, parfois davantage. Le plus grand – et de loin – était à la fois un palais, un château, et presque aussi vaste que l'Académie, quoique moins intimidant, car moins gris et terne. L'énorme donjon en grès se dressait loin du centre du village, où semblaient se concentrer les festivités. Les habitants de Banok étaient réunis autour de grands feux de joie, où ils buvaient, riaient, jouaient de la musique, ou les trois en même temps. Annev remarqua quelques hommes en uniforme en marge de la foule – sans doute les gardes.

— C'est ça ? demanda-t-il en désignant le donjon en grès.

— Ça correspond à la description de Maître Keyish. D'après lui, il y a des gardes postés devant toutes les entrées, et dans la plupart des couloirs, de jour comme de nuit.

— Pas de problème, commenta Fyn en tapotant son garrot. Je suis équipé pour ça.

— Es-tu réellement si pressé de tuer quelqu'un ? lui demanda Annev. Prendre une vie n'est pas si facile.

— C'est dur quand on a passé la moitié de son existence à se former pour devenir prêtre, ce qui n'est pas mon cas. Moi, je suis fait pour ce genre de mission.

— Peut-être, concéda Annev en préférant ne pas argumenter. Néanmoins, la furtivité doit rester notre priorité. Un garde manquant ne passerait pas inaperçu, et nous avons besoin d'explorer le palais, d'aller et venir sans attirer l'attention.

Fyn croisa les bras sur sa poitrine, mais ne dit rien.

— Maître Kenton, où allons-nous ? demanda Annev.

— On passe par les toits. On sera loin des feux de joie, et on ne devrait pas croiser de gardes.

— Bien. Fyn, tu as la lanterne ; tu veux toujours passer devant ?

Au lieu de répondre, Fyn fit un pas en arrière, tombant dans le vide. Il se raccrocha du bout des doigts au chemin de ronde, posa les pieds sur le mur, fléchit les genoux et se propulsa, effectuant un saut périlleux dans les ténèbres pour atterrir avec légèreté sur le toit le plus proche.

— Suivez-moi si vous pouvez !

Ce qu'ils firent. Comme ils le rejoignaient, Fyn se mit à courir vers sa cible suivante : un duo de maisons d'un étage penchées au-dessus d'une allée étroite. Il bondit, agrippa un balcon avant de se hisser sur le rebord d'une fenêtre.

Guère impressionné, Kenton courut vers les mêmes bâtisses, mais au lieu de rejoindre Fyn, il se jeta vers la structure opposée et rebondit sur la pierre grise avant que la gravité le rattrape. Le garçon aux cheveux noir corneille vola dans la direction de Fyn et roula sur un autre balcon situé un mètre au-dessus de son rival.

Annev leva les yeux au ciel, un léger sourire aux lèvres. S'il n'était pas crâneur, il ne pouvait se permettre de perdre la face devant ses camarades. Et puis, force lui était d'admettre qu'il commençait à bien s'amuser, car il n'avait pas besoin de s'occuper de Fyn et Kenton comme il s'occupait constamment de Therin et Titus. Il se sentait bien plus libre. Il étudia l'espace qui séparait les deux bâtisses et choisit sa trajectoire. Au début, il emprunta le même chemin que Kenton, mais à la fin, il parvint à prendre appui sur la balustrade et à se propulser directement vers le toit, où les deux avatars le rejoignirent quelques secondes plus tard. Alors que Fyn s'apprêtait à tenter une nouvelle acrobatie, Annev leva la main.

— Nous devrions redescendre un peu. Monter de plus en plus haut ne nous rapprochera pas du palais de Janak, et nos petites démonstrations risquent d'attirer l'attention.

Cette fois, ce fut au tour de Fyn de lever les yeux au ciel. Il n'objecta pas, cependant, et une minute plus tard ils étaient de retour sur les toits des maisons de plain-pied, progressant silencieusement et régulièrement vers la demeure de Janak. Personne n'ouvrait la route, et chacun empruntait la trajectoire de son choix parmi les maisons agglutinées, les rebords de fenêtre et les allées alambiquées. Une fois leur rythme de croisière adopté, ils ressemblaient plus à un trio d'ombres flottant au-dessus des ruelles pavées qu'à de jeunes voleurs sautant de toit en toit. Des nuages gris défilaient devant la lune décroissante, et leurs silhouettes se découpaient dans la lumière vacillante des feux de joie.

Un quart d'heure plus tard, Annev atteignit l'extrémité de la rangée de maisons qui conduisait au palais de Janak. Une rue large les séparait de la grande bâtisse, et il évalua à dix mètres la distance pour se réceptionner sur le toit du premier étage du donjon. Même en prenant beaucoup d'élan, ils n'y arriveraient pas. Il leur faudrait redescendre au niveau du sol.

Kenton et Fyn atterrirent doucement derrière lui et examinèrent en silence le palais.

— C'est trop loin, remarqua l'avatar aux cheveux noirs.

À peine eut-il le temps de terminer sa phrase, toutefois, que Fyn prit son élan et sauta. Il n'atteignit pas le toit de la demeure de Janak, bien sûr, mais il traversa la rue d'un seul coup, parcourant près de sept mètres d'un bon pour se dissimuler dans l'ombre d'une alcôve.

Kenton regarda Annev, et les deux garçons haussèrent les épaules en même temps. Le premier voulut suivre l'exemple de Fyn et commença à prendre son élan lorsque, subitement, une porte s'ouvrit juste en dessous.

Kenton s'arrêta en dérapant, délogeant quelques tuiles en terre cuite. Il plongea, roula sur lui-même et les rattrapa juste avant qu'elles tombent en contrebas.

—Tu as entendu ça, Nedders ? demanda une femme.

—Ouais, j'ai entendu, répondit un homme d'un ton bourru.

Annev se figea dans l'ombre, tandis que Kenton essayait de se fondre dans le toit.

—On aurait dit…, commença l'homme d'une voix traînante et peut-être avinée. On aurait dit une oie.

—Une oie ? Et pourquoi donc une oie… ? Aïe ! Espèce de canaille !

—C'était pas moi ! protesta-t-il. C'était l'oie !

—Et là, c'était l'oie, peut-être ? On aurait plutôt dit… Aïe !

—Oh ! la méchante oie ! rit l'homme.

Le couple s'éloigna vers les feux de joie en se tenant par la taille. Régulièrement, la main de l'homme se retrouvait sur les fesses de sa compagne, qui couinait avant d'éclater de rire. Apparemment, ce jeu l'amusait beaucoup.

Lorsque le couple se fut suffisamment éloigné, Annev rejoignit Kenton et récupéra les tuiles pour les remettre à leur place. Se tournant une dernière fois vers le couple, il remarqua que l'homme boitait un peu, favorisant sa jambe gauche. Plissant les yeux, il constata qu'au lieu d'avoir une botte ou une chaussure, l'homme – Nedders – avait une prothèse, une jambe de bois.

Annev en resta bouche bée. Il avait complètement oublié les tuiles. *C'est un infirme, comme moi ! Et il se promène à découvert… avec une femme.* Il était stupéfait et vit que la mine de Kenton reflétait un sentiment similaire. Instinctivement, Annev caressa son avant-bras ganté, tandis que l'avatar à la tignasse noire parcourait les contours de sa cicatrice irrégulière du bout des doigts.

Comme le couple disparaissait, Kenton se redressa et surprit Annev en train de l'observer. Son regard se durcit, et il poussa sur ses mains, sautant par-dessus le bord du toit.

Annev soupira en regardant son camarade rejoindre Fyn en courant. Jusqu'à récemment, il avait songé à témoigner sa sympathie à Kenton, le balafré – car il avait pitié de lui –, mais savoir que cette blessure était à l'origine de son rapprochement avec Myjun avait changé la donne. Il supportait mal l'idée que la jeune femme et l'avatar aient pu être proches dans le passé.

Il ne pouvait s'empêcher de se dire que leur vie aurait été bien différente dans ce village, où un infirme pouvait exposer son handicap sans risquer d'être mis à l'écart, maltraité, ni assassiné. Il aurait pu y rêver d'un avenir normal. Sauf que Myjun serait peut-être restée avec Kenton… Cette pensée retournait son ventre, et il avait honte de s'avouer que, vu les circonstances, il était soulagé de pouvoir profiter des préjugés de Chaenbalu.

Annev choisit de se suspendre à la bâtisse haute de quatre mètres et de se laisser tomber au sol. Il s'assit donc et se retourna doucement. Au moment où il pivotait sur lui-même, cependant, il aperçut la silhouette noire d'un homme de grande taille virevoltant sur les toits.

Surpris, Annev lâcha prise et tomba en arrière, heurtant le sol du dos. Il resta ainsi allongé quelques secondes, le souffle coupé, avant d'être capable de se lever pour rejoindre ses camarades au pied de la demeure de Janak. Lorsqu'il fut à l'abri de l'alcôve, il se tint parfaitement immobile et scruta les ténèbres à la recherche du personnage qui les avait suivis, mais ne vit rien.

Après presque une minute, Fyn et Kenton échangèrent un regard.

— Est-ce que ça va ? lui demanda ce dernier. Tu as fait une sacrée chute.

— Ça va, répondit Annev sans lâcher les toits des yeux. J'ai juste cru voir… quelque chose.

— Quoi ?

Annev se rappela. *Un homme portant la cape de la mort…*

— J'ai cru voir quelqu'un, dit-il en secouant la tête, mais ce n'était rien. Juste un jeu de lumière.

— S'il y avait quelqu'un, il n'y a plus personne, observa Fyn en scrutant les ténèbres au-dessus des toits. Vous êtes prêts ?

Annev finit par hocher la tête.

— Son bureau est au deuxième, expliqua Kenton en désignant le sommet du palais. La fenêtre ne devrait pas être sécurisée.

— La baguette est là-haut ?

— En temps normal, elle aurait été au sous-sol, dans un genre de salle du trésor, expliqua Kenton, mais Keyish pense que Janak préfère l'avoir plus près de lui. Nous savons qu'il expose ses objets préférés, ceux qui ont le plus de valeur sentimentale, dans son bureau.

— Si nous commençons par le deuxième étage, remarqua Annev en fronçant les sourcils, et que nous ne mettons pas la main sur la baguette, il faudra redescendre de deux niveaux pour trouver la salle du trésor.

— Trois, si on compte le sous-sol, rétorqua Kenton d'un ton animé. Mais la sécurité est plus dense en bas, et si la baguette n'y est pas, il faudra monter. Son bureau sera plus facile à fouiller, car seuls quelques-uns des objets qui y sont exposés sont magiques. Au sous-sol, il y aurait beaucoup trop d'objets à examiner.

— Je suis d'accord. Commençons par le deuxième étage. Mais Janak est malin. S'il s'attend à ce que nous lui rendions visite, il ne nous facilitera pas la tâche.

— S'y attend-il ? intervint Fyn en regardant autour de lui. On dirait que tout le monde fête le Regaleus. Même les gardes ont relâché leur discipline. À mon avis, il nous attend plutôt après les fêtes.

— Comment ça ?

— Eh bien, tu empêcherais, toi, les gardes de ta maison de manquer la dernière soirée du Regaleus de crainte que des voleurs tentent de s'introduire chez toi pour la seconde nuit consécutive ?

— Oui, ce n'est pas bête, concéda Kenton.

— Admettons, dit Annev, approuvant les efforts de Fyn. Mais si la sécurité est si lâche, ce soir, peut-être Janak garde-t-il la baguette sur lui.

— En tout cas, il vaut mieux commencer par son bureau, insista Kenton en explorant du bout des doigts les joints entre les pierres bien ajustées et en trouvant une prise là où il ne semblait pas y en avoir.

— Oui, c'est la meilleure option, acquiesça Annev en se rapprochant du mur.

— Parfait, conclut Fyn en se frottant les mains. Dans ce cas, grimpons.

Il agrippa l'une des pierres massives qui constituaient les fondations du palais de Janak, et ils se mirent tous trois à escalader laborieusement la paroi.

À trois pâtés de maisons de là, les célébrations du Regaleus battaient leur plein. Tandis que les gens dansaient, les flammes des feux de joie projetaient de longues ombres qui masquaient les mouvements d'une silhouette sombre à la robe virevoltante.

Chapitre 55

Kenton rangea son outil de découpe dans sa ceinture et tapota le pourtour du morceau de verre qu'il venait de tailler. En même temps, il tira sur un petit bouton enduit de goudron, et la plaque de verre se détacha.

— Voilà ! C'était plus facile qu'à l'entraînement.

— Reste concentré, chuchota Annev.

Kenton l'ignora et glissa le bras dans le trou sans déranger un lourd rideau de velours, pour ouvrir les hautes portes de la terrasse.

— Le bureau de Janak occupe la majeure partie de cet étage, expliqua-t-il. Derrière ce rideau, il devrait y avoir un couloir circulaire. Si Janak est là, il se peut que des gardes patrouillent dans les couloirs et les cages d'escalier. Et il se peut qu'il y ait une salle de gardes juste au-dessus…

Annev et Fyn échangèrent un regard.

— Nous savons qu'il y a une salle de gardes au rez-de-chaussée, ajouta leur camarade sur la défensive, aussi cette route-ci est-elle plus sûre. Qui passe le premier ?

— Ça te dirait de neutraliser un garde ? proposa Annev à Fyn.

— Depuis le temps que j'en rêve ! riposta le colosse avec un large sourire.

Annev et Kenton s'écartèrent et le Maître d'Armes se rapprocha de la porte entrouverte. Il s'arrêta devant le rideau de velours, prit une profonde inspiration en glissant trois doigts derrière le tissu, puis compta jusqu'à deux avant de l'écarter pour se glisser à l'intérieur.

Annev et Kenton attendirent sur le balcon semi-circulaire dans un silence tendu, surveillant en alternance les feux de joie, les toits plongés dans les ténèbres, les balcons des niveaux inférieurs et les rideaux de velours.

— Tu as vraiment couché avec Myjun ?

La question jaillit d'entre les lèvres d'Annev en le prenant par surprise. Kenton lui fit face, et il se sentit doublement idiot de remettre le sujet sur le tapis dans le donjon de Janak. Que ferait-il si le garçon lui répondait par l'affirmative ? Le pousserait-il dans le vide ? Non, bien sûr. Il venait donc d'entamer une conversation désagréable, alors qu'ils auraient peut-être besoin de s'entraider. Néanmoins, Annev fut profondément soulagé lorsque Kenton, plongeant son regard dans le sien, secoua la tête.

— Je voulais simplement t'énerver. On s'aimait bien. On s'est même embrassés… et un peu plus que ça. Et puis, j'ai été blessé.

Annev acquiesça, heureux de savoir la vérité.

— Je suis désolé, dit-il, presque sincère.

— Mmh…, marmonna Kenton en se tournant vers le rideau, d'où émergea soudain la tête de Fyn.

— La voie est libre, chuchota celui-ci avant de disparaître de nouveau.

Annev attendit que Kenton passe le premier, mais l'avatar semblait hypnotisé par les dalles de pierre, sous leurs pieds.

— Je suis désolé de t'avoir menti à propos de Myjun… et de m'être ligué avec Fyn après l'obtention de mon titre. Tu ne m'en veux pas trop ?

— Nous sommes tous les deux dans la même équipe que Fyn, maintenant, remarqua Annev en haussant les épaules.

Un sourire étrange étira la bouche de Kenton.

— Oui, tu as raison, acquiesça-t-il en frottant sa cicatrice, près de son œil. On est quittes, alors ?

— On est quittes.

Ils s'avancèrent et Kenton écarta le rideau, leur permettant d'entrer tous les deux dans un couloir sombre. À quelques mètres de là, Fyn éclairait des tapis luxueux et colorés avec le faisceau de la lanterne phénix. Le regard d'Annev fut attiré par les motifs complexes de tapisseries tout aussi colorées, ornées de rouges profonds, de bleus foncés et de jaunes vifs. Il mit quelques secondes à remarquer l'homme mort, en bordure de la flaque de lumière.

Tout comme les gardes qui surveillaient les alentours des feux de joie, celui-ci était vêtu d'un uniforme noir doublé de bleu. Sa tête était rejetée en arrière, et deux lignes sombres zébraient sa gorge.

Annev jura intérieurement, comprenant qu'il aurait dû donner des consignes plus précises. Fyn, cependant, n'avait que faire de la furtivité, et il aurait sans doute prétendu ne pas comprendre.

Génial. Me voilà responsable d'une autre mort. Et puis, on a un cadavre sur les bras, maintenant !

— Il y a une porte juste derrière, lança Fyn en désignant le couloir dans son dos. Une grande porte. Ce type est apparu au moment précis où je tournais le coin. J'en ai profité pour vérifier le reste de l'étage. Il y a une porte fermée et un escalier à l'opposé d'ici, et pas âme qui vive. Je doute que quelqu'un remarque son absence, en somme. (Fyn fixa son garrot à sa ceinture avec un nœud rudimentaire et fit craquer ses articulations.) Et maintenant, on fait quoi ?

Ils attendent mes ordres, comprit Annev en essayant de paraître plus confiant qu'il ne l'était.

— Kenton, mets le corps sur le balcon et referme la porte-fenêtre. Fyn, monte la garde près de la cage d'escalier au cas où d'autres arriveraient. Moi, je m'occupe de la porte du bureau. Je crochète la serrure, désarme d'éventuels pièges, et on entre ensemble.

Fyn sourit et hocha la tête, l'adrénaline de sa rencontre avec le garde l'ayant probablement mis de bonne humeur. Il s'arma de deux couteaux de lancer et se détourna au trot.

Kenton hissa le cadavre sur son épaule.

— C'est un peu comme le Test du Jugement, murmura-t-il en se dirigeant vers le balcon. Sauf que, cette fois, des gens meurent pour de vrai.

Annev le regarda s'éloigner, le cœur lourd. *Des gens meurent aussi pendant le Test du Jugement*, pensa-t-il en se rappelant Samrel et la piste aux ciseaux. Au lieu de tenter de justifier l'acte de Fyn, toutefois, il suivit le couloir jusqu'à la grande porte grise.

Du bois de fer, reconnut-il en avisant le matériau au grain particulier et à la couleur si spéciale. Sodar lui en avait montré un échantillon, une fois. D'après lui, il s'agissait du bois le plus dur de la forêt. Un bois moins cassant que le métal qui lui avait donné son nom et très rare, car ne poussant qu'en Alltara, au-delà de l'Empire darien. Il se disait qu'un clan de trolls peuplait cette forêt. Cette porte avait dû coûter une petite fortune à Janak.

Annev sortit ses outils de crochetage de son gant rouge et s'agenouilla devant la serrure. En dépit de la robustesse de la porte, la serrure était assez facile à forcer car elle ne comportait qu'une goupille. On était loin des doubles, voire des triples goupilles, particulièrement coriaces. Lorsqu'il eut terminé, Kenton était de retour de sa sinistre mission. Il alla chercher Fyn, et les deux garçons revinrent au moment où Annev terminait de s'assurer de l'absence de pièges. Il se leva et hocha la tête en poussant la porte. Une fois de plus, Fyn passa le premier, aussitôt suivi par Kenton et Annev, qui referma la porte dans son dos. La pièce spacieuse occupait presque la totalité de l'étage, et était ornée de superbes panneaux de bois et d'épais tapis. Huit colonnes parfaitement lisses soutenaient le plafond haut et les étages supérieurs. Annev nota que trois lampes à huile éteintes étaient suspendues à chacune des colonnes, à environ deux mètres du sol ; seules d'autres lampes situées à l'autre bout de la pièce étaient allumées, dispensant une lumière chaude et projetant des ombres allongées.

Tout autour du périmètre de la salle, entre les colonnes et les panneaux de bois des murs, était exposée une remarquable collection d'objets d'art : d'élégantes sculptures sur des socles, des tableaux colorés sur des chevalets, des instruments mystérieux et des outils accrochés à des présentoirs, dont une gourde en bois, une paire d'entraves en fer et une petite harpe en argent. Annev s'approcha de cette dernière, tendit la main au-dessus des cordes et perçut une faible aura magique. Il fit de même avec la gourde, s'attendant à ressentir la même chose que lorsqu'il avait découvert la lanterne phénix, mais rien ne se passa.

Elle n'est pas magique. Bizarre…

Une collection de meubles tout aussi intéressants était exposée entre les colonnes : un divan et une chaise longue faisaient face à un tableau représentant une vieille dame tenant un bouquet de fleurs ; des fauteuils entouraient la statue d'une femme à la chevelure de feu chevauchant un dragon ; un délicat banc en ivoire était disposé devant une armure aux plaques de bronze rutilant. L'un de ses gantelets était fermé sur un épieu, et la visière de son casque en pointe était abaissée.

À l'autre bout de la salle, derrière toutes ces pièces, se dressait un bureau qui était lui-même une véritable œuvre d'art. Un personnage vêtu d'une veste brodée d'or à haut col y était installé. L'homme tournait le dos à la porte, son crâne chauve luisant dans la lumière. Les trois jeunes gens le virent au même moment et se dispersèrent aussitôt, se rapprochant du milieu de la salle. Comme il progressait en silence, Annev remarqua que le fauteuil de l'homme était équipé de deux grandes roues métalliques. Au niveau du moyeu, les roues étaient ornées d'une pierre bleutée veinée d'or, au centre de laquelle était gravé un symbole. Se rapprochant davantage, Annev constata que les roues étaient en réalité deux boucliers fixés de manière ingénieuse au fauteuil de l'homme.

Les trois avatars sortirent de l'ombre, s'engageant dans la lumière qui baignait la moitié de la pièce. Sans faire le moindre bruit, Annev décrocha sa hache de son ceinturon et commença à dégainer Miséricorde, la magie pulsant dans sa main. Kenton se tourna subitement vers lui, forçant le maître avatar à contenir la magie de peur que son camarade perçoive sa présence.

Le regard de Kenton se détacha de lui et glissa vers leur cible commune. Empruntant des directions opposées, Fyn et lui longèrent la pièce en restant dans l'ombre. Kenton tenait devant lui son long tachi incurvé. Les mains de Fyn étaient curieusement vides tandis qu'il approchait l'homme dans le fauteuil par la droite. Ses muscles étaient bandés, en revanche.

— L'Oracle a dit que vous seriez quatre.

Annev se figea entre le cinquième et le sixième pilier, tandis que Fyn et Kenton s'accroupissaient. *L'Oracle ? Il ne parle sûrement pas de l'Oracle. Sodar a dit que Bron Gloir l'avait et que…*

L'homme agrippa les boucliers de part et d'autre de sa chaise et roula sur le tapis, faisant demi-tour et dévoilant son visage à ses visiteurs. Annev avisa son corps d'infirme, qui n'était plus caché par la table de travail. L'étranger avait un peu plus de la cinquantaine et le regard vif. Il était bien habillé, et sa veste entrouverte moulait des bras puissants et révélait un torse musculeux. S'il n'avait eu les jambes atrophiées sous sa couverture, Annev l'aurait décrit comme un homme sain, fort et alerte. Il se rendit compte qu'il agrippait le manche de sa hache de toutes ses forces et desserra un peu sa prise.

L'homme étudia les avatars en se caressant le crâne d'une main épaisse, puis lissa sa dense moustache grise. Son autre main était posée sur l'encensoir qui trônait sur sa couverture noire et or.

— Quatre cavaliers portant chacun un oiseau sur l'épaule, lança-t-il d'une voix sonore en jaugeant successivement les trois jeunes gens. Un héron, un faucon crécerelle, un freux et une pie. Lequel êtes-vous ? demanda-t-il à Annev.

— Je suis un phénix, répondit celui-ci en montrant son gant rouge.

— Je l'espère pour vous, rétorqua l'homme en gloussant.

— Vous devez être Janak.

Au lieu de répondre, l'homme se tourna vers Fyn, puis vers Kenton.

— Le chef maudit, le guerrier sans foi, l'ombre de l'ombre et l'infirme condamné. L'ombre est en bas, j'imagine ?

Les trois avatars échangèrent des regards, ne sachant que répondre à cette étrange question.

— Évidemment, reprit l'homme. Au cas où je l'aurais laissée en bas. (Il s'attarda sur Fyn, avisa les armes fixées à ses bras, sa ceinture et dans son dos.) Vous, vous êtes le guerrier. Et vous, poursuivit-il en regardant Kenton, vous devez être l'infirme.

Kenton laissa tomber ses cheveux noirs sur sa cicatrice.

— Mais l'Oracle a laissé entendre que vous n'auriez qu'un bras pour la voler, s'étonna l'homme en fronçant les sourcils.

Il se pencha en avant pour étudier le tachi courbé.

Annev se mit de côté, dissimulant instinctivement sa prothèse gantée. *Comment peut-il savoir ? Se peut-il réellement qu'il détienne l'Oracle ?* L'idée même lui donna des sueurs froides.

Si Janak possédait vraiment l'Oracle, il pouvait lui demander n'importe quoi.

— Peu importe, dit l'homme en haussant les épaules. Elle parle par énigmes, aussi suis-je condamné à ne pas tout comprendre. Mais vous ne me la prendrez pas, non. Elle m'avait prévenu, vous savez ? Elle m'a dit que vous vouliez me la prendre. Et que vous, le guerrier, affirma-t-il en regardant Fyn, aviez reçu pour mission de me tuer.

Sans ciller, Fyn plongea son regard dans celui de l'homme et sortit un couteau de son brassard.

— Si vous êtes Janak, alors oui, confirma-t-il. On vous a condamné à mort pour vous être servi d'une Baguette de Compulsion.

— C'est vraiment dommage. Winsor et moi avions un bel arrangement avant que votre nouveau directeur refuse de coopérer. J'imagine que je dois le remercier, cependant, car s'il n'avait pas agi de la sorte, je n'aurais pas eu besoin de chercher de l'aide ailleurs. Je n'aurais jamais trouvé l'Oracle, ni découvert la vérité…

La vérité ? Un arrangement ? Fyn et Kenton étaient tout aussi surpris que lui par le monologue du marchand, ce que Janak ne manqua pas de remarquer.

— Mmh… Tosan ne vous a rien dit, reprit-il en posant le coude sur l'accoudoir de son fauteuil roulant. Permettez-moi d'éclairer votre lanterne avant que vous me régliez mon compte. Je suis un peu collectionneur, expliqua-t-il en désignant d'un geste ample les objets qui l'entouraient. Dans ma jeunesse, j'ai parcouru le monde à la recherche de trésors, et j'ai croisé nombre de dangers sur ma route. Ce que vous voyez ici n'est qu'une fraction des richesses que j'ai accumulées. Le reste est caché ou vendu.

Il roula jusqu'à l'armure en bronze et posa la main sur le métal.

— Ceci est un de mes trésors personnels. Je l'ai portée il y a bien longtemps, lorsque j'étais mercenaire plutôt que marchand. (Il soupira, et sa main retomba sur ses genoux.) Quand j'ai perdu l'usage de mes jambes, je me suis focalisé sur la magie. J'étais désespéré de recouvrer ma mobilité. Votre Académie se moquait bien de mes motivations. Avatar après avatar, elle n'a eu de cesse de voler mes trouvailles. Au début, je ne comprenais pas. À peine m'étais-je procuré un artefact qu'on me le dérobait.

Janak retourna derrière son bureau. Fyn en profita pour s'adresser à Annev.

— Pourquoi on l'écoute ? chuchota-t-il. Pourquoi n'a-t-il pas appelé à l'aide ? On devrait le tuer sans attendre.

Fyn avait raison. Janak était trop calme, trop confiant, et le fait qu'il n'ait pas appelé à l'aide était déstabilisant. Toutefois, le marchand avait mentionné un arrangement avec l'Académie, et Annev avait vraiment envie d'en savoir plus. Et puis, Janak avait parlé de l'Oracle – détail que Tosan ignorait et dont ni Fyn, ni Kenton ne connaissaient la signification –, aussi Annev leva-t-il l'index, demandant à ses compagnons d'attendre. Fyn serra les dents et patienta.

— J'ai fini par trouver un moyen de communiquer avec vous. Je cachais des mots dans les artefacts qui risquaient d'être volés, si bien que Winsor et moi avons trouvé un arrangement : j'achetais les artefacts que je souhaitais, et tous les quelques mois, l'Académie envoyait quelqu'un me les voler.

— Vous les laissiez partir sans protester ? s'étonna Annev, incrédule.

— En échange, on me laissait utiliser mes jambes.

Annev plissa le front en examinant les membres inférieurs à moitié dissimulés de Janak. Le marchand souleva son encensoir et écarta la couverture, révélant ses jambes émaciées.

— L'Académie possède une Baguette de Guérison, poursuivit Janak en massant ses mollets atrophiés. Une fois par mois, votre directeur me permettait de me soigner et de recouvrer de la force dans mes jambes. L'effet durait environ quinze jours, durant lesquels je vivais comme avant. Selon moi, c'était un marché équitable. Malheureusement, reprit Janak, le regard noir, en agrippant les boucliers en acier qui lui servaient de roues, votre nouveau directeur n'était pas de cet avis. Il est convaincu que je cède des babioles à l'Académie et que je garde pour moi les artefacts chargés de la magie la plus puissante. Au lieu de m'aider à me soigner, Tosan envoie des voleurs piller ma demeure, conclut-il en désignant les trois jeunes hommes. Maintenant, dites-moi, quelle partie a spolié l'autre ?

Annev abaissa son arme ; il se sentait désolé pour le marchand. Tosan était clairement fautif. Ses peurs irrationnelles l'avaient déjà poussé à envoyer Annev dans la forêt de Brake pour tuer Crag. Dans sa paranoïa, il n'avait pas hésité à ruiner la vie d'un marchand inoffensif.

Non, il n'est pas inoffensif. Il a retourné Duvarek et en a fait un otage. Ici, quelque part.

— Vous avez capturé l'un des nôtres, dit enfin Annev en s'avançant vers le marchand. Vous saviez qu'il y aurait des répercussions.

— Oui, elle m'avait dit de ne surtout pas contre-attaquer, acquiesça Janak en caressant l'encensoir sur ses genoux, l'expression orageuse. Elle a dit que si j'essayais de garder la baguette, l'Ombre me la prendrait, et que si je l'utilisais, le Chagrin suivrait. (Le marchand frappa ses cuisses émaciées de ses mains calleuses.) Mais je ne suis pas né de la dernière pluie ! J'ai conclu un marché avec un allié plus puissant que vos abrutis d'anciens, et il m'a promis de nouvelles jambes ! Des jambes fortes, qui ne casseront jamais, ne fatigueront jamais, ne vieilliront jamais. (Le regard de Janak contenait un éclat de folie lorsqu'il se riva sur Kenton.) Et tout ce qu'il veut en échange, c'est un petit oiseau de rien du tout...

—Annev! pressa Fyn. Il est fichu, et il le sait. Il tente seulement de gagner du temps avec ses histoires à dormir debout, de donner à sa garde une chance d'arriver. On devrait le tuer sans attendre.

Le ton de son camarade irrita Annev. C'était *lui* le patron de cette expédition, pas Fyn.

—Calme-toi, Fyn. C'est moi qui décide. Tu ne le tueras pas tant que je ne t'en donnerai pas l'autorisation.

—Par les Dieux, tu es plus obtus que je le pensais. (Il se tourna vers Kenton, figé de l'autre côté de la pièce.) Kenton! s'écria-t-il, oubliant définitivement leur souci de furtivité. Annev a perdu l'esprit! Je prends le commandement. À mon signal, on fonce. Quand il sera mort, on cherchera Duvarek et la baguette.

—Si on ne le tue pas, hésita Kenton, il pourrait nous révéler où se trouvent Duvarek et l'artefact.

Fyn marmonna un chapelet de jurons.

—La baguette n'est pas ici, et vous perdez votre temps à écouter un homme mort!

Annev examina Janak. Quelque chose le tracassait. Pourquoi tergiversait-il autant? S'agissait-il de déterminer qui de Tosan ou du marchand avait tort, ou bien d'autre chose? Dans tous les cas, il avait toujours envie d'écouter Janak, de faire preuve de compassion à son égard...

Fyn tourna sur lui-même et lança son couteau vers le marchand. La dague fendit les airs, tournoyant sur elle-même, et se figea subitement, suspendue dans l'atmosphère, la pointe à moins de deux centimètres de la poitrine de Janak.

La mâchoire inférieure de Fyn se décrocha. Au même moment, Annev sentit une brume épaisse se lever de son esprit. Il se tourna vers Kenton et constata que son camarade subissait une transformation similaire.

Janak saisit le couteau suspendu dans les airs avec un soupir exaspéré.

— C'était un peu précipité de votre part, dit-il en faisant tourner la lame entre ses doigts. Vous avez brisé ma concentration.

— Comment… ? articula Fyn, les yeux écarquillés.

— Comment ? répéta le marchand en agitant le couteau dans sa direction. Un bouclier me protège des attaques ordinaires et magiques.

— Vous avez essayé de nous ensorceler, intervint Annev, les idées redevenues claires. De nous embrouiller l'esprit comme vous l'avez fait avec Duvarek.

— En effet, confirma Janak en sortant une baguette en or de sous sa couverture. (Il posa l'objet à côté de l'encensoir, puis le couvrit de ses mains.) Contrôler plus d'une cible à la fois n'est pas si difficile ; j'en domine plus d'une centaine à l'heure où je vous parle. Néanmoins, on dirait que cela fonctionne mieux quand le sujet est compatissant et qu'on attend un peu que la magie fasse effet. Une fois la personne brisée, cependant, il n'y a plus de limite, et on peut manipuler un nombre infini d'esclaves. Mmh…, fit-il en testant l'équilibre de l'arme dans sa main. Si je m'étais douté que le guerrier sans foi agirait de manière aussi inconsidérée, je l'aurais pris pour cible en priorité, au lieu de votre chef.

— Ça suffit ! lança Annev, désormais capable d'identifier l'effet de la baguette de Janak. (Comme il savait à quoi s'attendre, il lui était plus aisé de résister à la compulsion.) Vous ne nous aurez plus.

— Sans doute. Je vais devoir me contenter d'un esclave, ce qui signifie que vous allez mourir tous les trois.

Annev changea de position, se préparant à réagir. Un grondement léger leur parvint de l'étage inférieur, et il se tourna furtivement vers la porte.

— À ce propos, reprit Janak, il me semble que ceci vous appartient…

Et de lancer le couteau vers la poitrine de Fyn, qui se jeta à terre. La lame, cependant, eut le temps de lui entailler l'épaule avant de retomber dans le fond de la pièce.

— Par le sang et la merde ! beugla Fyn en plaquant une main sur sa blessure. Je vais t'arracher le cœur, sale Fils de Keos, engeance de keokum !

Janak renifla, peu impressionné.

— C'est amusant, quand on y pense. Si Tosan ne m'avait pas méprisé, je n'aurais jamais cherché Cruithear. Et s'il ne m'avait pas promis de nouvelles jambes et son aide pour trouver l'Oracle, je ne me serais jamais douté de l'étendue de ce que l'Académie m'avait volé. Elle est directement responsable du malheur qui va lui tomber dessus. (Il caressa l'encensoir et la Baguette de Compulsion, son regard trahissant la douleur et la colère qu'il avait soigneusement dissimulées jusque-là.) J'ai hâte que Duvarek nous guide, mes hommes et moi, jusqu'à Chaenbalu. Vous croyez que Tosan s'y attendra ? Vos avatars et femmes sages se battront-ils, ou bien se réfugieront-ils dans les murs de l'Académie pour assister de loin au massacre des villageois ?

Dans le couloir, le grondement entendu plus tôt se mua en bruit distinct de bottes robustes martelant un sol de pierre recouvert d'épais tapis.

Annev comprit qu'il était trop tard pour faire demi-tour. L'effroi s'emparant de lui, il raffermit sa prise sur sa hache et son glaive et pivota sur ses talons pour faire face à la menace, quelle qu'elle soit.

Fyn dut parvenir à la même conclusion, car il sortit deux couteaux de lancer de ses brassards et se dirigea vers la porte d'un pas décidé. De l'autre côté de la pièce, Kenton se tourna vers eux, mais resta à proximité de Janak. Adoptant la posture caractéristique des maîtres avatars – la posture du Héron –, il brandit son sabre au-dessus de sa tête, la pointe dirigée devant lui, courbée vers le bas. Son corps et son visage paraissaient calmes, mais son regard trahissait la peur qui l'animait.

Les bruits de pas avaient atteint la porte. Un battement de cœur plus tard, quelque chose heurta la porte en bois de fer et une voix bourrue demanda des clés.

— Vous savez…, reprit soudain Janak d'une voix traînante. L'Oracle a dit que vous détruiriez sans doute mon bureau. En revanche, elle n'a jamais dit qu'il me serait fait du mal ou que Tosan obtiendrait ce qu'il désire. À dire vrai, elle a plutôt sous-entendu le contraire. (Il suivit du bout de l'index les runes gravées dans le métal de l'encensoir et esquissa un sourire amer.) Et j'ai tendance à lui faire confiance.

Chapitre 56

Six hommes en uniforme noir et bleu se déversèrent dans la salle en faisant claquer leurs courtes capes, leurs armes brandies devant eux.

— Par le sang et l'enfer ! cracha Kenton en se hâtant de rejoindre Fyn pour lui prêter main-forte.

Fyn, quant à lui, s'avança pour affronter les gardes. Deux d'entre eux foncèrent droit sur lui. L'avatar réagit promptement en lançant deux couteaux. Les hommes s'écroulèrent aussitôt ; l'un avait été touché à la poitrine, l'autre à la gorge. Leurs camarades n'hésitèrent pas à les piétiner, cependant, pour foncer vers Fyn et protéger Janak.

Fyn prit une autre paire de couteaux et tua un troisième ennemi. À ce stade, les gardes étaient sur lui. Il attrapa ses masses d'armes dans son dos et les fit tournoyer devant un homme à la barbe blonde et son camarade affublé d'un cache-œil. Les gardes attaquèrent, mais l'avatar esquiva leurs coups d'épée et contra avec ses masses, visant leurs genoux. Les gardes hurlèrent comme leurs jambes cédaient, tandis que Fyn revenait à la charge, écrasant une face et faisant éclater le côté d'un crâne.

Kenton commença à combattre le sixième soldat au moment où quatre de ses camarades arrivaient dans le bureau, leurs lances et boucliers formant un mur dans le fond de la pièce. Ils ne purent rien pour sauver leur compagnon, toutefois. Kenton, feinta, allongea le bras et éventra le malheureux.

Annev rejoignit Kenton alors que les quatre gardes commençaient à avancer. Le glaive, la hache et le sabre tachi dansaient parmi leurs lances tendues. Avec Miséricorde, Annev en cassa une, puis il utilisa sa hache afin d'arracher un bouclier. Kenton profita de l'ouverture pour plonger son sabre dans la gorge du garde non protégé, qui tomba en déversant un flot de sang sur le sol. Les trois autres se retirèrent avec circonspection, comme arrivait une nouvelle escouade armée d'arbalètes.

— Par les Dieux ! s'exclama Kenton.

— Cachez-vous derrière les piliers ! cria Annev en se mettant à couvert.

Ses compagnons l'imitèrent aussitôt dans un concert de vrombissements de cordes d'arbalètes. Kenton glapit et tomba en se tenant la cuisse. Annev se retourna, mais l'avatar lui fit signe d'un revers de la main.

— Juste une égratignure, ça va !

Annev risqua un coup d'œil vers l'ennemi et constata que trois gardes équipés de boucliers couvraient les archers occupés à recharger leurs armes. Quatre autres gardes étaient apparus, progressant avec précaution de pilier en meuble en encerclant la salle.

Ils essaient de nous prendre à revers.

À l'autre bout de la pièce, Janak écarta un carreau d'arbalète fiché par accident dans son bouclier magique et agita la Baguette de Compulsion vers les gardes.

— Tuez-les, bande de bons à rien !

Aussitôt, les quatre gardes qui approchaient furtivement émergèrent de leurs cachettes et chargèrent, forçant les avatars à les combattre à découvert.

— Maintenant, abattez-les ! rugit Janak.

Les archers obéirent, mais Annev eut le temps de plonger derrière un pilier avant que les carreaux se mettent à pleuvoir. Kenton se réfugia derrière un gros coffre en bois tout en se défendant contre un assaillant, et Fyn survécut en se cachant derrière un ennemi, qui reçut plusieurs flèches dans le dos, avant que l'avatar l'achève de deux coups de masse, dans le cou et la poitrine.

Janak ne renoncera pas, comprit Annev en parant le coup d'épée d'un imposant garde. *Peu importe combien on en tuera. Il continuera de nous en envoyer jusqu'à ce qu'on soit submergés. Ou qu'on les massacre tous.*

Pourquoi se contenterait-il de ses gardes ? Avec la Baguette de Compulsion, Janak pouvait forcer toute la maisonnée, voire tout le village à les combattre.

— Fyn ! cria Annev en sautant en arrière pour éviter un coup d'épée. Il faut que tu le tues !

— Impossible ! Il a ce bouclier magique !

L'avatar abattit ses masses, faisant gicler du sang sur un canapé en cuir immaculé, puis se jeta derrière un pilier pour échapper à une nouvelle volée de carreaux d'arbalètes.

C'est vrai, pensa Annev le dos contre son pilier, tandis que les archers armaient leurs arbalètes et que son adversaire lui tournait autour. Comme il attendait que l'homme attaque, il tenta de se remémorer ce qu'il savait sur les boucliers magiques. Sa source devait être l'un des artefacts se trouvant à proximité de Janak, un objet qu'il pouvait toucher et qui comportait des runes ou des symboles. Sans doute ne s'agissait-il pas de l'encensoir, celui-ci étant à l'intérieur de la sphère protectrice.

Le garde attaqua et tenta de lui assener un coup de glaive à la tête. Annev se laissa tomber au sol et visa son entrejambe avec Miséricorde. L'homme para et lui donna un coup de pied au visage, qui projeta Annev en arrière. Le maître avatar cracha du sang et vit à travers ses larmes les archers qui le visaient. N'ayant nulle part où se cacher, il serra les dents et roula vers son assaillant.

Air coupant! pensa Annev, étirant son esprit dans la lame, désirant l'allonger. Au même moment, les archers tirèrent, et deux flèches touchèrent le sol là où Annev se trouvait un instant plus tôt.

Le garde leva son arme, prêt àrepousser l'attaque maladroite du jeune homme et à le clouer au sol, mais Miséricorde brisa sa lame et lui transperça la chair et les os. L'attaque d'Annev ne s'arrêta pas là, cependant. Comme le bras et le bouclier du garde tombaient par terre, Miséricorde continua sa course et pénétra dans les profondeurs de son flanc. L'homme bascula en arrière en perdant tout son sang. Annev en profita pour se réfugier derrière le pilier. Le garde agrippa son moignon et, sous le regard nauséeux d'Annev, se vida lentement de toute vie. Ce garde était le premier humain qu'Annev tuait – il n'était ni une sorcière, ni un *feurog* –, et c'était un sentiment détestable, même s'il était conscient de n'avoir pas eu le choix. Aucun d'entre eux ne survivrait à cette nuit sans se couvrir les mains de sang, et il était hors de question de laisser Janak menacer son village et ses amis. Annev se reprit et refusa d'écouter la part de lui qui voyait des hommes comme les autres dans leurs assaillants. Ils étaient comme les *feurog* – des créatures sans conscience suivant les ordres d'un marionnettiste fou –, et si Annev ne les tuait pas, eux n'hésiteraient pas une seconde à les massacrer tous.

— Idiots ! cria Janak en faisant rouler son fauteuil devant son bureau. Oubliez donc ces arbalètes et exterminez-les !

Annev étudia le marchand et, soudain, la réponse à ses interrogations lui vint. *Les roues !* Il se retourna et s'adressa à Fyn, qui s'était réfugié derrière l'armure en bronze.

— Fyn ! Il faut casser les pierres sur les roues du fauteuil !

— Casser quoi ?

— Les roues ! Casse les pierres qui ornent les roues !

Fyn ne parut pas vraiment comprendre, mais il sortit de sa cachette et fonça à découvert.

Annev fit un pas de côté et embrassa la scène d'un regard rapide. Kenton était accroupi derrière un pilier, un pansement de fortune autour de la cuisse. Dans le fond de la salle, les archers avaient abandonné leurs arbalètes au profit de lances, et se dispersaient en éventail pour encercler Annev et Kenton. Le premier se précipita vers le second et l'aida à se relever. Kenton testa sa jambe, hocha la tête, satisfait, et soupesa son tachi.

À l'autre bout de la salle, Fyn s'était extrait du piège formé par les gardes et rapproché du fauteuil de Janak. Il leva ses deux masses pour frapper, mais le marchand brandit sa baguette en rugissant et l'avatar se figea.

— Non ! hurla Annev en surveillant du coin de l'œil l'approche des gardes.

Les soldats abaissèrent leurs lances et les entourèrent en restant hors de leur portée. Annev et Kenton étaient dos à dos.

— Ça ne se présente pas très bien, lança Kenton en levant son sabre devant lui.

Non loin de là, les bras de Fyn tremblaient comme il tentait de résister à la Baguette de Compulsion de Janak. Lentement mais sûrement, ses masses retombaient le long de son corps.

Les gardes qui encerclaient Annev et Kenton se rapprochèrent. Un soldat tenta d'atteindre le maître avatar à la poitrine, mais d'un coup de Miséricorde, Annev brisa la pointe de sa lance. Leurs défenses ayant été testées, les autres gardes échangèrent un regard et, d'un accord tacite, prirent leur élan pour lancer une attaque coordonnée.

Fyn hurla et parvint à lever de nouveau ses masses dans les airs, tandis que l'anneau de gardes, autour de Kenton et Annev, se resserrait comme un seul homme. Annev eut le temps de voir un éclair de panique dans le regard de Janak comme les masses de Fyn s'abattaient sur les roues de son fauteuil et faisaient éclater les morceaux de lapis qui les ornaient.

Janak cria.

Une vague de destruction déferla sur la pièce dans un tonnerre de magie refoulée, faisant rouler Fyn loin du marchand. Bibelots et trésors furent dispersés, socles renversés, chevalets brisés. Les gardes qui attaquaient Annev et Kenton furent projetés au sol, tandis que les deux avatars, adossés l'un contre l'autre, parvinrent à rester debout, les oreilles sifflantes. La force de l'explosion fit glisser les meubles sur le sol, dessinant un étrange demi-cercle de dévastation devant le fauteuil de Janak.

L'énorme table de travail était renversée, les lourds tiroirs ouverts – l'un crachant des parchemins, l'autre des bouteilles bleues couvertes de runes, qui roulaient lentement en tous sens. Fyn gisait, immobile, à une dizaine de mètres de là, les bras en croix, les oreilles ensanglantées.

Il est mort, pensa Annev, étonné d'en être attristé. *Mort ou gravement blessé.* Alors qu'il le regardait en espérant le voir bouger, un mouvement attira son attention. Les gardes se remettaient de l'explosion. Il convenait de frapper sans attendre.

— Kenton ! Maintenant !

Annev virevolta vers l'homme qui se relevait, un lieutenant ou un capitaine à en croire les galons sur sa veste matelassée. Un picotement familier lui parcourut le bras comme il faisait décrire un arc à Miséricorde. Alors qu'il s'apprêtait à tailler dans les cuisses du soldat, celui-ci leva les bras et se laissa tomber en arrière.

— Non ! supplia-t-il. Laissez-nous partir !

C'était la première fois qu'il entendait la voix d'un de ces hommes. Il reconnut de la peur et de la panique sur leurs visages et comprit qu'ils n'étaient plus victimes de la magie de la Baguette de Compulsion.

— Arrête ! ordonna Annev à Kenton, sur le point d'abattre son sabre sur un autre soldat. Laissons-les partir. Ils n'avaient pas le choix. Regarde leur uniforme. Ils appartiennent à la garde de Banok. Ce ne sont pas les hommes de Janak.

L'officier hocha vigoureusement la tête, confirmant l'intuition d'Annev.

— Je ne sers pas Janak. Aucun d'entre nous ne le sert. Je veux juste rentrer auprès des miens.

Kenton regarda Annev, puis les soldats étendus sur le sol, et rengaina son sabre.

— Filez.

Les survivants se hâtèrent de se lever et d'obéir.

Chapitre 57

Les mains puissantes de Janak se refermèrent sur les roues de son fauteuil comme pour retenir la magie. L'air incrédule, il semblait découvrir la dizaine de gardes morts. Le souffle court, il avisa le corps immobile de Fyn, puis Kenton et Annev, qui se tenaient au milieu de ce paysage de destruction. Toutefois, il les regardait sans les voir, les yeux voilés.

Annev se précipita vers Fyn ; le garçon respirait.

— Il a une commotion, c'est sûr, déclara Annev en cherchant son pouls. Je pense qu'il s'en remettra. C'est un dur à…

Quelque chose de lourd heurta le sol derrière Fyn. Annev bondit sur ses pieds en attrapant ses armes. Kenton et lui se tournèrent vers l'armure exposée dans la pièce avant l'explosion du bouclier magique de Janak. La silhouette en bronze produisit un bruit de casserole, grinça puis se leva doucement.

— Kenton, tu vois ce que je vois ? demanda Annev dans un souffle.

L'autre garçon hocha la tête, bouche bée, tandis que le personnage en armure relevait la visière de son heaume.

— Duvarek ! lança Kenton en courant vers son mentor. Vous étiez caché là depuis le début ! (Il secoua la tête, incrédule, et esquissa un sourire si franc qu'Annev eut du mal à reconnaître son compagnon si taciturne.) Janak vous a fait du mal ?

Le Maître des Ombres grogna, tentant de porter sa main équipée d'un gantelet à son front inaccessible.

— J'ai une de ces migraines ! grimaça-t-il. J'ai l'impression d'avoir été plongé dans une cuve de… Qu'est-ce que vous faites ici ? Et Annev… et Fyn ! (Il secoua la tête, à la fois incrédule et enthousiaste.) Avec qui êtes-vous venus ? Vous devez repartir tout de suite ! Si le seigneur Harth…

Janak rugit et s'agita pour sortir de sa stupeur, attirant l'attention d'Annev qui le vit chercher quelque chose sur ses genoux en répétant ses malédictions.

— Courez ! leur ordonna Duvarek en se mettant devant eux et en ramassant sa lance, à ses pieds.

— Il tente de récupérer la baguette ! cria Annev.

Les armes à la main, les deux avatars voulurent se jeter sur le marchand, mais Duvarek leur bloqua le passage.

— Non ! De l'autre côté ! Disparaissez !

Janak écarta sa couverture et brandit l'artefact doré, le pointant vers le professeur.

— Duvarek, protège-moi ! tonna-t-il d'une voix sonore.

Les traits de Duvarek se décomposèrent et son regard devint vitreux, tandis qu'il se mettait au garde-à-vous, oubliant ses douleurs. Il rabaissa sèchement sa visière, dissimulant ses yeux derrière un masque de bronze.

— Duvarek ? appela Kenton en esquissant un pas hésitant vers son ancien maître.

Aussi rapide qu'un serpent, la pointe en acier de la lance à sanglier jaillit. Kenton eut un mouvement de recul, y échappant de justesse.

— Maître Duvarek ! supplia-t-il en reculant. Je vous en prie, battez-vous de notre côté. Luttez contre la magie. Ne vous laissez pas corrompre par cette souillure.

— Tue-les, Duvarek !

Le personnage en armure se tourna vers le marchand et pencha la tête de côté.

— Dove, insista Kenton en campant sur ses positions. Rentrez avec nous à Chaenbalu.

Le guerrier de bronze concentra son regard métallique sur Kenton. Il hocha la tête puis avança à petits pas.

— Dove ?

— Kenton, je ne crois pas que…, commença Annev en reculant.

Duvarek attaqua, pointant son épieu vers la gorge de Kenton. Le garçon recula, trébucha sur les reliques éparpillées, levant son sabre tachi au dernier moment pour se protéger. Puis il para une autre attaque de son ancien mentor, avant de se réfugier derrière une armoire renversée, entouré de riches robes finement ouvragées.

Annev voulut intervenir, puis se figea, comprenant qu'il existait une façon plus efficace de mettre un terme à l'esclavage de Duvarek. *Si je brise la concentration de Janak, il ne pourra plus alimenter le sortilège. Alors on tuera le marchand, on sauvera Duvarek, on récupérera la baguette et on quittera cet endroit maudit.*

Annev se tourna vers le marchand et constata qu'il était absorbé par le combat, suivant Kenton du regard tout autour de la salle, et marmonnant dans sa barbe chaque fois que le garçon parvenait à parer ou à esquiver. Il n'attaquait jamais franchement, se contentait de chercher les points faibles de l'armure.

À quatre mètres de là, Fyn commençait à s'agiter. Annev craignit que le seigneur Harth le remarque, mais il était concentré sur le duel. Annev se dirigea discrètement vers le fauteuil roulant, son glaive et sa hache aux mains.

— Vous voudriez en finir une fois pour toutes, hein ?

Annev se figea comme Janak rivait son regard sur lui.

— Ce serait plus sûr. Winsor aurait dû le faire après que ses femmes sages ont volé mon enfant, sans parvenir tout à fait à m'empoisonner… mais il était soit trop perspicace, soit trop clément. (Il eut un rire sans joie.) Eh bien, venez.

Terminez votre mission. Je n'ai plus de bouclier, je suis sans défense.

Annev regarda furtivement la couverture de Janak. L'encensoir et la Baguette de Compulsion y étaient posés en évidence sous les mains du marchand, et pourtant, le jeune homme ne ressentait pas cette attraction dans son esprit, le signe que la baguette était utilisée contre lui. Néanmoins, il avait l'impression, comme il s'avançait vers Janak, que ses actions n'étaient pas tout à fait les siennes.

— Voilà, mon garçon. Venez plus près...

Annev vacilla et Janak se crispa, sa main se refermant brièvement sur l'artefact. Annev fit un pas en arrière sans lâcher des yeux le marchand, qui parut soudain moins sûr de lui.

— Venez ici.

À présent, Annev le percevait : le toucher subtil de la magie jouant avec ses insécurités, accentuant son empathie envers l'homme et son désir de châtier l'Académie pour ce qu'elle lui avait fait subir.

Annev tourna les talons et se dirigea vers Fyn.

— Non ! cria Janak. Viens ici, imbécile !

En s'éloignant du marchand, Annev sentit faiblir l'emprise de l'artefact sur lui. Lorsqu'il eut rejoint Fyn, Janak crachait littéralement dans son dos.

— Puisses-tu brûler dans d'atroces souffrances ! jurait le marchand en frappant ses cuisses rabougries. Puissiez-vous brûler tous, toi et les démons qui t'ont donné naissance !

Annev s'agenouilla à côté de Fyn pour examiner ses blessures. Son camarade ouvrit péniblement les paupières et lui agrippa l'avant-bras.

— Qu'est-ce que... ?

— Annev ! appela Kenton, de l'autre côté de la pièce. Dove ne s'arrête pas, et je n'arrive plus à le ralentir !

Merde. Kenton se battait sans retenue contre le personnage en armure de bronze. Il ne réprimait plus ses coups, mais l'armure absorbait ses attaques sans difficulté. Il vit Kenton sauter contre le mur, faire un saut périlleux au-dessus de Duvarek et en profiter pour frapper le métal plus fin sur les clavicules. En vain.

— Kenton a besoin d'un coup de main, expliqua Annev en aidant Fyn à s'asseoir. Tu te sens capable de te battre ?

— Hein ? dit Fyn, un peu trop fort.

Annev désigna Janak et fit glisser son pouce sur sa gorge. Le garçon blessé hocha la tête et regarda autour de lui à la recherche de ses armes. Annev se leva, la hache dans une main, le glaive dans l'autre. Kenton le vit et se mit à longer le mur, profitant de ce que Duvarek se mouvait plus lentement que lui pour rejoindre ses compagnons. La visière de Duvarek était rivée sur lui, suivant le moindre de ses mouvements.

— J'ai essayé de lui parler, expliqua Kenton, le souffle court. Il refuse de m'écouter ! Et cette armure, ce n'est pas de la rigolade ! Ce métal est plus dur que de l'acier, et je ne trouve aucune faille…

— Fyn va s'occuper de ça, annonça Annev, les pieds fermement plantés dans le sol, comme Duvarek avançait vers eux. Quand il aura tué Janak, le sort sera brisé.

— Pourquoi ne l'as-tu pas tué toi-même ?

— J'ai essayé, mais plus je m'approche de lui, plus son emprise sur moi est grande.

— Tu crois que Fyn y arrivera mieux ?

Annev eut un sourire halluciné.

— Il est quasi sourd, maintenant. Et il a l'empathie d'un caillou ! Et puis, c'est lui qui est censé tuer Janak.

Duvarek n'était plus qu'à une dizaine de pas de là. Les deux garçons reculèrent inconsciemment.

— J'espère pour nous que tu as raison, déclara Kenton en levant son sabre. Tu attaques le haut, j'attaque le bas !

Sans attendre de réponse, Kenton fonça.

Le Maître des Ombres abaissa sa lance pour embrocher son ancien protégé, mais Kenton franchit rapidement la distance qui les séparait, glissant sur les genoux pour passer sous l'épieu menaçant.

Comme Kenton heurtait les jambes de Duvarek, Annev bondit sur la silhouette en armure, la hache levée bien haut. Il visa la tête casquée du maître, frappant au moment où Kenton passait sous les jambières de Duvarek afin de le toucher à l'entrejambe. L'homme encaissa les coups sans broncher et eut le temps de s'écarter pour échapper à la hache d'Annev, qui frappa alors avec Miséricorde, donnant le temps à Kenton de rouler de sous les pieds de Duvarek. Celui-ci, cependant, surprit Annev en agrippant la lame de Miséricorde et, ne lui laissant pas le loisir d'activer la magie de l'artefact, lui assena un coup de pied dans le ventre, le faisant tomber.

Annev se releva très vite et rejoignit Kenton, se sentant nu avec sa seule hache à la main. Il risqua un regard vers Fyn et constata que leur camarade avait récupéré ses masses et rampait péniblement vers Janak en se désintéressant complètement de leur bataille. Se rendant subitement compte que le jeune homme se rapprochait de son fauteuil, le marchand brandit sa baguette.

— Arrête-toi ! cria-t-il en agitant l'artefact. Reste à terre et meurs !

Mais Fyn ne s'arrêta pas ; il ne ralentit même pas. Avec une détermination sinistre, il se mit à quatre pattes, puis parvint à se lever, gagnant rapidement de la vitesse.

— Duvarek ! s'écria Janak, les yeux écarquillés. Protège-moi ! Tue le guerrier !

Le Maître des Ombres se détourna de Kenton et Annev, coinça son épieu sous son bras et saisit la poignée de

Miséricorde. D'un pas rapide et décidé, il se précipita vers la silhouette titubante de Fyn.

— On ne pourra pas l'arrêter à moins d'user de moyens plus définitifs, dit Annev à Kenton. Fyn a besoin de nous ! insista-t-il comme l'avatar aux cheveux noirs secouait la tête.

Kenton jura. Avec un mélange de détermination et d'horreur, il rattrapa son ancien mentor et posa la pointe de son sabre tachi sur le métal fin de son aisselle. Au lieu de transpercer le torse du maître avatar, cependant, la lame argentée glissa sur les plaques qui protégeaient les articulations et les organes vitaux de Duvarek. Telles les écailles d'un poisson, celles-ci étaient parfaitement ajustées, se chevauchant sans laisser la moindre faille.

Duvarek continua d'avancer.

Annev tenta un autre angle d'attaque, crochetant avec sa hache le pied d'appui de l'homme. Le maître avatar bascula et Kenton en profita pour se jeter sur lui, enfonçant la pointe de son sabre dans la fente de sa visière. Alors qu'Annev s'attendait à voir la lame s'enfoncer dans le crâne de Duvarek, celle-ci dérapa de nouveau sur le bronze de l'armure.

Le maître répliqua en frappant du plat de Miséricorde, brisant sans difficulté le sabre non magique. Pendant un instant, Kenton regarda avec stupéfaction son tachi ruiné, et Duvarek saisit l'occasion pour le frapper au visage avec le manche de sa lance, le projetant au sol.

— Duvarek ! cria de nouveau Janak. Tue-le ! Maintenant !

Le marchand avait abandonné son fauteuil roulant pour échapper à Fyn. L'encensoir et la baguette dans les bras, il rampait vers la sécurité toute relative de sa table de travail renversée.

À l'ordre de Janak, Duvarek planta ses pieds dans le sol et visa Fyn de son épieu. Comme l'arme quittait ses mains, Annev réussit à l'effleurer d'un coup de hache. La lance tournoya dans les airs et délogea une lampe de son applique, projetant de l'huile brûlante un peu partout. Le bois de la lance heurta le dos de Fyn, qui se retourna, furieux, vers son assaillant. Il hésita en voyant Duvarek avancer, Miséricorde à la main, puis compara rapidement la distance qui le séparait du marchand handicapé de celle qui le séparait de l'homme en armure.

— Vas-y ! hurla Annev en lui faisant signe d'avancer. Tue Janak !

Mais son camarade pouvait-il seulement l'entendre ? Soudain, Kenton se matérialisa devant Duvarek et lui passa un collier de fer autour du cou.

C'était l'opportunité dont Fyn avait besoin. Avec une détermination renouvelée, l'avatar blessé tituba plus vite vers sa cible en s'appuyant sur des meubles renversés et en évitant le feu qui commençait à se propager dans la pièce. Janak avait atteint son bureau renversé et entrepris de fouiller dans les objets éparpillés par terre.

Duvarek essayait de se libérer de la chaîne en métal, mais ses gantelets l'empêchaient de se servir normalement de ses doigts. Pendant quelques précieuses secondes, le maître ensorcelé oublia sa mission et s'évertua à se libérer. Il tenta d'enfoncer la pointe de Miséricorde dans les mailles de la chaîne, mais échoua. Il tapa dessus avec la même force qui lui avait permis de briser le sabre de Kenton, mais cette fois, cela ne suffit pas. Enfin, il saisit la lame à deux mains et voulut la glisser entre le collier de fer et son gorgerin.

— Annev ! Ralentis-le !

Kenton envoya à son camarade la menotte qui terminait la chaîne reliée au cou de Duvarek. Annev la rattrapa et sentit aussitôt sa magie, comprenant que, comme la plupart des objets exposés dans cette salle, il devait s'agir d'un artefact de puissance limitée. Il vit Kenton attacher l'autre menotte à un cadavre de garde.

Excellente idée !

Annev regarda autour de lui et avisa un autre corps à une dizaine de pas de là. Il entreprit de s'en approcher, espérant ainsi attacher à Duvarek un poids mort supplémentaire lorsque, d'un coup sec sur la chaîne, le maître lui arracha l'entrave des mains. Le guerrier avait deviné leur plan, et le sortilège dont il était victime ne l'autorisait pas à être retenu. L'homme lâcha Miséricorde, attrapa la chaîne des deux mains et se mit à tracter vers lui le garde mort. Kenton sauta sur le cadavre et tira sur la chaîne comme un forcené, faisant son possible pour gagner le temps précieux dont Fyn avait besoin.

Annev se retourna pour voir où en était son camarade et constata que Janak venait de récupérer un flacon bleu sous sa table de travail. Avec un grognement de satisfaction, il le déboucha et en but le contenu d'un trait en tremblant violemment. Fyn le rejoignit quelques secondes plus tard et lui arracha la Baguette de Compulsion.

Annev fit quelques pas en arrière, espérant voir un changement dans le comportement de Duvarek, mais le Maître des Ombres semblait toujours ensorcelé. Il avait récupéré Miséricorde et marchait vers Kenton, résolu à supprimer les obstacles qui l'empêchaient d'accomplir sa mission.

Annev jura en voyant que son ami désarmé était en danger. Il se précipita vers Kenton tout en se retournant pour voir où en était Fyn, ce qui le fit trébucher. Ayant avalé le contenu du flacon bleu, la peau bronzée du marchand avait viré au gris métallique – la couleur d'un acier un peu terni.

— Vous ne pouvez pas me tuer ! hurlait Janak. Cruithear me protège !

Fyn contempla le marchand infirme sans comprendre ce qu'il voyait. Il tapota le crâne chauve de l'homme avec une de ses masses et fut étonné d'entendre grincer le métal contre du métal.

— Vous voyez ? s'amusait Janak. Je suis…

Fyn abattit sa masse capable de transpercer une armure sur le visage du marchand, produisant une pluie d'étincelles. L'homme poussa un cri. Lorsqu'il releva son arme, cependant, Fyn ne découvrit qu'une légère bosse et deux petits trous sur le front de Janak.

— Par les Dieux…, murmura Annev.

Janak cria de nouveau, mais il riait aussi.

— Ha ! Ha ! Vous croyez pouvoir – *aïe !* – me faire du mal ? (Il gémissait et souffrait manifestement, et pourtant, il se forçait à sourire.) Cruithear me rend plus fort ! Il a pris le pouvoir de Keos et le partage avec moi !

— À l'aide !

Devant un spectacle aussi insensé, Annev avait failli oublier Kenton. Il se précipita vers Duvarek, qui venait de rejoindre le cadavre menotté. Serrant d'une main la chaîne qui reliait son collier à l'entrave du garde, le maître brandit Miséricorde et frappa.

Kenton s'éloigna en roulant, abandonnant le cadavre au moment où le glaive retombait sur le bras du mort. Au lieu de trancher le membre, cependant, la lame émoussée ne fit que briser l'os. Duvarek frappa encore, ne se souciant pas de l'inefficacité de l'arme. Pendant ce temps, Fyn donnait des coups de masse répétés dans le visage en métal de Janak. CLANG ! CLONG ! CLANG !

Duvarek parvint enfin à trancher le bras du garde mort, ramassa la menotte reliée à sa chaîne et se tourna vers Fyn.

— Tue-les tous, Duvarek ! grogna Janak en écumant, la face de métal ratatinée. TUE-LES TOUS…

CLANG ! CLONG ! CLANG !

Janak se tut et Duvarek vacilla sur ses jambes, balançant sa tête casquée, découvrant le chaos qui l'entourait.

— Dove ? appela Kenton, n'osant espérer. Êtes-vous là ?

L'homme à l'armure baissa la tête, avisant la chaîne et le glaive dans ses mains. Il releva les yeux et tourna sa visière vers le Maître des Chagrins.

—Vous allez tous mourir.

Duvarek bondit sur Annev, le glaive brandi pour le transpercer. Au lieu d'esquiver et de rouler loin de lui, Annev donna un grand coup de sa hache et les deux armes furent projetées au loin. Le Maître des Ombres atterrit sur Annev, le faisant tomber, puis entreprit de lui enrouler la chaîne autour du cou. Annev chercha à tâtons une arme autour de lui, mais ne trouva que le membre coupé du garde. Désespéré de retourner la situation à son avantage, il glissa le bras ensanglanté entre la chaîne et son cou, grimaçant tandis que l'homme tirait pour l'étrangler.

Kenton apparut au-dessus d'Annev, les mains fermement nouées autour de la poignée de Miséricorde. Le garçon semblait hésiter, cependant.

—Sa visière…, réussit à articuler Annev comme les maillons de métal froid lui écrasaient le larynx.

Ses chances étaient maigres. Annev ne voyait aucun moyen de soulever la visière de l'homme et encore moins de retirer le heaume scellé par une magie puissante. Et le sabre de Kenton n'était pas parvenu à pénétrer la fente de la visière, trop étroite, même pour une dague.

Mais pas pour de l'air…

Kenton tenta d'enfoncer la pointe de Miséricorde dans la visière de Duvarek, tandis qu'Annev cessait de lutter contre la chaîne qui l'étranglait pour plaquer ses mains contre la gouttière du glaive. Simultanément, il invoqua la magie de la lame, souhaitant que son tranchant se double d'une couche d'air mince et coupante et espérant que la magie se manifesterait parce qu'il en avait besoin.

Kenton eut un léger mouvement de recul lorsque le glaive pénétra dans la visière et qu'un craquement mouillé écœurant résonna à l'intérieur du casque. Duvarek lâcha la chaîne enroulée autour du cou d'Annev pour agripper son heaume. Et puis il s'affaissa. La chaîne se tendit une dernière fois autour du cou d'Annev, brièvement. À côté de lui, le guerrier de bronze convulsait, sa tête martelant le sol. Après d'ultimes mouvements frénétiques, Duvarek s'immobilisa.

Le cœur d'Annev battait à tout rompre. Kenton posa sur le guerrier de bronze un regard fixe et halluciné, puis contempla avec horreur l'instrument de mort, dans ses mains, et Annev, en dessous. Kenton lâcha le manche du glaive, le laissant à son camarade, puis s'écarta du cadavre.

Annev s'extirpa de la chaîne qui le lestait, rengaina Miséricorde.

— Merci, dit-il à Kenton en hochant la tête.

Le garçon contemplait avec des yeux mornes le carnage qui les entourait : dix cadavres gisaient dans la pièce en train de brûler. Le trésor de Janak était éparpillé, et le marchand roulé en boule derrière Fyn. Annev jeta sur le côté la chaîne et les menottes, dont une était encore attachée au bras coupé du garde. Puis il attrapa la hache de Sraon et rejoignit Fyn en trottinant.

Il grimaça de dégoût en découvrant le visage en miettes de Janak, car il y avait des traces d'humanité dans cet amas de métal chiffonné.

— Il est mort, dit-il.

C'était évident, et pourtant, Fyn secouait la tête en regardant sans le voir l'homme qu'on l'avait chargé de tuer. Alors qu'il s'apprêtait à protester, Annev vit le visage du marchand se tourner lentement vers lui en grinçant.

— Par Keos…

Janak leva un bras de métal tremblant, le poing en acier dirigé vers Annev.

— Oracle… infirme ? articula-t-il d'une voix rauque.

Annev regarda sans comprendre, puis aperçut l'encensoir en laiton dans la main métallique de l'homme. Il le lui arracha, et le marchand poussa un long soupir résigné comme ses poumons de fer se vidaient de leur air en sifflant.

— Il devrait être mort, dit Fyn d'une voix saccadée. Je ne comprends pas qu'il vive encore.

— Cruithear l'a maudit, murmura Annev en effleurant les runes gravées sur l'artefact en laiton. Il a sans doute convaincu Janak qu'en échange de sa servitude, il l'aiderait à se venger de l'Académie et à récupérer sa vie d'avant.

Fyn examina la baguette en or dans sa main, le bureau dévasté, le corps en ruine du marchand.

— Je ne sais pas qui est ce Cruithear, lança-t-il, et ça ne m'intéresse pas. On a l'artefact et on dirait que Duvarek est bien mort. (Il se tourna vers Kenton, agenouillé près du cadavre de son ancien mentor.) Mais comment puis-je faire pour que cet homme soit plus mort qu'il ne l'est déjà ? Si je pensais que le feu pouvait le tuer, je le laisserais brûler.

Comme pour répondre, Janak grogna, son corps crissant tandis qu'il tordait son cou brisé.

— … vous plaît… tuez-moi…, supplia-t-il d'une voix pareille à un grincement métallique.

La mort aurait mis fin à son supplice. Cette scène rappela à Annev la fin affreuse de la sorcière de la forêt : *« Pitié, pitié, ayez pitié. »*

Miséricorde.

Il s'avança et invoqua la magie de son glaive – une lame qu'il avait vue tailler dans la pierre aussi facilement qu'une serpe coupe le blé – et l'enfonça dans la poitrine de l'homme.

Janak cligna des paupières et ses gémissements cessèrent. Il avisa le glaive planté dans son sternum, plongea son regard dans celui d'Annev.

Soulagement. Gratitude.

Il leva le bras, posa une main grise sur le gant rouge d'Annev. Puis il attrapa le poignet du maître avatar et l'obligea à retourner la lame.

Janak se plia en deux, les yeux grands ouverts mais sans vie.

Annev retira l'épée, laissant le cadavre du marchand retomber lourdement contre son bureau renversé, éparpillant des parchemins enflammés. Leur mission enfin accomplie, les trois garçons respiraient un peu plus facilement.

Des applaudissements lents retentirent dans leur dos. Kenton bondit sur ses pieds, et les trois avatars se retournèrent pour découvrir la silhouette sombre d'un étranger vêtu d'une cape grise, dans l'encadrement de la porte.

— Bravo, lança une femme en marchant sur les débris d'un tableau et de bibelots éparpillés un peu partout. (Elle observa les flammes qui dévoraient les magnifiques panneaux de bois recouvrant les murs.) On dirait que vous savez faire la fête, tous les trois.

Chapitre 58

Elle était presque aussi grande que Fyn, portait une écharpe noire autour de la tête, une rapière et un poignard à la ceinture. Près de ces derniers, il y avait également une chaînette constituée de tiges d'acier reliées par des anneaux, au bout de laquelle pendillait un crochet.

Elle marcha sur les morceaux d'un vase en cristal, s'aventura plus loin dans la pièce où le feu était devenu un danger mortel, dévorant meubles et cadavres. Elle s'approcha de Kenton, et le garçon balafré recula, dépourvu d'arme. Arrivée devant Duvarek, elle s'agenouilla pour examiner l'armure en bronze, le collier de fer et les menottes rouillées.

— Ne bougez pas ! tonna Fyn en pointant l'artefact en or vers la femme.

Qui est-elle ? se demanda Annev. *Que veut-elle ?* Soudain, il se rappela les paroles mystérieuses de l'Oracle, telles que rapportées par Janak : *« Quatre cavaliers portant chacun un oiseau sur l'épaule. Un héron, un faucon crécerelle, un freux et une pie. »* Le marchand les avait tous affublés d'un titre : le guerrier sans foi, l'infirme condamné, le chef maudit.

Et l'ombre de l'ombre.

La femme se redressa en regardant à peine Fyn.

— Je suis désolée, commença-t-elle en écartant sa cape grise élimée. Je ne me suis pas présentée, ce qui n'est pas très poli, je le concède. (Elle s'inclina.) Je suis Sodja, de la noble Maison Rocas. (Elle se redressa, détailla les trois garçons et s'approcha d'eux d'un pas léger.) Et vous, vous êtes des voleurs venus de cette académie arriérée, dans la forêt, si je ne m'abuse.

Rapide comme l'éclair, elle attrapa la chaînette à sa ceinture et la déroula dans leur direction. Les trois avatars bondirent en arrière pour échapper à l'arme avant de comprendre – trop tard – que la femme visait la Baguette de Compulsion. Le crochet s'enroula autour de l'artefact, l'arrachant des mains d'un Fyn surpris. L'objet vola dans les airs et la femme l'attrapa en plein vol. Sodja atterrit à environ quatre mètres du cadavre en armure et se retourna pour adresser un clin d'œil aux avatars – avant qu'Annev se jette sur elle.

Ils heurtèrent le sol rougi de sang et y roulèrent en écrasant quelques trésors, s'efforçant l'un comme l'autre de prendre le dessus sans se brûler aux nombreux feux qui les entouraient. Annev parvint enfin à coincer son adversaire contre Duvarek, l'immobilisant en attendant l'aide de Fyn et Kenton. Telle une anguille, Sodja lui échappa, se releva et fila vers la sortie. Les deux avatars se lancèrent à sa poursuite et Annev voulut les imiter, mais quelque chose l'en empêcha. Ressentant une vive douleur à l'épaule et à l'avant-bras, il se retourna et constata qu'il avait une menotte au poignet gauche, le reliant au collier de Duvarek. Il s'affaira sur son bracelet de fer rouillé, sans parvenir à déverrouiller l'artefact. Il eut l'idée de le briser avec Miséricorde, mais se rendit compte qu'il avait perdu ses armes dans sa lutte.

Regardant par-dessus son épaule, il avisa Sodja Rocas dans l'encadrement de la porte. La femme glissa la Baguette de Compulsion dans sa poche et enroula sa chaînette autour de sa taille fine.

— Doucement, doucement ! menaça-t-elle en s'armant de sa rapière. M'attraper est-il plus important que de sauver la vie de votre ami ?

Elle désigna Annev d'un geste et profita de ce que les avatars se retournaient pour déguerpir.

La pièce était la proie des flammes et de la fumée, et Annev était au centre de cet enfer. Il montra sa main menottée à Kenton et Fyn, essaya de nouveau de se libérer, sa panique enflant à mesure que les flammes se rapprochaient.

— Je suis coincé ! cria-t-il. Il me faut mon épée ! Elle est à côté du bureau de Janak !

— Va l'aider, lança Fyn à Kenton. Je me charge de la voleuse.

Il fila à la poursuite de l'ombre grise de Sodja.

Kenton rebroussa chemin et chercha Miséricorde du regard. Pendant ce temps, Annev explora la menotte du bout des doigts en quête d'une serrure, mais ne trouva que du métal parfaitement lisse et dépourvu de toute trace de mécanisme. Il essaya encore de se libérer et sentit que son poignet, sous son gant phénix, commençait à saigner.

Kenton revint près de lui, son attention concentrée à la fois sur Annev et les flammes qui approchaient.

— Je ne vois aucune façon de l'ouvrir, expliqua Annev en surveillant lui aussi la progression de l'incendie. Peut-être la couper avec mon épée…

— Oui, acquiesça Kenton en soupesant Miséricorde. J'ai senti sa magie quand j'ai tué Duvarek, mais… elle était différente. Rien à voir avec ta lanterne, les trébucheurs ou la tasse que j'ai remplie d'hydromel.

Annev releva la tête et constata que son camarade le regardait bizarrement.

— Kenton, qu'est-ce qu'il y a ?

L'avatar examina Miséricorde en secouant lentement la tête.

— J'ai ressenti la même magie lorsque j'ai passé la chaîne à Duvarek. Ce n'est pas le pouvoir d'un artefact ordinaire… c'est quelque chose qu'on ne peut utiliser que si on possède soi-même de la magie…

— Si cette chaîne n'est pas un artefact ordinaire, comment cette femme a-t-elle pu me mettre cette menotte, et comment as-tu pu t'en servir aussi ? demanda Annev, qui n'aimait ni la direction que prenait leur conversation ni l'air sombre de son compagnon.

— Elle est capable d'utiliser la magie comme toi et moi, concéda Kenton dans un haussement d'épaules.

Annev écarquilla les yeux, tandis que les battements de son cœur s'accéléraient. Il essaya de ne pas réagir, de feindre la confusion, mais Kenton vit clair dans son jeu.

— Tu savais que le glaive était magique, et c'est pour ça que tu l'as choisi. Il nous a permis de tuer Duvarek parce que tu as invoqué sa magie !

— Kenton, ce n'est pas ce que tu crois, se défendit Annev d'un ton suppliant.

Il fit un pas vers son camarade, mais celui-ci eut un mouvement de recul.

— Ces menottes ne s'ouvriront que pour la personne qui les a verrouillées.

— Quoi ? protesta Annev en se demandant s'il avait bien compris. Comment… ?

— Je le sais comme j'ai su faire fonctionner ta lanterne ou remplir la tasse de Dorstal.

— Sodja est partie, murmura Annev en assimilant cette nouvelle information, et je ne peux pas attendre que Fyn revienne avec elle, mais… tu pourrais ouvrir le collier de Duvarek, ce qui me permettrait de sortir d'ici en traînant cette chaîne derrière moi ? (Il s'approcha du cadavre du Maître des Ombres en enroulant la chaîne autour de son bras.) Ou tu pourrais me donner le glaive pour que…

— Je sais comment fonctionne cette lame, Annev.

Sous le regard fixe du prisonnier, Kenton dessina des sillons profonds dans les pierres du sol avec la pointe de Miséricorde.

— On dirait, oui…, constata le maître avatar.

— Je sens que la magie m'appelle, dit Kenton en avançant vers Annev. Elle m'explique comment l'utiliser. Comment elle *veut* être utilisée.

Il pointa le glaive vers Annev, le faisant sursauter, mais n'attaqua pas ni ne coupa la chaîne. Il se servit de Miséricorde pour décrocher le fourreau du ceinturon de son camarade.

Stupéfait, Annev vit l'avatar rengainer Miséricorde et reculer doucement vers la sécurité du couloir.

— Qu'est-ce que tu fais ? Tu m'abandonnes ici ? cria-t-il en toussant et en se protégeant la bouche de la fumée.

Kenton ne s'arrêta pas, observant les flammes qui dévoraient peu à peu la pièce. Il haussa les épaules.

— Je crois que ce sera mieux pour nous deux. Nous sommes des keokum, Annev. Nous avons des affinités avec la magie, et si quelqu'un le découvre, nous mourrons. (Il s'arrêta le temps de décrocher la petite harpe en argent du mur, et lorsqu'il se retourna vers Annev, il y avait de l'animosité dans son regard, quelque chose de sombre et triste, mais pas de remords.) J'étais disposé à te suivre, Annev, mais nous n'avons jamais été amis. Tu n'as jamais vraiment été l'un d'entre nous… et il est hors de question que je meure pour toi.

Annev le regarda partir, paralysé.

Il me laisse crever. Il me laisse brûler dans les flammes.

Non, ils n'avaient jamais été amis. Kenton avait tout à fait raison. Ils avaient été alliés, parfois, adversaires, mais jamais amis. La trahison, cependant, était douloureuse.

Sentant ses bottes chauffer, il se recroquevilla, s'éloignant des jambes du garde en train de brûler. Avisant le bras coupé, il comprit que la solution à son problème se trouvait sous son nez.

Annev se concentra sur son bras gauche, se forçant à libérer la prothèse qu'il considérait si souvent comme un véritable membre. Le moignon de son avant-bras glissa hors de l'artefact et de son long gant rouge. Annev saisit la base de la prothèse avec sa main droite et tira avec circonspection sur le membre entravé. Comme il ne venait pas, il essaya de tirer dans la direction opposée.

Rien. La magie qui permettait à la prothèse de changer de taille ne fonctionnait que pour s'adapter à une personne. Il attrapa la menotte en fer qui ceignait l'artefact en désirant ardemment qu'elle se détache, mais l'objet refusa de lui obéir, comme Kenton l'avait pressenti.

La fumée était dense et étouffante, et l'arche de la porte d'entrée commençait à se fendiller à cause de la chaleur, tandis qu'Annev s'activait sur la prothèse en restant accroupi pour profiter d'un air un peu plus respirable. Incapable de faire réagir l'artefact et, la chaleur devenant réellement insupportable, il pinça les doigts de son gant phénix et tira doucement, récupérant le cadeau de Regaleus de Myjun, le serrant tout contre lui.

J'aurai sauvé quelque chose ce soir…

Il fourra le gant rouge et or dans sa poche et chercha sa hache du regard. Il en repéra très vite la lame, dépassant de derrière la table de travail de Janak en train de brûler, et courut la récupérer.

— Putain de kraik ! jura-t-il en voyant le manche fumer dans une flaque d'huile enflammée et la lame marron gris commencer à rougeoyer.

Il était sur le point de tourner les talons lorsqu'il vit l'encensoir en laiton juste derrière le feu. Il s'en saisit et le retourna dans ses mains, étonné de le trouver complètement froid. Ses yeux et ses doigts dansaient sur le métal, examinant des centaines de minuscules runes gravées.

S'il s'agit vraiment de l'Oracle de Speur Dún…

Annev ignorait la portée d'une telle découverte, mais il était certain d'avoir sous les yeux un objet de grande valeur. Il fourra l'artefact dans sa tunique et quitta le bureau en courant, abandonnant le cadavre de Janak, ses trésors, Duvarek et son armure de bronze, la hache de Sraon, ainsi que la prothèse qu'il avait portée toute sa vie… Son existence tout entière était littéralement la proie des flammes.

Mais Annev était un phénix. Il trouverait un moyen de renaître de ses cendres.

Chapitre 59

Il se précipita dans le couloir qui ceignait le bureau de Janak, l'esprit bouillonnant. Il avait besoin de temps pour réfléchir. Une chose était certaine : s'il retournait à Chaenbalu avec un seul bras, il mourrait. Pire encore, peut-être, si Kenton rentrait au village, il raconterait à tout le monde comment Annev avait perdu la vie au cours de sa mission. Et si Annev montrait le bout de son nez après cela, ils seraient sans doute tués tous les deux. Une fois ces deux évidences admises, le reste coulait de source.

Il lui faudrait arriver à Chaenbalu avant Kenton. De préférence avant l'aube.

Il aurait besoin de dissimuler son handicap.

Il lui faudrait trouver un nouveau bras.

S'il parvenait à réaliser ces trois objectifs et à rattraper Kenton avant que celui-ci trahisse leur aptitude commune à user de magie, peut-être pourrait-il sauver ses projets d'avenir. S'il ne réussissait pas à convaincre Kenton de la nécessité d'un soutien mutuel, il n'aurait d'autre choix que de le tuer. Il préférait ne pas en arriver là, même s'il devenait plus pragmatique chaque jour. Et même si son camarade venait de l'abandonner à une mort certaine.

Il décida que le mieux, une fois arrivé à Chaenbalu, serait de rejoindre Sodar. Si le prêtre n'avait pas quitté le village, il l'aiderait à s'introduire dans le Caveau de la Damnation pour y trouver une nouvelle prothèse, s'il en existait une. Sodar lui avait dit que le Caveau abritait d'autres prothèses, mais il n'avait pas précisé s'il s'agissait de bras ou de jambes. Si cette prothèse de remplacement existait, Sodar proposerait peut-être d'aller la récupérer seul.

Si le prêtre n'était pas déjà parti, il profiterait certainement de la situation pour tenter de le convaincre de fuir avec lui. Et si Annev n'arrivait pas à devancer Kenton, il accepterait la proposition de son mentor. En attendant, il était prêt à prendre tous les risques pour sauver son avenir. Il ne lui restait plus qu'à espérer que Sodar bluffait lorsqu'il parlait de partir sans lui et qu'il accepterait de prêter main-forte à son apprenti rebelle.

Annev s'arrêta devant le cadavre d'un garde qui avait reçu un coup de poignard dans le cou.

Sans doute par cette Sodja. Il lui retira sa cape noire et bleue et s'en drapa les épaules avant de courir jusqu'au rideau tiré devant le balcon par lequel ils étaient entrés. Il écarta le velours et vit le reflet des flammes crépitantes dans la vitre, ce qui lui rappela qu'il n'était pas encore tiré d'affaire. Sur la toile de fond de l'incendie, il découvrit également sa propre silhouette, et son moignon.

Je ne peux pas rester comme ça. Il serra la cape autour de lui, cachant son bras à l'intérieur, et s'avança vers la fenêtre, avant de se figer.

Imbécile. Tu ne peux pas escalader avec un seul bras.

Annev jura et descendit jusqu'au rez-de-chaussée, où il tomba sur un valet présentant une mince plaie à la base du cou. Il s'enfonça vers les profondeurs du palais en restant dans l'ombre, à l'affût de bruits de pas, mais ne traversa que des pièces vides et ne croisa que quelques cadavres – les victimes de Sodja Rocas, à n'en pas douter. Chacune de ses victimes portait une plaie fine à la poitrine, à la tête ou à la gorge.

Annev tenta de ne pas penser au genre de personne qu'il fallait être pour tuer aussi brutalement – aussi inutilement – tant de gens dans le simple but de dérober un artefact.

La femme devait être une tueuse dépourvue d'émotions. Et elle était parvenue à pénétrer dans le cœur de la demeure de Janak sans qu'aucune alarme ne soit donnée. Après avoir vu de quoi elle était capable, Annev se félicita de n'avoir pas eu affaire à elle trop longtemps et de s'en être tiré à bon compte. Il s'inquiétait un peu pour Fyn, toutefois.

Tandis qu'il cherchait la sortie, Annev se retrouva dans un long couloir orné de portraits de Harth plus jeune. Le marchand n'avait apparemment pas exagéré ses exploits. Le premier tableau le représentait au bord d'un lac noir, la botte posée sur le cadavre d'un long serpent d'eau, un draquan, si Annev se rappelait correctement ses leçons. Le deuxième tableau le montrait devant les ruines d'une vaste cité brumeuse et couverte de mousse. Plusieurs autres donnaient à voir un Janak en armure de bronze, tandis que le dernier le figurait à côté d'une femme portant un bébé dans les bras.

Annev traversa le couloir en courant, abandonnant toute idée de passer inaperçu et supposant que le personnel du donjon avait fui lorsque le marchand avait péri, et que la Baguette de Compulsion avait cessé d'avoir de l'influence. Peu de temps après, il découvrit le cellier et un garde-manger dans lequel une fissure, sur le mur du fond, attira son attention. Il s'agissait en réalité d'une porte secrète qui pivota sur des gonds massifs, révélant un tunnel sombre et, à son extrémité, un point lumineux.

Sodja a dû arriver par là. Suivant son intuition, Annev s'engouffra dans le passage et constata que la luminosité y était suffisante pour s'y déplacer. Il le traversa donc à grands pas en examinant les murs lisses et la voûte faite de blocs de granit rugueux.

À une dizaine de mètres de la sortie, il avisa une faible source de lumière : une lanterne noire polie suspendue à une applique murale. Il tendit la main, puis se figea, se demandant pourquoi on l'avait laissée là. Il se rappela son entraînement et entreprit d'examiner les environs à la recherche d'éventuels pièges. Quelle ne fut pas sa surprise de découvrir trois mécanismes de protection différents : un collet-rasoir, une fléchette montée sur ressort et un poison cutané.

Il aurait pu désactiver le premier piège, mais il aurait eu besoin de ses deux mains pour s'occuper de la fléchette. Quant au poison, mieux valait s'en tenir éloigné. Il décida de laisser la lanterne où elle était et de se servir du ciel étoilé pour rentrer au village. Il enjamba donc le collet et sortit du tunnel… pour découvrir qu'il était entouré par une haie dense de ronces à épines de fer, une sous-espèce modifiée du bois de fer si rare.

Merde ! Annev avait furieusement envie de filer loin d'ici, de rentrer chez lui et de trouver une nouvelle prothèse, mais il convenait d'être prudent. Ces buissons étaient prisés des fabricants de flèches dariens, qui les cultivaient pour en faire des pointes mortelles. Heureusement, il ne tarda pas à découvrir qu'un chemin serpentait dans le mur végétal, qu'il réussit à traverser avec très peu d'égratignures.

Il se trouvait en surplomb d'une vaste plaine parsemée de quelques bosquets et de modestes buttes. Au-delà, s'étirait une forêt infinie.

La Haie fertile, se rappela-t-il, *ce qui signifie que je suis au nord de Banok, hors des murs de la ville.* C'était une bonne nouvelle. Il n'aurait pas à craindre de croiser les gardes, ni à escalader des murs avec un seul bras. Mieux encore, cela signifiait probablement qu'il avait de l'avance sur Kenton et Fyn.

Annev longea le mur vers l'est et l'endroit où étaient attachés les chevaux. Au début, il trotta en prenant garde de ne jamais sortir de l'ombre, au pied de la muraille, puis se mit à courir, ne se souciant plus d'être vu. Le croissant de lune était descendant, et il ferait jour dans quelques heures.

Il avisa le chêne noueux où ils avaient laissé les montures, et son cœur s'emballa. Malgré la très faible luminosité, il était évident que le hongre de Fyn et le palefroi de Kenton n'étaient plus là. Une fois tout près de l'arbre, il eut la confirmation que le pire était arrivé : sa jument noire n'était plus là non plus.

— Par le sang et les os ! jura-t-il en donnant un coup de pied dans une touffe de comptonie poussant à l'ombre du chêne.

Il n'avait plus aucune chance d'arriver au village avant Kenton, désormais. Il donna un autre coup de pied et faillit tomber comme sa cheville se prenait dans les sangles de ses lourdes sacoches en cuir. Finalement, tout n'était peut-être pas perdu.

D'une main, il eut un peu de mal à ouvrir la première sacoche, mais il réussit néanmoins et y récupéra sa robe rouge de maître avatar et la bourse qu'il avait reçue de Tosan. Annev fut heureux de les revoir, même si aucun de ces deux objets ne pouvait l'aider à rentrer au village. Il ouvrit la seconde sacoche et en sortit les outres emplies de ses possessions, récupérées à la chapelle de Sodar. Dans la première, il découvrit la bannière phénix de Breathanas soigneusement pliée. Une idée lui vint alors. Il fouilla l'autre poche de cuir, et ses doigts rencontrèrent un objet rond et dur enveloppé dans du tissu.

La potion de Sodar.

Annev déballa le flacon de verre et examina son contenu trouble, passant en revue les options disponibles. La bouteille était pleine aux deux tiers, et le liquide épais semblait coller au verre presque opaque. Le jeune homme n'avait certes plus de monture, mais il pouvait encore parcourir la quinzaine de kilomètres qui le séparaient de Chaenbalu en courant. Il en avait fait autant après sa mission dans la forêt de Brake, et la potion l'aiderait à trouver l'énergie nécessaire. Il pourrait même emprunter quelques raccourcis impossibles à prendre à cheval, ce qui voulait dire qu'il lui restait une chance d'arriver le premier.

C'était une excellente idée, sauf que Sodar l'avait prévenu que boire une trop grande quantité de l'élixir risquait de provoquer des effets secondaires déplaisants. Dans des circonstances ordinaires, cela aurait suffi à le dissuader, mais il n'avait pas le choix. Les conséquences, quelles qu'elles fussent, ne pouvaient pas être pires que la mort.

Annev coinça le flacon entre ses genoux pour le déboucher et le porta à ses lèvres. La liqueur épicée et sucrée coula dans sa gorge, l'enveloppant d'un feu familier. Il but la potion jusqu'à la dernière goutte avant de jeter la bouteille dans un buisson. Son estomac brûlait déjà.

Une douleur subite à la tête le fit tomber à genoux. Il gémit en se prenant le crâne et roula sur le sol. Sa vue se brouilla et il se mit à frissonner, victime de spasmes douloureux et de tremblements incontrôlables.

Une minute plus tard, ses membres tremblaient toujours, il avait la migraine, son estomac menaçait de se retourner, mais… il se sentait fort. Débordant d'énergie, même. Il étira ses jambes, fléchit ses muscles. Il avait l'impression d'être un ressort enfermé dans une boîte. Il avait besoin de courir, de sauter, de se battre.

Du mouvement. Son corps en avait besoin. Un besoin vital et impérieux.

Annev serra et desserra le poing, ferma les paupières. Au lieu de courir, il se força à ouvrir son esprit et canalisa son énergie vers ses sens.

Il se sentait… lucide. Plus que lucide. Il percevait le riche parfum de la terre, sous les plantes, mêlé au crottin des chevaux. Il entendait les insectes se déplacer dans la végétation et les rires des fêtards de Banok. Il cligna des paupières et les détails des collines lointaines et même de la forêt de Brake encore plus reculée lui sautèrent aux yeux : les brins d'herbe, les feuilles veineuses, les branches nues. Tout lui apparaissait dans les moindres détails en dépit de la distance et de l'obscurité.

Mais il y avait autre chose, de plus proche, juste devant lui. Une ombre noire dissimulée dans celle, plus claire, du chêne noueux. L'ombre pencha la tête sur le côté, observant les mouvements d'Annev.

Le rythme cardiaque de celui-ci s'accéléra. Depuis combien de temps ce personnage était-il là ? Quelle était sa nature ? Sa silhouette était celle d'un homme grand et mince, mais son visage semblait sombre et plat, dépourvu de traits. Il bougea, et Annev distingua les contours d'une cape grise et élimée flottant dans le vent. On aurait dit…

Un homme vêtu de… la cape de la mort.

Celui-là même qui les avait suivis sur les toits de Banok et qui lui avait fait peur au point qu'il perde l'équilibre et manque de se tuer. Sauf que, cette fois, il paraissait presque transparent, se fondant dans les ténèbres environnantes, quasi invisible à l'œil nu.

Quelque chose dans la silhouette attira l'attention d'Annev. Quelque chose dans sa posture, ses vêtements, son aura… lui était familier.

Sodja…

Sauf qu'il ne s'agissait pas d'elle. Les vêtements de Sodja n'étaient pas vraiment usés ; ils étaient constitués de soie riche et de velours doux taillés pour feindre l'usure. En comparaison, cet homme ressemblait à un vagabond. Un mendiant habillé de vêtements éthérés, de gaze, de fils de soie noirs tissés pour se fondre dans la pénombre. Et puis, le maintien de l'homme n'était ni hautain, ni assuré, mais froid, apathique, sans passion.

Annev avait l'impression d'être un insecte sur le point de se faire écraser par une botte géante. Instinctivement, il porta son bras gauche à sa poitrine comme pour se protéger de la noirceur, devant lui. Ce faisant, son moignon rougi glissa hors de sa courte cape.

L'homme-ombre se figea, le visage dépourvu d'yeux focalisé sur l'avant-bras manquant d'Annev. L'apathie qu'il inspirait jusque-là s'évapora, et il s'avança d'un pas décidé et en ligne droite vers l'avatar terrifié.

Un frisson parcourut le dos d'Annev, tandis qu'une vague d'adrénaline et de magie déferlait sur tous ses muscles. Il tourna les talons et courut vers la forêt de Brake comme s'il avait Keos à ses trousses.

Ce qui était peut-être bien le cas.

Quatrième partie

Quatre cavaliers arrivent devant ta porte. Chacun a un oiseau sur l'épaule.

Chaque cheval transporte un lourd fardeau. Chaque oiseau possède une force cachée.

Le chef maudit vient prendre la vie d'un homme qu'il appelait autrefois son frère.

Le guerrier sans foi veut faire couler le sang de ta maison.

L'ombre de l'ombre cherche une baguette au sinistre pouvoir.

L'infirme condamné portera la marque de Keos ; d'un seul bras, il emportera l'Oracle.

Quatre oiseaux volent jusqu'à ta porte. Quatre becs coupants comme des lames.

Un héron, un faucon crécerelle, un freux et une pie.

Ne provoque pas les oiseaux. Ne retiens pas les cavaliers.

Si tu gardes la baguette, l'Ombre la voudra.

Si tu t'en sers, le Chagrin viendra.

Ta maison sera maudite, tes trésors seront détruits.

À la fin viendra la Miséricorde, et le feu consumera la main qui te frappera.

« Réponse à Janak Harth », Paroles de l'Oracle de Speur Dún

Et pourtant, Il n'est pas perdu car seul un Dieu peut détruire un autre Dieu. Son esprit survivra et Son Vaisseau ressuscitera – le Dieu-roi, le sauveur, le destructeur – car, comme la fiole brisée ne peut garder son huile, le Vaisseau brisé ne peut retenir Son esprit. Et Ses morceaux devront être retrouvés, consumés et forgés de nouveau. Car il n'y aura de la vie que dans cette mort, et seul le feu purificateur fera disparaître la souillure. Car Il ne renaîtra que s'Il embrasse la destruction.

Car la Main détruite dispersera les fragments du Vaisseau brisé :

Sept héritiers de sa magie, dotés de ses pouvoirs.

Six héritiers de leur père, faits de chair.

Cinq héritiers de ses enfants, appartenant à des clans différents.

Trois intendants de ce qui est, liés au Sang de la terre.

Deux héritiers de ce qui n'est pas et de ce qui peut être, liés à l'Entropie.

Le septième porte la marque de Keos et le Dernier Espoir de Lumea, et quiconque possédera Son esprit au dernier jour dirigera les sept parties.

Ces fragments se feront la guerre, s'entre-dévoreront jusqu'à ce qu'un nouveau Dieu du Sang de la Terre émerge des cendres de ce conflit. Et Son pouvoir dépassera celui d'Odar et Lumea. Et Ses adorateurs seront aussi nombreux que les grains de sable dans la mer, qui balaieront les Dariens et Iluméens. Alors, Keos Ressuscité dominera le monde, et toutes les créatures nées de la terre et du sang se soumettront à Sa volonté ou mourront.

« Prophéties de la Main détruite et du Vaisseau brisé »,
extrait du *Livre de la Destiné*

Au fil des siècles, les Six ont compté quelques membres notables, dont certains sont entrés dans la légende, notamment : Gevul le Terrible, Trat le Charlatan, Garrach le Mangeur de tourbe, l'Ombre, Shnee du Sud, Kolda le Butor et Bidba le Second (souvent appelé Sawpit).

Il est vain de spéculer sur l'identité des membres vivants des Six car ils changent souvent, mais il est légitime de croire qu'au moins deux d'entre eux ont traversé les trois derniers siècles : Shachran de Tir Reota (un nécromancien dont j'ai conté la vile existence plus haut) et « l'Ombre ressuscitée », qui n'a pas de nom.

En dehors de son appellation, l'Ombre ressuscitée n'a rien en commun avec l'Ombre originelle, Valdemar Kranak, qui sema le chaos à travers tout Gorm Corsa avant son abandon. Au lieu d'être un saboteur darien, cette « réincarnation » d'origine krosérane a souvent été utilisée comme assassin ou espion. Il est à noter qu'elle entretient un lien privilégié avec le domaine des ombres, lien qui, selon moi, explique sa longévité surnaturelle (mes estimés collègues des Marais du Sud ont des théories bien plus exotiques à ce sujet).

Il n'y a pas grand-chose à ajouter sur l'Ombre ressuscitée, à part qu'elle est souvent – mais pas toujours – accompagnée d'un apprenti, pratique suivie par aucun autre des membres du Siänar.

« Le Siänar », Histoire complète de Luquatra
par Kyartus Gairm

Chapitre 60

Annev mit un peu moins de deux heures à parcourir la distance qui séparait les faubourgs de Banok de Chaenbalu. Grâce à l'élixir de Sodar, la traversée des plaines de Daroea – neuf kilomètres au pas de course – s'avéra une expérience enivrante, et ce en dépit de la peur que lui inspirait ce qu'il avait peut-être à ses trousses. Il en alla tout autrement de son passage dans la forêt de Brake ; à cause de l'élixir, le plus petit bruit et l'ombre la plus inoffensive le firent sursauter à d'innombrables reprises. Pire, les effets de la potion commençant à se dissiper et le ciel s'éclaircissant, les espaces de la forêt s'étirèrent comme ils le faisaient souvent, doublant la distance qu'Annev avait à parcourir. Malgré cela, il ne s'arrêta pas pour se reposer, ni ne regarda par-dessus son épaule de crainte d'avoir la confirmation que l'ombre le suivait.

L'aube était proche lorsque le jeune homme atteignit la crête qui surplombait le village. Il aurait voulu s'arrêter pour reprendre son souffle, mais il continua, courant aussi vite qu'il le pouvait, dévalant le versant et ne ralentissant qu'une fois arrivé au centre de Chaenbalu, risquant alors un regard dans son dos pour s'assurer que l'étranger n'avait pas dépassé les pierres levées. Ne voyant rien, il poursuivit jusqu'à la chapelle de Sodar.

Les volets étaient fermés. Il supposa que la porte d'entrée l'était aussi et passa par la cabane d'entraînement. Tout semblait à sa place – les armes factices, la hache en bois et même le pot de chambre –, pourtant quelque chose manquait. Lorsqu'il poussa la porte du presbytère, son cœur se serra.

Sodar ne l'avait pas verrouillée.

Ce n'était qu'un détail, mais il confirmait ce qu'Annev craignait depuis le début : le prêtre était parti, laissant un âtre froid et une cuisine vide. Il ouvrit la porte de la chambre de Sodar et trouva le lit fait, comme s'il était parti récemment ou qu'il ne s'était jamais couché. Annev chercha un mot – une confirmation définitive de ses craintes –, en vain.

Il était seul.

Il faut que j'entre dans le Caveau. Sodar a dit qu'il y avait d'autres prothèses là-bas, et l'une d'elles pourrait fonctionner. Si ce plan échouait… il aviserait. *Le jour se lève, je vais devoir cacher mon bras avant d'entrer dans l'Académie.* C'était une prise de conscience douloureuse. La magie l'avait toujours aidé, mais il allait devoir faire sans elle, trouver un truc pour sauver sa peau. Annev sourit intérieurement, se rappelant les mots de Sodar : *« Même les trucs ont leur place. »*

Un embryon d'idée lui vint. Il retira sa cape et se rendit dans sa chambre. Il étala la cape devant son matelas de paille, s'agenouilla dessus, posa son gant phénix devant lui et entreprit de le fourrer de paille, la poussant jusque dans les doigts, s'assurant que la forme était correcte. Il glissa le gant sur son moignon et le tira au-dessus de son coude. La paille le piquait, mais le résultat était assez convaincant. Par sécurité, il déchira un morceau de la doublure bleue de la cape et le noua autour de son biceps.

Maintenant, trouver le Caveau avant le retour de Fyn et Kenton…

Il courut hors de la chapelle en espérant que les deux autres n'étaient pas encore arrivés. Pour s'en assurer, il s'arrêta quelques instants derrière l'écurie et se glissa même à l'intérieur.

L'odeur des chevaux et de la paille lui chatouilla le nez. Instinctivement, il voulut se le gratter et porta son gant rouge à son visage. Il secoua la tête, frustré. Il savait qu'il n'avait pas de main – il le savait pertinemment –, mais il s'était servi de cette prothèse toute sa vie…

Si je ne trouve pas de prothèse de remplacement… C'était une perspective effrayante à laquelle Sodar avait tenté de le préparer. Qu'il l'accepte ou non ne faisait aucune différence : les anciens le tueraient sans aucune pitié s'ils découvraient son infirmité.

Ce fichu Caveau de la Damnation… C'était sa seule chance.

Annev jeta un coup d'œil par-dessus les murs de l'écurie et vit un vieux canasson blanc et un cheval de trait brun. Aucun signe de la roncine noire, du hongre roux ni du palefroi gris. Il avait battu Fyn et Kenton à la course, mais certainement pas de beaucoup. Il n'avait pas de temps à perdre. Il contourna le bâtiment jusqu'à la cave et fut soulagé de la trouver non verrouillée. Il poussa une porte qui pivota sur des gonds bien huilés et descendit dans les ténèbres.

Se fiant à ses sens et à son entraînement, Annev progressa dans le couloir principal. Celui-ci était relié au sous-sol de l'Académie. Il l'avait arpenté plusieurs fois au cours de sa formation, mais jamais seul ni dans le noir. Ses doigts glissaient sur les murs de pierre, l'aidant à s'orienter et à visualiser sa position. S'il n'avait jamais été dans le Caveau, il savait qu'il se situait au sous-sol et qu'il était assez vaste pour contenir des siècles d'artefacts.

Ses doigts rencontrèrent le vide et il sut qu'il avait atteint une jonction. Il explora ses environs immédiats avec les pieds et la main, confirmant qu'il s'agissait d'un croisement. Après une brève prière à Odar, il décida d'aller tout droit, supposant que le Caveau se trouvait au plus profond des entrailles de l'Académie. Il compta ses pas, et lorsqu'il atteignit un nouveau croisement, continua tout droit. D'après ses estimations, il devait se trouver sous le bâtiment lui-même. Au troisième croisement, cependant, il dut choisir entre tourner à gauche ou à droite. N'ayant d'autre moyen pour prendre une décision, il se mit à genoux et tâta la pierre qui pavait le sol. Le chemin de gauche était lisse et usé, celui de droite couvert d'une épaisse couche de poussière.

Le chemin souvent emprunté ou bien l'autre ?

Le Caveau était l'endroit le plus secret et le mieux gardé de l'Académie, aussi lui paraissait-il logique de prendre le chemin le moins arpenté. Sauf que Maître Narach se rendait dans le Caveau presque tous les jours, aussi Annev n'était-il sûr de rien.

Se fiant à sa première intuition, il choisit le chemin de droite, avançant à tâtons dans le noir, arrachant de vieilles toiles d'araignée. Il avança avec circonspection et célérité, l'esprit en éveil. Jusqu'à ce que ses bottes butent sur quelque chose.

Annev recula à la hâte, sans réfléchir, tandis que résonnait le bruit d'une corde se cassant, suivi par un grand fracas métallique. Le bruit se réverbéra dans le long couloir.

Annev jura et se mit dos au mur, à l'affût d'éventuel martèlement de pas derrière ceux de son cœur. Avec mille précautions, il fit glisser son pied sur le sol et effleura quelque chose. Un déclencheur en métal fiché dans un canal taillé à même la pierre sur toute la largeur du couloir. Il était relié à un gros ressort et à une mâchoire dotée de dents acérées. Le terrible dispositif en demi-cercle était conçu pour couper un homme en deux. Annev frissonna et se dit qu'il n'avait peut-être pas fait le bon choix en tournant à droite. En tout cas, c'était certainement le chemin le plus dangereux.

Il cligna des yeux et se rendit compte qu'il parvenait presque à distinguer les contours du piège. Il y avait une source de lumière, tout au fond. Une source très faible, mais qui grossissait à vue d'œil.

Quelqu'un arrivait.

Annev tourna les talons et se précipita vers l'intersection. Au moment où il se cachait derrière un coin, une personne munie d'une torche surgit dans le couloir tapissé de poussière. Retenant son souffle, le dos collé à la pierre, il écouta le bruit des pas qui approchait tandis que la luminosité augmentait. Il était piégé. Il n'y avait nulle part où fuir, et s'il tentait de filer, il risquait de tomber dans un autre piège. Que ferait-il s'il était découvert ? Sans arme, il serait contraint de faire appel à son intelligence et de se montrer très persuasif.

Les bruits de pas s'arrêtèrent alors que le porteur de la torche arrivait devant le piège. Des ombres dansaient sur les murs, mais la torche ne s'approcha pas davantage de sa cachette. Annev hésita entre rester caché ou sauter sur l'inconnu. S'il était assez rapide, peut-être que…

— Annev ! Qu'est-ce que tu fais ici ?

Chapitre 61

Annev sursauta et fit face à Myjun. Pieds nus, la chemise de nuit remontée jusqu'aux mollets, elle semblait aussi étonnée que lui.

— Myjun ! s'écria-t-il, à la fois ravi et terrifié. Tu m'as fait peur !

— Moi ? s'étonna-t-elle en se frottant les yeux. C'est toi qui m'as fait peur en déclenchant le piège et en te cachant dans le noir. (Elle secoua la tête.) Qu'est-ce que tu fais ici ?

— Je te retourne la question. Ne me dis pas que tu dors au sous-sol…

— Notre secret est éventé, lança Myjun avec un demi-sourire. Il faut dire qu'il n'était pas très bien gardé. Notre dortoir est là-bas, expliqua-t-elle en désignant le fond du couloir. Bien caché, histoire que vous autres acolytes ne puissiez pas venir dormir dans nos draps. Est-ce la raison de votre venue, Maître Ainnevog ? demanda-t-elle, un sourcil arqué.

Les joues d'Annev virèrent au rouge tomate comme il s'efforçait de formuler une réponse.

— On m'a envoyé chercher Maître Narach. J'ai un artefact à faire archiver.

— Le Caveau se trouve deux niveaux plus bas, rétorqua Myjun en plissant le front. Ils ne te l'ont pas dit ?

— Ils n'ont pas été très clairs. On est partis en coup de vent, hier soir, et je ne suis encore jamais descendu au Caveau.

— Pourquoi faut-il que tout fasse l'objet d'un test avec les avatars ? Ils t'ont quand même prévenu qu'il y avait des pièges, dans le coin ? (Elle désigna l'énorme mâchoire dans laquelle elle avait coincé sa torche.) Tu n'as même pas de lumière. Ça faisait partie du test, ça aussi ?

Annev se frotta le menton, profitant de l'ouverture qu'elle venait de lui fournir.

— Oui, ça faisait partie de l'épreuve.

— Tu aurais pu te faire tuer, lança Myjun, écœurée. Jamais tu n'aurais trouvé le Caveau dans le noir, surtout sans escorte. Pfff… (Soudain, son regard s'illumina.) Mais ça veut dire que vous avez trouvé l'artefact ?

— Absolument, confirma Annev en hochant la tête et en tapotant le seul artefact qu'il avait sur lui : l'encensoir caché dans sa tunique.

Myjun le surprit en venant tout près de lui pour l'embrasser sur la joue.

— C'était pour quoi ? demanda-t-il, figé.

— Pour m'être revenu en un seul morceau.

Elle se pencha vers lui pour l'embrasser sur les lèvres, mais se ravisa au dernier moment et lui donna une pichenette à l'oreille.

— Aïe ! Et ça ?

— Ça, c'est parce que tu es trop stupide pour savoir à quel point tu es stupide ! Il ne faut jamais – JAMAIS – descendre ici sans torche. Même si c'est un pari. Ces couloirs forment un labyrinthe extrêmement dangereux !

— Compris, mais j'ai toujours besoin de trouver le Caveau, affirma Annev en tapotant l'encensoir.

— Je vais t'accompagner, proposa Myjun en souriant de toutes ses dents et en voulant prendre sa main gauche.

Le sang d'Annev se glaça. Si par malheur elle touchait son gant fourré de paille…

Il se pencha pour lui faire un baisemain, la fit tourner et la rattrapa par la main droite. Puis il déposa un baiser sur la bague qu'il lui avait offerte.

— J'irai où vous irez, ma dame.

Myjun l'entraîna dans le passage poussiéreux et récupéra la torche coincée dans le piège. Il avait choisi le bon itinéraire, finalement.

— Dis-moi, pourquoi installer un piège aussi voyant et facile à éviter ? demanda-t-il.

— C'est vrai que tu l'as évité très facilement… Ne t'en fais pas, il y a plein de pièges beaucoup moins visibles. Celui-ci était plus dissuasif qu'autre chose.

Elle le précéda dans un labyrinthe de tournants et de virages qu'Annev ne parvint pas à mémoriser, puis dans une étroite cage d'escalier.

— Marche à droite et saute toutes les troisièmes marches, l'instruisit-elle.

— Il y a d'autres pièges ?

— Plein.

Elle passa devant, et il fit très attention de marcher dans ses pas.

— Comment se fait-il que tu les connaisses ?

— À l'étage au-dessus, les femmes sages les utilisent pour nous entraîner. Et pour protéger le Caveau. Mais ici, j'ai appris en voyant les autres se tromper, ajouta-t-elle en lui adressant un clin d'œil.

Annev la reprit par la main, tandis que le couloir, devant eux, s'enfonçait dans le sol en tournant.

— Tu as suivi les maîtres avatars jusqu'au Caveau ? s'enquit-il. Et tu ne t'es pas fait attraper ?

— Non. Tu me diras, on ne m'a pas non plus attrapée quand je vous espionnais, toi et les autres acolytes…

— Tu nous espionnes ? Pourquoi ?

Le sourire de Myjun se teinta de défi.

— J'aime voir à quel point votre formation diffère de la nôtre. Il y a plein de cachettes dans l'Académie. Mon père et les anciens s'en servent aussi.

— Donc… ils nous espionnent, et toi, tu les espionnes ? demanda Annev, les tempes bourdonnantes.

— J'espionne tout le monde, rétorqua Myjun avec fierté.

Ils avaient atteint une porte en fer rouillé hérissée de pointes.

— Laisse-moi forcer la serrure…, proposa Annev en espérant que ce ne serait pas nécessaire.

— C'est inutile. Et c'est tant mieux, d'ailleurs.

— Elle est piégée ?

— Vilainement piégée, confirma-t-elle en attrapant une pointe sur la gauche en même temps que la poignée et en la poussant vers le haut.

Clic.

Puis elle la tira vers le bas, comme si elle actionnait le soufflet d'une forge.

Clac.

Et elle recommença.

Clic. Clac.

Elle tourna la poignée vers la gauche, vers la droite, puis recommença. Chaque fois, la porte cliqueta légèrement.

Annev l'observa, impressionné. Il devait s'agir d'une serrure à combinaison, mais d'un genre qu'il n'avait encore jamais rencontré. Peut-être serait-il arrivé jusqu'ici sans le concours de Myjun, mais il ne serait jamais parvenu à forcer cette serrure. Il remercia Odar de l'avoir mise sur son chemin.

La jeune femme s'accroupit devant la serrure et appuya sur deux clous, sous la poignée. Quelque chose de lourd tomba à sa place, de l'autre côté, et la porte pivota sur ses gonds.

Chapitre 62

Annev scruta la porte ouverte et se rappela que Sodar avait pénétré seul dans le sacro-saint Caveau. Devant lui, Myjun lui fit signe de s'engager dans un couloir.

— Ton chemin t'attend, annonça-t-elle avec une révérence.

Il la reprit par la main – il en avait le droit et n'en revenait toujours pas.

— Tu es vraiment incroyable, lui dit-il comme elle reprenait sa torche.

— Mais tu le savais déjà… vu que tu souhaites m'épouser, le taquina-t-elle.

— Alors, ça y est, nous sommes dans le Caveau ? l'interrogea-t-il sans pouvoir se départir de son sourire.

— Non, c'est seulement le premier seuil. Entre ici et le deuxième seuil, il y a les archives. Le Caveau se trouve au-delà.

— Et tu as suivi les maîtres jusqu'ici sans te faire voir ? Ça fait un sacré bout de chemin. Tu es déjà entrée à l'intérieur ?

— Dans le Caveau ? Jamais ! J'ai vu comment ils s'y prenaient, mais qui peut avoir envie d'entrer dans une salle pleine de maudite magie ? protesta-t-elle en frissonnant.

— Tu n'es pas très curieuse…

— Bien sûr que si. Par exemple, je me demande à quoi ressemble l'enfer, mais je n'ai aucune envie de le visiter.

Ils tournèrent à droite et se retrouvèrent face à sept portes en bois : trois de chaque côté du couloir, et une dans le fond.

Comme ils s'en approchaient, Annev vit que des symboles étaient gravés sur toutes les portes. Il étudia le plus proche.

— *Cartlann*, lut-il à voix haute.

Myjun tendit la torche vers la porte et en examina l'encadrement. Elle suivit les symboles de l'index, puis sauta en arrière en retirant sa main.

— Annev ! Ce ne sont pas des symboles ordinaires ! C'est du darien ancien ! Ils sont magiques !

— Seulement si un magicien y a déversé sa volonté et ses pensées, dit Annev sans réfléchir. Autrement, c'est un alphabet comme un autre.

— Un magicien ? Tu veux dire un Fils de Keos ? Un keokum ?

— Non ! Pas du tout. Quelqu'un qui a reçu la bénédiction d'Odar, c'est tout. Tu peux tracer un symbole, prononcer son nom, mais rien ne se produira si tu n'as pas le don. Et même alors, il faut enrichir le symbole d'une intention.

— Tu sais comment la magie fonctionne..., s'étonna Myjun, les yeux écarquillés.

C'était plus qu'une question, mais pas tout à fait une accusation.

— On nous enseigne certaines choses pour faciliter les missions de récupération, expliqua Annev pour la rassurer. Et puis, Sodar m'a appris des notions aussi, ajouta-t-il en l'éloignant de la porte.

— Sodar t'a parlé de magie ? insista Myjun en haussant les sourcils.

— Dans le cadre de ma formation de diacre.

— Quelle magie ont besoin de connaître un prêtre et un diacre ?

Annev sentit son regard intense sur lui et comprit qu'il en avait trop dit. Il s'éclaircit la voix.

— Ils ont besoin d'en savoir assez pour la reconnaître et la dénoncer.

— Mmh… on dirait que Frère Sodar connaît bien des choses interdites, comme ce texte, qu'il a traduit. Et puis, le fonctionnement de la magie…

Cette fois, son ton ressemblait à s'y méprendre à celui de son père, supérieur et désapprobateur. Mal à l'aise, Annev tenta de reprendre les rênes de la conversation.

— Je pourrais en dire autant de toi ! Toi aussi, tu sais beaucoup de choses que tu ne devrais pas !

— Peut-être, concéda-t-elle en souriant. Bon, alors, qu'est-ce que ça dit ? demanda-t-elle en désignant la dernière porte du menton.

— La même chose que l'autre : *Cartlann*. Archives.

Myjun semblait déçue.

— Et ces deux-là ?

— *Mallachtaí*. Malédictions. Et *Rúin*. Secrets.

— Oh. Oui, c'est logique. C'est le bureau de Narach, et il est le Maître des Secrets. Je doute qu'il dorme ici, toutefois.

Sur ce, sans laisser à un Annev horrifié le temps de réagir, elle frappa à la porte.

Le jeune homme retint son souffle, mais il ne se passa rien. Myjun frappa de nouveau. Elle se tourna.

— Tu as vérifié dans ses appartements…

— Restez bien sur la droite, jeunes gens, lança soudain une voix grave. Et sautez toutes les troisièmes marches. Maître Murlach y a laissé quelques vilaines surprises.

— Comme c'est inconvenant de sa part…, répondit une autre voix, bien plus âgée.

Les yeux écarquillés, Annev regarda Myjun, qui se mit à rire.

— Ce n'est pas grave, Ani. Ils ne vont pas te reprocher la farce d'un collègue, ni de leur apporter un artefact. Et ils ne risquent pas de me gronder.

Elle étreignit sa main, ne se rendant pas compte qu'il était paralysé par le froid et la terreur.

Ils vont découvrir la vérité. Kenton et Fyn sont avec eux. Ils vont découvrir mon secret !

— Qu'est-ce que c'est que ça ? lança Narach d'une voix criarde qui résonna dans l'escalier et le couloir. Cette porte était verrouillée hier soir.

Annev entendit l'autre homme rire. Il s'agissait de Brayan.

— Vu la quantité d'hydromel que vous avez ingurgitée, je m'étonne que vous vous en souveniez.

Résonnèrent alors des bruits de pas qui trahissaient la présence d'un groupe d'avatars et non de seulement deux hommes. Annev sut que ses pires craintes allaient devenir réalité. Un instant plus tard, Narach précéda le groupe dans le couloir, sa torche crachotant comme il l'agitait. Immédiatement, il vit la lumière de Myjun.

— Vous voyez ? lança le Maître des Secrets en secouant un lourd trousseau de clés. Il y a bien quelqu'un !

Suivirent Fyn avec la lampe phénix, puis Kenton avec Miséricorde et la harpe en argent prise dans le bureau de Janak. Brayan fermait la marche, et ils furent tous stupéfaits de découvrir Annev. Kenton devint subitement très pâle.

— Par le sang et l'enfer, Maître Ainnevog ! Êtes-vous un fantôme ? Ces jeunes hommes viennent de me dire que vous avez péri dans un incendie… ou une idiotie de ce genre, lança Narach en se rapprochant de Myjun, les yeux plissés. Myjun ? Qu'est-ce que vous faites ici ? C'est votre père qui vous envoie ?

L'expression de Kenton vira de la stupeur à la haine lorsqu'il avisa la jeune femme. Et sa nouvelle bague.

— Myjun…, commença-t-il, la gorge serrée. Qu'est-ce que tu fais ici avec lui ?

— Annev ! Comment tu t'en es sorti ? s'enquit Fyn au même moment.

L'apprentie femme sage tourna un regard vert interrogateur vers Annev, puis vers Narach.

— Maître Narach, j'ai accompagné Maître Ainnevog au Caveau de la Damnation car il a un artefact à faire cataloguer.

— Vraiment ? se radoucit le maître. Avez-vous récupéré la Baguette de Compulsion ? Je croyais qu'elle avait été volée. Ne me dites pas que vous l'avez reprise et que vous êtes arrivé à l'Académie avant vos camarades ?

— Et sans monture ! enchérit Brayan avec enthousiasme. J'ai hâte de raconter ça à Titus. Votre mission entrera dans l'histoire ! Quatre artefacts récupérés en une nuit par trois jeunes maîtres !

Annev avait les yeux rivés sur ses deux camarades. Il leur en voulait de l'avoir abandonné dans les flammes ; toutefois, leur attitude lui permettrait peut-être d'acheter leur silence. Les deux garçons avaient probablement menti et affirmé que Miséricorde et la lampe phénix provenaient de la collection de Janak, aussi n'aurait-il pas à expliquer comment il s'était procuré ces artefacts.

Je peux y arriver. Je vais donner l'encensoir à Maître Narach et le convaincre de me laisser entrer dans le Caveau. Une fois à l'intérieur, je lui fausserai compagnie pour chercher une nouvelle prothèse.

— Maître Narach, puis-je vous aider à cataloguer les artefacts ? J'ai quelques questions à vous poser au sujet de cette lampe, et vous êtes certainement la personne la mieux placée pour me renseigner.

Narach cligna des paupières, pris de court par l'intérêt du jeune homme pour son travail, puis sourit, exposant une denture en très mauvais état.

— Bien sûr, Maître Annev.

Myjun le dévisagea d'un air déçu et un peu dégoûté.

— Annev, n'entre pas là-dedans. C'est le Caveau de la Damnation. Tiens-toi éloigné de cette souillure. Laisse ce maudit objet à Maître Narach et viens avec moi.

Annev aurait bien voulu lui obéir. Il avait craint que Myjun veuille l'accompagner dans le Caveau, mais n'avait pas prévu qu'elle lui demande de partir avec elle.

— Myjun, j'aimerais bien, mais…

Il vit son sourire vaciller, l'espoir quitter ses yeux, et sa langue lui fit l'effet d'un caillou dans la bouche. Il avait envie de passer la matinée avec elle, le reste de sa vie, mais il ne pouvait pas. À moins d'entrer dans le Caveau, il n'aurait aucun avenir. Il se reprit, essaya de trouver une manière de la convaincre.

— J'aimerais bien, mais il est de mon devoir – en tant que maître – de m'assurer que l'artefact a trouvé sa place dans le Caveau avant de faire mon rapport à ton père.

La jeune femme le scruta longuement, comme si elle sentait qu'il y avait autre chose. Elle était déçue ; cela se voyait sur son visage normalement si ouvert.

— Je comprends.

— Merci, murmura Annev.

Il releva la tête, croisa le regard de Fyn et Kenton. Le soutint sans ciller.

Eh oui, pensa-t-il, *on est dans les mêmes draps.* Ils partageaient un secret, désormais. Ni Fyn, ni Kenton ne sacrifieraient leur statut de maître en avouant que les artefacts qu'ils avaient rapportés appartenaient à Annev et non à Janak.

Et puis il y avait le secret plus sombre partagé par Kenton et Annev. Ils étaient tous les deux maudits, sensibles à la magie. Et Kenton avait essayé de le tuer. Sans doute le garçon balafré garderait-il le silence pour l'instant, mais viendrait nécessairement le moment où Annev devrait lui faire payer cette trahison.

— Avatar Fyn, Avatar Kenton, je vous retrouverai dès que j'en aurai terminé avec ces artefacts, et nous irons tous les trois faire notre rapport à l'Ancien Tosan, ordonna Annev, ce qui lui valut leur regard noir. Pas question de prendre le moindre risque et de compromettre votre promotion au rang de maître.

Fyn cligna des yeux et hocha imperceptiblement la tête.

— J'ai hâte de m'entretenir avec vous, Maître Annev, répondit-il avant de remettre la lampe phénix à Narach. Je pense pouvoir remonter à la surface sans me tuer.

— Je vous accompagne quand même, lança Brayan en le rattrapant d'un pas pressé.

Kenton s'approcha tout près d'Annev, Miséricorde entre ses mains traîtresses. Il fit comme si Narach n'était pas là et adressa un regard oblique à Myjun.

— Comment as-tu pu survivre ? siffla-t-il.

Annev sourit, lâcha la main de Myjun puis se pencha vers le jeune homme comme pour lui murmurer un secret. Lorsque Kenton se rapprocha davantage de lui, Annev agita la main devant son visage, claqua des doigts et fit apparaître un anneau en fer dans sa paume.

— C'est magique ! répondit-il.

Il jeta l'anneau de fiançailles en métal tordu au visage de l'avatar, qui le rattrapa et l'examina.

— Non, tu as forcé la serrure, mais je n'ai pas vu de… (Kenton avisa le gant rouge d'Annev et le ruban bleu noué autour de son biceps.) Tu mens, affirma-t-il, des étincelles dans le regard. Et tu caches quelque chose…

Il voulut attraper le gant, mais Myjun lui donna une tape sur la main.

— Kenton, cesse de te donner en spectacle et de t'humilier !

Le garçon baissa les yeux, pendant que Myjun se retournait vers Annev en faisant voleter ses boucles châtaines.

— Ne fais pas attention à lui, Annev. Il est jaloux parce que tu es rentré plus vite que lui. (Elle déposa un baiser sur sa joue.) On se retrouve après ton entrevue avec père ?

Annev acquiesça, choqué d'être passé si près de la catastrophe, remerciant une fois de plus les Dieux de lui avoir envoyé Myjun. Elle serra sa main… et ils se figèrent. Le cœur d'Annev manqua un battement, et ils contemplèrent tous les deux avec horreur le gant empli de paille dans la main de la jeune femme. Puis le moignon du jeune homme dans la lumière vacillante de la torche.

Il ne faut pas qu'elle crie. Surtout, ne pas la laisser crier!

Elle était si proche. Peut-être les autres n'avaient-ils rien vu. Peut-être lui donnerait-elle le temps de tout lui expliquer.

— Myjun…, commença-t-il en essayant de trouver les mots.

Alors, elle poussa un cri perçant qui se réverbéra dans le labyrinthe de couloirs.

— S'il te plaît…, la supplia Annev.

Il effleura la manche de sa chemise de nuit. Elle lui assena alors un coup de torche dans la tête.

La vue d'Annev se brouilla, et ses espoirs – tous ses espoirs – s'évanouirent devant lui. Il s'écroula, l'arrière de sa tête heurtant les dalles de pierre, et les lumières qui l'entouraient furent avalées par le silence et les ténèbres.

Chapitre 63

Le sol était humide et froid, et lorsqu'il ouvrit les yeux, il constata que les pierres étaient tachées de sang.

Le sien.

Annev s'assit en frissonnant et se rendit compte qu'il était nu. Les vêtements qu'il portait pour sa mission, ses outres – tout avait disparu. Comme il avait froid, il se recroquevilla et fut surpris par le contact de son moignon contre sa cuisse.

Évidemment, pensa-t-il avec amertume. *C'est la raison de ma présence ici.* Il frotta sa peau nue, frissonna encore. Il avait mal au crâne. *Quel que soit cet* ici…

Il scruta la cellule faiblement éclairée. La pièce mesurait environ deux mètres carrés, dallée de pierres aussi rugueuses que celles des murs. Une porte en fer s'élevait devant lui, percée d'une minuscule fenêtre à barreaux occultée de l'extérieur par une plaque métallique.

Dans son dos, des marches grossièrement taillées et très usées menaient à une trappe rouillée. Un filet de liquide doré et lumineux s'infiltrait par une mince fissure, dessinant une toile d'araignée avant de s'infiltrer par un trou dans le sol. Annev déplaça son corps meurtri pour le regarder de plus près.

Le liquide iridescent blanc doré émettait une lumière arc-en-ciel quasi aveuglante en s'écoulant dans la terre. Violet, bleu, vert, jaune, orange et rouge… Le drain n'en sentait pas moins les eaux usées.

Entendant des bruits de pas, Annev se recroquevilla. Le volet métallique de la porte glissa. Le garçon regarda au-dessus de ses genoux et vit Maître Narach. L'homme eut un ricanement sifflant, exposant sa denture gâtée.

— Vous êtes réveillé, remarqua-t-il en examinant la cellule d'un regard plissé. Tant mieux.

— Pourquoi je… ? (Une quinte de toux l'empêcha de terminer sa question, puis il se lécha les lèvres et tenta de nouveau.) Pourquoi je suis ici ?

Il connaissait la réponse, mais il voulait entendre de quoi les anciens comptaient l'accuser.

— Il y aura un procès, l'informa Narach en se tordant le cou pour mieux voir son moignon. Fils de Keos…, marmonna-t-il en crachant entre les barreaux, avant de refermer le volet métallique.

Annev se leva en gémissant, effleurant l'arrière de son crâne du bout des doigts, explorant une croûte collante. Il ne découvrit que très peu de sang sur ses phalanges, mais il avait très mal à la tête et son corps tout entier était maculé de sang coagulé.

Il leva les yeux vers la trappe et se demanda : *Ça ne peut pas être si facile… n'est-ce pas ?*

Il monta tant bien que mal les marches usées et tâta la trappe en fer. Il n'y avait pas de poignée, et le tout était complètement rouillé, bloqué.

Annev monta une dernière marche, se retourna et s'assit contre la porte. Il tendit les jambes, posa les pieds sur la pierre rugueuse et poussa.

En vain.

Il réexamina la trappe. De près, il voyait le minuscule trou par lequel s'infiltrait le liquide avant de couler autour du métal rouillé. Il le toucha avec circonspection.

Cela le brûla instantanément. Le chaud et le froid. La glace et le feu. Il retira sa main, la secoua pour se débarrasser de la goutte, puis examina le bout de son doigt. La fine pellicule dorée qui subsistait sur sa peau se transforma en cendre et en fumée lorsqu'il la frotta.

Par le sang et les os, je ne risque pas d'en boire...

Annev descendit les marches et piétina pour se réchauffer, jusqu'à ce que les rugosités de la pierre deviennent insupportables. Alors, il se mit de nouveau en boule afin de conserver sa chaleur, tandis que le temps s'écoulait lentement.

Je dois être dans les profondeurs de l'Académie. Plus bas encore que le Caveau de la Damnation.

Où l'avait conduit Myjun.

Sa vie avec elle avait pris fin lorsqu'elle avait découvert son moignon. *Son expression...* Il frémit.

Elle a eu peur, c'est tout. Si elle avait eu le temps de réfléchir, si je lui avais expliqué...

Il se mentait à lui-même. La révulsion, sur le visage de la jeune fille, lui avait prouvé une chose : Myjun n'était pas capable de passer outre son handicap, et elle ne lui pardonnerait jamais de lui avoir menti.

Sa vie était finie. Il n'avait plus de prothèse, Sodar était parti, Myjun l'avait rejeté, les maîtres et anciens ne tarderaient pas à l'exécuter. La seule chose qui pouvait encore lui arriver serait que Kenton révèle son affinité avec la magie. Alors, au lieu d'être seulement lapidé, il serait battu, aveuglé, torturé. S'il survivait à l'énucléation, une infinité d'agonies lui seraient infligées. La dernière personne accusée de sorcellerie avait été plongée dans l'eau bouillante avant d'être empalée.

L'estomac d'Annev se retourna. Il se précipita vers le drain et vomit. Rien de solide, cependant. Il s'essuya la bouche du dos de la main et rampa jusqu'au pied de l'escalier.

J'aurais dû m'enfuir avec Sodar. Il avait raison sur toute la ligne, mais il m'a quand même laissé partir. J'avais besoin d'apprendre par moi-même. Myjun ne m'aimera jamais pour ce que je suis, et l'Académie ne me pardonnera jamais d'avoir menti.

— Cessez de vous plaindre, Narach. Estimez-vous heureux qu'on vous ait donné un nouveau Maître des Malédictions.

— Kenton ? dit Narach en déverrouillant la porte. C'est un bon à rien. Je serai mort avant qu'il apprenne quoi que ce soit.

Annev se réveilla en se frottant les yeux. Il y eut un grincement tandis qu'on soulevait une barre invisible, puis un crissement bien plus puissant lorsque s'ouvrit la porte de fer.

Maître Brayan se tenait dans l'encadrement, une torche à la main. Sa lumière aveugla Annev. L'homme leva haut sa flamme et entra dans la cellule, tandis que le prisonnier se couvrait les yeux du bras. Bientôt, il put découvrir la silhouette d'ours de Brayan et le visage juvénile de Titus.

— Annev !

Le garçon blond portait un lourd seau en bois et renversait de l'eau à chaque pas.

Brayan posa un regard noir sur la silhouette squelettique de Narach, puis sur Annev.

— Avez-vous soif… d'eau ? demanda-t-il lentement.

La formulation de la question étonna Annev, qui hocha néanmoins la tête.

Ah ! Je suis un Fils de Keos, après tout. Il me demande si je veux de l'eau car je suis censé préférer le sang. Et si je demandais du sang, que ferait-il ? Me briserait-il le cou en m'épargnant l'humiliation d'un procès ou trancherait-il la gorge de Titus pour que je boive le sien ?

— De l'eau…, chuchota-t-il.

Brayan fit signe à Titus, qui posa le seau et sortit d'une poche de sa robe un bol en bois peu profond. Les yeux baissés, il le tendit à Annev.

Le jeune homme s'en saisit et vit que les yeux écarquillés de son ami étaient rivés sur son moignon arrondi. N'ayant nulle part où se cacher ni aucune raison de le faire, il laissa son bras bien en vue pendant qu'il emplissait le bol d'eau fraîche et buvait. Après une première gorgée circonspecte, il vida le récipient d'un trait, puis se hâta de le remplir de nouveau, avalant goulûment le précieux liquide. Il recommença plusieurs fois. Une fois sa soif étanchée, il se sentit gêné.

— Merci pour l'eau, dit-il en rendant le bol.

— Pas de quoi.

Il y eut un silence maladroit entre les deux garçons, l'un vêtu d'une tenue brune d'intendant, l'autre nu comme un ver, au sol.

Narach, qui attendait à l'extérieur de la cellule, lâcha un grognement écœuré et disparut dans le couloir. Annev l'ignora et se félicita de retrouver son ami.

— Ta tenue d'intendant te va bien.

— Merci, répondit Titus avec un début de sourire. J'aide Maître Brayan à s'occuper des animaux – des chevaux, des chiens et même des abeilles –, et Maître Carbad m'a montré les registres de l'Académie et expliqué comment gérer les fournitures. C'est moins drôle que les animaux, mais très important.

— Tu feras un excellent intendant, Titus, affirma Annev en parvenant à sourire à son tour.

— Je le pense. Maître Brayan dit que si je me débrouille bien, je serai promu maître intendant éleveur. Alors, je pourrai porter une robe bleue.

— Tu veux dire… comme Maître Sage, le Maître des Cuisines ?

— Oui ! confirma Titus en manquant de renverser le seau d'excitation. Je serais maître intendant et pas avatar, bien sûr, mais ce serait vraiment bien. En tout cas, beaucoup mieux que de rester acolyte.

Annev hocha la tête, se rendant compte que Tosan avait vu juste au sujet de Titus. Et de bien d'autres choses, sans doute.

Brayan se racla la gorge, attirant l'attention de Titus, et désigna le seau du menton. Titus opina.

— Nous sommes supposés vous laver, expliqua Brayan. Pour le procès.

Annev n'écoutait qu'à moitié. Le procès serait bref, le verdict connu d'avance. Bizarrement, cela ne l'effrayait pas plus que cela ; il avait toujours été conscient des risques, il était rentré au village en connaissance de cause.

Titus sortit un chiffon de sa poche, le trempa dans l'eau et entreprit de nettoyer le visage maculé de sang séché d'Annev. Celui-ci attendit, immobile, et se retint même de pleurer lorsque son ami le peigna pour enlever les croûtes de ses cheveux.

— Kenton t'a défendu. Il a dit que tu étais tombé dans un piège, que tu t'étais coupé la main pour échapper à un incendie, chuchota Titus.

— Je serais un sacré dur si j'étais capable d'un truc pareil, remarqua Annev en relevant des yeux étonnés.

— Tu es un sacré dur, dit Titus en souriant un peu. L'Ancien Tosan, lui, affirme que la magie te permet de dissimuler ton bras depuis ton arrivée à l'Académie.

Le cœur d'Annev s'emballa. *Comment a-t-il su ?* Il se tourna vers Brayan, mais le grand maître regardait droit devant lui et ne semblait pas les écouter.

— Ça change quelque chose ?

Titus trempa le chiffon dans le seau et l'essora. L'eau était rose, désormais. Il frotta le dos et les épaules d'Annev.

— Ça change beaucoup de choses. Il y a une grande différence entre une blessure récente, qui fait de toi un enfant de Keos de très fraîche date, et une infirmité dissimulée depuis… (Titus déglutit.) Oui, une très grande différence. Ça sent mauvais, Annev. Ils ont posé plein de questions aux avatars. Aux maîtres, aussi. Tosan est furibond, Myjun ne sort plus de sa chambre et Sodar…

Sa voix se tarit.

— Sodar ? (La résignation et le désespoir d'Annev cédèrent soudain la place à une vive inquiétude.) Sodar est ici ? Où ? Qu'est-ce qu'ils vont lui faire ?

— Dépêchez-vous ! gronda Brayan en plissant les yeux. (Puis il ajouta à voix basse :) Nous n'avons que quelques minutes.

Titus acquiesça et essora une nouvelle fois son chiffon. Il entreprit de laver les jambes et les bras d'Annev, mais se figea lorsqu'il fallut nettoyer l'infirmité de son ami. L'eau dégoulinait du chiffon.

— Donne, dit Annev. Je peux me laver tout seul.

Titus hésita, puis obéit, détournant les yeux lorsque Annev nettoya son moignon.

— Es-tu vraiment un Fils de Keos ? demanda-t-il en tournant la tête pour que Brayan ne le voie pas parler.

Les épaules d'Annev s'affaissèrent. *Même toi, Titus…* Il trempa le chiffon dans le seau et continua à frotter.

— J'ai toujours été la même personne.

Titus sembla se détendre un peu.

— Alors, tu n'es pas…

— Un monstre ? Un démon ?

— Ouais…

Annev poussa un soupir et secoua la tête.

— Je ne suis pas plus un démon que toi, Titus.

— Mais tu as été marqué, insista le garçon d'un ton plaintif.

Fatigué et dégoûté, Annev jeta le chiffon par terre.

— Je n'ai qu'une main, Titus, mais je suis le même qu'avant. Je ne suis pas un monstre.

Un martèlement de pas et des éclats de voix s'élevèrent dans le couloir.

— … qu'il fasse son travail, et moi je ferai le mien !

— Bien sûr, Maître Narach. Vous avez bien fait de m'informer. Maître Kenton m'assistera à partir de maintenant.

— Cela ne me dérange pas de rester, Ancien Tosan.

— Vous pouvez partir, lâcha Tosan. Maître Kenton a les clés.

Narach marmonna quelque chose d'inintelligible et s'en fut en traînant les pieds.

— Il faut y aller, intervint Brayan en tendant la torche à Titus.

L'intendant souleva le seau pour le vider dans le drain.

— Que les Dieux vous gardent, Maître Annev.

— Vous aussi, Maître Brayan.

Le maître poussa Titus vers la porte au moment où Tosan entrait dans la cellule. Kenton apparut un instant plus tard. Le regard noir et féroce, il scruta Annev par-dessus l'épaule de l'ancien.

— Bonjour, Maître Brayan, salua celui-ci. Intendant Titus. Maître Narach me dit que vous avez nettoyé la cellule du keokum.

— Oui, Ancien Tosan.

Brayan tenta de se faufiler derrière l'Aîné des Anciens, mais celui-ci ne bougea pas d'un pouce.

— Si vous avez nettoyé la cellule, pourquoi cette lumière infernale est-elle toujours visible ?

La bouche de Brayan s'ouvrit et se referma plusieurs fois au milieu de sa barbe broussailleuse.

— Comme je l'ai déjà dit, Ancien Tosan, l'eau de lumière fuit du Caveau, et elle continuera de le faire tant que sa source ne sera pas tarie.

— Et je suppose que sceller la porte est une tâche trop complexe ? s'enquit Tosan.

Tandis que le maître et l'ancien discutaient, Annev repéra le bol que Titus avait oublié dans la cellule. Il s'empressa de le ramasser. Il n'avait aucune idée de ce qu'il en ferait, mais il lui semblait opportun de saisir toutes les chances que le destin lui offrait.

— … tout essayé, disait Brayan. Si vous voulez vraiment que ça cesse, il faudra que je me rende dans le Caveau pour voir cela de l'intérieur.

Annev se rapprocha doucement du coin de la cellule où le liquide coulait, le germe d'une idée se formant dans sa tête. Il coinça le bol dans le drain, l'y dissimulant presque totalement, puis recula.

Tosan se massait les tempes.

— Merci, Maître Brayan, mais seuls Maître Narach et moi-même – et le nouveau Maître des Malédictions, bien sûr – sommes habilités à entrer dans le Caveau pour le moment. Peut-être Maître Kenton pourra-t-il jeter un coup d'œil.

— Comme vous voudrez, Ancien Tosan, s'inclina Brayan.

Tosan recula dans le couloir, et lorsque Titus et Brayan furent sortis, il fit signe à Kenton d'entrer dans la cellule. Celui-ci s'exécuta ; il portait une torche dans une main et un trousseau de clés dans l'autre. Avisant le jeune homme vêtu de sa robe rouge de maître avatar, Annev ne put s'empêcher de ressentir une pointe amère de jalousie.

Tosan referma la porte et examina Annev.

— Depuis combien de temps nous cachez-vous la vérité ? cracha l'ancien.

Annev se tourna vers Kenton, mais son ancien camarade refusa de croiser son regard. Alors il fit face à Tosan en se demandant ce qu'il devait répondre. À la fin, il préféra se taire.

—Votre silence ne protégera pas Sodar, se moqua l'homme. Ni vos mensonges. Pour sauver votre cher mentor, il vous faudra livrer toute la vérité.

Annev se mordit la lèvre en se rappelant qu'ils détenaient le vieil homme. La vérité ne les sauverait pas, évidemment. Oserait-il mentir ? Tout le monde savait que Tosan ne manquait jamais de reconnaître un mensonge, et Annev le soupçonnait d'user d'un artefact – sa bague – pour arriver à ses fins. Sachant tout cela, il jugea préférable de ne rien dire. Parler ne lui aurait rien apporté.

L'expression de Tosan s'assombrit.

—Maître Kenton jure que vous vous êtes coupé la main pour échapper à un incendie durant votre mission de récupération. Maître Fyunai le croit. Il dit que vous étiez enchaîné au cadavre de Duvarek et dans l'incapacité de vous libérer. (Il ricana d'un air écœuré.) Ils étaient convaincus tous les deux que vous étiez mort, et pourtant, vous voici.

Il attendit une réponse, en vain.

—Je suis censé croire que vous vous êtes coupé le bras avant de rentrer au village à toute vitesse, devançant vos camarades qui, eux, étaient à cheval. (Il attendit une réaction, puis reprit d'une voix plus douce :) Pendant le trajet, votre blessure aurait miraculeusement guéri ?

Il montra le moignon arrondi d'Annev et attendit encore. Le regard du directeur était brûlant, des spasmes incontrôlés agitant ses lèvres.

—Je ne crois rien de tout cela, reprit-il en arpentant la cellule. Magie ! Avez-vous signé un pacte avec Keos ? demanda-t-il en lançant à Annev un regard noir. Lui avez-vous promis votre âme en échange de la guérison ?

Annev secoua la tête. Tout ceci était absurde.

—Non, bien sûr que non, poursuivit Tosan. La vérité est bien plus simple et… sinistre. (Il riva sur lui un regard luisant.) Vous êtes né ainsi, et vous avez utilisé la magie pour le cacher. Vous avez toujours été capable de retirer votre bras, n'est-ce pas ?

Annev cligna des yeux. Depuis sa conversation avec Titus, il s'attendait à ce qu'on lui pose cette question, aussi ne fut-il pas pris de court. Il soutint le regard du directeur sans flancher.

— N'est-ce pas ? insista Tosan avant de le gifler violemment.

Comme le prisonnier refusait de répondre, il lui assena un coup de pied dans les côtes, le projetant contre le mur. Annev voulut se rattraper et, par inadvertance, toucha de son moignon le liquide lumineux qui coulait sur la paroi. Cela le brûla, mais il n'eut pas le temps de s'écarter, car Tosan le frappa de nouveau.

— Comment avez-vous osé souiller mon Académie ? Ma fille !

Annev s'écroula et vomit l'eau qu'il venait de boire. Tosan s'accroupit à côté de lui.

— Je me rappelle très bien avoir tué vos parents. Tuor et Aegen. Elle était une keokum comme vous.

Annev toussa en crachant des filets de salive.

— J'aurais dû m'en douter, grommela Tosan en lui soulevant la tête par les cheveux. Je connais votre secret, maintenant. Le prêtre vous a caché tout ce temps – un keokum dans ma maison. Un keokum *promis* à ma fille. Un keokum formé dans *mon* académie. (Il le lâcha et reprit d'une voix glaciale.) J'ai fait emmener le prêtre sur la place du village. Il y est en ce moment même. Attaché. Il nous attend. Vous mourrez ensemble.

Annev tourna lentement la tête et fit face au directeur. Son regard brillait d'une intensité qui surpassait sa douleur. La colère et la frustration accumulées durant toutes ces années passées à l'Académie menaçaient de déborder. Il avait subi tant de choses entre leurs mains.

— Moi aussi, je connais votre secret, Tosan, gronda-t-il. J'ai trouvé votre journal… Je ne suis pas le seul à avoir dissimulé ma magie.

L'ancien se contracta comme sous un coup, puis jeta un regard furtif à Kenton.

— Menteur ! cracha-t-il alors que des bruits de pas rapides résonnaient subitement dans le couloir.

— Ancien Tosan ! cria Carbad en tambourinant à la porte. Ancien Tosan ! Chaenbalu est attaqué !

Chapitre 64

Kenton se hâta d'ouvrir la porte. Maître Carbad était tout essoufflé.

— Des hommes ! parvint-il à dire en reprenant sa respiration. Du métal… déformé… horrible !

— Maître Carbad ! Qui attaque le village ?

— Des monstres ! répondit Carbad en secouant la tête. Des démons faits de métal !

— De métal ? (Tosan tourna des yeux exorbités et accusateurs vers Annev.) C'est vous qui avez fait ça ? Êtes-vous venu avec les *feurog* ? Vous êtes-vous ligué avec Kelga ? Est-elle toujours en vie ?

Annev secoua la tête malgré la nausée provoquée par les paroles du directeur.

Comment ont-ils pu entrer dans le village ? paniqua-t-il. *M'ont-ils suivi ? Sodar disait que nous étions protégés…*

— Les maîtres livrent un combat acharné, mais les villageois se font tailler en pièces !

— Placez tout le monde à l'abri entre les murs de l'Académie, ordonna Tosan. Nous fermerons…

— Ils sont dans l'Académie ! le coupa Carbad, perdant son sang-froid.

— *Quoi ?*

L'Ancien Tosan resta hébété.

Narach apparut au côté de Carbad, sa frêle charpente offrant un spectacle presque comique dans sa chemise de nuit trop large.

— Qu'avez-vous tous à crier ? s'enquit-il en regardant par-dessus l'épaule de Carbad. Le Fils de Keos s'est-il échappé ?

Tosan l'ignora.

— Maître Carbad, trouvez et protégez Myjun. Compris ?

— Où allez-vous ?

— Je vais mettre un terme à tout ceci, répliqua-t-il d'un ton sinistre.

Carbad disparut dans le couloir en courant.

— Maître Kenton, reprit Tosan, vous garderez cette cellule. Si le keokum tente de s'évader, tuez-le.

— Oui, Ancien Tosan.

— Maître Narach, nous allons chercher la Baguette du Feu infernal.

— La Baguette du Feu infernal ? s'étonna Narach. Combattre des démons avec de la magie démoniaque ? Cela ne donnera rien de bon. Et puis, il s'agit d'une baguette noire, que seuls les keokum peuvent utiliser.

— La baguette, Narach !

Le Maître des Secrets recula dans le couloir en hochant la tête.

— Tout de suite, Ancien Tosan.

Il s'effaça et Tosan fila également, non sans avoir lancé un regard haineux à Annev.

Kenton allait sortir de la cellule, puis s'arrêta pour contempler le corps nu, par terre, entouré d'une flaque de vomi. Il fit tinter son trousseau de clés dans sa main.

— S'il arrive quelque chose à Myjun, menaça-t-il en serrant les dents, je t'ouvrirai la gorge à mains nues.

Annev soutint son regard, sa propre fureur commençant à bouillonner.

— Tu m'as toujours haï… parce qu'elle m'a choisi.

— Elle m'aimait ! rugit Kenton en faisant un pas vers lui. Elle m'a aimé avant ! Et puis, ça a changé, et tu sais pourquoi !

À cause de ça! (Il montra sa cicatrice.) À cause de ton cher ami Titus!

— Titus? répéta Annev sans comprendre.

Kenton fit un pas de plus en direction d'Annev.

— Il a toujours été mauvais. Il aurait dû devenir intendant dès le début. Mais Benifew et Grimm étaient aveugles. Ils n'arrêtaient pas de harceler Winsor pour qu'ils le fassent avancer. Les maîtres se fichaient bien de lui, mais ils ont tout fait pour le rendre un peu plus compétent. Quant à moi… j'ai été stupide. Un jour, je suis intervenu, et voilà ce qui est arrivé…

— Duvarek a dit que c'était un accident, que c'est arrivé à l'entraînement.

— Je n'aurais jamais dû l'aider, poursuivit Kenton à voix basse. J'aurais dû laisser Ather et les autres le passer à tabac. Nous n'en serions pas là.

Annev releva la tête, tandis que s'évaporait le peu de compassion qu'il ressentait pour le jeune homme. Il serra les dents, mit la main dans son dos pour attraper le bol qu'il avait caché dans le drain.

— Quand elle a vu ma cicatrice, elle ne voulait plus me toucher, poursuivit Kenton. Elle ne voulait même plus me parler. Mais maintenant, elle connaît la vérité! lança-t-il avec un sourire mauvais. Elle sait que tu es… pire que moi. Elle aurait pu être à moi si tu ne lui avais pas menti. Elle serait revenue! (Son pied jaillit, et il frappa le moignon d'Annev.) Sale Fils de Keos!

Annev déplia soudain son bras droit et projeta le contenu brûlant de son bol dans les yeux du jeune homme. L'avatar hurla, lâchant la torche et les clés pour s'agripper le visage, et Annev en profita pour se jeter sur lui, lui assenant un coup d'épaule dans le foie, le projetant au sol. Il ramassa la torche et le trousseau de clés et sortit de la cellule.

Les mains plaquées sur le visage, Kenton criait toujours lorsque Annev poussa la lourde porte, s'appuya dessus en posant les deux pieds sur le mur pour la claquer au moment où Kenton se jetait dessus. La barre tomba, et Annev tourna la clé dans la serrure.

—Ainnevog ! hurla Kenton en frappant sur le métal. Puisse Keos te brûler les os ! Je vais te tuer ! Je vais te tuer !

Annev s'éloigna de la porte en tremblant. Il était libre. Nu et sans défense, mais libre. Il frémit sous la chaleur de la torche et de l'afflux d'adrénaline dans son sang. Si on le voyait, on le pourchasserait. À présent qu'il était libre, cependant, il pourrait sauver Sodar.

Il examina le couloir et avisa deux rangées de portes identiques à celle qu'il venait de fermer. À sa gauche, une impasse, à sa droite, un escalier de pierre conduisant hors de la prison de l'Académie.

Il gravit les marches deux par deux, laissant Kenton hurler derrière sa porte close. Tenant la torche devant lui, prêt à frapper quiconque lui barrerait la route, il atteignit un petit palier.

Il doit s'agir du Caveau de la Damnation. Brayan a dit qu'il se trouvait juste au-dessus de ma cellule. Il regarda successivement la porte et son moignon avant de se remettre en marche, fermement décidé à atteindre la surface. D'abord, sauver Sodar. Le vieux prêtre était le seul véritable point d'ancrage de sa vie. Il ignorait pourquoi son mentor était revenu, mais c'était un fait. Sodar ne l'avait pas abandonné, et Annev aurait préféré être damné plutôt que de le laisser à son sort.

Une dizaine de marches plus loin, il entendit des bruits de combats, au-dessus de lui. Des tintements et des grincements de métal, des cris. Il recula lentement comme le vacarme gagnait en intensité, puis redescendit d'un étage, se précipitant dans la sécurité relative d'un couloir.

Il se sentit lâche de fuir ainsi le danger. Il n'avait rien de Breathanas, ni des Chevaliers d'Halcyon des histoires de Sodar. Eux n'auraient pas hésité à se battre glorieusement nus et armés de simples torches, en attendant de se procurer des armes plus efficaces, Annev en était sûr. Breathanas serait remonté à la surface, aurait sauvé son mentor, le village et la femme qu'il aimait, le tout en inspirant le respect et des poèmes épiques à ses ennemis. Et sans aucune égratignure.

Annev n'était pas Breathanas, cependant. Il n'était pas un Chevalier d'Halcyon, ni même l'écuyer d'un de ces héros. Il n'était même plus maître avatar. Il n'était qu'un manchot effrayé.

Le couloir s'élargit, se rétrécit, tourna, s'élargit de nouveau. Il courut sans ralentir jusqu'à ce que la lumière de sa torche éclaire une large porte en bois.

Le couloir s'élargit encore, s'ouvrant sur une vaste salle. Alors seulement, Annev découvrit les véritables dimensions de la porte. Parfaitement ronde, elle mesurait près de sept mètres de diamètre et était constituée d'un bois de fer sombre et parfaitement poli. Un symbole mesurant deux mètres de hauteur dominait son centre. Annev se figea et leva sa torche pour l'étudier avec attention.

Il s'agissait d'un X surplombé d'un V à l'envers. Un O occupait le losange créé par les deux caractères, lui donnant l'apparence d'un œil, mais Annev connaissait la véritable signification de ce symbole. Le X représentait deux morceaux de bois croisés – *t'rasang*; le V à l'envers représentait les flammes qui consumaient le bois – *lumen*; le O dans le losange représentait l'air qui alimentait le feu – *quaire*. C'était le symbole de la création et de la destruction, le symbole des Dieux et de Luquatra, de tous les éléments combinés en un.

Aqlumera.

Des yeux, il chercha une poignée ou une serrure – le Caveau ferait une bonne cachette, ou bien y trouverait-il une arme digne de ce nom –, mais il ne vit rien. Au centre du symbole il avisa un minuscule orifice. Annev inspecta son trousseau et, au milieu d'un assortiment de clés en métal, repéra un bâtonnet en bois de fer. Celui-ci ne présentait aucune rainure, aucun sillon, aucune dent, et ne ressemblait pas du tout à une clé. Il examina de nouveau la porte et, avec circonspection, glissa le bâtonnet dans le trou. Lorsqu'il l'eut inséré jusqu'au bout, il y eut un « *clic !* », et le bâtonnet parut trouver sa place. Annev se hâta de reculer.

Rien.

Quelque chose m'échappe, mais quoi ? se demanda-t-il, à l'affût du moindre bruit ou mouvement. *La clé est faite pour cette serrure, mais elle ne tourne pas. Quel genre de clé ne tourne pas ?* Il se frotta le visage, puis se figea, un léger sourire aux lèvres.

Ce n'est pas une clé, pensa-t-il en posant le pouce sur l'extrémité du bâtonnet. *C'est un artefact ordinaire… comme la lampe phénix.* Le doigt sur le morceau de bois de fer, il se concentra sur l'ouverture de la porte.

Un grondement grave, telle une vibration puissante, s'éleva sous ses pieds. Un bourdonnement résonna alors qu'un mécanisme caché se mettait en branle derrière la porte. Une fissure apparut au centre du gigantesque disque, s'élargissant et séparant le symbole en deux, tandis qu'une porte dans la porte s'ouvrait vers l'intérieur. Le bâtonnet et les autres clés tombèrent bruyamment au sol.

Annev franchit le seuil, lâcha sa torche et se baissa pour ramasser le trousseau. Comme il passait l'anneau autour de son poignet, les portes commencèrent à se refermer. Il fit un pas de plus dans le Caveau pour ne pas se faire écraser, se rappelant au dernier moment qu'il avait posé sa torche sur le sol. Il voulut la récupérer, trop tard, car la porte se referma en la balayant vers l'extérieur, manquant de peu de lui coincer la main.

Bien, pensa Annev. *Voyons dans quel pétrin je me suis encore fourré.*

Chapitre 65

Un bloc de pierre bloquait la vue du Caveau, ainsi que la source d'une lumière orangée. Annev se tourna vers la lueur, qui vira alors au jaune vif, au vert étrange, puis au violet éclatant. Le jeune homme se rapprocha du mur et risqua un coup d'œil de l'autre côté.

En dépit des couleurs iridescentes qui ceignaient la paroi de pierre, la lumière qui brillait au centre de l'espace caverneux était blanche et douce. Annev cligna des paupières, attendant que ses yeux s'habituent à la luminosité. Bientôt, il découvrit que la salle mesurait une trentaine de mètres de diamètre et qu'elle était surplombée par un dôme haut de plusieurs mètres aux contours raides. Le mur, qui se trouvait à un peu plus d'un mètre du périmètre de la salle, n'avait semblait-il d'autre utilité que masquer l'intérieur du caveau lorsqu'on ouvrait la porte.

Annev passa derrière et constata que la salle abritait un grand nombre d'étagères disposées comme les rayons d'une roue et convergeant vers un espace ouvert situé au centre du Caveau. La lumière venait de cet endroit, virant progressivement du blanc à toutes les couleurs de l'arc-en-ciel en traversant l'atmosphère de la salle ronde.

— Par les océans et les cieux ! murmura Annev avec une crainte teintée de respect.

Les étagères débordaient d'objets communs ou extraordinaires : parchemins et livres, pierres et bijoux, baguettes et ornements, armes et armures. On aurait dit le trésor de Janak, à la différence près que le marchand avait passé les dernières années de sa vie à collectionner les artefacts auxquels il portait un intérêt particulier, alors que l'Académie envoyait ses avatars récupérer le moindre objet magique.

Annev découvrait enfin le Caveau de la Damnation.

Une paire de bottes brunes, à l'extrémité d'un rayonnage tout proche, attira son regard. Nu comme un ver, il se précipita vers elle avec enthousiasme et constata avec plaisir que l'allée tout entière débordait de vêtements – capes et écharpes, pantalons et bottes, chemises, vestes, gants et sous-vêtements –, depuis le périmètre de la salle jusqu'à la source de lumière centrale.

Béni soit Odar, pensa Annev en attrapant un pantalon noir et épais, qu'il enfila à la hâte. Il mit ensuite les bottes brunes poussiéreuses, qui lui allaient parfaitement. En revanche, il choisit plus soigneusement le reste de sa tenue, passant devant une veste couverte de poils, une autre constituée d'ossements et un chapeau en tête de loup. Il s'arrêta devant une cape à capuche rouge sang faite de minuscules écailles de poisson.

Non, pas des écailles de poisson. De dragon.

Il toucha le matériau et s'étonna de le trouver doux sous ses doigts. Il sentit même la chaleur de la peau se propager dans sa main. Il prit la cape, couvrit sa tête et ses épaules nues. La chaleur du vêtement l'enveloppa aussitôt. Il serra la cape autour de lui, découvrant deux poches cousues dans la doublure. Il retira le trousseau de clés de son poignet et le rangea dans l'une d'elles, avant de poursuivre son chemin vers la lumière.

Il remarqua une chemise rouge brodée d'or sur une étagère et s'arrêta pour la revêtir. À l'instant où le tissu toucha son dos, une douleur intense parcourut sa colonne vertébrale. Il se mordit la langue pour ne pas crier, se hâtant de se déshabiller et de jeter la chemise au loin. La douleur s'envola aussi brusquement qu'elle était apparue.

Annev regarda le vêtement en apparence inoffensif et secoua la tête. *Certains de ces objets méritent d'être ici*, pensa-t-il. *Il faut que je sois plus prudent.*

Quelques instants plus tard, il trouva une belle chemise bleue qui semblait à sa taille. Dès qu'il l'eut passée sur sa tête, cependant, sa vue se brouilla, sa respiration devint difficile et il ressentit un besoin subit de se jeter à l'eau. Après quelques recherches, il finit par trouver une chemise blanche ordinaire. Il l'essaya avec circonspection et, satisfait de ne ressentir aucune douleur ni sensation bizarre, décida de la garder.

Des voix résonnèrent dans l'espace situé au centre de la salle.

Tosan et Narach! se rappela Annev presque trop tard. Il fila dans une allée flanquée de rangées de bouteilles, puis se cacha derrière une étagère chargée de pots emplis d'un liquide orange transparent. Il attendit là en retenant son souffle et en regardant entre les flacons. L'ancien et le directeur se disputaient, faisaient quelques pas avant de s'arrêter, recommençaient.

— … poser des questions ! grondait Tosan. Si c'est la volonté d'Odar, ça marchera.

Derrière le filtre orange des récipients qui le dissimulaient, Annev les voyait se diriger vers la sortie.

— Ancien Tosan, vous n'êtes pas un homme de religion. Pourquoi Odar… ?

Tosan tenait à la main une baguette noir de jais constituée d'un minéral légèrement transparent.

— Je suis l'Aîné des Anciens, et notre Académie est attaquée. Je ferai tout ce que j'estime nécessaire pour protéger notre peuple. Tout. Vous comprenez ?

Un bruit d'explosion retentit à l'extérieur, qui fit trembler le sol et s'élever des nuages de poussière des rayonnages.

Les pots, devant Annev, s'entrechoquèrent, et le jeune homme se baissa. Lorsqu'il eut le courage de se relever, il vit que Tosan et Narach avaient le regard rivé sur la porte.

— Très bien, murmura Narach. Mais n'essayez pas de vous en servir ici. Les archives disent qu'elle transperce la roche aussi facilement que le bois ou la chair. Le Caveau tout entier risquerait de s'écrouler. Si vous êtes vraiment décidé à commettre cette folie, attendez d'être hors de l'Académie.

— Je ne suis pas un imbécile, Narach, rétorqua Tosan en avançant vers la sortie, suivi du Maître des Secrets.

Annev se redressa un peu plus pour voir Narach se précipiter vers la porte, ses clés à la main. L'homme glissa son bâtonnet de bois de fer dans le trou du battant, marmonna quelque chose et le retira. Comme précédemment, un bourdonnement grave se propagea dans le sol, et les deux battants s'ouvrirent vers l'intérieur. Narach fit un pas de côté pour laisser passer le directeur. En sortant, Tosan jeta un dernier coup d'œil par-dessus son épaule.

Il semblait regarder Annev droit dans les yeux au moment où la porte se referma.

En dépit de la chaleur prodiguée par la cape en écailles de dragon, le jeune homme eut un frisson. Il se mit à courir dans la direction opposée afin de se cacher, dans le cas où Tosan l'aurait réellement vu.

Annev s'arrêta à l'extrémité d'une des longues allées radiales. N'ayant pas entendu de grondement mécanique, il supposa qu'il était en sécurité. Peut-être Tosan ne l'avait-il pas vu, après tout. Ou bien l'ancien avait-il des affaires plus urgentes à régler.

Annev fit quelques pas de plus, s'engageant dans l'espace circulaire au centre du Caveau, et oublia instantanément Tosan. La source luminescente se trouvait juste devant lui : un bassin d'eau de lumière de plus de six mètres de diamètre, l'origine du liquide qui s'infiltrait dans sa cellule.

Ce n'est pas un Caveau mais une grotte, comprit-il.

Le liquide clapotait et ondulait comme s'il était en vie, s'écoulant dans une direction puis une autre sans raison apparente. L'eau de lumière débordait parfois, emplissant des canaux creusés à intervalles réguliers dans les dalles de pierre. Ceux-ci couraient sur toute la longueur d'une allée sur dix, baignant la salle d'une lumière tamisée. Certains de ces canaux étaient abîmés, fissurés, si bien que le liquide se répandait sur le sol ou s'engouffrait dans des profondeurs invisibles.

Annev fit le tour du bassin, impressionné par l'*aqlumera*, et oublia presque la raison de sa présence. Soudain, la lumière prit une teinte rouge sang brumeuse, lui rappelant la violence de ce qui se déroulait à l'extérieur, quelques étages au-dessus de sa tête.

Sodar est là-haut quelque part. Il est revenu me chercher, et Tosan le châtiera pour ça. Je ne peux pas l'abandonner… et je ne peux pas rester terré ici pour toujours. Il jura intérieurement et regretta pour la énième fois de n'être pas resté à Banok ou de n'avoir pas fui avec Sodar quand il le pouvait. Mais il était trop tard. Il lui faudrait remonter à la surface, même s'il fallait se battre pour cela.

J'ai besoin d'une arme !

Il se précipita dans une allée aperçue plus tôt, son regard voletant parmi une grande variété d'objets : des javelots, des dagues, un marteau, un trident, une épée incurvée à deux mains. Enfin, il repéra une longue épée accrochée à un ceinturon noir. Il la dégaina pour en examiner la lame.

Une flamberge. L'acier est de qualité. Affûté. Il essaya de sonder la nature de la magie qu'elle abritait et eut une impression similaire à celle que lui avait laissée la lanterne phénix. Chaleur et lumière. Il se concentra sur la lame, l'imagina rougeoyant, brillant dans les ténèbres, mais l'acier resta froid et sombre dans sa main. Il haussa les épaules, la rengaina, puis passa quelques instants maladroits à attacher le ceinturon autour de sa taille d'une seule main. Il décida de chercher une hache, mais se figea.

Qu'est-ce qui me prend ? Je ne peux pas user d'une seconde arme… à moins de trouver un bras d'abord. Il arpenta la salle à la recherche de membres artificiels et finit par trouver deux étagères chargées de prothèses, dont trois mains, deux jambes, un pied gauche et un bras droit. Ce dernier incluait le biceps et l'épaule, aussi était-il inutilisable.

Le combat à mains nues, c'est fini pour moi, pensa-t-il, amer. S'il ne dénichait pas un bras dans le Caveau, il n'en retrouverait sans doute jamais. C'était une perspective douloureuse et difficile à accepter, mais il n'avait pas le temps de s'apitoyer sur lui-même. Il devait trouver un moyen de s'échapper de l'Académie et de survivre aux prochaines vingt-quatre heures.

Peut-être puis-je compenser mon bras manquant…, se dit-il en retournant devant les armes. Comme il ne vit rien d'utile, il regarda un peu plus loin et découvrit un assortiment d'armures. *Peut-être qu'un canon d'avant-bras ou un bouclier modifié…* Il se précipita vers le rayonnage adjacent et repéra un étrange disque en acier. Trop grand pour être un simple bocle, trop petit pour faire un véritable bouclier. Un éclair était embossé en son centre, sur la surface convexe de l'objet. Annev s'en saisit, le passa à son bras et en serra très fort les sangles, car il ne pouvait pas en tenir la poignée. Le disque le protégerait un peu, ce dont il s'accommoderait.

Bon, eh bien, je suis prêt, se dit-il, alors qu'il ne se sentait pas prêt du tout. Il courut vers la porte en bois de fer, passa devant une table qu'il n'avait pas vue jusque-là et aperçut quelque chose du coin de l'œil.

La lanterne phénix et le gant de Myjun !

Annev attrapa le bloc de bois sculpté et le mit dans une poche de sa cape. Il prit le gant aussi, même s'il ne pourrait plus jamais le porter. *Narach a-t-il pensé qu'il était magique à cause du phénix brodé dessus ?* Quelle que fût la raison de sa présence ici, Annev était heureux de le récupérer. Il chercha du regard ses autres possessions – Miséricorde, l'étendard de Breathanas, l'encensoir dont Janak avait affirmé qu'il s'agissait de l'Oracle –, mais elles n'étaient pas là. Sur la table, il n'y avait qu'un mouchoir blanc, deux bagues et une baguette en bois toute simple. Sans réfléchir, il les ramassa et les mit dans sa poche avec le gant de Myjun. Il les examinerait plus tard. Trouver la lanterne lui avait redonné de l'espoir, cependant, car sa présence signifiait peut-être que ses autres artefacts n'étaient pas loin.

Mais je n'ai pas vu Miséricorde sur les étagères des armes… Et pourtant, il l'avait cherchée en premier. *Si je me rappelle bien, Kenton l'avait dans la main lorsque Myjun m'a frappé avec sa torche.* Peut-être, dans la confusion, l'avait-il gardée ?

Non, s'il avait eu le glaive, Kenton serait sorti de sa cellule. Et puis, il n'aurait pas été promu maître avatar s'il n'avait pas remis Miséricorde à Tosan.

Annev se mordit la lèvre. Il avait envie de chercher encore, mais il savait que le temps de Sodar, là-haut, était compté. *Je reviendrai la chercher une autre fois*, se jura-t-il. *Pour l'instant, Sodar a besoin de moi.*

Annev courut vers la sortie et inséra le bâtonnet en bois de fer au centre du symbole de l'*aqlumera* gravé sur la face interne de la porte, en pensant très fort à son ouverture. Dès que le symbole commença à se scinder en deux, il retira la clé et recula.

La gorge d'Annev se serra.

Il y avait du sang partout dans le couloir, sur le sol et les murs. Le jeune homme plissa les yeux et aperçut dans le fond du passage quelque chose qui lui fit lâcher son trousseau de clés.

Le cadavre de Narach.

Chapitre 66

Annev s'avança dans le couloir sans prendre garde à la porte qui se refermait dans son dos, et il se retrouva dans le noir. D'une main tremblante, il sortit la lanterne phénix de sa cape et la coinça entre ses genoux pour produire un faisceau de lumière. À une dizaine de mètres, juste avant un tournant, il distinguait clairement la chemise de nuit de Narach. Sous le tissu blanc, son corps était complètement désarticulé.

Annev s'en approcha et fut assailli par une odeur de sang frais et d'excréments. Au lieu de s'en détourner, il se força à examiner le corps pour tenter de comprendre ce qui s'était passé. Il s'agenouilla en se demandant brièvement comment il pourrait rendre un dernier hommage au maître. Il n'avait pas de quoi le couvrir, à moins de se délester de sa cape, dont il avait bien plus besoin que l'homme mort. Annev finit par faire le signe d'Odar et par réciter une prière silencieuse pour l'esprit du défunt. Il ramassa les clés tombées, puis reprit la lanterne phénix.

Cenif, la mule, a été tuée de la même manière, songea-t-il en se remémorant la scène que Crag et lui avaient découverte dans la forêt. Annev secoua la tête, incrédule. Les *feurog* avaient vraiment trouvé Chaenbalu. *« Du métal. Déformé. Horrible. »* C'étaient les mots que Carbad avait employés pour décrire les démons qui attaquaient l'Académie. Sauf que les *feurog* n'étaient pas vraiment des démons. Ils étaient des âmes torturées, des humains pitoyables auxquels on avait greffé des organes de pierre et de métal, et qu'on avait forcés à servir Kelga, la sorcière de la forêt.

Mais elle est morte, alors qui les a poussés à attaquer le village ? Et comment ont-ils traversé la protection de Chaenbalu ? Annev repensa à la femme qu'il avait épargnée dans la forêt – celle dont la gorge avait été écrasée – et se mit à trembler. *Suis-je la cause de tout ça ? N'ai-je sauvé la vie d'une âme torturée que pour sacrifier celle de centaines d'innocents ?* Très peu de temps s'était écoulé depuis ces événements. Se pouvait-il qu'elle l'ait suivi et qu'elle soit venue avec les siens ?

Annev secoua la tête. À quoi bon ressasser ? Il devait réagir et protéger ceux qu'il aimait : Sodar et surtout Myjun.

Un horrible crissement résonna en haut de l'escalier, suivi par des martellements métalliques. Annev prit son courage à deux mains et monta les marches. Le sang battait à ses oreilles. À mi-chemin, il remit la lanterne dans sa poche pour pouvoir dégainer la flamberge. Alors qu'il se lamentait d'avoir dû remiser sa source de lumière, la lame sinueuse de près de quatre-vingts centimètres de longueur s'embrasa, générant des flammes blanc-bleu. Annev l'éloigna de son visage, surpris, puis leva l'épée devant lui comme une torche.

Une épée de feu ! Quelle autre surprise ai-je récupérée dans le Caveau ?

Il n'eut pas à attendre longtemps pour le découvrir. Comme il se remettait en marche dans l'escalier en colimaçon, ses bottes brunes s'animèrent, lui faisant d'abord monter les marches deux par deux, puis trois par trois. Et ses jambes étaient si légères… Comme s'il descendait d'une colline, au lieu de gravir un escalier très raide.

À son sommet, Annev trouva une porte verrouillée. Il posa l'épée, grimaça en voyant sa flamme s'éteindre doucement et se munit de son trousseau de clés. Une fois le battant ouvert, il reprit la flamberge et se félicita de la voir se rallumer.

Je préfère Miséricorde, mais cette épée a ses avantages. Pourquoi l'épée ne s'était-elle pas embrasée la première fois qu'il s'en était saisi ? Pourquoi l'artefact fonctionnait-il dans cet escalier et n'avait-il pas réagi dans le Caveau de la Damnation ?

De l'épaule, Annev poussa le battant de quelques centimètres et constata qu'il était remonté à l'étage des archives. Il entrebâilla la porte juste assez pour pouvoir se glisser de l'autre côté et vit la bataille qui se jouait au bout du couloir.

Deux des six portes qui donnaient sur le passage avaient été arrachées de leurs gonds. Un *feurog* mort gisait au sol, tandis que deux autres tentaient d'agripper Brayan, qui se tenait dans l'entrée d'une des salles, un lourd marteau d'armes à la main.

Annev le rejoignit en courant, sa cape rouge claquant dans son dos. L'apercevant du coin de l'œil, l'un des *feurog* se retourna pour lui faire face et l'attaqua d'une main munie de griffes métalliques. Annev para en taillant dans le poignet de la créature avant de l'empaler avec sa flamberge. La lame enflammée pénétra dans le torse non protégé de la créature, qui hurla, agrippant en vain le dos et la gouttière de l'épée dans une tentative désespérée de se libérer. Les flammes de l'arme enflèrent et, un battement de cœur plus tard, le *feurog* tomba à genoux, le regard vide.

Annev récupéra son épée, les yeux déjà posés sur le second *feurog*. Au contraire du premier, il se tenait bien droit, était habillé et armé d'une épée à deux mains tachée de rouille. En dépit de sa posture humaine, son visage et son crâne étaient couverts de plaques de métal, et son torse nu présentait des renforts minéraux au niveau des côtes.

Le *feurog* s'écarta de la porte et se tourna vers Annev au moment où son camarade s'écroulait. Voyant sa chance, Brayan abattit son marteau sur le crâne de la chose, la force de l'impact enfonçant une plaque de métal. Du sang jaillit de ses yeux et de sa bouche, et la bête tomba, inerte. Brayan s'avança, le marteau d'armes toujours levé.

— C'est vous qui avez fait venir ces démons à Chaenbalu ! grondat-il de sa voix grave.

Il fit un pas de plus vers Annev en soupesant son arme. Le jeune homme raffermit sa prise sur la poignée de son épée et leva son bocle devant lui.

— Je ne suis pas votre ennemi, Maître Brayan. Je ne vous ai fait aucun mal et je n'ai pas fait venir ces créatures.

Il espérait que cette dernière affirmation était vraie.

Brayan donna un coup de pied dans le *feurog* qu'Annev avait tué et ne baissa pas son marteau.

— Où sont Maîtres Kenton et Narach ? Et l'Ancien Tosan ?

— Narach est mort, tué par les *feurog*. Je pense que Kenton est en vie. Je n'ai pas revu Tosan depuis qu'il a quitté le Caveau.

— Vous vous êtes échappé de votre cellule et avez volé des artefacts dans le Caveau exactement comme l'aurait fait un Fils de Keos, dit-il, les yeux plissés.

— Je ne suis pas un Fils de Keos et je suis venu défendre l'Académie à vos côtés !

Brayan serra les dents. Sa barbe hérissée était trempée de sueur.

— Entendu. Vous pouvez vous battre, mais vous répondrez de vos crimes lorsque tout sera terminé. (Il abaissa son arme.) Si vous tentez quoi que ce soit, je n'hésiterai pas à vous faire exploser la cervelle. Compris ?

Annev hocha la tête et regarda derrière Brayan dans la salle des archives.

— Titus est-il ici avec vous ?

L'expression de Brayan s'assombrit, ses rides devinrent plus profondes et son regard plus noir.

— Titus a pris la fuite lorsque les monstres ont attaqué. Ils sont arrivés par ces portes-ci, expliqua-t-il en désignant les deux portes arrachées.

Le cœur d'Annev s'emballa à l'idée que son ami ait pu être pourchassé dans les entrailles de l'Académie par des monstres de métal. Des monstres dont il était peut-être responsable de la venue. Sans un mot de plus, il passa devant l'intendant en chef et fila dans le couloir. Brayan lui emboîta le pas, mais les bottes magiques d'Annev allaient bien trop vite pour lui, et le jeune homme arriva rapidement devant la grande porte en fer que Myjun avait ouverte à son intention. Elle était fermée, mais le métal en avait été tordu au-dessus du sol, replié, créant un passage juste assez large pour permettre à une personne de s'y faufiler. Un autre *feurog* gisait, mort, de son côté de la porte, et il apercevait d'autres cadavres de l'autre côté. Annev rampa dans l'ouverture en tenant son épée devant lui et découvrit deux *feurog*, les doigts et les bras de métal tendus vers le battant comme si, même dans la mort, ils n'avaient pas renoncé. Il trouva aussi deux avatars – Hans et Colven – empalés sur les longues piques de la porte. Celle-ci était par ailleurs constellée d'une bonne cinquantaine d'impacts et de griffures. Annev dépassa cette scène de carnage et se retrouva devant la moitié supérieure du corps de Folum, le Maître des Coutumes.

Le jeune homme pressa le pas pour s'éloigner de cette horreur et remonta en trottant une rampe en spirale. Une dizaine de mètres plus haut, il trouva l'autre moitié du corps du maître, mais il ne s'arrêta pas et continua sa course en prenant garde de ne pas glisser sur le sol ensanglanté.

La pente s'adoucit progressivement, et Annev déboucha dans un couloir terminé par une courte volée de marches. *Descendre côté extérieur*, se dit-il en se rappelant la mise en garde de Myjun. *Et sauter chaque troisième marche.*

Myjun ne lui avait pas menti ; presque toutes les marches s'étaient écroulées, révélant un gouffre insondable, en dessous. Seule la partie la plus à droite de l'escalier était intacte. Annev évita ces brèches comme il le pouvait et atteignit le premier niveau du sous-sol de l'Académie. Comme il courait dans un long couloir, sa cape claquait vigoureusement dans son dos et son épée brillait dans les ténèbres. Il arriva très vite à un premier croisement et s'arrêta. Il regarda à gauche, à droite, devant lui, mais ces boyaux non éclairés se ressemblaient tous. Il avait beau se creuser les méninges, il ne se rappelait pas le trajet pris avec Myjun.

Quelqu'un cria, tout près. Annev pencha la tête sur le côté et attendit. Quelques secondes plus tard, il l'entendit de nouveau.

— Non ! S'il vous plaît… À l'aide !

C'était Titus.

Annev prit à droite et se précipita vers la voix de son camarade. Il passa un tournant, courut vers une rangée de portes fermées. Il venait de les dépasser lorsque Titus cria de nouveau. Annev pivota sur ses talons, l'oreille tendue, et remarqua qu'une des portes cerclées de fer était légèrement entrebâillée. Il l'ouvrit avec son bocle et entra, son épée tendue devant lui.

À l'intérieur, la lame éclaira des centaines de sac de grain et de farine empilés les uns sur les autres. Un chemin étroit était aménagé au milieu, permettant d'accéder à une autre porte, située dans le fond. Près de celle-ci, à côté d'un tas de grain de plus d'un mètre de haut, se tenait un *feurog*.

La bête se tourna vers Annev, les rubans métalliques rouges qui couvraient son torse musculeux reflétant la lumière de l'épée de feu. Ses bras, sa gorge et le sommet de son crâne étaient constitués de ce même métal, mais son visage était humain, ce qui lui donnait une apparence moins sauvage que les autres.

Lorsque le *feurog* à la tête coiffée de cuivre aperçut Annev, il sourit, montrant des dents blanches et entières. Très humaines, en somme. Annev fit un pas vers la créature, qui leva la main droite et pivota, révélant, dans ses doigts de métal, une fine rapière. La mâchoire d'Annev se décrocha lorsqu'il vit le *feurog* fléchir légèrement les genoux, l'arme tendue devant lui, tel un vrai épéiste.

— Vous…, gronda Tête-de-cuivre. Vous ai trouvé… Enfin…

Par la mer et les cieux ! Il parle !

— Kenton ? appela Titus de derrière le tas de grain. Aide-moi, je t'en prie !

— C'est moi, Titus ! répondit Annev en progressant sur le chemin flanqué de sacs de grain.

— Annev !

Le *feurog* avança aussi, la rapière pointée devant lui, un genou fléchi et une jambe tendue derrière lui.

— Venez avec moiiii… Saignez avec moiiii…

L'esprit d'Annev vacilla.

— Tu me veux ? demanda-t-il en abaissant son bocle et en levant son épée. Eh bien, viens me chercher.

— Ouiii…, siffla la créature, sa main libre tombant à sa ceinture. Venir vous chercher…

Le *feurog* lança un couteau vers le torse d'Annev, qui leva son bocle pour se protéger. La lame rebondit sur le disque d'acier. Il y eut un crépitement électrique et une petite explosion lorsque le couteau retourna à son envoyeur, taillant une encoche dans une plaque en métal de sa poitrine.

Tête-de-cuivre considéra son arme à terre, le regard haineux.

— Vous… mourir.

Annev avança avec circonspection derrière son bocle orné d'un éclair. La créature planta son pied gauche dans le sol et attaqua. La rapière glissa sur le bouclier d'Annev avec crissements et étincelles avant de lui transpercer l'épaule. Annev grogna en reculant, et Tête-de-cuivre insista. Le garçon voulut riposter avec sa flamberge, mais la longue épée de feu était trop lente. Il parvint à bloquer la rapière tout près de sa poitrine mais, d'un mouvement de poignet, le *feurog* la dégagea et lui entailla l'épaule droite. Une deuxième tache écarlate macula la chemise blanche d'Annev.

Comment ? se demanda-t-il en reculant encore. *Ce n'est qu'une bête, après tout !* Mais était-ce vrai ? Annev s'en voulait d'avoir sous-estimé son adversaire, de l'avoir privé de son humanité. Pour le battre, il lui faudrait adopter une autre attitude.

C'est à cause de cette rapière. Elle est trop rapide pour ma flamberge. Et mon bocle ne me protège pas suffisamment.

Ne lui laissant pas le temps de réfléchir, l'homme de cuivre éventra un sac de farine et le lui jeta dessus. Un nuage blanc emplit l'atmosphère. Annev toussa en reculant davantage, soulevant instinctivement son bocle au-dessus de sa tête. La rapière du *feurog* traversa le nuage de farine et s'abattit sur son bouclier dans un bruit mat et une pluie étincelles.

Saisissant sa chance, Annev fit un pas en avant et décrivit un arc parfait et lourd avec sa lame, visant la tête de son adversaire. Le *feurog* esquiva et frappa plusieurs fois d'estoc vers ses pieds et ses jambes, le forçant à reculer à la hâte, manœuvre facilitée par ses bottes magiques.

Titus émergea de derrière le tas de grain, montrant d'abord ses boucles blondes ébouriffées, puis une joue ronde balafrée. Le visage maculé de larmes, le garçon ramassa le couteau de lancer tombé, hurla et planta la lame dans le bas du dos de Tête-de-cuivre.

Surpris, le *feurog* se tordit pour attraper le couteau entre ses reins. Il gémit, se cambra en agrippant sa blessure et lâcha son épée.

Soudain, la porte située dans le fond de la pièce s'ouvrit, révélant un Fyn équipé d'une torche et d'une masse d'armes ensanglantée. L'avatar embrassa la scène du regard, regardant successivement le *feurog* blessé et l'épée de feu dans les mains d'Annev.

— Vous…, grogna la créature en se tournant vers Annev, avant de s'écrouler contre un sac de grain.

— Sale Fils de Keos ! gronda Fyn en faisant un pas dans la direction du jeune homme.

— Arrête ! intervint Titus en se dressant devant son ami. Il est venu à mon aide, Fyn !

Tête-de-cuivre arracha la lame plantée dans son échine et tomba à genoux. Il brandit le couteau couvert de sang et se prépara à l'enfoncer dans le dos de Titus.

— Non ! cria Annev en glissant sur les genoux et en plantant sa flamberge dans les fines plaques de métal du dos de la créature.

La lame ondulée crissa en pénétrant le métal et la chair du *feurog*. Tête-de-cuivre toussa et ses bras retombèrent.

Fyn écarta Titus de son chemin et brandit sa masse au-dessus de sa tête.

— Fils de Keos ! jura-t-il encore.

Instinctivement, Annev leva son bocle en espérant que la magie de l'artefact le sauverait, mais sachant qu'il n'aurait pas la force de contenir l'attaque de Fyn.

Celui-ci frappa, et les pointes de sa masse transpercèrent le sommet du crâne du *feurog*. Tête-de-cuivre tressauta, lâcha son arme et tomba raide mort sur le sol.

Chapitre 67

Fyn cracha sur l'amas de chair qui avait été le visage du *feurog* et s'essuya le front en pointant sa masse rouge vers Annev.

— C'est toi qui as tué Narach et Brayan ? demanda-t-il sèchement.

Annev secoua la tête en se relevant.

— Brayan est vivant. Il montait les marches juste derrière moi. Narach a été tué par les *feurog*.

— Les *feurog*… S'agit-il des démons de l'ombre ?

La nuque d'Annev se hérissa.

— Les démons de l'ombre ? Non. Cette chose est un *feurog*, expliqua-t-il en désignant le cadavre. Ce sont des monstres dotés d'excroissances métalliques ou rocheuses. De quels démons parles-tu ?

Fyn prit une profonde inspiration.

— Des choses noires aux longs bras et aux mains crochues. Elles sortent de l'ombre d'un seul coup et vous attrapent. Elles ont eu Jasper. Elles lui ont fait traverser le mur. Je l'ai entendu appeler à l'aide, mais je n'ai rien pu faire. Je ne le voyais même plus.

— Il y en avait une avec Maître Brayan quand ces monstres ont forcé la porte, intervint Titus en tournant un regard écarquillé vers Annev. Elle a voulu m'attraper, alors j'ai couru… pour me retrouver nez à nez avec ça, conclut-il en montrant le *feurog* mort.

Alors qu'Annev s'apprêtait à récupérer la flamberge, Fyn le bouscula de la tête de sa masse d'armes.

— C'est toi qui as fait venir ces montres ici ? Tosan l'affirme.

— Par le bâton d'argent, non, promit Annev. Pas à dessein, en tout cas.

— Qu'est-ce que tu entends par là ? insista Fyn en plissant les yeux.

— Tu te rappelles l'ombre sur les toits de Banok ? demanda Annev en soupirant. Celle que j'ai vue sur le trajet de la demeure de Janak ? Eh bien, elle a disparu d'un seul coup, avant de réapparaître quand je m'apprêtais à rentrer. Elle m'a suivi.

— Tu crois qu'elle t'a suivi jusqu'ici ? l'interrogea Fyn. Pourquoi ?

Annev prit le temps de réfléchir avant de répondre. Inutile de parler de Breathanas et de la prophétie, ne serait-ce que parce qu'il n'y croyait pas lui-même. Et pourtant, ces monstres semblaient le traquer... Il repensa à l'ombre aperçue à l'extérieur de Banok, à la manière dont elle s'était agitée à la vue de son infirmité, et sut ce qu'il devait faire.

Annev soupira et défit les sangles qui retenaient le bocle à son bras. Il tendit le bouclier à Titus et leva le moignon pour le montrer à Fyn. L'avatar eut un mouvement de recul, le visage pâle.

— Par le sang et les os... C'est vrai, alors. Tu es bien un Fils de Keos.

Annev secoua la tête et replia son bras contre son flanc.

— Je ne suis ni un démon, ni un adorateur de Keos. J'ai perdu ma prothèse chez Janak. Lorsque l'ombre a vu mon bras, elle est venue me chercher. Je ne sais pas pourquoi, mais je l'ai constaté.

— Tu es lent, ma parole ! se moqua Fyn. L'ombre veut te livrer à Keos ! Et les démons de métal, les *feurog* ?

— Je les ai vus pour la première fois il y a deux nuits, dans la forêt de Brake, avec le colporteur. Ils nous ont attaqués, et nous les avons presque tous tués. L'un d'entre eux s'est échappé. (L'estomac d'Annev se tordit.) Peut-être m'a-t-il suivi…

Fyn jura dans sa barbe.

— Si je comprends bien, chaque fois que tu quittes le village, tu ramènes un monstre avec toi… Je crains que ça ne fasse de toi un Fils de Keos, conclut-il en serrant plus fort son arme dans sa main.

— Merde, Fyn ! s'emporta Annev.

Il arracha la flamberge du corps du *feurog*, et la lame s'embrasa. Fyn recula de quelques pas, tandis qu'Annev pointait son arme vers la créature morte.

— Je les combats, je ne les aide pas ! Si tu es trop stupide pour le voir, battons-nous et finissons-en, mais cesse de me faire perdre mon temps.

Fyn se redressa, le changement de ton d'Annev le faisant hésiter. Il étudia sa cape rouge, ses bottes brunes, son épée de feu, ainsi que les entailles sur ses épaules.

— Bon. Si tu n'es pas un Fils de Keos, on peut dire que tu n'as pas de chance. Où est-ce que tu as trouvé ça ? demanda-t-il en désignant l'épée. Chez Janak ?

— Non, dans le Caveau. J'ai dû emprunter deux ou trois bricoles. Notamment des vêtements. Je n'avais pas le choix.

Fyn hocha la tête sans lâcher des yeux les flammes blanc-bleu de l'épée.

— Elle pourrait nous être utile. J'ai remarqué que les ombres évitaient les flammes. Je pense que c'est la raison pour laquelle elles ont attrapé Jasper plutôt que moi.

— Si c'est vrai, nous devrions tous porter une source de lumière. (Annev posa son arme et sortit la lanterne phénix de sa cape pour la tendre à Fyn.) Montre à Titus comment on s'en sert.

Fyn posa sa masse et sa torche pour ce faire. Le garçon aux boucles blondes écarquilla les yeux, impressionné, puis essaya.

— Où est-ce que tu allais ? demanda Fyn à Annev sans lâcher Titus des yeux.

— Je dois sauver Sodar.

— Maître Aog a dit qu'ils l'avaient attaché près du puits.

Titus appuya sur les deux boutons cachés de la lanterne et tourna. Des faisceaux de lumière jaillirent des plumes et des flammes du phénix, éclairant davantage la pièce.

— Je pourrais sans doute t'accompagner jusqu'à lui, ajouta Fyn.

— S'il te plaît, oui. Titus, tu devrais t'équiper du bocle. Il te protégera plus que moi et ne t'empêchera pas de porter la lanterne en même temps que ton arme.

— Pourquoi pas ? répondit Titus en coinçant la lanterne sous son bras. Comment fait-on fonctionner l'éclair ?

— Utilise-le comme un bouclier ordinaire. Il s'agit d'un artefact commun, comme la lanterne. Il fera tout seul ce pour quoi il a été conçu.

Le garçon au visage rond acquiesça, glissant avec circonspection l'avant-bras dans les sangles du bocle, avant de les serrer.

— Merci, Annev.

— Pas de quoi. Et prends la rapière. Quel est le chemin le plus rapide ? demanda Annev à Fyn.

Celui-ci passa devant et les guida à travers une série de salles souterraines, où ils croisèrent quelques cadavres de *feurog*.

— Où croyez-vous qu'ils sont tous partis ? s'enquit Titus tandis qu'ils entraient dans les cuisines du rez-de-chaussée.

— Franchement, je pense que la plupart sont morts, répondit Fyn.

— Qu'est-ce qui te fait dire ça ?

— Les acolytes et avatars étaient à la cantine quand l'attaque a débuté, expliqua Fyn dans un haussement d'épaules. Et je n'ai revu aucun d'entre eux depuis. Jasper était avec moi au sous-sol. On a entendu des gens te traiter de Fils de Keos, alors on a voulu en avoir le cœur net. Kenton disait qu'ils avaient mis la main sur le prêtre de retour de la forêt de Brake et qu'ils comptaient l'exécuter. Et puis on a croisé la route d'une apprentie femme sage qui a parlé de bébés morts à la pouponnière, de femmes sages s'entre-tuant…

— Quoi ? Mais c'est complètement fou !

— C'est ce que j'ai pensé aussi. C'est à ce moment que j'ai entendu des cris, et que les ombres ont attaqué Jasper. J'en ai conclu que les démons étaient à l'origine de tous ces massacres.

— C'est terrible, murmura Titus en se mordant la lèvre. J'espère que Therin s'en est sorti. Et Kenton et Maître Brayan aussi. Kenton était avec toi et l'Ancien Tosan, non ?

— Oui, confirma Annev sans préciser où il avait laissé Kenton. Il est en bas. Il protège le Caveau, mentit-il, la gorge nouée. Tosan est remonté. Est-ce que vous l'avez vu ?

— Non, répondit Titus. On a seulement croisé Maître Carbad. C'est lui qui nous a dit de prendre les armes pour défendre l'Académie. On a été attaqués juste après, mais je ne me rappelle pas avoir vu l'Ancien Tosan. J'étais persuadé qu'il était toujours en bas avec Kenton et toi.

Je me demande où il est passé, pensa Annev.

Le trio traversa rapidement une série de couloirs et gagna l'entrée principale. En dépit du carnage qu'ils avaient découvert au sous-sol, la grande double porte était fermée et en parfait état. Fyn s'en approcha, rangea sa masse dans son dos et mit sa torche dans un support mural. Sans demander l'aide de personne, il souleva la poutre en s'aidant des épaules et la laissa tomber lourdement par terre. Puis il poussa les battants renforcés de bandes de fer. Le soleil de midi inonda l'entrée de l'Académie. Annev rengaina son épée, en étouffant les flammes, et, ensemble, ils sortirent sur le parvis qui dominait Chaenbalu. De là, ils avaient une vue imprenable sur les destructions subies par le village.

Le vieux moulin avait été arraché à ses fondations en pierre et renversé dans son bassin. Plus loin, au sud et à l'est, les fermes avaient été dévastées, les champs retournés et piétinés par des hordes de *feurog*. Le paysage était jonché de cadavres d'hommes, de femmes et d'enfants.

Dans le centre de Chaenbalu, les dégâts étaient encore plus impressionnants. Des dizaines de *feurog* sauvages et armés arpentaient les rues, incendiant maisons et échoppes. Des meutes de ces créatures difformes pourchassaient les villageois, les traînaient hors de leurs foyers pour les massacrer et les dévorer.

Des poches de résistance s'étaient constituées autour de la boulangerie et de la forge. Armés d'une lance, d'un arc et d'un carquois plein de flèches, Lorn et Rafela dirigeaient le groupe le plus proche, une vingtaine d'artisans et de commerçants équipés d'outils de ferme.

Quelques rues plus loin, le forgeron borgne Sraon beuglait des ordres au groupe plus réduit qui entourait sa forge, tentant d'organiser une formation de combat. Lorsqu'une paire de *feurog* attaqua, il mena la charge, brandissant une hallebarde à manche court avec une efficacité mortelle. Une poignée de jeunes avatars combattaient à ses côtés. Comme il descendait les marches de l'Académie, Annev reconnut l'un d'entre eux.

— C'est Therin ! s'écria Titus en désignant leur ami de sa rapière. On devrait aller l'aider !

— Eux d'abord, rétorqua Annev en montrant les villageois assaillis par davantage de *feurog*. Sraon et les avatars peuvent se défendre seuls, alors que le boulanger et les artisans vont se faire massacrer.

Il vit Elyas le tanneur combattre un *feurog* affublé d'une massette à la place de la main. D'un grand coup de son couteau à cuir, l'homme entailla profondément la gorge du monstre. Presque simultanément, le *feurog* leva sa lourde main et l'abattit sur le côté de la tête du tanneur, lui fracassant le crâne. Tous les deux tombèrent, morts ou mourants. Alors qu'un autre *feurog* prenait immédiatement la place du monstre tué, personne ne remplaça Elyas. Le nœud coulant se resserrait inexorablement autour des villageois.

— Restons groupés ! cria Annev en dévalant les marches. Titus, protège nos arrières avec ton bouclier. Fyn, tu prends la gauche, moi la droite. On va se frayer un chemin jusqu'aux villageois !

— Entendu ! approuva Titus en prenant position derrière lui.

— Eh ! protesta Fyn en rattrapant Annev. Pourquoi est-ce que c'est toi qui commandes ? On n'est plus à Banok !

Annev serra les dents, se retenant d'user de la magie de ses bottes pour distancer ses deux camarades.

— Tu es un guerrier, Fyn, pas un tacticien. Laisse-moi te dire où aller, et contente-toi de tuer toutes les créatures que tu auras devant toi. Pour le moment, j'ai besoin que tu protèges mon flanc, mon bras gauche étant inutilisable.

Le Maître d'Armes bougonna mais obéit. Dans un mouvement fluide et rapide, il prit ses masses et se dirigea vers la gauche, avisant un *feurog* qui leur tournait le dos.

Annev dégaina son épée, dont les flammes se rallumèrent. Il jeta un coup d'œil par-dessus son épaule, constata que Titus protégeait leurs arrières comme il le lui avait demandé et se concentra sur les villageois.

Rafela se tenait au milieu, au premier rang du groupe, d'où elle décochait flèche après flèche sur la masse de monstres. La femme du boulanger blessait plus qu'elle ne tuait, mais elle ne manquait jamais sa cible, si bien que les *feurog* hésitaient dès qu'ils la voyaient bander son arc.

La lance à la main, Lorn se tenait à côté de son épouse. Alors qu'elle venait de décocher une flèche, un monstre voulut la prendre de vitesse et se jeter sur elle, mais Lorn lui ficha sa lance dans le torse. D'un coup sec, il repoussa le *feurog* en arrière et libéra son arme. Juste derrière le boulanger, la gracile Edrea et son époux Greusik essayaient d'éloigner trois *feurog* avec une cornette à couper et un marteau de cordonnier.

Voyant une chance de leur venir en aide, Annev tailla dans la gorge exposée de la créature la plus proche qui tomba avec force gargouillis, tandis que deux autres *feurog* se retournaient pour faire face au jeune homme. Le premier voulut le frapper à la tête d'un membre minéral, mais Annev esquiva en se baissant, contourna son adversaire et lui assena un coup de flamberge dans le dos, qu'il avait couvert de picots rocheux. Le monstre hurla de colère, et Annev répliqua en faisant glisser sa lame le long de sa colonne vertébrale. La chose se cambra, exposant son ventre vulnérable. Ne laissant pas à Annev le temps de profiter de cette faiblesse, le deuxième *feurog* lui fonça dessus. Le garçon esquiva une griffe en fer, tourna sur lui-même et saisit l'occasion pour frapper à l'estomac son adversaire précédent. Le monstre de pierre s'agita comme des flammes magiques mordaient sa chair. Annev scia vers le haut avec la lame ondulée, trouva le cœur de la chose et tourna. Le *feurog* s'écroula en convulsant.

Annev libéra son arme et se tourna vers le dernier monstre, qui s'était discrètement approché de lui. Des rubans sombres de minerai de fer mêlé à de la roche lui renforçaient le visage et les organes vitaux. Comme il le maintenait à distance, Annev vit Greusik arriver par-derrière. Lorsqu'il fut à moins d'un mètre du *feurog*, le cordonnier brandit son marteau.

Annev secoua discrètement la tête, mais il était trop tard. Greusik abattit l'outil sur le crâne du monstre, qui résonna comme une cloche, tandis que ses yeux se révulsaient. Au lieu de tomber raide mort, cependant, le *feurog* se retourna en poussant un hurlement de rage suraigu et inhumain et arracha le marteau de la main du cordonnier.

Annev l'attaqua dans le dos, cherchant un point faible entre les plaques de métal, mais la pointe de son épée ne fit que glisser, impuissante.

La créature de fer tendit ses épaisses mains crochues et attrapa Greusik par le cou. Le cordonnier ouvrit la bouche pour pousser un cri inaudible, tandis que le *feurog* serrait et lui secouait la tête jusqu'à ce que ses yeux deviennent rouges de sang. Edrea hurla. Annev tailla encore et encore. La créature se recroquevillait à chaque coup, craignait la chaleur de la flamberge, mais ne lâchait pas prise pour autant. Annev frappa plus bas, visant les reins du monstre, mais ceux-ci étaient coiffés de minerai de fer comme le reste de son corps. Alors il s'en prit à ses pieds gris, à ses jambes et à ses bras, à son cou et à sa tête.

Le *feurog* lâcha le corps inerte de Greusik et s'avança d'un pas décidé vers Edrea.

Chapitre 68

La veuve du cordonnier tenait sa cornette d'une main tremblante et pleurait à chaudes larmes, tandis que la bête de métal refermait ses serres autour de sa gorge.

— Non ! cria Annev.

Le jeune homme se précipita à l'aide de la femme, glissant sa lame entre le monstre et sa victime. Le *feurog* cligna des yeux, aveuglé par les flammes. Ses mains lâchèrent leur proie, cherchant à agripper l'épée d'Annev. Edrea en profita sagement pour fuir.

Ne laissant pas à la chose le temps d'attraper la flamberge, Annev se dégagea en tournoyant avant de frapper d'estoc. La pointe dérapa sur le nez de la créature, découpant un morceau de chair morte et arrachant au monstre un rugissement furieux. Annev en profita pour attaquer de nouveau, plongeant sa lame de feu au fond de la gueule ouverte de la créature. Celle-ci étouffait dans son sang, mais continuait d'avancer, de s'embrocher juste pour atteindre le Maître des Chagrins. Annev tourna la lame, l'enfonçant plus profondément dans le gosier de son adversaire déchaîné qui tentait de l'agripper de ses mains difformes. Ses membres noueux et minéraux étant trop courts pour atteindre Annev, le *feurog* décida de saisir les soixante centimètres d'acier qui dépassaient de sa gueule. Ses doigts se refermèrent sur la lame enflammée pour la briser.

Annev commençait à avoir mal au bras. Il raffermit sa prise sur la poignée de l'épée et se concentra sur les flammes blanc-bleu qui habillaient la lame ondulée. Ce faisant, il essaya de se rappeler comment il avait activé et étiré la magie de Miséricorde, rendant coupant l'air qui l'entourait. Il se souvint du coin de la table de Sodar, de la pierre coupée en deux, de l'entaille qu'il avait laissée dans le sol. S'accrochant à ses souvenirs, il imagina les flammes plus chaudes, tranchantes et intenses.

Le *feurog* serra plus fort et courba le métal de façon visible.

Monstre ! pensa Annev en conjurant son calme intérieur. *Fonds ! Meurs !*

Les flammes enflèrent, et les doigts de métal de la bête tombèrent, sectionnés. La créature hurla en crachant un mélange de sang et de métal bouillonnant.

Annev pesa sur sa lame chauffée à blanc et tira vers le bas, découpant avec force crépitements la mâchoire de son adversaire, puis sa cage thoracique, déversant sur le sol ses organes minéralisés. Le monstre bascula en arrière.

Oui ! Annev se retourna vers Edrea, mais découvrit qu'il était trop tard. Le corps frêle de la femme gisait sur le cadavre de son mari, la gorge tranchée par un *feurog* de passage, désormais perdu dans la mêlée qui combattait Lorn et Fyn.

Annev pivota sur ses talons en jurant intérieurement et en cherchant Titus du regard. *Où a-t-on échoué ? Comment ont-ils pu s'approcher ?* Le petit intendant avait maille à partir avec un *feurog* déchaîné, qui n'avait de cesse de s'abîmer contre le bocle enchanté du garçon. L'artefact résonnait et crachait une pluie d'étincelles, comme le monstre le martelait sans relâche de ses poings en forme de hachettes. Bizarrement, la magie du bocle semblait moins efficace entre les mains de l'intendant. Titus recula et rajusta le bouclier sur son bras, le regard rivé sur un seul *feurog* et non sur ceux qui se regroupaient tout près.

On est en train de perdre, pensa Annev en regardant les cadavres de Greusik et Edrea, découragé. *Je ne suis pas meilleur tacticien que Fyn. Ils sont trop nombreux, et on fatigue.*

La fatigue.

Ce mot raviva un souvenir. « *Je fatigue toujours plus vite que vous,* avait-il dit à Sodar. *Ce n'est pas juste.* »

« *Tu le savais lorsque nous avons commencé, donc il n'y a pas d'injustice,* lui avait répondu le prêtre. *Tu aurais dû me presser dès le départ et me priver de mon avantage. Il faut que tu mettes un terme au combat avant qu'il commence vraiment. Compris ?* »

Désormais, il comprenait.

Annev souleva la lame enflammée et se mit dans la position du Loup accroupi. Il bondit dans les airs, ses bottes magiques le propulsant plus haut et plus loin qu'il n'en aurait été capable par ses propres moyens, et atterrit au milieu de la foule de *feurog.*

Les monstres l'encerclèrent, étonnés par la présence de cet humain isolé. Les trois bêtes qui se rapprochaient discrètement de Titus changèrent de cible, attirées par une proie seule et vulnérable.

Le jeune homme étira son esprit. Son bras le picota de nouveau, mais au lieu d'ignorer la sensation ou de l'éprouver passivement, il l'embrassa. L'énergie se déversa dans son corps, la force emplit ses membres, et son esprit s'ouvrit sur la magie qu'il contenait.

La Cape en peau de dragon. Résistante à la chaleur et au feu. Protège contre les coups mineurs. Annev mit la capuche sur sa tête.

L'Épée de feu. Un cœur renforcé par la magie. Un fil particulièrement tranchant. Annev déversa sa colère concentrée dans les flammes, qui passèrent de blanc-bleu à presque ultraviolet.

Un *feurog* musculeux, mesurant plus de deux mètres vingt, visa la tête d'Annev d'un membre semblable à une faux. Le jeune homme contra avec la flamberge. La lame magique tailla dans la chair et le métal, détachant le bras de son adversaire. La créature se figea et, déséquilibrée, regarda sans comprendre son énorme plaie cautérisée. Les autres *feurog* qui encerclaient Annev hurlèrent de rage, jetant dans les airs des poignées de terre et frappant leurs poings dans une cacophonie métallique et minérale.

Annev profita de son élan et décrivit un moulinet du bras, frappant le colosse à l'entrejambe et le coupant littéralement en deux. Les deux moitiés du monstre se détachèrent et s'affaissèrent.

Les *feurog* se turent subitement, bouche bée. Un battement de cœur passa. Puis deux.

Alors, ils chargèrent.

Les Bottes de Célérité. Force et vitesse augmentées.

Annev fit un saut périlleux au-dessus de la charge, dont les premiers rangs se percutèrent. Dans la confusion qui s'ensuivit, il tourna dans les airs et décapita un ennemi avant d'atterrir au milieu d'un autre groupe de *feurog* enragés. Un jeune monstre doté de crocs fit glisser ses serres dorées sur le pantalon d'Annev, mais le tissu ne céda pas.

Pantalon de Protection. Extraordinaire durabilité et résistance à l'abrasion.

Le monstre retenta sa chance, mais cette fois, Annev lui transperça la poitrine. Il parvint néanmoins à le blesser au bras et eut le temps de sourire de sa petite victoire avant de glisser au sol, mort.

Annev se retourna pour attendre son prochain adversaire, mais découvrit que les *feurog* s'étaient repliés loin de sa lame. Au lieu de se jeter sur lui, ils piétinaient, à l'affût d'une éventuelle faiblesse. Sentant son sang chaud couler sur son bras, Annev risqua un coup d'œil à sa chemise tachée en gardant son épée tendue devant lui. Tandis que son liquide vital imbibait le tissu blanc, Annev sentit celui-ci réagir.

La Chemise de Régénération. Énergie augmentée et guérison accélérée.

Alors seulement, Annev se rendit compte que les blessures infligées par Tête-de-cuivre étaient déjà guéries. Bien que toujours maculées de sang, ses épaules ne le faisaient plus souffrir.

Quatre *feurog* attaquèrent à l'unisson, tendant vers lui leurs mains de métal difformes, leurs lourds poings de pierre ou leurs armes rouillées. Annev tournoyait sur lui-même, la flamberge tendue devant lui, imaginant qu'une sphère invisible le protégeait, guidant ses attaques et nourrissant son élan à chaque coup. Il dansait parmi les monstres en entraînant avec lui sa sphère dynamique. Lorsqu'un *feurog* la pénétrait, le jeune homme la redirigeait avec le moignon de son bras gauche, un balayage de son pied ou le feu de sa flamberge. De plus en plus de créatures attaquaient, rendues furieuses par l'inefficacité de leur charge groupée.

Annev tenait bon au milieu de tout cela, s'en prenant consciemment à plus de monstres à la fois. Il se sentait fort. Ses sens étaient en alerte, car si les bêtes visaient sa tête et son dos, si les meurtrissures s'accumulaient sur son bras ensanglanté, ses années d'entraînement portaient leurs fruits, et sa tenue magique lui permettait de continuer, alors qu'il aurait dû être épuisé.

Le jeune homme se sentait à la fois vivant et désincarné, puissant – tandis qu'il estropiait et tuait – et pourtant distant. Ces *feurog* n'avaient-ils pas tué ses amis et connaissances ? N'avaient-ils pas attaqué leur village et détruit leurs maisons ?

Annev tourbillonnait de tous côtés. Il décapita une bête dotée de lames de rasoir en guise de dents, puis éventra un *feurog* qui voulait l'attaquer par-derrière. Il frappa de son épée le bras crochu et métallique d'un troisième monstre, le lui coupant et le cautérisant au niveau du coude. Il ne cessait de tourner, d'alimenter le mouvement de sa sphère dynamique de métal enflammé. Dans sa vision périphérique, Annev aperçut Fyn, Titus et les autres villageois se diriger vers Sraon et les avatars.

Bien. Maintenant, je peux chercher Sodar. Il vira vers la partie sud de l'Académie, son attention partagée entre les créatures qui l'attaquaient et le puits. Rapidement, il se rendit compte que certains des monstres qui le suivaient ralentissaient, réticents. La foule de *feurog* devint moins dense, et le jeune homme aperçut le puits entre les carcasses de maisons incendiées et de boutiques détruites entourant la place. Il se battait comme un démon, désirant avec ferveur voir Sodar près du puits, remarquant à peine ses adversaires, les massacrant sans réfléchir. Les monstres étaient de moins en moins nombreux autour de lui ; une dizaine de *feurog* s'éloignèrent d'un seul coup à la recherche de cibles plus faciles. Lorsqu'une bête aux avant-bras d'obsidienne se présenta devant lui, le jeune homme la décapita sans ralentir ni lâcher des yeux son objectif. La créature tomba, et Annev vit clairement le puits.

Le prêtre n'était pas là.

Il gronda, incrédule, refusant d'admettre ce que lui montraient ses yeux. Les créatures qui le suivaient hésitèrent comme si son cri de guerre les interpellait à un niveau animal. Quelques-unes s'écartèrent, tandis qu'Annev courait vers le puits.

Un gros *feurog* émergea de l'ombre d'une bâtisse et lui assena un coup de sa hache dentelée dans l'épaule. La lame rebondit sur la cape en écailles de dragon, mais Annev sentit quelque chose se casser sous les plis du tissu magique. Il hurla de douleur et transperça le ventre marbré de la créature. Annev poursuivit sa route en invoquant la magie de sa chemise pour guérir son bras, et celle de ses bottes pour le propulser vers le puits. Quelques instants plus tard, il avait distancé ses assaillants et découvrit la bataille qui secouait l'est de

Chaenbalu. Et Tosan, qui se tenait au milieu de ce chaos, derrière le puits déserté.

L'Aîné des Anciens agitait frénétiquement sa baguette, protégeant comme il le pouvait l'espace situé entre l'écurie et l'Académie. Des cadavres fondus de monstres et d'hommes gisaient autour de lui, et toutes les créatures qui s'aventuraient dans les parages étaient aussitôt frappées par un jet de feu liquide. Derrière la silhouette de Tosan se tenaient Carbad et le gros des maîtres et anciens de l'Académie, apparemment peu désireux de prendre part à la bataille. Ou trop effrayés pour cela. La seule exception était Myjun, qui avait échangé sa chemise de nuit contre sa tenue d'apprentie femme sage.

Craignant que Tosan le prenne pour cible, Annev s'éloigna, contourna l'Académie à la recherche de Sodar. Il regarda par-dessus son épaule pour s'assurer que personne ne le suivait et fut stupéfait par le paysage de destruction qu'il découvrit.

Les cadavres de monstres et d'hommes jonchaient le village comme des feuilles mortes après un orage d'automne. Était également parfaitement visible la piste qu'il avait lui-même tracée à coups d'épée, flanquée de nombreux cadavres difformes. Plus loin au sud et à l'ouest, le jeune homme vit des dizaines de *feurog* courir dans le paysage dévasté, se précipiter vers la sécurité de la forêt environnante, poursuivis par les hommes de Tosan.

Loué soit Odar ! pensa Annev en se tournant vers le puits. Comme il s'en approchait, il distingua une flaque de sang sur les pavés. Les battements de son cœur s'accélérèrent et ses prières passèrent de l'exultation à la supplication.

S'il te plaît, sois là. Je t'en prie, sois en vie.

Il courut, s'arrêtant à une dizaine de pas du puits, et vit une masse de tissu bleu ensanglanté derrière la structure.

— Non ! Non ! S'il te plaît, Sodar !

Des larmes ruisselèrent sur ses joues maculées de sang. Il tomba à genoux et, la vue brouillée, contempla le corps ravagé de son mentor.

—Non! sanglota-t-il. On aurait dû partir tous les deux! J'aurais dû écouter, entendre! C'est ma faute…

Il se vautra dans sa douleur et tendit la main pour toucher la robe bleu nuit ensanglantée de Sodar. Et puis il se rendit compte que le vêtement était vide.

—Ainnevog!

La voix provenait de l'intérieur du puits. Annev se releva à la hâte et se pencha au-dessus du gouffre. La corde attachée à la poulie était complètement déroulée et se balançait dans les ténèbres infinies. Le jeune homme leva sa flamberge enflammée et scruta les profondeurs du puits.

Un homme nu se balançait quelques mètres plus bas, la corde enroulée autour des poignets. Il leva sa tête d'un blanc de neige et plongea son regard dans celui d'Annev.

Sodar.

Chapitre 69

Annev lâcha son épée et débloqua la poulie, retenant à grand-peine la manivelle qui menaçait de lui échapper. Il grogna et mit toutes ses forces dans ce combat. Le prêtre était bien plus lourd que l'eau qu'il avait l'habitude de puiser – à deux mains, par-dessus le marché. Les muscles du jeune homme lui hurlaient d'arrêter, mais au lieu de céder, il s'appuya contre le puits, poussa la manivelle vers le bas et continua.

— Un ! compta-t-il en tirant violemment sur la poignée. (Il modifia sa prise, poussa la manivelle vers le bas, puis la modifia encore pour la soulever.) Deux !

Dix-neuf tours. Seulement dix-neuf. Plus que dix-sept. Seulement dix-sept. Il tira, poussa, tourna et recommença.

— Trois !

Son bras le brûlait, ses muscles menaçaient de se déchirer. Il n'avait jamais fait une chose pareille avant. Pas avec le poids d'un homme adulte accroché à la corde, pas d'une seule main. Cela avait toujours été un seau, un simple seau plein d'eau.

— Quatre ! cria-t-il, l'écume aux lèvres.

Il rugit et tira encore. Soudain, la poignée lui échappa et la corde se déroula.

— Non ! hurla Annev en se jetant sous la manivelle pour la bloquer, mais elle s'abattit sur son épaule, lui brisant la clavicule.

Le jeune homme grogna, sonné par la douleur. Et pourtant, il ressentait un soulagement amer, car il savait que sa chemise était déjà en train de réparer son os.

Je peux y arriver, pensa-t-il. *Odar, viens-moi en aide. Je peux y arriver.* Il se redressa et attrapa de nouveau la manivelle. Il enfonça ses pieds dans le sol et tourna. En arrière. En bas. Devant. En haut.

— Un !

Sortir Sodar des ténèbres de ce puits lui prit une éternité. Essoufflé et épuisé, Annev arriva au bout des dix-neuf tours sans lâcher prise et parvint à bloquer la manivelle. Puis il se pencha en avant, passa le bras sous l'aisselle du prêtre et le hissa hors du puits, le posant sur le muret de pierre. Comme Sodar glissait sur le sol pavé, Annev vit que son dos était zébré de plaies sanguinolentes.

— Ils vous ont fouetté…

Quel genre de monstre fallait-il être pour fouetter un vieux prêtre, qui plus est un prêtre qui avait consacré une partie de sa vie aux habitants de Chaenbalu ? Une rage brutale enfla dans sa poitrine, une colère qui lui fit oublier la brûlure de ses poumons.

Sodar voulut se relever. Le jeune homme l'aida, puis ramassa sa flamberge. Comme ses doigts se refermaient sur la poignée, les flammes blanc-bleu se rallumèrent et le prêtre eut un mouvement de recul, s'appuyant contre le puits, les yeux écarquillés.

— Tu as… appris une magie nouvelle ?

— C'est juste un artefact du Caveau, expliqua Annev en secouant la tête.

— Il y a seulement deux jours, tu n'étais même pas capable de sortir une pièce de mon sac, remarqua Sodar avec un faible sourire en coin. Et voilà que tu arrives à faire brûler de l'acier…

Le jeune homme haussa les épaules.

— C'est un artefact commun. N'importe qui peut s'en servir.

— Peut-être. En tout cas, si tu lui donnes un nom, préviens-moi.

Annev l'ignora et entreprit de trancher ses liens de la pointe de son épée.

— Ne bougez pas.

Sodar hocha la tête, et Annev coupa vers le haut, taillant dans la fibre de chanvre comme dans du beurre. Les liens tombèrent au sol, révélant la peau tailladée des poignets du prêtre, qui se les frotta en grimaçant.

— Mes vêtements ?

Annev planta son épée dans le sol et alla ramasser les vêtements déchirés de Sodar, l'aidant à les enfiler. Le vieil homme grogna mais apprécia néanmoins son assistance, hochant la tête pour le remercier. Puis il se tourna vers Annev et parut remarquer qu'il lui manquait un bras.

— Tu ne l'as plus…

Le garçon opina et le vieux prêtre poussa un soupir.

— Je croyais que vous deviez partir ?

— J'en avais l'intention. Une fois terminé mon dernier sermon de Regaleus, je suis parti vers l'est. Non pas pour t'abandonner, mais pour te laisser respirer et pour en apprendre davantage sur ceux qui te traquent. J'espérais trouver les restes de Kelga et en déduire le rôle qu'elle a joué dans tout ceci. Au lieu de quoi, j'ai trouvé un message de Crag.

— Un *autre* message ? s'étonna Annev, dont le sang se glaça subitement.

— Oui, près de l'endroit où est enterré l'animal mutilé. Il y avait aussi un autel renversé… et l'arc d'Arnor posé sur un tas de pierres.

— Arnor ? L'homme qui est venu vous rendre visite ? Vous croyez qu'il est mort ?

Sodar acquiesça de la tête.

— Il n'y avait pas de corps, mais du sang – le sien – et des résidus de magie noire. De la magie venue du domaine des ombres.

Les ombres…

— Crag connaissait Arnor, poursuivit Sodar. Il savait que quelque chose de mauvais l'avait tué. Il pensait aussi que Dortafola – le premier vampire et serviteur fidèle de Keos – avait tenté d'infiltrer un de ses agents à Chaenbalu.

— *Quoi ?* Pourquoi ne l'avait-il pas écrit dans sa première lettre ?

— Parce que je lui ai transmis quelques-unes de mes mauvaises habitudes, expliqua Sodar, le regard amer. Je suis convaincu qu'il pensait nous protéger en gardant pour lui certains détails.

— Effectivement, ça me rappelle quelqu'un… A-t-il dit qui était cet espion ?

Sodar hocha la tête, l'air sombre.

— Un assassin. Un fantôme. Autrefois, il s'appelait Oyru, et c'était un faiseur d'ombres de Krocirun. Mais aujourd'hui, c'est un Siänar, un des six keokum qui servent Dortafola.

Un fantôme… une ombre. Annev se rappela l'homme portant une cape de mort et frissonna.

— Un homme vêtu de lumière et d'ombre ? Je crois qu'il m'a suivi depuis Banok, admit-il. Depuis la maison de Janak.

— Cela n'a rien d'étonnant. Il me semble même avoir suggéré qu'une chose pareille risquait d'arriver si tu quittais le village.

Annev baissa la tête, honteux.

Sodar grimaça en levant la main pour la poser sur l'épaule du jeune homme.

— Je suis désolé. Tu as bien fait de ne pas te laisser attraper par lui, mais nous devrions partir dès à présent. L'Ombre ressuscitée est un adversaire surnaturel – bien plus puissant que Tosan –, et je suis certain qu'il n'est pas pour rien dans la venue de ces monstres.

— Mais pourquoi ? protesta Annev en secouant la tête. Pourquoi me traquer ?

— N'est-ce pas évident ? Il est à ta recherche, Annev. Keos est à ta recherche.

Annev considéra le village dévasté, la masse de cadavres d'humains et de *feurog*.

— Il veut détruire le sang de Breathanas, et il est prêt à tuer tout le monde à Chaenbalu pour m'avoir…

Sodar hocha la tête, et les paroles insensées de Kelga revinrent en mémoire à Annev : *« Le Faiseur d'ombres le chasse. Le Dieu de l'Ombre le veut. Le Dieu déchu a besoin de lui. »*

Il y avait tant de choses qu'il ne comprenait pas. Kelga avait-elle été une servante de Keos ? Elle était folle, mais ses paroles… Elle avait mentionné l'un des Jeunes Dieux. Janak avait dit que Cruithear le cherchait – le Dieu des Minéraux lui avait même promis de nouvelles jambes s'il l'aidait à mettre la main sur Annev –, mais Annev ne voyait pas comment les pièces s'emboîtaient.

D'abord Kelga et Janak… et maintenant Oyru.

— Nous devrions partir, reprit Sodar. Le village est perdu, et nous n'avons plus notre place ici. Nous devons disparaître avant que l'Ombre – ou Tosan – te retrouve.

Un cri de femme transperça l'air. Les villageois regroupés autour de la forge de Sraon s'agitaient, apeurés.

— Ils ont besoin de notre aide, Sodar.

Le prêtre se tourna à son tour vers l'agitation.

— J'ai promis de veiller sur toi, Annev. Sraon est avec eux, de même que tes amis avatars, et les monstres sont en train de reculer. Nous devrions fuir avant qu'on nous voie ou que l'Ombre nous retrouve. (Sodar se détourna des cris.) Mais j'aimerais d'abord passer à la chapelle. J'y ai laissé Casseur de dents pour toi – il n'entrait pas dans mon sac sans fond –, mais maintenant, on peut le prendre avec nous.

Sodar parlait tout seul, ne se rendant pas compte qu'Annev ne l'écoutait plus.

Ces monstres sont là à cause de moi. Si je pars maintenant, si je laisse les villageois se débrouiller seuls, je serai vraiment le monstre qu'ils m'accusent d'être.

— … mis le reste dans le sac, disait Sodar. J'ai même pris les manuscrits de Speur Dún. (Il s'interrompit.) Dépêche-toi, mon garçon.

— Je ne peux pas, répondit Annev en secouant la tête.

— Ne me dis pas que c'est à cause de cette fille ? demanda Sodar en fronçant les sourcils. Maître Aog a pas mal parlé pendant qu'il me fouettait. Myjun t'a trahi lorsqu'elle a vu ton bras. Elle ne t'aime pas, Annev. Elle ne te connaît même pas.

Le jeune homme serra les dents et les flammes de son épée virèrent au violet. Il s'efforça cependant de ne pas s'embraser.

— Je sais qu'elle ne m'aime pas. Tout ce que Myjun veut, c'est… (Que voulait-elle, au juste ? Il secoua la tête et poursuivit.) Je ne me bats pas pour elle, mais pour eux. (Il désigna les villageois et les avatars autour de la forge de Sraon.) Ils ont besoin de nous.

Sodar secoua sa barbe blanche.

— Annev, tu ne…

— Vous voudriez les laisser crever comme mes parents, c'est ça ? aboya le jeune homme.

Sodar referma la bouche et le fixa d'un regard froid. Le garçon déglutit en cherchant les bons mots.

— Lors de la bataille de Vosgar, Breathanas a pris le Bâton d'Odar au péril de sa vie. Il en a eu le courage, car il ne craignait pas de se sacrifier. Des gens sont en train de mourir, et nous avons le pouvoir de les aider. Avant, vous n'aviez pas la possibilité d'intervenir, maintenant si.

La lèvre inférieure de Sodar se mit à trembler.

— Tu as raison, dit-il doucement. Je suis un lâche. (Il se tourna vers les survivants.) Va. Je te suis. Dépêche-toi !

Annev fonça comme une flèche vers la forge. Sa cape en écailles claquait dans le vent tandis que ses bottes magiques le portaient. Il zigzagua dans les rues, évita les débris enflammés de maisons et de magasins, arrivant devant la forge.

À l'ombre de l'auvent, Lorn le boulanger plantait de façon répétée la pointe de sa lance dans la terre en crachant des jurons. Les avatars et villageois s'agitaient autour de lui ; certains essayaient de le calmer, d'autres se tenaient aussi loin de lui que possible. Ces derniers paraissaient pressés de fuir, mais n'osaient pas s'éloigner du reste du groupe.

Therin se tenait à l'écart et posait sur Lorn un regard vide. Annev apparut soudain devant lui, et le garçon maigrichon fit un bond en arrière, adoptant par réflexe une posture défensive. Comme Annev ne l'attaquait pas, il cligna des paupières et parut le reconnaître. Il ne relâcha pas sa garde, cependant.

— Annev ? Qu'est-ce que… ?

— Je suis venu vous aider. Qu'est-il arrivé ? demanda-t-il en désignant le boulanger secoué de sanglots.

Therin se redressa et bascula son poids d'un pied sur l'autre.

— Un démon, une ombre. Avec de longs bras fins. Il a attrapé Rafela et l'a entraînée… dans le sol. (Il secoua la tête.) Comme à l'Académie. Quatre d'entre eux sont sortis du mur. Kellor était à côté de moi dans le mess lorsqu'ils l'ont traîné sous la table. (Il eut un violent frisson.) J'ai failli ne pas m'en sortir.

Annev se tourna vers le groupe réuni derrière lui, comptant les avatars, les intendants et les maîtres. S'il excluait Fyn, Titus et Therin, il n'y avait que quatre survivants : Alisander et ses taches de rousseur ; Chedwik et ses favoris broussailleux ; Lemwich et son cou de taureau, armé du marteau de Sraon et se tenant, protecteur, devant Titus ; Brinden, qui brandissait un lourd tisonnier et attendait dans l'ombre, près de Fyn. Il ne voyait pas le moindre acolyte, le moindre enfant, ni même une femme sage.

Lorn, quant à lui, faisait voler des mottes de terre dans les airs et hurlait aux démons de se montrer pour se battre avec lui.

Sraon se tenait près de son enclume avec la plupart des villageois. Il parlait à voix basse à la couturière veuve Alanna, tandis que Nikum le charpentier et Yohan l'accastilleur discutaient de ce qu'ils avaient vu. Ce dernier aperçut Annev.

— C'est lui le responsable ! finit-il par crier en tamponnant son visage trempé de sueur. Fils de Keos ! C'est lui qui a fait venir les démons ! Il nous a sacrifiés pour des pouvoirs magiques ! conclut-il en crachant.

Furieux, Annev se précipita vers l'homme en agitant sa flamberge, l'obligeant à reculer.

— Je suis venu vous aider ! Et je ne suis pas…

— Aaah !

Annev se retourna et fut stupéfait de découvrir quatre longs membres arachnéens émerger de l'ombre de la forge pour attraper les bras et les jambes de Lorn de leurs doigts crochus. Le boulanger cria, résista aux ombres qui l'agrippaient et parvint à embrocher le monstre le plus proche.

Sauf que la tête de la lance traversa le démon sans le blesser, et les minces bras gris disparurent lentement dans le sol en entraînant un boulanger impuissant.

Alanna hurla et Yohan jura tandis qu'Annev bondissait, franchissant en un éclair les sept mètres qui le séparaient de Lorn. Il frappa de sa flamberge le démon le plus proche, la lame enflammée tranchant net l'épaule du monstre. Une fumée grise s'éleva de la blessure, et l'une des mains qui agrippaient le boulanger se dissipa dans le néant. Les flammes de l'épée d'Annev brûlèrent brièvement d'un éclat noir et rouge, avant de reprendre leur teinte d'origine.

Un visage au nez plat, aux dents pointues et aux orbites vides jaillit du sol. Le jeune homme voulut lui assener un coup d'épée, mais le démon se retira rapidement dans l'ombre. Au même moment, les trois bras qui maintenaient Lorn tirèrent violemment, entraînant pour de bon le boulanger dans les ténèbres.

Annev frappa de nouveau, mais il était trop tard. Lorn n'était plus là.

D'autres villageois se mirent à hurler de terreur, ne laissant pas à Annev le temps de reprendre ses esprits. Il fit volte-face et vit les membres d'une dizaine de démons attaquer les avatars et les villageois. Une paire de bras osseux attrapa Alisander et le tira dans les ombres profondes qui entouraient la forge froide de Sraon. Brinden essaya de frapper le monstre de son tisonnier, en vain, et Alisander disparut dans le sol.

Alanna cria de nouveau comme des mains crochues émergeaient de la terre, à ses pieds, et se refermaient sur ses chevilles. Une flaque de ténèbres se répandit sur le sol, sous l'auvent de l'atelier. Annev en eut le souffle coupé : il avait reconnu l'une des mares d'ombre de la forêt de Brake. Alanna y tomba, glissant des doigts du forgeron, et disparut à son tour dans la terre. La hallebarde à la main, Sraon fixait bouche bée l'endroit où elle se trouvait une seconde plus tôt.

— Éloignez-vous des ombres ! s'écria Sodar en apparaissant à côté d'Annev. Les eidolons vivent dans les ombres ! Restez en pleine lumière !

Les villageois se précipitèrent dans les rues. L'un d'entre eux trébucha et se fit piétiner par Yohan et Brinden, et lorsque Lemwich et Titus s'arrêtèrent pour aider le jeune charpentier, un démon dégingandé émergea de derrière l'enclume de Sraon pour les plaquer au sol. Comme le monstre agrippait les deux garçons, Annev lui transperça la poitrine. La chose se tortilla au bout de son épée, dont les flammes virèrent de nouveau au noir et au rouge. Lemwich et Titus se relevèrent tant bien que mal et aidèrent Nikum à se mettre à l'abri. La silhouette brumeuse de l'eidolon se dissipa sous la forme d'une vapeur noire.

Annev se retourna, cherchant du regard un autre démon à combattre. Il vit Chedwik passer en courant devant le baril dans lequel Sraon trempait son acier, et une paire de longs membres gris agrippa l'homme par surprise. Annev fonça, frappant au travers du baril, le disloquant. Les flammes bleues sifflèrent en produisant un nuage de vapeur et l'eau se répandit partout.

Il était trop tard pour Chedwik. L'avatar et le démon s'étaient tous deux volatilisés.

— Sodar ! appela Annev. Ils sont trop nombreux !

— Tout le monde sur la place du village ! Restez loin des murs et de tout ce qui projette une ombre ! Je vais installer une protection.

Annev se précipita dans la rue, où s'étaient regroupés les avatars et villageois qui restaient.

— Allons sur la place ! les instruisit-il. Suivez-moi et restez loin des murs !

— Plutôt crever ! protesta Yohan. Ce maudit Fils de Keos veut nous regrouper pour que les démons nous aient plus facilement ! Il est des leurs ! Fuyons plutôt vers la forêt !

Joignant les actes à la parole, il se mit à courir dans la direction opposée, vers la forêt de Brake.

Annev jura en voyant le boucher et sa famille lui emboîter le pas. Puis le barbier et le tisserand. Duane, le charretier, n'hésita presque pas avant de les suivre. Les élèves – Fyn, Brinden, Titus, Lemwich et Therin –, quant à eux, restèrent avec Annev, tout comme Sraon. Le forgeron brandit la hallebarde et cria aux fuyards :

— Bande d'imbéciles ! Il veut juste vous aider !

Nikum, le charpentier, hésita et se tourna vers Annev, Sraon et les autres.

— Le forgeron est l'allié des démons ! beugla Yohan. Il nous a attirés dans sa forge à dessein ! Keos l'a marqué aussi ! ajouta-t-il en se tapotant la pommette.

Puis il disparut en courant.

Nikum regarda successivement Sraon et Yohan, puis se hâta de rattraper l'accastilleur et les autres villageois.

— Bande de fous ! marmonna Sraon en secouant la tête et en crachant. Passez devant, Maître Annev. On ne peut pas les sauver contre leur volonté.

Chapitre 70

Lorsque le groupe eut atteint la place du village, Annev constata que Sodar était déjà là. Le prêtre avait récupéré la cornette à couper d'Edrea et, à quatre pattes, traçait un grand symbole dans la terre, à côté du puits. Il releva la tête à leur approche.

— C'est tout ?

— Yohan les a retournés contre nous, expliqua Sraon.

— Même Alanna ?

— Nous l'avons perdue à la forge.

Sodar soupira et se releva.

— Je suis désolé, Sraon. Si nous étions arrivés plus tôt…

— Elle est partie pour de bon, alors ? s'enquit le forgeron d'un ton creux. Vous ne pouvez rien y faire ?

— Non. Je suis loin d'avoir le pouvoir d'arracher qui que ce soit au domaine des ombres. Et même si je l'avais, ce ne serait pas souhaitable.

Sraon hocha la tête et prit une profonde inspiration en tournant et retournant la hallebarde dans ses mains.

— Je la tenais, et puis… Et puis, elle m'a dit… Oh ! peu importe.

Sodar fouilla sa robe ensanglantée et produisit son sac magique. Il plongea la main dedans et en sortit une outre, qu'il tendit à Annev.

— Verse ceci sur le symbole.

Annev rengaina son épée, prit l'outre et, la posant en équilibre sur son avant-bras, constata qu'elle contenait du sel et non de l'eau. Il repassa sur les traits faits par Sodar – le symbole ressemblait à un V à l'intérieur d'un O –, tandis que Sraon, Sodar et les cinq garçons se regroupaient au centre.

Un chœur de cris à glacer le sang résonna au moment où Annev terminait. Le garçon se retourna vers l'origine du bruit et scruta la longue voie conduisant à l'extrémité est du village.

Au bout de la rue de la Ferme, près de l'ombre d'une demeure écroulée, Yohan et Jori, le dernier fils du boucher, se battaient contre trois eidolons. Les autres villageois étaient partis. Les démons agrippèrent le jeune garçon, qui cria et s'agita, mais fut irrémédiablement entraîné. Yohan tenta de s'enfuir, mais alors qu'il s'apprêtait à sortir de l'ombre du bâtiment en ruine, les démons l'attrapèrent par les chevilles et le firent chuter, avant de l'emporter dans le sol.

Annev frissonna et recula dans les limites du cercle protecteur de Sodar. Brinden se lécha les lèvres, le regard rivé sur l'endroit où se trouvait l'accastilleur quelques secondes plus tôt.

— On est… en sécurité, ici ?

Tout le monde se tourna vers Annev, puis Sodar. Le prêtre ferma les paupières.

— *Solus. Soillse.*

Le symbole empli de sel s'illumina, chassant par sa radiance les ombres des hommes. Et puis le prêtre rouvrit les yeux et regarda autour de lui.

— Oui. Pour l'instant. Mais nous ne pourrons pas rester ici indéfiniment. Quand la nuit tombera, nous redeviendrons vulnérables.

— Qu'est-ce qu'on peut faire, alors ? demanda Lemwich en se grattant la tête.

Un silence. Les avatars, le forgeron et le prêtre échangèrent des regards. Personne ne dit mot.

— Donnez-moi le garçon et je vous laisserai partir…

En entendant la voix, tous se retournèrent vers le puits.

Un homme très grand vêtu d'une robe grise se tenait dans l'ombre du toit du puits, qui lui arrivait à hauteur de taille. Alors que l'après-midi débutait à peine, ses vêtements absorbaient la lumière ambiante, donnant l'impression qu'il se tenait dans une profonde obscurité.

Oyru, pensa Annev. *L'Ombre ressuscitée. Il est effectivement derrière cette attaque.*

Comme à Banok, le visage de l'assassin était couvert d'un voile noir et son regard dépourvu d'expression. Il sortit de l'ombre du puits et s'avança dans le soleil en clignant furieusement des paupières.

Il n'aime pas la lumière, mais il la supporte.

Oyru s'arrêta à la limite du symbole tracé par Sodar. La main en visière au-dessus des yeux, il se pencha en avant pour inspecter la protection.

— Donnez-moi le garçon, répéta-t-il, la voix vide de toute émotion. Et je vous laisserai partir.

— De qui parle-t-il ? demanda Titus en tirant sur la manche d'Annev.

— De moi.

— Eh bien, tu n'as qu'à y aller, proposa Brinden. Le moins que tu puisses faire, c'est de nous laisser vivre.

Fyn donna une tape sur l'arrière de la tête de son ancien souffre-douleur.

— Imbécile. Tu crois vraiment qu'après avoir massacré la moitié du village cette chose va nous laisser partir ? Dès qu'il aura Annev, il nous tuera tous, ajouta-t-il en pointant sa masse vers la créature. Ou alors il attendra que la nuit tombe et enverra ses ombres finir le travail.

Brinden baissa la tête, défait.

L'assassin s'éloigna, s'arrêtant à une quinzaine de mètres. Il s'assit en tailleur, joignit ses mains devant son torse et ferma les yeux.

— Qu'est-ce qu'il fait ? s'enquit Lemwich.

— Il médite, répondit doucement Titus. En tout cas, ça y ressemble.

— Qu'est-ce qu'on fait ? demanda Annev à Sodar.

Le prêtre regarda son élève, puis se tourna vers Oyru.

— Je ne suis pas sûr, chuchota-t-il pour n'être entendu que d'Annev. À mon avis, il est capable d'entrer dans le symbole, mais il a choisi de ne pas le faire. Pourquoi ? En tout cas, il ne nous craint pas et n'hésitera pas à faire couler notre sang. Non, s'il évite ce combat, c'est parce qu'il n'a pas le choix.

— Peut-être qu'il me veut vivant, suggéra Annev en se remémorant son étrange conversation avec Janak. Peut-être qu'il n'est pas là pour me tuer. Peut-être qu'il veut… m'emmener.

Sodar hocha la tête, le regard rivé sur l'assassin.

— Peut-être bien. Oyru est l'un des six assassins de Dortafola, donc s'il te veut, c'est que Keos – ou le magicien Neruacanta se faisant passer pour Keos – l'a envoyé te chercher.

« Le Faiseur d'ombres le chasse. Le Dieu de l'Ombre le veut. Le Dieu déchu a besoin de lui. » Les paroles de la sorcière hantaient Annev.

— Vous l'appelez l'Ombre ressuscitée. Pourquoi ?

— Parce qu'il est mort et qu'il a ressuscité à la faveur d'un pacte avec Keos. Il n'est pas le plus puissant des Siänar, ni le plus intelligent, ni le plus mauvais, mais il est certainement le plus dangereux. Il était assassin quand il était vivant – un faiseur d'ombres adorateur de Dorchnok –, et maintenant il est pire que ça. Un fantôme, plus ombre que chair, même s'il n'est pas soumis aux mêmes lois que les eidolons. (Sodar se détourna d'Oyru et plongea son regard dans celui d'Annev.) Il existe des manières de combattre les hommes ou les ombres, mais comment lutter contre quelque chose qui n'est ni l'un ni l'autre ?

Oyru ouvrit subitement les paupières. Les mains toujours jointes devant lui, l'assassin se leva.

— Donnez-moi le garçon, répéta-t-il à l'intention de Sodar.

Celui-ci grimaça, mais ne dit rien. Derrière lui, Sraon changea de posture et brandit sa hallebarde. Lemwich leva son marteau, tandis que Titus rajustait son bocle et soupesait sa rapière. Les secondes défilèrent. Personne ne bougea, et le regard de l'assassin glissa sur chacun d'entre eux avant de se river sur Annev.

— Qu'il en soit ainsi.

L'Ombre plaça les mains le long de son corps puis lança des étoiles de métal noir vers Sodar. Le prêtre évita la première – dirigée vers sa gorge –, tandis que la seconde se fichait dans sa cuisse.

D'un mouvement sec des poignets, Oyru lança étoile après étoile sur le groupe réuni dans le cercle protecteur. Un projectile heurta le bouclier de Titus. Un autre toucha au front Brinden, qui s'écroula. Sraon fit tournoyer sa hallebarde devant lui, déviant une étoile, mais en reçut une autre dans l'épaule.

Fyn lança ses couteaux sur l'assassin en robe grise, le bombardant de métal. La chose en évita un et en attrapa un deuxième en plein vol, avant de le renvoyer vers le jeune homme. Celui-ci l'esquiva, non sans avoir au préalable lancé une troisième lourde lame, qui atteignit l'assassin de plein fouet, le faisant reculer d'un pas.

Oyru regarda le couteau fiché dans sa poitrine. Il ferma les yeux, et son corps scintilla brièvement avant de s'estomper, de perdre de la substance, devenant pareil à celui des eidolons. La lame lui traversa lentement la poitrine, puis tomba par terre avec un bruit mat.

— Par le sang et les os ! jura Therin.

On ne s'en sortira pas comme ça, se dit Annev en avisant les blessures de Sraon et Sodar, puis le corps sans vie de

Brinden. *Nous sommes vulnérables à ses attaques, tandis que les nôtres ne lui font rien.*

— Sraon, vous pouvez vous occuper de Sodar ? demanda-t-il.

Le forgeron hocha la tête. Il venait d'arracher l'étoile de son épaule et inspectait sa blessure.

— Oui. Je suis toujours capable de me battre, si c'est ce que vous voulez savoir.

Annev acquiesça, puis se tourna vers l'assassin. Celui-ci ramassa la lourde lame qui l'avait touché, en testa le tranchant puis la laissa tomber, indifférent.

« Il existe des manières de combattre les hommes ou les ombres, mais comment lutter contre quelque chose qui n'est ni l'un ni l'autre ? »

Se désintéressant complètement des avatars, Oyru se tâtait le torse, examinant l'endroit où le couteau l'avait touché. *Il évalue la gravité de sa blessure,* pensa Annev, *ce qui signifie que l'acier peut lui faire mal… mais pas quand il est plus ombre que chair. C'est peut-être la raison pour laquelle il refuse de se battre dans les limites du symbole protecteur.*

L'assassin recula dans l'ombre du puits et de son toit.

La lumière ne lui fait pas autant de mal qu'aux eidolons, cependant elle le rend plus vulnérable. Il attend que le soleil descende avant d'attaquer de nouveau, ce qui signifie qu'on doit passer à l'action maintenant.

— Lem, lança Annev en s'adressant à l'avatar de haute taille. Prends le tisonnier de Brinden. Tu peux garder le marteau, mais tu vas avoir besoin d'une plus grande allonge. Titus, donne la rapière à Therin. Tu vas devoir tenir la lanterne phénix derrière le bocle.

Les garçons échangèrent des regards incrédules. Lorsque Titus finit par donner son épée à Therin, Lemwich haussa les épaules et se baissa pour ramasser le tisonnier. Fyn se rapprocha d'Annev en attrapant ses masses dans son dos.

— Est-ce qu'on lui fonce dessus ? demanda-t-il.

Annev secoua la tête, puis regarda Oyru. De l'autre côté de la place, l'assassin tendit les bras. Des vrilles de fumée noire se déroulèrent de ses doigts et commencèrent à se solidifier.

— La lumière fait mal à l'ombre, mais l'acier fait mal à l'homme. Il faut utiliser les deux.

— Tu possèdes déjà les deux, remarqua Fyn en désignant du menton l'épée enflammée d'Annev.

— Oui, mais j'ai besoin d'aide.

— Pas la nôtre. Je t'ai vu tuer ces monstres de métal tout seul. Je ne sais pas ce que tu as trouvé dans le Caveau, mais tu es devenu un sacré combattant.

Les autres avatars s'étaient regroupés autour d'Annev et acquiesçaient vigoureusement. Il haussa les épaules, ne voulant pas expliquer que si les artefacts l'avaient aidé, ses capacités de combattant avaient été décuplées lorsqu'il avait puisé dans leur magie. Toutefois, il ne comprenait pas le processus et ne pouvait pas encore s'y fier. Au contraire de la magie darienne que Sodar avait tenté de lui enseigner, celle-ci ne nécessitait ni symboles, ni paroles magiques, mais bien un sentiment de nécessité et une conscience aiguë de la magie qu'on abritait.

— Deux mains sont plus fortes qu'une seule, expliqua-t-il. Ce qu'un doigt peut arrêter, un poing peut l'écraser. J'ai besoin de votre aide pour battre cette créature, conclut-il en regardant ses pairs tour à tour.

Les avatars échangèrent des regards incertains. Titus fit un pas en avant, la lanterne phénix serrée contre la poitrine.

— Je suis avec toi.

Therin regarda Fyn puis Lemwich, et haussa les épaules.

— Si Titus peut se battre sans épée, je devrais pouvoir m'en sortir aussi.

— Merci, les gars, dit Annev avant de se tourner vers les autres avatars. Êtes-vous avec moi ? (Ils hochèrent lentement la tête.) Bien. Vous allez le repousser vers moi. S'il se réfugie dans l'ombre, vous vous replierez, mais si nous parvenons à le circonscrire sur la place, on devrait pouvoir y arriver. Titus, je veux que tu pointes l'œil de la lanterne sur Oyru. Ça devrait le rendre plus vulnérable aux attaques des autres. Compris ?

Lemwich et Therin hochèrent la tête. Titus prit la lanterne dans ses mains et la vrilla, l'allumant et générant un faisceau étroit et puissant.

— Je dois le diriger où ? s'enquit-il.

Annev observa Oyru. L'assassin était sorti de l'ombre, armé d'une paire de flissas à l'allure dangereuse : longues et étroites, avec un dos rectiligne, un fil légèrement courbé et une pointe très effilée, les lames noires produisaient une fumée sombre tandis qu'Oyru les faisait tournoyer. Il faisait les cent pas, plissait les paupières dans la lumière, ne s'éloignant jamais de l'ombre du puits.

— Dans les yeux, répondit Annev en étudiant l'assassin. Mais cache la lanterne derrière le bouclier en attendant d'être plus près. Et fais attention à toi. Si quelqu'un voit quelque chose sortir de l'ombre – même votre propre ombre –, prévenez-nous, Titus et moi.

Annev se tourna vers Sraon, qui s'était agenouillé près de Sodar pour examiner sa blessure. Il avait retiré l'étoile en métal de sa cuisse et le prêtre lui expliquait comment bander sa plaie. Annev prit une profonde inspiration et raffermit sa prise sur son épée. Il se concentra sur les flammes, les imaginant plus froides et plus lumineuses, puis étira sa conscience dans le métal. Le spectre blanc-bleu changea, le bleu virant au jaune, le blanc devenant aveuglant.

— Suivez-moi.

Annev se lança dans la direction de l'assassin, quittant la sécurité du symbole tracé par Sodar. Les garçons lui emboîtèrent le pas, se déployant dans son dos et s'efforçant de ne pas se faire distancer.

En les voyant arriver, Oyru pencha la tête de côté et s'éloigna légèrement du puits. Il s'accroupit et se prépara à recevoir ses adversaires.

En se rapprochant de l'assassin, Annev ouvrit son esprit et embrassa la magie qui le traversait, demandant à ses vêtements et équipements de le rendre plus fort et rapide, de le protéger. Il ouvrit grand les yeux pour absorber la lumière et le moindre détail de la scène.

Lorsque Annev ne fut plus qu'à trois mètres de lui, l'assassin passa à l'action, s'écartant pour se jeter sur Lemwich, qui l'approchait par la gauche. Annev plongea pour intercepter l'assassin et protéger son camarade faiblement armé, mais Oyru virevolta et partit dans la direction opposée, vers Titus. Instinctivement, le garçon blond leva son bocle en prévision du choc à venir.

— La lanterne, Titus !

L'intendant se fit violence et abaissa son bouclier, dirigeant le faisceau de la lanterne vers le visage de l'assassin.

Oyru hurla, montrant pour la première fois un signe de faiblesse, se couvrit les yeux et recula. Fyn lui assena un coup de sa lourde masse d'armes dans le coude. L'assassin cria de nouveau et contre-attaqua, tentant d'embrocher l'avatar de sa flissa, mais Titus était prêt et l'aveugla de nouveau avec sa lanterne.

Constatant qu'Oyru était vulnérable, Fyn repoussa l'épée de sa masse droite avant d'abattre la gauche en plein visage de l'ennemi, atteignant le point exact sur lequel était focalisé le faisceau de Titus. Cette fois, l'acier sembla toucher la chair. Le tissu noir qui couvrait la face de l'assassin se déchira en même temps qu'était arrachée une partie de son nez.

L'Ombre ressuscitée tituba en arrière, la main gauche plaquée sur sa blessure béante, des vrilles de fumée noire s'échappant entre ses doigts. Il semblait sonné.

Annev reprit sa position initiale dans leur formation et avança sur l'ennemi tandis que les autres avatars tentaient de le contourner par les côtés. Oyru recula plus vite, se dirigeant vers la tache d'ombre qui entourait le puits tout proche.

Devinant son intention, Annev prit son élan et effectua un saut périlleux au-dessus d'Oyru en le visant de sa flamberge.

L'Ombre ressuscitée évita de justesse la lame enflammée et roula sur la droite, se relevant juste devant Lemwich. Le puissant avatar lui donna un grand coup de tisonnier sur la tête tandis que l'assassin ripostait sans parer. Oyru grimaça et tressauta comme le métal lui traversait lentement le crâne pour ressortir de l'autre côté. Un flot de sang jaillit sur ses lèvres grises.

Lemwich regarda sans comprendre l'arme dans sa main, puis l'assassin. Soudain, du sang se mit à couler abondamment de sa gorge et de sa poitrine, et il tomba en avant, mort.

À la gauche d'Oyru, Therin avait le regard rivé sur le cadavre de son camarade avatar. Se réveillant de sa stupeur, il parut découvrir la silhouette menaçante de l'Ombre couverte de sang. À son crédit, Therin brandit sa rapière tremblante et ne prit pas la fuite lorsque Oyru lança une nouvelle attaque.

Alors Annev fut là, son épée lumineuse bloquant les deux lames avec des étincelles noires et blanches. Oyru plissa les paupières pour protéger ses yeux de la lumière blanche tout en parant adroitement les coups d'Annev. Pas une seule fois, cependant, il ne tenta de frapper son adversaire. Au contraire, il se retira avec circonspection, observant avec méfiance l'épée d'Annev et la lanterne de Titus. De nouveau, Therin et Fyn attaquèrent par le flanc, mais cette fois ils restèrent à proximité d'Annev et Titus et de leurs sources de lumière.

Oyru gronda et recula vers le puits. Annev ne se précipita pas vers lui, mais resta près de Therin. Tandis que les quatre garçons se retrouvaient tout près de leur ennemi, Titus pointa le faisceau de la lanterne vers l'assassin, le faisant danser sur son torse. Therin frappa et Oyru leva une épée pour bloquer son attaque. Sa flissa rencontra la flamberge d'Annev, cependant, la lame ondulée glissant sur le fil de l'épée noire, faisant jaillir une cascade d'étincelles grises. La pointe de la rapière de Therin transperça le bras de l'assassin au moment où la lanterne l'éclairait.

Oyru hurla, tombant contre le muret du puits dans son dos. Comme il roulait dans l'ombre à la base de la structure, de la fumée noire s'éleva des blessures de son bras et de son nez. Le sang s'évaporait et les plaies guérissaient. Il sourit et se laissa glisser dans l'ombre pâle.

Par le sang et les os, pensa Annev en voyant le nez de la chose repousser.

Le sourire d'Oyru se dissipa et son regard redevint glacial. D'un geste des mains, il fit disparaître ses épées dans un nuage de fumée, et prit une profonde inspiration en levant les paumes vers le ciel. Les ténèbres qui entouraient le puits devinrent plus profondes, s'élargirent, s'étirèrent jusqu'aux pieds des avatars. Un battement de cœur plus tard, des dizaines de fins membres gris émergèrent de l'ombre pour saisir Fyn et Therin.

— Non ! s'écria ce dernier en essayant en vain de frapper de son épée les doigts crochus.

Annev courut aider ses camarades et, de sa lame enflammée, trancha les mains des eidolons au niveau du poignet. À quelques mètres de là, Titus obtenait des résultats similaires avec sa lanterne. Il pointa l'œil du phénix vers les bras qui entraînaient Fyn dans les ténèbres, faisant crépiter et fumer la chair grise. Les longs doigts se desserrèrent et lâchèrent leur proie, tandis que les membres arachnéens se retiraient dans un chœur de hurlements haut perchés et presque inaudibles.

Soudain, une étoile de métal se matérialisa dans la main d'Oyru, qui la lança vers Titus en prenant les avatars de vitesse.

Un rayon de feu liquide traversa l'atmosphère, oblitérant l'étoile de métal et faisant voler en éclats le toit du puits. Comme un seul homme, l'assassin et ses quatre adversaires se retournèrent vers le nord, à l'origine de ce feu magique.

Tosan se tenait devant le coin nord-est de l'Académie, une baguette à la main. Il cria quelque chose en l'agitant vers Oyru, produisant un nouveau jet de flammes. Rapide comme l'éclair, l'assassin se jeta tête la première dans le puits, échappant de très peu à la magie. Le feu de l'enfer était si chaud que les pierres du muret fondirent et s'écroulèrent vers l'intérieur, scellant le puits sous un monceau de débris et de scories rougeoyants.

Le feu liquide cessa de jaillir de la baguette de Tosan. Un long silence s'ensuivit, durant lequel les garçons assimilèrent ce qui venait de se passer. Puis les avatars lancèrent des cris de joie.

L'Ombre ressuscitée était partie.

Chapitre 71

Un Tosan vigilant et son escorte entreprirent de les rejoindre. Myjun ouvrait la marche avec son père. Venait ensuite un train d'anciens et de maîtres avatars, à la tête desquels avançait Brayan, le marteau d'armes massif posé sur l'épaule. La main en visière, il scrutait la place baignée de soleil et les silhouettes qui se tenaient près du puits. Reconnaissant Titus, il l'appela et agita la main.

N'étant pas préparé à une confrontation avec l'Aîné des Anciens, Annev mit la poignée de sa flamberge dans la main de Fyn et les flammes magiques s'éteignirent aussitôt. L'avatar regarda l'arme sans comprendre.

—Je te la confie pour l'instant, chuchota Annev avant de se tourner vers Titus. Éteins la lanterne, s'il te plaît.

Fyn et Titus acquiescèrent tandis qu'Annev se rapprochait de Sodar, entrant dans le symbole tracé sur le sol en prenant garde de ne pas effacer ses traits, ni d'abîmer sa symétrie. Il passa devant le cadavre de Brinden et constata que les bras du jeune homme étaient repliés sur sa poitrine, que l'étoile de métal n'était plus fichée dans son front. Un morceau de tissu brun découpé dans son pantalon était posé sur son crâne, masquant sa blessure mortelle.

Sodar était allongé au milieu du symbole, la tête posée sur le sac de sel et les pieds pointant vers les rangées de maisons fumantes. Sraon était assis à côté de lui, la main fermement plaquée sur la cuisse meurtrie du prêtre. Annev constata que Sodar se servait du couteau du cordonnier pour couper des bandes de tissu dans le pantalon de Brinden. Voyant Annev approcher, il baissa l'outil et releva la tête.

— Tu es en vie, dit Sodar dans un soupir de soulagement. Je ne… je n'étais pas sûr de…

— Je vais bien, répondit Annev en s'agenouillant à côté de son mentor. Oyru ne m'a jamais vraiment attaqué.

— Est-il mort ?

— Je ne crois pas. Nous l'avons blessé, mais il a sauté dans le puits, que Tosan a scellé avec la Baguette du Feu infernal. J'imagine qu'il va trouver une autre sortie.

— À n'en pas douter. Ça lui prendra un peu de temps, cependant, et nous serons partis depuis longtemps. (Il posa son couteau et s'assit. Regardant par-dessus son épaule, il compta les survivants.) Il y en a un de moins que tout à l'heure. Qui est tombé ?

— Lemwich.

Le souvenir de l'avatar puissant s'écroulant revint à la mémoire d'Annev. Il essaya de le chasser, mais l'image fut aussitôt remplacée par celle du visage bandé de Brinden, puis par Chedwik et Alisander hurlant dans les ténèbres. *Tant de morts…* À l'exception de Sraon et des trois garçons derrière lui, sa génération tout entière avait été décimée. En même temps que les fermiers de Chaenbalu, ses marchands et ses boutiquiers. À part Tosan et les gens qui l'accompagnaient, y avait-il d'autres survivants dans l'Académie ? Annev n'avait vu aucun acolyte, ni apprentie femme sage, et Myjun était la seule femme à être ressortie de l'enceinte de l'institution. Les autres pouvaient-ils tous avoir disparu ? S'étaient-ils battus entre eux ? Et les autres générations ? Il fut pris de nausée à la pensée que tous ces innocents étaient peut-être morts.

— Tu t'en es bien sorti, dit Sodar en hochant la tête. Tu n'as perdu qu'un garçon sur cinq alors que vous affrontiez le plus dangereux des assassins de Keos.

— Un de trop, car il y en a eu beaucoup avant lui.

— Oui, bien sûr.

Le prêtre passa la bande autour de sa cuisse et fit un nœud serré.

— Pourquoi ne vous soignez-vous pas ? lui demanda Annev.

— Parce que ce serait le meilleur moyen de priver mon corps de *quaire*, expliqua-t-il avec un sourire las, et que j'en ai déjà utilisé beaucoup pour survivre à mon passage à tabac.

Annev grimaça. Il se sentait responsable. Sodar lui tapota la main.

— Ne t'inquiète pas, mon corps se réparera tout seul, et ma magie se régénérera. Je vais juste faire mon âge pendant quelque temps.

— Vous pouvez vous lever ?

— Oui, je crois.

Sodar se pencha pour attraper son outre de sel, qu'il referma avant de la plonger dans son sac sans fond. Puis il replia le sac apparemment vide et le rangea dans une poche de sa robe.

Tosan et son escorte étaient arrivés devant le puits. Fyn, Titus et Therin se joignirent aux anciens et aux maîtres. Comme le groupe approchait, Annev entendit Titus raconter à Brayan sa version des événements survenus au sud de l'Académie.

Lorsqu'il fut à moins de cinq mètres du symbole tracé par Sodar, Tosan fit signe à son groupe de s'arrêter. Il scruta le prêtre, Annev et Sraon, puis le symbole. Il haussa un sourcil en notant que celui-ci émettait de la lumière.

— Qui a fait ça ?

Sraon et Annev se tournèrent vers Sodar, attendant qu'il leur donne un indice sur ce qu'ils devaient répondre. Le prêtre, cependant, ne regardait personne d'autre que Tosan.

— Ce symbole est à moi, dit-il. Il vous plaît? Il protège efficacement des ombres. Mais je vois que vous avez quelque chose de tout aussi utile, ajouta-t-il en désignant sa baguette.

Un tic nerveux agita l'œil de l'Aîné des Anciens lorsqu'il se tourna vers Sraon.

— Vous fréquentez ces keokum, forgeron? demanda-t-il d'une voix qui trahissait la rage qui bouillait en lui.

— Est-ce un crime de soigner un blessé? s'enquit Sraon.

Tosan leva la main et fit signe à quelqu'un, à l'arrière de son groupe.

— Apportez-le.

Maître Carbad obtempéra, portant un sac en toile de jute qu'il posa au sol entre le symbole de Sodar et le directeur.

— Ouvrez-le.

Carbad ouvrit le sac et en sortit une tête, qu'il tenait par ses cheveux blonds emmêlés.

Du sang couvrait les dents affûtées et les lèvres boursouflées de la femme, et une longue balafre lui zébrait le visage, mais le conduit en bois était encore visible dans sa gorge. Il s'agissait de la femme *feurog* que Crag et Annev avaient sauvée dans la forêt de Brake.

Le jeune homme déglutit. La peur qu'il avait ressentie lorsqu'il avait fait face à Tosan dans les entrailles de l'Académie refit surface, enfla en lui.

— Quelqu'un a aidé ces monstres! gronda Tosan entre ses dents en désignant le sinistre trophée. Quelqu'un les a conduits jusqu'ici, jusqu'à notre village! Je parle de toi, sale Fils de Keos! ajouta-t-il en pointant Annev d'un doigt tremblant. C'est toi qui as fait ça! Qui es la cause de tout ça! Et vous..., ajouta-t-il à l'intention de Sodar. Vous lui avez prêté main-forte. Vous lui avez prodigué vos enseignements. Vous l'avez caché!

Avec un grognement, Tosan donna un coup de pied dans la tête, l'arrachant à la main de Carbad et la faisant voler au-dessus d'Annev. Le directeur pivota sur ses talons et dirigea sa baguette vers Sraon.

— Je vous repose la question, forgeron : fréquentez-vous ces keokum ?

Sraon regarda du coin de l'œil Sodar, qui lui fit un signe de tête à peine perceptible. Le forgeron soupira.

— Non, Ancien Tosan. Je ne les fréquente pas.

— Bien. (D'un geste du poignet, le directeur signifia à Sraon de rejoindre les autres, dans son dos.) Dans ce cas, sortez de ce dessin infernal.

Encore une fois, le forgeron se tourna vers le prêtre, qui lui conseilla de partir.

— Tout va bien se passer, chuchota Sodar.

Sraon hocha la tête, vérifia le bandage sur la cuisse du prêtre et se leva. Annev le regarda ramasser sa hallebarde, puis remarqua que Sodar fouillait dans sa robe et en sortait le sac sans fond. Le notant à son tour, Sraon se déplaça discrètement pour masquer le prêtre à la vue de Tosan.

— Vous avez encore un tour dans votre sac ? chuchota-t-il.

Sodar acquiesça et produisit le sac de sel.

— Oui, mais il ne suffira peut-être pas. (Comme le forgeron s'en allait vers Tosan, Sodar tendit le sel à Annev.) Écoute-moi bien. Quand je te le dirai, tu verseras ceci au pied du symbole du Feu de lumière. Trace une ligne droite, scelle-le pour faire un triangle. Compris ?

— Le symbole du Bouclier, dit Annev en hochant la tête.

— Exactement. Tu vas devoir faire vite.

Sraon avait rejoint Tosan et son groupe. Le directeur le toisait avec un mélange de dégoût et d'hostilité.

— Donnez votre arme à Maître Gravel ! siffla Tosan.

Sraon s'inclina en signe de soumission et tendit sa hallebarde au maître corpulent.

— Prêtre – si tant est que vous en soyez toujours un –, vous avez avoué frayer avec les démons, user de magie et avoir dissimulé un Fils de Keos. Qu'avez-vous à dire pour votre défense ?

Sodar se mit à glousser.

— C'est une plaisanterie, Tosan ?

— Vous niez ?

— Peut-être bien, lança le prêtre en arquant un sourcil.

— Vous n'êtes qu'un menteur !

Sodar poussa un long soupir.

— Je n'ai jamais eu l'occasion de frayer avec des démons, et je n'ai jamais dissimulé, caché, ni abrité un Fils de Keos. Pour ce qui est de l'usage de la magie, en revanche, je plaide coupable. Je suis un vrai prêtre d'Odar. Un Frère de l'Ordre des Dionaques de Tobar. J'ai été béni par Odar car je suis né avec ce don, qu'on m'a appris à utiliser. Aujourd'hui, il m'a permis de sauver la vie de vos avatars, ajouta-t-il en montrant le symbole à ses pieds.

— Le Fils de Keos est coupable ! cria Dorstal à l'arrière du groupe, et les autres anciens semblèrent approuver. Lapidons-le !

— Envoyons-le en enfer ! proposa quelqu'un d'autre.

Tosan leva le doigt pour les faire taire.

— Les lois de Chaenbalu sont claires. (Un ricanement contenu lui échappa.) Maîtres, allez chercher des pierres dans les ruines.

Les Maîtres Aog, Der, Ather et Murlach se détachèrent aussitôt du groupe pour se diriger vers la bâtisse écroulée la plus proche, où ils ramassèrent des cailloux, des morceaux de briques et des pierres. L'Ancien Benifew signifia à Maître Gravel de confier la hallebarde de Sraon à Edra et d'aller prêter main-forte aux autres. Brayan hésita. Il se tourna vers Titus, Fyn et Therin qui n'avaient pas bougé d'un pouce, et se balança d'un pied sur l'autre en regardant tour à tour Benifew, Tosan et les jeunes gens. Après une longue pause, il rejoignit Titus, et lorsque Benifew lui lança un regard noir, Brayan se redressa.

Tosan ne sembla pas remarquer ce petit jeu. Ses yeux restèrent rivés sur les deux silhouettes au centre du dessin scintillant.

Sodar ramassa la cornette posée à côté de lui et rampa vers l'extrémité du symbole.

—Ancien Tosan, laissez-moi réparer ceci. (Il grimaçait en traînant son corps meurtri.) Je peux défaire cette magie. Nous n'avons pas besoin de cela.

Il atteignit le bas du symbole et enfonça dans le sol la lame courbée du cordonnier afin de fermer la gueule ouverte du V.

—Arrêtez ! cria Tosan en pointant sa baguette vers Sodar.

Comme les lignes de sel perdaient de leur luminosité, cependant, le directeur abaissa sa baguette. Lorsqu'il eut terminé, Sodar jeta son couteau et leva les deux mains en signe d'apaisement. Tosan le considéra d'un œil soupçonneux.

—Reculez. Dessinez autant de lignes que vous voudrez dans la poussière, vous ne réparerez pas le mal que vous avez fait, lâcha le directeur en désignant les cadavres – humains ou non – et les carcasses fumantes des maisons. Vous êtes responsable de tout cela. Votre culpabilité est évidente et votre châtiment tout choisi. Quant à vous…, poursuivit-il en se tournant vers Annev. Vous vous êtes échappé de votre cellule et avez dérobé des artefacts dans le Caveau de la Damnation. Vous avouez ?

—Je me suis évadé après avoir été injustement enfermé. Je suis entré dans le Caveau pour échapper aux créatures, et je n'ai fait qu'emprunter ces artefacts. (Il posa la main sur la cape en écailles de dragon.) Et je m'en suis servi pour combattre les démons et protéger les autres. Vous avez fait la même chose, non ? demanda-t-il en montrant la baguette. Vous avez utilisé la Baguette du Feu infernal pour défendre le village, mais il s'agit d'une baguette sombre, et seule une personne possédant le don de la magie peut l'activer. (Annev contempla les anciens, dans la foule.) Tosan a le même don que Sodar ! Si vous lapidez le prêtre à cause de sa pratique de la magie, alors vous devrez aussi lapider l'Aîné des Anciens !

— Comment osez-vous m'accuser ! s'emporta Tosan en s'empourprant. Vous êtes un Fils de Keos. Le Seigneur de sang vous a marqué avant votre naissance. Il vous a abreuvé de mensonges et de tromperies, poursuivit-il en désignant Sodar du doigt, sans lâcher le jeune homme des yeux. Vous avez usé de la magie pour dissimuler vos péchés, et maintenant, vous essayez de retourner mes vertus contre moi. (Le directeur fit face aux huit anciens réunis derrière lui.) Je n'ai aucune affinité avec la magie, et seule la miséricorde d'Odar m'a permis d'utiliser cet artefact ! Seul le pouvoir d'Odar m'a permis de repousser les monstres qui nous assiégeaient !

Les cinq maîtres avatars revinrent les bras chargés de pierres, qu'ils distribuèrent à l'assemblée.

— Vous avez utilisé votre magie pour traverser les murs de l'Académie ! intervint Annev.

Les anciens et les maîtres se retournèrent comme un seul homme vers Annev.

— Que… qu'est-ce que vous racontez ? bredouilla Tosan.

— Maître Brayan, avez-vous vu passer l'Ancien Tosan lorsque vous combattiez au sous-sol ?

Le géant barbu eut un mouvement de recul et sembla se recroqueviller sous les regards des personnes réunies. Il finit par secouer la tête.

— Non. Maître Carbad est passé devant moi lorsqu'il est sorti, et les monstres ont attaqué peu de temps après. (Il posa son marteau sur son épaule.) J'ai protégé la salle des archives contre les bêtes, et ce jusqu'à votre arrivée. En tout cas, je n'ai pas vu l'Ancien Tosan, ni même Maître Narach.

— Maître Narach a été tué, révéla Annev, attirant l'attention de l'assistance. J'ai trouvé son corps au pied de l'escalier en colimaçon. Je n'ai pas vu l'Ancien Tosan en remontant à la surface, et il n'y a pas d'autre porte de sortie. Le *feurog* est passé devant Brayan avant de tuer Narach. Mais Tosan s'est enfui. Il s'est servi de sa magie pour traverser la roche et remonter à la surface.

— Mensonges ! s'écria Tosan. Conjectures et mensonges ! Insanités sans preuves destinées à nous distraire de…

— Il y a un livre…, l'interrompit Annev. Dans le bureau de Tosan ! Un livre pour apprendre l'usage de la magie, et l'Aîné des Anciens l'a lu ! Il l'a même annoté ! « *Ignis temperare. Mentiri deprehendatur. Terra trans…* »

— Taisez-vous ! hurla Tosan en faisant un pas en avant et en pointant une baguette tremblante vers Annev. Un mot de plus et je vous réduis en cendres ! (Le front luisant de sueur, il fit face aux anciens et aux maîtres.) Il est en train de nous jeter un sort ! Ne l'écoutez pas ! Ses mots sont chargés de magie et empoisonneront la vérité. Il faut lui arracher la langue. Immédiatement ! Maître Aog ! appela-t-il en se tournant vers l'homme au regard noir qui venait de se délester de ses dernières pierres. Coupez-lui la langue !

Aog se mit en mouvement, mais à peine avait-il fait deux pas que Brayan lui posa la main sur l'épaule.

— Attendez.

Les sourcils haussés, Aog tourna un regard interrogateur vers l'intendant en chef.

— J'aimerais poser une question au garçon d'abord, reprit Brayan. Il dit qu'il a vu le corps de Maître Narach au pied de l'escalier en colimaçon… mais je n'ai pas bougé de l'entrée de la salle des archives, et aucun monstre n'est passé devant moi. Je le jure sur ma vie et sur mon honneur de maître de l'Académie. Comment, dans ce cas, expliquer la mort de Narach ?

Annev regarda successivement Brayan, Tosan et Sodar. Il secoua la tête.

— Je ne… Qu'est-ce que vous sous-entendez ?

Brayan fit rouler ses épaules et s'avança, prenant position entre Aog et Tosan.

— Ancien Tosan, Maître Narach était avec vous au début de l'assaut, et pourtant, vous êtes parvenu à sortir de l'Académie, et lui non.

— Je… Nous avons été attaqués, bafouilla Tosan. Je n'ai pas osé utiliser la Baguette du Feu infernal dans le bâtiment. Les murs se seraient écroulés sur nous, alors j'ai fui.

— Comment êtes-vous sorti, et par où les monstres sont-ils arrivés ?

Tosan secoua la tête, furieux.

— Je n'ai pas à m'expliquer. Je ne suis pas devant un tribunal, au contraire d'eux ! ajouta-t-il en montrant Sodar et Annev. Lapidez-les !

— Attendez ! rugit Brayan en brandissant son marteau. Votre innocence n'a pas encore été établie ! Videz vos poches, Ancien Tosan.

— Quoi ?

Myjun se dressa devant la silhouette impressionnante de Maître Brayan.

— Laissez mon père tranquille, adorateur de démons !

Brayan cligna des yeux et son visage se durcit.

— Annev dit que Narach a été tué par les monstres de métal, mais il ne les a pas vus faire. Tosan, lui, dit qu'il les a vus, sauf qu'aucun de ces démons n'est passé devant moi. (Sans ménagement, Brayan écarta la jeune femme de son chemin et se rapprocha du directeur.) Dissimuleriez-vous un couteau ensanglanté dans votre robe, Ancien Tosan ?

Le directeur chercha du soutien parmi les anciens et maîtres avatars, mais personne ne parla. Au contraire, ils semblaient réfléchir à l'hypothèse de Brayan, lorsque Sraon lança, à l'arrière du groupe :

— Fouillez-le !

L'Ancien Denithal fronça ses sourcils broussailleux, alors que les Anciens Edra et Benifew hochèrent la tête.

— Ce serait peut-être mieux, dit ce dernier. Vous n'avez pas répondu…

— *Ceci n'est pas mon procès!* cria Tosan en postillonnant et en agitant sa baguette. Lapidez-les! Tout de suite! (Il pointa la baguette vers Aog, puis désigna une pile de pierres rouges à ses pieds.) Jetez-leur ces maudites briques dessus! Brisez les Fils de Keos! Détruisez-les!

Aog cligna des paupières, puis se baissa pour ramasser une pierre et leva le bras.

— Maintenant! lança Sodar à Annev.

Le jeune homme bondit et se hâta de verser le sel dans la saignée tracée par le prêtre. Avant qu'il ait eu fini, cependant, Aog lança son projectile et l'atteignit au coude gauche. La cape en écailles de dragon n'offrit aucune protection contre le choc sourd, aussi son articulation se tordit-elle et entendit-il un craquement.

— Aaah!

Il s'efforça de ne pas lâcher l'outre de sel tandis qu'une vague de douleur le submergeait, aussitôt suivie par des picotements étranges comme la chemise tentait de soigner sa blessure.

Tosan menaça le reste du groupe de sa Baguette du Feu infernal.

— Jetez vos pierres! Maintenant!

Les Anciens Dorstal, Jerik et Denithal s'avancèrent de conserve avec les Maîtres Gravel, Der, Ather et Murlach.

— Vite, Annev! supplia Sodar.

Le jeune homme oublia la douleur, tandis que la magie tentait vainement de réparer ses os. Sa vision se brouilla, mais il réussit à remplir la saignée, terminant à l'instant même où les pierres des anciens et des maîtres commençaient à pleuvoir.

— *Sgiath-cruinn na áer!* cria Sodar.

Une onde traversa l'atmosphère, et les pierres se heurtèrent à une barrière invisible.

Tosan jura et brandit sa baguette en direction de Sodar et Annev.

— Magie démoniaque ! Fils de Keos ! *Loisg!*

La baguette cracha un jet de feu liquide qui s'abattit sur la demi-sphère protectrice entourant Sodar et Annev. La barrière trembla quand les flammes recouvrirent sa surface. Les vagues ambrées déferlaient sur le bouclier, l'habillant de feu liquide, réchauffant l'air qu'il contenait.

Sodar toussa, peinant à respirer.

— Annev, appela-t-il d'une voix sifflante. J'ai besoin d'eau.

Annev lâcha le sac de sel et se précipita vers son mentor. Les lèvres de Sodar étaient craquelées, ses traits tirés, son regard hagard. Le jeune homme usa de son bras valide pour aider le prêtre à s'allonger, mais lorsqu'il retira sa main de sous son dos, il la trouva couverte de sang. Les plaies du prêtre s'étaient rouvertes.

— Que dois-je faire ? cria Annev par-dessus le ronflement des flammes.

L'air était devenu si chaud que respirer était douloureux.

— Le sac…, répondit Sodar en tapotant le sol. De l'eau…

Annev alla chercher le sac en bordure du périmètre protecteur.

— De l'eau… dedans…

Annev ouvrit le sac et plongea la main droite dedans. Il imagina un contenant empli d'eau – une bouteille de verre, une jarre en terre cuite, une outre en cuir –, mais chaque fois qu'il ressortait sa main du sac, elle était vide.

— Ça ne marche pas ! cria-t-il, les yeux humides.

Il avait utilisé nombre d'artefacts ces jours passés, et pourtant, le sac sans fond refusait de lui obéir. Le feu enveloppait toujours la demi-sphère, et l'air, à l'intérieur, était si chaud… Le visage d'Annev était desséché et brûlant. Il rabattit la capuche de sa cape sur sa tête, et la température redevint plus supportable.

— Peux pas respirer…, gémissait Sodar. Peux pas alimenter le bouclier… plus de *quaire*…

Il commençait à s'étouffer.

— Non !

Annev le couvrit de sa cape, et la respiration du prêtre redevint normale. Sa voix, cependant, restait rauque et cassante.

— Donne-moi… le sac…

Annev rapprocha le sac sans fond de Sodar. L'homme ferma les paupières et plongea la main dans l'artefact. Lorsqu'il rouvrit les yeux, ils étaient embués de larmes. Il secoua la tête.

— Il n'y a pas d'eau.

Annev ressentit de la terreur pour la première fois. Il regarda sur le côté et vit le corps de Brinden qui cuisait dans la chaleur infernale. Ses vêtements noircissaient, sa peau fumait. Il sentit la main parcheminée de Sodar lui effleurer le visage et se retourna. Le prêtre serrait les dents et ses lèvres étaient retroussées.

— Pardonne-moi, Annev ! Tuor… Aegen… Pardonnez-moi.

Ses yeux se révulsèrent, son corps fut secoué de tremblements. Puis il s'immobilisa.

L'air vibra et Annev sentit un souffle de vent émaner du corps du prêtre. Presque au même moment, une bourrasque brûlante passa entre le jeune homme et son mentor. Annev baissa les yeux et constata que la robe de Sodar avait pris feu.

Instinctivement, il roula sur le côté et se recouvrit de la cape magique. Il entendit un craquement et vit le bouclier enveloppant le symbole s'effondrer. La chaleur contenue dans la bulle s'échappa brusquement pour être remplacée par un courant d'air frais. Une fraction de seconde plus tard, les flammes crachées par la baguette de Tosan s'abattirent sur Sodar, le consumant complètement.

— Non ! cria Annev, en vain.

Sodar – prêtre énigmatique, sévère gardien et courageux ami – n'était plus.

Chapitre 72

Des larmes ruisselaient sur les joues d'Annev, roulé en boule sous la cape magique, incapable de bouger ou de réfléchir. À moins de deux mètres de là, le corps noirci de Sodar brûlait sous le feu concentré de la baguette de Tosan. Et puis, subitement, les flammes disparurent.

Déconcerté par la dissipation subite de la chaleur, Annev releva la tête et vit Tosan en bordure du symbole, la baguette pointée directement sur lui.

— Êtes-vous enfin décidé à nous dire la vérité, keokum ? Allez-vous avouer que vous avez conclu un pacte avec Keos ?

Annev cligna des yeux pour chasser ses larmes et posa un œil morne sur l'Aîné des Anciens. Il était muet, à peine en mesure de penser.

Sodar est mort. Tu as tué Sodar.

Myjun se tenait à côté de son père. Ses pommettes hautes et ses lèvres douces et pleines étaient écarlates, et ses yeux vert pâle scintillaient vivement. Elle le fixait d'un regard noir, mais malgré cela, elle était magnifique.

Elle est si belle et si pleine de haine et de rage. Elle m'aimait, et j'ai préféré ses baisers aux conseils de Sodar. Un sanglot le secoua. Tout était sa faute – les monstres, les morts, les destructions –, car rien de tout cela ne serait arrivé s'il avait accepté de quitter le village. Et même s'il avait refusé de jouer un rôle dans les prophéties de Sodar, il aurait pu mener une vie normale d'intendant, comme Titus ou Markov.

Mais il était resté et s'était battu… pour elle.

Annev serra fort le sac vert dans sa main droite, craignant de lâcher l'artefact que le prêtre chérissait tant. Sans réfléchir, il tendit son bras gauche vers Myjun dans un geste de supplication silencieuse, mais elle grimaça de dégoût.

— Baisse le bras, monstre ! lui ordonna Tosan, et il obtempéra. Tu ne toucheras plus, tu ne regarderas plus ma fille !

Annev hocha la tête, hébété. Il était seul, il avait peur, et lorsqu'il chercha du soutien autour de lui, il ne trouva que des visages hostiles ou au mieux inquiets. Parmi ceux qui auraient pu exprimer de la compassion, Therin et Fyn regardaient leurs pieds, tandis que Titus, Brayan et Sraon semblaient peinés. Personne ne parla pour lui.

— Dites-moi, dites-nous qui a fait venir ces monstres chez nous. Si vous dites la vérité, votre mort sera rapide et indolore. Si vous mentez, je le saurai.

Annev avait l'esprit embrumé, il était à peine capable de comprendre les mots de l'ancien. *Qui a fait venir les* feurog *et les eidolons à Chaenbalu ?* C'était Oyru… mais Annev était responsable de la venue d'Oyru.

— Je… (Annev avait la bouche sèche. Il toussa, se lécha les lèvres.) Je…

En dépit des mises en garde de Tosan, Annev se surprit à relever la tête vers Myjun. Il vit la beauté de la jeune femme, puis sa haine et son horreur.

Elle n'a pas le droit de me regarder comme ça. J'ai tout sacrifié pour elle. Je ne lui ai fait aucun mal.

Les émotions d'Annev étaient chaotiques. La trahison de Myjun, la perte si douloureuse de Sodar, la colère que lui inspiraient Tosan et son hypocrisie. Il avait l'impression d'être sur le point d'exploser. Il leva de nouveau le bras gauche vers Myjun.

— *Ne regardez pas ma fille !* tonna le directeur, les yeux exorbités. *Loisg !*

Des flammes jaillirent vers Annev. Le jeune homme se baissa en tirant sa cape au-dessus de sa tête et sentit une chaleur intense se dérouler le long de sa colonne vertébrale. Il se blottit au sol, repliant ses bras et ses jambes sous le matériau, tandis que le feu s'abattait, implacable, sur son dos. Les flammes n'avaient pas de prise sur les écailles de dragon, mais il n'en ressentait pas moins la chaleur infernale dans sa chair. Son dos commença à se couvrir de cloques et le sol à cuire.

Instinctivement, il ouvrit son esprit, se concentrant sur sa cape et le pouvoir de régénération de sa chemise. Il augmenta le pouvoir des deux vêtements, s'enveloppant de leur magie, sentant la chaleur diminuer et la peau de son dos se soigner.

S'il ne faisait pas quelque chose, il mourrait. Il avait besoin d'aide. De Sodar.

Submergé par la perte de son mentor, Annev glissa la main dans le sac sans fond, cherchant quelque chose qui pourrait lui venir en aide, qui lui permettrait de se protéger.

Un métal froid se referma sur son poignet, agrippa son bras, mordant dans sa chair. Il y eut un craquement brusque. Annev cria et sentit son bras se briser de nouveau.

De nouveau ? Mon bras… mon bras gauche. C'est alors qu'il se rendit compte qu'il avait plongé son moignon dans le sac sans fond. Un membre sans main cherchant un objet capable de le sauver.

Annev retira avec circonspection son bras du sac. Sodar lui avait vaguement parlé de l'artefact énigmatique, lui expliquant comment il s'était retrouvé à Chaenbalu, dans le Caveau de la Damnation. Comment il l'avait volé. Le sac sans fond contenait de nombreux secrets, à condition de savoir quoi chercher.

Comme son coude ressortait de la toile vert pâle, il constata que l'os s'était réparé, que son avant-bras était entièrement recouvert d'or. Et puis il sortit sa main, dorée et magnifique.

La magie de l'ancienne prothèse d'Annev résidait dans sa nature modeste, dans sa manière de s'adapter à la forme et à la couleur du bras de son utilisateur. Par contraste, cette prothèse-là était une œuvre d'art. Le précieux métal était orné d'arabesques complexes et de filigranes délicats sur toute sa surface. Des renforts épais couvraient les articulations, et un bracelet en or blanc aveuglant ceignait le poignet.

Annev contemplait avec une terreur teintée de respect l'artefact magique. Il fléchit les doigts. Au milieu de la paume, en caractères cursifs, étaient inscrits les mots : « MEMENTO SEMPER. NUMQUAM OBLIVISCI ». Il retourna sa main et vit un marteau exotique – un marteau de guerre – flottant au-dessus d'une enclume fumante.

— Keos…, lâcha Annev dans un souffle, à peine capable de prononcer ce nom.

Les flammes qui martelaient le dos et la tête d'Annev, momentanément oubliées, réaffirmèrent leur présence. La cape ne résisterait plus très longtemps à la baguette de Tosan, et la chemise commençait à fumer elle aussi. Annev sanglota entre ses dents serrées, ravalant un grognement de peine, puis plongea sa main en or dans les flammes. Une vague brûlante frappa sa paume, enveloppant sa main, la repoussant. Annev résista, cependant, les doigts gourds dans le feu bouillonnant, puis il leva les yeux vers Tosan.

La puissance de la baguette noire était telle que le bras de l'ancien tremblait violemment. Les flammes orangées jaillissaient de l'artefact et se déversaient vers le bras d'Annev, pour être bloquées par la magie de sa main en or.

Rouge de fureur, Tosan mettait toute sa rage et son énergie dans son attaque. Il avait les traits déformés en une grimace muette, incapable de comprendre comment Annev pouvait résister au Feu infernal.

À l'autre extrémité du jet de flammes, Annev s'étonnait d'être toujours debout. Sa nouvelle main absorbait la chaleur et la lumière du feu. Les filigranes scintillaient, le métal s'était embrasé. Le jeune homme ressentait la puissance de la magie de Tosan. Et il l'absorba, la laissa s'écouler dans sa main, observant une sphère de lumière jaune grossir sur sa paume. La boule enflait de plus en plus, véritable phare luminescent.

De l'autre côté de la place, Myjun se tenait toujours près de son père.

— Tue-le ! disait-elle, le regard rivé sur la sphère lumineuse. Tue cet Enfant de Keos !

Quelque chose en Annev se brisa. Le voile qui couvrait une partie de son esprit, cette barrière le séparant de sa magie innée se déchira. Des images délavées se succédèrent derrière ses yeux, se mêlèrent à la scène qui se jouait devant lui : au lieu de Tosan, il voyait un homme de grande taille se dressant au-dessus de lui, un bâton argenté à la main ; à la place de Myjun, une jeune femme aux cheveux blonds, la tête basse, le regard chargé de tristesse. Annev observa de nouveau sa main et vit, se superposant à elle, une main faite de chair et de sang dont les mouvements étaient parfaitement coordonnés à ceux de la première.

Il lutta contre cette image, s'efforçant de réparer le voile qui s'était déchiré dans son esprit. Sa paume tremblait en absorbant le pouvoir de la baguette noire, se repaissant de ses flammes. La sphère incandescente grossit encore, englobant son bras tout entier, et pourtant sa chair ne brûla pas. Au contraire, elle semblait luire d'une lumière intérieure, celle de sa magie propre, qui nourrissait davantage la sphère. Bientôt, celle-ci contint son corps dans son ensemble. Annev essayait de résister à l'image, de lutter contre les visions qui s'imposaient à lui.

Brûle-les tous.

Cette pensée ne lui appartenait pas, mais elle résonna en lui aussi clairement que le sentiment qui l'avait étreint le jour où, durant le cours de Dorstal, il avait tenu la baguette en frêne : une faim de destruction, un désir de libérer la magie emprisonnée en lui.

Brûle-le. Brise-les. Tue-les.

Annev secoua la tête, craignant de voir sa volonté perdre le combat. Il vit les anciens et les maîtres se disperser derrière Tosan, anticipant le dénouement inévitable de ce duel.

Voyant son père vaciller, Myjun lança un regard noir à Annev.

— Je te hais ! lui cria-t-elle.

Brûle-les tous.

Annev libéra le pouvoir, le laissa déferler sur Tosan. L'ancien n'eut pas le temps de réagir. Myjun poussa un cri strident et se jeta sur le côté, le plus loin possible, tandis que le mur de flammes frappait son père, le consumait.

Gravel, Dorstal et Benifew, qui se tenaient derrière lui, n'eurent pas la présence d'esprit ou le temps de s'enfuir, et furent enveloppés par le feu liquide qui détacha leur chair de leurs os noircis.

Brûle-les tous.

Le feu continuait de jaillir de sa main, cherchant quelque chose d'autre à consumer.

Annev gronda, incapable de le contenir. Les flammes passèrent au-dessus des cadavres fumants, frappant les maisons, faisant fondre la pierre et les tuiles. Annev grimaça devant ces destructions aveugles et détourna sa main, mais le feu suivit la trajectoire imprimée par son bras, s'abattant sur le dos des Anciens Jerik, Peodar et Maiken, qui fuyaient vers la sécurité supposée des murs de l'Académie. Les hommes furent réduits en cendres, et le feu frappa les fondations grises du bâtiment, oblitérant la pierre et le mortier.

Annev leva le bras, déchirant littéralement les murs de l'institution. Des jets de flammes s'envolèrent dans le ciel, où ils décrivirent un grand arc avant de retomber sur des bâtisses à l'autre bout du village. Annev tenta de les contrôler, abaissant sa main sur le côté, puis vers le sol, mais son mouvement déstabilisa davantage la structure énorme de l'Académie, détruisant des arcs-boutants et des colonnes, creusant dans ses fondations.

Ne trouvant pas d'endroit sûr où diriger les flammes, le jeune homme se retourna et pointa le terrible rayon vers ce qui restait du puits. Jaillissant de sa paume, les flammes traversèrent la pierre fondue et creusèrent dans le sol, projetant dans les airs un geyser de vapeur.

Annev immobilisa sa main et ferma les paupières. Au lieu de combattre le feu, il chercha le voile dans son esprit afin de s'isoler de la magie. Il lutta contre sa colère, contre le sentiment de trahison, contre l'image de l'homme en robe bleue dressé au-dessus de lui, un bâton en argent à la main, entreprenant de refermer le gouffre qui s'était ouvert en lui. Chaque fois qu'il était près de réussir, cependant, il entendait le cri de douleur d'une femme.

Annev ouvrit les yeux et vit Myjun agenouillée devant les restes calcinés de son père. Le côté droit de son visage était brûlé et ensanglanté, et elle pleurait.

Malgré lui, il dirigea son bras vers elle et regarda, horrifié, les flammes magiques labourer le sol, arrachant mottes de terre et pierres, creusant un gouffre en direction de la jeune femme.

Lorsque la crevasse ne fut plus qu'à quelques mètres de Myjun, Annev obligea sa main à s'arrêter. Le sol trembla et l'abîme devint de plus en plus profond. Ses bords s'effritaient, des fissures se propageaient vers la jeune femme, l'une d'elles serpentant entre ses pieds.

Myjun se tut subitement et plongea un regard terrorisé dans celui d'Annev.

Le garçon gronda, se saisit du pouvoir qu'il abritait et le força à reculer, l'enfermant loin de son esprit conscient. Les flammes qui jaillissaient de sa paume crachotèrent, diminuèrent avant de s'éteindre complètement, tandis qu'Annev tombait à genoux, soulagé.

La fissure sous Myjun devint béante. La jeune femme se tenait au bord du précipice. Elle baissa les yeux pour en sonder les profondeurs. Contrecoup de ces terribles destructions, la terre trembla une dernière fois, faisant glisser Myjun dans l'abîme.

—Annev !

Le jeune homme plongea le regard dans le gouffre qu'il avait ouvert, écoutant l'écho du cri désespéré de Myjun, puis le silence. Il ne bougea pas d'un pouce, à peine conscient de la présence de gens autour de lui. Sraon le releva, lui demanda s'il pouvait marcher. Annev se mit tant bien que mal en mouvement. Comme dans un rêve, il se laissa entraîner loin de ce qui restait de l'Académie et des bâtisses en train de se consumer.

Chapitre 73

Vêtu de sa robe rouge de maître avatar, la mine sombre, Annev était assis sur l'un des bancs intacts de la chapelle dépourvue de toit. Ou peu s'en fallait. Il étudia les traces de suie sur les murs et l'estrade en bois.

C'était bizarre. Leurs chambres, à Sodar et lui, étaient en parfait état, alors qu'il ne restait presque rien de la cuisine, de la cabane d'entraînement et de la nef. Toutes les maisons de Chaenbalu avaient souffert. Les *feurog* avaient mis le feu à tout ce qui pouvait brûler, démoli tout ce qui pouvait l'être.

Annev leva les yeux vers le ciel, au-dessus de la chapelle, et regarda le soir tomber. Titus et Sraon étaient assis en face de lui sur l'estrade noircie, les jambes du garçon plus petit se balançant au-dessus du sol. Ils restèrent ainsi un long moment, séparés par un gouffre infranchissable. Plus tard, Fyn et Therin arrivèrent par l'entrée détruite, de gros sacs en toile de jute sur le dos.

— Eh, Titus ! appela Therin en posant le sien sur un banc. Notre phénix boude toujours ?

Sraon se racla la gorge, et Therin se retourna pour voir Annev assis dans un coin.

Fyn secoua la tête et articula silencieusement le mot « idiot », ce qui fit glousser Sraon et s'empourprer Therin. Fyn traversa la salle, sauta par-dessus une poutre tombée et contourna un banc renversé pour poser son sac près de Sraon. Le forgeron le regarda du coin de l'œil.

— Quelque chose d'intéressant ?

— Pas vraiment, répondit Fyn en haussant les épaules. La majeure partie des réserves hivernales sont vides, et les champs n'ont pas été replantés.

— Et les réserves de l'Académie ?

— Elles sont inaccessibles. Il y a un peu de farine, mais surtout du grain ; les semis étaient prévus pour les semaines à venir. En tout cas, rien d'utilisable sur la route. On a trouvé quelques tubercules, quand même, ajouta-t-il en tapotant le sac. Pas très appétissant… Il y a des navets trop durs, des pommes de terre moisies, un peu d'ail, des oignons, mais ce sera toujours mieux que des racines sauvages et des mûres.

— On s'en contentera, intervint Sraon. Luqura est à moins de deux jours d'ici, et je sais comment survivre à la dure. (Il caressa sa cicatrice sous son cache-œil.) Quand j'étais jeune, j'avais l'habitude de parcourir les routes commerciales du nord de Quiri. J'ai même fait quelques voyages en Ilumea occidentale. Il y a beaucoup de jungle, dans la région. (Il sourit.) Les routes sont excellentes, en revanche. On y progressera très vite. Même si on n'avait rien à manger, on s'en sortirait très bien.

Annev replia ses jambes sur le banc et posa le menton sur ses genoux.

— Qu'y a-t-il à Luqura ? demanda-t-il d'une voix à peine audible.

— Rien pour l'instant, répondit le forgeron en le regardant par-dessus l'épaule de Fyn, mais un homme appelé Reeve nous y attendra dans quelques jours. Il appartient à l'ordre de Sodar et saura quoi faire.

La migraine d'Annev faisait un retour en force, et le jeune homme se massa les tempes en secouant doucement la tête.

— Quel intérêt, pour moi, de me rendre à Luqura ? s'enquit-il d'une voix toujours aussi faible.

— Je viens de le dire. Reeve. Il nous…

— Qu'est-ce que je vais foutre à Luqura ? insista Annev, plus fort.

Il ferma les paupières, voulut se masser encore les tempes, mais sursauta lorsqu'il sentit le contact du métal sur sa peau. Il jura, se leva et agita sa prothèse en or comme pour se débarrasser d'un animal qui l'aurait mordu. Dans le coin opposé de la salle, les autres piétinaient nerveusement, prêts à détaler dans le cas où Annev pointerait son bras dans leur direction.

Le jeune homme serra le poing et réussit à se calmer. Il avait fini par accepter qu'il ne se débarrasserait pas de sa prothèse. Il inspira, contrôlant les battements de son cœur.

— Vous n'avez qu'à partir où bon vous semble, dit-il. Moi, je reste ici.

Il retourna à son banc et se rassit en croisant les bras.

Sraon et Fyn échangèrent un regard, mais Therin fut le premier à intervenir. Il traversa la chapelle et s'affaissa sur un banc en face d'Annev, de l'autre côté de l'allée centrale.

— Pourquoi tu resterais ici ? Après avoir été les prisonniers de l'Académie pendant une éternité, on est enfin libres ! On peut aller où on veut, faire ce qu'on veut. (Il s'allongea, posant les pieds sur le banc renversé, devant lui.) Il n'y a plus rien ici, Annev. Le village a été détruit. S'il y a des survivants, ils sont partis en même temps que ces monstres de métal.

Titus se racla la gorge. Therin leva les yeux et constata que son ami le scrutait sévèrement. Il haussa un sourcil inquisiteur, mais comme Titus ne disait rien, il reprit :

— Brayan est en train de fouiller l'Académie à la recherche de survivants. Il n'a retrouvé aucune femme, aucun enfant, mais il pense que des maîtres s'y sont réfugiés après la fin des combats. Si tu veux mon avis, c'était une mauvaise idée, vu l'état de la structure.

Une fois de plus, Titus se racla bruyamment la gorge.

— Note que tu n'y es pour rien, Annev, poursuivit Therin en croisant les jambes pour se mettre plus à son aise. Enfin, si, quand même, mais ce sont surtout les *feurog* qui ont détruit le village. Pour ce qui est de l'Académie, en revanche…, ajouta-t-il en se grattant le menton.

— Therin ! le coupa Titus.

— Quoi ? demanda le garçon, ses pieds retombant du banc.

— Tais-toi donc !

Therin fronça les sourcils en regardant Titus, Sraon puis Fyn. Ce dernier secoua la tête.

— Idiot.

Annev étudia le visage des quatre hommes. Ils arboraient un air grave, à l'exception de Therin, offensé. En dépit de son état émotionnel, malgré toutes les choses terribles qu'il venait de vivre, un début de sourire lui étira les lèvres. Cela parut inquiéter davantage Sraon, Titus et Fyn, mais Therin sourit.

La situation aurait difficilement pu être plus mauvaise, et pourtant Therin voyait le bon côté des choses. Il osait l'approcher, alors que les autres restaient en retrait ; l'amitié qu'ils avaient pour lui était tempérée par la peur de l'inconnu. Une peur qu'Annev partageait.

Il soupira et contempla sa prothèse dorée. La main luisait d'un éclat intérieur étrange visible même à cette heure du jour. Il n'avait aucune envie de causer des problèmes aux autres ni de les mettre en danger ; après tout, il ne pouvait cacher sa main dorée ni contrôler sa magie, sans parler de sa destinée. Malgré cela, ils avaient choisi de rester avec lui. Il avait préféré se tenir à l'écart, prendre le temps d'évaluer ses chances de survie s'il restait seul. Chaque fois qu'il lui venait l'envie de les laisser, cependant, il se rendait compte qu'il n'avait aucune idée de l'endroit où il pourrait aller.

Annev se leva doucement et avança vers les autres, s'arrêtant à une dizaine de mètres de l'estrade. Personne ne s'enfuit, mais leur malaise était palpable et le persuada de ne pas aller plus loin.

— Comment Reeve est-il au courant de notre arrivée ?

Le forgeron semblait comprendre qu'il coûtait à Annev de lui poser la question.

— Sodar lui a fait porter un message après le Test du Jugement, expliqua-t-il. Il était inquiet. Je crois qu'il avait prévu de partir pour de bon.

Annev hocha la tête en connaissance de cause.

— Si Sodar voulait que je rencontre Reeve, je le rencontrerai. Je lui dois bien ça. (Il s'interrompit, jeta un regard circulaire sur ses camarades.) Je ne suis pas sûr qu'il soit très sage pour vous de m'accompagner.

— Je me fiche pas mal de ce que tu comptes faire, se moqua Fyn. Tout ce que je veux, c'est me tirer d'ici. (Il désigna Sraon du pouce.) Il dit qu'il y a des gens, à Luqura, qui sont prêts à s'offrir les services d'un bon avatar. *Voilà* pourquoi je veux me barrer. Le hasard fait qu'on va voyager dans la même direction.

— Et vous deux ? demanda Annev à Therin et Titus.

— Je déciderai quand on sera à Luqura, répondit le premier en haussant les épaules.

Annev ne trouva rien à y redire.

— Et toi, Titus ?

— Je viens avec toi, Annev, déclara le garçon aux joues rondes. Tout comme Maître Brayan. On en discutait, avec Sraon, et on se disait qu'on pourrait t'aider. Enfin, si tu es d'accord.

Annev poussa un soupir et regarda son bras.

— Je ne suis pas sûr. Presque tous les habitants de ce village sont morts par ma faute.

— Ce n'est pas la vérité, tonna une voix dans l'entrée de la chapelle.

Annev se retourna et découvrit Maître Brayan, un énorme marteau de guerre à la main. L'ancien intendant en chef traversa la salle en écartant avec aisance un banc couché en travers de son chemin. Il s'arrêta au pied de l'estrade, fermant la brèche qui séparait Annev des autres, complétant leur demi-cercle. Involontairement, son regard fut attiré par la main en or du garçon, mais il se força à lui parler dans les yeux.

— Je me suis faufilé dans les ruines. Il n'y a pas de survivants ou presque. J'ai trouvé des réponses, en revanche. Vous n'êtes pas responsable de ce qui s'est passé.

— Mais…

— Attendez. Laissez-moi terminer. (Il fouilla dans sa tunique et en sortit une enveloppe chiffonnée fermée par un sceau de cire noire. Il la leva au-dessus de sa tête.) J'en ai trouvé une demi-douzaine dans l'aile ouest avec les cadavres de la plupart de nos femmes sages… et de leurs apprenties.

— Quoi ? lâcha Annev, incrédule.

Les autres paraissaient tous aussi choqués que lui. Brayan abaissa l'enveloppe.

— Carbad a dit que les femmes sages devaient se réunir juste avant l'attaque, alors j'ai cherché et trouvé la salle en question. Honnêtement, je pensais y découvrir des survivantes. (Il secoua la tête.) Elles se sont entre-tuées. Elles sont toutes mortes. Toutes.

— Mais pourquoi ? demanda Titus, les yeux humides.

— Jamais je n'aurais compris la teneur de ce message avant l'attaque, mais à présent, sa signification est très claire. (Il tendit la lettre à Annev.) Lisez-la, mon garçon. Lisez-la à voix haute, que tout le monde vous entende.

Annev déglutit, ouvrit l'enveloppe et déplia le parchemin jauni de ses mains tremblantes.

Le Vaisseau a été trouvé. La Dernière Génération est ici, et les Déchus sont rassemblés et bénis. Dans une heure, j'ouvrirai les tunnels, et ils purifieront le village. Exécutez vos apprenties et rejoignez-nous dans l'aile ouest trois heures après l'aube. Quand nous serons réunies, nous boirons dans la Coupe de la Destinée, et les Épouses non préparées rencontreront leur Seigneur.

— C'est signé « FSK », termina Annev en relevant la tête. Qui est-ce ? La Femme sage Kiara ?

— C'est ce que je pense, acquiesça Brayan en se tournant vers les autres. C'est une notion effrayante, mais j'ai l'impression que nos femmes sages ont fait venir les monstres à Chaenbalu.

— L'assassin Oyru est venu pour moi, protesta Annev. Vous l'avez tous entendu m'appeler.

— Oui, mais cette lettre raconte une tout autre histoire, rétorqua Sraon. Une histoire bien sombre.

— Ce n'est pas tout, reprit Brayan. (Il sortit de derrière son dos un long morceau de métal fondu, qu'il tendit à Sraon.) Qu'est-ce que vous dites de ça ?

Le forgeron examina le vestige en le retournant entre ses mains calleuses.

— On dirait un couteau. Peut-être une anelace.

— C'est aussi ce que je pense, approuva Brayan. Je l'ai trouvé avec les restes de Tosan, mais j'ai attendu de descendre au sous-sol avant d'en conclure quoi que ce soit. Ça n'a pas été facile, mais j'ai fini par trouver le corps de Narach. C'est avec ça, affirma-t-il en montrant le morceau de métal, que Tosan a tué le Maître des Secrets. J'en ai la certitude.

Annev secoua la tête, comprenant qu'il s'était trompé sur la mort de Narach. Il fléchit ses doigts dorés, contempla la chapelle détruite puis se tourna vers Brayan.

— Vous avez réussi à descendre au sous-sol ? Peut-être avez-vous trouvé Kenton, en bas ?

— Non, répondit l'intendant en secouant la tête. Les survivants que j'ai croisés étaient regroupés au sud de l'Académie.

— Qui a survécu ? Combien sont-ils ?

— Ils étaient sept, dont les Maîtres Der, Murlach, Aog, Ather et Carbad. Les Anciens Edra et Denithal étaient avec eux.

Annev se mordit la lèvre. *Les Maîtres de la Furtivité, de l'Ingénierie, du Châtiment, des Mensonges et des Opérations. Mais pas le Maître des Malédictions…*

— Pour vous dire la vérité, poursuivit Brayan en grattant sa barbe épaisse, ils étaient tous complètement perdus. Nous autres maîtres avons passé notre existence dans ce village. Nous ne connaissons rien d'autre.

Sraon se leva et lui donna une tape sur l'épaule.

— Ce n'est pas mon cas, Maître Brayan. J'ai vécu hors de Chaenbalu, et ce n'est pas si différent. Faisons nos sacs. Emportez tout ce dont vous aurez besoin – tout ce que vous pourrez transporter –, et retrouvons-nous ici dans une heure. Prenez en priorité des armes, des vêtements, de la nourriture et de l'argent. On aura besoin de tout ça une fois à Luqura.

Les jeunes gens s'éparpillèrent. Brayan serra la main de Sraon, le remercia et s'en fut. Alors le forgeron se tourna vers Annev. Le jeune homme attendit, mal à l'aise, frottant son avant-bras juste sous le coude, à l'endroit où la chair et le métal fusionnaient.

— Si cette chose vous tracasse tant, pourquoi ne la retirez-vous pas ?

Annev s'immobilisa. Ses yeux s'emplissaient de larmes, plus difficiles à contrôler devant une preuve de compassion. Il serra les poings et pinça les lèvres, faisant son possible pour ne pas craquer. Mais les larmes lui vinrent quand même, chaudes et involontaires, dégoulinant sur ses joues.

— Je ne peux pas, répondit-il. J'ai essayé ! Encore et encore ! Il refuse de se détacher, Sraon. Il… il me fait peur.

— Je suis désolé, mon garçon, dit le forgeron en grimaçant. Je ne savais pas. (Il regarda la porte, derrière l'estrade.) On pourrait le cacher, cependant. Histoire que vous ne l'ayez pas constamment sous les yeux.

Annev acquiesça, reconnaissant, et essuya ses larmes.

— Venez avec moi. Mes bagages sont prêts, et j'ai même pris quelques vêtements pour vous. Mais j'imagine que vous voudrez emporter certaines des possessions de Sodar…

Chapitre 74

Annev contempla les couvertures en boule, puis passa en revue les objets posés sur le matelas de plumes du prêtre : la lanterne phénix, les vêtements qu'il avait volés dans le Caveau, la flamberge qu'il avait donnée à Fyn, et le sac de Sodar, que sa magie avait miraculeusement protégé contre les flammes.

Annev mit la lanterne dans le sac sans fond. Il était sur le point de faire de même avec les autres objets lorsqu'il fut saisi d'un accès de panique. Il fourra sa main droite dans le sac et n'y trouva rien, ne touchant que le fond en toile. Les battements de son cœur s'accélérèrent quand il crut que la lanterne était peut-être perdue. Il déglutit, prit une profonde inspiration et ferma les yeux. En expirant longuement, il imagina que ses doigts rencontraient le bloc de bois sculpté.

Lorsqu'il referma sa main, il sentit le contact rugueux de la lanterne, qu'il ressortit du sac avec un soupir de soulagement. *Je peux toujours me servir des artefacts. J'ignore simplement comment me débarrasser de ce maudit bras.*

Annev examina les vêtements pliés sur le lit. Il les renifla et ne fut pas étonné de constater qu'ils sentaient la fumée, la sueur et le sang. *Je vais devoir faire un peu de lessive. J'aurais dû voler une Baguette de Nettoyage dans le Caveau.* Il sourit, puis se figea en se rappelant qu'il avait rangé des objets dans la cape en écailles de dragon. Il fouilla dans la poche et en sortit la baguette en bois, les deux bagues, le mouchoir blanc et le gant au phénix rouge. Il fourra rapidement ce dernier dans le sac, incapable d'en supporter la vue, mais il prit le temps d'étudier les autres artefacts avant de les ranger à leur tour.

Des énigmes pour un autre jour… Il roula le pantalon noir et le mit dans le sac avec les bottes qu'il avait volées. Quand vint le tour de la Chemise de Régénération, il fit une pause. Elle était en sale état, brûlée, complètement déchirée dans le dos et aux manches. Il faillit la jeter mais se ravisa, la rangeant dans le sac avec le reste.

Dans le pire des cas, elle fera un bon bandage.

Il prit la cape rouge sang, mais au lieu de la plier et de la mettre dans le sac, il la passa autour de ses épaules, faisant scintiller les écailles d'un éclat métallique en nouant le cordon autour de son cou. Enfin, il aplatit le sac vert de Sodar et le fourra dans la poche de sa tunique, là où il gardait normalement son nécessaire à crocheter les serrures. Il regarda autour de lui et se demanda s'il devait emporter autre chose. Comme sa propre chambre, celle-ci était très peu meublée, ne contenant qu'un coffre à vêtements, une petite table tachée et une chaise, ainsi que le lit défait de Sodar.

Annev s'avança jusqu'à la table où trônait une version ouverte du *Livre d'Odar*. Du bout de l'index, il effleura les gravures sur les feuilles de métal, avant de soulever la couverture en bois pour la refermer. Puis il se dirigea vers le coffre de Sodar et en souleva le couvercle.

Il y découvrit une panoplie de blouses bleues pliées. Il les écarta et trouva la robe bleu nuit que le prêtre utilisait pour les cérémonies du Septième jour. Il la jeta sur le lit, sortit d'autres vêtements, continua à fouiller. Et se piqua sur quelque chose de pointu. Annev retira aussitôt sa main et vit une goutte de sang perler sur son doigt. Avec circonspection, il retira les habits qui tapissaient le fond du coffre et dévoila le bouclier argenté de Sodar.

Casseur de dents, pensa Annev en sortant du coffre le brassard d'avant-bras rectangulaire. Il n'avait pas vu l'arme depuis longtemps, mais il se la rappelait parfaitement. Au lieu d'être rond comme les boucliers traditionnels, le Casseur de dents était long et étroit, mesurant environ trente centimètres de large sur soixante de long. Deux encoches – la première à une extrémité, l'autre au milieu de l'arme – accueillaient le coude et le poignet du guerrier. Les quatre coins, qui s'étiraient en des pointes de cinq centimètres, étaient aiguisés des deux côtés. À en croire Sodar, ce bouclier était une arme défensive et offensive à la fois.

Annev entendit doucement frapper et se retourna pour découvrir la tête de Sraon dans l'embrasure de la porte.

— Ah ! je vois que vous avez trouvé le secret de Sodar.

Annev sourit en retournant l'arme dans ses mains.

— Casseur de dents n'était pas un secret. Pas pour moi, en tout cas. Sodar me l'a montré quelques fois. Il voulait le récupérer avant que nous partions, mais… je l'ai retardé. Il serait toujours en vie si…

— Et nous autres serions tous morts, l'interrompit Sraon en entrant dans la chambre. La magie de Sodar nous a sauvés, aussi ne sert-il à rien de ressasser le passé. Je suis heureux que vous ayez trouvé Casseur de dents. Je crois que c'était la possession favorite de Sodar. Il l'aimait plus encore que le *Livre d'Odar*. Plus encore que les manuscrits de Speur Dún, c'est dire. Il aurait voulu que vous le récupériez.

— Les manuscrits ! s'anima Annev.

Il posa le bouclier sur le lit et se remit à fouiller dans le coffre. Lorsqu'il n'y eut plus rien à l'intérieur, il se mit à quatre pattes pour chercher dans les vêtements éparpillés au sol.

Sraon croisa les bras sur sa poitrine.

— Qu'est-ce que vous êtes en train de faire ? demanda-t-il.

— Les manuscrits, répéta Annev. Sodar a mis quatre ans à les traduire ! Je ne peux pas les laisser ici. Je dois les retrouver.

— Et où croyez-vous qu'il aurait rangé quelque chose d'aussi précieux ?

Annev lâcha le tas de vêtements qu'il avait ramassés et s'accroupit. Quelques secondes plus tard, il leva les yeux au ciel et sortit le sac vert de la poche de sa tunique. Il mit la main dedans et produisit une poignée de parchemins. Il les examina, puis les serra contre sa poitrine, soulagé.

Sraon lui lança un long morceau de cuir noir.

Annev l'attrapa en plein vol et se rendit compte qu'il s'agissait d'un gant épais recouvert de suie. Il était long, évasé au niveau du coude et fait pour la main gauche.

— Ça vient de votre forge ? demanda Annev à Sraon.

— En effet. Je n'aurai probablement plus beaucoup l'occasion de pratiquer mon métier lorsque nous aurons quitté le village, et il faut vous éviter de regarder cette maudite main de Keos.

— M'éviter ou vous éviter ? demanda Annev, un sourcil arqué.

— Les deux, j'imagine, concéda Sraon. Venez. Il nous reste une chose à faire, et je crois que vous avez la force de m'aider, maintenant.

Ils enterrèrent ce qui restait de Sodar là où s'était dressée la cabane d'entraînement, dégageant un carré où ils plantèrent le bâton du prêtre pour marquer l'emplacement de sa dernière demeure.

Lorsqu'ils eurent terminé, Sraon se tourna vers le jeune homme.

— Vous êtes le Maître des Chagrins et ce qui se rapproche le plus d'un prêtre dans ce qui subsiste de Chaenbalu. Vous pourriez dire un petit mot…

— Bien sûr.

Annev s'agenouilla devant la terre fraîchement retournée, posa la main droite dessus, serrant le sol et la cendre entre ses doigts, sentant leur douceur sur sa peau. Se souvenant.

— Rétribution, dit-il après un long silence. Vous vouliez savoir si j'avais trouvé un nom à ma flamberge. J'ai pensé à Rétribution. (Il fronça les sourcils, luttant contre les larmes qui menaçaient de déborder.) J'ai perdu Miséricorde. Je pense que vous l'aviez deviné, mais vous avez eu la bonté de ne pas me le reprocher. (Il déglutit.) Bref, je vous avais promis de vous tenir au courant.

Il ravala un sanglot, les yeux rivés sur le bâton planté dans la terre. Ce n'était pas le bâton argenté que le prêtre portait durant les messes du Regaleus, mais l'arme usée qu'il utilisait lors de leurs séances d'entraînement. Ce choix lui paraissait approprié, car Sodar, en plus d'être prêtre, magicien, savant et tuteur, était aussi guerrier.

Le jeune homme s'éclaircit la voix, tentant de contrôler ses émotions.

— Je ne suis toujours pas sûr d'adhérer à toutes vos prophéties, Sodar. Je sais que vous y croyiez dur comme fer, que vous avez voué votre existence à la protection de ma famille. Ça compte, évidemment. Voilà pourquoi j'ai décidé de retrouver Reeve, de lui parler, de découvrir s'il connaît des façons d'échapper aux dieux et aux démons. Et de retirer cette maudite main. Mais ça s'arrêtera là. Même si Keos lui-même me pourchasse, je ne suis pas le tueur de dieu que fut Breathanas, et je n'ai aucune intention de le devenir.

Il baissa la tête, riva son regard sur la terre sombre qui accueillait les os de Sodar.

— J'aimerais tant que vous soyez là. J'ai besoin d'aide, de réponses, mais vous n'êtes plus, aussi vais-je devoir trouver seul ma propre voie. (Annev se leva, embrassa ses doigts et fit le signe d'Odar.) Allez avec Dieu, vieil homme. Vous avez sauvé la vie de nombreuses âmes. Vous avez été un bon prêtre.

(Il déglutit encore.) Vous avez été un bon ami, aussi. Comme un père pour moi.

Les larmes débordèrent enfin, mais cette fois, Annev ne les retint pas.

— Au revoir, Sodar.

Annev et Sraon retournèrent dans la chapelle au moment où leurs compagnons de route hétéroclites revenaient. Brayan et Therin arrivèrent les premiers, et Sraon entreprit aussitôt d'aider l'intendant à changer la roue cassée d'un chariot. Le temps qu'ils en trouvent une, Fyn était réapparu avec une brassée de lames, un arc, un carquois et même quelques armes de corps à corps. Il tria le tout, garda quelques couteaux de lancer pour lui, tendit l'arc et le carquois à Sraon. Et puis Fyn se dirigea vers Annev et avisa le mince bouclier rectangulaire sanglé dans le dos du jeune homme.

— Tu comptes te battre avec ça ?

— Ouais. Il appartenait à Sodar.

Fyn eut un hochement de tête approbateur.

— Il est magique ?

— Non. C'est de l'acier ordinaire.

— Tant mieux, dit Fyn en se détendant visiblement. Il te faut des armes qui attirent moins l'attention que ton épée, ou même cette cape scintillante.

Annev ne put s'empêcher de sourire devant l'évidence exprimée par son ancien adversaire.

Alors que le chariot était remis sur roues, Titus les rejoignit. Chargé d'un petit sac plein d'argent, il tenait les rênes d'une jument noire, ce qui étonna tout le monde.

— Elle se cachait derrière les ruines du moulin, raconta-t-il tandis que Brayan attelait la bête.

Environ une heure plus tard, le groupe atteignait le sommet de la colline qui dominait l'horizon ouest de Chaenbalu. Sans que personne n'ait besoin de le proposer, ils se retournèrent pour regarder une dernière fois leur village.

Annev fléchit les doigts de sa main gauche, réconforté par l'idée que sa prothèse était à l'abri de son gant en cuir épais couvert de suie. Il scruta ce qui restait de Chaenbalu, plissa les yeux pour en apercevoir les contours flous dans la lumière déclinante.

Après quelques minutes de silence, le groupe pivota sur ses talons et fit face à la forêt de Brake et à la capitale, au-delà, avant de redescendre du sommet de la colline.

— Tu crois que Luqura ressemblera à quoi ? lui demanda Titus lorsqu'ils entrèrent dans la forêt.

Annev prit le temps de réfléchir.

— Un homme m'a dit un jour que les voleurs portaient la soutane à Quiri et des chausses à Luqura.

— C'est censé vouloir dire quoi ? s'enquit Titus en plissant le front.

— Je pense que ça veut dire qu'il faut s'adapter. Les choses seront différentes, là-bas, et on devra changer nous aussi pour survivre.

— Survivre ? s'étonna le garçon. Quelqu'un est sur nos traces ?

Annev leva les yeux vers le ciel mauve piqueté de quelques étoiles.

— C'est ce que j'aimerais découvrir.

Épilogue

Oyru scrutait les ténèbres, son regard perçant les couches de roche situées loin en dessous de la surface. Il n'avait plus besoin de lumière pour voir – elle lui était nécessaire, autrefois, mais ce temps-là, cette vie-là étaient révolus. À présent, Oyru pouvait ouvrir les yeux et contempler le domaine des ombres. Les choses physiques telles que la pierre et la terre avaient perdu de leur substance, aussi avait-il l'impression de voir à travers une vitre embuée.

L'attention d'Oyru était entièrement focalisée sur deux points lumineux, dans l'ombre. Ils étaient tout proches, à moins d'une centaine de mètres, et ils figuraient les âmes de deux jeunes gens en bonne santé, quoique souffrants. Pour Oyru, une âme pure à l'agonie était la source de lumière la plus vive et la plus attrayante. On pouvait en faire tant de choses… Comme une boule d'argile attendant d'être façonnée, de gagner en puissance.

Et puis, la douleur était utile. Celui qui souffrait était malléable, et le processus de modelage de cette lumière était l'une des rares notions qui intéressaient encore l'assassin. En tant que demi-ombre, il n'avait pas de réel appétit – il n'avait ni faim, ni soif, il ne connaissait ni colère, ni désir –, mais il trouvait excitante l'idée de transformer une lumière vive en noirs couteaux.

Oyru rampa dans des passages étroits, se dirigea vers les lumières. Comme il marchait, ses pieds et ses jambes remuaient une eau qui ne mouillait ni sa peau, ni ses vêtements. Il nageait dans la boue liquide, progressait dans la roche meuble, et lorsqu'il rencontrait un mur de pierre trop solide, il glissait dans le domaine des ombres et le traversait. Ce n'était ni facile, ni confortable, car il restait à demi-humain, mais là comme partout, les ténèbres l'aidèrent.

Oyru émergea d'un mur entre les deux lumières. Celle de gauche était plus éloignée et moins intense que celle de droite, mais elle avait quelque chose de spécial : elle comportait deux étincelles moirées, qui bougeaient et évoluaient lorsque le personnage se déplaçait. Cette nouveauté piqua la curiosité de l'assassin. Il eut envie de la suivre, commença même à le faire, puis il se rappela le Vaisseau – le garçon manchot qui l'avait obligé à plonger dans le puits. Lui aussi était entouré d'une lumière étrange – couleur *aqlumera* –, et il l'avait battu…

L'assassin se tourna vers la lumière plus vive d'une femme se faisant torturer par trois *feurog*. Les monstres se tenaient près d'un ruissellement d'*aqlumera*, aussi leur attention basculait-elle constamment de l'une à l'autre. La jeune femme criait, même si sa souffrance physique n'était rien comparée à ses tourments émotionnels.

Son agonie était un phare pour Oyru.

L'assassin se concentra, donnant des contours encore plus éthérés à sa silhouette, plongea dans le mur de pierre, à sa droite. Ses mouvements ralentirent, comme chaque fois qu'il entrait dans le domaine des ombres, et puis son corps jaillit de la pierre. Il se tenait dans un tunnel et entendait clairement ses cris, qui se réverbéraient autour de lui. Des appels à l'aide, des supplications, des promesses de vengeance.

Oyru courut dans sa direction en faisant apparaître ses flissas dans ses mains. Il tourna un coin dans le boyau alambiqué, distingua une lumière à peine perceptible, devant lui, prit un virage serré et se figea.

La jeune femme était juchée sur l'un des monstres, dont elle martelait le crâne avec une pierre. Les deux autres *feurog* lui tournaient autour, circonspects. Le plus proche s'approcha, visant le dos de la fille de ses bras pareils à des faux. Oyru considéra l'idée d'intervenir, puis décida d'attendre.

Au moment où le membre de métal allait taillader le dos exposé de la jeune femme, celle-ci se retourna, l'attrapa et l'enfonça dans le cerveau de la créature. La bête poussa un cri métallique et strident, puis tomba, morte.

Le dernier *feurog* gémit devant le cadavre de son compagnon et prit la fuite dans le passage sombre. Oyru le suivit des yeux, puis se tourna vers la fille, entre les deux monstres morts. De magnifiques cicatrices rouges et marbrées lui couvraient le côté droit du visage ; ses longues boucles auburn lui tombaient sur les épaules ; ses lèvres étaient pleines et roses, ses yeux d'un vert clair étonnant.

Elle avisa la silhouette sombre d'Oyru et gronda, se jetant au sol à la recherche d'une arme. Elle attrapa une pierre et la lança sur l'assassin.

Comme le projectile passait au travers d'Oyru pour rebondir sur le mur, derrière, la fille tomba à genoux et geignit de frustration. Oyru étudia ses vêtements déchirés, ses mains et ses genoux ensanglantés. Ses blessures étaient étonnamment légères, et il vit pourquoi : les *feurog* avaient versé de l'*aqlumera* sur ses plaies.

Oyru lui souleva le menton, et elle écarquilla les yeux de terreur. La lumière blanche qui l'entourait s'intensifia. Sa peur et son inquiétude montèrent d'un cran comme il lui tournait le visage pour examiner ses cicatrices. Dans les poches de chair brûlée, des perles de métal doré réfléchissaient la lumière irisée qui s'écoulait du plafond. Sous le regard d'Oyru, le liquide doré se mit à bouillonner, reconstruisant la structure de la pommette ruinée. Dans le même temps, sa chair s'étira et fuma, se mêlant au métal. Quasi hypnotisé, Oyru observa le processus, vit son visage se reconstituer.

Magnifique.

Après quelques secondes, la lumière irisée diminua, disparut, révélant les bandes dorées incrustées dans sa chair et sa peau autrement parfaite.

Exquise.

Oyru lui lâcha le menton, puis porta la main à son visage auparavant abîmé. Lorsque ses doigts effleurèrent les rubans de métal zébrant le côté droit de sa face, la jeune femme cria. Sa lumière s'intensifia encore, brillant comme jamais. Les ténèbres, autour d'elle, devinrent plus profondes, et il sentit sa peur monter en puissance, chercher un moyen de se libérer, comme elle marmonnait des paroles de colère.

Elle bascula la tête en arrière et poussa un cri de douleur indescriptible. Et Oyru observa le moindre détail de son agonie : abandon, trahison, haine, répugnance, colère, frustration, rage, tristesse, peine, auto-apitoiement et même folie.

Elle était prête. Et Oyru était là.

— Je peux chasser ta souffrance.

Il parla tout bas, et pourtant, sa voix perça les cris incontrôlés de la fille, qui ravala ses sanglots et, les joues ruisselantes de larmes, regarda l'assassin.

— Qu'est-ce que vous voulez ?

— Je veux tout et rien à la fois. Je veux ton allégeance. En échange de quoi, je te soignerai.

— Vous me soignerez ? cracha-t-elle presque.

— Oui, acquiesça Oyru. Je vois que ton cœur te fait souffrir, que tu as été trahie. Je sens que ceux que tu aimais t'ont menti, qu'ils t'ont abandonnée.

La lèvre inférieure de la jeune femme trembla, mais Oyru poursuivit. D'autres l'avaient brisée avant son arrivée ; ne lui restait plus qu'à l'utiliser.

— Je vois que tu as été marquée par Keos…

Elle se plaqua la main sur la joue, s'agrippa la face, tira sur les rubans dorés jusqu'à se faire saigner. Oyru lui prit les poignets.

— Tu es déformée. Tu es marquée. Tu lui *appartiens*. Mais tu n'es pas forcée de te soumettre à la douleur. Tu n'es pas obligée de souffrir, quand tu peux te venger.

La fille renifla, cligna des paupières pour chasser de ses yeux des larmes ensanglantées.

— Oui ! Je veux qu'ils meurent… tous !

Oyru lui lâcha les poignets et sortit des replis de sa tenue noire un délicat masque d'or. Il le retourna, lui montrant ses traits parfaitement réalisés, puis le lui mit entre les mains.

— Tu as deux options, murmura-t-il. Tu peux être cette fille difforme et marquée, trahie par les siens… ou tu peux mettre ce masque pour *dissimuler* ta difformité et *rester* belle.

La jeune femme examina l'artefact magnifique – un véritable chef-d'œuvre –, observant sous tous les angles le parfait visage de métal.

— Qu'est-ce qu'il me fera ? chuchota-t-elle.

— Il prendra quelque chose de cassé pour en faire quelque chose d'utile.

— Quelque chose de cassé ?

— Tes émotions, ton angoisse. Il prendra ta peine et tes souffrances et s'en servira pour soigner tes blessures physiques. (Il fit une pause.) Je ne te mentirai pas. La douleur ne disparaît jamais complètement, mais le masque canalise cette énergie, dans ton corps. Il te rendra plus rapide, plus forte, plus alerte.

— Il me soignera ? Est-ce qu'il fera disparaître… cela ? s'enquit-elle en désignant son visage doré.

— Non, répondit Oyru d'une voix froide et apathique. *Rien* ne peut le faire disparaître. Mais il dissimulera ta difformité. Il transformera ta douleur en arme, que je t'apprendrai à utiliser pour pourchasser ceux qui t'ont fait du mal. (Oyru mit ses mains sous celles de la fille et l'encouragea à lever le masque vers sa tête.) Il te protégera.

Elle se figea, le masque à quelques centimètres de son visage, et regarda dans les yeux l'Ombre ressuscitée.

— M'aiderez-vous à le tuer ?

— Oui.

La fille examina l'intérieur du masque, ses courbes magnifiques. Puis elle l'éleva, plaqua le métal jaune contre sa peau. Il y eut un éclair, elle fut prise de convulsions et tenta de s'arracher le masque.

Mais il était trop tard.

La souffrance était telle qu'elle ferma très fort les paupières, faisant couler sur ses joues dorées des larmes de sang. Les rus écarlates semblèrent se glacer sur ses pommettes, formant des marques indélébiles sur un masque par ailleurs immaculé.

Oyru admira le spectacle – s'en délecta. Il laissa l'image s'imprimer dans son esprit. Il vivait pour ce genre de moments, qu'il savourait notamment lorsque les souvenirs de son ancienne vie menaçaient de se rappeler à lui. Durant quelques secondes, il éprouva une joie intense.

Elle n'était plus une jeune humaine. Elle serait son couteau, un instrument de passion qu'il affûterait comme un rasoir. Un outil dangereux, rendu plus létal encore par le masque et le chagrin qui l'alimentait.

Après des années de recherche et bien des échecs, l'Ombre ressuscitée avait trouvé sa véritable apprentie.

Remerciements

Ce roman n'aurait jamais vu le jour sans l'aide et les conseils persistants de mes parents Alan et Sonja Call, de mes amis proches Rick Calixto et Merrill Meadow, de mon éditrice au Royaume-Uni Gillian Redfearn, et de mon ami et dessinateur de cartes Jared Sprague. Enfin, j'aimerais remercier Fleetwood Robbins (qui m'a découvert) et Danny Baror (à la fois agent extraordinaire et excellent ami). J'ai de la chance de vous connaître et je vous suis reconnaissant de la magie que vous avez insufflée à ce livre.

Achevé d'imprimer en mai 2022
Par CPI Brodard & Taupin à La Flèche
N° d'impression : 3047645
Dépôt légal : juin 2022
Imprimé en France
2811806-1